后诗学

——

呈现之维的
诗文对话

晏榕 著

ZHEJIANG UNIVERSITY PRESS
浙江大学出版社
·杭州·

图书在版编目（CIP）数据

后诗学：呈现之维的诗文对话 / 晏榕著 . — 杭州：
浙江大学出版社，2023.1（2023.5 重印）
ISBN 978-7-308-23340-8

Ⅰ．①后… Ⅱ．①晏… Ⅲ．①诗歌评论－世界②诗集
－中国－当代 Ⅳ．① I106.2 ② I227

中国版本图书馆 CIP 数据核字（2022）第 231499 号

后诗学——呈现之维的诗文对话

晏榕　著

责任编辑	牟琳琳	
责任校对	陈丽霞	
封面设计	尤含悦	
出版发行	浙江大学出版社	
	（杭州市天目山路148号　　邮政编码　310007）	
	（网址：http://www.zjupress.com）	
排　　版	杭州林智广告有限公司	
印　　刷	广东虎彩云印刷有限公司绍兴分公司	
开　　本	710mm×1000mm　1/16	
印　　张	32.5	
字　　数	527千	
版 印 次	2023年1月第1版　2023年5月第2次印刷	
书　　号	ISBN 978-7-308-23340-8	
定　　价	158.00元	

晏榕

晏榕，本名李佩仑，当代汉语诗歌的重要代表，诗歌理论家、翻译家，文学博士，美国宾夕法尼亚大学访问学者。祖籍河北，曾从事记者、编辑和教师职业，现为杭州师范大学国际诗歌交流与研究中心主任，教授、研究生导师。

晏榕自 1983 年开始严肃的独立写作，作品数千首，其中长诗 30 余首，被誉为"目前很少见的对写作真正恭谨、深入，且有自觉意识者"（陈超，1996）和"为中国当代诗歌赢得了尊严的诗人"（刘翔，2007）。代表作有《欢宴：晏榕诗选 1986—2007》《俪歌与沉思》《抽屉诗稿》《东风破》（组诗 300 首）、《汉字》（组诗 3000 首）等，并有《诗的复活：诗意现实的现代构成与新诗学》等专著、《菊与刀》等译著及系列诗论共 400 多万字出版和发表。

1996 年，晏榕与叶匡政、巴音博罗等诗人获得柔刚诗歌奖，2000 年以《俪歌与沉思》获得新世纪首届华文文学大赛一等奖，2002 年获首届《新诗歌》年度大奖，2003 年获首届《都市》桂冠诗人，2009 年获浙江省 2006—2008 年度优秀文学作品奖……至今，晏榕的作品已被译为多种文字，成为融入当代世界写作前沿的重要文本。

晏榕的写作被称为"高原式的写作"（许道军，2016），同时他倡导构建 21 世纪的新诗学，提出了"呈现诗学""过程诗学""散漫诗学""新未来主义""元写作"等一系列原创性理论。其诗作与诗论的互证互构被读者认为"开拓了现代诗歌的新边界"。

献给我的父亲

目　录

上卷 ｜ 呈现之维：走向新诗学

诗意现实里的自我放逐与自我发现 ································· 3

诗的复活：从叙事的"无能"到意义的重构
　　——兼论一种呈现诗学 ································· 17

"现代"介入"现实"的三种姿态
　　——论庞德、艾略特、斯蒂文斯诗歌中的"新现实" ················· 40

另一种修辞：不动声色的内心决斗
　　——论伊丽莎白·毕肖普的诗歌艺术 ················· 56

异质的梦歌：隐语世界里的悲欢"碎片"
　　——论约翰·贝里曼的诗歌艺术 ················· 73

内心的现场："我的爱是一根羽毛"
　　——论罗伯特·克里利的诗歌艺术 ················· 85

新超现实的三棱镜：还原、自然梦幻和虚空
　　——论 W.S.默温的诗歌艺术 ················· 98

乘着即兴之翼：从最高虚构到不可能的现实
　　——论约翰·阿胥伯莱的诗歌艺术 ················· 114

作为仪式的抒情、超现实幻象及智性的发生
　　——一论当代诗歌的问题与方向 ………………………………… 133

呈现之维：现代诗学的新方向 ………………………………… 148

中卷 ｜ 生态重塑：纪念与批评

八千里路诗歌论坛作品简评 ………………………………… 169

北回归线诗歌论坛作品简评 ………………………………… 187

沉醉与历险："网络诗歌"文本艺术缺陷研究
　　——以"明月清风"诗歌论坛为例 …………………………… 211

黑洞中，孤独的执火者（访谈） …………………………… 226

接近与抵达：诗歌问答录（访谈） …………………………… 232

南野：一个不合标准的写作者 …………………………… 239

谁在说话：重新辨认现代诗歌中的"我" …………………… 250

荒野上的一抹星光
　　——为《诗江南》"诗歌课堂"所写 …………………………… 285

延承或反构：当代汉语诗歌中的传统及其现代转型
　　——晏榕《东风破》赏读研讨会实录 ………………………… 288

"文化酵素"、陷阱与炼金术
　　——从审美资本、智力消费到文化生态的重塑 …………… 325

下卷｜**最高虚构：现实或想象**

后诗学（组诗 20 首） ································· 339

悬挂起来的风景 ································· 363

残简之一：一个人的灰色生活 ················· 409

断言集：1989 ································· 423

花边集（组诗 20 首） ································· 437

东风破（选 30 首） ································· 445

抽屉诗稿（选 5 首） ································· 467

残简之二：双子塔 ································· 487

汉字（选 10 首） ································· 496

颂歌与挽歌（选 1 首） ································· 507

后记 ································· 510

上·卷

呈现之维：走向新诗学

　　我想象中的可能的写作大概是如下状貌——它源源不断地生长着自我审视、自我控制和自我超越的智性，而恰好与我们身处其中的可能的时间和可能的现实相对接、相渗透、相呼吸，就像一棵冷杉树，扎根于无意义的黑暗，生长于意义的世界。

　　呈现式写作就是一种使写作同时存在于不同时态中的写作，而且它要力避以前我们所常犯的毛病——现在时态下的麻木、过去时态下的自负、将来时态下的胆怯和进行时态下的毫不知情。这些都是荒谬的个人与现实关系的表现，而以最后一种情况为极端——进行时是离写作最为切近却成了我们最容易遗忘的一种存在状态。

诗意现实里的自我放逐与自我发现[①]

这里，我将主要探讨现代诗歌中的（当然，正如其概念所揭示，毫无疑问也存在于我们的生活中）诗意现实[②]的问题，即现代诗学观念在现实维度的折射以及它对现实本身的介入与重塑。它仍然是我们永远难以摆脱的那个难题——对存在之虚构，以及对此虚构之诚挚性的探讨——的一部分，或者说它是这一题目的现代版，并因此而成为距离我们最为切近的事物。然而，对现代诗意现实或者诗意现实的现代化的描述，已很难再像过去我们收获豪迈情怀和浪漫情调那样轻巧和便捷了（即便时常需要克服一种不自然的状态），不仅仅是对象，不仅仅是过程和方式，一个难以察觉的事实是——就连主体也发生了巨大的变化。艺术真实及其传达，以及透过这面奇怪的镜子所窥见的现实世界，变得从未像今天这样模棱两可。这是"现代"这个字眼儿带给我们的新挑战。

我坦率地承认，诗意现实是本人刻意寻找的一个关键词，为的是避免"现实性"这样的词语所带来的类如"现代性"概念的不必要的纠缠不清。在我看来，它应该大致等同于"诗歌所折射、所呈现和所塑造的现实或新现实"或者"诗意的现实性指涉"再或者"作为一种精神存在与物象存在的合成性现实"这类含义。这可能会让许多人感到失望——很明显，本书无意趋从某些流行范式而沉醉于诗学外部的泛文化研究上，而是"无趣地"聚焦于诗学内部的纯粹的文学性范畴。现在，即便这种文学性在事实上多么一如既往地保持着和现实、和存在息息相关乃至完全合一的中心性地位，却仍然被匪夷所思、有意无意地排挤到了所谓的

[①] 本文为《诗的复活：诗意现实的现代构成与新诗学》（浙江大学出版社，2013）一书的绪论部分，现标题为编入此书新拟。

[②] 现代诗学内部的现实概念与传统现实主义美学范畴下的现实概念，它们在内涵、外延、美学观照方式、逻辑组织方式与呈现方式上完全不同。所以《诗的复活》一书未将任何直接的和平面化的现实主题或者对现实主题的直接、平面化处理的传统现实主义诗歌文本作为考察对象。

"边缘"地带。我想知道，当一个时代的文化研究开始排斥文学性，当"文化"这个名词不再愿意接近和包含文学和诗学，作为自诩经常出入文字的"风暴之眼"的我们，到底应该扮演什么样的角色、发出什么样的声音才能适配于一个写作者和一个批评者的天职？是应该在那种削足适履、缘木求鱼式的行为艺术中自娱自乐，还是应该为此感到些许不安？

然而，与我们的功利行为形成对照的是，文学性——就我在本书中所关注的具体对象而言就是——诗意现实，却从未远离和抛弃我们。诗意现实（性）本身不是现代诗学独有的内在质素，而是对现实的诗意化（诗艺化）的观照和重构的产物，它是一种存在、一种状态、一种态度、一种方式甚至只是与生存本相的一段距离。在过去，旧的现实主义是基于某类复制自然的观念，目的是揭示可以被普通化的行为准则，但最近一百多年来，借助于诗意自觉与语言自觉，现实已学会在其内部追求一种科学性，似乎一种新的现实主义诞生了。这是一个从感觉性描述、象征性表现转化到科学性、综合性和构成性的呈现的过程，在这一过程中历史真实和艺术真实逐渐进入错综复杂的合一化程序，以致我们单独从任何一个角度都难以理解所摄取的"真实性"图景。

这令我们联想到了艺术史发展早期的情景。彼时，艺术真实与历史真实也常常处于一种混合状态，那种状态总是激发起我们对"诞生"的向往。中国诗歌的早期形态总是兼有艺术、政治、社交等多种功能。有意思的是，有一种说法，我们的诗歌是以劳动号子的形式出现的，这当然也是不同功能的混同；但如果把劳动号子理解为音乐之滥觞，那么我们的诗歌则又是与音乐艺术一起出现的——至今汉语中"诗歌"这个词里既有"诗"也有"歌"，这也是"诞生"的可爱痕迹。中国小说的雏形则是唐宋传奇——介于真实与虚构之间的一类叙事，显然，那同样是一种混合状态的艺术形式。欧洲的情况也是一样，在最初，多种艺术体裁也是不加区分的，有时我们很难在一份中世纪的手稿中分辨出那是一篇小说还是一则生活记录、是一份宣言还是一篇散文——时间性与艺术性弥合如一，呈现出了原自然的质朴与浑实。由此我们发现，艺术发展至顶峰期（峰值期）时竟然开始与诞生期趋同——当然，这种趋同只是表象上的，因为很明显此时的"真实性"一方面处于再次合一与提升的进程中，一方面又获得了某种来自其内部的自觉性，有意识地把意义投射到同样处于合一化进程中的艺术行为与现实生存中，但都不是、也不可能是缩回到了最初的出发地。

　　然而这却带来了一个新课题，我们似乎仍有必要对不论是分离的还是趋向合一的真实性与现实性做出区分，后者——不管它以具体的现实生活还是以抽象的诗意现实的面孔出现——同样是一个包罗万象的混合物。现实与现实性显然不是目的，而只能是抵达真实的途径和载体。所以对现实的新发现或者所树立起来的新的现实观也可能成为发现和抵达艺术真理的有效途径，我们在斯蒂文斯或毕肖普的诗里（他们选择了略有不同然而异曲同工的接近现实的方式）或会更为深切地感受到这一点。就诗学而言，诗意现实对于它的意义即在于（如何）以诗歌的方式接近、发现、创造新的、完整的、逼真的现实，按照以前的逻辑，我们很自然应当把这种更为本质的真实称之为"艺术真实"；同时正在完成的现代诗学又对日常真实和历史真实如何新颖而有效地进行表达提供了更为全面的理解，这使得日常真实和历史真实也能够获得机会以某种形式和途径转化为新的艺术真实。这样，一个大大的构成性的循环就完成了——如果"真实性"意指某一真实的状态，比如说，一个不可回避和不可变更的事实，那么"现实性"或者我们说的诗意现实，则可以是陷入某种事实性，也就是陷入不可回避和不可变更中，最终，"陷入"本身指向并归化为了"真实"的一部分。当然，我们可以只把这个例子看成是一个比喻，因为"真实性"还可能有更丰富的表达，它的意义的衍射决不会自我限定于具体的真实性状态上。然而正是这样一个有缺口的例子却有助于我们理解这个构成主义的世界，有助于我们重新分解历史真实与艺术真实的关系，并在避免艺术史早期对二者的混同理解和不加区分的前提下，用一种新的（诗意）现实观去构成和呈现艺术真实的新形式和新内容。

　　我们必须对过往的幼稚理智和骚动情感加以掌控，同时又必须时时小心自觉力对语言和诗意构成戕害，在我看来，这就是现代主义和后现代主义的本质，也是我们不得不去经历看上去矛盾重重的这两个时期的原因。然而在诗歌被赋予构成力和呈现力的历史过程中，我们连续犯下了两个本可避免的错误——先是把本来应属同时存在的诗意现实的两个方面截然分开，接着又让其中一个去反对另一个。结果在两个时期分别出现了耐人寻味的一面——现代主义的掌控过度事与愿违地约束和伤害了诗歌，而后现代主义的反自觉力又在相当程度上恢复了过剩的喧哗与骚动。如今当我们站立于田野的边界，回望似乎已在身后的现代诗歌的两段坎坷路程——恰如两次世界大战并未完好解决人类文明的棘手问题一样——不禁会再次发出斐得若的疑问：我们可曾走出过城池？

第一次世界大战的残酷性开始让起初对世界前途充满想象的年青诗人大失所望，民族主义的爱国激情渐渐演变为悲观、虚无的思绪，诗人们被迫重新思考战争与生命的意义，对表面的生活秩序和人性本质加以质疑和叩问。诗歌的风格也从有着传统美学趣味的田园牧歌式、浪漫抒怀式、描摹现实式转向具有强烈个人反省色彩的现代主义式的复杂与深刻。诗人们感觉到了传统精神信仰和价值中心的失落，感受到了人类文明的堕落和迷失，于是他们开始尝试用一种全新的眼光来审视世界，并竭力想摆脱旧时代、旧秩序、旧传统的影响。在开创新风格的过程中，隐喻、象征、反讽、戏仿等等成为他们最为常用的修辞手段，这些新手法、新手段为成功探索艺术想象力与现实的新型关系发挥了极其重要的作用。所以，我们说，第一次世界大战对现代诗歌美学的真正完成具有深刻的意义，尤其是它直接启迪了象征主义美学的转向与深入发展，即从技巧层面的契合、通感的发现和运用，上升到对主体角色置疑而解构的内部思考，从而使以波德莱尔以及法国"三剑客"为代表的前期象征主义转型到以英美诗人为代表的后期象征主义阶段。这个过程正是现代诗意自觉的形成过程，非个人化鼓励了诗人们对新奇的超越个人地带的探索，同时这种反修辞的手段也构筑了一个逐渐弱化并取消了主体性的现实世界。

这样，现代诗意在某些新的诗歌信条的支撑下建立了深层介入现实的机制，并取得了具体的成果——诗人们在写作中（不管是艾略特们的智性诗还是威廉斯们的客体主义诗歌）的的确确发现并塑造了与旧有一元认识论和逻各斯主义下的"言志"与"抒情"世界完全迥异的新现实。当然在很多情况下，正是与外部现实的关联（我说的是这种关联本身）才构成了诗歌。但这种关联本身在进入一种新的诗意现实的过程中，也正是它脱离于和外在于那种产生关联的各种关系的时候。如果你观察得足够及时和准确，你就会发现，这种所谓的关联其实不仅外在于它们的关系，而且先在于种种现实关系，不是你发明了它，而是你发现了它。所以，诗歌不仅仅是形式，更是内容、关联和存在，它是现实性的，当然这里的现实已不再是一层薄薄的日常生活和线性的历史结构。而经过新一代诗人的不同方向的努力（在美国，则以"中间代"诗人为代表；有些人喜欢将之与第二次世界大战的影响相联系，我相信二者肯定有些关联，但我更愿意看重的是这些变化作为现代诗学内部之运动的性质），一种体现了与经典现代主义有着不同层面不同向度之差异性的新诗学（虽然它本身的形态又是分散的和多变的）又逐渐形成，随之一种更新的、更加分散化、异质化的现实又得以发现和建立，对这种再次嬗变的现实我们似乎只好称之为"新新现实"。所谓的后现代或者新新现实主义实际上是依赖于客观化的即时性、目击性、在场性、关注性、当下性而对现实和诗意现实的再判断，此时非个人化本身成了修辞，即成了一种反修辞的修辞或者双重修辞，以本人的理解，那是诗意自觉进行自我调整的一个手段——不是以完全虚无化的主体漠视世界，而是以异质化的多面主体来参与世界的一个微弱而可贵的转向。

需要说明的是，在很大程度上，美国这个概念并不是本书展开诗学论述的一个必然的前提，甚至它也不是一个单纯的客观背景。我想表达的是，现代诗学，哪怕只是其中的一个很细小的问题，也不可能是个孤立的可以借由文学国别史或断代史的手法来加以阐述和澄明的事物。但是美国现当代文学包括美国现当代诗歌本身，已成为一个多类型、多文化、多可能性的综合实验体。"美国是一个历史实体——美利坚合众国。它也是一个社会宣言，一个由口头法令建立并维持的民族，一套普遍原则，一个社会凝聚力的策略，一个社会抗议的召唤，一个预言，一个梦想，一个美学理想，一个对现代（进步、机遇、新事物）的比喻，一个包容的符号（熔炉、百衲被、多国之国），一个排斥的符号，不仅把旧世界而且把北美洲和南美洲的所有其他国家和美国内部的大群体都拒之门外。一个如此构想的国家是一个修辞意义上的战场。"[1] 我想这段话同样解释了本人以美国的诗歌书写作为考察一个重要现代诗学问题的切入点的原因。实际上，我所要坚持的仍然是在诗意现实的维度上对文本的历史性和历史的文本性的不同层面以及胶合状态的诗学考察，只不过我的对象一定要具有作为现代艺术的现代性质地。在细节上，我的关注点的最终指向可能不是它们存在的时间和地点，甚至不会是被评论家们所归纳的某些集体名号、山头或旗帜，而只能是属于现代诗歌艺术自身的或内部或外部的问题，只不过这种问题会对历史意识、美学意识——同样也对诗

---

[1] 萨克文·伯科维奇主编，《剑桥美国文学史》（第一卷），康学坤、朱士兰、吴莎译，中央编译出版社2009年版，序言。

歌艺术的整体塑成过程本身，提出一致性、确定性与多样性、模糊性两种本质的对抗、渗透、凝合的要求。我会把一些具体的文本和诗学理念投放到一个更大的开放而无限的维度去加以考察，这个维度就是美的和诗歌自身的维度。这一维度本身和这一维度上的任何观测结果并不是高高在上的和抽象的，而是和我们的生活息息相关，只不过诗人以丰富多元的视角和各种各样具体的实例把它们加以标识或者收藏了起来。

其实，像任何一个国家或文明阶段的诗歌一样，20世纪的美国诗歌也与20世纪的文明现实、与20世纪的美国生活发生着最为本质的关联（在这里我绝不使用"有着千丝万缕的联系"这样的模糊和颠倒秩序的描述）。但是，在谈论诗歌的时候，我仍然只想涉及诗歌的现实，不论是进入诗歌内部的还是以诗歌的视角所观察、所描摹、所塑造、所寻求的现实，我们一方面可以把它称为所谓的"新现实"，一方面也完全有理由将其视作常常为我们所轻视、漠视、视而不见的现实的一部分，或者，现实的本质。除了一些必要的和简要的陈述，本人很难在此书可预见的有限篇幅内去对诗歌之外的背景性历史与文化事件大书特书，包括诗歌所产生的年代特征、诗人的生平与爱情故事，以及诸如诗人的生活变迁、诗歌流派的成员更迭、诗人取得的荣誉、名分与评价等等——它们在有些情况下会对诗歌发生这样那样的作用，那么，就让我们在诗歌与诗学自身的运行中对其加以关照吧，而不是本末倒置地把本应属于社会学著作、历史书或者个人传记的内容强行列入一个极为微观的诗学研究文本中——当然它不会缺少所理应具有的宏观的学术视野、胸怀与立场。

这也是我不会在本书的有限篇幅中去涉及现实主义、作为运动领袖的金斯堡以及奥尔森的大部分为诗歌史家认同的作品的原因——即使有时它们辅以语言革命的形式。毋庸讳言，关于所谓后现代主义诗歌的诸多代表性类型与范式我一直持保留态度。文学史的一个失误是把"后现代"看作一个时期，并把金斯堡的《嚎叫》看作后现代派的发端，从而将之后的雷克斯罗斯与斯奈德的环保主义诗歌、黑山派、纽约派、自白派甚至新超现实主义诗歌都统统视为所谓后现代主义诗歌的组成部分。其实，如果把金斯堡等人的"嚎叫"式写作看成一种在新的历史语境下的后浪漫式的激情宣泄的话，从更为纯粹的文学进程（艺术进步与技艺的发展、灵魂性艺术的提升与内在化）来看，其他真正的"后现代"派诸种诗歌则无一不是现代主义诗歌美学在各个层面的持续性变化与发展，即对平面的现实观及其描述式现实主义写作、单维度的情感观及其浪漫主义个人抒情的一种抵制与革命性变构。从这个意义而言，尽管表现形式不尽相同，但现代—后现代主义的本质仍然是一致的，而唯独可以把"嚎叫"一派和完全不用担负也不相信艺术责任的"游戏"一派排除在外，虽然后两者同样可以在精神层面体现某种时代态度和文化态度——就如同批判现实主义对现实的精确指责或者明白无误的革命宣传单一样。

我们确实向往那种自由朝向诗歌内核或艺术内核挺进的情形，以一种纯熟的步伐和游刃有余的状态，精确地逼近到与现实和事物的本真最近的距离。但是，显然，这种自由也是有前提的，它绝不代表你可以胡来，可以不爱惜、扭曲、亵渎你的艺术行为和对象，可以对一切任意妄为。这个自由的前提就是适当清醒的头脑和对写作层面的合理控制，就是艺术创作这一人类行为在成千上万年的发展历史中所珍藏起来的各种有效的技巧的运用。我们在许多诗人的不太成熟的作品或者某些作品失败的段落中都可以发现一些反面的例子。例如在许多超现实主义诗人的作品中，再比如在奥哈拉的很多才华横溢的即兴式的诗作中我们就能轻易找出许多本来可以避免或完全应该去除的瑕疵。

其实对这种情形的判断早在20世纪30年代的早期就曾被茹科夫斯基这样的诗人尝试过。茹科夫斯基在他的所谓"客观主义"核心原则中树立了一个拒绝象征和主观（自白）的模式，但同时对诗歌的技术严格关注——与其说他倾向于关注诗歌的技术性本身，不如说他更关注诗歌技术的真挚性——通过真挚性的技术，即通过某种严格精确的结构（在茹科夫斯基那里往往是一种特殊的声音构成和音调形式）来表达客观或细节的世界。这种在技术层面展开的一种综合力诉求必然导致一种复杂与精密的理论。如果说威廉斯更重视或者发现了视觉，那么茹科夫斯基更重视或者在诗歌的技术层面发现了听觉，这种趋向综合性的"客观主义"既反对后浪漫，也反对以隐喻和意象来达到愉悦读者之功效，似乎要表明诗歌没有必要传达什么来使诗人找到他在世界上的位置——从而在一个具体的角度初步接近了我在本书中将要提到的"非呈现"形态，虽然那仅仅是一个雏形。

遗憾的是，许多原本朝向终极之地的进发都半途而废了，许多"雏形"节外生枝、南辕北辙，这或许是消费时代的一大痼疾。在不断"终结"一切文本与写作之意义的今天，我试图归纳一种呈现与非呈现同构的离心力美学（你可以认为它是现代式的，也可以认为是后现代式的），或者我们可称之为偏离中心主义，它的最终目的仍然是对主体性和世界之关系的一种平衡，只不过在旧有的诗学框架下几乎是一种难以实现的平衡。它一方面同时把自己的话语模式延伸向了现代艺术的"诞生"期和"终结"期，另一方面却又拒绝作为一种"新"现代主义而出现。离题性、自否性、发散性、沉默性、异质性这些奇形怪状的事物统统集中在了它的身上，呈现抵制着非呈现，反之亦然。有时我会乐观地想象，或许，这样貌似瞬间洞达实际上又饱含了智慧性沉淀的方式，才是对付似是而非的现实和诗意现实的一条可行路径。

但是，不管是新现实还是新新现实，这种叫法仍然不是严格的诗学意义和科学的学术层面的逻辑选择。因为按照这样一个思路，新新现实之后是否又会出现新新新现实以至永远呢？正如假若我们承认后现代主义是对现代主义的一个完整的发展和代替，那么，之后是否就应该是后后现代主义和后后后……呢？显然，无论是现实还是现代主义，它们的新与旧并不是衡量所产生的新事物之本质的维度，更不是"产生新事物"这一（无限）延续性行为之本质的维度。我的做法是，从现代诗学内部寻找到它们的基本构成性质素和恒量，譬如现实性、主体性、修辞—反修辞等等，在这些最为本质的诗学维度进行历史的和艺术的考量。这样，就诗意现实而言，我发现，现代诗歌（这里完全可以将现代主义及作为它的延续的后现代主义诗歌的所有有价值之形式包括进来）大体创造或者说发现了以下几种远远超越于日常或者平面的现实形态：被遗忘的日常、智性现实、客体性现实、超现实、异质性现实，以及在我看来应该是作为它们的一个新的方向的"呈现—非呈现"的现实——这是"现代"所引起的连锁灾难的最新一环。

我们意识到，对现实的态度、立场、观照视角和呈现方式的不同，直接导致了后现代时代局面的形成（当然之前同样导致了现代主义诗学的诞生）。而相比较于传统的现实主义，现代（后现代）主义的现实观则更为精准而富有穿透力，这使它发现了更完整、更逼真的现实，甚至重构了现实。如果把诗意现实认定为所有诗歌形态都无法逾越的一个审美维度，对现实维度的考察又是所有诗歌形态的本质要求之一的话，那么，从20世纪上半叶达至鼎盛的现代主义诗歌直到下半叶的后现代主义诗歌也不应例外。事实上，诗意现实作为现代诗学的一个重要的美学内核与诗人们在诗写经验与社会文化美学判断上的探索努力密不可分。更为重要的是，几乎从一开始，现代主义诗人就对诗意现实维度的诗学判断有着复杂和矛盾的艰难选择，他们共同经受着"一个共同的悖论：他们决心逃避历史，即使在他们充满激情地参与历史时也是如此。换言之，这些男女诗人和评论家认为人类应该无拘无束地释放天赋的艺术潜能，但他们也相信，最强有力的艺术必将对该艺术产生于此的文化做出艰难回应。这一悖论以多种不同的形式存在着"①。正是这一点，使时至今日的所谓"后现代主义"也呈现出流派纷呈、互为龃龉的局面。也许，这也恰为我们留下了走向未来的某些可能。

基于以上考虑，本书将在现代诗意现实的维度对 20 世纪美国代表性诗人的诗学思考和诗写经验加以细致考察，在理论层面分析现代诗意现实与现代主义、后现代主义经典诗学信条的内在联系，总结现代诗歌对现实的审美关注、介入方式和效果，从而在现代诗歌逐渐式微，"后现代"文化充斥于各个文明形态的今天，为反思当下美国乃至世界范围内诗歌写作的误区，寻求当代诗歌的新方向提供参照。在实践层面，我将对一些重要诗人进行总体性和差异性的研究，深度参悟他们在诗意现实维度上的个体风格和美学关联性，从中提炼卓异而有效的诗美体验和写作技艺，为日趋纷乱而迷失准则的现代诗歌写作提供必要的借鉴，并尝试对目下浮泛的后现代主义风潮加以适度纠偏。

到目前为止，国内在此方面的研究是相对贫乏的。这样说出于两方面的缘由，一是至今国内尚没有一部关于美国诗歌现代性对诗意现实的影响研究著作，二是在此一视角下对一些具体诗人及其作品的分析和研究也很不够。仅有的少数相关论著，大都流于对 20 世纪美国诗歌发展的"既定"流脉与版图的介绍性评述，往往上升不到理论层面的探究，亦无以解决具体的诗写实践问题，至于将相关诗人的有形或无形的诗学图谱与现代诗学发展演变的大背景发生关联，并对具体诗学问题加以系统深入的析解，则更是付之阙如。20 世纪 80 年代以来，我们对美国诗歌的译介大都停留在经典现代主义即 20 世纪 40 年代以前的范围之内（主要停留在庞德、艾略特的研究评述上，当然在数量上更多的可能是弗洛斯特），而对 20 世纪 40 年代以降的美国当代诗歌的研究则明显匮乏，仅对自白

---

① 萨克文·伯科维奇主编，《剑桥美国文学史》（第五卷），马睿、陈贻彦、刘莉译，北京，中央编译出版社 2009 年版，序言。

派诗歌有过相对集中的评介（我不知道这是否由于在很大程度上对自白诗风的或浪漫或后浪漫的表面的一种误读，认为诗人们的自白是在某种社会形态下的主体人格的外显）。值得一提的是，作为由经典现代主义的鼎盛阶段到20世纪六七十年代以来形成的后现代主义景观的过渡，美国20世纪中叶诗人的创作及其诗学开拓经验（对多重现实与日常经验的重新发现）具有非常的重要性，其代表性诗人如洛威尔、毕肖普、沃伦、贝里曼、奥哈拉、默温等都已成为具有世界影响的20世纪重要诗人，可以说，正是他们的诗学思考与写作实践，促使美国当代诗歌美学在内部发生了裂变，进而演化为后来美国诗坛的纷繁景致。但是国内在半个世纪的时间差内对这段时期的重要诗歌经验及诗学嬗变没有做出及时和系统的反馈，只是在最近十余年来，才零星出现了几部译介（或只是涉及）所谓美国后现代主义诗歌的著作。比如较早的张子清的《20世纪美国诗歌史》（吉林教育出版社，1995年）就是以文学史的方式对此加以梳理的。再如王卓在《后现代主义视野中的美国当代诗歌》（山东文艺出版社2005年版）中也专门对詹姆斯·梅利尔、伊丽莎白·毕肖普等诗人做了评述，但却是单独从后现代主义的视角进行观照的，而实际上，美国20世纪中叶部分重要诗人的诗学理念和文本风格与后来的后现代主义却是决然不可同语的两个概念，这就要求我们在现代诗学演进的大背景下对此类问题加以廓清。陈超的《当代外国诗歌佳作导读》（河北教育出版社，2002年）是一本难得的细读式批评著作，从中既可看出对纷乱复杂的美国现当代诗歌观念的思路清晰的美学判断，也体现了对诗人诗作从风格到语言的精微理解；但此书毕竟只是一部"导读"式的文本分析读本，且个人感悟式的文字随处可见，虽然文采斐然，却由于全书体式所限，很难做到对无论整体还是个别意义上的美国当代诗学进行开合自由的纵深论述。近年张曙光著有《从现代主义到后现代主义：二十世纪美国诗歌》（黑龙江大学出版社，2007），介绍、评议了美国20世纪部分主要诗人的诗风诗貌，其中亦加入了不少个人化理解，但文风随意，理性稍逊，从学术的角度不甚严谨。罗朗著有《后现代主义的先锋诗人》（外语教学与研究出版社，2008），当是国内首部对阿胥伯莱诗歌进行研究的专著，可惜只涉及了诗人的早期作品，且以罗兰·巴特的读者反应理论作为批评方法，视阿胥伯莱的诗歌为一种语言游戏，我个人认为不太妥当。当然，上述著作本来就是以介绍、赏析为意旨的，不能以纯粹的理论文本来衡量。但我国现代诗学理论建设与世界范围内的作为一个整体的当代诗学理论发展存在巨大的差距却是事实，这导致两者之间在许多层面都难以实现有效对接与对话。从大处讲，没有建立起宏阔、坚实的理论框架和体系，从小处看，亦缺少科学、精微的内部探究机能，我们的当代诗学几乎成了凤毛麟角的翻译文本和泛泛而谈的当代中外诗歌史的美丽代称。

国外的状况，就本人所能查阅的数量丰富的各种当代诗歌研究资料来说，虽然相比国内的介绍性评述，理论素养明显提高、学术视野大大拓展、研究方法颇为精当，尤其对现代主义和后现代主义诗学的归纳建构而言，不乏经典之作，但又难免落入一家一派之拘囿；更多的往往是为佐证现代主义的或后现代主义的总体或具体的诗学观念（包括更为具体的流派信条）而进行的文本阐读，或者将鲜活的诗写经验分别嵌入两大范式的既定信条。再有就是理论与创作互无干系，在各自的领域内以自有的方式自说自话，对现代诗歌文本中的诗意现实的考量不甚彻底，对此问题可能引发的诗写新形态与诗学新嬗变认识不足。但是仍有部分著述对本书所涉及的个别问题有过不同程度的表述。从艾伦·泰特、C.布鲁克斯到罗·佩·沃伦、温斯特、威姆萨特的新批评学者们对诗性语言及现代诗歌的有机性的论述依然经典而有效，他们关于文学自主性与现实的再现之间关系的看似矛盾的观念其实也正是引发本书对之进行更深思考的一个契机。詹姆斯·布莱斯林的《从现代到当代：美国诗歌1945—1965》专门描述了美国诗歌在20世纪中叶的发展转向，并论及现代主义诗学和后现代主义诗学的诸多差异（遗憾的是对许多内在问题并未加以细致探讨）。查尔斯·阿尔切瑞在其《美国当代诗歌中的自我和敏感性》一书中对当代诗歌中的个人性回归以及"自我"身份的重新塑造进行了阐述，这是对现代诗歌主体性问题加以深入考量的一次试验。他的新著《二十世纪美国诗歌艺术：现代主义及以后》更是比较了庞德、威廉斯诗歌中的"新现实性"与奥哈拉、普拉斯、洛威尔等诗人作品中的"新新现实性"，在技术层面也注意区分了从修辞到"反修辞"的变化，可以看作对玛乔瑞·珀洛夫的相关专著《21世纪的现代主义：新诗学》中所涉问题的进一步提升。詹姆斯·隆贝齐的《现代主义之后的现代诗歌》也对两种形态的诗歌做出了比较式的论述，它的可取之处是把两种诗学放在了现实性的同一维度去考察，在增强的可比性下获得对诗歌根本质素的新的了解。还有亚当·基尔希的《现代元素：当代诗歌论集》，此书中对阿胥

13

伯莱、詹姆斯·怀特等等诗人的论述部分也表明作者对所谓现代诗歌经典元素的锐利反思，其对寻求变化的现代元素与后现代性关系的巧妙分析颇具启迪意义。这几本书的共同特点是，虽然没有把诸如现实性或现代诗意构成这样的一个核心质素作为一个整体理论考察对象，但或多或少涉及了从现代到后现代的诗歌元素的变化。总之，我发现国外学界的少数有识之士已经对"现代—后现代"的二元对立诗学观有所警惕，并开始有意探索后现代之后的诗学发展新道路。但是，可以断言，在这一过程中如若仍然因袭旧有的二元对立思路来人为创造出一个新诗学显然是不可取的。我认为只有在诗学内部对更为本质的美学元素加以重新审视，对代表诗人的诗歌经验加以重新领悟，找到影响现代诗学嬗变的转换因子，分析其在特有文化语境下的生发机制与影响效果，才有可能探求诗学发展的新方向，这也正是本书所要付出的努力所在。

很显然，本书将摒弃以年代的划分或者按年龄把诗人划分为几代的方法来谈论具体的诗学问题，理由很简单，客观的诗歌问题与年龄无关，我的对象不是诗歌史问题，不是关于史实性的介绍与述说，更不是具体的史实性事件（虽然即使这样的对象也一定要与诗歌本身相关，可惜结果并不乐观，因为我看到了一些所谓诗歌史著作，它们更愿意把诗歌的书写与具体的历史环境强行关联到一起，这种做法告诉我们，在很多方面，我们仍然被社会历史主义所拘囿）。我也不会以流派为整体单位作为考察诗学问题的角度——流派的划分即便会方便批评家尤其是做诗歌史研究的批评家，但它无助于更本质意义上的诗歌难题的解决，也无助于更微观层面的诗歌细节的观察，这也是为什么很多一流诗人并不愿意承认其为某某流派的原因。更不要说很多以地域、以社会单元（如学院派）、以种族为划分标准而形成的流派，它们与诗歌内部事物的联系并不是非常紧密的。当然，如果是服务于具体的诗学阐述，也许我不得不在某些诗学意指性较强的流派（如黑山派和自白派）之内、之外与之间进行分析，这时候它们的流派名称是无法避免也没有必要避免的。如果面对的是一个诗学问题，本书将会尽量避免把某个诗人作为一个完整单位研究对象的做法，因为个体诗人首先是过于具体的，他们本身是变化的甚至是前后矛盾的，而且他们相互之间还可以有丝丝缕缕的影响和联系。许多问题的细枝末节分散在不同的对象当中，而且对象的重复出现是不可避免的——不是重复论述，而是不同侧面的切入与关联。有的时候，我甚至认为过于集中地聚焦于那些孤立诗作的分析也并非一个有效的方式。我的研究方法必然是（也只能是）以具体的现代诗学为对象，它很可能会涉及相隔遥远的年代、完全不同的流派、各不一样的诗人和丰富多彩的文本，以及那些闪烁其词、昏暗不明、自相抵牾的片断，涉及它们之间的内在关联、矛盾、互动、同构。对诗歌而言，或者在诗学问题上，很多时候，哪怕是一个小小的角度和微乎其微的发现，也需要动用我们全部的知识和神经。

对诗歌文本的批评总是件令人伤透脑筋的事，但我却不喜欢以"诗无达诂"那样的托辞来纵容自己思考的懒惰。除运用一些基本的论述策略和批评方法外，在具体的诗人诗作的解析上我有时会尝试运用"日内瓦学派"的"意识批评"的方法，力图还原他们创作时的想法。这堪称是一种呈现式的批评方法，因为还原创作的同时也就呈现了创作。我想，我们可以运用此一分析路径来进入诗人们的内心深处，即如普莱所强调的，做到既是"感性肉体的阅读"又是"精神心灵的阅读"，通过感性身体和理性精神的阅读批评，在主客体之间建立一种丰满而客观的相互关联。对于现代诗歌而言，这更是一种阅读现象学——作品总是通过自己的不可言传和不可决定性来显露自己，而主体则在这样的阅读中开拓并提升自己的"主体性"，即在自我意识和他者意识之间获得一种主体间性，或者在他者体验中渗入自我体验而获得主体间性。即便考虑到在现代诗学里主体性本身的变异因素，由于我们可以将变异、弱化和分解的主体性不断地进行辨认并与由它自己衍生出的新的"他者"因素发生关系，因此，本人仍然毫不犹豫地认定上述批评方法在分析诗人及其作品时的有效性。另外，必须承认，新批评的方法在我这里从来没有过时，正如之前所提，尤其是它在对诗性语言及现代诗歌的有机性方面、在关于文学自主性与现实的再现之间关系的悖论式表达，至今仍会为本人在诗歌批评中提供许多灵动而诚挚的思路。值得申明的是，这两种看似截然对立的批评方法在进入现代诗歌文本时，尤其是在进入诗歌的核心时，是毫无冲突的。因为真正的诗歌总是包含了所有的冲突，这决定了我们在挺进诗歌魔地的每一条道路、每一个街口时必须灵活地、即时性地运用所有应该用到的工具，而往往到了最后我们会发现，所有方法和所有冲突原来都是构成性的，原来元诗歌的成分也可以是具体而诱人的。

《诗的复活》系列的最初构想来自我的一篇同名文章（因为共同涉及一些相

关细节问题，我会把它作为附录列在后面）①，它既表明了本人对今日或后现代的艺术观与文本观的态度，也表明了我对整个艺术史的态度；同时，在相当程度上也反映了某些具体而特异的个人写作经验，它充满了在一条泥泞之路上的挣扎痕迹。我相信对于我本人以及我的大多数同行们来说，写作就是现实，而不是梦境。我们多年奢望的最好的写作应该是存在于无法避免的困境与突围中的写作。它应该是有生命力的而不是遁入虚无的。实际上，虚无之所以会被我们提起，是因为它映照着存在。这一点在危机重重的年代尤为重要，如今看上去我们正身处这样一个年代——我们不但成了我们自身的放逐者，而且还必须要成为自己的发现者。我想我会始终欣赏伊格尔顿在评价艾略特时所说出的那句话，那几乎是对诗人在历史与当今之使命的完美概括——"在文化危机的时代，正是那些被放逐出来的和被孤立起来的人们能够用负责的野心勃勃的方式去回应他们的历史时刻；而又正是这些人，通过提出关于现代文明的最透彻的问题而能够制造出最好的文学艺术。"②

---

① 即《诗的复活：从叙事的"无能"到意义的重构》（《文艺理论研究》2007年第5期）一文，由于提出了"呈现诗学"的概念，曾作为附文收录于《诗的复活：诗意现实的现代构成与新诗学》一书，并同时选入本诗文对话集。

② 特里·伊格尔顿，《托·斯·艾略特》，哈罗德·布鲁姆等著《读诗的艺术》，王敖译，南京大学出版社2010年版，第114页。

诗的复活：从叙事的"无能"到意义的重构①

——兼论一种呈现诗学

很长一段时间——大概要从 20 世纪 90 年代初开始，最初的时候真像是刚刚从伤感的噩梦中惊悸而醒，许久缓不过神儿——我一直为写一篇关于"无力"的诗学文章而作着准备。显然这与十几年来一个冷静沉思的大环境相关，在愚智共相、苦乐同在、悲欢共处的历史与生命的转捩期，冷静的机智成为一些更为优秀的诗人的诗写特征；可以说，在心灵重压之下学会冷静，以"无个性"而为个性，以"无力"之美对抗荒诞，是我们的心灵经受洗礼的结果。

而现在，情况又一次发生了转变，也可以说大有重蹈覆辙之势。和 80 年代一样，更多的人开始喜欢江湖热闹而不是幽居独处，关注诗以外事物的热情远远超过了关注诗自身。于是，沉默与聒噪重新并存，加上原已有之的传统的断裂和延续、后殖民文化与工业社会早期景象并存，蒙昧的、封建的、利己的、空想的思想并存，启蒙的偏执与后现代的虚妄并存，使当代中国几乎成了一道无与伦比的风景。同时，"现实"也具有了以往任何时候都难以与之相比的复杂的隐蔽性。它的多层次、陌生化、似是而非、自相矛盾乃至荒诞不经早使"民间"丧失了"独立性"，而以思想批判为己任的"知识分子"也越来越喜欢钻入"学术"的书堆，少有叩问生命和存在，以致独立、怀疑的精神光芒日渐黯淡。生存和写作的意义变得莫衷一是，教人走向颓废和教人重获心灵的真诚都成了令人尴尬的事。在这种情况下，启蒙与解构、坚守抒情与陶醉于语言都显得不合时宜。而曾经被认为是诗歌之本分的赞美与抒情，如果不是不道德，也至少构成了我们身处其中

---

① 此文最先收载于民间诗歌刊物《北回归线》总第 7 期，后发表于《文艺理论研究》2007 年第 5 期。

的这个年代的伪饰。这是多么动人的现实啊，我们本来可以在这巨大的困境中两线作战——一边追求美和真理一边捍卫想象力和尊严——但令人遗憾的是，诗人们在如此生动丰富的现实面前却显得束手无策，而乐于以最为简单也可以说是平庸的方式来处理问题。第三代诗人们做出了一个很好的姿态，但可惜之后这种姿态却被功利和庸俗的情趣所埋没，当然在某种程度上也可归因于写作技艺上的不精湛。曾有一段时期，"大部分写作成为一种'为永恒而操练'的竞技，一种与翻译同步却与诗人的自身生存相脱节的行为。"① 之后又如获至宝般转向叙事、反讽（而在有些诗人那里只是连篇的陈述和讽刺），这似乎使诗人们获得了识辨生存实境的便利，而少有人意识到这是存在的荒诞性预设给诗人们的又一个不大不小的美学陷阱。

在这样一个令人晕眩的现实面前，也许只有选择静止和沉默才不失明哲。事实上，十余年来"我们一直是自身历史境遇的沉默的见证人"。② 但"静止不过是我们的心灵为现实摄下的一幅图像③"。维特根斯坦说"凡不可说者需沉默"，这一点我们或可在诗写过程中加以体验，而当下语境的复杂性和滑稽之处在于，沉默往往并不因我们的对象不可言说。历史和现实、文化与时间、个人处境和存在意义之间似乎有着一股强大的对峙的力量，像要把一切吸纳进来。在这种强大的吞噬力面前，连静止和沉默也变得不可能了。这浑浑噩噩的芸芸众生，这沉默的可能和不可能，这是生命的异态还是常态？而我们有无能力找到那语言的缝隙并将以怎样的方式去呈现这几近绝望的历程？

藏隐的本相和无能的叙事

这世界已远不是马丁·布伯的"我"与"你"的世界，在一个相对主义的时代，我们都同时兼具了多种身份，而直接导致了无身份。一方面，"我们取消了文化，消解了知识的精神性，消解了权力语言、欲望语言和欺诈语言的结构"④；另一方

---

① 王家新，《阐释之外：当代诗学的一种话语分析》，《文学评论》1997 年第 2 期。
② 耿占春，《一场诗学与社会学的内心争论》，《山花》1998 年第 5 期。
③ 格森，《书信演说集》，转引自朱立元主编《当代西方文艺理论》，华东师范大学出版社 1997 年版，第 80 页。
④ Ihab Hassan, *The Postmorden Turn*, Columbus: Ohio State University Press,1987, p.170.

面，比如在中国，这一阶段甚至尚未开始，相反，"元叙事"和"堂皇叙事"（利奥塔）方兴未艾。一方面，是我们对自身的厌弃；另一方面，正如艾略特所认识的，旧事物也可以和新事物取得一致。历史的、现实的、个人的、物理世界和神秘的意识世界的复杂性交合在一起，让我们对语言的操持更显力不从心，或者本末倒置地认为一个词的意义就是"它的语境中缺失的部分"。①从我们自身来说，似乎更喜欢把一种经验而不是存在的本相呈现于诗中。在这个尴尬至于"我"们丧失了"自我"并因此丧失了社会道德感和理想的稳定性的国度，本来就不堪一击的文化、美学和价值判断体系变得更加脆弱而虚无，而被称为富于敏感特性的诗人们，竟麻木到对此毫无知觉，而陷于虚设的永恒、苍白的个我或词语的自娱自乐且不能自拔。因此，那巨大复义的存在本相似乎隐藏了起来，既没有出现在平面的日常现实里，又不会出现在我们无效的语言实践中。

这并不是说要使我们的写作意识形态化和主体化，或者以旧的历史主义（"旧历史主义"？）的眼光来看待问题，而是存在的复杂性以诗意的方式进入写作的必然要求。可惜的是多年来更多诗人的写作根本触及不到这个必然性，他们喜欢为写作而写作甚至什么也不为地写作（这并不一样，后者连写作行为都无以构成，尚无必要奢谈写作的有效与无效）。我们必须寻找一个新的本体，它不是语言，不是我们自己，甚至不是我们对语言和写作的态度比如消解行为，它或许难以呈现意义（意义能否被呈现？），但起码呈现了我们朝向意义的努力以及接近或疏离意义的整个过程，而在这样的过程中生发存在的连绵而含混、孤绝而辉煌的美感和诗意。这里倒可以借用兰色姆的一句话——"本体，即诗歌存在的现实。"②但和兰色姆不同的是，我以为这一本体不是一个封闭体，而是必然和个人、社会、历史、文化、道德以及这个世界的神秘性发生关系的一个开放体，就连兰色姆本人也提出"诗歌旨在复原那个我们通过自己的感觉和记忆散乱地了解的复杂难制的本原世界"③，当然这是他的矛盾。问题是不管这样一个世界能否复原，我们都不妨把它连同我们的努力看成诗的本体，这样的本体包括了全部的现实，包括了我们的选择和为之倾力的细节，显然，也包括了兰色姆的矛盾。

---

① 瑞恰兹，《论述的目的和语境的种类》，见《"新批评"文集》，中国社会科学出版社1988年版，第298页。

② John Crowe Ransom, *Beating the Bushes: Selected Essays 1941—1970,* New York: New Directions, 1972, p.15.

③ John Crowe Ransom, *The New Criticism,* Westport: Breedwood Press, 1941, p. 281.

另一方面，从亚里士多德到康德、再到柯尔律治，乃至新批评及之后，完成了一个有机论者的形式主义传统。这个传统的审美观预设了形式的封闭性。正如巴赫金所说："形式主义者的出发点是把语言的两种体系——诗歌语言和生活实用语言、交际语言——对立起来，他们把证明它们的对立作为自己的主要任务。"[①] 在"模仿论"和形式主义之间寻求一条中间道路是极其艰难的，这也不应成为我们的目的。形式主义否认了语言之外的艺术参照，而"模仿论"又忽视了诗的自我参照性是一种内在的连续性的创造。新批评曾让我们津津乐道，因为它把诗看成是一种特殊的自治自足的存在，但也正是这种多少有些虚构的自足将文学与读者和社会、与历史和文化分开来，将文本和它的语境（至少是语境的一部分）割裂开来；作者的虚构意识和作品的虚构倾向使得形式的封闭性效果——即由长期存在于文化里的神学和美学语言习惯的隐喻奇迹所产生的一种世俗的满足——成为可能。同时我们也不能接受现象学把艺术与经验过于密切地联系在一起这种看起来和实际上都过于简单的做法——此中有真意，欲辨已忘言——世界原本如此，我们通过眼睛、嘴巴和心灵对其描述，甚至以写作之名试图对其中某处进行改动，而结果则常常会发现自己的过于自信，因为一切原本在它的意愿之中。

那么，能否在文本和语境中将文学和文本重构为历史客体？这一过程首先并不是文本历史化或历史文本化的简单过程，它不但将我们的存在和感知与文本达成一致（或不一致），而且将之统一于某种时间性内，在创造行为产生之初就与历时性和共时性存在同时发生关系，而不是在既有的主客体秩序内给定语言和想象。过去的历史主义在谈论作品的"语境"时，总是假定语境（其实叫作历史背景可能更为贴切）具有作品本身无法达到的真实性和具体性，这种语境化（contextualization）的修辞"常常鼓励狭隘的资料阅读，在这种阅读里，本文只不过是时间的符号或体现某一大现象的直接表述"[②]。显然，这种做法只是习惯于对时间的因果关系或说连续性进行考察，却忽略了语境的逆转性因素。而我认为这种逆转性恰恰是语境更为本质层面的特征，一个不争的事实是，写作并不能保证作者功能的顺畅实现，正是这种逆转性使作者的身份和文本的意义变得不再清晰。今天的我们已被困于这两种可能性之间。而这种情况使我们在试图摆脱

---

① 巴赫金，《文艺学中的形式主义方法》，李辉凡、张捷译，漓江出版社 1989 年版，第 117 页。

② Dominick La Capra, *Rethinking Intellectual History*, Ithaca: Cornell University Press, 1983, p.147.

意识形态化语境的同时又陷入了一种新的二元对立——在新批评的所谓"本原谬误"（genetic fallacy）与解构主义的所谓"参照谬误"（referential fallacy）之间徘徊不前。

这样一种历史境遇或现实境遇与其说是具有一种悲剧性倒不如说是具有一种喜剧性，正是在这个共识之下，一些诗人选择了叙事和反讽。所谓因经验而叙事，因怀疑而反讽。而叙事性对经验世界的表达及对现实的风格化作用也是显而易见的，毕竟在此之前的几年时光里（20世纪80年代中后期），我们曾经一度将生活遗忘，"生活，或被公认或被默许为一个犯忌的词语"。① 如果刻意的叙事最终朝向诗人的个人心理，并将之投射到更大的现实存在或历史的、文化的空间，则无疑会起到延扩文本的作用。但是事实上，叙事作为诗歌的一种新的可能性，不是由于诗人对现实有了新的发现，而是由于在现实的蒙蔽性和虚幻性作用下作为一种经验幻觉而出现的。在这种情况下，叙事的运用一旦超出其作为写作技巧的范畴，成为某种定型的风格化文体，就会走向它的反面，对诗歌的自在性有所伤害。我们可以对张曙光的一些看上去是叙事而实则是在"叙心"的作品和孙文波的一些写实性作品作比较阅读，从中可以看出对叙事的不同理解。

所以，"叙事并不能解决一切问题。叙事，以及由此携带而来的对于客观、色情等特色的追求，并不一定能够如我们所预期的那样赋予诗歌以生活和历史的强度。叙事有可能枯燥，客观有能感觉冷漠，色情有可能矫揉造作。"② 这些担心在这些年的诗歌中都已得到印证。更重要的是，诗人的注意力开始集中于场景和事件，集中于它们的过程而不是背后所藏，而往往忽略了超越于事件本身以外的超验的和历史的风景。这使得我们在处理个人境遇和处理现实两方面的潜力都大为降低。最终我们发现，想象力和诗意时空不是扩大了而是缩小了，不是内在化了而是表层化了。在庞大的现实面前，叙事退步为一种复述行为，一种高级写实主义。因此，与其说叙事在修辞策略上完成了对现实的叠加，倒不如说叙事与现实达成了某种默契或者说是妥协。但这还不是问题的关键所在。叙事作为一种言表方式，把作者与读者界定为一种固定的主从关系，叙事主体与他的"倾听者"的关系，这使作者与读者很难在更自由的诗美空间进入一首诗的本质与结构。另

---

① 肖开愚，《生活的魅力》，《诗探索》1996年第1期。
② 西川，《大意如此》自序，湖南文艺出版社1997年版。

外，漠视存在的超验性、历史的同构性和语言的自足性也使得叙事的视域过于狭小，把诗人的创造性才智置放在了生活的转换不停的场景之间。"证实一个诗人与一首诗的才赋的，不再是写作者戏仿历史的能力，而是他的语言在揭示事物'某一过程'中非凡的潜力"。[1]这不仅是对历史幻觉与个人思辨关系的误解，也是对语言自身及其能指对象的存在意义的误解。正是这些方面导致了叙事策略的最终失败，使其美学意义更多停留在节奏和语气（甚至没有真正关涉到语体）的层面上。从这个意义上来说，叙事表现为一种无能，不在少数的叙事文本非但难以发现和生成新的现实，反倒具有了某种伪现实性。这样的局面构成一个不无讽刺的景象，不是我们所要描摹、戏谑和解构的现实成了虚饰，而是相反——作为描摹者、戏谑者和解构者的我们成了现实的虚饰。

语言幻象与焦虑之梦

在这种情况下再去谈言语战胜差异的幻觉总让人感到不安。实际上，自我指涉、幻觉和隐喻的双重性，已使文本的封闭和开放机制变得似是而非，或者称之为具有了某种"同时性"。所以，作品其实也并不仅仅只是外部经验世界的一个隐喻性替代，有时候它也是对这一过程的怀疑、反思甚至抵制，而语言的复义性也使语言难以完整、准确地表现作者意图，这时的文本往往成了肯定与否定自我、肯定与否定自我和他者、自我和世界的关系的一个矛盾体。它的存在状态表现出一种多重性，这种多重性在于世界的、经验的、个人的和语言的方式在共同发生作用。语境及其结构和诗歌语义的相互作用，一方面大大超越了语义自身的伸延范围，走向了言词之外，即形成了不再单纯如初的非语言性因素；另一方面也必然超越了语境及其结构自身，走向存在之外并形成新的存在，不再是原初的昧荒状态，而使诗文本成为融入了个人化的思辨的、参悟的、体验的鲜活体。语境结构使诗歌语义呈现出一种复杂化的特征，变得更加细微多层，并具有扩散或内敛的潜能；而诗歌语义的扩散和内敛，亦势必同时与其自身的语言性因素及更大时空范围内的非语言性因素发生关系，即与语境发生关系。我们发现，即使在

---

[1] 程光炜，《90年代诗歌：叙事策略及其他》，《大家》1997年第3期。

语言中所指是不存在的，但诗的能力可以用存在充实自身。诗对自身（形式）是封闭的，但对世界是开放的，是静止和能动的合一，它的每部分之间都处在一个关联性语境中，每个部分既是受动者又是施动者。在这个意义上，一首诗从来都不只是一首诗，而是如兰色姆所称的一出"小戏剧，在复杂的（语言）环境中展现（诗歌）行为"。[1]

　　所以，语言的自足自律和差异嬉戏都无法将我们拯救，我们正面临着一出新的戏剧，这出戏剧的主角不是语言，而是我们自己。那种把美学等同于语言学的观点实在是太过于理想化了。实际上，和时间一样，语言也会对文本存在的同一性形成威胁，因此把语言看作载体也好，看成家园也好，看成可以用来神思的工具也好，它都不应被置于美的中心地位。相反，由于语言幻象并未使我们看到世界的本来面目，只是叠加在了原本模糊不清的存在之上，我们在这样一种双重幻觉里就更需保持一种怀疑主义，来展开对自我和真相的寻觅，至少，能够对我们内心的绝望的幻象加以保护。而这恰恰是问题的关键——"对我们时代的绝望因素，当今的艺术家、诗人和作曲家是如何做了反应的呢？……尤其对于青年人来说，提供的不是理智的石头，而是感性的营养，那么，这个问题的提出就显得至关重要了。"[2] 在强烈愿望与纷乱现实的共同作用下，在语言和"自我"的疏离之下，一种被称为"焦虑之梦"的心理必然会渐渐滋生、蔓延，无聊感、阻障感、被抛弃感和生存的绝望组合在了更大的虚无中。而我们要做出的抉择也似乎只能是——是为个我还是为存在的本相而焦虑、是自强还是自弃于其中，这是两种不同的梦境。一些人选择了救赎，既自我救赎又救赎他人；一些人选择了弃绝，既自我弃绝又弃绝于世。但是我想，在自信（救赎和弃绝难道不是过于自信之表现么？）之外，也许还有第三种选择更为明智——如果我们尚不至于盲目到以个我代替意义的全部，或者绝望到怀疑自己的灵魂，就应该以诗人之天赋全身心地投入到这巨大黑暗的天幕之下，此在地生存、思考、幻想、体悟，此在地经历、理解焦虑并从中获得生存之耐性，或者创造出一种与既有美学秩序相抗争的新的可能性对充满不确定的世界加以细微调节，那么在某一时刻也许我们真的会看到——那微弱而美妙的希望已在天边悄然出现。

---

① 　J.C.Ransom, *The world's Body,* New York: Scribner, 1938, p.249.
② 　古茨塔夫·勒内·豪克，《绝望与信心》，李永平译，中国社会科学出版社 1992 年版，第 8 页。

作者与自我的媾和："谁在说话？"

这种带有测不准和多义性质但同时又趋向完整的过程使得我们再难像过去半个世纪以来置身于文本之外，作者的存在状态和身份更加难以确认，作者与自我的关系重新成为一个与写作进行时息息相关的话题。福科在《作者是什么》一文中曾讨论到"作者的功能"这一话题，按照他的理解，作者的功能是由一种"司法或机构体系"所创造的，是"一系列具体复杂的操作"之结果。他的潜台词是作者隐于作品之后，作者最大的功能是使一切合法化，并保证文本的真实性。但是作为现代诗歌的写作者，作者的作用就绝不仅仅是福柯从社会学的角度所分析的那样，"消除，至少部分地消除，作者的作用就是调和可以在一系列本文中出现的矛盾"，或者简洁如"最后的作者"的提法——"最后的作者成为表达的一种特殊源泉，他以多少有些完整的形式，在著作、特写、信简、断片、文章等文稿中，得到同样清楚的显现，并且几乎同样有效。"[1] 在这里，福柯有意识地把作者与自我分离开来。作者的功能被抽象为一种写作程序，作者成了管理者角色，成了身份的印证，从而具有了某种同一性。而事实是，在写作中，至少在某种写作中，作者的同一性常常被打破，甚至时不时地会与"自我"媾和。作者是一个可变物，但作者（不论它是一个单数还是复数）必然与每一个"自我"（它同样也可以是复数）相关联，与每一个"自我"的艰难选择和隐秘莫辨的心理相关联；另一方面，作者的角色意识（包括针对每部作品的角色印证和调整）本身就可以进入语境结构，它在成为一种话语的作用的同时也生发了对话语的作用。如果考虑到"自我"的泛同一性情况，则作者的角色意识也将更加丰富多元和充满变数，在这种情况下作者已不可能以一种专横的外在化的手段来讲述一个故事。所以，有时，作者既不是客观观望者，也不仅仅是一种心理存在，它往往可以潜存于作品之中，以一种模棱两可的隐秘的姿态出现。关于作者因素转化为诗本体的原因，特别是它在当代文化语境下作为新诗学具体文本的呈现，我将在后文中的几节加以探究。

需要指出的是，作者、自我和作品中的"我"三者间也是有着相互关联的。它们共同组成一个不断演化的整体，存在于现实、精神和虚拟的世界，而且这三

---

[1]　米歇尔·福柯，《作者是什么》，王逢振、盛宁、李自修编，《最新西方文论选》，漓江出版社1991年版。

个世界也是一种交互和同构的关系。因此，自我并不自由，自由也并不存在，意志也好，上帝也好，都不会一劳永逸地解决问题。叔本华说"人生的整个经验进程，从大事到小事，都像时钟那样被严格决定了"。①这应该说是一种不折不扣的宿命论，它把人的自我认识、自我寻找和自我发现都归于没有自我的另一世界，并认为这正是我们时常感到命运不在手中的原因。但即使叔本华也对局部意志和局部自由有所区分，进而认识到"我们真正的自我不仅存在于我们本身，即存在于个别的现象，而且还存在于一切造物之中。"②这说明了自我不但存在，而且我们可以通过多种方式去领悟自身的存在。比如我们还可以从他者的形象中找寻到自我的本质，与他者"同一"，像博尔赫斯所说的"寻找者和被寻找者具有同一性"③，也可以在自身的对立面中去发现自我的另一部分。所以，恰恰是自我的参与搭构成了命运的媒介。自我的这种永恒本质使得它具有一种强大的扩延力，在这方面，我想巴赫金的一句话可以给我们带来启发——"让我们把宗教——形而上学的问题搁在一旁（形而上学的只能是宗教的），可是毫无疑问，不朽涉及的正是灵魂，而非精神，涉及这个因内心世界而增加了个体价值的整体，它在时间上展开，由我们通过'他者'去经历和体验，在艺术上以字词、颜色、声音的方式得以形象再现，被涉及的灵魂在价值上可与'他者'的身体外壳相提并论，在死亡和不朽中，灵魂并没有脱离它的外壳"。④

表现世界的远离及其身后景象

我们发现，精神世界已经很难再像过去一样被简单地区分为直觉和逻辑、想象与理智、个别与共相、形象与概念的范畴，"自我"不再完整，或者说不再以单一独立的样式存在，因此"表现"诗学所尊奉的"情感的自然流露"的逻辑基础便已不复存在；同时那种惯于为世界设立一个本源的形而上学的思维方式也不再根深蒂固，像克罗齐所描述的"那艺术作品尽管有那些概念，它的完整效果仍是

---

① 《意欲与人生之间的痛苦——叔本华随笔箴言集》，李小兵译，上海三联书店 1988 年版，第 124 页。
② 《意欲与人生之间的痛苦——叔本华随笔箴言集》，李小兵译，上海三联书店 1988 年版，第 19 页。
③ 博尔赫斯《接近阿尔莫塔辛》，《博尔赫斯文集小说卷》，王永年等译，海南国际新闻出版中心 1996 年版，第 544 页。
④ 巴赫金，《作者和主人公》，见克里夫·汤姆逊《巴赫金的对话诗学》，姜靖等译，《国外文学》1994 年第 2 期。

一个直觉品"①的情况似乎悄悄地（或从一开始就是）发生了变化，这些情况没有理由不在现代诗歌艺术实践中得以体现。

一切趋向于复杂，形而上学所设定的一系列的二元对立范畴，如在场/不在场、精神/物质、主体/客体、能指/所指、理智/情感、本质/现象、声音/书写、中心/边缘等等开始显得简单机械而无助于对世界的完整思考。宇宙、历史、文化、时代和当下以及个人的复杂性决定了心灵的复杂性，所以旧有的"心灵的事实"就难以再被确立，或至少发生了变化，在这种情况下，直觉再也不可能成为一种自在自为的事物了。在表现的世界里，最高的思想可以通过艺术想象和象征来表达，世界的不协调也可以通过想象来加以平衡，这需要激情、天真未凿、诗人心理状态和心灵的主体性的完整、感官材料的可复现性，以及思想和意象的同一引力；而如今，这些都不复存在，或者说都已发生了变异。个别难以体现一般，因为个别已经难以确认，不但单个形式的真理难以浮现于脑中，而且每个事物面前身后都有一层虚幻物质，这都破坏了原有的想象的机制。这种情况直接作用于艺术的构思与传达，直觉与表现再难统一，表现丧失了它的独立性。正是在这样一种认识的前提之下，我们说"诗歌不是感情的放纵，而是感情的脱离；诗歌不是个性的表现，而是个性的脱离。"②好的诗歌"是那些表达最好而又没有进入个人范围的作品，……既是隐秘的，又是公开的"。③

所以，我们承认梦幻、承认暗示、承认非理性，但也当然认可韦勒克在对瓦莱里的理性倾向（即一种客观化的、对表现型自我的超越或者抑制）进行评论时所说的那样，"他的全部实际重点放在观念时刻之后的理论沉思部分上，放在诗的计算上，放在诗人在可能性中作选择的行为上，他对一种娱乐或游戏作富有洞察力的、有高度意识的追求上"。④这样，理性与非理性具有了同一化的情势——而且在我看来，它们原本并未分离，那种人为的两极化分裂从一开始就是极其危险的——创造的冲动和理智的力量其实始终在进行着一场永无消止的角斗，把任何一方拉开来都必然会对这一完美过程造成损害，而这一损害几乎和美的起源有

① 克罗齐，《美学原理》，朱光潜译，外国文学出版社1983年版，第8页。
② 艾略特，《传统与个人才能》，见《艾略特文学论文集》，李赋宁译，百花洲文艺出版社1994年版，第11页。
③ 转引自兹维坦·托多罗夫《批评的批评》，王东亮、王晨阳译，生活·读书·新知三联书店1988年版，第70页。
④ 雷奈·韦勒克，《西方四大批评家》，林骧华译，复旦大学出版社1983年版，第44页。

关。进一步说，在创作过程中，二者并非作为对峙的双方而存在，而是绞合在一起的一个事物。我把它认同为一个更高的实在，它将我们的心灵和物象融为一体并"使我们感觉到单词与心灵之间的一种密切的结合"。①

但对更多的写作者而言，表现世界的远离却形成了一个理性真空，其旧有的美学观念（有的基本上还停留在浪漫主义阶段）使其只能看到存在的表象，而对情感支配力的缺乏又使其对诗人的主体性、诗歌文本的主题控制以及形式范畴的一系列问题如诗歌的排行和音乐性等方面产生了巨大的误会。于是滥情之作盛行、发泄之作盛行、视觉冲击之作盛行、朗诵会盛行。我意识到，没有哪个时代的诗人们比今天的诗人们更像诗歌的工具——既不是镜，也不是灯，而是各式各样但粗糙无比的工具。当然，对这种局面的最令人担心的一种想象是，诗人们既不存在于他们的诗中也不存在于读者的心中，而是被紧紧捆缚于世俗世界的私欲的巨网中。

一种既有的写作风格与秩序业已形成，清浅自娱、功利、琐碎、无厘头、俗不可耐而自视清高的文本大量充斥在读者众多的诗刊、网络和互相承认的圈子里（一般这样的圈子并不"小"），这类文本的最高境界大概也只是发泄和抒情，而我们的文化将其看成是再自然不过和合理的事，从而忘记了写作决不仅仅是一种交流和抒情的工具。事实是，我们说话，但却不存在。文本和现实的割裂破坏了更多读者对历史和文化的判断，这种情况现在变得糟糕透顶，已没有多少人（甚至包括作者本人）能够意识到他和语言关系的危机，以至所表现之物沦为一种伪饰，作者和他的文本成了虚无的存在。

呈现：作为一种态度

在这样一个坚持与坚持的不可能共时存在的奇迹面前，我们也许面临着态度的转换。既然已经丧失了表现机能和表现世界，那就必须另寻他途。在生活与存在的巨大的"盲目"性里，奢望找到目标和意义也许不是最好的办法，相比之下，呈现出这"盲目"的原生态也许会更加有效；当然这种"原生态"绝不是描摹生活

---

① 瓦莱里，《诗与抽象思维》，见伍蠡甫主编《现代西方文论选》，上海译文出版社1983年版，第37页。

表象，而是在"盲目"的存在的内部去探寻它的内在关系和我们的位置，并使这一几乎注定会充满黑暗但具有强大的扩充性的过程也融入写作本身，从而可能揭示万物（包括艺术行为）在存在论上的意义。我甚至已煞有介事地杜撰了"呈现主义"这样一个名称，这并不是对读者的故弄玄虚，也不是说我已重获命名的信心——十几年前，中国诗坛"主义"盛行，我对"主义"从来不屑，认为它们并非理性之产物，至少在中国是这样——而是我认为存在着这样一种可能，在我们呈现生活和存在的盲目性的同时，我们或会遭受到同样来自这盲目性的抵制的力量，呈现也会有它的"不可能"的一面，而那通向存在的秘密的暗道也许就在其中。所以呈现主义的确应该是一种态度，它本身带有相当的悖论色彩，在表面上它并不关涉用我们的理智来明确目的和意义，而它所有的意义又都永驻于呈现自身。

可以这样概括，所谓呈现主义是指以理性和非理性相媾和、个人化与非个人化相媾和、作者与自我相媾和的方式呈现不可呈现的存在与美的合理性与荒诞性。其中，"呈现不可呈现"也许是最难理解和最为关键之处，而我要说的是，正是它把文本语境和历史语境联系在了一起，把诗和诗的产生过程联系在了一起。诗和诗的产生过程是必然合一的，这非但不是某种意图谬见，取消了作品的独立性或作为批评的独立对象的作品本身，相反，这种合一扩展了作品的内涵，使我们的写作在整个写作系统中得以整合，维护了作品的独立与完整，并实现了以它的全部因素来成就张力——按照退特的说法亦即诗的意义，"即我们在诗中所能发现的全部外展和内包的有机整体。"[①]

呈现诗学并不否定语言的既定地位（克罗齐、现象学和存在主义、海德格尔、伽达默尔等），只是更加强调如何认识、接近创造和运用语言。而且，呈现必然是互文的，以一种相互建构和包容的力量来平衡和协调那些相似或不相似的元素。呈现本身是一种积极的因素，它不回避主体存在（在此强调，这与作者保持写作身份的独立性或说写作的零度姿态是两个问题），更不回避存在的矛盾，相反，它的过程和结果都将是含有意义、评价和阐释内涵的。呈现绝不是客观自然主义的过程，它应该是朝向此在的一种努力（此在只能是一种相对的状态）。它

---

① 艾伦退特，《论诗的张力》，姚奔译，见赵毅衡编选《"新批评"文集》，中国社会科学出版社1988年版，第117页。

将以"解合法化"（delegitimation）的形式使作者（或者个体的人）获得自由，以"此时此在"（ici et maintenant）的状态介入并融入存在，而不是像过去那样自负地认为以语言和文化的力量或者人为的一些既定规则就可以穷尽宇宙之真。利奥塔在《论非人》一书中写道："我们的地球和我们的思维将只不过是宇宙能量短暂的颤动般的状态，整合过程中的一瞬间，宇宙的某个角落里的物质的一个微笑。你们，不信神的人们，你们非常相信这些，太相信了，相信这个微笑，相信事物与思维的契合性，相信一切的合目的性。你们和大家一样，将成为这个宇宙角落中稳定秩序关系的牺牲品……"① 显然，"解合法化"是对感受谬见和意图谬见的纠偏，而朝向此在则在破除我们的思维惯性和对这种天真进行改造的同时，也避免了陷入一种新批评式的新的语言谬见的可能。

从17世纪前诗学本体论出现到认识论再到语言论，诗学观照模式似乎越来越趋于细节和局部化。呈现主义诗学是过程论，过程包含上述全部因素，过程成为作品本身，并最终在语境、语义、语用和接受的层次得到全面反馈。可以看出，呈现诗学同样试图打破结构主义所创造出来的"普遍的语法"，它的"语法"并不只适用于文本，而是适用于从语境到作者到文本再到读者的多个层面。这里的诗学和托多罗夫在他的《诗学引论》中所提及的诗学的两种意义并无关联。托多罗夫分析了诗学的两种意义或两种态度："（为了理解什么是诗学）首先必须区分开两种态度，一种人将文学本文自身视为知识的完满客体；另一种人则将每一单独的本文看作是某一抽象结构的具体表现形式。"② 托多罗夫分别把这两种态度叫作"诠释"和"科学"，他从索绪尔语言学出发认为诗学"并不追求给意义下定义，而是力图掌握有关那些统领文学创作过程的普遍规则的知识"。③ 呈现诗学其实是一种以退为进的策略，它是在放弃了对明确意义和建立规则的执着之后，以"退一步海阔天空"的方式来创造一种综合理解力，从而给出探寻存在和意义生发的多种可能性。

所有的努力都将证明，我们的工作"不是对实在的摹仿，而是对实在的发

① Jean-Francsois Lyotard, *The Inhuman: Reflections on Time,* Redwood City: Stanford University Press, 1988, p.70.

② Tzvetan Todorov, *An Introduction to Poetics,* Trans. Richard Howard, Minneapolis: University of Minnesota Press, 1981, p.3.

③ Tzvetan Todorov, *An Introduction to Poetics,* Trans. Richard Howard, Minneapolis: University of Minnesota Press, 1981, p.6.

现"。[①] 就像我们在修辞上运用象征，它"并不单纯是指示出一种意义，而是使意义出现"[②]，也就是它的功用不是发掘意义，而是发掘意义的表现途径，从而尽可能地把作为整体的意义显现（而不是明确地指示）出来，并使对象在这样一种显现中获得存在的实在性。呈现的本质就在于，它使广阔的生存、文化语境、鲜活的个人境遇与具体的文本语境相合一，而不是像过去那样使之作为文本的背景，并在写作的进行时态中对存在本身和写作本身进行生发和展现，从而使写作本身与我们存在的所有的可能性相关联，真正使写作和世界建立一种互文性的同构关系，并在此种同构中寻找写作与存在的自足。所以，它是一种态度和境界，而不仅是一种手法或技巧。

写作的有效性：我们呈现了什么？

这里的有效性是建立在写作的完整性之上的，为写作而写作和什么也不为地写作（譬如目下互联网环境所涌现一些泛滥之作）不在考察之列。早在十年前，陈东东就"有言在先"，"这种写作不在写作行为以外对诗歌有什么愿望和要求，它并不能自觉地迈向作为形式、技巧、意义和良心的诗歌，——它并不在乎是否能产生一首诗来！……诗歌因这种写作而遭到的伤害是巨大的。"[③] 我在这里讨论的只是既成的写作行为及其过程中的有效性的问题，不涉及写作行为外部的时势与气候，虽然从接受的角度这些因素必然会与文本的意义生发产生关联。

尽管当下生存境遇的复杂性使得坚持与坚持的不可能都成为现实的风景，并且有使二者相互混合的倾向，但我们还是要对经验的时间和玄思的时间加以区分，只有这样，才能使写作在整体和具体两个层面都更具可操作性。在实质上，这亦即叶芝所区分的是和莎士比亚的情感景象融为一体还是和但丁的灵魂景象融为一体的区别。当下，这两种景象显然愈加难以辨别，这为呈现性诗歌写作提供了绝佳的机遇。而我越来越认定，诗歌的本质决不在于指称和叙述外在世界的事物，也不只是像雅各布森所认为的诗的功能"在于指出符号和指称不能合一"。[④]

---

① 恩斯特·卡西尔，《人论》，甘阳译，上海译文出版社 1985 年版，第 182 页。
② 伽达默尔，《美的现实性》，张志扬等译，生活·读书·新知三联书店 1991 年版，第 56 页。
③ 陈东东，《有关我们的写作》，《诗歌报》1996 年第 2 期。
④ 转引自赵毅衡《文学符号学》，中国文联出版公司 1990 年版，第 106 页。

而是建立在一种综合性基础之上，"将一种现实纳入诗句，同时尽可能不使其遗漏，这个基本的、被五官所证实了的事实比无论哪一种知识结构都更为重要"。①

所以，不仅是呈现自在的"我"，还要呈现"我"的"非我性"；不仅呈现历时的历史，还要呈现历史的异态共生与虚无；不仅呈现现实，还要呈现它自身的一部分与另一部分——超现实的对峙与碰撞。既呈现瞬间，又呈现永恒；既呈现完整，又呈现破碎。既呈现飞矢的"动"，又呈现飞矢的"不动"，或者呈现悖论本身。也就是说不仅要呈现事物及其关系，还要呈现它们的环境与背景、过程及变化，而这个过程是和作者、文本语境及语言的因素紧密相连的，和我们的态度和角色转换，与我们对诗文本内外的各种元素的平衡和协调是同一的。唯其如此，才能够呈现"呈现的可能"和"呈现的不可能"。维特根斯坦曾提出"全貌再现"的概念 (perspicuous representation)，我以为"全貌再现"不仅仅针对描述对象和描述的形式，也包含了我们看待事物的方式，包含了一种世界观。当然，维特根斯坦对本质的探索并无兴趣，只是以描述的方式代替解释，来"看出联系"和"发现中介"，他说"哲学只是将一切摆在我们面前，既不解释，也不演绎任何东西"②，这虽然只是对哲学命题的处理方法，但也同样可以借用到诗歌创作中来，只不过呈现诗学更把考察对象视为包含了主体行为和所有相关因素在内的综合存在体，所以"全貌"的内涵扩展为存在本身。

在超验、经验和诗本体的关系的处理上，我认为存在着两条迥然有异然而殊途同归的路径。一种是马利坦的所谓"启发性智性"，认为某种纯粹灵圣的神秘因素会对想象力和写作运思行为施加影响，"这种启发性智性以其纯而又纯的活化的精神之光渗入意象之中，驱动或唤醒包含在它们中的可理解性。"③然后在具体的可操作层面他又肯定了经验世界与神秘智性的关联，并将二者理解为一种交叉互生的存在，"从启发性智性之光对意象世界的影响中生出斑状的云彩。它是微不足道而抖动不定的初兆，然而它是无价的，朝向可被把握的概念的内涵"。④

---

① 切斯瓦夫·米沃什，《历史、现实与诗人的探索》，自《20世纪外国重要诗人如是说》，王家新、沈睿编选，河南人民出版社1992年版，457页。
② 维特根斯坦，《哲学研究》，汤潮、范光棣译，生活·读书·新知三联书店1992年版，126页。
③ 马利坦，《艺术与诗中的创造性直觉》，刘有元、罗选民等译，生活·读书·新知三联书店1992年版，第80页。
④ 马利坦，《艺术与诗中的创造性直觉》，刘有元、罗选民等译，生活·读书·新知三联书店1992年版，第84页。

在这里马利坦对诗性经验与神秘经验进行了对比。发自灵魂深处的神秘性经验虽然更具有开导灵感的决定性，但是与具象世界距离更近的诗性经验似乎更富有创造的活力，二者的在多种可能性之下的互相渗透使经验与超验两个世界联构在一起，将事物与事物之外联构在一起，共同生成隐约而富有弹性的现代诗意。

再就是本雅明所理解的"世俗的启迪"的方法（在超现实主义文本中也有所实践），即从形而上学的思辨和玄妙体验中走出来，进入对生活的哲学批判。"我们对神秘的探索程度应止于在日常的世界中发现神秘，借助一种辩证的眼光，把日常的看作不可渗透的，把不可渗透的看作日常的。"[①] 这样做的好处是经过对日常经验和生活的外壳进行再处理，将其物质性剥离、变异、损毁，在对经验世界和历史表象的重新审视中来探测其中永恒不变的可能性，或者说就是存在的本义。很显然，本雅明的策略是将符号化和失去时间性的现代物质世界进行同义反复指涉，在具有喜剧色彩的"同一性"（always the same）中寻找有着时空距离感的人性化的世界的失落原因。阿多诺将本雅明的批评方法概括为一种"否定的神学"：在对现实的"非同一性"（non-identity）读解中揭示历史的弥赛亚主义趋势。他认为这种方法的批判价值在于能够体现"过时"（历史的积淀）和现代性存在关系中的悖论性，并由此生发存在的陌生化和震惊化效果——"过时给予这种效果，具有悖论意味的是，现代的某物，已经被批量生产的魔法所笼罩，竟然还能有历史。这个悖论使之陌生化。"[②]

但是呈现对象并不是包罗万象的大杂烩，而是有所选择和节制。臧棣在评论所谓"后朦胧诗人"时曾感慨他们身上缺少一种"写作的限度感"，"这种限度感的缺乏症典型地表现在以下几种倾向上：把写作的可能性简单地等同于写作的自足性；把写作的实验性直接等同于写作的本文性；把写作的策略性错误地等同于写作的真理性。这样，写作在整体上必然蜕变为一种与主体的审美洞察无关的、即兴的制作。"[③] 所以在写作运思系统内部还要建立对呈现的约束机制，这种约束机制使呈现并非全部指向了呈现的可能，而更指向了呈现的不可能。这一看起来几乎是矛盾的过程恰恰与我们的存在语境相吻合——知识与经验的变异、思想的

---

① Walter Benjamin , *Illuminations,* Fontana ,1973 , p.241 .

② Theodor W. Adorno, *Notes to Literature,* Vol 1, Routeledge,1988, p.88

③ 臧棣，《后朦胧诗：作为一种写作的诗歌》，《中国诗选》理论卷，成都科技大学出版社 1994 年版。

不完整、情感的难以精确化和与之相对应的难以精确化的语言，这几乎必然要通过一种预含节制的综合性的活性文本来实现。在这个意义上讲，达到"绝无'文本之外'"①的境界并非遥不可及。当今之美是"离散"之美，万物再也无法纯朴如初地"契合"，然而在呈现文本中我们发现所有的镜像都可制造，竟至无须以假乱真，或者可以这样说，一旦我们跳入了这个多维的新时空，就再不可能也用不着回到那个阴森幽古的象征的大森林了。

"综合的创造力"：或曰一种策略

经过 20 世纪 80 年代，现在再提海德格尔似乎有些不合时宜，但海德格尔关于文本意义的完整性的和总体性的理解永无止境的观念的确有着强大的理论指向意义。虽然文本意义不可能是确定不变的，但"对存在的领悟本身就是此在的存在规定"②，这种对"存在之义"的理解方式不仅影响了现代语言学和阐释学的转向，对现代诗学实践也极富启迪意义。面对无因可循的生命现象和精神现象，采取一种综合的策略也许不失为一个明智的选择。呈现在表现形式上显然不能拘泥于某种或几种单调的修辞，相反，它是一种修辞的综合，甚至文体的综合和写作行为范式的综合。它既不拘泥于现代主义的对音、色、形的变异与转换的专注，也不沉囿于后现代主义的对意义差异和语言嬉戏的热衷，而是将一切纳入其中——或完整或破碎的情感、或明确或模糊的观念、或自信或绝望的理性、存在的悖论、境遇反讽、修辞矛盾、语境结构和文本结构的重叠、语言的难控性、经验反馈的复杂性、超验介入的神秘性、风格影响、与个人化的有限对抗……这一切都将充斥在整个呈现过程里。而且，无论是在迷乱的状态还是在一种自以为是的清醒之下，或二者兼而有之，呈现都需要首先建立起一种如叶芝所说的"诚挚的诗的形式"，而使诗歌"必须具有无法分析的完美性、必须具有新意层出不穷的微妙之处"。③

---

① Jacques Derrida , *Of Grammatology,* Tran, G.C. Spivak, The Johns Hopkins University Press, 1977, p.158. 德里达此句话的原文是"Il n'y a pas de hors-texte"，则其英译就可以产生两种可能：一是"There is nothing outside the text"，即"文本之外别无它物"，另一种是"There is no outside Text"，即"绝无'文本之外'"。
② 海德格尔，《存在与时间》，陈嘉映、王庆节译，生活·读书·新知三联书店 1987 年版，第 16 页。
③ 叶芝，《诗歌的象征主义》，见《二十世纪文学评论》（上），葛林译，上海译文出版社 1987 年版，60 页。

这种复义、含混、对峙的风格在西川的《致敬》、《芳名》中已露端倪，相比之下，在生存境遇的挖掘层面王家新的《帕斯捷尔纳克》等倒显得有些明朗了。事实是，这种境遇的存在不言而喻，问题的关键是以何种方式与此境同构，以何种方式来完成一首诗，是单维表述还是综合呈现（创造）？是使作品成为作者的衍生物，还是使作者本人通过写作得以与世界和自我相遇？ 1993 年初春我写了长诗《镜子的诗：或曰两个想象的对峙》，人们（为数并不多）对这首诗的内容上的理解以及理解诗歌的方式让我哭笑不得，我发现当代诗意的实现在当代也许并不是我想象的那么轻而易举。后来我不得不把这首诗的题目换为《镜子的诗：海事、夜和春天》，以期使我们的（人的）生存境遇可以一目了然，在此基础之上再介入这境遇的隐喻与沉思的部分，从而最终看到我们的本相。这多少有些耐人寻味，过去，我们为了认清事物的本相而采用现代技巧，而现在，同样的做法却使我们难辨真伪。曾几何时，我们对艺术（技巧）的功用深信不疑，"艺术之所以存在，就是为使人恢复对生活的感觉，就是为使人感受事物，使石头显出石头的质感。艺术的目的就是要人感觉到事物，而不是仅仅知道事物。"[1] 如何感受事物（世界），什克洛夫斯基的"技巧"就是使对象陌生，使形式变得困难，增加感觉的难度和时间长度；一个世纪以来这一方法可谓行之有效，但既然世界已经真假难辨，我们也必须改变策略。我们的做法是直接呈现"在场"，不过这个"在场"是被扩大了的"在场"，是包含了"在"与"不在"的荒诞关系的"在场"，存在与虚无、表征与本质、可证伪和不可证伪，尽在其中。

但我所提倡的呈现诗学并非简单的"以物观物"。王家新在《人与世界的相遇》中理性地提出要实行"一种'以我观物'到'以物观物'的转换"[2]，实际上也就是由主体化到客体化的转换，审美主体由主观之我转换为客观之我，使过去主宰一切的"自我"回归为世界一物，并以这样的视角来观照世界。相对于过去的主体过度扩张和自我的单向度抒情，主体客观化确实是一个进步。但是把自我完全隐去，将主体抽空而以情感的零度状态和"物"的视域来呈现世界，则审美主体和客体又都不免有被"物"化的危险，这将极易导致叙述对象与叙述方式的单

---

① 什克洛夫斯基，《作为手法的艺术》，方珊编，《俄国形式主义文论选》，生活·读书·新知三联书店 1992 年版，第 9 页。
② 王家新，《人与世界的相遇》，文化艺术出版社 1989 年版。

一化。这种转变的极端化就是超越意义、超越语言、超越指称，从而最终废弃了先验直觉和知性判断。考虑到前文所述的"自我"身份的复指性及其与文本作者的媾和关系，单纯的"以物观物"的局限性就更加明显。相比之下，呈现诗学并不是将主体丢失，而是使之隐性存在于作品及其语境中，这当然不是将作者和"自我"藏于作品的背后，而是以一种复杂语境下的多元角色和多维关系的状态存在。主体的抒情特征不是非热即冷（"自我"膨胀抒情与"冷抒情"），而是不冷不热，或者既冷又热。

因此，作为一种呈现的作品已不可能像俄国形式主义以来的批评家们所要求的完全排除作者的因素，相反，作者的因素恰恰成为呈现的一部分，但显然这里的作者和过去避免了"意图误见"的作者以及全知全能的作者概念已有了质的不同，他对感情、对逻辑、对道德依然是疏离的，只不过他使自己在客观上变成诗的自足体的一部分，作者成了作品内在化的一部分。呈现行为使得作者因素成为诗的"自目的性"（即以其本身为目的）的一部分，融汇于"自目的性"，使得作者与读者从一开始就进入了一首诗的本质与结构。这样，作者和读者一样，成为诗歌本体存在的现实，扩大了诗歌本体存在的内涵，诗歌的本体性发生了变化，这种变化不是削弱而是强化了它与"本原世界"的联系。这种新的诗歌无疑可以更好地"复原"世界的存在状态而使之趋向完美，从而成为世界本原力量的表现。当然，呈现诗学首先反对单纯的主体论，它绝非只是简单地呈现作者的意图（而作者的意图也可能是不完整的和模糊的），而是在拒绝一种无限制的表达的基础之上使主体性成为写作的自目的性的一部分。唯其如此，才能真正重返事物本真与存在本真，真正使这个无限博大又无限精微、充满着意趣与困惑的诗写时空得以拓现。在这个意义上，呈现真正地进入了写作自身。

潜文本、互文与意义的重构

一方面是"完成"的努力，另一方面是这一"完成"的不可能，这都将被呈现在诗中。文本在文本中寻找着自身，并认证其中的虚构成分，而在过去这些不经辨别的虚构成分被理所当然地认为是属于诗歌本身的，并由此出现了多年来我们所一直难以摆脱的伪创造现象。"比喻游戏暗示我们必须停止为内心的疑惑或畏惧而去寻找某个完全合理的意义，因为这种疑惧导致意义的摇摆不定。"① 现在的问题是，我们不是去将其剔除出去——事实上也没有能力将其剔除——而是使文本寻找自身的过程（包括对虚构成分的认证过程）如何完整呈现出来。也就是说，并不是像过去那样使这些能指尽情地展现其自身，而被误解为一种自足的创造性；而是把这些在本质上是自我意识的虚构看成是要被进行再处理的亦即呈现的一部分。就连解构主义德里达也提出了一种"圆的重复"的现象。他指出，"我们没有超然于这一历史以外的任何语言……我们无法说出任何一个破坏性的命题，而这个命题又是没有滑入它正想与之一争高下的命题的形式、逻辑和隐含的假设之中的。……由于这些概念并不是构成成分或基本粒子，由于它们都是从某个句法和某个系统中获得的，因此，每一次具体的借用都会拖带着整个形而上学"。②

这样，我们发现，作品的存在方式最终将是意义的显现与持存，它将意义的变异和消解容纳在内，成为永无止境的意义扩散与延宕。组成一个作品的单元已不再是词语和句子，而是意义。意义的衍射与文本的广泛性和特征性、结构的自律性和开放性、语义的合目的性和变异性、语境的扩延性和复指性都同时密切相关，况且这里尚未把语言自身和读者接受的因素考虑在内。显然，德里达所命名的"异延"的因素也会存在其中，而且是不可避免的。于是这些意义看起来"彼此矛盾，无法相容。它们无法构成一个逻辑的或辩证的结构，而是顽强地维持异质的混杂。它们无法在词源上追溯到同一词根，并以这单一根源来做统一综合或阐释分析。它们无法纳入一个统一的结构中。"③ 以至于解构主义学者断定"一种意义不仅仅与别的作为一种可作多种解释的意义类型共存，一种意义就是别的意义，所以在相同的话语中，两者都仍然处于相同的地位"，④ 并进而想当然地认为写作乃是"超越文本界限的行动，是使文本不确定的行动"。⑤ 但这种差异，以及差异的差异，我们也可以把它理解为差异的原型，以一种普遍存在的文化意象进入我们的视野和文本。而我们的任务也不是创造"异延"，不是创造差异关系和

---

① 《当代理论向何处去》，载《美国人文与科学院期刊》1979 年 1 月号。

② 雅克德里达，《结构，符号，与人文科学话语中的嬉戏》，王逢振、盛宁、李自修编，《最新西方文论选》，漓江出版社 1991 年版，第 136 页。

③ Hillis Miller, "Tradition and Difference", Review of M.H. Abrams' Natural Supernaturalism, *Diacritics*, Winter 1972, 2(4).

④ G. Hartman, *Criticism in the Wildness*, New Haven: Yale University Press, 1980, C.5.

⑤ G. Hartman, *Criticism in the Wildness*, New Haven: Yale University Press, 1980, C.8.

游戏项目，它们至多是客观存在而已（这里用了"至多"，主要是考虑到德里达在不同场合表达过异延不属于存在或场的因素）。而且我不认为意义是差异和延宕的结果，意义的产生还必然与我们自身相关，它是个差异与反差异、延宕与反延宕的错综复杂的过程，而不是简单地存在于一个解构的世界。或者说如果我们（作者）还可以有所作为的话，也许就是能够与异延进行讨价还价，与它生而有之的颠覆性相抗争，一厢情愿地呈现它，呈现它在与不在的张力，发现这种深深隐藏却又无处不在的原型的力量，并将其与我们生活和生命的最本质部分联系起来，重新思考一切的意义。

当然，这并不是使思考和写作退回到"逻各斯"的时代。正如呈现意识形态的无意识化，它也把无意义作为一种意义来看待。这是一种虚在的力量，而这种虚在是和实在相联系的。对于作品生发（显现）的这些意义或非意义，我们不能把它们还原成传统上说的作者的意图的部分——事实上有些意义只能是作为这些意图的修饰物而存在，或者是相反，作者的意图成为意义的修饰物，这都不重要——而是要在文本之外发现一个潜文本，正是这潜文本的存在保证了作品的呈现性，而且它是以一种互文的效果来完成呈现的。当然这里的互文性并不指文本的多种转译的可能性（这种可能性出自作者对别的文本有意无意的改写，比如有意识的改写可以包括诠注、翻译、典故的运用和反讽模仿等，无意识的改写则体现了一种间接的但是更为普遍的互文现象，如对视角、手法的无意识模仿），而是指文本在文化话语空间和历史语境的参与能力，它代表了一种文本与其文化表意实践间的相互指涉关系。潜文本本身是一个多棱角的镜像结构，在此结构之下，原来意义上的文本不再像是世界的隐喻，而更像是抛砖引玉的提喻，有了因微见著的性质，文本性不是消失而是加强了，这使得文本具有了它自身的品质。"实际上说一个文本中的可读与可写的品质更为准确，因为既不存在纯粹可读的文本，也不存在纯粹可写的文本"。[①] 也就是说，任何文本都处在互相影响、交叉、重叠、转换之中，但这并不是文本性消失的理由。同样，意义在互文中变得多元而趋向完整，而不是虚无。意义的这种完整性而不是破碎性是创作行为最终的追求，这种观照并可以被投射到人类文化史的任何一个时期——"它们对于我们的

---

① Ann Jefferson and David Robey, *Modern Literary Theory: A Comparative Introduction*, London: Batsford Academic and Educational Ltd., 1986, p.168.

意义并不是说，我们能够透过它们见到深藏其下或作为其前提的历史原则，而是说，我们依赖这些作者生涯与较大社会场景的透视点，便可阐释它们之间象征结构的交互作用，并把它们看成是构成了一个完整而又复杂的自我造型过程。"[1]

语言自身的复杂性姑且不去深谈。这里仅仅要指出的是，作为我们写作之依托工具的语言，从来不是把词语和句子看成它的全部，而是要包括它们本身和它们的环境，要包括它们二者间的关系，即意义。而且，作为一张错综复杂的网络，其中的每一个词、每一句话的意义不仅需要联系上下文，也要联系作为一个整体的语言网络，也就是全部的语言或者语言的全部。在此基础之上再去考察语言和生活的关系，我们发现，语言并不是一个物质性的附属品，它对生活的描摹实在只是一种假象，或者可以这样认为，对现象和情感的描摹只是语言的一个低级的功能，而它更为深层的本质是对现象世界的超越和否定，并在这一过程中去创造语言的、个体的和社会的完整世界。这就要求我们把语言的欺骗性和不可靠性视为它的本质的同时，去试图谋求它的另一些本质，并把这一过程本身也看作语言的魅力的一部分，看成是它的使命所规定。正如文本语言符号与意义的不一致也是语言本身的特质一样。德·曼说："能够将意义掩藏在一个令人误解的符号中，这是语言的独特权力，正如我们将愤怒或憎恨掩藏在微笑背后一样。"[2]文字和文本不是在自相抵牾中消解意义，变得没有定解，而是在一种更为博大的时空中生发价值，将文本的无始源性、开放性和互文性统一于一体，等待着我们日趋复杂的审美系统的解读。我们也通过文本进入存在和历史之中，使之具有意义并感受到意义。

由此，文本和写作行为将被重置于历史之中，意义世界得以重新发现和再造。我们的思辨及知识、情怀与品质、道义和良知都将被重新纳构在这神秘、伟大而永恒的统一体中。伽达默尔在从阐释学的角度解释"效果历史"时也提到这种统一性，他认为"真正的历史对象根本就不是对象，而是自己和他者的统一体，或一种关系，在这种关系中同时存在着历史的实在以及历史理解的实在。"[3]而在写作的黑暗中显示完整历史（包括过去、现时与未来）的实在和完整意义（包

---

[1] Stephen Greenblatt, *Renaissance Self-Fashioning,* preface, Chicago: University of Chicago Press, 1980.

[2] Paul de Man, *Blindness and Insight: Essays in the Rhetoric of Contemporary Criticism,* Minneapolis: University of Minnesota Press, 1983.

[3] 伽达默尔，《真理与方法》上卷，洪汉鼎译，上海译文出版社 1992 年版，第 385 页。

括其含义、对立面和延扩可能性）的实在正是呈现诗学的任务。世界或有未知，或不可知，但这对我们理解并赋予它以意义并不重要，因为我们身在其中。如果说从尼采的上帝之死到巴尔特的作者之死再到福科的人之死，我们已变得愈加惶惑而不知所终，那么至少从现在开始已有一个可能性足以令我们感到欣慰并重获希望之依托，那就是得以重构意义世界的诗的复活。

由于篇幅所限，本文关于呈现美学批评方法和"呈现"作为技巧和手法在创作过程中的细节要求，以及从接受的角度对我所认为的呈现主义文本进行解读，都暂未涉及而待另文再写了。在此我想说的是，呈现诗学并不是寻觅和叩问的终结，也许，呈现诗学意味着某些观念的变革，但它绝不是可供随意操作的游戏或运动。我相信，时间会证明一切。最后，请允许我以我多年来深为欣赏的博尔赫斯《诗艺》中的一段结束本文——

　　　　有的时候，在暮色里一张脸
　　　　从镜子的深处向我们凝望；
　　　　艺术应当像那面镜子
　　　　显示出我们自己的脸相

2005 年 3 月于杭州翠苑

"现代"介入"现实"的三种姿态 ①

——论庞德、艾略特、斯蒂文斯诗歌中的"新现实"

长期以来，人们对现代主义美学价值的认识大都停留于技巧实验和审美表达的层面，往往忽略了现代主义与现实环境的更深层次的关系。甚至有人认为现代主义相比于传统的现实主义，其现实性大大逊色甚至缺失了现实价值。这实在是一个极大的谬误。实际上现实性是所有诗歌形态都无法逾越的一个审美维度，对现实维度的考量也应该是所有诗歌形态的本质要求之一。在 20 世纪上半叶达至鼎盛的现代主义诗歌也不例外，只不过它对现实概念的理解在内涵、外延、美学观照方式和逻辑组织方式上已有了很大的不同。本文将以对经典现代主义代表诗人庞德、艾略特和斯蒂文斯的具体诗写层面的分析，论证这种新现实观在触摸现代文明本质方面的有效性，即现代主义诗歌以其相比传统现实主义更为有效的手段，发现了更为完整、更为逼真的现实，甚至重构了现实。这三位现代主义大师以各自富有特色的高超手法，形成了对过于华而不实、浮泛夸饰的浪漫美学以及"现实性"的物质性层面（譬如具象化，即外部世界或自然世界的具体化物象）的抵制与变构。他们诗歌中的角色主体、情感强度、智性思辨和语言策略均达到了前所未有的复杂多元，从而为我们呈现了各个不同却更加真切又深邃、细腻而鲜活的新的现实。

作为当今更为宽容的文学史论的一个结果，在那一时期也同时出现了被后来的批评家纳入现代主义诗歌经典的弗洛斯特和威廉斯，但是弗洛斯特的方式在我

---

① 本文系教育部人文社会科学研究基金项目阶段性成果，课题名称为《"现代"介入"现实"的方式——美国当代诗歌中的"现实性"研究》。

看来（即使以包容的视角）起码并不是最为典型的现代主义，而威廉斯的写作则在某种意义上形成了对现代主义诗学个别层面的色彩鲜明的超越——当然，我或许需要对这两种情形加以另文论述。

一、庞德：作为一种"超置"形式的现实

庞德的现代主义可以视为一种现实主义的现代主义，它的主体性、意象性、虚构性、外倾性、个人性、经验性都可以体现这一点。他在意象主义视角下对瞬间现实的诗意性塑造，以及把一个观念置于另一个之上的突出能力，使得现实作为一种"超置"（super-position）的存在成为可能，而这种"超置形式"最好不过地体现了堕落时代的表意图景，使得他的现实上升到时代挽歌甚至艺术挽歌的高度，这种抽象的综合体或者极简化的艰深物从一开始就朝向了现代诗意的终极追求，并在某种程度上实现了形式上的完美演绎。

1913 年 5 月，庞德提出了自己的"意象"定义，认为所谓"意象"乃是思想与情感的瞬间凝合体。这一定义至少明确表达了作为现代诗意最小单元载体的意象所包含的两方面特质。一是意象的瞬时性，这里面渗透着庞德对诗意现实的机缘性与参悟性的理解，所以，庞德的意象主义必然是一种讲求记录"精确瞬间"的艺术，即"一个事物将它自身从外部的、客观的事物化为内部的、主观的精确的瞬间"[1]。二是意象必然是一个复合物，即是将观念叠加在物象（包括抽象物象和具象物象）上的一个复合体，这一概念直接促成了意象主义诗歌中"超置"形式的探索以及庞德后期诗歌中大量"超置"手法的运用。

我们以依然无法绕开的意象主义代表作《地铁车站》为例来说明这个问题：

> 人群中这些面孔幽灵似的显现；
> 湿湿的黑色枝桠上的朵朵花瓣。[2]

"幽灵似的显现"（apparition）这个词本身体现了瞬时性内涵，而支配这一

---

[1]　Ezra Pound, "Gaudier-Brzeska: A memoir" ,1916, From *Twentieth-Century American Poetry*, Christopher Beach, Cambridge: The Press Syndicate of the University of Cambridge, 2006, p.26.

[2]　如无特别注明，所引诗歌译文均为本书作者译出。

"精确瞬间"的主体意象（人群中的）"面孔"则与下一句中的隐喻性意象（湿湿的黑枝桠上的）"花瓣"相对应、相叠合，共同把社会文化语境的否定性意指（湿湿的、黑色的春天）内化到了具体人群的生存态度上（面孔）。可以说，通过对这种复合型的"瞬间"的精确捕捉与记录，庞德实现了用传统记叙和描述等手法所难以发现的"新现实"，这种现实充满了复杂难辨的现代社会气息和模糊不明的人文诉求，而不得不以更为强悍的主体经验将其融合、整塑，并在这一过程中大量依赖诗艺手法上的诸多创新。瞬间现实，或者说直接处理共时同在的客观体和情感，就构成了庞德诗歌中新现实性的一个层面。而意象主义为了达到简明、直接的表达目的而把一个观念置于另一个之上的"超置"形式便是构造这种"新现实"的一个有效手段。在《地铁车站》中，受日本俳句美学的影响，庞德成功使用了这一形式而达到了"突出"新现实性的奇效。

　　比如说本诗中肯定性的"花瓣"和否定性的紧跟其后的几个词（"湿湿的""黑色""枝桠"）所构成的"超置"，让否定性观念直接与肯定性意象叠加，通过强化扩充"花瓣"的外空间和内空间，使得这个词（意象）不再局限于本义上的鲜活气息。为了突显出这一点，庞德甚至在标点符号上颇费了一番苦心。在此诗的一个版本中"花瓣"后单独加了一个逗号，而在一次补充性注释里，庞德说明了此逗号的用意即是为了保持"花瓣"的原在的空间性，通过隔绝它而赋予其突出的意味。[①] 再比如时间和空间范畴的"超置"效果：从地铁站人流涌出的一刻到花朵绽放的一刻，从地铁车站到整个春天的抽象空间，从地下生存状态到走出地下状态，都生发出一种密切的关联性，从而使所有物象都实现了环环相扣的隐喻修辞。我们发现，正是这种超置突破了原意象的时空局限，开拓出了新的诗意时空，而意象本身在全新诗意时空的存在反过来又加深了其自身的诗意。即真正的诗意已不是简单地存在于超置形式中的任何一方，也不是简单地存在于超置后的"综合体"中，而是存在于"超置"形式本身之中——即它是一个绵延的过程。在我看来，这个过程才具有庞德的"意象"的本质内涵，或者说这个实现"超置"的过程才是真正"意象主义"意义上的"意象"。在这一过程中，"车站"作为超置观念的产物，成了多个时空的衔接体和一个具有时代内涵的混合物。所以，我们说《地铁车站》作为"单意象的诗"（One-image Poem）直接导致了一种

---

① Ezra Pound, *Vorticism,* London: the Fortnightly Review, September, 1914, p.467.

"超置的形式"。

庞德的意象主义通过"超置"触及了完全不同于传统意义的现实性内涵，但庞德并没有停止于此，他在后来的写作生涯中进一步深化运用了这一手法，使观念现实与世俗现实相叠加，创造出或者说发现了更为完整、更为逼真的"超置"的现实，完好地表达了庞德对所处时代的美学判断。较有代表性的就是超置手法与表意法的结合，庞德把表意法作为他直接处理事物的一个延伸，使之上升到对整个变革时代进行扫描的高度，而庞德诗歌中的现实也成为对时代之腐朽、对艺术之堕落的挽歌。

显然庞德对表意法的理解来自中国的汉字，这一点中外评论界已有不少论述，在此不再赘言。[1]但庞德常常把表意法与"超置"手法联合运用，在表意字与各种现代事物之间寻找关联性，最终达成了各种各样变化多端的表意联合体。在长诗《诗章》中，庞德就把许许多多历史事件以及对之进行的艺术思考用表意法联结了起来，超置结构和表意功能同时发生作用，使那些瞬间凝合的时代情愫被完美呈现。例如诗中运用了大量古代历史和神话的典故，但又与现代政治、经济、文化事件（观念）相暗合、呼应，并大量植入（不少情况属于误植）大到时代的误读小到风格的戏仿甚至只是词源上的双关，很多片断都承载了对历史长河、文明变迁和当代社会的反思，有着巨大的情感能量和思辨能量，继而这些能量又在"超置"作用下获得"突然"的释放，留给我们的则是对文明之堕落的悠远喟叹。可以说，庞德诗歌的本质就是一曲时代挽歌和艺术挽歌。在持续大量的表意性沉思之后，庞德在《诗章》里留下了诸如这样的片断（自第 81 章）：

> 你可曾养成这么快活的心情
>
> 使叶片自根茎长出？
>
> 你可曾发现如此明丽的云朵
>
> 既不似雾，又不似荫？
>
> 那么请明白无误地告诉我
>
> 是否沃勒在歌唱而朵兰德在演奏。

---

[1]　如赵毅衡所作《儒者庞德》及杰夫·特威切尔—沃斯所作《"灵魂的美妙夜晚来自帐篷中，泰山下"》，参见《庞德诗选——比萨诗章》，黄运特译，漓江出版社 1998 年版。再如阿齐勒斯·芳（Achilles Fang）的《庞德〈诗章〉之素材研究》（Materials for the Study of Pound's cantos, 1958）等等。

……

而 180 年来几乎都是虚无。

你的至爱将保存，
你的至爱不会被剥夺
你的至爱是那真正的遗产
谁的世界，我的还是他们的
抑或不是任何人的？

这两段诗行出现在之前章节的对时代与艺术主题的大量对比、反讽、质询之后，庞德大胆选用高度典型的抒情诗风格，以一种戏仿希腊女神阿芙洛狄特的口吻以及类似 17 世纪骑士体的风格把近代以来文明的迷失、艺术的困顿针砭得淋漓尽致。"快活"的生命和"明丽"的自然都变得似是而非，生命之本真和艺术之本真不再拥有"明白无误"的答案，在优雅的抒情体之下，掩藏的却是整整一个文明时代的虚无。而我们的"至爱"，作为一件艺术品或者作为一项政治策略的更为本质的文明，则在既有所关联又无所属的"遗产"中，在一种超越旧有二元对立世界观的表意图景中被永恒地怀疑、探索，成为庞德笔下既渴望坚定认证又显得犹疑不决的诗学信仰。

在庞德中后期的作品里，诗人所发现的现实逐渐形成为一种抽象而混合（综合）的极简化的艰深物（between KUNG and ELEUSIS），现代诗意下的"象""字""思""事""表"等范畴被综合性地运用到了诗写层面，甚至全都可以成为诗写对象和诗写"机缘"，产生了宏阔庞杂的智性共生效果。同时，庞德意象主义的简明性使他的诗倾向于从简的美学选择，从这一点上我们也可以看到庞德和艾略特的不同，《地铁车站》从最初的三十行浓缩到两行，以及庞德大量删减艾略特的《情诗》和《荒原》，都体现了这一点。但需要说明的是，庞德诗歌的所谓简明，更多是对维多利亚时期浮夸和伪饰性美学的一次拒绝，但绝非把事物和事物的呈现简单化，而是要求准确深入对象（如前所述，这些对象往往是一个综合体），"直接"触摸其本质，以"超置"等必要手段将其诗意化地表达出来——这里，我们可以大致把这种极简主义理解为直抵事物的核心，而在某种程度上，只有以必要的诗歌手段才能发现和抵达一种新的现实以及它们的本质内核。

庞德诗歌的复杂性当然不仅仅停留在主题与典故上，更表现在语言形式等环节上。在细微处，庞德的"抽象的简明化"甚至具体到了小小音节的层面，但是这种简化往往又同时赋予意象一种可搭配性和可粘连性，或者说就是可"超置"性，而后者们则直接促成了作为一种艰深物的现代诗歌的诞生。这一特点使诗行取得了既舒缓饱满又引人震惊的艺术张力，在总体的略显羞涩的现代性气质中容括了庞德林林总总的隐喻性沉思——即观念与事物合二为一的世界。在这一过程中，也就是说在"综合化"与"极简化"的双向融合的过程中，庞德必须设法去消除"超置"的"缝隙"，而从此物到彼物的想象力在此发挥了不可替代的作用。我认为联系庞德观念世界与物象世界、思想世界与情感世界、隐喻世界与陈述世界的，就是那伟大而生动的旨在消除一切缝隙的想象力。实际上这里我在提出一个新的观感，那就是"超置"形式的意义不在于创造或扩大其构成元素的对立性，而是拉近乃至弥合它们之间的"缝隙"，发现甚至创造事物之间的同质同源性。而庞德真正所思考（想象）的，恐怕并不限于如何搭构出一个又一个的新颖独到、意味深长的"超置"形式，而是如何以极致的想象力，感受到由似乎带有天宇气息的事物之间无穷无尽的关联性所联结在一起的新的现实、新的文明与新的世界。以上这些特性突出地表现在了《诗章》的创作上，这种既有着抽象的综合性又在意象和结构上采取了直接、极简化的"超置"处理的艰深物，是《诗章》的一个典型特征，也是庞德所发现的新现实的本质特点。由此《诗章》不但成了深邃古怪的庞德的外化人格，也成为一幅"在广阔的细节上反映出'身心灵魂体'式的 20 世纪人的画卷"①。

二、艾略特：对碎片化现实的非人格化的神奇并置

与庞德迷醉于观念和意象不同，艾略特的主要诗学趣味侧重于对历史与现实、传统与创新关系的考察上，并以这种并置对比的手法有效审视了现实的本

---

① James Laughlin and Delmore Schwartz, "Notes on Ezra Pound's 'Cantos': Structure and Music", in *Ezra Pound: the Critical Heritage*, ed. Eric Homberger, London and Boston: Routledge and Kegan Paul, 1972, p.340.

质。在某种意义上，艾略特的这一做法体现了一种反现实主义的现代主义，他在对现实材料的重新认识的过程中创造了一连串的"优雅的不安"（elegantly unsettling）[1]，这种在"非诗"的因素中寻找诗意的能力使得艾略特成功地驾驭了对传统的衰败场景的描绘，并在现实和文化的多重层面实现了反诘式的诗意评判。艾略特诗歌的客体性、反意象性、反修辞性、内倾性、非个人性、超验性，让他获得了首先使现实"碎片化"，然后再将它们一一捕捉并神奇地并置成为生活幻景的能力。

受法国象征主义诗人尤其是拉佛哥的影响，艾略特对现实材料常常抱有较为审慎的观照态度。为了祛除浪漫传统中的主观色彩，还原事物与现实的本相，艾略特在诗歌中总是力避旧有的审美惯性，将之巧妙改造，使其在原有基础上扭曲变形，在诗歌的从宏观主题到微观语感等多层面均造成戏剧化的反讽效果。他的一个策略就是在表面上难以入诗的现实性材料中寻找现代性的诗歌因素，也就是在"非诗"因素中寻找诗意，将往往是互为矛盾的因素并置在一起，营构出耐人寻味的反悖性张力。例如在较早时期的《阿尔弗瑞德·普鲁弗洛克的情歌》一诗中，艾略特就将一种"优雅的不安"展现得淋漓尽致，鉴于篇幅，我们仅以此诗的开头为例：

> 那么我们走吧，你我两个人，
> 正当朝天空慢慢铺展着黄昏
> 好似病人麻醉在手术桌上；
> 我们走吧，穿过一些半冷清的街，
> 那儿休憩的场所正人声喋喋；[2]

这里，表面上的情侣般的黄昏散步所带来的优雅氛围很快被"病人""麻醉""手术桌"等意象击碎了，"半冷清"的"休憩场所"也充斥着"人声喋喋"，背景和意象完全是互为矛盾的。缓慢的叙述口吻下却处处设置了令人心悸的伏笔，让人怀疑作为一首"情歌"的全诗语境的合理性。所以，正是这种反常规的

---

[1] Piers Gray, *T.S. Eliot's Intellectual and Poetic Development: 1909—1922*, Brighton: Harvester Press, 1982, p.56.

[2] 这里采用的是查良铮的译本。

矛盾处理（矛盾式并置），才把暗藏的"不安"或隐或现地流露出来。这种"不安"还在于诗中指称的模糊性，"代词的运用创造了一种不确定性，不能确切说出谁在说话谁被称呼"①，诗中的"你"是谁，"你"和"我"的关系到底如何，"我"是一个清醒的智者还是一个满口呓语的精神病人，我们都不得而知，因此只能靠能动的艺术想象来大体猜度。应该说，艾略特诗歌中身份的不确定和痛苦认证正是现代社会主体人格日趋分裂和迷茫的重要表征，这一主体怀疑态度直接影响到了后现代时期逐渐流行起来的身份认同（包括自我身份认同）的模糊性，虽然二者在从文化语境到主体属性的背景层面都已发生了较大不同，但我们仍然可以看出其间某种源缘关联。所以，我们说这样的"情歌"在更本质的意义上表达的恰恰是站在一个较为宏阔的现代性的立场对优雅传统的揶揄和离弃。正如克里斯托夫·贝齐所言，"实际上，尽管是那样的标题，诗中说话的方式与其说是属于'情歌'（对于讲话者情感的对象而言是一种典型的爱情宣言），不如说是属于那个无尽重复的问题"。②

　　和庞德一样，艾略特也敏锐嗅到了传统与文明的衰败气息，他的重要诗作几乎无一例外地体现了对传统的衰败的反思；人们基于此认识往往把庞德和艾略特放在一起，认为二者是拥有相似艺术观念的现代诗歌艺术的开拓者。实际上，庞德的主体介入性极强，个性风格明显，艾略特则始终致力于"去主体性"，主张客观化和"非个性化"写作，这一点尚较为明显；而除了对传统和现实的清醒态度外，艾略特也对正在形成中的现代性本身做出了反诘性的思考。因此，与庞德相比，艾略特显得更加犹疑，他的反诘是双重性的，既指向传统又指向现代性，这也是一种"并置"——这种多义反诘式的审美判断所获得的"新现实"由于具有多个中心，也就具有了逆否性和离散性的特点。我们以《荒原》那个著名的开头加以说明：

　　　　四月是最残酷的月份，从死亡之地
　　　　培植出丁香，混合着

① Christopher Beach, *Twentieth-Century American Poetry*, Cambridge: The Press Syndicate of the University of Cambridge,2006, p.38.

② Christopher Beach, *Twentieth-Century American Poetry*, Cambridge: The Press Syndicate of the University of Cambridge, 2006, p.41.

> 记忆和欲望，在春雨中
> 萌发着迟钝的根芽。
> 冬天让我们温暖，以健忘的雪
> 覆盖着大地，以干枯的块茎
> 养育着丁点儿生命。

作为象征渔王生命之枯竭、第一次世界大战之悲惨和整体人类文明之衰落的"死者葬仪"的开始，"四月"所代表的时间主题直接与乔叟时代的人文传统相联系，但无疑这是一个反讽（戏仿抒情体风格的运用也显然是在服务于此）——那个大地回春、生机盎然的人文主义时代已然远去，现代文明正在经受以死为生的涅槃，培植着旧时"记忆"和现代"欲望"的"混合"体。而在"死亡"与"丁香"的混合气味中，在"健忘"的雪的记忆中，现代人的可怜生命竟可以把残酷的严冬当成温暖舒适的季节。这里，充斥着巧妙的风格变体和悖谬修辞，春天与冬天、春雨与冬雪、死亡与花朵、记忆与欲望、干枯与生命，全都并置在一起，作为整首长诗的主线和基调，共同引导我们对所处时代及更为广义的文明与生命的意义进行叩问。当然，这些并置性意象与并置性诗意与此诗后面的许多部分（如玛丽这一角色所带来的记忆与欲望、关于妓女博尔特的记忆与欲望、"火诫"与"水里的死亡"中火与水所象征的记忆与欲望等等）又产生了新的并置。这些"并置"的"并置"，或者叫作"多重并置"，使艾略特的诗歌常常表现为一种抗拒主体统摄力的离散性，和抗拒个人风格影响的逆否性，在实践层面支持了他对现实材料进行客体化的和非个人性处理的美学态度。而这种诗意指涉层面的复义性、多义性在整首《荒原》中随处可见，它们对传统与现代的关联与重叠是如此频繁和复杂，以至于艾略特不得不在诗中加入大量的注释才能更好地将诗意表达出来。

由于现实本身在现代社会所呈现出的种种新特性（比如现代化生产所带来的冷漠人际、情感体验力和审美体验力的日趋丧失等等），也由于非人格化的艺术态度，艾略特诗歌中的现实总是带有一种"碎片化"的特征。作为艾略特审视对象的新的现实在时间和空间的维度上更具有延伸性，更宏阔也更内在、更迷离也更具有洞穿力，往往既属于当下也属于永恒，可以说是一种建立在人类所有文明范式基础上的全景式视角下的产物。但是这种"新现实"不是以一个面目清晰的整体出现的，而是常常以"碎片"的形式表现出来，而且这些"碎片"也不是毫无联系的孤立物，而是被艾略特通过各种各样的方式神奇地"并置"在一起，达到了乱花迷眼、异彩纷呈、惊心醒目、意味绵长的艺术奇效。在艾略特的诗中，个人情绪、传统、现实片断、历史感全都是支离破碎的，包括诗歌的具体结构、表达方法、个人风格也都是互相交叉、互相渗透、互相反制、互相对立甚至是互相解构、互相抵消的，艾略特所真正要下大力气处理的，则是在所有"并置关联体"中对相互关系加以巧妙平衡，即达成并置的平衡性。这又包括两方面的情况，一种是对并置体内部加以平衡，一种是对并置体与并置体之间的关系加以平衡处理。对于第一种情况，譬如艾略特"似乎更为关心他所使用的词汇的联想意义。"[①] 对于第二种情况，艾略特则常常运用前后互指、跨修辞、互文以及风格变体手段，从而达成一种"并置的并置"。这样，把现实和历史碎片化，再将其神奇地加以并置处理，成为艾略特诗歌的一项重要的技巧和策略，这一技巧恰切而成功地揭示了现代社会背景下传统文化、文明的破败与衰落。

在这一点上，艾略特的代表作《荒原》可以说是一个典型的实例。其实《荒原》本身既无整一的主体讲述人，又无整一的修辞策略，甚至没有一个整一的文体风格。当然，这种情况正体现了他的非人格化美学立场，但在另一方面也体现了碎片化以及碎片化并置的艺术追求。现实场景的片断化描述与片断化的历史场景的影射在诗中被大量粘连在一起，神话、典故、人物的心理、会话被同置于具体的诗歌场景中，对奥菲维亚、圣经、弗雷泽、乔叟等等素材的反讽性修辞，对从田园牧歌到抒情性的反制性变体……可以说，《荒原》中到处都充满了历史现实与艺术现实的碎片，既用传统材料的碎片组成了反映在当代的衰败场景，也以光怪陆离的现代碎片反衬了传统的迷失。"个人的观念和文明处在了崩溃的边缘……然而诗的全景式的范围和容括性，带来了不仅仅是当代的一个幻景；而这只有在艾略特的碎片化的晦涩的并置用法中才可以在一首简短作品中强有力地实现。"[②]

---

① Christopher Beach, *Twentieth-Century American Poetry,* Cambridge: The Press Syndicate of the University of Cambridge, 2006, p.41.

② David Perkins, "A history of Modern Poetry", vol. 1, From *the 1890s to the Modernist Mode,* Cambridge: Harvard University Press, 1980, p.514.

三、斯蒂文斯："最高虚构"对现实的智性置换

从纯粹的现代诗艺的角度，我个人最为欣赏的是斯蒂文斯处理现实材料并寻获"新现实"的方式。斯蒂文斯的追求是在物质世界中追寻纯精神性，在诗中塑造纯诗的"自我"，并让这个自由的"自我"抵达精神的、内省的和与想象置换的现实。其诗中的构成要素不是具体的历史和现实，而是纯粹的和抽象的历史感与构成主义。他的现实是一种完全进入了诗写内部的现实，是一种智性现实；他的写作也成了智性写作，以现实与想象之间的张力、对立物的相互作用实现了想象的非个性化，并将这一超越了平面化理性和超越了意象与主体角色的"最高的虚构"转化为了更真挚的和更可信赖的现实。

斯蒂文斯在本质上不是一个抒情诗人，而是一个冥思诗人。也就是说斯蒂文斯的兴趣不只在于自己与自然或物质世界发生关系上（当然仅此一点我们亦可看到斯蒂文斯与庞德、艾略特在意象主义诗学上的区别），而且他把更大的注意力始终投射在了如何以超越意象的事物创造出一个精神现实，并以此形成对自然现实的整饬与塑造这一问题上。或者即如贝德尔所指出的，他的兴趣在于"意象在多大程度上能够或者应当重造这个世界上"①。我们发现，在斯蒂文斯的诗里，意象与现实的关系更为切近，它们已经超出作为意象的原本价值，而开始参与对（新）现实的有效构成。斯蒂文斯力求使他的意象等同于纯粹的精神性本身，而不是与主体观念或者主体角色相重合，他的主体亦不再是先于诗歌存在的实在物，而是通过冥思性写作，在物质世界中追寻纯精神性，在诗中塑造出另一个"自我"或说一个真实的"自我"。我们来看看这首具有代表性的《雪人》（"Snow Man"）：

> 人必须要有一颗冬天的心
> 来凝视霜冻和被雪覆盖着的
> 松树的枝干；

---

① Joseph Biddel, *The Clairvoyant Eye: the Poetry and Poetics of Wallace Stevens,* Baton Rouge: Louisiana State University Press, 1965, p.12.

还要被冻上很久

来看那冰凌蓬杂的杜松，

那粗乱长在一月太阳

遥远闪烁中的云杉；而不去想

在风的声音里，在几片叶子的声音里

有什么苦难，

那是大地的声音

充满了同样的风

它在同样的荒芜之所

正为倾听者吹送，他在雪中倾听

而且，他自身成了虚无，看着

那不存在的虚无和存在的虚无。

　　这是一首典型的"思想的诗"，"思想的诗应该是最高的诗"，"诗人在诗歌中为其题材所选的哲学主题应该在诗歌的诗歌中产生。"[1]《雪人》充满了抽象与哲学论理的意味，其中寥寥的几个意象（如"霜""雪""日""树""风"）不再是具体观念与具体物象的叠加体，相反它们都在竭力把具体层面的意义（在此需要说明，这里的具体层面是指作为成熟诗歌意象的具体语境，而不是原始词语的本义性语言环境）祛除干净，同时努力以一种更为纯粹的意义（即精神性）构造超越于意象实体（这里实际上已经成了"反意象"实体）之上的精神现实。我们说，"霜""雪""树""风"所带有的"反意象"性，就是斯蒂文斯诗歌中的某种"智性"，它们在一个抽象主题的统领下，以看似简洁明了的表象却能够直抵芜杂存在的本质。斯蒂文斯坚持认为无序世界是可以由这样的智性想象加以整饬的，"并非所有的物体都是平等的。意象主义的缺陷正是不能认识到这一点"。[2]

[1]　*Stevens, Opus Posthumous,* ed. Samuel French Morse, New York: Knopf, 1957, p.270.

[2]　*Stevens, Opus Posthumous,* ed. Samuel French Morse, New York: Knopf, 1957, p.161.

　　值得注意的是，这首诗中的"倾听者"也恰恰是斯蒂文斯所塑造的超越了主体角色意识的另一个"自我"，这个"自我"是对现实世界中的"自我"的精神性置换，他既是现实中的"自我"的持续内省的一个结果，又可以作为一个最高的抽象存在对现实施以反作用力。这种双向的作用正是冥思境界之体现——而实际上诗中"荒芜之所"的"倾听"就是冥思——以自身的"存在的虚无"触摸到了"虚无的存在"。就如沃尔顿·利兹在他的《内省的行者》一书中所言，那是"一个依赖于物质世界中的纯诗的'自我'，一个其令人害怕的信仰缺失转变为了自由之来源的'自我'"。[1] 虽然斯蒂文斯把这个自我称为"内在的情人"（the Interior Paramour），但我不认为斯蒂文斯是一个绝对的内省论者，即他并非一个相信真理只能通过内省而非通过观察外部世界而获得的人。实际上斯蒂文斯的内省与冥思仍然是在探讨现实与想象的关系，以对双向的动态镜像（冥思主义下的智性现实）而非单向度的静态镜像（抒情主义下的原在现实）的描述，在日益缺失宗教信仰的世界上寻求秩序和意义。

　　基于对意象主义美学的反思，斯蒂文斯开始以不同的方法认识想象，探索想象与现实的不同以往的关系。斯蒂文斯的想象从来不是狭隘的主体主义的，也不是高高在上的与现实无关的事物，相反，他试图使想象以非个性化的方式更直接地参与对现实的塑造，他认为与现实发生一种不可替代的关系应该是诗歌作为诗歌的根本要求——"关于诗的本质，可以从许多角度去表述；根据我对诗的看法，诗歌和现实是平等而相互依赖的。"[2] 在想象是如何作用于现实这一问题上，斯蒂文斯有着自己独特的理解。首先，斯蒂文斯的想象与庞德、艾略特的想象是根本不同的，他认为想象应该直抵可以与现实生活进行置换的"最高虚构"。"事实上，诗的世界与我们生活的世界是无法区分的，或者应当说，诗的世界与我们将要拥有的生活世界无疑是分不开的，因为诗人所以成为一个强有力的人物，就因为他一直在创造或应当创造我们永远向往但并不了解的一个世界，因为他赋予生活以最高的虚构形式，否则我们的生活是不堪设想的。"[3]

---

①　A. Walton Litz, *Introspective Voyager: the Poetic Development of Wallace Stevens,* New York: Oxford University Press, 1972, p.514.

② 华莱士·史蒂文斯，《必要的天使》，载于《文学批评理论：从柏拉图到现在》，拉曼·塞尔登编，刘象愚、陈永国等译，北京大学出版社 2003 年第 2 版，第 30 页。

③ 华莱士·史蒂文斯，《必要的天使》，载于《文学批评理论：从柏拉图到现在》，拉曼·塞尔登编，刘象愚、陈永国等译，北京大学出版社 2003 年第 2 版，第 32 页。

　　另一方面，我们看到，斯蒂文斯诗中的构成要素不是具体的历史和具体的现实，而是抽象化的思考物，或"最高虚构"，而寻找"最高虚构"则成了他最主要的诗学关注点，也成了他进行诗意想象的原动力和终极目的。由于斯蒂文斯的"虚构"是基于现实和诉诸现实的（至少是现实与精神世界的混合物），于是他将其称之为"最后的信仰"，意在这个虚构不是静止的或自我重复的，它永远没有终点，但却不断变化——虚构本身成为现实。而诗人在虚构过程中移除现实（不纯粹性）的同时，也寻找着新的现实，只不过这种新现实的内涵已远远大于、复杂于原有的概念。由此可见，斯蒂文斯的想象又与柯勒律治所倡导的极富主体个性色彩的浪漫主义式的想象完全不同，它兼具了构成主义与非个性化的特点，在存在片断中抽取了最纯粹的时间感和精神性，它所构成的现实只可能存在于时间范畴，而不是任何一个具体的自然范畴或历史范畴。"斯蒂文斯最为关注的无关于历史或文明，甚至不是自然，而是'自我的神话'，以及自我与外部世界及内在的心智活动（这种心智努力规范和塑造着这个世界）的关系。"[1]因此，在这里我把斯蒂文斯所塑造的新现实称之为一种智性的现实，而其对"最高虚构"进行的诗意想象则成为一种智性写作。

　　我们来看一下《观察黑鸟的十三种方式》（"Thirteen Ways of Looking at a Blackbird"）一诗中最重要的两个小节：

> 我不知道哪个是更喜爱的，
> 那变奏的美
> 还是暗讽的美，
> 那啸鸣的黑鸟
> 或仅仅是它之后的什么。（第五节）
>
> 整个下午都是黄昏。
> 下着雪
> 而且还要下雪。

---

[1]　Christopher Beach, *Twentieth-Century American Poetry*, Cambridge: The Press Syndicate of the University of Cambridge, 2006, p.50.

> 那只黑鸟立于
>
> 雪杉的枝上。(第十三节)

诗人以带有神秘性的智性冥思进入观察黑鸟的方式,"有十三种看黑鸟的方式是因为十三是一个异乎寻常的数字;在外部形式的乐趣上斯蒂文斯差不多是中世纪的(品位)"①。这里,观察黑鸟其实就是以黑鸟的方式反观内部世界与外部世界,就是在用想象构成以"虚构形式"存在于更大时空的生活,就是在用观察黑鸟的方式探索想象与现实的平等关系。"黑鸟"在本诗中处于现实世界的补充甚或更为本质性的地位("一个男人和一个女人和一只黑鸟是一"),它带来了"变奏"也带来了"暗讽"之机缘,它带来了判断与选择的艰难和矛盾,它"啸鸣"的存在与虚无的"不在"都具有了存在之本义;而在那个"整个下午都是黄昏"的压缩了所有记忆、想象、时间、现实的时间点,立于雪杉枝上的黑鸟则代表了生活的一个制高点,即一种美学意义上的生活态度。当然,赋予这一切以可能的,是斯蒂文斯式的朝向"最高虚构"的想象力。

如前所述,作为超越了意象和角色主体性的诗歌手段,斯蒂文斯的想象以"最高虚构"的形式形成了对现实的整饬,因此在斯蒂文斯的诗歌中始终进行着想象与现实的相互置换,或者说他诗歌中的"新的现实"实际上是一种与想象置换的现实。从拒绝传统抒情的《簧风琴》,到朝向极限智性的《最高虚构笔记》,从《观察黑鸟的十三种方式》的微观笔触,到《充满云朵的海面》的宏阔神思,斯蒂文斯坚持不懈地以不同的方法认识想象力,并以此发现和塑造完全不同的现实,或者至少发现二者间不同以往的关系,最后竟至达到了在诗写内部以纯粹的想象作用于现实的奇妙境界。阿尔切瑞就此评价为"他是在写作步骤的层面而不是意象和角色的层面努力将虚构的力量导向社会的"②,可谓一语中的。

由此我们可以总结出斯蒂文斯诗歌中"置换"的生发机制,即诗人以其智性想象,去提炼、修饰和塑造一种新的现实,其本质是诗写的内部世界与外部世界的呼应、沟通和同化;从写作的角度,我们可以将其看作是一种高级形态的"互

---

① Helen Vendler, *On Extended Wings: Wallace Stevens' Longer Poems,* Cambridge: Harvard University Press, 1969, p.75.

② Charles Altieri, *The Art of Twentieth-Century American Poetry: Modernism and After,* Malden: Blackwell Publishing Ltd, 2006, p.8.

文"。当然，这种"同化"和"互文"是以智性思考和审美提升为前提的，这就要求和决定了"置换"必然是一个充满重重矛盾和艰难抉择的过程，即如贝齐所述，"贯穿斯蒂文斯诗中的作用于各种各样的置换行为的核心哲学主题，是现实与想象之间的张力、对立物与互相作用。"[1] 弗兰克·克莫德也认为斯蒂文斯的"最高虚构"是一个替换的世界，这个想象的世界编入了对现实世界的"始终是变更的、愉悦的和想象中的覆盖"[2]。相对于现实中可怜的理性世界，斯蒂文斯更相信一个可以被感觉渗入的世界，而诗的方式和目的就是以超越扁平化理性的更真诚情感和更具个性化的感觉，来达到认知真理和被想象力渗透并转化了的现实。由此，作为"置换"的结果，斯蒂文斯诗歌中的构成要素不再是具体的历史和现实，而成了纯粹的和抽象的历史感与构成主义式的诗写"过程"。

　　所以，如同作为被观察的客体也作为观察者主体的那只"黑鸟"一样，经历了长久挨冻的既是倾听者又被"存在"审视的"雪人"，和那只被放置于田纳西州即可统治世界的"坛子"，还有作为一种秩序的基韦斯特的"歌声"，作为一个特例的"叫喊的树叶"，以及无关物之理念的"物本身"，甚至那支"山谷中的蜡烛"、那段"恐怖的鼠之舞"、那位"冰淇淋皇帝"，不管是有生命的还是没有生命的，不管是具象物还是抽象物，全都成了斯蒂文斯手中借以置换现实的宝物，也无一不是智性想象作用下的新现实的标志。至此，从庞德的观念性"超置"，经过艾略特的意象性"并置"，再到斯蒂文斯的智性"置换"，我们说经典现代主义范畴的现代想象力对现实的介入，或者说对"新现实"的诗学营构，已达到了一个臻于完善的高度。

---

[1]　Christopher Beach, *Twentieth-Century American Poetry,* Cambridge: The Press Syndicate of the University of Cambridge, 2006, p.50.

[2]　Frank Kermode, *Wallace Stevens,* London: Oliver and Boyd, 1960, p.24.

另一种修辞：不动声色的内心决斗 ①

——论伊丽莎白·毕肖普的诗歌艺术

伊丽莎白·毕肖普是美国现代诗坛上被称为"中间代诗人"②的杰出代表，也是近年来越来越具有国际影响力的 20 世纪重要诗人。从表面上看，毕肖普的诗风朴素无华，注重客观描述，相对于艰深、拗涩的现代主义典型诗人的作品，易为读者接受和认同。尤其是基于对诺贝尔奖得主、爱尔兰著名诗人希尼的那篇《数到一百：论伊丽莎白·毕肖普》的误读③，很多人更是把一种具体性和写实性的特点作为了理解毕肖普诗歌的万能钥匙，在他们眼里，毕肖普成了一个生活现象的描绘高手，甚至这种描绘快感本身也被看作是毕肖普诗歌的内在意义。

但是以我对毕肖普个人生命的总体观察，我认为，写作对于毕肖普来说在本质上更像是一种幻想天性的表现与流露，她相信总有什么藏在事物的背后，它们不属于时代义务，却是现实的一部分——她真正关注并加以精雕细琢的正是这部分现实，或者说她真正想要寻找的正是这部分现实。在这个意义上我们说毕肖普的写作方式是不同于她的同时代人的，倒是和以前的史蒂文斯 (Stevens)，尤其是莫尔 (Marianne Moore) 有着相似之处，因为二人同样采取了另辟蹊径的虚构方式来发现和重构现实。由于毕肖普不堪回首的童年以及她的不同于常人的世俗追求（比如情感问题——我们知道，她是个同性恋者——我相信她的这方面追求与她

---

① 此文发表于《外国文学评论》2009 年第 2 期。

② 出现于美国 20 世纪四五十年代的诗坛，主要代表诗人有瑞特克、毕肖普、贾雷尔、威尔伯等，他们的创作期跨越现代文学和当代文学的分界，在诗歌作品中留下了转化演变的痕迹。

③ 希尼的诗风朴素、澄明，深受毕肖普的影响，尽管在《数到一百：论伊丽莎白·毕肖普》一文中希尼多次提及毕肖普诗歌的主体精神性，但习惯了"生活场景"写作的读者显然更愿意从日常叙事的层面认同二者的共同点。可以说，这不但是对毕肖普，也是对希尼诗歌的狭隘化理解。

诗歌中的虚构世界是统一而不是割裂的），找寻那个藏匿而虚幻的部分现实对她来说就更为迫切。可贵的是，在这一过程中毕肖普始终保持着对自己的发现能力的清醒和怀疑，她没有把内心的激荡如潮的情感诉求直观地呈现在文字中，而是以一种同样隐蔽而不动声色的方式，把找寻行为的巨大快感和最终的"不可能"所带来的巨大悲痛投放在了她那静如止水的文字当中。本文即由此一认识出发，从以下三方面着手，谋求揭示毕肖普优异而超然的诗写艺术。

一、隐身的艺术：精心藏匿的自我和审慎的主体探寻

基于诗人对现实的完整性的清醒认识，毕肖普几乎从一开始就意识到了超越于平面生活之上的那一部分现实的存在，这使她在极力睁大眼睛的同时又带着些许小心，她必须穷尽一切，生怕有所遗漏，唯有如此她才能减少自己的不安。而在这一过程中，毕肖普常常采用一种自我隐匿的手段，或者说被迫采用这一手段，以消隐的姿态拉开与世俗现实的距离，在自我保护的同时获得对事物多样性的完整体验。"她常常感受着传统的戏剧性的问题——性格、喜剧或悲剧情节——通过为它们安装一个不必有主角出现的舞台。"[1] 所以，如果我们细心，就常常会在她大量看似"写实"的诗作中感觉到一个精心藏匿着的毕肖普，在用她小心翼翼的眼神一层一层剥开生活的外衣，发现和描绘着同样躲藏起来的人性和时间的真谛。

比如在毕肖普的那首有着大篇幅的经典"写实"段落的《在渔房》中，精细的描写比比皆是，却又全非单纯的客观描摹，而都具有一种预设性，体现了作者精心设计和着意铺垫的意图。诗是这样开头的——

> 虽然这是一个寒冷的夜晚，
>
> 但在一间渔房下
>
> 一个老人仍在坐着结网，
>
> 他的网，在暮霭中几乎看不见，

---

[1]　David Kalstone, "Prodigal Years", Chapter 1 in Part II of *Becoming a Poet: Elizabeth Bishop with Marianne Moore and Robert Lowell,* New York: Farrar, Straus & Giroux, 1989, p.122.

> 一团暗黑的紫褐色，
>
> 而他的鱼梭已磨打得又旧又光。

　　表面上看只是对一个具体场景的轮廓式的交代，但就全诗的主题而言，诸如"夜晚"、寒冷的"渔房"、"老人"、几乎看不见的"暮霭"、模糊不清的"紫褐色"，以及又旧又光的"鱼梭"这些特定意象的运用，实际上却在为全诗构置了一个略带神秘感的氛围。其中暗含了一种自然的力量和时光的力量，而且这种力量不仅仅来自于过去，还有可能来自于未来，这使我们不禁猜测，那捕捉到这种力量的胆怯眼神儿也正躲藏在某个遥远的时光角落向这里偷偷张望。紧接其后的描述则更加细致化，出现了能让人鼻子发酸眼睛流泪的强烈的"鳕鱼味儿"、五个"尖尖屋顶"、来自储藏间的为手推车上下通行的"窄窄的吊桥"等内容。而在一句引领式的"一切都是银白色的"之后，客观的细节描述则到了对一首现代诗歌（而不是散文）而言几乎无以复加的地步——

> 那大海沉重的表面，
>
> 慢慢地涌起仿佛正琢磨着溢出来，
>
> 它是不透明的，可那长椅，
>
> 那龙虾缸，和那船桅上的银色，散布在
>
> 犬牙交错的乱石之间，
>
> 看起来或隐或现，
>
> 就像那古老的小建筑，有翠绿的苔藓
>
> 在它们面向海岸的墙上生长。
>
> 那大鱼桶整个被鲱鱼的美丽鳞片
>
> 划出了道道皱纹，
>
> 而手推车也同样
>
> 被乳黄色的虹彩层层涂沾，
>
> 熠熠闪光的小苍蝇爬在上面。
>
> 在屋后的小小斜坡上，
>
> 安置在播撒着稀疏光线的玻璃下的，

是一具古老的木头绞盘，

裂开了缝儿，带着两个磨白的长把手，

而一些忧郁的斑点，像风干的血，

那是铁制的部分，都已生了锈。

　　此段写实手法的刻意运用，无论是篇幅还是耐心，出现在已有半个多世纪之久的现代主义诗歌发展的鼎盛期之后，实属罕见。这也成了一些论者认为毕肖普的诗歌具有客观描绘特点的一个有力佐证。但是，从诗人扫描的全方位、精细度和视角的转换上，我们仍能感觉到一颗敏感羞涩的心灵的存在，它屏住呼吸、不动声色地悄悄注视着那张笼罩在万物之上的巨大面纱。而且诗人认定"一切都是银白色的"，是"不透明的"和"或隐或现的"，这张面纱诡秘地敷贴在事物的表面，掩盖了藏于其下的一个真相——时间的秘密。诗人显然已经发现了什么，那悄然向着海岸生长的墙绿，那被美丽鳞片划出皱纹的鱼桶，那遍涂虹彩的手推车，裂开缝儿的木头绞盘，磨白的把手，风干的血……时间，正是时间，它才是游走于世界表面与万物内心的狡猾掮客，或者冷面杀手！在时间的冷酷无情和现实的扑朔迷离之下，敏感而脆弱的诗人似乎只有同样把自己精心藏匿起来，才有可能与之周旋并发现得更多。实际上，在诗的其他角落，毕肖普对此亦有所明示——

寒冷的黑暗深沉而又绝对清澈

那清澈的灰色冰水……后面，在我们背后，

那尊贵而高耸的冷杉树已列成行。

　　这里，作者已明确地说明，黑暗其实是清澈的，是可以穿透的，而她真正的注意力也恰恰是那黑暗背后的事物。作为观察者的主体这时才开始正式出现，但是，它却仍然是惶惑的、脆弱的、可疑的，稍不留意就可能被时间的表面或者现实的表面所蒙蔽，甚至是被一种更加威严的事物——"冷杉树"所嘲笑。

　　可以说，正是由于主体的完整性经常会面临威胁，在毕肖普的诗歌中，抒情主体就往往要与平面化的时间和世俗的现实做着捉迷藏的游戏。而且，这种游戏与其说是在与对手进行着智慧的周旋，倒不如说是一种被迫的无奈之举。时间对万事万物的磨打是极其残酷的，即便是其中"铁制的部分"，也会照样会"生锈"。而现实生活中，世俗的力量也是无比强大、无处不在，常常会将人性挤压得扭曲变形而浑然不觉，如果我们能够联系现实生活中的毕肖普，可能对此会有更深刻的认识。毕肖普自幼丧失双亲，所以，诗歌中的毕肖普往往是隐身的，以女诗人特有的敏感和自我保护的态度对外界进行着审慎的探寻。在诗中，她与祖父一辈的老者谈论人口的下降，与鱼和海豹近距离地亲近和交流，这两个场景的关联意义即在于对不同时空的生存法则和生存文化进行对比。在毕肖普以诗歌统摄起来的"知识"谱系中，鱼之于人类和人类之于上帝，具有了类比的一致性。远离世俗世界、回归到人性本真的毕肖普发现了和海豹的共通之处，她把海豹对音乐的喜欢等同于诗人自己对圣歌和上帝的接近。而且，海豹忽而显现忽而消失的态度也和生活中的毕肖普如出一辙。但是这一比较又有另一重寓意，半信半疑的海豹如果感到危险，只要纵身一跃就能返回大海；而人的历史呢，却注定要被时间风干成一摊黑色的血，因为我们在时间面前被完全蒙蔽上了眼睛，变得麻木、苍老和迟钝。《在渔房》全诗中这种先以隐匿之眼神冷静观察，再将神秘之发现加以暗示的手法多次出现，层层递进，最终将诗人对生活的复杂领悟隐晦地说出。

> 我已经一次次地看到它，那同样的海，同样地，
> 轻轻地，在石头上漠然地拍打晃动，
> 冷冰冰地自由自在于石头之上，
> 在石头之上然后在世界之上。
> 如果你把手浸入水中，
> 你的手腕就会立即疼痛起来，
> 你的骨头开始感到疼痛而你的手会被灼伤。
> 就像那水是火之化身，
> 以石头为食，燃烧出暗灰色的火苗。
> 如果你尝尝它，它会一开始是苦味儿，
> 然后是咸，再之后肯定会灼伤你的舌头。

那强大的可以吞噬一切的力量就像是大海，而我们所坚持的世俗的生命意志和向度，则好比是石头，在大海的面前几乎成了被戏弄的可悲角色。我们的灵肉、骨头，也在时间和世俗的大海面前不堪一击。但是这时间之水、生活之水依旧是有味道的，对那些敢于或者能够品尝的人，会带给他们由咸到苦，直至灼痛的战栗。而这种对生活滋味的非同一般的理解，在毕肖普看来，就是一种时间的"知识"，是生活的真知灼见：

> 这就如我所想象的"知识"的样子：
> 黑黑的，咸咸的，清澈的，运动的，完全自由的，
> 从那个世界的又冷又硬的嘴巴里
> 汲出，源自石化了的乳房
> 永远流淌着，汲取着，从此
> 我们的知识就有了历史性，流动着，并且转瞬即逝。

"那'又冷又硬的嘴巴'什么也没有告诉我们。我们的语言和富有想象的艺术只给我们显示了流动性中的身份：毕肖普让我们流动着而且立刻消逝了。"① 显然，这样的"知识"具有一种深刻的矛盾性，有着世俗侵蚀和意志统治的双重作用力，"毕肖普的认识论使知识'彻底自由'化了，使之成为一个弥漫而无限的实体"。② 所以，这个结尾，不仅仅是对现象与经验的揶揄，也包含着对全部价值的疑问——绝对的知识也许只是呈现在从现在分词到过去分词的元音里，"'流动着而消逝（flowing and drawn）'成为中间韵（internal rhyme）的一个'蜕变（metamorphosis）'——'获悉并懂得（knowing and known）'"。③ 而发现和找寻这种关于生活的真知灼见则是毕肖普毕生的愿望，她的许多诗歌都在此一方向上做着不懈努力。《在渔房》恰到好处地运用了诗人自己的眼睛，一开始细致入微地追求事物外表的质感，但之后马上进行审慎的自我怀疑，使客体性与主体性相互

---

① Susan McCabe, "A Conspiring Root of Desire: The Search for Love", Chapter 3 in *Elizabeth Bishop: Her Poetics of Loss,* Philadelphia: Pennsylvania State University Press, 1994, p.137.
② Susan McCabe, "A Conspiring Root of Desire: The Search for Love", Chapter 3 in *Elizabeth Bishop: Her Poetics of Loss,* Philadelphia: Pennsylvania State University Press, 1994, p.136.
③ Albert Gelpi, "Wallace Stevens and Elizabeth Bishop at Key West: Ideas of Order", in *Wallace Stevens Journal,*19.2, Fall 1995, p.164.

抵消，将真正的诗意上升到一种透明又浑浊、流动又静止的时间的"知识"层面，显示了诗人敏锐而富有远见的独特的发现力。

综观毕肖普的诗歌，这样的手法比比皆是。除了《在渔房》，《三月之末》《克鲁索在英格兰》《麋鹿》《纪念碑》《鱼》《海湾》《1502 年 1 月 1 日，巴西》《公鸡》《在新科夏的第一次死亡》等等大量代表性诗篇也都能体现出这一特点。与其同时代的自白派诗人们的强烈的主体呈现正好相反，毕肖普的做法是在客观描述的过程中去寻找自我，寻找表面上不动声色的主体意识。她从来不是为客观而客观，为描绘而描绘，而是有着自己精心的诗写策略。毕肖普的诗歌也不能归于一种观察的诗歌，因为她的细心观察正是为了发现，是为了形成对观察的超越。诗人是敏感、脆弱而审慎的，她往往先将自己隐身，小心翼翼地试图在对象中发现可能的目标，我们可以认为毕肖普的这种审慎源于对事物及自我的不确定性的巨大困惑。但毕肖普的可贵之处却在于，她正是要在这种捉摸不定而又满怀希冀的写作中对一切加以确认，她要捕捉到它们。在这一过程中，诗人的自我主体和那藏在事物背后的精神主体往往又相互关联，并试图达成沟通。事实上，"毕肖普自己作为主角的位置是显而易见的；她作为局外人的感觉被有力地驱逐了，它的代价是把她自己等同于那普遍存在的严酷的自然法则"。[①] 这是一种更深层的主体性，从中我们隐约可以看到斯蒂文斯的影子。这一策略的直接好处就是，捕捉和发现行为可以在有意的自我克制之下完成，并且始终用更为机警而安然无忧的目光来凝视一切——包括事物与诗歌的内在成分，而对这一过程的严酷性的艰难承受，正说明了毕肖普非同寻常的优异之处。

二、透视的艺术：以朴素逼真的诗意重构现实

毕肖普对客观具体的描述手法的独特运用使得她的诗歌从表面上看常常具有一种明晰性，这与当时正大行其道的自白派诗歌带给人们的晦暗和艰涩恰恰形成了强烈反差。然而正如前文所分析的，毕肖普的诗歌在本质上却仍然具有一种主体的目的性。实际上，在具体的手法运用上，毕肖普是在通过一种冷静而深入的

---

① David Kalstone, "Prodigal Years", Chapter 1 in Part II of *Becoming a Poet: Elizabeth Bishop with Marianne Moore and Robert Lowell,* New York: Farrar, Straus & Giroux,1989, p.122.

透视法来实现其诗歌的目的性的。也就是说，她只是像画家作画一样，把生活物象（包括具象和抽象）投放在了一个平面上，但这个平面却又具有多维度的延扩可能，具有生命的立体感和空间感。在我看来，这仍然是她的一个聪明的策略。诗人从来不满足于平铺直叙，因为她对世界的理解从来不只停留在事物的表层，相反，她始终保持着探究事物内部秘密的野心，或者说她在以自己的方式介入现实。这里，毕肖普的诗歌所展现的对事物的穿透性与其说是表现为一种明晰，倒不如说是体现了一种更为洞彻的、带有冥想性质的对世界的诗性关怀。"毕肖普能创造出紧绷的张力和并存的矛盾，和企图控制那不可控制之物时对人类感伤的辛酸认识。"[1] 所以，对于毕肖普诗歌带给我们的明晰感，我们也必须要在一个更大的诗意时空里加以完整理解，在明晰的背后体悟不明晰，在可认知的背后触摸不可认知。

罗伯特·洛厄尔说，"毕晓普找到了一个世界，她很少写没有探索意义的诗"。[2] 事实上，毕肖普是一位有着强烈的好奇心和幻想天性的女诗人，但与浪漫主义和自白派不同，她的幻想天性更富有理智。她对每一景一物的描绘都暗含着自己的独特发现，并能以一种透视的艺术把对社会人生的敏锐理解悄悄浸入生活的表面和诗歌的表面，从而唤起我们对平俗化世界的怀疑和质询。在平面中触及深处，以朴素达到逼真。透视法的美妙之处在于，它是一种客观理智的艺术，但同时它又有制造幻觉的能力，它创造了一种看见世界的方法，教导我们如何在平面上"看到"深度，在二维的平面中一窥三维世界的真实存在。在毕肖普的诗歌中，这种透视法的运用非常普遍，这种透视的能力使毕肖普能够准确无误地表达她对现实的全新发现，并使她的诗歌具有一种可分析的性质和男性化的倾向，而不只是停留在描摹生活和玩味个人情感的层面。另一方面，透视法又使一切新认识全都回归到平面，这让毕肖普的诗歌具有了朴素的品质，正是这种类似返璞归真的写法使毕肖普的文字超越了它们自身，重构出一个让我们感到亲切但又迥然不同的新现实、新世界。比如她的《在候诊室里》，整首诗简直就是一幅"儿童画"，"描述了那个'我'以及作为内部和外部的传统界限的个人身份的可怕的不稳定

---

① Anne Colwell, "Geography III: The Art of Losing", Chapter 4 in *Inscrutable Houses: Metaphors of the Body in the Poems of Elizabeth Bishop*, Tuscaloosa: University of Alabama Press, 1997, p.178.

② 转引自蔡天新《北方 南方——与伊丽莎白·毕晓普同行》序，东方出版社 2000 年 1 月版。

性，自我和世界崩溃在纯粹的无休无止的连续动荡中"①，这幅图景压满了毕肖普痛苦的童年经验，连续的不厌其烦的精确叙写几乎到了让人不忍卒读的地步。在一个固定的但喻义丰富的场所——候诊室，在一个具体的而又特殊的时节——1918 年 2 月（一战尚未结束），再过三天就要七岁的毕肖普等着姨妈（这里，姨妈的身份有着特殊的背景，毕肖普幼年丧父，患精神病的母亲又在前两年被送入疯人院，她只能跟着姨妈生活）看牙病。然而，她却通过一本《世界地理》杂志看到了整个世界，她却通过姨妈的一声呻吟听到了自己的呻吟，她通过自己的惊诧感受到了每一个人的荒诞存在，而且觉出了自己其实就是每一个人，所有的人其实都是一个人。"我，我们，正在坠落，在坠落"，这就是小毕肖普的判断！在这幅画里，姨妈牙病的不幸、小毕肖普的不幸，以及整个世界的不幸，都融合在了一起。她以一个孩童的口吻在诗中发出了一声又一声质问，诗中的几个"what"和"how"成了力透纸背的重笔，把小毕肖普（何尝又不是我们每一个人）的命运推向了无可把握的不确定的黑暗浪头里。这里，儿童的感觉因为具有了某种"连通性"（connectedness）② 而使诗句承载了更多的厚重意义。在诗的最后：

> 于是我又回到屋里。
> 战争在继续。外面
> 在马萨诸塞的伍斯特
> 是黑夜，积雪和寒冷，
> 而那依旧是 1918 年
> 2 月 5 日。

就像是在落款，把一切全都铺到了一张细琐的、平面的画中，然而生命的重与轻，生存的荒诞与无奈，对历史的反诘与漫延开来的时光的悲情，全在其中了。由此可看出，毕肖普诗歌的明晰绝不局限于表层现象，而是有着一种高超的穿透力。

---

① Betsy Erkkila, "Differences that Kill: Elizabeth Bishop and Marianne Moore", Chapter 4 in *The Wicked Sisters: Women Poets, Literary History and Discord,* New York: Oxford University Press, 1992, p.150.

② Vernon Shetley, "Elizabeth Bishop's Silences", in *After the Death of Poetry: Poet and Audience in Contemporary America,* Durham: Duke University Press, 1993, p.55.

正是由于"透视"所具有的幻想力量和发现力量，毕肖普的诗歌常常会在看似拙朴的语句下显现出一种美妙的神奇境界。这种神奇感令事物的表面开始向内弯曲，或者说具有了某种内倾性，平俗化的时间开始自我反诘，从而实现了现代诗意的诚挚性和逼真性，并因此令诗歌具有了重构现实的可能。这里，毕肖普的幻想同样巧妙地避免了（或者说隐藏了）主体性的强势参与，而是以客观冷静的视角将"观察"对象（这里的对象并非某个客观物，而是毕肖普式的极限世界）全面透视，这样，读者往往会在不经意间突然发现，蕴含了主体情思的"客观对应物"不知不觉地突立在了他们的眼前，当然这一过程本身也是颇为神奇的。在她的《蘑菇》里，那株像少女般亭亭玉立的蘑菇显然不是在浪漫主义式的主体幻想之下出现的——在此之前作者对车内车外的环境、对乘客与司机的情况甚至对一对老人的交谈都做了大量叙写——而是在一种娓娓道来的情势下自然出现的。但是它却给我们带来了独特的新鲜感和巨大的惊异感。诗中把它比作高耸的"教堂"、温馨的"小屋"，并暗指它简直是完美的"女性"，它有着"自己的时间"，并因此可以高傲地蔑视着面前的巴士。它的出现在使众人感到炫目的同时，也让一个熟悉的世界变得陌生了。但是这种陌生没有为世界增添更多的混沌和混浊，反倒引起我们对生存秩序的反思，其实在毕肖普那里，在那株蘑菇面前，一切好像全都被照亮了。此时，诗歌的前半部分所涉及的方方面面，无论是琐屑的生活表象还是人们对它的自以为是的评判，都开始与这株蘑菇发生关系，并且试图获得自我求解和自我求证。这样，毕肖普用一种最为直接和朴素的方式，却在从容写实的同时形成了对琐碎细节的超越，使之具有多维度的艺术质感而更加逼真化，从而实现了对现实的高效率的参与和重构。正如希尼所说："毕肖普的写作没有什么排场之处，即使其中有某些可以向其转化的因素。一个人应对周遭现实保持正义感，甚至在诗歌的想象力可以重构现实的时候。她从不容许让艺术形式的欢娱去安抚她所处理题材的严酷性。"[①] 她另外的多个名篇例如《鱼》《矶鹞》《英格兰的克鲁索》《穿山甲》《麋鹿》《六节诗》等等也都体现了这一特色。

所以，毕肖普把对事物的最为精细的透视力放诸貌似写实主义的表面，这使她的读者在或多或少产生一种惶惑游移和捉摸不定的奇幻感的同时，也进入了

---

① 西默斯·希尼，《数到一百：论伊丽莎白·毕肖普》，《希尼诗文集》，吴德安等译，作家出版社2001年版，第366页。

一个富有深刻意味的寓意空间。而这一诗美空间的构成以对平俗化现实的怀疑和超越为前提，而且充满了毕肖普式的轻巧的暗示、不动声色的隐喻和异常清醒的象征。诺贝尔奖得主、墨西哥大诗人奥克塔维奥·帕斯认为这是"一种尚未成形的超现实主义"，并认为它的简化公式即是"最高度的精确产生最反常的结果"。[1] 他说毕肖普采用的是"一种奇特的视觉想象，在绘画上被称为'幻想的现实主义'。……她的眼睛是画家的眼睛，一位奇情异想的画家的眼睛"。[2] 这一论述很好地解释了毕肖普诗歌创作的透视手法，面对庞大芜杂的黑洞一样的存在，这样一种举重若轻的诗写策略应该说是毕肖普介入现实的一种特殊手段，是她在处理自己与生活关系时的一个富有智慧的非凡创造。

三、沉默的艺术：平静脸庞之下的巨大悲痛

由于对生命和现实有着非同一般的独特体验和全新的发现，并且由于这种全新发现与生活的表面又往往大相径庭，所以毕肖普的诗歌总是带有一种沉默和谦逊的色彩，如果细加品味，在她几近极致的准确"写实"背后，还会有一丝不易察觉的淡淡的伤感。毕肖普的清醒之处就在于，她知道悉心观察的结果与围拢而来的生活最终还是有差异的，这使她在逼迫自己做到更加敏捷和锐利的同时，又必须保持一种沉静的力量。因此，她被希尼称之为"最缄默和文雅的诗人"[3]，"伊丽莎白·毕肖普在气质上倾向于相信舌头的管辖——在自我否定的意义上。她的个性是缄默的，既反对自我膨胀也不能自我膨胀，这正是有风度的体现"。[4] 这里，沉默成为毕肖普的一个姿态，在她平静的脸庞之下，隐藏着对迷惑性极强、让人无奈无助的现实与人生的深深的悲哀感，以及静默然而顽强的抗拒力量。我认为，沉默既是毕肖普的人生基调，也相应成就了她的诗歌的一种基本风格，这与当时风行美国诗坛的坦率抒发个我的自白派诗风也有着截然不同的美学趣味。

实际上，毕肖普的全部诗歌几乎都具有这样一种沉默的基调，越到后期则

---

① 奥克塔维奥·帕斯，《访谈录：批评的激情》，《帕斯选集》下卷，赵振江译，作家出版社2006年版，第413页。
② 奥克塔维奥·帕斯，《访谈录：批评的激情》，《帕斯选集》下卷，赵振江译，作家出版社2006年版，第414页。
③ 西默斯·希尼，《舌头的管辖》，《希尼诗文集》，吴德安等译，作家出版社2001年版，第244页。
④ 同上。

愈加明显，成了一种有意识的超然的写作态度。首先，这显然与毕肖普极为特殊的苦难的人生记忆有关。《在候诊室里》的不到七岁的小毕肖普，《在村庄》里的那个儿童叙述者，都可以让我们深切地体会到这一点。可以说，毕肖普所承受的超越于其年龄的苦难与孤独是促使其思想早熟的一个关键性因素，而这种不正常的扭曲了的对世界的知觉力和体验力，反过来也成就了她对环境、对自身的超常的平衡力，并逼迫她对词语进行准确的衡量和驾驭。希尼说，"较之于洛威尔①，毕肖普身上有一种优秀的考狄莉亚式的品质，一种赋予她作品以动人的稳定性的沉默，一种被玛丽安·摩尔以独特洞察力勾勒出的'某种完美的果敢'所捍卫的含蓄"。② 在这里，希尼实际上揭示了发生在毕肖普身上的考狄莉亚式的苦难与其诗歌的沉默性的直接关联。当然，生命苦难本身并不必然成为诗歌的立场与写作向度，只有当诗人有意识地承受苦难，把苦难转化为一种生命资源的时候，一种更为深入、锐利的诗歌才可能产生。可贵的是，毕肖普在她的诗歌中经常聪明地把苦难消解在孩童般的诡异世界，把沉重转化为轻巧，在轻巧的表现中又深寓一种绵绵的哀伤。在她的后期代表作《克鲁索在英格兰》里，那种奇异、狡猾的色彩已是非常突出，甚至带有一种大胆的有意为之的迷惑感，真实地呈现了（当然诗中则以一种回忆口吻，让人觉得人生如梦）童贞和真诚情爱逝去后她生命的孤绝感以及对这种孤绝状态的无助突围。在这首毕肖普最长的诗里，她把"沉默"的艺术性发挥到了极致，在诗中她创造了人物关系间的模糊距离（甚至人物本身也是模糊而有着多重指涉意义的形象），也创造了环境（岛屿、英格兰、神话、家园）与人（克鲁索、亚当、毕肖普自身）的内心间的模糊关系。"她唤起了自我和他者之间的不稳定关系，勾画着这种构造复杂的关系间的矛盾冲突。"③ 这时，融汇了主观与客观、神话与现实、社会与反社会、性与爱、梦魇与时间的"我的岛屿"，成了一个隐秘的私人化场所④，而"星期五"的到来也成了一个蕴含了巨大悲恸的仪式——

---

① 罗伯特·洛厄尔（1917—1977），美国当代著名诗人，自白派诗歌的开创者，他反对现代诗歌"非个人化"的创作原则，主张以坦率、透彻、自然的方式写出主体的内心世界。

② 西默斯·希尼，《数到一百：论伊丽莎白·毕肖普》，《希尼诗文集》，吴德安等译，作家出版社2001年版，第364页。

③ Brett C. Millier,"Elizabeth Bishop: Life and the Memory of It", Berkeley: University of California Press, 1993, p.366.

④ 此诗的最初的题目即是 Crusoe at Home（克鲁索在家园），见 Brett C. Millier, "Elizabeth Bishop: Life and the Memory of It", Berkeley: University of California Press, 1993, p.366.

就在我觉得自己连一分钟

也无法忍受时，星期五来了。

（那个记录让所有的事情都错了）

星期五很好。

星期五很好，而我们是朋友。

他要是个女人就好了！

我想繁殖我的本质，

他也一样，我想，可怜的男孩。

有时他宠爱着那些羊羔儿，

还和它们赛跑，或者随身带上一只。

——很好看；他有一个好看的身材。

而后来有一天他们把我们带走了。

岛屿环境象征了毕肖普早期故事中的监狱、寄宿房（boarding house）或公共寓所（the communal house），在这一隐喻性景观里，她"把诗人、女人、孤儿、同性恋和其他事物比如她自己关联成一个共同体"。[①] 然而这个精神家园已逝去多年——"而星期五，我亲爱的朋友，死于／十七年前三月到来的麻疹"，只能显现在读报纸时的瞬间回忆里。在童贞与世俗世界的力量悬殊的对峙中，毕肖普仍然选择了（或者只能选择）沉默的悲悯和轻淡的戏谑作为对庞大现实的反叛。

其次，毕肖普诗歌的沉默性也与其生活中的个人化追求有着密切关联。现实中的毕肖普喜欢旅居异地的漂泊生活，也是一个真诚的同性恋者，在我看来都是她有意（也可认为是被迫）进行自我放逐和自我找寻的手段。换句话说，不是毕肖普的诗歌成为她的特异生活方式的逼真写照，相反，是她在用特别的方式进行着另一种朝向内心的写作。这其实也是一种沉默。她正是用这样的方式起到自我冷却的作用，从而能够远离虚假的激情和庸俗的喧嚣，达到过滤生活的目的。"在她的天性中苛刻多于狂热，即使完全向现象敞开，她仍可保持冷静。她的超

---

① Bethany Hicok, "Elizabeth Bishop's 'Queer Birds': Vassar, Con Spirito, and the Romance of Female Community", *Contemporary Literature,* Summer 1999, p.307.

然是恒久的，但那种逼近事物时的专注与准确性结合在一起，如此致密地加诸事物之上，从而几乎蒸发了她的超然。"① 在毕肖普晚年的《一种艺术》里，这样的饱含了生命艰辛与痛楚的"过滤"行为被她表述为一种"丢失的艺术"——

> 丢失的艺术并不难掌握；
> 这么多事物好像都满怀被丢弃的
> 意图，所以失去它们并不是灾难。

　　诗人用冷静、轻松而具戏谑性的悲哀口吻——说起我们每天都在丢失的事物：房门钥匙、时间、故地、旧相识、梦想之地，甚至母亲传下来的手表、曾经的居所、所热爱的城市、王国、陆地与河流……这些都是渐已失去的事物，虽然诗人承受着不可承受之痛，但她坚持说这不算是灾难。真正的灾难——诗中仍只是说"看起来像是（写下它）像是一场灾难"——是什么呢？是她那"开玩笑的音调"和她所"喜爱的姿态"，也就是她用以抗拒人生之荒诞的小小的轻松，以及能包纳所有悲痛的"沉默"而达观的生命态度。而且，在诗的最后，"整节都处于被阻隔和被拆散的危险之中，在最后一行诗人的声音一个字一个字地变得嘶哑了，那最严谨最难对付的诗的形式——维拉内拉（villanelle）②——几乎无法控制悲痛，但有助于诗人让自己保持平衡。"③ 这也解释了为什么诗人会选择这样一种十九行诗的形式来探讨这种"失去的艺术"，令我们欣慰的是，从头至尾的克制最终帮助毕肖普在至关重要的最后一行解决了所有的问题。所以，与大多数现代主义诗人的主体异化、分裂乃至丧失的状况相比，毕肖普以堪称非凡的沉默的艺术，使其诗其人颇为难得地做到了一致。

　　在诗写层面，可以说，毕肖普使沉默成为一种手法。我们在毕肖普诗歌中语言的内倾性、简约性和对修辞的高超控制中就能够体会到这一点。看看她早期的一首《小习作》：

---

① 西默斯·希尼，《数到一百：论伊丽莎白·毕肖普》，《希尼诗文集》，作家出版社2001年版，第370页。
② 维拉内拉，16世纪法国的一种十九行二韵体诗。
③ J. D. McClatchy, "Elizabeth Bishop: Some Notes on 'One Art'", in *White Paper: On Contemporary American Poetry,* New York: Columbia University Press, 1989, p.145.

想想天空中徘徊的令人不安的风暴

像一只狗在寻找安身之处

听听它的咆哮。

……

想想林荫大道和小棕榈树

所有行列中的躯干突然闪现

像一把把柔弱的鱼骨。

……

现在风暴再次离去，轻微的

序列，猛烈照亮了战争的场景

每一个都在'田野的另一个地方。'

……

想想拴在红木桩或桥柱上的游艇中

某个沉睡的人

想想他似乎安然无恙，没有受到一丝惊扰。[①]

　　冷静的实体素描和微妙的语势上的重复相辅相成，在有着暗示性的一幅幅的"冷风景"当中，别具匠心地把对战争的恐怖感由弱到强、回环往复地"推"至每个读者的内心。原来，前面的多层次的冷静描摹既是在导引着又是在延缓着恐怖感和压抑感的到来，不动声色的沉默成了她艺术性解压的手段。同时，由于频频推迟所要表达之意，当最终的关键语像"沉睡的人"和"惊扰"到来时，则又反过来强化了一种意指准确的震惊效果。就这样，全诗充满了平静与不安的两极张力，从意象组合到句群连缀再到诗的整体结构，对情感和节奏的控制处处可见，极好地体现了毕肖普诗歌的节制性和掩饰性特点。除了上面提到的《克鲁索在英格兰》，像她的《人蛾》《不盲信者》《在渔房》《访问圣伊丽莎白精神病院》等等众多作品都可看到这样一条由"沉默"美学所构筑的诗写脉络。尤其是《访问圣伊丽莎白精神病院》，由于它特殊的形式安排（首节一行，之后每节多一行，而

---

① 这里所引为诗人马骅译。转引自陈超，《当代外国诗歌佳作导读》（下），河北教育出版社2002年版。

且诗行长度也由短到长有所变化），速度控制和延迟效果就表现得更为突出，就和毕肖普把"失去"看成"一种艺术"一样，她用渐进的诗行和抹掉的成分相互搭配，诗节越到最后所承载的意义愈加丰实厚重，深刻而完整地表达了对因极端思想而入狱的伟大的老庞德的生命认同。这里，我非常欣赏乔安娜·菲特·迪尔的说法，"对于毕肖普而言，让步意味着一种无畏的探索和真切地献身于手艺的生活——持续发展着一种隐含了言语明晰性的坦率的消减（effacement）风格。远游者的伪装，孩童的声音，荒诞不经的证词，人的局限，这些经验都以意味深长的感受和拐弯抹角的表述而被传达了出来"。①

毕肖普的诗歌总是这样，通过"沉默"的技术化，或者说，通过有意的节制与掩饰，把巨大的现实压力和生命的沉重加以舒缓，将时间的秘密加以隐藏，令人性的私密空间得以保护，使不可知的困惑得以延存。其诗歌的沉默性的意义亦即在此，用一种顽强的包容力和的隐忍精神对抗世俗生活的琐屑虚无，对抗集体秩序下的浮泛虚妄及其对个人性的压制，小心巧妙地维护了主体心灵的完整，保护了想象力和记忆的诚挚与自由，在人的体验力濒临丧失、知觉力日趋恶化的文化语境里，竟然达到了与现代主义的冥思性异曲同工的目的。在 20 世纪中后叶后现代盛行的诗坛，做到这一点是殊为不易的。对此，深受毕肖普诗风影响的希尼也有明确的概括——"毕肖普诗中沉静的价值绝不可低估，彩虹的效果离开某种精神尺度是无法获得的。没有人比她更醉心于统计世界细枝末节的奇迹，也没有人更小心翼翼地容纳下那些共同阐释了生活的危险的负面因素。"② 我认为这一评价极为中肯，纵观毕肖普时代的美国乃至整个世界诗坛，像她这样完整而深入地把握了观察与呈现、现实与理想、个人与社会的悲剧性关系，并能够以退一步海阔天空的大度心智加以"沉默"式的诗意化处理，的确实属罕见。

总之，毕肖普以其特异的文本风格和鲜明的审美个性在美国当代诗坛独树一帜，并业已产生了深远的影响。她的诗歌以其叙述主体的审慎小心的隐身性、观察事物的因繁就简的透视性、态度与技术上的隐忍无畏的沉默性三大艺术特征，以及丰富而娴熟的技艺表现，既延续了由爱默生、狄金森和史蒂文斯等先辈诗人

---

① Joanne Fiet Diehl, "Elizabeth Bishop's Sexual Politics", from *Women Poets and the American Sublime*, Bloomington: Indiana University Press, 1990, p.19.

② 西默斯·希尼，《数到一百：论伊丽莎白·毕肖普》，《希尼诗文集》，作家出版社 2001 年版，第 372 页。

开创的美国诗歌的沉思传统，又做到了与时代及个人命运的完美凝合。在如今更为喧嚣、功利的消费主义世界里，重新认识和发现这个"证明了越少即是越多"[1]的诗人，对我们反思当下的诗写趣味、重估既定的美学秩序、重返真诚的内心体验，无疑有着特别的美学指涉意义和时代意义。

---

[1] 西默斯·希尼，《数到一百：论伊丽莎白·毕肖普》，《希尼诗文集》，作家出版社 2001 年 1 月版，第 376 页。

异质的梦歌：隐语世界里的悲欢"碎片" ①

——论约翰·贝里曼的诗歌艺术

约翰·贝里曼（John Berryman）是美国自白派的主力诗人之一，也是一位在国际诗坛享有盛誉的 20 世纪重要诗人，他的长达 385 首的鸿篇巨制《梦歌》(The Dream Songs) 以其情感上的大爱大悲、风格上的变幻多元、技艺上的美妙绝伦已成为现代诗歌史上不可多得的经典之作。作为"中间代"② 的重要一员，贝里曼的创作为从现代到后现代转型期的美国诗歌做出了突出的贡献，也对时至今日的美国后现代诗坛产生了深远影响。但是，客观地说，长期以来，对于这位极其重要的诗人，我国文学研究界的关注却较为有限，大都停留在生平介绍的层面，或者在论及美国自白派诗歌时顺带简介，而从诗写层面对贝里曼个人化的创作手法加以较为完整、深入的阐明尚是空白。本文旨在从此一视角出发，避开对贝里曼的生活历程与创作主题的泛泛述评 ③，专对其诗歌艺术本身加以理论探析，从而为我国读者在此一方面接近和认识贝里曼提供借鉴。

贝里曼的诗歌是非常艰深的，尤其是到了形成其鲜明创作风格的中后期，这种情况更是突出。总的来说，贝里曼诗歌最大的一个成果就是发现了世界存在的异质性，也探索了诗艺表现形式的异质性——诗人以娴熟的现代技艺掌握了对异质性生存语境、异质性主题和异质性文本的考察和呈现，或者说对它们进行了卓

---

① 此文发表于《外国文学》2012 年第 3 期。

② 出现于美国 20 世纪四五十年代的诗坛，除贝里曼外还有罗塞克、毕肖普、贾雷尔、洛威尔等，他们的创作期跨越现代文学和当代文学的分界，在诗歌作品中留下了转化演变的痕迹。

③ 这方面的著作与精论国外已有很多，如约翰·哈芬登（John Haffenden）的《贝里曼的生活》，迈克尔·赫弗南（Michael Heffernan）的《约翰·贝里曼：殉道的诗学》，以及约瑟夫·沃伦·比奇（Joseph Warren Beach）的《内心的神秘恐惧》等等。

有成效的异质性处理。在贝里曼的世界里，作为抒情主体的"自我"、作为表达策略的文本风格和作为诗意载体的各种诗写要素都是多元异质、龃龉不合的，诗人则以反抒情式的多面"自我"、悲痛与反讽相结合的隐语策略以及"碎片化"的诗意设置，建构了一个令人目眩然而更为逼真的艺术现实。

一、异质的主体：反抒情的多面"自我"

由于父母长年感情不和，贝里曼的童年时代充满了不堪回首的痛苦阴影。其父最终在年仅 12 岁的儿子面前开枪自杀，这一幕成为贝里曼一生沉痛的心灵创伤，直接形成其抑郁、孤僻的性格以及高度敏感、紧张的精神状况，并最终导致贝里曼在 1972 年投河自杀。这种特殊的生命情愫在贝里曼的诗歌里表现得极为强烈而普遍，使之充满了对世界与生命价值的不断质问和反复怀疑，甚至贝里曼诗歌的抒情主体也变得可疑、扭曲，不再具有单一、完整的人格，其意志力、价值判断力均包含了互相对峙的内在质素，呈现出一种逆否、混合、模糊的异质性特征。贝里曼的"自白"成为非主体的自白，这可以看作是在现代的"自白"式的诗写范畴对艾略特非个人化风格的一种反拨和突破。

从 20 世纪 50 年代中期初步奠定其个人风格的长诗《向布蕾兹特里女士致敬》（"Homage to Mistress Bradstreet"），到 60 年代中期初具规模的《梦歌 77 首》（"77 Dream Songs"），再到最后的《他的玩具、他的梦、他的安息》（"His Toy, His Dream, His Rest"）[①]，贝里曼把那种异质性的思考发展到了极致。可以说，贝里曼成功创造了一个可以完全代替现代世俗现实的存在于诗歌内部的现代性世界，但贝里曼真正的难题却是要在其中完成他在世俗现实中难以追问的答案。譬如，对主体存在形式和存在意义的叩问始终是贝里曼的一个永恒主题，但贝里曼诗歌中的主体却不仅仅是作为一种主体"自白"或者主体抒情的手段，而是作为一种对主体自身进行审视和反诘的"反抒情"的手段。我们看到，贝里曼诗中的"我"并不是单一的和完整的，而常常以一种破碎的、扭曲的、交叉的和多面的状态出现，人格的主体性变得极其可疑而不再清晰，而且在它的内部包含了多

---

① 《他的玩具、他的梦、他的安息》是贝里曼于 1969 年最终完成的《梦歌》完整版的别名，总共包括"梦歌"385 首。

个不尽相同甚至是互相对立的质素，具有了一种典型的异质性。在《向布蕾兹特里女士致敬》中，我们可以明显感觉到最初的挣脱羁绊获取自由的念头已然力不从心：

> 把我永远藏匿，我只能猛冲突击，我必须自由
> 现在我聚集了我所有的肌肉与骨头
> 而什么是以死为生的事物？
> 西蒙，我必须如此凌乱地离开你
> 怪物正在杀我，请相信
> 之后我会拥有你，女人们真能忍受
> 我绝对绝对不行了
> 而在经历了可恶困境的湮灭后我就是我了
>
> （第 20 节）

我们发现，"我"的固有属性开始被迫演化，从对"自我"的内倾式的和封闭式的构成性演变为对"自我"的反向的和不断否定的反构成性。这里，不是"自我"的出现，而是"自我"的退出，成为贝里曼的美学原则。而且，"退出"的"自我"仍然无法拥有一个完整和清晰的面目。在这节诗中，这个"我"虽然仍保持着"猛冲突击"的挣扎力和对主体的完整性的"死而复生"奢望，但是他并不确切地清楚希望在哪里，他不清楚以自己的"肌肉与骨头"所换来的到底是什么样的事物。尽管他做好了"凌乱地离开"的准备，但却以一种既绝望又自嘲的口吻承认——"我绝对绝对不行了"，承认只有在经历了困境的"湮灭"后"我"才可能是真正的"我"。

贝里曼及其诗歌的异质性主体在《梦歌》那里被发挥到了极致。而一个主要的原因恰恰是贝里曼有意无意混淆了其本人的主体人格与《梦歌》中的主角人物亨利的主体人格的界限。不管怎样我们在贝里曼和亨利的身上所发现的，不仅仅是现实生活和文本世界中两个主人公的相似之处，而且是朝向完全趋同的某种同一性存在的必然要求。"对《梦歌》的许多批评性论述都有这样一个企图，就是决定实际上亨利在多大程度上是贝里曼自己的伪装版。贝里曼试图劝阻这样的诗人

传记式的阅读，……这种否认在外表评判上是较难接受的，然而，决定性的证据表明亨利和贝里曼在极大程度上是一体的，而且是相同的。"①

此诗名为《梦歌》，但它的实质却是对惠特曼式的自我抒情风格以及作为整体的英诗抒情传统的揶揄和反讽。《梦歌》中的自我与惠式的完全不同，后者是强大的完整主体（我们可以联想到《自我之歌》等作品），而前者却是扭曲的和分裂的"非主体"。而且，在这一点上，我们发现贝里曼的"自我"与自白派的其他诗人的强力自我也是有区别的。比如洛威尔总是以一个较为完整和强势的自我不懈地进行着内部世界的自我展露和对外部世界的主体投射（对社会人生的主体性参与在洛威尔的后期创作中愈为显著），而贝里曼的自我严格来说自始至终都不是一个相对完整、健全和拥有主体投射力的自我，确切地说，他的自我只是一个"准自我"，趋于一种纠结、分裂、虚幻可疑和似是而非的状况。在某种程度上，这个自我注定要不断地进行着艰难的自我修复和自我认证，当然随之亦不断承受着接踵而来的修复的失败和认证的失望，我们来看其中较为典型的一首：

> 亨利的毛皮挂在了各式各样的墙上
>
> 在那儿它极像亨利
>
> 那些人很开心。
>
> 尤其是他的长长的发亮的尾巴
>
> 全都被他们所赞赏，还有参观者们。
>
> 他们一片哗然：那就是它！
>
>
> 当你冰冻的鸡尾酒在午夜飕飕作响
>
> 那毛皮上的金色照耀着你
>
> 又光又黑。
>
> 任务完成了，朋友。
>
> 我那正在消失的发黄而无光的皮囊已经
>
> 干竭，静止地挂在那儿。

---

① Christopher Beach, *Twentieth-Century American Poetry*, Cambridge: The Press Syndicate of the University of Cambridge, 2006, pp.164—165.

那在又冷又深之地捕获的梭鱼，唉，

在西尔达车站那些一无所有的

孩子们快熬到死了。

中国人的社区嗡嗡忙碌。两杯鸡尾酒

被收回到华美厅堂的角落

一杯向另一杯说了一个谎。

（《梦歌》第 16 首）

    在《梦歌》中，贝里曼的主体与作品中的主人公亨利的主体是可以互相迁移的，有时候又是游离的状态。这一点和《向布蕾兹特里女士致敬》中作者与安的关系相似，但又有了新的深入进展。在上面这节诗中，亨利的指代物和亨利自身之间没有了明显的界限，不管他的毛皮出现在什么样的环境中（"各式各样的墙"），都会让所有人"开心"，而那条原本应该突显二者本质区别的"尾巴"竟成了消弭二者界限的成功代表，不但为他们自身，而且连"参观者们"都一致认可。直到老朋友亨利的"任务完成了"，我们才发现原来这一切是设定好的一个计划，一出戏剧（是喜剧还是悲剧），最后当墙上亨利的毛皮蜕变为了"我"（贝里曼）的干枯皮囊，"我"与亨利也就完成了主体间的互置互换。而被捕获的"梭鱼"和快死去的"孩子们"之间的置换，两杯鸡尾酒之间的置换，却是用作为整个人生意义的一个隐喻性意象——"谎"来连接的。以上种种充分反映了贝里曼诗歌主体的异质性、反抒情性和多面性，即由日常的"我"到被遮蔽的"我"再到异质的"我"之间的互相质疑和转换。对贝里曼（亨利）的这种特殊的自我认定和互相指认的情形，海伦·温德勒有过非常中肯的论述："在那儿一个新的多重人格的贝里曼出现在与他自己以及他可能的自我的无拘无束的对话里，一个率直的人在他自己的滑稽表演中，公开地做梦，把他的药片和酒水放进打印的书页，又始终否认他的创造，不是在自白而是在其私人的有线广播系统里长篇大论，而这一切都是以一种雄辩的混杂风格进行的。"①

---

① Helen Vendler, *Part of Nature, Part of Us: Modern American Poet*, Cambridge, Massachusetts and London: Harvard University Press, 1980, p.119.

二、异质的风格：隐语性与戏剧性的完美契合

对自我的不断修复反映在贝里曼的诗歌里，直接促成了一种自编自导（在很大程度上也是自演）式的编剧体风格。就如平斯基所说，"贝里曼诗歌的戏剧手段通常大约等同于与更为完整的内在判断发生着关联；诗歌里的准自治的元素为其进行自我编剧而加以判断——或者至少体验从中脱离的一小部分——提供了一个方法。"[①] 父亲的自杀、诗友的去世、夫妻情感不和以及情人的离开等等，贝里曼一次又一次遭受了精神上的深深创伤，这让他深切感悟到了命运的多舛和无常、生活的意义与虚无。在贝里曼那里，人生正如一出戏剧，充满了悲剧性和滑稽感，每个人都在一场一幕中不断经受着不知所终的悲欢剧情，在这个过程中，每个人的角色人格也被不断扭曲、挤压，在逐渐失去主体完整性的同时形成了某种无主体性喃喃自语式的隐语风格。贝里曼的写作充分体现了诗写风格上的戏剧性和隐语性，反讽、戏仿、突降法甚至反修辞的手法在诗歌中比比皆是，突出表现了强烈悲痛与反讽式幽默的戏剧性结合的异质效果。

在《向布蕾兹特里女士致敬》一诗里，他始终在和三百年前被称为美国第一位诗人的安进行着诗歌理念上的对话或者二重唱，这可以视作贝里曼的戏剧性手法的雏形。当然，不难看出，这种写法被应用在如此题目之下，也表达了他对传统诗歌美学形态的反诘式的思考。在诗中其口气上的专横、戏谑，对安所代表的传统美学的肆意挑逗，尤其是文本上的戏仿，突显了贝里曼诗歌的后现代主义特征而对经典现代主义诗学信条形成了某种别具特色的超越。我们来看诗中的一个小节：

> 冬天结束，春天伊始，没有孩童
> 在我枯萎的心底扰我，噢，那老练世故的心
> 连神也不情愿为他帮忙。
> 所有其他的事物脏得就像一件衬衫。
> 西蒙走得太久了。我的主管挺迂腐。

---

① Robert Pinsky, *The Situation of Poetry: Contemporary Poetry and Its Traditions,* Princeton: Princeton University Press, 1976, p.24.

> 这镇子自灰白中开出马路，
>
> 但我耐性不够，
>
> 我造反了，我就像那些野蛮的森林居民
>
> （第 17 节）

这段诗完全以模仿安的口吻开头，四季轮回、顽皮孩童、枯萎的心，也都是传统诗歌最常见的意象与主题，但那"老练世故的心"竟"连神也不情愿为他帮忙"，"所有其他的事物脏得就像一件衬衫"，诗意一下子突降到了繁杂无奈的尘世现实——西蒙和主管的反差，生活（"镇子"）在死气沉沉（"灰白"）中寻找夹缝（"马路"），"我"的"耐性不够"以至"造反"，都说明了春天和孩童在沉重压抑的现实面前的无力存在。最后，"我"只能以完全的（或者说是一种逃离主义的）抗拒态度，对现代和现实，也对自我进行"造反"，而造反的方式和结果却是退回到蛮荒幽远的"森林"，独自坚守着与现实遥远相隔的孤苦灵魂。与安的个人性抒怀相比，贝里曼的这种更为内在化的个人隐语风格更为完好地表达了其内心深处的痛楚、矛盾，以及几乎可以视为是小秘密的自我慰藉，当然，更多留在作者和读者心底里的却只能是虚无的失落感。琳达·哈琴说，"后现代主义大多数充满矛盾的文本，就它们与相关风格的各种传统和惯例的互文性关系而言，都是一种特定的戏仿。……在某种意义上，戏仿是一种完美的后现代形式，因为它悖论性地既与戏仿对象融合，又挑战戏仿对象"。[1] 贝里曼的诗极为形象地演绎了这一点。

贝里曼隐语风格的另一个表现是他的诗感力度不是直接体现在词语本身上，而是体现在词语的氛围上，或者词与词之间的关系上，这导致了一种新的语言的诞生。这种看上去往往模棱两可、游移不定的语言却能够恰切地表达那种混合了隐隐悲痛和自嘲式的插科打诨的异质性情感。"即使它的方式和它的特定用途变得可疑时，这种特别的联合体（它把某类大众口语——很多是黑人笑话——与公开呈现的故意的叙述混乱、故意的拐弯抹角结合起来）也保持了让人兴奋的效

---

① 琳达·哈琴，《后现代的理论化》，载阎嘉主编《文学理论精粹读本》，中国人民大学出版社 2006 年版，第 297 页。

果。"① 在《梦歌》中这样的异质性风格比比皆是，我们仅以第14首为例：

> 生活，朋友，是让人厌烦的。我们可不能这样说。
> 毕竟，天空在闪烁光芒，巨大的海在渴望着，
> 我们自己也在闪烁，也在渴望，
> 而且当我还是个孩子时妈妈对我说
> （说了又说）"一旦承认你觉得烦
> 就意味着你没有
>
> 内在才智。"现在我得出结论，我没有
> 内在才智，因为我厌透了。
> 人们在烦我，
> 文学在烦我，尤其是伟大的文学，
> 亨利在烦我，以他的困苦和牢骚，
> 坏得就像阿喀琉斯，
>
> 那人热爱平民和勇敢的艺术，它们都让我烦。
> 而那宁静的小山，和杜松子酒，看上去就像是累赘
> 而不知怎么一只狗
> 明显地把它自己以及它的尾巴弄走了
> 弄到了山脉，或者大海，以及天空里，在身后
> 丢下了：我，摆尾小丑。

　　这里，"生活""朋友"这些原本应当让人充满热情和亲切感的词，以及闪烁着理想主义光芒的"天空"、充满梦想的"大海"，还有同样也在"闪烁"和"渴望"着的"我们自己"，全都直接与一个"烦"字紧紧联结在一起，造成了强烈的异质性审美张力。不仅如此，就连传统上代表着最可信赖之启蒙教育的妈妈对

---

① Philip Toynbee, "Berryman's Songs", in *Berryman's Understanding: Reflections on the Poetry of John Berryman*, ed. Harry Thomas, Boston: Northeastern University Press, 1988, p.137.

孩子"说了又说"的谆谆教导和最为经典的励志信条，也都被认定"没有内在才智"的"我"所放弃。而且就连作为几乎是唯一的自我拯救手段的文学、"尤其是伟大的文学"，以及贝里曼的精神化身"亨利"，还有被黑格尔认为是代表着人类的高贵人格的"热爱平民和勇敢的艺术"的阿喀琉斯（在诗中竟成了"坏"人的代表），也成为烦我的主因和令我烦透的事物。"宁静的小山"（自然）和美味可口的"杜松子酒"（生活、友谊）成了"累赘"，具有超强辨识力的狗竟把它自己弄丢了……在诗的最后更是大胆使用了突降修辞，真正遗失了整个世界也被世界所抛弃的，就是这个如同可怜小狗的诗人自己。在这首诗里，贝里曼的异质性表达非常集中，而且一次比一次强烈，对梦想和崇高加以怀疑和反讽，对生活的意义和自我的存在加以无情解构和自嘲，几乎以一种自残自虐的方式挑战了诗写极限，从而在词与词之间创造出极具震撼力的异质气氛，在——大到现实本相小到词语张力的——戏剧性的意义的遗失和分辨的连续行为中，逐步构建了一个光怪陆离而又逼真动人的隐语世界。

三、异质的诗意：高度个人性的碎片化艺术

正如对自白派其他诗人的印象一样，人们似乎有理由想象贝里曼的诗歌也应该是以强烈的主体自白为特色的，但实际上，贝里曼的"自白"与其他自白派诗人（后期的洛威尔可以大体除外）的"自白"却迥然有异。这主要是由贝里曼诗歌的异质性特点决定的。由于贝里曼所经受的非同一般的情感伤痛和对生命意义的怀疑态度，他眼里的生活、现实、生命的片断往往以不完整的碎片的形式呈现出来。不仅抒情（或反抒情）主体以一种扭曲、断裂的碎片化形式存在，文体风格和诗写语言也都体现了异质的碎片化。而且碎片化不仅仅是贝里曼的一个生命态度，更是他的一个基本的诗学态度，甚至具体为了一种写作技巧。贝里曼所审视的对象往往不是存在于一个特定的生活背景中，而是存在于更具延伸性、更广阔也更内在化的诗意时空中。碎片化使他的写作对象既超越了具体而有限的时间和空间，也超越了具体而有限的主体（正如前文所述，其主体人格具有一种非主体性）情感。这种碎片化的艺术特性决定了贝里曼诗歌比之那些直抒胸臆的作品（哪怕是以现代诗学手段"自白"式地直抒胸臆）承载了更为丰富的异质性诗意。

如我在本文第一节中所分析的那样，贝里曼及其诗作中的抒情主体总是以分裂和多面的状态存在的，这在诗写层面也体现了对主体人格所做的碎片化处理。虽然贝里曼自己并不愿意承认其诗作中的亨利就是他本人之写照的说法，但通过亨利这一人物的"自由自在"的人格变形，贝里曼有效地（至少是便利地）实现了在它自己的"皮囊"里的进进出出，而作为观众的读者们则指着他的（亨利的）挂在墙上的尾巴兴奋地赞赏——"这就是他！"虽然贝里曼更愿意把诗的主人公看作是一个"无名的朋友"，但由于亨利的异质性人格在作品中的完好表现，以及贝里曼自身人格在作品中以令人惊叹的多种方式的成功迁移，使得无论是亨利还是贝里曼都充分担当和演绎了"无名朋友"的角色作用，由此我们可以认定，在诗歌中（由于贝里曼完全以诗歌现实代替了世俗现实，这里我们也可以同时说是在现实生活中）贝里曼和亨利已经完全同化为一体了。这一点也正符合批评家们的看法——"记住这个事实，被计入诗中的是它的活性，不是它的主题主旨（除非这产生了一个情感和意识的文本，从而构成了心理上的压力），……'亨利'是贝里曼不得已进行自我反照的主人公，在镜中看到的分裂和扭曲的映像；所以，比如，那个'无名的朋友'仍然是作品中总的自我意识的另一个转移性的碎片。"①

贝里曼的诗歌还突出体现了文体的丰富性，他惯于把中世纪的游吟体、莎士比亚体和霍普金斯的语言风格混用，看上去支离破碎却又自成一体。如果游吟体和莎士比亚体的应用属于戏仿修辞的话，那对霍普金斯的学习则具有一种本色性风格的表达需求。和艾略特一样，贝里曼受霍普金斯影响的痕迹显而易见，后者的诗中大量使用了接近日常言语的诗歌韵律；但我认为贝里曼诗歌中更多的成分应当属于他自己的本色流露和极致发挥。在语言日常化的表象之下，《梦歌》中的文风、句法、语言其实都是碎片化的混合物，充满了反文体、反句法和反语言的特点。从语言风格来讲，以《梦歌》为代表的诗歌文本就包括了日常的、黑人的、孩童的、布鲁斯的、嬉皮士的、克里波索②的以及传统英语等等各种样式；贝里曼把它们融会贯通，以一种质朴的黑人口语气息和看似随手写来、毫无逻辑的语言直抵生活与写作的内核。在这一点上，我非常认同阿德瑞·里奇所做的

① M. L. Rosenthal, Sally M. Gall, *The Modern Poetic Sequence: The Genius of Modern Poetry*, New York: Oxford University press, 1983, p.417.
② 克里波索（Calypso），西印度群岛及加勒比海地区的一种民间音乐，具有爵士音乐特色，节奏灵活，常常用来即兴讽刺。

论述——

"贝里曼，混用多语的人。一种新的语言正在那些使用英语的美国人的头脑中演化。贝里曼身上那些天赋的光痕告诉他，为他的主人公去尝试其所参照过的词，'那该死的咿呀婴语'、那黑脸人的方言。没有政治立场指示他、没有对黑人特征的理性同情。因为黑脸化就是这个国家的最高方言和姿态，径直通向我们的疯狂的根源。"①

就连一直被人们认为与贝里曼同属自白派并理应有着大致相同艺术风格的洛威尔也曾坦诚地说，"《梦歌 77 首》比大多数艰深的现代诗歌更为艰深，……它们给我造成误判，其文体风格却不断唤醒着我"。②

在具体的诗写层面，贝里曼的语言具有极强的跳跃性，在表面上语意很不连贯，但很多地方又是跨度极大的上下文互指。亨利这一人物就很有代表性，他的童真、他的成长、他的归宿，他的言谈、他的行径、他的梦想，诗中的许多物象与意象都具有跳跃互指的关联性，在一个更为庞杂的结构中实现了某种秩序感。这一点投射在亨利（贝里曼）的身上，就恰切地表达了那种在混乱不堪的生活中所艰难持有的隐晦而内在的人生诉求。当然，还有一种情况就是单纯的语句的碎片化，这一特点在贝里曼的诗歌中则是随处可见，比如《月亮，夜和男人》（"The Moon and the Night and the Men"）的开头：

> 比利时的夜晚放弃了缓缓升起的
>
> 月亮，一个被推迟的月亮，一个粗暴的月亮
>
> 这是对英国或者美国的观看者而言的；
>
> 对法国的观看者而言。这是个寒冷的夜，
>
> 人们戴上了围巾，无疑
>
> 军队感冒了，顾不上日历，无疑
>
> 一些难民咳嗽了，其他一些被害者的景象
>
> 或者声音。一个寒冷的夜。

---

① Adrienne Rich, "Living with Henry", in *Berryman's Understanding: Reflections on the Poetry of John Berryman*, ed. Harry Thomas, Boston: Northeastern University Press, 1988, pp.129—130.

② Robert Lowell, "For John Berryman", in *Berryman's Understanding: Reflections on the Poetry of John Berryman*, ed. Harry Thomas, Boston: Northeastern University Press, 1988, p.72.

在这个小小的片断，许多看上去风马牛不相及的事物被集中在一起，"比利时的夜晚"、"粗暴的月亮"、"英国或者美国的观看者"、感冒的军队、咳嗽的难民、被害者……这也是一种形式上的碎片化，但我可以在这里用一句话将这些碎片重新拼图——战争、难民、疾病让生活不再完整，在被各个国家的观看者"解构"的夜晚，那原本美好的秩序（"缓缓升起的月亮"）却被放弃、被推迟，变得粗暴寒冷。有人喜欢就这些表面形式上的碎片化和意义的凌乱无序把贝里曼视为后现代主义诗人代表，其理由可以理解。但需要说明的是，碎片化作为对更完整现实和更逼真世界的参悟方式和表达策略，它的意义和价值绝不只是停留在语言形式的表层，更不只是自娱自乐的文字游戏。对于严格遵从诗艺与内心的诚挚性的贝里曼来讲，其实每一个碎片自有其存在的意图。应该说，贝里曼诗歌高度个人性的碎片话语极为准确地触摸和反映了那种难于把握的现代世界里的异质性诗意，尤其当这些碎片被巧妙地用于反讽、解构、双关以及表述的故意混乱化的时候。

内心的现场："我的爱是一根羽毛"[①]

——论罗伯特·克里利的诗歌艺术

    罗伯特·克里利（Robert Creeley）是美国 20 世纪诗坛重要流派——黑山派的主要成员，也被笔者认为是一位在今天值得我们去重新认识和重新发现的杰出诗人。国内有限的介绍性文本，甚至相当时期美国本土的大众性印象或专业评介，大都视克里利为一位多产的抒情高手。的确，克里利的大量短诗纤瘦精巧、清澈洒脱，不但颇受读者喜爱，也成为很多厌倦于现代主义艰涩诗风的更为年轻一代诗人的模仿对象，以至出现了流行一时的所谓"克里利"体。然而，读者们包括部分批评家，在欣喜和陶醉于一种看上去澄明纯粹、读上去朗朗上口的"新式"诗歌的诞生时，却忽略了作为一个整体的克里利诗歌在现代诗歌坐标上的独异价值，以及变化中的克里利诗歌之于现代诗学建构的特别贡献。时下中国，这种跟风式的或者功利性的阅读与批评仍然正在制造大量的误读与误导。本文则旨在以呈现主义诗学[②]为参照，在多个维度上对克里利的诗歌文本特征和美学思想做出全新的解读，探讨其诗歌肌质与诗学内核的双向塑成作用。

[①] 此文发表于《外国文学研究》2017 年第 3 期。

[②] 呈现诗学最早提出于拙文《从叙事的"无能"到意义的重构——兼论一种呈现诗学》，《文艺理论研究》2007 年第 5 期，第 84—96 页；在拙著《诗的复活：诗意现实的现代构成与新诗学》（杭州：浙江大学出版社，2013）中，对呈现主义诗学又做了进一步的系统阐述。呈现诗学的基本思想是取消或打通主客体关系，以过程诗学、沉默美学、散漫艺术、异质现实、主体位移、呈现—非呈现悖论的视角，全维度开拓现代诗歌介入现实的新途径和新形式。

一、作为一种智性写作的非人格化的情感记录

克里利的创作始于 20 世纪 50 年代，那正是现代主义初期的狂躁与喧嚣已然降温，同时，受充满终极情怀和保守气质的艾略特主义的影响，一种更趋理性、客观和精致的新批评诗学开始形成并巩固其地位的年代。即便从克里利最早期的诗歌中我们也能看出，和许多同龄诗人一样，他显然完全接受了自现代主义以降的客体主义诗学理念。因此，即使是抒情，即使是写自己"个人化"的心路历程，克里利的诗也延续了艾略特所界定的非人格化立场。"克里利是写感情的高手，但我们在他几乎可以称为纯粹的情感诗或爱情诗的作品里，读到的依然是非理想性感情的演绎和示范，这仍然是非个人化诗风的持续。"① 我想，之所以克里利的情况在我们所讨论的这一范畴里会显得更加复杂，是因为他的生活或者命运对其诗歌题材及表现形态的决定性影响。事实上，由于特别的个人成长环境和情感历程，克里利确实写出了许多以个人感情或者爱情（更多时是"爱"本身）为主题的诗篇。② 这些作品形式上短小精悍、瘦骨嶙峋，每行往往只有几个甚至一两个词，大大激发了读者的阅读兴趣和想象空间，一时间模仿者众多，形成了具有一定流行性的诗句紧凑、诗意轻盈的所谓"克里利体"。但这里要指出的是，这些诗歌仅仅是克里利的非人格化的情感记录，本质上属于与复杂现实保持距离并袪除盲目自信的主体性的智性写作，而不是简单的个人抒情。

由于敏感天性对荒诞存在的独特感受，与同属黑山派的奥尔森 (Charles Olson) 或邓肯（Robert Duncan）相比，克里利总是喜欢关注那些模糊莫辨、不可捉摸、转瞬即逝、易变易碎的事物，形成了他极具个性化的对情感、爱、命运以及（看上去）常常是属于身边细小琐物的诗意化理解。反过来，他的诗歌使感觉和情感力变得更为具体、细致和客观，这是克里利对现代诗歌从现代主义向后现代主义过渡进程中的一大贡献。克里利曾说，"假若以'现代'来定义现实之概念那决定性转换过程的最早意识，而这现实又在朝向十九世纪末时变得日益清晰，那么我们可以感觉到如今这种意识已成为人类经验中的一种普遍条件。世界不能

---

① 晏榕，《诗的复活：诗意现实的现代构成与新诗学——美国现当代诗歌论衡引申》，浙江大学出版社 2013 年版，第 87 页。

② 克里利 4 岁时丧父，青年时的二战经历，之后接连不幸的婚姻，以及左眼失明，这些都影响了他看待和表达事物的方式。

被完全'认知'。……【原作者省略】现实是连续的，而不是可分离的，所以不能被对象化。……【引者省略】对我而言，最有趣的事物则是对过去几年所有艺术活动中被称为'偶然因素'的持续呈现"①。所以，在克里利那里，对世界认识的转变和对写作形式诚挚性的态度转变是完全统一的，而显然，这与他本人的生命体验（他的婚姻生活的变化、他对威廉斯诗歌的学习和超越、他对现代主义绘画思想的认同）也是完全一致的。当然，像伊丽莎白·毕肖普 (Elizabeth Bishop)、约翰·贝里曼 (John Berryman) 等几位中间代诗人，也在现代诗学转型的进程中起了各个不同的催化作用，但克里利对情感力的探索则更加专注和集中，完美演绎了客体诗学对情感本身及其输出方式的忠实记录。对此克里利曾有过经验之谈："写作总是这样的方法，去发现我所感受的——到底是什么使我如此契合于那个'主观'……【原作者省略】在实际写作中我可以发现情感的清晰显现。"②

　　能说明问题的这类短诗非常多，在此我举《花儿》（"The Flower"）为例：

> 我想我生长着焦虑
> 如同花儿
> 在一块没有人到过的
> 林地里。
>
> 每个伤害都是完美的，
> 把自己围拢在一次细微的
> 无法察觉的绽放里——
> 制造疼痛。
>
> 疼痛是朵花儿就像那一朵，
> 像这一朵，
> 像那一朵，
> 像这一朵。③

---

① Robert Creeley, *Contexts of Poetry,* ed. Donald Allen. Bolinas: Four Seasons Foundation, 1973, pp.185—186.

② Robert Creeley, *Contexts of Poetry,* ed. Donald Allen. Bolinas: Four Seasons Foundation, 1973, p.96.

③ Robert Creeley, *The Collected Poems of Robert Creeley, 1945—1975,* Berkeley: University of California Press, 1982, p.323.

　　表面上看，这首诗仍然带着克里利较早时期简洁而直接的特色——当然，这一摹仿自威廉斯而实际上源于庞德意象主义信条的风格，贯穿了克里利所有时期的写作，只不过后来在形式上更有所创新，以至和下文我们将要论及的其他特点结合了起来——但在那些字里行间小心翼翼的"呼吸"节奏中，我们仍能感受到并未太过掩饰的克制。与主体抒情的方式截然不同的是，和直接相比，这些克制的成分与那种犹疑而压抑内心并试图平衡理智的复杂情感更为匹配。把生命比作花儿原本没有修辞上的新鲜感，但克里利在本体和喻体上作了细致而精准的微调，实则将生命的寂寥、痛感、伤害、无助与花朵的焦灼、绽放、孤独、冷漠一一对位。"林地"是"没有人到过的"，"伤害"是"完美的"，"绽放"是"无法察觉的"，完成了生命的一个轮回，也完成了一次"制造疼痛"的过程。再加上开头一个"我想"，结尾摇摆不停、无从取舍又转而随心所欲的辨别，使得这"疼痛"充满了普遍与随机意味。我们发现，全诗无论在内涵上还是风格上都设置了巧妙的揶揄与戏仿，而这些智性手段的针对性极强，那就是对摇摆于艰难抉择与潇洒自嘲的现代生命情愫的真实捕捉与呈现。

　　同样，克里利早期诗歌的语言已显出抽象而非个人化 (impersonality) 的特质，而不是一般所认为的倾向于回归传统抒情模式的较强的主体性色彩。可贵的是，克里利对奥尔森的"投射诗"(Projective Verse) 理念进行了游刃有余的发挥，把字里行间的"呼吸"或说词语关系与非个人化的呈现方式结合了起来。这种对词语进行内部微调的能力很显然来自威廉斯，后者打破词句的常规排列或构成的写法对克里利这一时期的创作有着直接的启发。但今天克里利之所以值得在现代诗学的意义上被我们重新审视，恰恰是因为他没有停留在词语关系的层面去开掘现代诗意——那种热衷于事物静态或动态的表面性描摹即便相对于敏感复杂的内心情感也可能能力有不逮，更毋论主客体关系已是扑朔迷离。有趣的是，威廉斯本人在其晚年长诗《佩特森》("Paterson") 中也形成了对自己早期所坚持的诗歌语言关系认知的超越，这种超越与克里利后来的散漫化诗风并非没有关联，均可视为是对现代诗歌"呼吸"论的一种尽情发挥。在《花儿》中，当这种呼吸成为非主体性情感的呈现方式，而不是主体性情感的抒发方式的时候，无论"生长着焦虑"的花儿多么孤独而不为人知，无论"制造疼痛"的"伤害"有多么"完美"，还是"疼痛"们多么可爱地随机散落在"这一朵"或"那一朵"的绽放上，它们所传达的情感（智性、经验）就并非虚无缥缈而是实在可信之物了。一首现代诗能让我们感动之处，恰恰是由这种真挚的形式所带来的可信情感。

像《花儿》一样，从外表上看，克里利的诗歌与 20 世纪 50 年代具有标范意味的新批评体有着明显差异。但正如上文所述，其大量此类作品不仅忠实记录和呈现了情感，而且刻意做到了非人格化或无个性化的处理（事实上我们知道，也只有非人格化才能真正保证在现代文化语境下忠实记录的客观性）。难怪克里利说他的艺术"不是为我自己——那个似是而非的身份概念——的思想提供证据，而是为我仅是个简单的代言人——一个凭借如此的活性而显而易见的活物——而提供证据"①。从这个意义上讲，我认为克里利的抒情诗歌仍然属于一种智性诗，既无必要也不可能从本质上和现代主义以来的客体诗学区别开来。我们不能因为其诗的情感主题便将之归入或浪漫或写实的主体性写作范畴，甚或将其视为所谓后现代主义重启了主体性回归之路，进而是现代主义之反动的例证。

二、作为一种过程诗学的非主体性的即时述说

克里利是二战以后成长起来的一代诗人，他既站在了现代主义客体诗学的基本立场上，又和美国中间代诗人一样，对于祛除了主体性的"我"有着切身的体味和发现。实际上，由于克里利个性化的情感经验与呈现方式，他在很大程度上有效探知并塑造了"我"在新诗歌中的位置与形态。这种非主体性在具体的诗写进程中表现为了一种即兴性和过程性，大量具有暂存性和游离性特征的诗感充斥在字里行间，充斥在诗人貌似随机的运思中。这里我将之称为过程诗学。前文论及的"情感记录"固然是过程诗学的部分内容和态度的表现，但这里我还想强调克里利诗歌作为一种述说体的鲜明风格。把对祛除主体性的"我"与外部世界、内部世界的对话，以及对话过程中对"我"的艰难确认，都载入这种述说体中。克里利说"确认的过程是诗歌的目的"②，就表达了对现代诗歌的过程性，或者我所说的过程诗学的明白无误的指涉。这也是以克里利和邓肯为代表的黑山派诗歌

---

① Robert Creeley, *Was That A Real Poem and Other Essays,* ed. Donald Allen, Bolinas: Four Seasons Foundation, 1979, p.15.

② Robert Creeley, *The Collected Essays of Robert Creeley,* Berkeley: University of California Press, 1989, p.473.

与艾略特式的经典现代主义的一个颇有意味的区别。至于奥尔森，虽然他极认同克里利的诗歌观念，但他自己的创作与投射诗的很多要求并不十分符合。

显然，与虚无缥缈的目的地，或者不可捉摸的诗意对象相比，克里利更相信过程；与传统现代主义的终极关怀相比，克里利更信赖暂存的灵光。当然这灵光里有的是断片的经验、破碎的情感和暂存而拉长的时间。在克里利的诗歌中，永恒是以碎片化的方式显现的。所以，表面上的即兴与随机其实隐含了艺术捕捉的准确和有效，而即时述说则成了必然的诚挚形式。任何自信满满的主体意识、目的性、现成语言甚至潜语言，都难以获得克里利的信任。这一点克里利在《尺度的意义》（A Sense of Measure）中一开始就说得非常清楚："根据我自己的经验，诗歌存在于明确无误的秩序里。我认为这种秩序的获得或确认，既无法通过学术声明或意志，也不能通过某种写作行为自身所不呈现的有意打造语言的意图。"①诚然，这和克里利的时代有关，比如他曾描述道："在 40 年代二战的混乱中成长起来的人会觉得，也许存在于其他时空的那种一致性已不可能存在。……【原作者省略】似乎没有哪种逻辑可以把一个人所体验到的全部的强烈零乱整合到一起。"②但同时此种状况也成为现代诗歌发展的内在驱动，新的主客体关系（实际上是取消了主客体关系），新的多元化异质现实，新的反抒情和反修辞策略，都成就了现代诗学内部转捩点的重新确立。利用过程诗学的即时性述说，20 世纪五六十年代的这批诗人在传统现代主义信条危机之下，在日益混乱的文化语境中找到了更直接、更准确、更简明的诗写路径。

因此，从庞德的意象主义，到威廉斯的基于对前者的误读的意象主义，③再到克里利，我们会发现其中有一条清晰的线索。一方面是对意象本身的理解和探索，另一方面则是在中期或后期又都发生了重要的转变，开始向更为开放的和体现为过程性的某种写作范式挺进。庞德写《诗章》（Cantos），威廉斯写《佩特森》（Paterson），克里利写《断言》（Pieces）、《日记》（A Day Book）和《哈罗》（Hello），其实有异曲同工之效，都是通过形式的开拓达到对内容的延伸。鉴于情感、爱、微妙心境这类事物的可判断性和可呈现性更加复杂，以它们为对象的

① Robert Creeley, *The Collected Essays of Robert Creeley,* Berkeley: University of California Press, 1989, p.486.
② Robert Creeley, *The Collected Essays of Robert Creeley,* Berkeley: University of California Press, 1989, p.367.
③ 关于意象主义的分野，以及艾米和威廉斯对庞德意象主义的误读，可见拙著《诗的复活：诗意现实的现代构成与新诗学——美国现当代诗歌论衡及引申》（浙江大学出版社，2013）第二章。

诗写对"过程"的依赖程度就更高。所以克里利的诗不是也不可能停留在对事件仅仅加以描述或做出道德评判上，而是以更为诚挚的开放、更可信赖的述说的方式纪录和参与事件，在过程中直接呈现对鲜活生命（社会、文明）的体验频率。通过这些变革，克里利的写作成了一种全息式的过程写作，主体和客体开始混同，主体的状貌包括这种混同的状貌也加入了过去视为客观物的范畴，诗写对象就这样扩大了。对此，克里利也说过"人和客观物必须同时存在于我们称之为诗歌的力场之中"①，这可视为过程性写作的一个认识的前提。

当然，此种写法不仅存在于克里利后期的长诗或组诗中，即便在他中期以前的短诗中我们也常常能发现一些即时性述说式的和会话体式的片断。比如《鞭子》（"The Whip"）一诗的开头：

> 我花了一个晚上上床睡觉，
> 我的爱是一根羽毛，一片平淡的
> 昏睡着的东西。她
> 很白
> 又安静，在我们上方的
> 屋顶，还有另一个女人我
> 也爱着。②

"我的爱是一根羽毛"堪称是全诗的"诗眼"，原本最崇高和最向往的却成了最缥缈和最无可奈何的事物，终极性的美和执着，化为了暂存性的体验和唏嘘；我在翻译时特意在量词上做了取舍，选用了"一根"而不是"一片"，亦是想突出这种情感转换，从希望的寄托转向失望的决然，从温婉转向对峙，从轻巧转向孤零零，从抒情转向呈现。这样，短短几行，却将圣洁与滑稽，纯洁和庸俗，死气沉沉和戏剧化，现实的不堪和内心的倔强，全都纳构在口语色彩所带来的轻松里了。之所以说"轻松"，是因为这些现代荒诞以及和它们的对峙已经无处不在，充溢在生活的每个片刻和角落。这种情况使得传统的描述和抒发方式显得笨拙至

①　Robert Creeley, *The Collected Essays of Robert Creeley,* Berkeley: University of California Press, 1989, p.464.
②　Robert Creeley, *The Collected Poems of Robert Creeley, 1945—1975,* Berkeley: University of California Press, 1982, p.146.

极，只有即时性的述说，包括分裂、扭曲、变态的主体人格碎片互相间的即时印证和会话，才可能相对有效地把握住诗写对象。所以，这种即时性的写法既是故意的消极调侃，从另一角度，也可以看作是对复杂情感的强行介入，它更直接和干脆，以毅然决然的姿态和单纯的"记录"拉开了距离，显然，其中包含了年龄增长带给克里利的变化。通过述说和会话，克里利尽量做到了全息式呈现，避免了任何角度的丝毫遗漏；同时对事物的关注方式和态度变得富有弹性，不是矫情而是诚挚地传达了难以把握的"后"现代情感窘态，不是间接而是直接地触及了"后"现代生存困境。

再如那首著名的《雨》（"The Rain"），前面的几个段落是这样的：

> 整夜那声音
> 反复传来，
> 反复落下
> 这宁静的，持续不断的雨。

> 对于我我是什么
> 这必须要记住，
> 必须要如此经常地
> 强调？是否

> 雨点降落的
> 舒适
> 甚至难受
> 也永不会为我带来

> 某种别的东西，
> 某种不这么紧急的东西——
> 我是否将被锁在这
> 最后的不安里。[①]

[①] Robert Creeley, *Selected Poems, 1945—2005,* Berkeley: University of California Press, 2008, p.75.

这部分的述说性也非常明显，而且述说对象不仅是在诗歌后文中出现的那个"亲爱的"，我认为更重要的应该是诗人自己。也就是说，这首诗的重点不是"我"与"他者"的关系，而是"我"与"自我"的关系，淡入淡出的"我"与迁延成客观物的"我"的关系。或者进而言之，是那个不断自我遮蔽、自我怀疑、自我剥落的主体性（实际上成了非主体性）和面目全非的外部世界与内部世界的关系。笔者曾在拙著《诗的复活》中谈及此诗，"克里利居然把思考的即时性与断言效果，甚至单纯的语言意图，融会在了一首爱情诗里；把'必须要强调'和'必须要记住'的'我是什么'的命题，融会在了'雨点降落'的'最后的不安'里。这是一种包含了与作者的共时交流性的诗……【引者省略】他在《雨》中甚至还直接对自我的存在形式与意义（注意不是浪漫主义或现实主义形态的'自我'的形式与意义）发问，有意制造了诗写风格与诗写对象的对峙，'投射'的领域再次被扩大，其间舒缓又紧迫、被压缩又富有弹力的诗意效果简直令人称奇"。[①] 现在看来，这首诗已完全超越了普通意义上的所谓爱情诗或抒情诗。从此一角度出发，我们会发现，作为一个整体的克里利的诗歌写作，几乎都具有以全息式过程诗学的述说行为逐渐朝向开放、朝向对主体（非主体）状貌进行质询、朝向在语言内部不懈摸索的特点。

三、作为一种散漫艺术的非呈现式的诗意穿透

克里利诗歌的另一种值得归纳的特别之处是它们的散漫化气质和散漫化手法。出于对荒诞、无意义、偏离中心主义、异质化美学理念的呈现，对散漫艺术的自觉很自然地发生在现代向后现代转型的徘徊时代，并在今天的各个艺术门类中获得了强化印证。庞德不是在讲究直接和准确的意象主义时期，而是在他的芜杂庞博的《诗章》中触及了散漫无边的沉思与智性，威廉斯是在词语与它们或静态或动态的对象的关系上获得了散漫化的经验，毕肖普是在朝向事物内部的进程中，或者说是在诗写结构与策略上展示了散漫美，阿肯伯莱（John Ashbery）是在思维本身的无限深邃与随机巧智的相互摩擦中制造了散漫。而克里利漫长的写

---

① 晏榕，《诗的复活：诗意现实的现代构成与新诗学——美国现当代诗歌论衡引申》，浙江大学出版社2013年版，第87页。

作生涯，恰好中和了所有这些质素，尤其到了创作后期，一种全面的散漫化已经弥漫在他的诗意思考的所有空间。的确，这一特质在以前很少为人关注，然而当我们在今天回顾整个 20 世纪现代诗学的时候，散漫化艺术本身也好，它和克里利诗歌的圆融互证也好，都变得明晰可辨。前文已稍有涉及，克里利既认识到了客体主义的必要性，同时又没有单纯停留在表面的描述事物（或事物的行动）之行为上。自从发现了散漫艺术，他的个人性就演化成了以一种菲薄而纤弱的状态，以一种更为破碎而敏感的个人存在感而出现。就此而言，散漫化使克里利的诗歌中又多了一些（虚拟化的）主体性（唯物论和对世界的认识论、日常的还原、死亡猜度）的意味。这一取向与毕肖普以及后来的阿胥伯莱如出一辙。这种主体淡入淡出的效果恰好说明了所谓后现代主义的从一开始就注定的内部分化——是在碎片的世界让内心无所遁形，还是在无望的拼图游戏中辨识人脸？

　　最早时克里利明显受了威廉斯的启发，"如果一个人仔细地读威廉斯，他会发现那些词语很大程度上并非普通。所谓普通的是表述的模式，是通常会在会话中碰到的述说方式。……我认为，从普通表述感中真正获取的，就是对话语方式的个人化认识提供了诗歌所特别认同的那种强度"。[1] 克里利整体意义上的创作实际上也远非普通，相反，他对抽象词汇以及哲思性诗美意味的考量更为多见。然而克里利对威廉斯式的从普通表述感中获取诗歌强度的做法非常认同，他甚至掌握了一种更为特别的技巧，就是把一些口语化的词语与抽象内核相混合，或者把实在的生活感和源于现代诗歌内部对平面化生活不断拒斥的那种疏离感相混合的能力。于是一种呈现了非呈现性的散漫化的效果就此达成。事实上，这种散漫化诗意作为智性诗歌的一个基本形态或者释放形式，一直潜藏于从庞德到洛威尔再到阿胥伯莱的若干诗写大师的创作里，它若有若无又无处不在，弥漫并渗透了从现代向后现代转型的整整半个世纪。但克里利则直接把它作为了一种题材和主要的创作方式，比如即使在题材性相对较强的诗集《为了爱》（*For Love*）中，克里利也开始尝试着以更为松散的形式展现某种知觉。在对许多对象的把握上，克里利完好地实践了威廉斯所说的"没有事先的考虑也没有事后的考虑，却有着知觉的巨大强度"[2]。我们不妨将这种更多依赖于知觉的写作，看作是一种初级的和原

---

① Robert Creeley, *Contexts of Poetry,* ed. Donald Allen. Bolinas: Four Seasons Foundation, 1973, p.75.

② William Carlos Williams, *Imaginations,* New York: New Directions, 1970, p.8.

生态的散漫化手段的运用。

由此引出一个观点，我认为与克里利后来的《日记本》《哈罗》等作品所大量呈现出来的结构的散漫、意义的散漫、气氛的散漫相比，更早些时候具有发生意味的散漫质素或许值得我们加以特别的关注。例如《女人的形式》（"A Form of Women"）中大量单音节词的运用，大量断裂、停顿的设置，以及这种形式所投射的被限制、被约束的情感，本身就触及了非呈现性，即在全维视角下的呈现（不是再现和表现）过程中始终与其自身相对立的性质。与斯蒂文斯的汲汲穷究于事物的存在与非存在的关系（那实际上仍然是一种初级的呈现式写作），克里利以过程和现场的时空角度，把不可呈现性和不确定性的成分作为了诗写对象，从而进入了具有终极悖论图式的呈现—非呈现诗写方式。[1] 这方面更突出的一个例子是《我认识那个人》（"I Know a Man"）：

> 就像我跟朋友
> 说过，因为我
> 总是在讲——约翰，我
>
> 说过，这不是他的
> 名字，黑暗
> 围拢着我们，我们
>
> 何以抵抗
> 它，不然，我们要不要
> 或为什么不，买辆该死的大汽车，
>
> 开吧，他说，看在
> 基督的份儿上，得弄清
> 你往哪儿开。[2]

---

[1] 关于"呈现诗学"以及"呈现"与"非呈现"关系的论述，可见拙著《诗的复活：诗意现实的现代构成与新诗学》（浙江大学出版社，2013）中"现代诗学的新方向"一章。

[2] Robert Creeley, *The Collected Poems of Robert Creeley, 1945—1975*, Berkeley: University of California Press, 1982, p.132.

这首诗借由语言形式本身所展示的散漫的犹疑性十分明显，多处停顿和休止造成的犹豫不决，以及不断出现的否定性或疑问性句式，彻底取消了任何可能的旧式抒情的轻松与流畅。诗中巧妙利用转行所造成的更加强烈的停顿，以及有时随之形成的对停顿的舒缓效果，几乎成就了一种别有意味的揶揄和反讽。"就像"与"总是"，"约翰"与"这不是他的名字"，"何以抵抗"与"不然"，"要不要"与"为什么不"，"开吧"与"弄清你往哪儿开"，从头到尾，一连串的矛盾与对峙体，散漫迷雾制造出的自嘲、逆否、犹疑、过程和非呈现，全在其中了。

琳恩·凯勒说，"克里利的跨行恰如现代主义者所用的那样，利用了句法中内在的定向能量；同时，被他的接合点们所创造的短行和频繁的重音则减缓了过多的动力，这突出了每个词的边界，也突出了每个情感上的细微差别的边界"。[1] 典型的例子不仅有几乎是一种极端形式的那些单句诗，比如《视野之外》（"Out of Sight"）和《黑衣小姐》（"Lady in Black"），更有普遍存在于类如《玫瑰》（"The Rose"）这样"普通"性作品中的"特殊"形式。作为《为了爱》的最后一首诗，《玫瑰》中那种松散、舒缓和充满不断休止的调子已经成为自然之物，中止成为一种优雅，持续的敲打（锤击）成为一种时光和存在的温柔。这样，克里利把未释放的或者不能释放的能量，成功收藏在了词的边界或者句子（由于转行而生成）的新边界里，收藏在了人生的貌似边缘实则至为珍贵的情感游离地带。至此，散漫化成了诗人由对现实的无奈抗拒转向智性自嘲的标志，于是在另一个被诗美大大扩充了的世界，解构有了建构的意义。

虽然这里所有的诗文本都可以涉及克里利卓然的声音敏感力，不过从此一角度（如音响效果、韵律、曲调、重音等等）进入克里利诗歌的文章已有成功的先例，[2] 本文更为侧重的显然是在纯粹的语言意义或者纯诗意的范畴对散漫形式及其效果的关注。毫不夸张地说，当散漫的犹疑变成了散漫的游刃有余甚至洒脱，那么，它实际上就成了遮蔽现实的冷酷真相与保护探求这一真相之雄心的悖论性策略。通过这一颇具智性色彩的策略，散漫最大化地还原了现场，既还原和保护

---

[1]　Lynn Keller, *Re-making it New: Contemporary American Poetry and the Modernist Tradition,* Cambridge: Cambridge University Press, 1987, p.157.

[2]　Lynn Keller, " 'A small (or large) machine made of words': the Continuity between Williams and Creeley" , from *Re-making it new: Contemporary American Poetry and the Modernist Tradition,* Cambridge: Cambridge University Press, 1987, pp.137—164.

了原生态的生活现场、情感现场，也还原和保护了原生态的诗写现场和智性现场。这有如休·基纳评论威廉斯时所说的情形，"那给定的世界就在那儿。它既不是要由我们的空话连篇来填充的虚无空白，或由我们的词语来定型的莫可名状之物，也不是须以'高贵的意象'来美化的无尽失望"。[①] 或许克里利正是认识到了这一点，他的散漫艺术看起来只有一个目的，那就是以一致性和连贯性的缺失，以松散的开放和随机的豁达，打开语言和智性本身的潜力之门，最终完成更为真挚的生命经验的诗意穿越。

　　显然，这种诗意穿透的方式与前文提到的克里利式的情感记录、即时述行是浑然天成的整体，它们相互交织的作用不是指向了痛快淋漓的情意缠绵或爱恨交加，而是通达了另一个更为复杂的悖论性境地，在那里，主体角色、抒情方式和情感本身都发生了异变，一种不可捉摸然而更为逼真、诚挚的世界或新的诗性由此诞生了。在此意义上，可以说克里利的诗歌既超越了抒情主义传统，又进入了现代诗学的前沿地带。

---

① Hugh Kenner, *A Homemade World: The American Modernist Writers,* New York: William Morrow, 1975, p.65.

新超现实的三棱镜：还原、自然梦幻和虚空

——论W.S.默温的诗歌艺术[①]

由于部分新超现实主义诗人对所谓"深度意象"、东方禅境及回归自然的追求，国内外一直不乏将新超现实之"新"的考察视角架设在东西方文化关联以及现代生态诗学范畴内的研究，这自然有不言而喻的意义。但是，如果不从现代诗学自身发展驱动和内在矛盾着眼，不从新超现实与超现实的内在关联和诗学突破着眼，而停留于从诗人本人生命态度、生活意趣甚或仅仅作品题材的角度对新超现实主义诗人诗作加以评述式介绍，则此类"研究"就可能由于难以介入现代诗学内在肌质而有失浮泛和无力。事实上，美国的新超现实主义诗歌在多个维度上对传统超现实主义形成了难能可贵的超越。W.S.默温（William Stanley Merwin）、詹姆斯·迪基（James Dickey）、罗伯特·勃莱（Robert Bly）、查尔斯·赖特（Charles Wright）等诗人既全面实践了这些诗学超越，又充分扩充和延伸了各自的现代审美触角。尤其是默温，他以还原的方式扩充和延伸了现代诗歌的审美触角，以自然梦幻表征了现代诗人和现代人的身份焦虑，以觉醒的虚空意识构筑了对现代世界的后人类想象；他的创作不但具有一段时间以来堪称流行的跨文化和生态学显性价值，更在诗歌内在本质层面具有现代诗学的开拓意义。

一、作为一种"还原"的超现实

对现代诗歌美学有着重要构成作用的超现实主义信条，自布勒东在写作层面

---

① 此文以《新超现实的三棱镜：论 W. S. 默温的诗歌艺术》为题发表于《外国文学研究》2020 年第 6 期。

将其演化为潜意识、梦幻和自动化三种基本范式伊始，就走上了一条不断自我修复和自我超越的道路。超现实主义诗歌运动在整个 20 世纪的发展轨迹证实了这一点。当然，造成该现象的原因既出于超现实对平面化现实之"超越"的内在要求，也与早期超现实主义诗歌文本与理念本身的粗糙和不成熟直接相关。这种粗糙和不成熟属性与其说是源自某种革命意义上的激进，倒不如说是受制于早期现代语言观念局限性的直接后果。出于对机器欲望和工业化力量的认知，以及之后的反制需要，超现实主义者一直寻求并创造着超越理性逻辑语言描述边界的非理性世界，所谓潜意识、梦幻和自动化写作均是为此而探索出的新路径。然而，正如我们所看到的，这依然无法避免语言相对现实（包括超现实）的割裂。语言和潜意识在很大程度上成为距离鲜活生存语境越来越远的孤立王国。

另一方面，对语言的一味突破和潜意识领域探索的有效性的反思，在以默温为代表的美国新超现实主义诗人身上有相当集中体现。有意思的是，发端于庞德和艾略特，尤其是斯蒂文斯以降而由阿胥伯莱达至顶峰的智性写作，也形成了一个对上述偏离的危险性做出平衡处理的显明序列。我在对阿胥伯莱的专门论述中，认为其完成了超现实的自动化艺术，即自动化的即兴写作经由智性的介入，几乎在阿胥伯莱的创作中臻于完美。[①] 而默温则走了一条完全不同的道路，他对超现实的超越是以一种还原的方式实现的。默温在他的诗歌中创造了一个还原连续体，从语言到日常，从后现代到开放性，他在现代诗歌的几乎所有层面都单纯地坚持了一个信念，那就是直接而有效地向自然、社会和内心挺进。为此，默温不得不避开主体性幻觉、语言能指迷雾、智性润滑剂和过于繁复的修辞。"我们在对一个事物形成认知之前会对它有所呼唤，而这个事物在获得名称以前就早已存在。"[②] 或者如斯凯杰所说的"在事物命名之前，实现想象"。[③] 这个策略在默温 20 世纪 60 年代的几部诗集中得到了完好体现，从《炉中醉汉》（*The Drunk in the Furnace*, 1960）到《移动的靶子》（*The Moving Target*, 1963）再到《虱》（*The Lice*, 1967），默温完成了一位自觉诗人的嬗变。有些作品甚至可以看作是他的生命态度与诗歌美学的宣言，比如很少有人提及的《面包与黄油》（"Bread and Butter"）：

---

① 见拙著《诗的复活：诗意现实的现代构成与新诗学》（浙江大学出版社，2013）第三章、第五章部分内容。

② David L Elliott, "An Interview with W. S.Merwin", in Contemporary Literature, 39 (Spring 1988), p. 16.

③ Leonard M. Scigaj, *Sustainable Poetry: Four American Ecopoets*, Lexington: The University Press of Kentucky, 1999, p. 182.

我不断找着这封

写给被遗弃的众神的信，

撕碎它吧：先生们，

活在你们的神龛里

我知道我欠你们什么——

我没有，我有过吗？和双手一起

我在遗忘，我不断地

遗忘。在这里我没有这样的神龛。

我不会在屋子的中央

向虚无之塑像鞠躬

而苍蝇们绕着它飞。

在这四面墙上我就是写作之物。

为什么我要开始这样一封信？

想起今天，想起明天。

今天在我的舌尖上，

今天和我的眼睛在一起，

明天是幻象，

明天

在破碎的窗户里

那些破碎的船将会驶进来，

那生活的船

挥动着它们被割断的手，

而我将像我应该的那样

从一开始就去爱。①

---

① W. S. Merwin, *The Second Four Books of Poems,* Port Townsend:Copper Canyon Press, 1993, p.46.

　　其实这首诗的题目就具有开宗明义的意味，"面包与黄油"是得以支撑生活的最基本和最不陌生的事物，显然按照诗人的理解，就是后面整首诗所谈的——诗人生活和生命的全新态度。不断找着那封代表了放弃主体性信仰的信，并以戏谑口吻主动坦白世俗生活对它的态度——"撕碎它吧"，因为诗人一再确认"在这里我没有这样的神龛"，有的只是"不断地遗忘"，有的只是距离自己最为切近也能够最为实在地得以确认的自己的"双手""舌尖""眼睛"。只有还原到身体，还原到一种实在的直接性，才能透过虚幻的墙壁与窗户，重新认知和爱这个"破碎的""生活的船"，才能绕开虚幻飞翔而坚持一种"四面墙上"的"写作之物"的存在。最后一句更是直接点明了回归生活与写作的诚挚性的心境。"我应该的那样"不就是还原到一个人的本心本真吗？当然，这个本心本真，是经由了现代绝境历练的回归，或者超越。由此回首全诗，它所表白的新态度就出现了一个方向上的两种解释。其一，就是祛除掉那些遮蔽物，回到自然、真挚的生活和写作中去。其二，也可以理解为，这个新态度本身是我们的面包与黄油，它才是现代人所理应依赖的精神食粮。在这些意义上，我们说这首诗触及了生活态度的还原，写作的还原，信仰的还原。

　　应该说，有意识地以还原的方式形成对超现实信条的超越，是默温的一个长期的诗学追求。这种在整体上与早年中规中矩的写法拉开距离的情形最早出现于《炉中醉汉》，"这个炉子实际上就是诗人的身体和他的内在生活，诗人决定探索自己所在其中的深渊，成为炉中醉汉，同时必须要改变他曾经的言说方式，突破先前的秩序、传统、雅致和疏离，代之以在一场革命性的爆炸中迎来他个人的诗歌时代"。[①] 而到了《虱》的时候，"还原"已经从诗学策略渗透到诗意思维网络节点上，成了具有默温特有思维特征的熟练技能，我们看其中的一首《这是三月》（It is March）：

　　　　这是三月而黑黑的灰尘落出书本

　　　　我即将离去

　　　　定居于此的高高精灵

　　　　已然离开

――――――――――

[①]　Cheri Davis, *W. S. Merwin*, Boston: Twayne Publishers, 1981, p.74.

在大街上那没颜色的线低于
老价格

当你回头看，那儿一直有往昔
甚至它已消失不见
而当你向前展望
以你肮脏的指关节和你肩上的
无翼之鸟
你能写出什么

严酷仍然在老矿井中升起
拳头正从鸡蛋中破壳而出
温度计则自死尸的嘴里伸开

在某个高度
风筝的尾巴片刻间
被脚步覆盖

我得做的任何事儿都尚未开始 ①

　　这里出现了还原的并列、递进与突降，既有与历史节点的互文，又有对当下绝境的极致感的戏谑。"就像《谢里登》或《正在消亡的亚洲人》，这些涉及具体史实的诗都展示了历史不再是一个外在的过程，也不再是已知的封闭性事件。它渗透着一切，并实实在在地影响着现在。" ② "黑灰尘"在本应代表春意复苏的"三月"里从书本里抖落，让人想起《荒原》，想起四月里丁香花的死亡。"我"步"高高精灵"的后尘而离去，同样暗示了信仰虚无化的时代个人性的缺失。那条"没颜色的线"却最有戏剧色彩，"低于老价格"把既无意义也无所谓的淡定自嘲心

①　W. S. Merwin, *The Lice: Poems,* NewYork: Macmillan Publishers, 1969, p.17.

②　Cary Nelson, "Merwin's Deconstructive Career", from *W. S. Merwin: Essays on the Poetry,* ed. Cary Nelson and Folsom, Chicago: University of Illinois Press, 1997, p.145.

态展露无遗。而还原仍在继续，通过"回头看"，通过"往昔"存在甚至它的"消失"，通过"展望"眼前事物的更加虚无，深刻揭示了工业化以生活环境和内心环境的破坏为代价（肮脏的指关节），现代主义则发现或者记录了主体性的沦落（无翼之鸟）。而"拳头"与"温度计"则成为刻意设置出的反讽式的乐观与自信，成为对生存和艺术创造两个维度的工业化和现代性属性的质疑，无疑这属于还原的变奏或者一种进化的还原。然后，"在某个高度"，艰难飞升的风筝（注意它不是燕子）顷刻间覆灭，突降带来的虚空感达到极致。可贵的是，默温把还原坚持到了最后，他在突降后又叠加了一个突降——"我得做的任何事儿都尚未开始"。这样，这首诗便以其文本形式的"不断生成的能力"，"令幻象般的事件显得真实，而这在别的诗歌样式中则会由于夸张而不可置信"。[①] 在技巧的运用上，我不得不说这种耐心成功表达了对一种原型事物的同样沉静而有耐心的寻求和呼唤，从而代替了早期超现实主义者们对现代文明扭曲力的徒然喟叹。

需说明的是，这里的"还原"既非威廉斯式的"描摹"事物的方式，更不是退回到了传统现实主义的老路。当然，它们有一定关联，譬如都是为了"确定"事物或者现实。但"还原"有它自己的现实基础、目标和路径。它是基于后现代语境下的对特有的"超现实"的重新审视，是对单纯语言革命和潜意识摸索的纠偏，是对早期超现实主义粗糙手段与"超现实"路径的优化。它不是对旧的主体性观照方式的回归，而是以一种更加客体化的方式，回到事物本身、现实本身和内心本身，并以此开发出新的体察视角与体验方式。从这个意义上说，它仍然反映了对客体诗学的持续推进。

二、超现实"梦幻"的自然化与身份焦虑

新超现实主义诗歌的另一个特点是喜欢发掘自然题材，诗人从现代工业和消费世界的喧嚣里走出来，回归到大自然的静谧里，并对工业文明进行诗性反思。这其实也是另一种意义和形态的"还原"，但这一形态又与超现实主义的梦幻意识有直接的关联。诗人将新现实和新现实里的自己，还原到自然中，而"自

---

① Laurence J. Lieberman, "W. S. Merwin: Apotheosis of the Lepers", *The American Poetry Review*, Vol. 41.2. 2012, p.42.

然梦幻"的艰巨性和不可能性同样触发了无论作为诗人个体,还是作为人类整体的身份焦虑。应该说,把新超现实主义的某些作品进行生态诗学意义上的诠释,是有一定现实依据和逻辑基础的。然而,在现代诗学已然半个多世纪的历史浸淫下(还不包括自波德莱尔到 20 世纪初的前现代或现代诗学的初级阶段),新超现实主义的美学坐标与写作向度已不可能仅止于早期超现实主义的工业化观照视域,更不会是简单退回到了浪漫主义的自然观上。新超现实主义者笔下的自然是现代绝境下刻意制造出的另一种梦幻,它同样是对早期超现实梦幻意境的深层次变构——后者有些想当然地喜欢为我们和盘端出一幅幅奇诡无比的非理性视觉盛宴,而不可能跑到大自然面对一株树、一只鸟、一朵牡丹花或一块平常无奇的卵石驻足沉思。大自然,更多的时候往往是其中的一个小小角落、小小物象、小小时序,实际上成了新超现实主义者们用以平衡现实之平庸与超现实之虚妄的一块回旋之地。它介于真与幻之间,充满了现代生存与逃遁之悖论感。而这悖论之核,仍然是主体性沦落的现代世界里的永恒命题——身份的焦虑。"他的梦幻具有沉思和智性化的特征,他的运思方式依然是超逻辑的,以此他发现的现实也是超现实,但是默温的超逻辑同样开始有意加以克制和修剪,使之具有一定的启示性,这比之无度地挥霍和宣泄无意识是一个大大的进步。这一特点深刻地反映在了默温诗风从早期的重隐喻与反讽到后来的更加洒脱、直率的变化上。"[1]

一个有意思的现象,我们知道,新超现实主义的许多诗人如勃莱、赖特、默温、斯特兰德、迪基等,都写有大量以动物、植物为题或者以动植物为重要核心意象的作品,这绝非偶然。而此情况尤以默温为甚。但即便考虑到爱默生的超验主义传统,默温的自然梦幻也似乎更加复杂——他无时无刻不处心积虑地辨认和标识着写作者的(现代人的)身份,诗歌的主体性若有若无、淡入淡出,主体角色在叙述者和刻意产生客观对应效果的动物、植物之间不断位移,以具有现代属性的"自然"诉求制造了静谧生态下充满虚无意味、舒缓而连续的焦虑感。"将动物视为老师的默温高度认同动物独立于人的价值。……对动物独立价值的认同事实上是默温整体生态观的一个缩影。"[2]我们来看看这首《动物们》("The Animals"):

---

[1] 晏榕,《诗的复活:诗意现实的现代构成与新诗学》,浙江大学出版社 2013 年版,第 187 页。
[2] 朱新福、林大江,《沉默之声:从动物诗看默温的生态伦理结和诗学伦理结之解》,《外国文学研究》2017 年第 4 期,第 29 页。

在窗户后的这些年
用盲目的十字架扫除桌子

而我自己在空空地面
追踪着我从未见过的动物们

我以无声

来记住要为它们发明的名字
会有谁回来吗有哪个会

说是的

说仔细看啊是的
我们会再见面①

可以看到，这首只有十行的短诗里集中出现了七个否定性的表达，分别是"盲目的十字架""扫除""空空地面""从未见过的动物们""以无声来记住""会有谁回来吗""有哪个会说是的"，对理性法则、现世秩序、自我身份的质疑或者虚无感非常明显。但是，这些质疑和虚无感却不是通过直抒胸臆或由此及彼的比喻来获得的，而是通过与"自然"伪标签下的"动物们"进行主体性置换而完成的。人与世界、人与人、人与自我的距离远远不及具有中性温和感的复数的"动物们"之间的亲和力。而一句由反问而否定的期待——"我们会再见面"，则制造了虚幻失落的戏剧效果，人类可还有机会"升格"到动物性的层面而与之平等对话？

在另一首制造了同样效果的短诗里，这一过程却是正好相反的，这恰恰也体现了默温诗歌中"自然"主题的梦幻性和超现实性。诗的标题正好打上了人类生活的鲜明符号——《房间》（"The Room"），但正文里却聚焦在一只表面看来毫无生气的小鸟上：

① W. S. Merwin, *The Lice: Poems,* NewYork: Macmillan Publishers, 1969, p.3.

> 我想这一切都是在我体内的某处
>
> 冰冷的房间在黎明前没有亮灯
>
> 容纳着一种寂静，犹如护理着死亡
>
> 一只小鸟在黑暗里偶尔扑棱几下
>
> 翅膀的声音从角落里传来
>
> 你会说它正在死去它是不朽的 [1]

　　小鸟的挣扎既预示着走向死亡，同时也表达了对死亡的背离。这关联着一个更大的精神世界。而在这一世界，动物性的原初意识和"在我体内某处"的原初意识又可以合二为一，向上和向下，抗争和沉默，屈辱和蔑视，都可以反复融合，最终"冰冷的房间"倒成了可以产生"不朽"的通透宇宙。所以说，默温对动物性和"自然"性的追求，包括对提升自我生命境界的禅修追求，其实都是他对现代人性的合理性的质疑之产物，其内在驱动仍然有超现实的逻辑。他甚至直言不讳地说过，"我总是想象那禅宗老师会是一个动物。而今我仍深以为然。我觉得动物在很多方面都是我们的老师"。[2]

　　许多植物题材的诗也是一样。虽然不少研究者更愿意把植物和自然的关系拉得更近一些——他们认为这是默温走向生态诗学的更具显性特征的一步，但我以为恰恰由于植物具有相对的静止性、沉默性、排他性，反倒成了更适合表现客观物性的审美对象，尤其对这种真实物性的观照被置放于日渐虚无化的人性观照之上的时候。我们以默温的一首著名的以植物为题材的作品《日出时找蘑菇》（"Looking for Mushrooms at Sunrise"）为例：

> 当白天还未来临
>
> 我行走在几个世纪以来的枯栗树叶上
>
> 在一个没有悲痛的地方
>
> 尽管那黄鹂鸟
>
> 从另一种生活中飞出来警告我
>
> 我醒着

---

[1]　W. S. Merwin, *The Lice: Poems,* New York: Macmillan Publishers, 1969, p46.

[2]　David L Elliott, "An Interview with W. S. Merwin", *Contemporary Literature,* 1. 1988, p.14.

当雨在黑暗中落下

那金色的鸡油菌促成了一次不属于我的睡眠

唤醒我

因此我上山去找它们

之前我似乎到过它们出现之地

我认出它们的出没就像记得

另一种生活

而今还有别的什么地方我要去

寻找着我 ①

　　"没有痛苦"的无知觉状态恰恰是现代人失去主体体验力的写照，当然也可认为是对"数个世纪"以来主体性过于盲目强大的走向近代工业文明进程的反讽——这一进程在美学上的反映则主要是浪漫主义的兴盛，其特征在惠特曼的诗歌中得到了淋漓尽致的展现。很明显，人的主体性在此诗中被投射到了"蘑菇"上而绝不是"我"身上，或者说默温想通过"蘑菇"的想象，想为现代人的主体性找一个载体，找一个主体体验力得以存在的空间（这和在我们的现代生存语境中找到和塑造出一个主体性具有同质同构性）。这样，全诗的核心诗眼从实体意象"蘑菇"转移到了虚幻性的"寻找"上，正因为需要"找到它们"，"蘑菇"就成了一种可能的而非必然的存在。由此，我不得不对"我醒着"的真实状态打个问号，从"另一种生活"的角度，"我醒着"几乎表达了前述反讽力的极致效果，它穿透了具有所谓生态美学内涵的"黄鹂鸟"这一意象，穿透了有着寻找行为属性的"另一种生活"的自嘲式想象，甚至穿透了强制性的"警告"。更为精妙的是"之前我似乎到过它们出现之地"一行，默温试图想以此诗将存在于过去和未来的蘑菇连接起来，这样，对应其中的主体性就不但被分别置放在了不同的生活里，而且通过模糊的辨认和回忆，它们还分别并在总体上构筑了一种梦幻性，哪怕是破碎的梦幻性。就这样，默温以某种不确定性给出了某种确定性，亦即实在的主体

---

① W. S. Merwin, *The Lice: Poems,* NewYork: Macmillan Publishers, 1969, p80.

性不在当下，而是在类似回忆中的"另一种生活"里。唯其如此，最后一段才更具有突降意味——原来我即蘑菇，寻找蘑菇就是在寻找自我。

显然，不光是情感的投射，也不仅仅是把主体意识平移到动物和植物身上，最重要的，是在动物和植物身上寻找甚至是塑造出一种具有他者意味的动物意识和植物意识，并以这种相对独立的意识冷静反观诗人（人类）自我主体意识下的世界和主体意识本身，用此手段"来拯救自己作为一个诗人所具有的灵魂"，[1] 这才是默温诗歌的"自然"主题或所谓生态诗学的初衷。在新超现实主义诗人的眼里，动物和植物的世界（这个世界显然也应包含被自然内化了的人的世界，虽然这一目标尚未实现而更突现出了"超现实"的意味）正是"超现实"的具体化，或者说是某种理想化的"超现实"，它承载了无处安身的现代主体意识的物化与位移。事实上，对主体意识（身份）的焦虑感贯穿了默温中期以后全部的写作。正是这种焦虑化的情感性构成了对超现实无意识梦幻的智性超越，也构成了默温诗歌的独特色彩。对默温的世界来说，内在的生命意识如体内的血液，外在的自然如新超现实梦幻的大海，它们是完全相通的。"联系就在那里——我们的血液与大海相连是对这种联系的认知。是这种感觉意识：我们与每种有生命的事物绝对彻底地、极其密切地相关相连。当然我们对此也不必神经过敏和念念不忘。但我们不能面对现实而转过背去，我们不能这样生存下去。当我们毁掉了这个所谓的环绕我们的'自然界'之际，也就是我们毁掉自身之时。我认为这是不可逆转的。"[2]

三、超现实的"虚空"意识或后人类观照

显然，无论是"还原"，还是"自然梦幻"，都承载了默温对另一种现实的可能性，或者一种可能的现实的想象与寄托。然而，现代（后现代）绝境的本质是，它或许只会回应我们一种种不可能的现实。实际上，越到中后期，怀有深深焦虑感的默温对现代世界和人类命运的观照就越发迫切，对新诗学的探索意识也越强烈；而且他的探索体现了别具一格的"以退为进"的策略，这对于一个成长于现

---

[1] Leonard M. Scigaj, *Sustainable Poetry: Four American Ecopoets*, Lexington: The University Press of Kentucky, 1999, p.178.

[2] 爱德华·何斯奇，《诗歌的艺术——W. S. 默温访问记》，沈睿译，《诗探索》1994 年第 2 辑。

代主义艺术既已成熟之时代，熟稔并执着追求现代诗歌美学突破的诗人来说尤为可贵。一种远远超出制造现代梦幻，而是作为世界存在和自我存在之新形式的虚空意识被默温的想象力开发出来。在艺术上，超现实的神秘性和幻化色彩在默温那里越来越变得有所节制和温和化，许多诗作在纷乱迷离中有意挖掘一种实际上非常难以捕捉的明晰性和精确性，从而确立了新超现实的美学风范和语言风格。这既呼应了现代主义运动之初庞德对现代意象原则的要求，也可以看作是超现实艺术在某种程度上的返璞归真。

联系到默温深受东方古典哲学思想影响，以及他在现实生活中的修行追求，可以说，这种虚空理念的确充满了禅宗的觉醒与超脱意味。当然，当我们把这种觉醒与超脱放置在现代诗学坐标内，就会发现默温亲近东方古典智慧的真正用心其实仍是寻求现代诗意之于存在意义和人类命运观照之有效性的反思与表达。对沉默、缺失、虚无等虚空主题的探索表明，人类的自我主体性以彻底沉沦的方式获得了另一种"自由"，重归自然与万物本源，重归混沌和悖论性的元存在。从这一角度而言，新超现实主义的"返璞归真"，包括表面上的生态诗学，其内在逻辑实与后人类色彩的情感构筑模式如出一辙，那就是对一个更趋复杂与多元化并且抛却了人的优越性、合法性与唯一性的世界命运的深沉包纳，对旧有过于自信的认知与表达方式的反思否弃，对更具时间意义和情感意义的自我存在与存在本身的反身指认。

实际上，默温在不同场合和多个层面（语言的、美学的、生命的）对此类理念有过阐述。比如他在讨论诗歌语言时说过——"悖论是语言的基础、诗歌的基础。空缺与存在的混合是我们用来看待这种悖论的方式之一。在你说出悖论的那一刻，你就在使用语言来表达某种不能表达的东西，而那就是诗歌的东西：除了存在，一无所有；另一方面，除了空缺似乎就一无所有，而诗歌在对这种出现的存在、这种说话的存在说话，但实际上，我们在现象的世界中想起的一切都是空缺。它是过去和未来。"[1] 他还着意强调过"真正的诗歌和真正的交流都必须与沉默叠织在一起"[2]。他声称要去"寻找让一首诗完整的最小单位"，即"能够自立的

---

[1] 马克·欧文，《空缺与距离——与W·S·默温对话》，载于《W·S·默温诗选》（下），董继平译，河北教育出版社，2003年，第824页。

[2] Cheri Davis, *W. S. Merwin*, Boston: Twayne Publishers, 1981, p.91.

最小的事物"①。这里，"空缺"与"存在"的关系，"沉默"与"交流"的关系，"完整自立"与"最小事物"的关系，都有"虚空"思想的折射意味。在《为我的死亡纪念日而作》（"For The Anniversary Of My Death"）一诗中，默温对虚空之感悟有过精确的记录：

> 每年我都不知不觉地度过那一天
> 那时最后的火焰会向我挥手
> 而寂静将出发
> 不知疲倦的旅行者
> 如同一颗暗星的光束
>
> 那么我将不再
> 在生活中找到我自己，像在一件奇怪的衣服里
> 吃惊于大地
> 和一个女人的爱
> 以及男人的无耻
> 犹如今日在一连三天的雨后写作
> 倾听鹪鹩歌唱和坠落的停息
> 而不知道向什么弯身致敬②

默温曾说过，"每首诗的形式不应是可操控、或多或少的重复模式，而应是独一无二的且能够产生一种不可复制的共鸣，它应该像回声，但并不重复任何声音"。③我们发现，为死亡（一种"虚空"）纪念日而作的这首诗不再是去描写发现"回声"的过程，而是预述抵达终点的临界感，这和今天我们关注和忧虑于后人类的命运何其相似。"死亡"显然既是抛却也是抵达，抛却存在而抵达虚

---

① W. S. Merwin, "Facts Have Two Faces", ed. Folsom and Cary Nelson, *Regions of Memory: Uncollected Prose, 1949—1982,* Urbana and Chicago: University of Illinois Press, 1987, p.334.

② W. S. Merwin, *The Lice: Poems,* NewYork: Macmillan Publishers, 1969, p.68.

③ J. D. McClatchy, *The Vintage Book of Contemporary American Poetry,* New York: A Division of Random House, Inc. 2003, p.256.

空。那一天"会向我招手"的"最后的火焰"、将出发的"寂静"、如同"暗星的光束"的"旅行者"，让世界拥有了虚空而非世俗存在带来的永恒品质。所以生活中将不再能"找到我自己"，人文中心主义被装在一件"奇怪衣服"里。在后人类的"非人"视角之下，令"人"吃惊的他者一一出现，从承载生活的"大地"到代表纯洁与凡俗的男女，从坚守灵魂体验的"雨后写作"到触摸"虚空"之境的"倾听鹡鸰歌唱和坠落的停息"，最终，怀疑和放弃了主体性的诗人本身由于"不知道向什么弯身致敬"也具有了他者品质。由此，"虚空"之下，真正而有意义的讨论和追问得以产生。

对于"虚空"，默温曾有过一次形象的比喻——"就像太阳的巨大，这种宇宙景观以其不可否认性和虚空而令人震惊，但在这里它产生了自己的对立面，一种拥抱地球的迫切希望，对即使最短暂荣耀的向往，就和它的无比重要一样。"[1]默温的诗歌经常超越政治、经济因素或具体的文化形态，本质上也不是简单复归自然，而是去探求一种基于自然与技术主义忧虑的混沌中的秩序或者秩序中的混沌。这是两个不同方向的演进道路，也可能是一个事物的两个维度，而无论它是大自然、生命、人类命运还是诗歌本身。所以说默温的出离规则和创造规则是一体的，这一论断甚至可以同时投放到青年默温的超现实主义实践和中年默温的深度意向探究上。当然，在此我更倾向于去描述他对于超现实主义的超越，追求一种内涵与外延均大大扩充了的混沌感（虚空），而以所谓"离题、中断、碎片化以及持续性的缺失"[2]的形式（内容）。

下面这首《消失事物中的十二月》（"December Among the Vanished"）可以看作是默温以虚空意识对个人和群体主体性加以诗意观照的代表作：

古老的雪起身又带着它的鸟儿
一起移动

野兽隐藏在编织的墙里

---

[1] Edward Brunner, *Poetry and Labor as Privilege: The Writings of W.S. Merwin,* Urbana and Chicago: University of Illinois Press, 1991, p.149.

[2] Alice Fulton, "Of Formal, Free, and Fractal Verse: Singing the Bode Eclectic", *Conversant Essays: Contemporary Poets on Poetry,* ed. James McCorkle, Detroit: Wayne State University Press, 1990, p.192.

从冬天里那个无唇的人
转换着回音但什么也没开启

这种沉寂前的沉寂
留下了它面向牧草地的破棚屋
穿过它们的石头屋顶，雪
和黑暗降临

在其中一间，我和一个死去的牧人同坐
看守着他的羔羊 ①

　　面对文明生态（"编织的墙"，当然也可能映射到从自然生态到政治生态的任何一个层面）隐含的窘迫、紧张感，原来具有主体性的人丧失了言说力而成了"无唇的人"，徒劳的努力只能成为虚无本身的佐证而不具实际意义（"什么也没开启"）。应该说，此诗的前两节，尚完全循着正常的作为对现代性加以延伸或者反思的后现代主义的路子在运思。然而有趣的是，在第三节的首行，默温以其特有的还原视角将此文明生态（或者"编织的墙"或者没有回音的"冬天"）一下子追溯到了"沉寂前的沉寂"之境地。而这种"沉寂"则向前和向后渗透了全诗，以渐渐漫延开来的隐喻力包裹住了我们的现代生存。显然，在默温看来，今日之生存语境几乎可以与末日审判预言之世界命运同构。于是，"我"与死去的牧羊人同坐于一间破屋内，生存的紧张感变成了虚空感，或者变成了一种潇洒哲学的无为而为。无论是不断累积叠加（原主体由于"对自我的顽固支撑而产生断裂" ②），还是层层消释解构，无可奈何的生存紧张感都在自嘲和无力的意义上达到了极限。诗的题目明确告知所写的是"消失的事物"，由此我们推断，当雪和黑暗降临，"看守羔羊"似乎无论之于上帝还是人，都将会是一个伪任务和伪命题。某种程度上，在现代"绝境"下的今天，我们不就是这无助羔羊中的一员吗？而作为经由"现代"而"后现代"的诗人们，同样在经受着"死去"的过程，最终亦不可避免于牧人的命运。于是，十二月，这个原本充满了宗教导引气息即上帝与人

① Merwin, *The Second Four Books of Poems,* Port Townsend: Copper Canyon Press, 1993, p.109.

② Evan Warkins, *W. S. Merwin: A Critical Accompaniment,* Boundary 2, Vol. 4. No. 1, Autumn, 1975, p.187.

重温精神契约的时节，却因为充斥了消失与缺席的意味而达成了无尽的虚空感。

这样被赋予"虚空"智慧的诗还有《一日之末》（"End Of A Day"）、《致书苏东坡》（"A Letter to Su Tung P'o"）、《一些最后的问题》（"Some Last Questions"）等等。默温以对现代世界命运的强烈关注和深深忧虑，使他的诗歌带上了后人类视角的思想内涵和情感色彩，这恰恰成就了新超现实之"新"，使新超现实主义诗歌既可以唤起梦境，又能重审自我与世界关系（包括人与自然的关系）。他的诗歌艺术性的高妙恰恰在于精准把握了这种内在的情感性，使超验只是作为超越现实的新工具，既避免了遁世，也缓和了现代性萌生期对现实的过于粗暴倾向。"默温的祈愿性情感似乎只关注他作为诗人先知的非人格性；与那执信光与力之涌动不同，他提供了我们想知道的东西，即使我们没有因为他巧妙的转变而觉得吃惊。"① 他的虚空，本质上仍然是现代梦幻，是裸露，是还原，是对悖论生存（现实）的无限超越。虚空成了填补生命经验和现实之"空缺"的物质，成了返璞归真的超现实。这有如在《磨烂的词》（"Worn Words"）里诗人所做出的深切表述：

> 这是晚年的诗
> 由这样的词构成
> 它们一路走来
> 它们原本在此 ②

由此，默温以其诚挚、沉默的方式，成功完成了对"超现实"的"新超现实"改造——他使超验还原为超越现实的工具，使无处安放的身心"物化"于自然，使"虚空"之智慧反成为虚无现实的填充物——新超现实主义在默温那里便具有了诗学反思与建构的双重意义。在"现代"社会的门槛，人们曾经不得不以潜意识、梦幻和自动化书写去辨认自己面目全非的脸孔；而今，借由"还原""自然之梦"和"虚空"的三棱镜，我们竟得以在一个更大的"后现代"绝境里映照出些许耐心和隐忍，它们温和又脆弱，而显然弥足珍贵。

---

① Harold Bloom, *W. S.Merwin*, Philadelphia: Chelsea House Publishers, 2004, p. 15.

② W. S. Merwin, *The Shadow of Sirius*. Port Townsend: Copper Canyon Press, 2008, p.68.

乘着即兴之翼：从最高虚构到不可能的现实①

——论约翰·阿胥伯莱的诗歌艺术

约翰·阿胥伯莱（John Ashbery）堪称是美国当代诗艺最精湛也最为重要的诗人，但长期以来，他的诗由于艰涩复杂的高度智性化而难以评价。而且，由于阿胥伯莱曾经是纽约派的重要成员，学界常常习惯于从纽约派的角度对阿胥伯莱加以认知和解读，却往往忽略了他同该流派的表现一体实则不同的关联。实际上，阿胥伯莱是自己时代里的一个绝对的孤独者。他的孤独是朝向两个方向的，一是对过去斯蒂文斯沉思传统的继承和超越，二是他的卓绝的丰富性和变化性之于一种新式诗学和作诗法的探索。他以智性的自动化、散漫风格的确立以及对超现实混合体的塑成，实现了后现代语境下经验与沉思、个人与现实的悖论性关系的诗性表达。同时，阿胥伯莱在此过程中大量运用即兴手法，并使之升格为极富个人色彩的文体风格，成为探索超智性的新诗学、即时性的过程叙事和更为完整、逼真的新超现实的特有方式。

一、即兴艺术下的自动化写作及其超智性

由于早年弟弟的病亡，身在纽约派中却又卓异于其他成员，包括与纽约艺术圈的领袖奥哈拉关系微妙，加上同性取向等等因素，阿胥伯莱形成了自己独特的个性、心理图式，也形成了自己独特的诗歌体验、述说方式。当然最主要的还是阿胥伯莱与生俱来的特有个人禀赋，这些禀赋让一种浑然天成的后现代的甚至是

---

① 此文发表于《国外文学》2022 年第 2 期。

新诗学意义上的诗写风格成为可能。而长期得不到界内认同，并始终伴随不光来自传统受众而且来自现代诗歌阵营同行的批评，也让阿胥伯莱在美国的现代诗歌版图中愈加显得格格不入。他说，"如今在生活和艺术上我们都处于用一种循规蹈矩代替另一种循规蹈矩的危险之中……这就像嬉皮士运动等对我们社会中的中庸价值的反抗，它似乎在暗示唯一的出路就是要加入某个平行的社会，其中典型的行为、语言、服饰都与它对抗的社会完全不同"。[①] 当然，今天来看，这种格格不入早已成了鹤立鸡群，阿胥伯莱的诗歌成就在最近几十年已得到全面认可，其以一位最具个人化风格和最具阅读挑战力的现代主义诗歌作者，而成了美国当代极少数既深得普通读者喜爱又获得至高专业评价的诗人。

布鲁姆说，"和他的大师斯蒂文斯一样，阿胥伯莱本质上是一位反思性的诗人，他反复审视几个主题，而总知道最重要的是自我的神话，并把它写得无影无踪"。[②] 当然，我们知道，这种反思传统其实来自于爱默生。但是的确到了斯蒂文斯那里，冥思与想象力的作用被推到了极致，斯蒂文斯还以"最高虚构"来名状这种统驭和秩序化新现实的力量。而且和庞德、艾略特大量使用从具体意象到历史典故、文化语境的并置手法和构成性艺术不同，斯蒂文斯更大程度上实践了一种自上而下的观念艺术，他的"最高虚构"实际上反而是有着一股强大的观念渗透力的。而阿胥伯莱，则在此基础上（不是退回而是）把观念重新融汇到了给予现实统摄力和艺术秩序的具体过程中，以一种特殊的智性——即兴，来实现它。在这一过程中，阿胥伯莱实现了极具个人色彩的智性的自动化和超现实的自动化，以纯个人化和全维化的超智性（即对传统沉思和经验关系、抒情与叙述关系、想象力与现实关系的超越）体验，呈现（而非再现和表现）了现实与内心关系的真相，呈现了他的或者说现代人的自我的全息影像。

在阿胥伯莱那里，即兴从技巧上升到一种艺术并非一蹴而就，但是从一开始这种自由意识就进入了一种高级形态，它不但与早期超现实主义的自动化写作概念有所关联，而且具备了智性诗歌的特质。它在看上去自由洒脱的思维跳跃和意义放射中，避免了布勒东时期超现实主义的完全的随机与无秩序化。这一点，在

---

① John Ashbery, *Reported Sightings: Art Chronicles, 1957—1987*, ed. David Berman, New York: Knopf, 1994, p.393.

② Harold Bloom, *Modern Critical Views: John Ashbery,* New York: Chelsea House Publishers, 2004, p.7.

阿胥伯莱最早的诗集《几棵树》(*Some Trees*, 1956)中即见端倪。在几年后的第二部诗集《网球场宣言》(*The Tennis Court Oath*, 1962)中，被后来的追随者奉为圭臬的创新风格则已然成熟。其中有一首《新现实主义》，既反映了阿胥伯莱对现实的特有纪录方式，也是新诗学的宣言。在诗的开头：

> 我已失去了那美好的梦
> 它加进了清醒
> 寒冷和等待。那个世界如今是一场战争，
> 轻便的笑遮蔽了另一地方。①

对旧式的"美好"之梦的告别是开门见山式的，不是浑浑噩噩的温暖与满足，而是清醒的孤独与绝望，是一场挥别自我又无以找寻新面目的战争。在旧的（诗歌）世界，轻易获得的廉价美感阻碍了通向另一世界的道路。阿胥伯莱试图要建立一套新的美学原则，新的叙述和呈现方式，他将之称为"新现实主义"，用以与旧的传统诗歌美学加以区别，而且在我看来，同时亦与自庞德、艾略特到斯蒂文斯所概括出的经典现代主义的"现实"加以区别。阿胥伯莱的方式就是在看似日常和表面化的随机中捕捉和塑造智性，而不是在貌似深邃的象征体系或意象中生产意义符号。实际上，他的诗甚至是在刻意生产戏谑而怅然的"无意义"，在虚无、游离和转瞬即逝的片断感中让人体味到现实的真切。"至关重要的是，要把阿胥伯莱作品中的'在不确定中默认'不仅看作是其诗歌方法的特质，而且看作是内在于他的经验视野，那是一种允许多样性阅读的视野。"②

在行将结束之处，这种真切感被不断转换推进的随机联想推向了高潮，就像我们不停调换电视机频道一样，一下子获得了对所有生活的综合感悟。然而，这类高潮体验的目的不是现实主义的主题昭示，甚或浪漫主义的情感宣泄，亦非经典现代主义的智性思考的通达，而是一种在人为制造的拖沓、琐碎、机缘巧合和漫无目的中实现生活的自然感，实现日常和现实的具体感，包括内心和它们之间的不断重叠起来的瞬间平衡：

---

① John Ashbery, *The Tennis Court Oath,* Middletown: Wesleyan University Press, 1962, p.59.

② John Gery, *The tribe of John: Ashbery and contemporary poetry*, ed. Susan M. Schultz, Tuscaloosa: The University of Alabama Press, 1995, p. 9.

这是她想去的至远之地

一个有植物的酒馆。

水平线上的爆炸

然后是续篇，然后是一只球拍。海豚正击退

沙子。推土机的主人

破坏了现场，她笑着死去

因为只有一次幸运让你离开

在你的门阶上她经常解释

早上归来的商人如何搭上了货车的边沿

傍晚你必须非常迅速地给他们纸条。

法官敲门。鱼尾菊看上去从未这么好，红，黄，和蓝

它们是，勿忘我和大丽花

至少 60 个不同品种……①

对此，温德勒有一番真切评述，"关于这种转频的刺激（和诱惑）之处在于，它不可能是自愿的；在我感到疲倦或不耐烦时，我无法使它发生。但要是频率对了，它对我的影响就是阿胥伯莱的孤独，这是一种恍惚入迷的形式"。② 她承认，"阿胥伯莱令人沮丧，因为其作为语言记录者这一特有质素并不能让我们读懂他，他的文本之网是如此紧密地编织而成"。③ 阿胥伯莱曾坦陈，"我最好的写作完成于我被打扰分心之时，人们打来电话或者我不得不去干某些差事。对我来说，这些事情似乎有助于创作过程"。④ 显然，他在这里道出了即兴的要旨——不是说创作可以不负责任地随意而为，相反，对经验与现实的全息把握和智性运用才是更高的要求。

阿胥伯莱的这种策略化的即兴甚至拒绝戏仿和用典，而后者原本是从庞德到斯蒂文斯有意而为之的智性手段。他不是像庞德或艾略特那样，以暗喻指向

---

① John Ashbery, *The Tennis Court Oath*, Middletown: Wesleyan University Press, 1962, p.62.

② Helen Vendler, "A Steely Glitter Chasing Shadows", *New Yorker*, August, 1992, p.73.

③ Helen Vendler, "A Steely Glitter Chasing Shadows", *New Yorker*, August, 1992, p.76.

④ Sue Gangel, "An Interview with John Ashbery", *San Francisco Review of Books*, November, 1977, rep. in *American Poetry Observed: Poets On Their Work*, ed. Joe David Bellamy, Urbana: University of Illinois Press, 1984, p.14.

历史，或把现实拖进历史的星空，而是直接呈现当下的光怪陆离和瞬息万变，他认为这种不确定性或者虚无感本身既是现实，也是历史。"他更为频繁地展示了不同类型的人的现代口语化的声音，以及当代新闻、广告、官僚机构、商业备忘录、科学报告、报纸、心理学教科书等等风格。由于这些风格是相对粗俗和不活跃的，我们会感觉到某种讽刺，因为我们是在阿胥伯莱的一首诗里遇到它们。当文本从一种风格快速转换到另一种风格，表现出各自间的对比而又归于虚无时，这种讽刺性就会增强。"① 即便在一首明显与古希腊神话典故连通的《紫丁香》（"Syringa"）里，也处处充满了反戏仿化的新智性痕迹：

> 这些其他的人，叫作生活的东西。准确地唱
> 以使音符攀升于暗午的
> 井外，并与那微小、闪烁的黄花竞争
> 围着采石场的边沿生长，尘封了不同重量的事物。
> 这还不够，只是继续唱。②

虽然有花朵与岩石的力量对比关系，有荒凉与生命的繁殖力题材关联，但阿胥伯莱完全没有在经典现代主题角度上展开他的运思。联系上下文，我们发现，这几行所要承载的不再是现代宗教意味的隐喻，也不再是对"挽歌"风格的戏仿，而似乎专以音乐自由意志的流动性来打乱"现代性"的局面，打乱束缚，让这朵"丁香花"只为一首诗而存在，为拒绝被纳入一种先在的语境而存在。所以克拉默说，"的确，冥想的声音可能会大方地承认，那歌曲的力量只是为了超越它。……《丁香花》，它是以穿破岩石的花朵命名的，是由损失而致"。③ 事实上，本诗的前几行就已开宗明义：

> 俄耳甫斯喜欢天空下的事物
> 那可爱的个人性。

---

① David Perkins, "Meditations of the Solitary Mind: John Ashbery and A R. Ammons", Chapter 26 in *A History of Modern Poetry: Modernism and After,* Cambridge: Harvard University Press, 1987, p.623.

② John Ashbery, *Selected Poems,* New York: Viking Penguin, 1985, p.245.

③ Lawrence Kramer, "'Syringa': John Ashbery and Elliott Carter", in *Beyond Amazement: New Essays on John Ashbery*, ed. David Lehman, Ithaca: Cornell University Press, 1980, pp.262—263.

当然，其中就有欧律狄克。

然后有一天，一切都变了。①

对俄耳甫斯的引用显然另有所图，而绝非只想把他安排到神话图谱中成为现代性隐喻策略的背景。俄耳甫斯和他的音乐在诗歌里首先不再具有英雄主义的昭示，然后重点是不能有被象征主义和现代（后现代）精英意识工具化的危险。同时，"丁香花"（Syringa）显然亦是塞林克斯（Syrinx）这乐器性、圣洁性和女神性符号被自然化的结果。而且这种自然化也成了自动化的一部分。"（这一过程）与阿波罗精神和邪恶的自然史的兴起相伴随，塞林克斯的音乐代表了神圣、剧烈蜕变和以祈祷防范暴力的时刻。"② 但在诗中，她的名字已然消失，而这才是诗人写出的事实。所以，无论是俄耳甫斯还是塞林克斯，无论是丁香花还是乐声，作为符号的它们，不再服务于分裂或重组意义，而是拒绝被分裂或重组，拒绝被隐喻或戏仿，在这一过程中保留自动化艺术的本旨及其诚挚性。当然，这一切，均取决于阿胥伯莱能否在从叙述方式到技巧运用，从词语关系到节奏掌控等环节上，成功实施他的"即兴"式小手术。

因此，我们看到某种情形下——

音乐流过，象征着
生活，而你是如何不能隔绝它的一个音符
说它是好的或坏的。
你必须
等到一切终了。③

但从阿胥伯莱的角度，同时也从剥离了意图化（甚至谬误的意图化）而回归到作为一个单纯个体的"可爱的个人性"的角度，生活的本相或许——

---

① John Ashbery, *Selected Poems,* New York: Viking Penguin, 1985, p.245.

② James McCorkle, "John Ashbery's Artes Poeticae of Self and Text", Chapter 2 in *The Still Performance: Writing, Self and Interconnection in Five Postmodern American Poets,* Charlottesville: University of Virginia Press, 1989, p.82.

③ John Ashbery, *Selected Poems,* New York: Viking Penguin, 1985, p.246.

> 是成为那条摇荡的芦苇，其下是缓缓的
>
> 有力的溪流，蔓延的水草
>
> 顽皮地拖拽着，但所参与之事
>
> 亦仅此而已。①

　　一边是田园牧歌和（诗艺和文明的）故步自封，一边是机器欲望和发明创造，而两边都是灾难。是在两者间不断地犹疑摇摆，还是以表面上的随机来逃避所谓的"智性"，以"即兴"的自动化飞翔降临现代悖论性困境的原初之地，从所爱的事物（经典现代主义美学原则）回到不可捉摸的现实和内心本身，这是阿胥伯莱在本诗中同时也是在他的整体诗学中所探索的一个重要问题。

二、即兴艺术下的散漫风格与过程叙事

　　阿胥伯莱以即兴的解放形式，形成了对传统智性和现代智性的超越，完成了自动化艺术的后现代提升，但这不是目的。新的写作方式是为了与新的世界与现实实现全息心灵影像的合拍。在这个过程中，阿胥伯莱为一种散漫风格奠定了全新的范式，并使之成为过程诗学和关系诗学的有效佐证。② 当然，散漫风格在艾略特的《普鲁弗洛克的情诗》（"The Love Song of J. Alfred Prufrock"）、庞德的《诗章》（"Canto"）中主要体现为知识、历史和时代语境元素的智性并置；在威廉斯的诗中则是以从事物外表到行动再到"主体客体化"的迁延来实现的；后期的克里利执着于情感记录，把情感诗的散漫风格发挥到了极致。而在阿胥伯莱这里，由于其对即兴艺术的熟稔以及对主、客体世界（包括二者之关系）的变化性和丰富性的完整透视——尤其是这种变化性和丰富性在后现代的语境条件下往往更需要即时性和现场性的敏锐捕捉力来加以辨认和捕捉——语体的散漫，述行节奏和视角转换的散漫，甚至智性本身的散漫就变得自然而然。

　　但阿胥伯莱的有趣和可贵之处，在于他可以把日常片断、时空机巧、心灵体

---

① John Ashbery, *Selected Poems*, New York: Viking Penguin, 1985, p.246.

② 关于"散漫诗学"，包括其与过程诗学和关系诗学的联系，可见拙著《诗的复活：诗意现实的现代构成与新诗学》（浙江大学出版社 2013 年版）第三章、第四章的部分论述，并可参考拙文《内心的现场："我的爱是一根羽毛"》（《外国文学研究》2017 年第 3 期）对克里利诗写风格的详解。

验的随机变化统统入诗，并以全息和即时的高超机制保证其诗歌的诚挚性和完成度。我始终认为，阿胥伯莱的诗歌成就，不但得益于其先天的禀赋，而且与一种他所发现（发明）的特殊写作方式更有关系。这一方式我曾在不同场合以散漫、过程、智性、异质等术语加以标签，但于阿胥伯莱而言又都不甚全面。今天看来，在即兴的自动化艺术和一种混合的超现实视角下，对许多命题的探求是可以重新考量而有深度进展的。比如，在阿胥伯莱最具代表性的一些作品里，我们发现散漫和过程诗学本身，实际上则往往因那复杂而有效的个人方式而得以开拓。在《跳动的拇指》（"Hop o' My Thumb"）里，诗人完全实践了对诗性思维不加控制的做法，不是放任一种不负艺术责任的主观臆想，而是让诗歌自己循着内在的需求找到它的位置与模样。阿胥伯莱是在构造着另一种自为"系统"。"在'系统'中，令人惊奇的是，一句接一句地说，没有任何一首当代诗看上去如此单调乏味。每句话似乎都是一个令人厌烦、透明的形而上学论点的一个愚蠢的基石。"[1]然后在结尾处描绘出更加开放同时与现实有着悲凉映照的"可能的"王国：

> 还有其他虚构的国家
> 在那儿我们可以永远躲藏，
> 以永恒的欲望和悲哀让自己荒芜，
> 吮着果冻，哼着小调，取着名字。[2]

"吮着""哼着""取着"，既是无法摆脱的世俗需要又有略显尴尬的精神诉求。关键是诗人是在瞬间而且是在一个狭小的空间把它们撮合到一起的，它们来自声音、视觉和沦落了的主体意识，它们还形成了缔造宏伟的"虚构"国家的雄心壮志——以使悲切的欲望及其背后的顽强而无力的抵抗，带有戏剧感的宿命的荒芜，以循环往复的形式躲藏其中。

不断地逆转和推进，循环和谢幕，这些以散点折射的方式发生在片断光景中的戏剧，有时甚至是发生在几秒中或者一个瞬间游走的神思里，几乎充斥在阿胥伯莱所有成熟作品的字里行间。"他所采用的一些句子方向的绝对长度和数

---

① 　Keith Cohen, "Ashbery's Dismantling of Bourgeois Discourse", in *Beyond Amazement: New Essays on John Ashbery*, ed. David Lehman, Ithaca: Cornell University Press, 1980, p.143.

② 　John Ashbery, *Selected Poems,* New York: Viking Penguin, 1985, p.181.

量，是心灵陷入'历史意识'困境而找寻出路的体现。事实上，阿胥伯莱有时似乎只对一个声明有同样的愿望，即类如（约翰）多恩那样的诗人带来了全部的诗。其中那令人振奋和新鲜之物，正是这诗中的声音之网被用来驱动和推动几乎不可能的折衷和虚幻的措辞方式。"① 约翰·多恩代表了经验的复杂性和由此导致的措辞的吊诡、叙事的散漫，显然深谙此道的阿胥伯莱理应与多恩心有灵犀。让我们看看被称为阿胥伯莱最具挑战性的《好莱坞的达菲鸭》（"Daffy Duck In Hollywood"）。在这首涉及他整个方法的诗里，处处是想象的自由片断、经验的游移转换和反应的紧促持续，把是与不是、绝望与轻松的互相掩饰与揭露推给了读者。阿胥伯莱则躲在远处分享着任何一种答案，既欣赏着花瓣的层层剥离，又始终关注着那只可能的花蕊。

> 这种图景可能带着这种感觉，却
> 隐藏在分页的秘密中。
> 不是我们所看到的，而是我们如何看待它；一切都是
> 相像的，相同的，我们问候那宣布
> 变化的人，就像我们问候了变化本身。
> 所有的生命都只是一种臆造……②

这时候，散漫成了助力于记录和印证"过程"的绝佳手段。它不但记录了思维的混乱困顿，也记录了想象和语言运动之外的"记录"本身，而它们全都发生在这场全息的混沌中。这甚至又直接创造出了另一种"语言"，比如站立于思维风暴之外的冷静机智和幽默口吻，在两种声音的响应之下，我们已很难区分哪一种更属于超智美学的范畴，似乎二者都是。连贯与出离同样参与了叙述，独白与旁白一起构筑了戏剧性，由此，阿胥伯莱式散漫风格的全息性与过程性，形成了对经典现代主义智性美学的卓然超越。在全诗行将结束之处，诗人把生活与个体的关系，作为社会单元的个体性与更为内在的个人性的关系，不断地加以区分和重叠，印证了不断迅速变化的现实性（场景性）与不断做出相应无助调整的内心

---

① Leslie Wolf, "The Brushstroke's Integrity: The Poetry of John Ashbery and the Art of Painting", in *Beyond Amazement: New Essays on John Ashbery*, ed. David Lehman, Ithaca: Cornell University Press, 1980, p.253.

② John Ashbery, *Selected Poems,* New York: Viking Penguin, 1985, p.229.

（甚至可以联想到阿胥伯莱内在性格特征、情感取向和生命态度）的滑稽关系：

> ……早晨是
>
> 无常的。抓住性事，摇摆
>
> 在地平线上，像一个男孩
>
> 在钓鱼探险。没有人真正知道
>
> 或关心这是否是所有的部分
>
> 它被赐予——一次——却又徘徊于
>
> 传统之上，而不仅仅是保管它。这游戏的
>
> 保护膜让他们乐此不疲。而那又大
>
> 又模糊的填充物可以决定它想要什么——什么地图，什么
>
> 模范城市，多少浪费的空间。生活，我们的
>
> 生活，无论如何，是在二者之间。（230 页）

达菲鸭也同时使生活的主人公漫画化和戏剧化，作者也同时承担并受制于虚拟空间的变幻性，在这双重迷失与荒诞之下，那层薄薄的担当保护小男孩真纯好奇心的塑料膜则显得模糊莫辨。实际上，是保护还是遮蔽亦未可知，而从私域的性事到更广域的所谓完整生活，不过是这二者之间的填充材料。在某种程度上，这种散漫风格可以和德里达语言学意义上"延异"概念相关联，它们的生发机制和目的性（无目的性）都差不多。当然阿胥伯莱的介入性因素其实更丰富，因为他把自己（无论作为主体还是客体的自我成分）的过程性也刻意加以散漫化了。麦考克尔说，"对于德里达和阿胥伯莱而言，诗意的语言都可以使空间饱和……渗透的过量或溢出的可能性，唤起一种不再以自我为中心的性欲能量。这种饱和的色情引发了对抒情的重新思考"。[1] 所以，最后过于传统的挽歌式结尾就再正常不过了，好比早晨具有新奇性和危险性的性事之后，去遥想模范的生活，这是此种生活之于另一种生活的巨大浪费。挽歌的崇高性在此成了点缀，它以"最不诗歌"的形式造成一种"最不连续"的效果，"一个短语或意象似乎总结了这首作为一个整

---

[1]　James McCorkle, "Nimbus of Sensations: Eros and Reverie in the Poetry of John Ashbery and Ann Lauterbach", in *The tribe of John: Ashbery and contemporary poetry,* ed. Susan M. Schultz, Tuscaloosa: The University of Alabama Press, 1995, p.106.

体的诗，一个自然的意象，一个机智的反映，或一个暗示回到初始的姿态"。①

　　我们还能从阿胥伯莱的部分诗作中读到许多私域化的题材。但这类诗歌的宝贵之处绝不是因为它们涉及了个人隐私，而是因为它们在面对现实生活之网、社会人际之网时，能够更坦诚地将极其复杂的内心和情感和盘托出。这类诗歌对于领略多因素、多关系背景下的过程叙事的实践，有着特别的典范意义。《街头音乐家》（"Street Musicians"）从表面上看既表达了对因车祸不幸离世的奥哈拉的哀悼和告别，也真诚思考了纽约派的种种问题。但我们在阿胥伯莱散漫化的字里行间可以读到更多，比如有着年龄距离同时也有着诗意时空距离的两位大师的微妙关系，这种关系比一般人的想象要复杂得多，因为我们知道他们不但是纽约派中最有影响力的诗人，而且都在创作中推崇（形式全然不同的）"即兴"手法。作为小兄弟的阿胥伯莱，既受到了奥哈拉的提携，又因卓异的诗歌禀赋和观念对群体性盲从持保留态度。他在始终保持对兄长、对独立写作个体的尊重的同时，又艰难恪守了自己的人格信条和诗学信条；处于这种（纽约式）社区人际和（纽约派式）团队人际中的阿胥伯莱，其痛苦与无奈可想而知。这种极端化的混合了紧张与孤立、集体与抛弃的境遇，恰恰让阿胥伯莱将过程叙事实践发挥到了极致——"最有影响力的实验性美国诗歌是从诗歌同人之间的生成性和焦虑性对话中出现的，也是从对协作的兴奋和对个人风格的固执承诺之间的摩擦中出现的，那么阿胥伯莱的《街头音乐家》无疑是一首体现了这一现象的诗。"②

　　此诗的标题具有丰富的暗示性，充分展现了阿胥伯莱智性（超智性）诗歌的炉火纯青。"街头音乐家"让我们想到"纽约都市文化""即兴表演""社区团体""通俗艺术""流动性""生命的严肃与生存的滑稽"等等符号或主题。然后一个简洁而令人震撼的开头直接消除了两位诗人所有的隔阂，袒露了阿胥伯莱内心深处的真挚情感：

　　　　一个人死了，而灵魂从生活中的

　　　　另一个人身上抽离，他走在街上

① Vernon Shetley, "John Ashbery's Difficulty", in *After the Death of Poetry: Poet and Audience in Contemporary America,* Durham: Duke University Press, 1993, p.127.

② Andrew Epstein, *Beautiful Enemies: Friendship and Postwar American Poetry,* Oxford: Oxford University Press, 2009, p.281.

> 裹着一个身份就像一件外套，连续不停地看到
>
> 同样的角落，体积们，阴影们
>
> 在树下。①

原来两个人有着同样的担负，"他"也是"他们"，所以身份和外套也并无差异，大家只有一个身份和使命，那就是坚持一双体悟生活之悲凉的眼睛。我们可以从这个开头的所谓"阴影"里，看到那渐渐高升的光圈，那独特的冥想与亲切感尽在其中，虽失落而坚韧，虽孤独而温暖。但阿胥伯莱坚持着他的告别，以坚持自己的个人探索的方式既向奥哈拉告别，也向作为一个整体的（旧式）先锋思想告别。阿胥伯莱将以自己生存的延续，来填充二人共同拥有的新的身体和角色。由被动的分离，到主动的抛弃，再到（几乎是自嘲地）捍卫两人所共有的个人性诗学基础，阿胥伯莱以其完整的内心现场性关联了过去、现在和未来，也关联了误解、分歧与修正。但此诗依旧以一种挽歌式的悲怆感结束：

> 我们起源地的问题像烟一样
>
> 悬挂着：我们是如何在松林里野餐的，
>
> 在水湾里总是渗出来，处处
>
> 留下我们的垃圾、精子和粪便，涂抹在
>
> 风景上，以使我们成为我们之所能。②

因为"我们"那共有的"起源地"其实疑点重重，这才是"我们"以及所有先锋诗人所无以摆脱的真正困境。它或有或无，或纯真或庸俗，而且不断漂移着，并有褪色的危险。相比之下，"我们"的个人性显得无力而又弥足珍贵：以看上去多余可笑的"垃圾"延续艺术，以"我们"的漂泊本身编织"我们"的身份。其实"我们"也好，甚至"我"也好，都成了如此难以理解和沟通之物，但阿胥伯莱表面随意的即兴承转背后，却呼应了某种互相激励、禁锢与解放的关系。毋庸讳言，即使在奥哈拉去世后，阿胥伯莱逐渐获得了美国社会主流的承认，但他的一

---

① John Ashbery, *Selected Poems,* New York: Viking Penguin, 1985, p.207.

② John Ashbery, *Selected Poems,* New York: Viking Penguin, 1985, p.207.

生其实充满了不被理解的失落感；而在他的诗中，这种失落感化整为零，不断衍生出了具有强大包纳力的诗性的异彩。

三、即兴艺术下的超现实混合体

阿胥伯莱诗歌的散漫的超智，或者超智的散漫，最终实现了超现实艺术的新突破，营构了一种超现实的混合体。如果说斯蒂文斯是要以智性的"最高虚构"力不断打造那可能的现实，阿胥伯莱则越来越聚焦于对不可能的现实的想象，或者这一想象之不可能性本身。这种不可能性由现代社会和现代心灵间不断加速重构、转换的双重（甚至是多维）现实所决定。"我们可以说对于斯蒂文斯和阿胥伯莱而言，想象力创造、毁坏而又即刻创造了另一种现实的幻象，而在阿胥伯莱那里，这一过程是大大加速的。他的现实之设想不只是暂时性的；它们转换着自身并且消失在被提出的特有过程中，如他所指出的，剩下的'无非是关于空缺的苦涩印象'。"①

如果说早年布勒东所提出的概念是超现实主义的初级形态，仅仅把被机器文明拘囿下的现实和人的体验力当作需要超越和解放的对象，那么，阿胥伯莱则把这一过程由写作对象放置在了即时性的写作进行时中；而且，在将智性和超现实因素全面融合的同时，也形成了对二者本身的新突破，即形成了一种新的智性和新的超现实。丹尼尔·霍夫曼对纽约派就曾概括道："一种不同的超现实主义——更具讽刺性、荒诞性、滑稽模仿、自我沉思和远离外界现实——它通过一群受过法国诗歌和绘画影响的诗人的作品进入了美国当代诗歌的主流。"② 这几个因素自然也体现在阿胥伯莱的创作中，但他走得更远，过程成了目的，即兴关联着本在。这种混合了所有因素的历时性、共时性和即时性的诗意现实，是阿胥伯莱带给现代诗歌的巨大贡献。他的代表作《凸透镜下的自画像》（"Self-Portrait in a Convex Mirror"）将即兴艺术与沉思性完美结合，完成了对现代想象力和暂存性诗意的超现实归纳，在全诗中这类实例比比皆是：

---

① David Perkins, "Meditations of the Solitary Mind: John Ashbery and A R. Ammons", Chapter 26 in *A History of Modern Poetry: Modernism and After,* Cambridge: Harvard University Press, 1987, p.620.

② Daniel Hoffman ed., *Harvard Guide to Contemporary American Writing,* Cambridge, MA and London: The Belk Press, 1979, p.553.

白天的时间或光的密度

附着在脸上使它

在波浪的反复到达中

保持生动和完整。灵魂确立它自己。

……它必须尽可能

少地移动。这就是那画像所说。

但在那凝视中混合了

温柔、愉悦和懊憾，它的克制

如此有力，以至你不能看太久。

这秘密太过直白。那才智之悲悯

使热泪涌出：那灵魂不是一个灵魂，

没有秘密，小小的，并且它完全

适合它的空洞：它的房间，我们的注意力时刻。

这是曲调，但没有词。

词语只是思忖……①

　　这首诗堪称是后现代语境下对现实与自我关系加以逼真呈现的典范，同时也是将即兴艺术与超现实主义加以智性化凝合的典范。真与幻，扭曲与本在，自我与作为他者的自我，作者与诗歌的距离，诗意现实与它的物理实现等等，所有事物都成了"更深的外在物"，都戏剧化地循环在阿胥伯莱式的"不确定"的思忖中。为此诗人不得不大量采用犹疑和揶揄相间、个人化与非个人化制衡的新式语言和新式情感——甚至这不是一种主动的策略，而是被动的现实逼迫。雷维尔总结了阿胥伯莱的认识："只有少数人在足够的时间里对足够的生活产生共鸣，给我们树立这样的榜样，即一个典范的自我，我们最初是诉诸诗歌的写作和阅读来寻找它。为了找到这些，我们尝试和浪费了大量的想象力，而漫不经心地生活在那唯一的核心里：真实和实时。……糟糕诗歌的紧凑尺度是小气的；他们拒绝浪费语言，并试图将忽略这种吝啬当作美德。……而浪费和崩溃才是诗歌的环境和

---

① John Ashbery, *Selected Poems,* New York: Viking Penguin, 1985, pp.188—189.

媒介。"① 我们现在知道，对于真实和实时，对于这个复杂、饱满且不断生成的混合体来说，新式语言绝非浪费，而是必须。

戴维·帕金斯对阿胥伯莱的方法评论道："一首通过它本身的不连贯去反映现实的诗不会产生美学效果，也不会是一首诗。因此，阿胥伯莱运用了这样的程序，（使他的诗）既无无形式又无固定的形式，而是持续期待的形式，即使它持续落空或受挫。"② "持续期待"正是现实折射和内心折射双重"不确定"的一个被动策略；而"凸透镜"充当了对双重折射和"不确定"的强化物，极端的时候，它也直接成为现实本身或者内心本身，从而印证了本质上这个镜子就是作为超现实的生活本身，具有歪曲、变形和压迫你的力量。所以这"无形式"又"无无形式"的形式其实把诗歌引向一个与复杂境地相呼应相统一的属性，而不是简单的虚无。"应该说，超现实主义是阿胥伯莱整体诗写风格的起点和立足点，后来他诗歌中表现出的智性的散漫化和诗意的异质性都是在此基础上发展起来的。《凸透镜下的自画像》更是实现了一种高级的即兴写作，……但是，认为阿胥伯莱的诗是任意流动和毫无控制的则完全是一个误解，我想这甚至是对整体的超现实主义的误解。"③

实际上，阿胥伯莱的方式最适合在这超现实的混合体中进进出出，从而对其进行尽可能的观察、体验和描述。也只有在这个混合的新超现实系统中，阿胥伯莱的个人性才得以最终建立（当然，从他的角度，也可以是最终的不确立）。正如诗中所表达的，我们既是站在镜子外面的观察者，又要看到镜子里的这个"外部事物"，所以我们又具有了某种内部性；同时，镜子映照了我们并非全部的内心，但又无法抵消我们和镜子的天然距离，或者外部性。这实在是个悖论，真正核心的一半竟然是它的可见部分。此情形下，持续而即时的深入与出离就成了必然，即兴与智性结合下的对现实（超现实）的全息呈现，也成了必然。由此，全部的个人和全部的生活最终达成契合："阿胥伯莱诗歌生涯的核心问题只能被定义为自我世界关系，投身于探索社会声音和身份的特征，因为它们时至今日才能

---

① Donald Revell, "Purists Will Object: Some Meditations On Influence", in *The Tribe of John: Ashbery and Contemporary Poetry*, ed. Susan M. Schultz, Tuscaloosa: University of Alabama Press, 1995, p.98.

② David Perkins, *A History of Modern Poetry: Modernism and After*, Cambridge: Harvard University Press, 1989, p.62.

③ 晏榕，《诗的复活：诗意现实的现代构成与新诗学》，浙江大学出版社 2013 年版，157 页。

真正获得。……因此，人们可能会认为，所有的生活都是为了阿胥伯莱的社会生活，这是历史的东西。"①

因为诗集《凸透镜下的自画像》在 1975 年先后获得了美国普利策奖、全国图书奖和全国书评界奖，阿胥伯莱一举成为美国声名卓著的大诗人。几年后莫尔斯沃思对此有所总结："在阿胥伯莱有些突然的成功背后，是一种诗歌模式的胜利。一种模式比真正的个人风格需要更少的审美能量，但通常比一般流派或'运动'提供更多的满足感。"②这种模式既反映了更成熟的诗性体验，反映了新的现实观，也表现为具体的作诗法。比如，对诗歌与写作问题本身的思考也是混合体的又一重要构成。在《词语的人》（"A Man of Words"）中，诗与诗人的关系，诗与诗歌语言的关系，甚至它们自身的属性，都开始发生变化：

> ……那些混乱真相的版本
> 被梳理出来，那咆哮声撕裂着
> 四处延伸。面具后面
> 仍是对美好事物的
> 大陆性欣赏，很少出现，当它出现时已经
> 在微风中死去，那风把它带到了话语的
> 门槛。那个故事讲述得都过时了。
> 所有的日记都相似，清晰而寒冷，带着
> 继续寒冷的前景。它们被水平
> 放置，与陆地平行，
> 像没有负累的死。……③

诗人隐身于词语之后，被压缩到了诗歌的最外层即语言形式上，诗人主体性的缩减换来了词语的解放。"混乱真相"的"被淘汰"，"面具"却使"美好事物"

① S. P. Mohanty and Jonathan Monroe, "John Ashbery and the Articulation of the Social", *diacritics*, Summer, 1987, p. 37, p.42.

② Charles Molesworth, *The Fierce Embrace: A Study of Contemporary American Poetry*, Columbia: University of Missouri Press, 1979, p.181.

③ John Ashbery, "A Man of Words", *Poetry*, November, 1973, p.108.

得以延续，这些都指涉了讲述方式的改变，即以词语打开朝向天气的维度，创造出与地球现实"平行"的新现实和新诗歌。"阿胥伯莱把超现实的即兴艺术投放于广众的隐私领域（可以看作是扩展了的个人化），这与奥哈拉将个人化的'单人主义'服务于即兴艺术相比，又向综合呈现的新诗学跨进了一步。"[①]

严格地说，对于个人化，哪怕是非个人化的风格性倾向，阿胥伯莱也始终保留着高度警醒，在进入复杂"自我"或"非我"的同时，又着力全程避开那个不断寻找机会趋于完整或虚幻的主体性。通过他天才式的情感"投射"或者诗意"穿梭"，使经验的渗透逐渐与一种含混的日常、时间循环的不连贯性、分化而迁移的自我意识、生活与智性的散漫化，亦即与一种"不可能的现实"相靠近，阿胥伯莱创造出了无止境的超现实混合体。在经验的经验和意识的意识的循环穿梭、淡入淡出的过程中，阿胥伯莱乘着即兴之翼，滑翔于可能的和不可能的现实与自我的悖论性绝境。某种程度上，他的诗歌比之现代主义经典更具有终极性意义。但他的方式一定是反中心主义的，事实上阿胥伯莱也一直拒绝传统修辞立场。"阿胥伯莱在形式上最大的贡献就是把一套巨大的社会语汇带进了抒情诗，它既包括美式英语，又包括英式英语——大众言论、报章俗套、商务和科技用语，以及对流行文化和经典作品的征引。在阿胥伯莱的诗句里，词语经常自由地跃出它们通常的语境……它们在一种略显超现实但又可以理解的叙事里，以一种横向的（转喻的）方式相互亲近。"[②]

自 20 世纪 80 年代以后，以《悖论与逆喻》（"Paradoxes and Oxymorons"）为代表的"横向"叙事大大增多，充分体现了阿胥伯莱诗歌的异质性和综合性。它们在诗歌、语言、身份、读者、现实之间铺就了一张多重关系的巨网，以鲜明的个人风格抵达了现代主义客体诗学以来走向"非个人化"的至高境界：

> 这首诗在一个非常普通的层次关心语言。
>
> 看它和你说话。你望向窗外
>
> 或假装烦躁不安。你拥有它但你没有拥有它。
>
> 你错过了它，它错过了你。你们彼此错过。

[①] 晏榕，《诗的复活：诗意现实的现代构成与新诗学》，浙江大学出版社 2013 年版，第 160—161 页。
[②] 海伦·文德勒，《约翰·阿什伯利与过去的艺术家》，见哈罗德·布鲁姆等《读诗的艺术》，王敖译，南京大学出版社 2010 年版，245—246 页。

这首诗是悲哀的，因为它想成为你的，而又不能。

……而这首诗

让我在你旁边轻柔地坐下。这诗就是你。①

当"它"跳到"它"身外，"你"也跳到"你"之外，诗歌才可能与读者真正融合。这个过程艰难无比，以至于更多时候是"你们彼此错过"。只有不但取消了真理假说与道德视野，而且取消了我们的主体性时，所有一切才不会因为互相"拥有"而"失去"（"没有拥有"）。以"更深的外在物"身份互相依偎，以大众话语承载伟大的戏剧性，诗人与读者、诗歌与现实就终会互开心窗、浑然一体。这是一种新的超现实。对这戏剧的收场，约翰·史波托说得风趣而意味深长："阿胥伯莱的诗'已经被玩过了'，就像一张唱片或一个把戏。但也许这也是读者的把戏。在交流的系统中，理想的读者现在就像那神圣的悖论……阿胥伯莱向读者屈服，但读者仍然'想念'他。"②

在阿胥伯莱的名篇《什么是诗》（"What is Poetry"）中，作者以其一贯的散漫化沉思调侃和抵制了那种把诗歌（写作）狭隘化和降格化的认知：

……在学校里

所有的思想都被清除：

剩下的像一片田野。闭上你的眼睛，你会感觉它方圆数里。

现在放眼于一条狭窄、垂直的小路。

它会给我们——什么？——一些花吗，不久？③

这里，诗人为我们区分了什么是值得诗歌信赖的事物，和什么是值得信赖的诗歌。然而社会与个人的对立，思想与诗意的对立，竟然可以被一个瞬间的轻巧动作（反应在诗写的物化环节中，就是"即兴"的运用，而且诗人使其从一种手法升格为了更高级的洒脱的风格艺术）——"闭上你的眼睛"——所倏然化解。

---

① John Ashbery, *Selected Poems,* New York: Viking Penguin, 1985, p.283.

② John Shoptaw, "Fearful Symmetries: Shadow Train", Chapter 9 in *On the Outside Looking Out: John Ashbery's Poetry,* Cambridge: Harvard University Press, 1994, p.256.

③ John Ashbery, *Selected Poems,* New York: Viking Penguin, 1985, p.236.

正是在它们对立的时候，我们发现，它们才是一体的。那狭窄、垂直的小路会为我们带来一次深入原野的具体感吗？还是回归沉闷现实的窒息之旅？而那花，会是一次令人惊艳的美学发现，还是终难免让我们避之不及的艳俗与庸常？它们存在于我们的想象与构造，还是另一种可能之物正等待于不经意的时刻？正是在这"路"与"非路"、"花"与"非花"的犹疑恍惚之间，诗人完成了他可能的现实与不可能的现实的即兴穿越，也最大化地呈现了他的可能的自我与不可能的自我。在这个意义上，我们把阿胥伯莱看作是诗人中的诗人。他孤身行走在高山之巅，但此时，他应该比任何人都知道自己之于世界的意义与虚无。正如大卫·珀金斯所言，"当作为一个失败的文体家时，他显得无聊。但当阿胥伯莱写得很好时，英语世界中没有一个在世的诗人能以新鲜、贴切、令人惊讶的词句与他媲美。他的态度和情感勇毅得难以形容，因为他把幽默和悲伤、温顺和挽歌，与希望结合在一起，并保持他轻松、温和、流畅、充满精彩绝伦的想象力的言说方式，尽管前提可能会导致绝望"。[1]

由上，即兴艺术从莎士比亚的巧智诙谐经由多恩的吞吐犹疑，进而隐身于艾略特的优雅戏仿或斯蒂文斯的覃然冥思，最终在阿胥伯莱那里完成了它的文体化和风格化。当然，站立于写作对象之外又穿梭于写作过程之中的述行方式，更贴近于一种将现实、思维本身和诗性本身合一化的超风格的风格。而它又与20世纪诗人们对现实认知的具体进程相合拍——不只是由所谓的"现实"到"超现实"再到"新超现实"，也不只是不断确认、否定甚至触及"不可能"，而且是只有一种现实，一种原在的持续衍生、反刍、自否的现实。它静静伫立原地，任由狂乱的意义与无意义的风拂拭呼号于其身体魂魄。显然，阿胥伯莱是那个发现了如何借由诗歌之翅羽而乘风飞行的人，在他的诗里，自否同时就是自洽，正如不可能的现实亦即真相。

---

[1] David Perkins, "Meditations of the Solitary Mind: John Ashbery and A R. Ammons", Chapter 26 in *A History of Modern Poetry: Modernism and After,* Cambridge: Harvard University Press, 1987, p.632.

作为仪式的抒情、超现实幻象及智性的发生

——一论当代诗歌的问题与方向

15 年前，出于对当代诗歌经过 90 年代沉默积淀后的期望，也出于对彼时表面繁盛的网络诗歌诸种流弊的抵制，笔者曾写了旨在重构现代诗歌价值的系列文章。我一直期待我们的诗歌批评能够超越由灵光与游思构成的个人品读式文体，而与有着清晰坐标和审美指向的现代诗学有效对接起来，或者说回归批评的本旨，使当代诗写实践与现代诗学建设有所互渗、互构。遗憾的是，长期以来不光是批评，在相当程度上我们的诗写实践本身也与整体的现代诗学变延、行进毫无干系，亦即是一种脱节的关系。当然，彼时本人在完成那几篇文章后放弃了后续的写作计划。这主要出于两方面的考量，一是当时在较集中的时间里先后出现了唐晓渡和陈超的数篇针对性的诗人专论，它们鞭辟入里，笔力独扛，我实在无须再画蛇添足。二是我意识到，先前那种总结式的对既定事实进行陈述的"批评"，其诗学建构意义仍然有限；究其原因，除了与批评家自身的理论诉求、关注视角及论说方式相关外，一个直接因素就是所选取的"研究"对象往往是相对成熟、相对定型（包括个人不同时期里相对定型）的诗人。这些诗人的创作轨迹要么较为明晰，要么其具体文本的诗美特征已然盖棺论定。显然，对这些对象的分辨与描述稍不留神就会滑入史料性记录的平面层，往往徒有史实价值而难以深度触及诗学肌质，从而造成舍本逐末，失去了"研究"工作在愈加复杂与丰盈的现代艺术时空里的原初意义。

坦白地说，我更想关注过程中的事物。这一点对处于变化中并有着丰富可能性的现代诗学而言尤其重要。抛去停留于网络时代类似大海泡沫的"键盘主

义"文字不论，甚至也抛去信息时代基于对经典文本的大量模仿体文字不论，那些能体现出个人诗学演进过程中的犹疑、困顿、甚至苦痛的作品，即使同样有着各种各样的问题与缺陷，却可能更富有具体的诗学意味。陈超先生曾敏锐地意识到这一点，"目下大部分相关的理论批评著述，依循的就是这样历时呈现分别予以'事实指认'的方式。这种方式有其学理上的审慎或有效性，材料上的丰富和准确，但也有其不得已而为之的一面。……我还是希望找到一条连贯的、与诗的意味与形式均密切相关的论述线索"。[①] 的确，使批评超越"事实指认"而进入现代诗学层面上的"诗的意味与形式"，实际上成了今天中国大陆诗歌批评的一个内在需求，成了其走向坚实、宏阔而鲜活的新诗学的一条必经之路。需要感谢的是，近年来笔者的两位朋友——诗人韦锦和张伟良以方向正好相反的写作模式为我提供了这类性质的研究视角。当然，批评文字本不应该离诗"人"很近，我的意思是说，批评要想保持一种独立和客观，就不能总是关注和你过从甚密的诗人（我们的批评家生产了太多温情而平庸的关系文章，它们的数量是如此庞大，以至可以梳理出一篇单独的批评文字的社会关系学简论，当这种状况喧宾夺主地覆盖了真正纯粹的诗学建设时，就不得不指出批评家们的失职失责了）；但发生在这两位朋友身上的现象，因为与中国大陆当下亟待解决的诗学问题直接相关而具有了突出的代表性，于是我相信，与诗歌本身的密切程度亦会保证本文"策略的有效性"与"形式的诚挚性"。

一、当抒情仅剩下仪式的躯壳

我们知道，由于工业化大生产以来现代人的体验力和主体性逐渐沦落乃至丧失，颠覆了以盲目自信的主体人格（这种人格特质在浪漫主义时期达到了最高值）为主导的传统世界里的审美方式与抒情方式，而这正是现代主义诞生的基础。如果从波德莱尔出版他的《恶之花》算起，抒情方式的变革，或者说新的反（传统）抒情主义已出现了一个半世纪，实际上，以现代诗学的角度，这一过程在 20 世纪初即大致完成。也就是说，我们本来早已步入了客体诗学阶段，它弱化或取消

---

① 陈超，《先锋诗歌 20 年：想象力方式的转换》，《燕山大学学报》（哲学社会科学版）2009 年第 4 期。

了那种虚妄、虚无的主体性，无论是艾略特式的"非人格化"，抑或是茹科夫斯基式的更为直接的"客体主义"，直至延伸而来的整个现代—后现代诗学，都反映了这一基本事实。这一点，我在拙著《诗的复活：诗意现实的现代构成与新诗学》中有比较详尽的论述，当然，在那本书中我还以此为立足点，细致描述了主体迁移、主体的淡入淡出、主客体混同等诸多具体表现，并进而对 21 世纪的新诗学进行了可行性构想。然而，客观地说，中国大陆整体社会文化的美学尺度与实践，基本上仍未脱浪漫主义或现实主义的窠臼。即便自新时期文学以来，从"朦胧诗"现象到之后各种自我标榜的"现代"甚至"后现代"诗潮对社会有过或多或少或正或负的影响，也都没有形成社会整体甚或文坛整体对现代主义美学的欣然接受，而且以更为专业的眼光审视，在这些诗潮和运动内部，也远未完成真正彻底的现代化过程。个别诗人的清醒与卓绝，在此铁板一块而又众声喧哗的背景下常常成了孤独的反衬。比如时至今日，仍然有大量的诗歌文本充斥着发泄不尽的激情，这和浪漫主义的另一种扭曲主体表现形式——无病呻吟在本质上是同一个问题。在我看来，这种主体情怀即使喜欢披上现代语言形式的外衣，也会显得不伦不类，因为其骨子里绝无可能达至"非个人化"的基本品质。

那么，是不是现代诗歌就不能或没有可能抒情了？答案当然是否定的。我们古人说"诗言志"也好，"诗缘情"也好，至少他们对此已有如下认知：其一，诗歌具有表达的功能；其二，诗歌的表达功能是有层次的。毫无疑问，抒发情怀是诗歌的一个天然而显明的功能，就如同语言的一个显明的功能是传递信息一样。问题是现代抒情主体与表达对象都发生了深刻的变化，抒情方式的变革或者说反（传统）抒情就成为诗歌诚挚性与表达有效性的必要保障。而且我认为，除了表达功能外，其实诗歌还有更高层面的功用可以承担。身为诗人，除了表现个我情感，对写作这门艺术的不断开掘、认知而使之不断丰富、发展，亦应是我们的天职。事实上，在世界范围内自现代主义以降的诗人们正是因为很好地履行了这一职责，才不但开发了诗歌的诸多现代功能，也使抒情这一行为本身变得更为诚实、深刻、多元、复杂而有效。但它唯独不应该退回到我们自以为是的单一、线性、虚妄、浪漫的表达格式上，更不应以之作为标准或是唯一标准，认为不去抒情或者不能表达就失去了写作的意义。须知，这个世界如此宏阔深邃，人类的感官认识能力与逻辑认识能力如此有限，难以表达以及本身不可表达之物不但存在，而且实在太多，我们又何以自信到必由固于一格的传统抒情方式来承载？何况有所谓"只可意会，不可言传"，如果你一定要用明晰确凿的方式说出来，那就是在犯错误，连古人都会嗔笑你。

很可惜，中国大陆当代诗写实践始终没有摆脱与传统抒情方式纠缠不清的局面，我看到身边许多操持"现代主义"的先锋诗人同路，本质上仍然是浪漫主义诗人。我意识到，对这一问题的认识不清已然限制了中国大陆当代诗歌行进及现代诗学建设的步伐。正如语言在面对不可言说之物时要么仅剩下苍白，要么对语言自身进行突破与重组，以转换言说方式的方式寻找接近对象的可能路径与空间；抒情主义在今天的命运可谓如出一辙，若不想徒然保持抒情的躯壳，就需要把来自语言疲软表皮并已影响到表达机制的危机，转变为一场诗歌内部的变革。这种紧迫感在不少诗人那里已有所体现。当然，我在这一问题上选取韦锦作为例证，是因为在一个相当长的时期里韦锦就是一个标范的抒情诗人。但是他的抒情自始至终是真挚的，这和特定文化语境里出现的大量伪抒情诗歌有着本质的区别。

事实上，韦锦是一位有风骨和情怀的优秀诗人，他作为抒情诗人的许多质素在今天弥足珍贵。整个20世纪八九十年代，韦锦写下了不少有力而感人的抒情诗。从较早的《这儿》《谷底》到《鱼、草、秋阳和鸟鸣》《点灯》等等，这些作品一方面和时代潮流保持一致，体现了新时期诗歌对本位的回归；另一方面则在一种似乎是自然而然的过程中，逐渐奠定了韦锦的个人抒情格调——它们情感饱满而内敛，语句结实而温和，准确传达了对日益物质化的世界的诗意关怀，而非躲入语言或部分伪"纯诗"的内部，像某些矫枉过正的做法一样，人为把"现代"（诗歌）与现实（存在）割裂开来。正因如此，在韦锦身上最理所当然地保持了抒情诗的责任感与仪式感。这种责任感与介入生存（此在）的态度不但无可厚非，而且理应发扬。然而正如上文所述，当传统抒情方式出现问题时，如何另辟蹊径——找到开掘和超越抒情的有效手段——就成为必然。

微妙的变化发生在2000年后，在《光是怎样躲过黑暗》《趁耳朵还能听到雷声》《爱情及其它》《口吃的狐狸》等诗篇中，我们读到了这种开掘和超越的努力。且看下面几处段落：

听到这里我该有适当的沉默。

但张开的嘴巴支持我的反诘。

敬爱的长者，在鼠王治下我们还指望什么？

鼠王精通人兽间所有的权术。……

你不要夸大悲剧的强度。

你是说在强势面前要坚持坚强，

接下来你会让我看到光亮。

恰恰相反，一线光亮只是一道裂缝。

男人克隆美女，女人克隆俊男，

这还不是最深的深渊。……

可人们凭什么相信我的传达？

信使的使命就是传达

你不必考虑传达的效果。

起程吧，借着这阵向下吹的风。

——《趁耳朵还能听到雷声》（2003）

　　在这首戏剧化了的诗中，虽然有多处陈述、对白、宏辩乃至铺叙、渲染这些传统抒情甚至叙事诗的痕迹，但整体上的矛盾修辞与反讽效果已初露端倪，而这几个具体片断即已初步涉及主体自否、角色异位、反悖与戏仿等等现代诗学范畴之特质。这些特质在《口吃的狐狸》（2005）那首诗中再次得到了加强，通篇的揶揄口吻与戏谑感使无论是旧有抒情诗的主题，还是抒情方式上的定势，都处于被消解的危险中——虚无的美好转向优雅的不安，抒情转向"反抒情"，诗转向"非诗"，大有艾略特《阿尔弗瑞德·普鲁弗洛克的情歌》之遗风。我在1996年也曾写了《航途》这样的长诗，其中大量运用了戏剧化与对话体，所以对此类事物之有效与精妙感同身受。

即使在单纯以爱情为题材的诗里，韦锦也开始主动偏离轨道，尝试了不同的切入视角与体验层次：

> 我甘于荒唐、可笑、愚蠢，梦甘于沉睡
> 时间到了，到了，酒却越醉越深。眼皮像掀不开的棉被
> 心像浆糊……
>
> 从今天开始，爱情是揭开面纱，早晨是打开窗子
> 吃一枚核桃是拆一座迷宫
> 读一首诗是检验灵魂经不起推敲
>
> 请原谅任何暴虐的男人，看穿他们的虚妄

——《爱情及其它》（2003）

我相信此类体验给了韦锦一套全新的认识方法论，当厚重生命的另一维度向他敞开窗户，荒唐可笑也好，愚蠢也好，沉睡也好，竟都具有了最纯洁、最深沉也最可爱的质地；爱的无奈与执着，爱的虚无与浓烈，竟只隔着一层薄薄的面纱——作为矛盾的"对应物"，它介于语言的明晰与黑暗，晓畅与闭塞之间，却挑逗着诗人的神经去揭开它。可见，摆脱了由此及彼的描摹式修辞或反映论世界观并进入另一迥然有异的诗意思维时空后，你就获得了穿透事物的能力，也就是从它的内部而不是表面看问题的能力，随之真相会逼迫语言脱胎换骨。如果有足够的信心，也可以把这个过程倒过来，即有针对性地从语言的自我解放与重塑着手，并将其扩延到事物及诗意的内部。以我的个人经验，两个端口是可以打通的，诗歌的意义，很可能就是一根管子里流动的水。

无论如何，这些全新的表达策略已全然不同于过往的线性抒情（不论是豪情还是温情），抒情（我们权且仍称之为抒情）方式、路径与对象都发生了嬗变。当现代社会里的主体人格不再完整，当仅存在于回忆与想象中的浪漫式的"我"

早已面目全非，一句话，当"我"已然从我们的身体里出走，那种饱满圆滑的激昂慷慨或浅吟低唱或凛然坚守就只剩下了作为仪式的躯壳。于是在这个没有资格抒情的年代，丧失了异质构成性、内省力、呈现精神与多元价值观的抒情写作就有可能成为这团漆漆荒诞世界里的虚饰物。

二、超现实的幻与真

与传统文本充斥诗坛这一状况相对应的另一道景观，是少数秉持现代主义写作立场的诗人在做着孤独卓绝的努力。作为一种文学观念与创作方法，现代主义诞生在现代社会本身当属自然，我个人甚至认为，现代主义就是属于此时代（最有效也最诚挚）的现实主义。但作为一名长期的诗学理论关注者，我必须坦承，现代主义也是一个发展的事物。尤其到了 21 世纪，如何突破现代—后现代二元论视角下的诗学困境，已成为笔者在近年持续思考的一个核心性问题。为此，我在系列论文和论著中提出了呈现诗学、过程诗学、沉默诗学、异质诗学等等全新概念，为的是在此现代诗学发展和嬗变的转捩期，寻找到合乎理性的新方向。之所以言及于此，是因为我看到多年来在许多诗人同路那里，不但一些基本的诗学问题无以解决，也没有当下写作坐标的任何概念和方向感，囫囵吞枣、生搬硬套、买椟还珠的情形比比皆是。比如对超现实主义的偏执理解和运用便是一个较为突出的例子，它在某种程度上代表了当代中国大陆诗歌在现代性维度上的一个典型病症。

超现实主义的出现既具有艺术革命的意义，也具有社会革命的意义。我认为，它和象征主义是整个现代主义或者说整个 20 世纪文学思潮的两大支柱，它们共同围绕着"荒诞"这一现代世界的内核，在现代"绝境"里左冲右突，收获了旧诗学难以提供的美学经验。"你可以认为它是想发掘和解放人的和现实的本能性的东西，旨在解开现代社会形态下的诸种新桎梏，也可以理解为是以这种本能性来抵制现实、抵制物质化所带来的现实内部意义的缩减，总之它达到了使现实的内涵扩大、充实并构成新的'超现实'之目的。"① 布勒东在这门艺术草创时期

---

① 晏榕，《诗的复活：诗意现实的现代构成与新诗学》，浙江大学出版社，2013 年版，第 148 页。

所提出的潜意识、梦幻及自动化写作，其本意正是超越平面化写作题材与线性写作方式，以新颖管道抵达现代生存的逼真图景。但超现实主义运动早期信条的不完善与不成熟，导致了包括布勒东在内的一大批艺术家"制造"或"生产"出了许多注定生涩的半成品。正因如此，发生在 20 世纪 80 年代的中国大陆诗歌现代化与反（后）现代化运动，既与超现实主义的革命性特质息息相关，又同时出现了"青春期写作"的诸种问题。对此，诗歌评论家唐晓渡曾有论及——"这是一种长期压抑而被迟滞了的、曾经严重受损并仍然一再受损的'青春期'，其结果是往往为写作带来了格外的颓伤、怀旧和晦涩色彩，或者在绝望中使语言的狂欢有意无意地蜕变成语言的暴力。'青春期写作'的根本弊端在于以最富于诗意的方式悬置了诗本身。"① 是的，当"诗本身"被悬置起来，无论写作行为贴上了何种现代主义标签，它制造出来的（以及这种制造行为本身）只能是幻象。

但有意思而略显奇怪的一个历史事实是，除了少数一些不断自省而提升的清醒型诗人外，中国大陆的现代诗人整体却一代又一代地不断重复和停留在"青春期"里，乐此不疲地大批量生产并沉醉于层出不穷的超现实幻象。正如我在《诗的复活》后记中对一次令人不安的诗歌会议所发出的感慨："……然而，那场会议却依然无法逃脱以往此类会议让人遗憾的情形——本来在多年前就已解决或就该解决的问题，仍一再迷困于中国大陆诗歌的思考实践和写作实践；我们的诗坛就像一个不会长大的孩子，始终停留在懵懂骚动、狂野无序的青春期，和成年的理性、坚韧、睿智距之遥遥，更无从对'前理性'和'超理性'做出区分——正如在本书中我对布勒东和阿胥伯莱的两种超现实所做出的辨析，这种区分我一直视为成熟的现代诗歌写作的一个前提，在中国大陆，它本应在上世纪 80 年代中期的那场大躁动后及时出现。"② 诚然，所有有诗歌抱负的青年诗人都需要经过这个由幼稚到成熟，或者说由"前理性"到"超理性"的转变，甚至每个人都可能搭建起属于自己的个人诗学谱系。然而当我们的诗学整体几十年毫无进展之时，个中原因就不得不引起我们的深思了。其中也有对超现实诗学本身的发展、运动认识不足的一面。这里我把张伟良的创作作为一个案例，一是因为其成规模运用超现实手法的罕见现象，二是他的诗歌也直接触及了超现实这一事物的现代转化问题。

---

① 唐晓渡，《九十年代先锋诗的几个问题》，《山花》1998 年第 4 期。

② 晏榕，《诗的复活：诗意现实的现代构成与新诗学》后记，浙江大学出版社 2013 年版，第 396—397 页。

与超现实在西方的出现是基于发现了主体的"疏远"性不同，中国大陆新时期文学最初的超现实文本往往是与主体的"抽象"性或自我保护机制相关联的，如北岛的《闪电》等诗作即是例证。这种浪漫的目的性与超现实的无目的性的结合所带来的异质杂糅之美，一度让我视为反击面目可憎的传统文本的闪闪利刃。直到 21 世纪初，张伟良的部分诗作中还保留着这类纯真的混合体痕迹：

> 水的荡涤，还有逐渐贞洁的花影，在移植的雨幕中，谁更强大
> 反击，毫无生气，我熟悉的一位江南才子，煮沸了诗歌的红绸
> 染房里的湿雾很好，古老而沉静的梦，浮升着红鸟的搏斗
> 对于雕梁画栋充满一片脂粉的温柔，可锤炼一些钢铁的齿轮

——《江南——给 Y.R.》（2003）

很明显，在这首赠予笔者的诗中，几乎每句都构造了温和又有力的异质性诗意，超现实意象在其中功不可没，它们来自浪漫性的忧郁与现代性的坚刚，来自北方与江南，来自遥远的注目与并肩的坚持。的确，我曾长期生活在河北平原南部，对那种毫无诗意的生存环境所激发出的反平庸、反中心而又兼具沉默、隐忍力量的特殊文化地理属性非常熟悉，尤其是十年磨一剑式的对毅力、独立性与耐心的考验，至今让人铭心刻骨。一夜狂雪、一场风沙甚至一次弥漫的浓雾，都可以是击碎沉闷现实空气的道具。实际上，虽然后来浸淫江南多年，但从先锋性的角度比较而言，北方生活给予诗歌那种有棱角、有风骨的成分之于中国大陆当下人文语境的意义可能更大。这些成分以超现实主义的面目出现在伟良的诗歌里。在天然的自我解放的迫切需要，与超越审美控制乃至超越社会和道德控制的超现实原动力不谋而合的情形下，甚至可以说，是超现实主义选择了张伟良而不是张伟良选择了超现实主义。而且，相比 20 世纪 80 年代"青春期"群体在运动式的狂热里对超现实主义早期信条的推崇备至，前一种状况显然要更加真诚而可堪信赖。

之后十年里，张伟良完全陷入了他的超现实中，其中有令人惋惜的弯路，也有艰难的发现。撇开大量无效的"幻象"性文本，部分作品中微弱而可贵的变化

更让我欣慰——如何在抛弃盲目主体性的前提下，在非理性的世界里建立智性的辨识系统的努力，已隐约出现在他的诗意传达中。此时他显然已察觉"肝火旺盛"的潜意识对诗歌肌体造成的伤害，同时开始在有限的空间里谋求冲破思维惯性，寻找智力的新支点——或者说，那种原始、单向度的"超现实"的替代品。比如下面两个片段，我们轻易就能感受到超现实主义原始发展期理念与文本的不对称，但在粗糙与机械的表象下仍然显现出了反讽、沉思与戏剧化的轮廓：

> 在无数星光的疗养中，法律突出了盲人舞蹈
> 我热爱动物和植物监视的世纪
> 你应该赶紧治病，离开脚镣，手铐，西班牙容纳的绘画
> 荒诞的标语，张贴在混编列车上
>
> 赋予你一个铜版书斋或异国的传奇
> 我们不耕种毒药

——《铜版书斋》（2008）

> 从不吸烟，喝酒，我床前
> 颇具锋芒的警卫室，在可怕的肺病中
> 拔掉了牙齿
>
> 雪白的抵抗力交给了博物馆，发明物，还不算完善
> 在字体的建筑上，另一辆马车
> 不会收集老式的迷恋
>
> 泥土，这不同的地域击伤了多次，又肉体沉沦
> 很快的热气球，安置了梯子，也无用

——《在字体的建筑上》（2012）

　　这一过程的诗学意义在于，它反映了超现实主义从观念到技艺的一次微妙的内部调整，虽然它的力度和完美度还远远不尽如人意。在对这一运动的系统考察中，我曾就美国具有超现实主义倾向又在不同方向使之完善的一批诗人的作为做出如下评价："与其把这一有些奇怪的事实视为不可理解的现象，不如从诗歌本身的角度探求现代诗学的内在发展逻辑——我们发现，这些诗人并没有倒退到超现实主义早期的写作形态，而是既秉承了超现实的自由联想精神，又对漫无目的想象的过分随意加以节制和疏导，使之具有一定的目的性。这些诗人无一例外都以无意识、欲望和梦幻作为理解新型现实和进入诗歌的有效手段，但又在许多层面对传统的超现实手法进行了微调。"[1] 实际上，我期待于张伟良的正是具备这种智性微调的潜能。他从身体到精神都是典型的过敏性体质，如果不是陷入（早期的）超现实主义太深，他本该成为里尔克或策兰这样既敏感又通透——也就是说，可以将来自天性的"消极能力"（济慈语）反哺给社会——的文化诗人。或许，当他把敏感从超现实幻象中解救出来，当更为精确的美学判断系统得以建立，他终会最后完成更具文化与现实指涉力的超现实。在这一点上，评论家耿占春的话颇具启示性："敏感、脆弱，是一种检测性的、免疫性的感受能力还是一种病态、虚弱、不完善？认识到前者是基于一种新的文化属性，一种新的人性化的标识，确认为后者则显然属于将一种新的境遇归化为传统的道德范畴，并且由此可能遮蔽了人的敏感性所具有的揭示性与批评性的内涵。"[2]

　　没有一种"先锋"是墨守成规的"先锋"，没有一种"超现实"是不介入永恒与此在的"超现实"，超现实的宗旨也是不断寻找新艺术形式下的新现实，其本义仍然是发现和参与现实的真相。以鲜明的个人性和炉火纯青的语言技巧发展了超现实主义艺术的阿胥伯莱对此有着透彻的领悟："如今在生活和艺术上我们都处于用一种循规蹈矩代替另一种循规蹈矩的危险之中……这就像嬉皮士运动等对我们社会中的中庸价值的反抗，它似乎在暗示唯一的出路就是要加入某个平行的社会，其中典型的行为、语言、服饰都与它对抗的社会完全不同。"[3] 同样，成熟的现代主义远远不是一堆与此在现实保持距离的语言、服饰、幻象，或一条冷漠而无关痛痒的平行线。

---

① 晏榕，《诗的复活：诗意现实的现代构成与新诗学》，浙江大学出版社 2013 年版，第 161 页。

② 耿占春，《疾病感受、艺术表现与健康》，《天涯》2015 年第 5 期。

③ John Ashbery, *Reported Sightings: Art Chronicles, 1957—1987*, ed. David Bergman. New York: Knopf, 1994, p.393.

三、可能的写作：两极共生空间下智性的发生

经过以上分析，我们会看到，中国大陆当代诗歌实际上多年处于相对稳定的两极共生局面——一方面是日益迂腐的传统抒情风习久踞不散，另一方面是执迷一端的"现代"语言幻象丧失了现实指涉力和理想的现代诗性。大量无效的准现代、伪现代文本在这两极间游弋、摇摆、迷失，并在客观上混淆了既无愧当代又忠实于诗本身的真正优秀作品的判断标准，影响了现代诗学的自我建构和方向判定，更毋论新诗学的建设与发展。如何走出这两极困境，寻找到合乎艺术发展规律、合乎现代诗歌美学价值的诗写新形态与新方向，成了摆在诗人和理论家面前的一个亟须解决的问题。

抒情传统的问题虽然庞大，但相对好解决，因为它正好处于现代诗歌的反面。庞德是先后通过他的意象主义和漩涡主义来直接反对美洲大陆的抒情传统以及前期象征主义的某些沉疴痼疾的，即使出现了艾米·洛威尔和威廉斯对意象主义严重误解的情况，而影响了一大批跟风者写出富于浪漫情愫或虚假装饰性的文本（这也是庞德为何抛弃意象主义而转向其"漩涡"的原因），但意象主义的直接、明晰、精确三原则仍然是反抒情、反修饰、反抽象的利器。加上艾略特的"非个人化""客观对应物""统一的感受力"等理论作为后续补充，尤其到了斯蒂文斯的"最高虚构"时期，这一问题在诗学内部早已不是问题。其实从庞德经由艾略特再到斯蒂文斯，现代诗歌逐步开发了一套智性策略，智性诗作为与庞大的现代荒诞和滞重的现实环境对峙、周旋的有效手段，也早已成为现代诗歌的新的传统。这对于中国大陆尚迷困于抒情主义的大量作者无疑会提供宝贵借鉴。如果能将那种日渐孤独的抒情仪式感巧妙地转化为一种现代诗写智性，将之打造为糅合了时代智慧和诗艺手段的智性，糅合了生命立场和现实态度的智性，糅合了抒情悖论与价值悖论的智性，那么，可以想象，一种健康而属于现代的反抒情的抒情将必然出现。从另一角度来看，这难道不是对抒情诗艺术的一个发展吗？当然，由于现代艺术朝向复杂、综合化趋势的日益加快，最后的命名反倒并不重要了。

我欣喜地看到，在韦锦的诗中，这种智性写作的迹象越来越明显。看看他的长诗《蜥蜴场的春天》（2011）中的几段：

我要回到有空间的时间

我会找到有时间的空间

在缓慢退化的人群中，沙沙作响的停滞咬紧牙关

在石头里生根的除非石头。鱼有水，山有云

峰峰相连晴空万里的蓝。我比骆驼还迟钝

没有屋顶的房子是最大的房子

接受嘱托的额头闪闪发亮。我的脚步越来越急

我的心越来越轻。我规划的星星一盏一盏打开

我筹备的天空一小块一小块诞生

我不再说我爱，我恨，我要，我放弃，我的翅膀老是走不出我的梦

我说我在，我是，我正穿过黄昏，黎明在窗口发白

我所蔑视的东西渐渐可爱

让多元不再成为无序的借口，秩序不再成为打手

让折叠翅膀的鸟不再把翅膀当成纳凉的折扇

让非诗走进诗，让声音离开嘴，让海成为海

让重成为质量，轻成为飞翔，空成为辽阔

当我们读到这些诗句时，谁还会想到这是一个有着浪漫天性、曾经写出那么多最纯粹最动人爱情诗篇的韦锦呢？唐晓渡先生仍认为这是一首为"宏大抒情"正名的诗，但他分明对其中的异质部分做了特别的聚焦——"不错，独白、指陈、争辩、宣谕……所有的'宏大抒情'必备的这首诗都不缺少，然而，我们不会忘记本诗的前文本或潜文本，由于它的在场和作用，即使是最激烈的宣谕也蕴含着某种反讽，并因此具有了对话／潜对话的性质……在这样的对话／潜对话中语言据其从沉默中汲取的浩然正气，从曾令它仆倒的碎片化和平面化中起身，并再次显示出与现实对称的可能；在这样的对话／潜对话中万物归位，灵魂和正义得以安顿，而寻找和被寻找、所在和所是逐渐混而不分"。[1] 而从现代诗性的角度看，

---

[1] 唐晓渡，《为"宏大抒情"正名——读韦锦〈蜥蜴场的春天〉》，《诗探索》2011年第3辑。

这种前文本或潜文本与宣谕形式所形成的反讽效果，其实就是智性的表现。

相比之下，对超现实的再超越，甚至重塑一种全新的超现实主义，无论是从情感上还是从技术层面，对于深受传统现代主义滋养的中国大陆后学者来说，可能都会是一个令人头痛的问题。然而这个世界上，任何事物都是发展的和运动的，超现实主义也不会例外。而且我们的国外同行在这方面已取得丰硕经验与成果，他山之石，可以攻玉，我们不妨虚心学习。比如在美国，就既出现了奥哈拉式的"单人主义"和阿胥伯莱式的"泼洒诗"，也出现了默温、斯特兰德的深度意象诗和勃莱、赖特式的新超现实主义。但它们在本质上都是超现实主义。丹尼尔·霍夫曼对纽约派就曾概括道："一种不同的超现实主义——更具讽刺性、荒诞性、滑稽模仿、自我沉思和远离外界现实——它通过一群受过法国诗歌和绘画影响的诗人的作品进入了美国当代诗歌的主流。"① 阿胥伯莱在《凸透镜下的自画像》（"Self-Portrait in a Convex Mirror"）中更是实现了一种超现实混合体，把自动化艺术与沉思性完美结合，已远非毫无节制的超现实臆想，从而完成了对现代想象力和暂存性诗意的超现实归纳。戴维·帕金斯对阿胥伯莱的方法评论道："一首通过它本身不连贯去反映现实的诗不会产生美学效果，也不会是一首诗。因此，阿胥伯莱运用了这样的程序，（使他的诗）既无无形式又无固定的形式，而是持续期待的形式，它却持续落空或受挫。"② 默温也说一首诗"不应该是一个可操控的、或多或少可以重复的模式，而是一个不可复制的共鸣回响，它应该像某种回声，但并不重复任何声音"。③ 我们发现，所有这些努力都旨在把超现实导向一个充满智性、更富活力的空间，而且除了美学策略意图，这些努力更多着眼于具体的诗写层面——它们直接针对了超现实（以及其作为一个技巧）的有效性和真挚性，意在使超现实获得裸露、精确的真实而不是被它自身的传统所遮蔽。

问题再清楚不过，当我们的国外同行早已把超现实主义从一种本质上的社会革命性导入到了纯粹的诗歌内部时，我们却在诗歌的肌体上无限放大着它的社会性——即初级的语言暴动行为。当他们在做着（现代诗意）精确性的探寻时我们

---

① Daniel Hoffman, *Harvard Guide to Contemporary American Writing*, Cambridge, MA and London: The Belk Press, 1979, p.553.

② David Perkins, *A History of Modern Poetry: Modernism and After*, Cambridge: Harvard University Press, 1989, p.62.

③ J. D. McClatchy, *The Vintage Book of Contemporary American Poetry*, New York: A Division of Random House, Inc. 2003, p.256.

却在持续糟蹋着诗意的精确。不过，正如前文所述，那些珍贵的变化业已发生，即便如伟良这样执着于超现实技艺的诗人，也开始在他们无序流动的意象间安置了一双双敏锐的智慧眼。它们小心翼翼地闪烁不停，辨别着既来自深邃宇宙也来自混沌内心的意义的萤火：

> 我可能划船回家，这里，驿站，早晚冒险
> 我发现了网中纠缠的铁锈
> 强盗，强盗，我的上帝，也许我就是
> 在秋千上朦胧的炉火
> 浮现的镜子，不曾想过教育，一张请柬
>
> 拿出地球仪才会有更好的，在手指调遣一个词
> 即幸福，敲门声，审查，妨碍行走

——《拿出地球仪才会有更好的》（2014）

总之，无论是从反抒情出发，还是从超越超现实出发，朝向两极共生空间之外的第三条道路已经显现。这是一种可能的写作。我想象中的可能的写作大概是如下状貌——它源源不断地生长着自我审视、自我控制和自我超越的智性，而恰好与我们身处其中的可能的时间和可能的现实相对接、相渗透、相呼吸，就像一棵冷杉树，扎根于无意义的黑暗，生长于意义的世界。

呈现之维：现代诗学的新方向 ①

　　把"后现代"看作是一个能与"现代"甚至整个文化秩序分庭抗礼的终极时期，这与其说是文学史的一次不甚明了的划分，不如说是一次弄巧成拙的失误。"后现代"里的现代性和反现代性使得现代诗学与文化的知识地图发生了逻辑上的位移和断裂，实际上，有时连图例也已面目全非甚至变得可有可无。当失去了基本的公共符号、语法准则和标识方法，当年布鲁克斯所提出的令人激动的"认识地图"的工作就成了一个遥不可及的梦想。存在于诗歌中的"现实性"或者"诗意现实"正是我们试图找到的更为可靠的参照系，幸运的是，在这个过程中我们还连带发现了某些类似于新元素的事物及其可能的测量方式。这是后现代拼图游戏带给我们的意想不到的收获——除了令人一筹莫展的困境和日益褊狭的诗写误区之外，也激发了反思和突破的勇气。作为一种新的诗意观照方式，呈现主义就是为超越"现代主义—后现代主义"二元对立诗学范畴的尴尬境地而出现的，它试图重新定义图例，并在更为宏阔的视野下证明和标识我们这个充满诗意的世界不仅构成了巨大的星系和文明，也处处暗含着乖戾的混沌和无序。我的意思是，就像现实不断地孕育出它的对立面，任何完备或不完备的诗学都应做出包纳来自其内部或外部的拒阻因素的努力。于是我不得不强调"非呈现"的存在。而这恰恰呈现了我们之前从未想象的一个秘密——上帝在他的思考之外，也有痛苦。

---

① 本文为《诗的复活：诗意现实的现代构成与新诗学》（浙江大学出版社，2013）一书的末章，现标题为编入此书新拟。

一、两种不同的"后现代"：拼图的困境

前面我用了五章内容分别论述了诗意现实（在现代语境下的）的五种形态，但其中任何一种形态虽然可以被足够复杂化，却仍然时常难以代表真正的诗意现实。究其原因，我发现我们用诗歌艺术去探寻和构筑的现实往往并非那种可以用清晰的逻辑归纳来分门别类的事物，而是一个绵延不绝、自我衍生的混合物或综合体——至少，是我们所分析过的那五种形态的综合体。换句话说，每一种形态其实只是现代诗意现实的某个切面或某个维度。对于感知和呈现这个世界而言（当然包括个体的和群体的生命活动，譬如呈现就一定要包括对感知的呈现和对呈现的呈现），我一直认为诗歌是一个颇为有效的工具，虽然我们常常由于对它的误解而犯下种种使用不当的错误。它不一定穷极真理，但至少它保证了对精神世界的一步步接近和一点点地开发、复原，当然，以相对论的眼光来看，这或许就是真理本身或世界本原的本身。前面的例子已有很多，现代主义以来，诗歌不是被某些臆想狂压缩在了意识的或潜意识的或"超现实"的"角落"，而是大大地扩充了这个世界、扩充了我们的现实。

从认识论的角度，现代诗歌至少提出了一个长期以来我们无以觉察但到今天却变得如此迫近的紧要问题，那就是由黑格尔以及黑格尔传统——从海德格尔直到德里达所不知不觉地使用语言一味地进行有意识的解神秘化，是否可以抵达真理，抑或只是抵达批评？以美国的情况来看（相当大程度上可以代表整个现代诗学，如果不把含有过多浪漫成分的前期象征主义诗歌包含在内的话），最早是庞德、斯泰因和艾略特这些人感受到了语言的不可信任，碎片化艺术最早也是在更为单纯的以破为立的意义上开始被使用的。斯蒂文斯、毕肖普和阿胥伯莱则有意识地学会运用现代诗歌这种新事物，虽然很多时候只是对现代诗意的视听表达，但在这一过程中却有效区分了可感的和不可感的世界，即有意识地把诗意铺展到了从感官到纯精神性的层面。这一方向在今天仍然被语言诗人所继承，尽管他们自己很多时候并不会意识到，而且相当一部分人仍然是出于对语言的误解——即对语言或反语言的过分依赖——而写作的。与此同时，肢解语言、肢解意识的习惯（很大程度上几乎可以视为是一种自慰行为）带来了一系列副作用——人们喜欢本末倒置地将这些副作用称为是"后现代"的标志，似乎这才是新时代的新美

学。不过这一点我在前面几章已持续加以反驳，我坚持认为现代诗学是一个连贯的整体，而不能机械地以年代或事件为分水岭加以人为划分，更不能在现代诗学的内部将其自身的发展成分生硬剥离于主体之外。

这样，就出现了两种"后现代"，一种是与"现代"相区别（即使不是相对立）的"后现代"，另一种则是"现代"内部的"后现代"。但是这两种不同的"后现代"并不是互不关联，实际上，在上述坚持现代诗学的构成性建设的诗人身上，很多时候也会出现犹疑矛盾和不知所终的尴尬。这种情形仅仅在语言和思维的层面就会引起一场场永无止境的战争。毋庸置疑，现代诗歌的一个基本特质就是语言的自觉，但必须指出的是，这一特质则是由另一个更为根本的诉求——诗意自觉所决定的。虚构与想象在某种程度上实现了对平面的日常语言（思维）和自然（物质性的？）语言（思维）的部分改变，但远未达到理想的超越。因此，现代诗学的一个主要的任务始终是寻找新的手段创造新的语言和新的思维。我可列举这样一个事实——如果把日常语言和分析语言看作是物质性的，而把冥想看作是非物质性的，则诗意语言总是具有将物质性与非物质性相混合的趋向，其有效成分表现在由物质性向非物质性超越的努力环节。当然所有语言形态均隶属于类似一种自然语言或元语言的事物，它一方面从自身向外部不断衍生出物质化、日常化、实用化和片断化的成分，另一方面又迎接和吸纳着不断回归并完成了新的提升的成分。在此我们发现了物质性或反物质性的一个独特意义，即并非只是使自然语言（如果愿意，读者当然还可以将此概念扩展到宇宙意识、本真存在这样的范畴，而且在我看来，它们具有一种同质性）降格，而在同时竟也是经由"超越物质"行为而达到回归、提升自然语言（本真存在、宇宙意识）的必要途径。这既是语言和诗歌的意义，也是生活和生命的意义。

这里我不得不对此问题的一个小小的分支做出更细致的剖解，这关系到语言的真实身份。这就是自然语言（元语言）、宇宙意识和本真存在是否可以视为同一体？实际上，我更愿意将它们理解为同一物中的三个层面，或在相当程度上可以施以分离与分析的三种状态。但即使为同一体，它与语言、精神、存在仍然有着外延上的差异（似乎这比内涵上的区别更为明显）。所以，将语言看成是艺术行为的目的，或者现代诗学上的语言的自觉，形式主义者对词语的发现等等，只能说是一种语言学上的进步，而且是一种容易引起对艺术本质产生混淆认识的

"进步"，也就是说，语言自觉显然不能代替诗意自觉本身。我的意思绝非要使语言退回到传统意义上的内容的表达工具，但很显然，仅仅将语言视为意义的全部不是扩充了语言的功能，而是减缩了语言的价值。现代诗学一直试图使语言回归到反物质性（而不是物质性）的正途，但现在还远远不是鸣锣收金的时刻。当语言既要与诗意混合为一体，同时又必须保持适度清醒——以便使它们更完美地混合的时候，一个看起来无法解决的矛盾就出现了。对此，奥登在评论阿胥伯莱的诗时肯定有过一番斗争，虽然奥登当时很难完全认可阿胥伯莱的探索，但他以下的论述的确表明了对现代诗歌的末途与出路的思考——

　　每一种诗体都必须找到适合它的风格。当兰波宣称他的意图是抓住修辞并扭断它的脖子，他指的是修辞是某些特殊的逻辑关系，还有传统的意象的搭配，这种传统的搭配尽管对描绘某些经验有用，却一定会篡改他作为诗人所感兴趣的另一些经验。

　　在华兹华斯提问"什么是真正地被人使用的语言"的地方，兰波把问题替换为"什么是真正地被想象的头脑使用的语言"。在《灵光集》里，他试图发现这种新的修辞，每一个像阿什伯利先生这样有类似兴趣的诗人也都面临同样的问题。正如保罗·瓦雷里所说，每首诗都由既定的诗句和雕琢出的诗句组成；诗人必须改进前者，也必须让后者听上去仿佛语出自然，真抵本质。每种修辞的风格都必然表达一个观念：什么应被看作本质。在十八世纪，当时的兴趣在于普遍和全体的东西，诗人面临的危险是忽视个体，但写主观生活的诗人面临的危险正相反；也就是说，他意识到如果他忠实地对待这个世界的本质，那么他必须接受奇怪的意象的并置，因而他会被诱惑去制作雕琢而且古怪的作品，仿佛主观上神圣的东西必须在任何情况下都是古怪的。同时，他无法回避的问题是如何调和对本质的忠实和交流中的精确性，因为诗歌写作预设了交流是可能的；没有人会写作，如果他相信交流是不可能的。

　　那么，我们就不会感到奇怪：许多现代诗，包括阿什伯利先生那首有趣的六节六行诗《画家》都关注创造过程的本质并提出一个问题，"如今，写诗还是可能的吗？"①

---

① 哈罗德·布鲁姆等，《读诗的艺术》，王敖译，南京大学出版社 2010 年版，第 243—244 页。

　　我理解奥登先生的苦闷。如果"后现代"仅仅是想无限循环地（现在这个循环才刚刚完成第一圈就被它自己也被它的读者拒绝了）制造出一场场反语言的革命——当然我们看到，很多时候这些"革命"被证明为实则是一场场的游戏——那么，它就站到了现代诗学的对立面，这正如一些人认为后现代主义是对现代主义的反动一样。但是，如果像阿胥伯莱一样，在诗歌中以一种散漫化的智性风格行进，在用（不断生成的）新语言参与和塑成现实的同时，对创造过程的本质也不时加以反思和反映的话，那么，反语言就是为了生成现代诗意而服务——而这恰与如前所述的作为反动力的"后现代"之精神发生了抵忤。然而奥登似乎依然想证明阿胥伯莱是沿着自兰波、瓦雷里所探索的道路前进的，不巧的是他恰好走在了路的尽头，以至奥登难以判断接下来的一步是落在相反的方向还是不可知的领域。

　　当然，正如我们所看到的事实，阿胥伯莱不但走了下去，而且走了很远。我在前文中是用"穿梭"论来描述阿胥伯莱的，即以不同维度不同时空的"穿梭"来经验世界，来关联、渗透、组合现实。阿胥伯莱在"自我"与"无我"之间不断地"跳出""跳入"，在"穿梭"中记录着经验的迁移——经验的经验和意识的意识。这说明——如今，写诗非但是可能的，而且还与纯粹以反语言和反诗歌为手段的"写作"划清了界线。那些让人感到矛盾之处不在于划界线，因为在反语言和反诗歌这件事上，如何把握目的和手段的平衡理应是每一个清醒诗人（以区别于那些"宣泄"诗人和"游戏"诗人）的基本素养；而是在于语言本身和诗歌本身的悖论——似乎越深入它们的内部，其悖论性就越加明显。在语言的边界乃至"自我"的边界（我不认为已走到了诗歌的边界）跳入跳出的阿胥伯莱只是一个突出的例子，实际上这些矛盾发生在所有自中间代以来的清醒诗人身上。再往前推——也隐晦地发生在经典现代主义诗人身上，这就是为什么艾略特最终遁向了宗教信仰、斯蒂文斯拥抱了"最高虚构"、而后期的威廉斯则干脆自我否定式地沉溺于他的《佩特森》的原因。

　　所以，我们发现，由庞德到斯蒂文斯的综合性诗写模式与从洛威尔到阿胥伯莱的综合性诗写模式其实是处于同一个向度的，只不过前者是体验或预感到了一个庞大的矛盾体，而后者是直接渗透到其中——以矛盾来书写矛盾，以悖论来呈现悖论。换句话说，现代主义与所谓的后现代主义具有同一美学向度，如果我们把某些纯粹形式上的革命行为或语言游戏（它们同样也是现代主义反叛精神的体现，只不过既被"皮毛"化了又被扩大化了）忽略不计的话，那么"后现代"里仍然有着本质的"现代性"。如此分析，就有了对"现代主义—后现代主义"二元对立诗学范畴进行整体性超越的必要性，因为前几章里我一再证明了一件事情，许多维度——不管是现实维度还是语言维度，不管是主体性（客体性）维度还是智性维度——其实都穿插于这两个时期、两种形态，是一种绞合的状态，而不是面目清晰地陈列两边。再加上两种不同的"后现代"概念之间的互相影响与混淆，那种总是习惯于由此及彼或非此即彼式的二元对立诗学范畴在当今就难免处于一种尴尬与无效的境地了。更不用说执迷于"后现代"的形式主义极端化所带来的对诗歌写作的伤害——这实际上在当下已经形成了不少诗写误区。这也成了我对合格诗歌与不合格诗歌进行划分的一个标准，即如何在"现代"本质的"后现代"形态里使诗歌最大化地避免受到另一种"后现代"的伤害，虽然这在实际操作上往往不是件容易的事，因为它正是每一位清醒诗人所面临的最为频繁也最难抉择的诗写困境。

　　然而，这是否意味着所有一切又回归和统一到了近半个多世纪以来我们一直想加以突破和超越的现代主义框架之下？答案似乎是模糊的，但绝不是肯定的。不能否认的是，和浪漫主义、现实主义相比，现代主义是一个全新而且巨大的分水岭——以至于如今我们仍然艰难行进于它长长伸延的山脚之下；经过上面的分析我们也认识到，所谓"后现代主义"还无以充当一个更新的完全独立的分水岭，而且它处处暗藏着危险的壕沟和绝壁。但是，"现代主义—后现代主义"二元对立诗学范畴在今天受到挑战这一事实，的确从另一个角度反映了现代诗学的一个新问题，那就是如何走出理论困境、确定新方向的问题——如果我们不想在二元对立的两端来回摇摆，或者裹足不前，就一定要找到一个突破口，而不是按照"现代—后现代"的逻辑一味"后"下去；那样的自我消耗式的怪圈只能使现代诗学的路子越走越窄，最终彻底取消历史与价值乃至取消"取消"而无路可走，就像今天的某些"后现代"诗歌所展示出来的悲观前景一样。而要想打破原有的思维定式，一个根本的前提就是我们能否历史主义地看待现代主义这一事物，而不为其反历史主义的态度所影响：是现代主义构筑了新的诗意现实，还是现代的诗意现实催生了现代主义；进一步讲，穿插、转换于两种形态之间的那些恒量（深度日常、智性、沉默美学、超现实性、异质性等等），它们的运转轨迹应当被限制在现代—后现代美学信条内部，还是原本就存在于一个更大的诗意时空？

很明显，我无意于把新的诗学统一于现代主义的名分之下，相反，我是在尝试着把现代主义（包括后现代主义）的某些恒量纳入到一个新的诗学框架里——据我的观察，现代主义这个名词很可能仍然不具有与浪漫主义、现实主义进行分庭抗礼的独立身份，我们甚至可以修正前面用到的一个比喻，它并不是一列单一的分水岭，而是另一列更为巨大的分水岭的前面隆起的部分。我的意思是说，现代—后现代主义不是它自身就能担当的一个独立的诗学，它始终未能与历史（主义）获得有效的联结与相互指认，也尚未达到形式与诗意的完美同构；它的最大贡献在于发现了现代社会作用下的人的主体性和主体体验力的新变化，并进行了新式语言和新式思维的或东奔西突或举步维艰的探索，但显然还远未获得成竹在胸的自信。相反，当上帝、历史、作者、语言、文本和写作本身全都被虚拟化并逐一被宣布"死了"之后，现实依然存在，现代诗意依然在持续膨胀，这一客观事实使得前面的一系列假想式论断都成为妄语，成了不自信的逃避行为的反证。事实上，如果不做过于天真的理解和执拗的坚持，这些妄语和逃避行为本来就是面对巨大现实与意义暗码所进行的智慧周旋的结果，它们无一不能在经典现代主义文本中找到最初的渊源。这也是后现代主义无以终结现代主义或者终结其自身的一个根本原因。

所以，新的方向不在我们的身后而在道路的前方。如今我们所立之处，既不是一百年前的出发之地，亦非艺术及意义的"终结"之所。应该认识到，从被遮蔽的日常到超现实，从消极的关联物到异质的诗，诗意现实是一个不断发展、不断变化的事物，而呼唤新的观照方式也是现代诗意的一个本质要求。在无论是割裂开的还是联结起来的各个不同的诗意现实的形态中，在全然不同的或关系紧密的诗人中，甚至是在同一位诗人、同一首作品的不同侧面，我们既可以体味到解构的力量，也应该领略到构成的意图。无论从文学史的角度还是从美学对其自身的开拓的角度，两种"后现代"都为我们带来了一团迷雾，那种复杂而暧昧的关系使一如往昔那样拼出一幅简洁明快的文化地图已永远成为不可能。不过，正如我所一直努力表白的，这种困境却应该是新的诗学得以诞生的契机——而不是一味"终结"和"死亡"的佐证，因为果真如此的话，当代文学史恐怕亦不会延续至今了（现在我们不得不承认，过往数十年间不断被我们想象出来的各种"终结"，其实变成了"延续"的手段）。实际上，我们的沉思与写作必将持续，其演变的轨迹将与人类自身的历史同步并同时构成我们的文明史，这一点不但是事实，而且是人类与人类文明自身属性之规定。

二、呈现主义诗学的可能性

新的诗学框架自现代主义的发端期开始树立，经过后现代式的修正与破坏，现在到了重新进行自我审视和自我构成的时候；那些始终存在的恒量是使其获得内在质素的稳定性与结构的稳固性的基本因素。按照我们之前的分析，这些恒量可以包括主体的隐性化、异质性现实或异质美学（自我、语言和风格）、沉默美学（立场、诗学态度、技巧）、综合性写作（整体、合力说）、离心性和逆否性（无论是基于当下全球化的文化语境还是中国特有的文化语境）以及"穿梭"论等等。我于 2005 年曾尝试着提出了呈现主义诗学的概念，对作者与主体的媾和性、表现世界的远离及其身后景象、作为一种诗学态度的呈现及其在诗写层面的有效性、综合性写作策略、潜文本与意义的重构等等问题已做了初步阐述，[①] 当时就是基于对呈现巨大的、荒谬而藏隐的现实本相所做的理论探索；当然，近二十年来中国诗歌对叙事修辞的过度热衷以及对难度写作的逃避态度，也让我不得不把藏隐的本相与叙事的"无能"关联起来，并重新思考语言幻象带给我们的麻醉性伤害。和意义终结论相反，那篇文章最后把写作导向了重构意义、重构现实的方向，我想这一方向也契合了词语与语言的终极性特质——即不管语言作为最初的还是最后的名词，它依然能够构成一个"个别的术语"而不是完全彻底地自我消解化。我们将之扩大到整个修辞领域，这个问题就变成了——不管是修辞还是反修辞，它们的义务到底是装饰现实还是重构现实？但是，在我们对现代诗意现实的构成进行了必要厘清之后，这一问题似乎变得迎刃而解了——如果我们把非修辞与反修辞的倾向理解成离散与逆否性在技巧上的表现的话。

现在看来，上述恒量因素的存在（当然我们无法忽视与之并列出现并突显了

---

① 集中反映在拙文《诗的复活：从叙事的"无能"到意义的重构》中，这一长篇论文最早载于民间诗歌刊物《北回归线》总第七期，后发表于《文艺理论研究》2007 年第 5 期，亦收录于本书中。

一种强烈的对比意味的"现代主义—后现代主义"二元对立诗学范式的困境）正好再次印证了呈现诗学之诞生的可能性与必要性。呈现诗学不会满足于提供了认识本相的新视角，它还直接参与本相和构成本相；它把对象无限扩大化，不仅扫描现实也扫描语言，同时扫描写作本身，它把多个维度整合到了一个可以有效介入的"简洁"平面上。呈现式写作就是一种使写作同时存在于不同时态中的写作，而且它要力避以前我们所常犯的毛病——现在时态下的麻木、过去时态下的自负、将来时态下的胆怯和进行时态下的毫不知情。这些都是荒谬的个人与现实关系的表现，而以最后一种情况为极端——进行时是离写作最为切近却成了我们最容易遗忘的一种存在状态。呈现式写作的一个核心要旨即在于恢复我们与现实的切近关系，很明显这个现实不仅指日常，也包括所有关联物的、智性的、异质的和超现实的现实。呈现式写作的对象必然是一个综合体，这决定了呈现式写作必然是那种更为开阔、更为自由同时要求更为准确的综合性写作；在呈现式写作中，诗意时空的穿透性、运思的自由性与形式的诚挚性必须要达到空前的统一。

譬如，我们论述过拥有自觉性的日常可以将其本身作为一个艺术品自我呈现出来，这一自觉的过程或者呈现的过程不但呈现了日常的日常性，而且也呈现了日常的"被遮蔽性"和"被还原性"，这就充分显示了呈现写作的综合化特点，呈现对象反映在诗歌文本中往往是一个多维嵌入的叠加式视图，它不是平面的而是立体的，不是单板的而是套装的。即使威廉斯对日常的"大写法"也与这种综合化有着完全相同的本质，因为去除相关物而只突出事物本身（我认为实际上延至了事物背后或事物内部）与扩大事物的内涵可谓是异曲同工。也许从这一角度我们可以把威廉斯在《春天及一切》中所勾勒出的"新世界"与他后期的完全走向综合化写作的《帕特森》王国统一到一条路线上来。我们还可以联系到庞德的"简洁法"，它自然也不是对呈现的简单化处理，相反倒是更为复杂的"超置"形式的一个载体。斯蒂文斯更是把呈现对象引入到"非存在的存在"的层面，我们不妨说对观念的呈现正是（通过"感知结构"）对具体事物的提升与扩展。也就是说，呈现始终有使自身最大化的谋求。如果把"新世界"比作"新诗学"，那么，不管是威廉斯还是斯蒂文斯，其实都体现了某种试图超越现代诗学雏形的努力，都是对新诗学的意义与虚无成分的大胆假设。

在客观呈现诗写本身这一条线索上，从茹科夫斯基到阿胥伯莱也做了有益的尝试，他们的努力使"客观化"超越了对对象（关联物）的扫描，而直接把写作导入文本，把表现导入存在。阿胥伯莱更是通过述行式写作实现了自我和现实的最大化呈现。从叶芝的"面具论"、庞德的"意象"—"涡漩"说，到斯蒂文斯的完全倚重于想象或"最高虚构"的力量，再到阿胥伯莱用"穿梭"经验（我曾在前文中将之与勃莱的"跳跃"论作了比较）串联出主体迁移的轨迹，呈现作为现代诗学的实际焦点开始渐渐现身，它的某些内涵被反复调校、认证，却从未被正式提出，然而所有这些阶段又的确体现了呈现诗学的客观发展过程。从这一过程——即从它自身的生长图式来看，呈现诗学还远未到达盖棺论定的时候，相反，它刚刚经历了步履蹒跚的童年（现代主义）和恣意轻狂的少年（后现代主义）时期，现代诗学的那些（刚刚被我们所发现的）基本恒量将保证它的持续前行。如果让我来回答奥登的问题，如今，写诗不但是可能的，而且还获得了另一个新的可能——如今正是真正进入写作、进入现实内部的时刻。

　　另外，超现实的概念可能是一个较为特殊的例子。我们习惯于把超现实主义作为现代主义的一个基本立足点，从它那儿向后推，而导出对所谓"新超现实主义"的理解。但从呈现诗学的角度来看，这一步骤可以反过来。"新超现实"所追求的"虚空"与"跳跃"关系原来就存在于诗意现实之内，它们不但引导了对平面现实的超越力量，还在这一过程中引导了对写作本身即这一过程本身的重新审视。因为真正的"虚空"与"跳跃"关系恰恰包涵于或产生于持续不断的超越行为中，既超越平面现实，也超越与之对峙的写作者角色。从这个意义上说，超现实的"超越"，就是对意义的呈现，而且这种呈现是更为直接的。这样，我们不是在布勒东那里，而是在勃莱和默温那里更好地理解了"意义在意义之外"这句话的含义；我们也不是在激进的早期超现实主义的"梦幻"写作和"自动"写作当中，而是在纽约派诗人的"单人主义"态度当中更好地领悟了"意义在超越之外"的真谛。比如从奥哈拉到克里利的诗意呈现方式往往带有即时性的特点，写作的着眼点从对现实的扭曲、变形处理提升到了对超越行为和超越心理的瞬时而精确的捕捉上。当然我们看到，阿胥伯莱又把这种即时性往前大大推进了一步，实现了写作与其对象的共时性的即兴联结（事实上，我们正是在这一维度上理解阿胥伯莱的超现实主义，而且，述行体也可以认为是一种风格上的超现实主义），他和勃莱诗歌的穿梭性与穿透性正体现了呈现式写作的本质要求。

　　进而言之，碎片美学的出现也是适应了对审美进行时和写作进行时的一个需求，即适应了对现代性（现实）从被动呈现到主动呈现的一个过程，这个过程把互相对峙甚至互相抵消的异质性元素与综合性关系生动地揭示了出来。从奥尔森、邓肯到贝里曼的自由、多变、异质、开放的诗歌都集中演绎了碎片艺术在呈现诗学中的重要角色，当然，克里利的进行时的非陈述性风格也同样体现了这一点。异质诗歌作为呈现形式的一个主要理由就是它与异质现实的同构性，由瓦雷里到沃伦的纯诗理念的嬗变，既寓示了现实构成在现代主义诞生以来的新变化，也同样表明了诗歌手段在呈现和重塑现实方面的有效性。在沃伦后期的诗作中，我们已很难分辨出所谓纯粹的诗与异质的诗的界限，诗歌的纯粹性与异质性成为同一种事物，它（它们）所展现的自然与成熟正是满足于语言（形式）革命或社会（文化）革命这两个极端的诗人所难以驾驭的。实际上那种完满物与艾略特所梦想的"统一的感受力"颇为相似，它巧妙地把语言革命和社会革命纳构于诗歌的体内，使二者不再隶属于诗歌或者裸露于诗歌的外部，而成了诗歌材质的自然成分。这几乎可以看作是呈现主义文本在诗写风格上的完美典范。这也是智性的散漫化——如果把这种散漫化风格由奥登的充满疑问的驻停之所延伸到阿胥伯莱的"不可能"的现实中去的话——有幸达到的理想境地。

　　这样，不同于"终结"论的种种描述，在新的诗学视野中，一切才刚刚开始——过去 100 年乃至 150 年的"现代""后现代"步履的摸索仅仅是思想和体验进入现代全息（社会与心灵）时空的一个开始。在这个被逐步开拓而日新月异的世界里，在人类的主体自我不断变化与迁移、不断自否与适应的条件下，如何认识和表达，如何质疑、更新认识和表达，说到底——如何呈现，必将是一个长期的课题。主体隐性化、异质性现实、沉默美学、综合性写作、离散性、逆否性和穿梭论等等现代诗学的恒量因素说明，新现实在塑成自身的同时也塑成了进入它自身的通道，有时那会是一些暗道，能否找到这些暗道则有赖于我们能否持之以恒地对某些固有经验加以反思。很多时候我们会发现，找到它们的过程竟然比结果更重要，有时，过程居然就是结果——而这恰恰是诸如体验、思考和写作这类特殊行为的一个本质特征。我想生命和宇宙存在的终极意义也不过如此。一个无法回避的事实是，从我们学会对同一性进行质询和反诘的那一刻起，新的质询和反诘就开始了，而这是否恰恰证明了另一个更大的同一性的存在？抑或意义诞生于反诘或对反诘的反诘的无限循环体中？这样，当我们再次面对写作本身而不是写作的文本的时候，我们才能真正理解"文字的意义来自文字的缝隙"这类感叹的含义。于是"终结"的苦闷变成了何尝有过"终结"的苦闷。过程即结果，识别即领悟，超越即现实，意义即虚静。或许，这会是理解新的现实维度下的呈现方式的另一条捷径。

三、呈现与非呈现：观照（构成）诗意现实的新图式

呈现主义注定是建立在对后现代主义的（某些）反现代性的否定之上的。它拒斥了后现代主义的反现代性和纯消费主义因子，但吸收了其包容性和开放性这样的质素——其实较为成熟的现代主义精神也同样体现了包容性和开放性（让我们想想庞德的意志、艾略特对"统一的感受力"的呼唤和威廉斯的"新世界"的梦想），这正是后现代主义的部分内涵恰恰延伸了现代主义精神的例证。但是，呈现主义是在不断分裂、不断变化的大势之下努力去追寻一种"统一的感受力"、一种圆满性和整体性呢？还是在"统一感受力"的大背景下努力强化一种分裂的、消解性的力量？我不得不说，这种貌似水火不容的状态其实都是（而且必须是）呈现的内涵与本质。正如伟大的秩序和暗处的混沌构成了宇宙一样，呈现诗学当然不会满足于理性的传达或者它所带来的虚假的自信——呈现的核心固然不是佐证同一性幻象，但也绝非无所作为，它反对的是无视或拒绝本相，而一味想在词语或理论上获得嬉戏快感。须知，外套永远无法代替身体，而身体也不是心灵；事实上，那些最接近心灵的自白派诗人早已向我们证实了——即使是心灵也很难确认它自己的完整性和同一性。

即便从我本人的情况来看，那种设想一劳永逸地创造出某个批评语汇或文体风格就能方便地"穿梭"于存在本相的奢望也从未出现过。我意识到，一如"存在"和"非存在"（这总让我们联想到斯蒂文斯）的关系，"呈现"也衍生了它自身的逆否的一面，即呈现总要面对抗拒和抵制它的对立因素，它们一部分来自此世界中固有的永远不可呈现之存在，一部分来自呈现行为的环境因素或技术因素，还有一部分则可能来自不可捉摸的不确定的成分。对此我们都可将之归入"非呈现"的范畴。也就是说，呈现任何时刻都要面对呈现过程中的阻滞力与呈

现的不可能性。这是意愿和痛苦的关系，这也是上帝和他的世界的关系，因为这一关系甚至可以扩大到一切可知和不可知的领域。由此，"非呈现"几乎成了进入和表现非存在的一个途径和载体。这样，可以明确地说，呈现诗学的真正结构图式完全不同于基于主客体二元论的"对象—呈现"或"主体—投射"或"文本—反应"的图式，而只能是"呈现—非呈现"的图式。这一貌似悖论的术语及其命名机制实则恰切表达了荒谬的悖论性文化语境——不论是广义的当代性还是集中体现了现代荒诞的我国当下的文化语境——的合乎逻辑的构成法则。我在之前提到的论述呈现诗学的那篇文章里基于对我国的诗写实践的批评，对"非呈现"的内容也有所提及：

> 一种既有的写作风格与秩序业已形成，清浅自娱、功利、琐碎、无厘头、俗不可耐而自视清高的文本大量充斥在读者众多的诗刊、网络和互相承认的圈子里（一般这样的圈子并不"小"），这类文本的最高境界大概也只是发泄和抒情，而我们的文化将其看成是再自然不过和合理的事，从而忘记了写作决不仅仅是一种交流和抒情的工具。事实是，我们说话，但却不存在。文本和现实的割裂破坏了更多读者对历史和文化的判断，这种情况现在变得糟糕透顶，已没有多少人（甚至包括作者本人）能够意识到他和语言关系的危机，以至所表现之物沦为一种伪饰，作者和他的文本成了虚无的存在。
> ……
> 在这样一个坚持与坚持的不可能共时存在的奇迹面前，我们也许面临着态度的转换。既然已经丧失了表现机能和表现世界，那就必须另寻他途。在生活与存在的巨大的"盲目"性里，奢望找到目标和意义也许不是最好的办法，相比之下，呈现出这"盲目"的原生态也许会更加有效；当然这种"原生态"绝不是描摹生活表象，而是在"盲目"的存在的内部去探寻它的内在关系和我们的位置，并使这一几乎注定会充满黑暗但具有强大的扩充性的过程也融入写作本身，从而可能揭示万物（包括艺术行为）在存在论上的意义。我甚至已煞有介事地杜撰了"呈现主义"这样一个名称，这并不是对读者的故弄玄虚，也不是说我已重获命名的信心——十几年前，中国诗坛"主义"盛行，我对"主义"从来不屑，认为它们并非理性之产物，至少在中国

是这样——而是我认为存在着这样一种可能，在我们呈现生活和存在的盲目性的同时，我们或会遭受到同样来自这盲目性的抵制的力量，呈现也会有它的"不可能"的一面，而那通向存在的秘密的暗道也许就在其中。所以呈现主义的确应该是一种态度，它本身带有相当的悖论色彩，在表面上它并不关涉用我们的理智来明确目的和意义，而它所有的意义又都永驻于呈现自身。……

所以，不仅是呈现自在的"我"，还要呈现"我"的"非我性"；不仅呈现历时的历史，还要呈现历史的异态共生与虚无；不仅呈现现实，还要呈现它自身的一部分与另一部分——超现实的对峙与碰撞。既呈现瞬间，又呈现永恒；既呈现完整，又呈现破碎。既呈现飞矢的"动"，又呈现飞矢的"不动"，或者呈现悖论本身。也就是说不仅要呈现事物及其关系，还要呈现它们的环境与背景、过程及变化，而这个过程是和作者、文本语境及语言的因素紧密相连的，和我们的态度和角色转换，与我们对诗文本内外的各种元素的平衡和协调是同一的。唯其如此，才能够呈现"呈现的可能"和"呈现的不可能"。维特根斯坦曾提出"全貌再现"的概念 (perspicuous representation)，我以为"全貌再现"不仅仅针对描述对象和描述的形式，也包含了我们看待事物的方式，包含了一种世界观。当然，维特根斯坦对本质的探索并无兴趣，只是以描述的方式代替解释，来"看出联系"和"发现中介"，他说"哲学只是将一切摆在我们面前，既不解释，也不演绎任何东西"[1]，这虽然只是对哲学命题的处理方法，但也同样可以借用到诗歌创作中来，只不过呈现诗学更把考察对象视为包含了主体行为和所有相关因素在内的综合存在体，所以"全貌"的内涵扩展为了存在本身。[2]

由此，所谓"呈现主义"完全可以嬗变为另一个颇为新鲜的概念——"呈现—非呈现主义"或"呈现—非呈现"诗学——如果我们对"主义"已经实在厌烦的话。我寄望于"呈现—非呈现"的概念至少在结构上应该与"存在—非存在"形成一种同位关系，虽然在二者之间以及各自的内部必然会出现那种或熟悉或陌生的

---

[1]　维特根斯坦，《哲学研究》，汤潮、范光棣译，生活·读书·新知三联书店 1992 年版，126 页。
[2]　见拙文《诗的复活：从叙事的"无能"到意义的重构——兼论一种呈现诗学》，《文艺理论研究》2007 年第 5 期。

交叉现象。

现在，如果从更为细致的诗学（诗写）层面而不是文化语境上找到一个实际的例子作进一步探究的话，我认为发现一个事物（关联物）的非呈现的成分或者赋予一个事物非呈现的成分可能更为重要，这是"呈现—非呈现"诗学事物观的体现，也是——和过去相对比——进入现代的呈现写作的一个标志。因为，当我们接近了事物的不确定性，那么，过去我们所认定的事物和事物的周围、观察者和观察环境的存在关系都将不再确定。然而，不确定本身成了内容，或者事物的内在有效成分，它与确定建立了新的关系，而事物也成了超越它自身的新的事物。这时候，"呈现—非呈现"作为一种现代的方法就派上了用场。它扩充的不是事物或意义的相对性，而是相关性，不是虚无而是存在——由"呈现"和"非呈现"本身所代表的存在。"非呈现"成了抵制意义虚无化的形式和力量，它产生了找寻事物的由不确定到确定、或由确定到不确定的变化关系的动力，也可以说，它产生了想象的动力和写作的希望。反过来，关于信仰、美、诗歌和希望存在的必然性，恰恰是因为它们在现代世界的被遗失、被扭曲、不断褪色和脱落的危险，而希望存在的意义或说必然性恰恰是它存在于无希望（非呈现）中。

杰弗里·哈特曼对狄金森的一首后期作品《在三点半，一只孤独的鸟儿》（"At Half past Three, a Single Bird"）曾做过解构式的批评，其中也谈到了新事物观的问题。我很明白哈特曼之所以以狄金森及其一首后期诗作为例的意图——这和我在这里以哈特曼为例的意图是一样的——作为现代主义的先驱者的狄金森在她的创作后期已经着意摆脱了浪漫主义格调的桎梏，而在多方面开始触及现代事物和现代写作的本质，虽然那些接触依然是轻柔的、尝试性的甚至是羞涩的。另外，在今天我们还在谈论狄金森这一事实，也表明了呈现诗学框架内的现代主义和后现代主义的局部性和阶段性。我把这首充满了"非呈现"的诗意现实的作品引如下：

> 在三点半，一只孤独的鸟儿
> 对着寂静的天空
> 只不过发出一声
> 悦耳的鸣叫。

在四点半，实验
已经经过了考验，
她的银白色的要素
已取代了其余的一切。

在七点半，自然环境
而不是器具，被看到了——
位置是那存在所在的圆周的中间。

（张德兴　译）

哈特曼是从美国现代诗歌语言的净化的角度来谈论这首诗的，但是他也认为"净化"的前提或者"净化"的效果就是树立起了一个新的现代性的事物观，他不但着重讨论了狄金森式视角下的事物的位置观，还把这种"位置"扩大到语言绝境和现代性绝境的地步。而此处的绝境几乎可以和我在前文中所阐述过的由庞德和艾略特所体尝的现代绝境联系起来——

"位置就是存在的事物所在的地方"[①] 这句话的意义是两面的，因为它可以是对于绝对空间的一种表现，也可以是绝对的丰富的一种表现。位置是一种曾经存在的事物的不存在；或者说，位置与存在的事物一致。一种意义不仅仅与别的作为一种可作多种解释的意义类型共存：一种意义就是别的意义，所以在相同的话语中，两者都仍然处于相同的地位。这就是事情的不稳定的和没完没了的状态，而这些事情的周围似乎是永远确定的。

……这种措辞是一个"绝对的"结构，我们不能够把这个结构附属于特殊的意义或者被谈到的事物。我们可以说，它涉及了周围的事物；通过抽象，它扩大了自己，以致言语中相关性本身或者表现性力量同时被唤起和被召回。表现本身处"在"我们和存在之间。或者说，表现是我们具有的唯一的存在。……

---

① 即引诗中的最后一句"位置是那存在所在的圆周的中间。"——引者注

我们不知道这种绝境究竟有没有后效的意义，"在……周围"的绝对就像是一阵战栗或许像一次冷水淋浴（这种绝境在宗教的感觉中被确立，但被从一成不变的言语中去掉，这些言语使我们涉及宗教）。信仰和希望依赖于"不能看到的事物的迹象"，在这点上，信仰和希望是必然发生的；可是这方面根本不存在明显的痕迹，难以想象，在这样一种空隙中，他们能找到什么支撑物。天空已经变得寂静无声，景色如洗，尽管我们不知道是不是通过发光或者通过黑暗来达到这种效果的。所以我们所能够做的就是通过那些结尾的言语去探查绝境。①

如果认为事物观只是问题的皮毛，那我们不妨换一个角度。"非呈现"并不只是体现在对事物及其周围的判定上（虽然这无疑是一个基础性的问题），作为一种过程诗学和构成性诗学，"呈现"与"非呈现"更多地要与写作的过程发生关系。大到主题的离散、主体的逆否，小到文字的缝隙、修辞的反构（当然这些因素也可交叉互置），都可能充分地以"非呈现"的方式发挥作用或者构成"非呈现"。我在1990年曾经专门写过一组诗，旨在把综合性与综合性写作区别开来，那不过是一次别出心裁的实验；但是今天从"呈现—非呈现"诗学的角度来看，如离题性、离散手法、主体逆否、文字缝隙（虚静和绝境的另一种小巧的形式？）和反修辞等等事物倒也已初露端倪，不妨视为我对"非呈现"的最初想象与揣度。②

我想说的是，作为一种综合性写作的"呈现"与"非呈现"是可能的，从现代诗学的发展及现状来看，也许是必要的。现代文明和现代诗意已足够复杂、敏感和脆弱，以致我们不得不将文本以及诗写过程视为某种同构行为的产物。而"诗意现实"这个术语本身也体现了一种同构性，它是我们以思考和写作参与现实的结果和凭证；如今，在这个凭证变得模糊莫辨而一切都似乎将要失去意义的时刻，写作的同构性，或者，一种"呈现—非呈现"写作所要担当的义务就突显出来了。与后现代主义（其实也可以追溯到现代主义）所表现出的手足无措式的将一切文化和一切先锋问题导向归于沉默甚至归于沉寂的道路不同，"呈现—非

---

① 杰弗里·哈特曼，《荒野中的批评——关于当代文学的研究》，张德兴译，天津人民出版社2008年版，第151—152页。
② 可参见下卷《后诗学》组诗。

呈现"诗学则试图重构意义，不是通过使我们回到虚假自信的时代，而是通过重新发掘同构的力量，对诗意现实——以及对诗意现实的全新的判断和全部的反馈——进行激发和唤醒，把死亡和新生重新统一到不断运动的生命轮回和时间的永恒绵延中。不管怎样，我们过去所经历的一段历史已充分证明了它自身的过渡性，而更为悠远的时代变迁的脚步则早已告诉我们这样一个事实——无论我们的生命和那永恒的时间是怎样难以触摸的一个谜团，我们都将以永不停息的某种形式向其靠近。很显然，在这样一个乍暖还寒的文化时节，新的诗学不是旨在让这个世界沉沉睡去，而是使之在经受了原运动的沉默之后再度醒来。

生态重塑：纪念与批评

当学者和批评家的视野、好恶与普通读者总是趋于一致时，就值得我们警惕。我们学界的一个情况是，学者跟着读者跑，甚至学者总是不能实现对作为一个读者的自我超越。没有完整知识结构是一方面，没有质疑精神和理性建构意识是一方面；更重要的，恐怕是我们的学者群体和批评家群体，远远没有现代化，我的意思是说，离现代性、现代精神世界很遥远，未置身于现代绝境的悬崖之上，不是现代人也不是现代学者，他们群体性地栖居于一棵虚妄之树上，并成为一道同样虚妄的自我感觉良好的幻象。

八千里路诗歌论坛作品简评 ①

　　窗外秋雨连绵，这个夜晚亲切得让人怀旧，在《普罗旺斯》奇幻神秘的弦音里，我终于得以暂时抛却身边诸多无奈，再次面对八千里路，拥抱所有行走在暗夜长路的朋友们。

　　写诗整整二十年了，从语言与生命到现实与存在，长篇短制已有两大抽屉；从刃血的激进到隐忍而潜入，竟也磨打了一个于雷霆万钧之中可以岿然不动的脾性。然时至今日，身处这个"无边的"现实、面对四周"自在自足"的风景尚每每生发不知之惑。看看二十年诗坛的往日今朝，那些宿将新秀依旧热衷于你争我吵，却又有多少缘于和为了诗歌自身，我是说那种本应与此时代的诗人息息相关的基于尴尬生存、尴尬语境甚至尴尬语言的诗歌。我们和别人的不同之处，就是能够（理应能够）敏感到对生存与语言的危机关系主动或被动地体受，我想象中的这个时代的诗人，与别的时代亦有不同，不是赞美也不是冲锋，不是自残也不是原地打转。这早已不是浪漫抒情的年代了，更不是一个可以缔造英雄的年代，如此时刻，任何一声呐喊都会变得可笑可疑，任何一种美化都注定成为多余的伪饰——而我们，还有资格去抒情吗？我们有能力抒情吗？今天，道德问题比以往任何时候都更显重要，在来之不易的"自由"的网络空间，你的文字和你内心的关系到底如何，你的存在和你的世界的关系又到底如何？很多时候，我们不是在珍惜而是在浪费和亵渎着自由，这是根本的症结。这也是我来杭州后打破过去个人独行的习性与《北回归线》合而融之的原因，实乃想于此浮躁喧嚣的互联时代推广倡引一种平实、沉静、宽容、隐忍、大气、持恒、高贵、坚卓的气质。简而

① 此文系 2003 年秋对八千里路诗歌论坛作品的总评，当时我与梁晓明、伤水作为该论坛的版主，轮流就一定时期的论坛诗作加以指导性评论，"八千里路"和随后易名为"北回归线"的诗歌论坛成为该时期最具专业水准的诗歌论坛之一。

言之，在浮躁年代，停留在标新立异上并不怎么先锋，躁动本身更不是先锋，相反，那种真挚与独立人格下的沉思和坚守更为可贵。我希冀于《北回归线》同路的，正是如此的一群。

这一个半月里，贴在论坛的作品蔚为可观，但说实话，写作中可以避免的毛病仍然大量出现，而且有的属于基础性的问题。抛开语言技术层面的要求不提（因为那些表层文本性的毛病总是可以在经久的练习中慢慢祛除的），让我感到些许无奈的是，不在少数的作者接连"写"出一首又一首的"诗"，却很难触及诗。不知是现代"荒诞"的自我印证，还是后现代"嬉戏"的自我降格，目下的网络生态似乎形成了对深度的意义世界和个人体验的阻隔。对事物深入不进去，触及不到必由他来发现的意象，也触及不到本属于诗自身的语质与语感，更触及不到诗歌语言的陌生化与亲近化的双重缕析，所以也就理所当然地触及不到来自诗人内部或诗歌内部的威胁与抗拒……一时想不起是哪位人物说过这样一句话："写作就是坐下来审判自己"。我想只要理解了这句话，一切都可迎刃而解。只怕你坐不下来，又不愿接受什么审判，更懒得自己去审判自己。能否意识到这一点，决定了我们写出的所谓的诗是否具有时代的质感、世界或者个人的意义，决定了那些日夜生衍的文字是否会成为甚嚣尘上的审美快餐和语言垃圾。

也许是出于同样的感悟，梁晓明的《友人集》中的几首让我读了觉得温暖、有力、感动良久。无论是在清早与叶舟去看黄河，还是在新疆和沈苇喝酒论诗，还是同剑钊、森子夜走西峡，看上去活得轻松潇洒，写诗信手拈来，却无不流露出对现实之深长感喟与对生命之幡然大悟，以及作为一个优秀诗人对存在、对当下的持恒而准确的把握。"谈起诗歌非常兴奋／谈到诗坛就只有叹息"，这种荒凉心境恐怕是当前身入网中、乐此不疲的更年轻些的诗人少有的体验。还是让我们先看看这首——

　　　　天黑，所以月光更好
　　　　月光比照在杭州更舒服地照在
　　　　河南西峡县的山峰上……
　　　　严肃的森子头扎小辫
　　　　而剑钊的头发就像把板刷

月光照在他两人的头上
月光照在我们看得见的前方
一个河南
一个北京
而我更在遥远的浙江
诗歌像流水带走距离
诗歌像流水，此刻
我们三个人的心中它在哗哗地流淌……

诗就这样开了头，随意而娴熟，却又包蕴着时空的隔膜与济和感，复杂又单纯的情怀就此油然而生。就像森子的小辫和剑钊的"板刷"，都由月光照着，严肃和戏谑的两个世界原来是合而为一的。而且诗人再次重获自信，让人觉得他甚至从未失去力量和理想——它们就像月光，就在"我们看得见的前方"。全诗娓娓道来，真正的口语，不事雕琢，却饱蘸情感、信念、个性和时间的光芒，难怪伤水在看到这组诗时想起了孔夫子所言：君子无器！并断言"写出《披发赤足而行》《开篇》以及传诵的《各人》《玻璃》《挪威诗人耶可布森》等作品的梁晓明，早已'无器'了"。

沈方的《七个二重奏》也是大手笔，比之他以前的一些作品，写得更加盘曲幽微、收放自如，出现了多处令我欣然徜徉的句群、段落，如在《破灭与狂喜》中的两段——

现在，我得像石头一样承受
致命一击，工人们来到石头中间，高举铁锤，
他们都已经领到工钱。多少年前，我祈求谅解，
可是那个宽恕我的人来自何处？

而那些烟花，早已在半空中哗叭炸响，
不知什么时候我才能够建造起一座空中花园，
迷惑对我有所期待以及无所期待的人，

他们会不会说：你笑得可真灿烂？

再如《阴谋与爱情》中——

而我内心的蒙面人，狰狞的面具，
我期待中的尖叫，不会在此刻穿透紧闭的大门，
至于他绕道而行的车队，压碎移动的灯，满载货物，
消失于郊区的暮色，这些即将低价抛售的日子，
可不是你我所能预料到的。

还有《陷落与拯救》中的一个片断——

有的人四处打听，
在杂乱无章的事情里找车钥匙，
喜欢去旅馆过夜，有的人提出种种问题，
带领我来到一家花店，询问
是不是需要赠送郁金香？而我则以为
那束百合花更适宜在病床上欣赏。

梁晓明也认为沈方的诗"沉稳而踏实"，具有"包含着批判的立足点和生活及意识领域里的许多东西"的"方正"性。而近一年来，沈方的部分作品已令我感到惊异，或者说我正在看到一个我所不熟悉的沈方。其写作正趋向于成熟与个性化，对生活的体悟变得纷沓互动，而且开始触及诗歌内部的更深和更细的问题，同时正是这些具体的"诗歌问题"使他的创作变得富有活力。不足之处是，在细节上的处理有时不够扎实，这并不是在说有些诗不应该朝向精微和技巧化，而是在对内涵或意义施以精微化诉求的同时没有做到措辞的同步精审，这样，对具体细节和抽象细节的不加区分就容易使诗歌在形式上有失糙化，在内容上则容易阻挫作者的呈现和读者的接受。

唐不遇的组诗《神秘人物》是要特别提及的。说实话，我看到这组诗是极为

激动的，其一是诗写得好，其二是它们远远超离了我对唐不遇的既有印象。它们精致大气、点线从容、跳跃适度，而且几首诗的水平很整齐，没有出现之前在所谓"网络诗人"身人常常看到的发挥不稳的情形，实在可喜。他这样写叶芝——

> 从塔里下来，步上
> 天边，我用充血的指尖
> 朝你们指指点点：迷失一整天，
> 我倦意悠长。……
> 黄昏暗涌着起皱的海洋，起痱子的海洋，
> 我必须远远地越过它
> 服务另一个国家——那地方
> 虽是贵族之所，我却黄金一样赤条条。
> ……
> 我尚未出发就脱下这副臭皮囊
> 盛放醉汉的酒和寡妇的面杖——
> 但是多么安静！我还年轻，
> 跑得比夜色还快，攥路边闲人。
> ……

他这样写拉金——

> 我想没有一个诗人像我这样
> 喜欢讲粗话，它是一个个粗大的鸡蛋
> 用来砸牧师的暗壁。这并不亚于
> 一九六三年的性交。
> 世界正是在这里与时间吻合：
> 一切很平静，你刚在一个蛋黄里呼呼大睡，
> 蛋清就旋转起来——
> 一切在里边旋转不见。

句群诗思的节奏，居然和我喜欢的梅利尔有着相似之感，我为此兴奋。在这组诗里，唐不遇用笔极为客观，语句明晰坚实，即便写奥登也极少张狂，而在字里行间渗透着宗教意义和文化意义的内在张力。它们排除了繁琐的细节描绘，却并未落入形式与内容的单薄（这几乎是目下泛滥成灾的口语诗的总体情形），而在努力挖掘着复杂事物的纯粹性。这种努力从他较早前贴上的一首《舞蛇大师张飞龙》即可见端倪。当然，这组诗也有较为明显的对相关经典文本的模仿痕迹，如何在融入叶芝、拉金等等诗境的同时，对此时此地加以个人化的分解与重构，这恐怕不仅是唐不遇，而且是每一个现代诗写作者的"专业要求"了。

除了上述相对成熟的几位，更多一些朋友正以勤奋多产的态势催化自己的个性风格，他们的诗作体现了各个不同的特色。

小雅的《诗人素描》和《南浔随笔》引起了包括劳模（伤水）、禄马（梁晓明）和我在内的多人的注意。相对沈方，他的诗线条简单明晰但结构严整有序，对南浔古镇的努力辨别突出体现了诗人的敏感和对生存现实的探询。可贵的是小雅没有盲目地去复制现实，而是在竭力寻求着诸种关系的和谐，他着意发现的是传统水乡在面临现代化转向时人们内心的脆弱，以及浮荡在诗意江南的一触即发的怀旧情愫。下面是《南浔随笔》中较精彩的一处——

> 南浔人很少在内心垂钓，养鱼，洗藕，
> 他们的内心是浮躁的，只配遛遛狗。
> 花八小时赚钱，花八小时荒淫，
> 其余的时间在内心厮杀格斗。
> 入夜来到私家园林，时间狮子守住门口，
> 我在刘镛的大宅前逗留一宿，
> 只为记住旧时的繁荣，此刻的肃穆。

写出《白纸黑字》的向武华似乎一直在关注着过程中的事物，其视角的选取颇为独到，但具体内涵的诗意表达又显得有些乏力。这次他贴出的《傍晚在途中》（三首）、《打扫竹院》还是暴露了这一弱点。我更欣赏他对日常事物所做的"波普"式处理方式——

还没有到达，在夕光如汁如溅的途中

我看到梁子湖，空荡荡的村庄露出红砖黑瓦

柳树发出红铜的白光，山的阴影

和时间的阴影

变得多么显而易见，在这遍野的火光中

我看到了隐藏的鱼群浮在水面

有的安静地吃水藻，有的惊吓地打出水声

一晃而过，我的车子已经到达新的城镇

黑暗，欢乐的世俗生活

灯火下，大家在忙于饮酒，露出耽于享乐的肉身

余笑忠则以一首《那人在黑暗中坐下》打动了我——

那人在黑暗中坐下

在城堡里称王称霸

失败的王，众叛亲离的王

那人坐下，一言不发

像一粒盐溶进一杯水

而他的脸上带有幽灵的唇印

现在，可以称颂黑暗

他的王，他的先知

他仁慈的母后

在黑暗中，静静坐下

多么丑啊，当他回想起

饥不择食狼吞虎咽的声音

最好暴雨也一同到来

那悲伤的将在暴雨中相认

十指还在，乱发还在

很明显，对具体瞬间的延展和综合在这首诗的构筑过程中起到了重要作用，并且某种装饰性效果加强了此诗的肌理变化，逼迫人们对何者是现实何者又是幻觉加以分辨。

梁健的《一寸一寸醒来》也是如此，不过更显一种智慧和境界，瘦削的诗思，通向更为原始的孤独和绝望——

> 就让我靠着鸟吧
>
> 好叫儿子们放心
>
> 不知不觉漫过鼻孔
>
> 我还是能够告诉他们天亮的暗语
>
> 难道疲惫也是理由
>
> 睡眠就是家
>
> 冬天不是酒
>
> 我承认我真的忘记了方向
>
> 那一条唯一通往清醒的镜子
>
> 我不得不在黄昏
>
> 依靠死亡　依靠死亡
>
> 一寸一寸醒来

南野认为这是出奇制胜的写法，沉痛与清醒并存。而记忆中的酒香加上让人疲惫的禅意已让诗人辨不清方向，也许只有这种"一寸一寸醒来"的方式才能使梁健得以发现那全部和永恒的意义所在，忧郁，而不孤寂。

丁燕在写作上非常勤奋。这段时间又连续发来《女人与鸟》和《夏夜雅歌》两组作品。对于前者，伤水的意见是"线条性的结构读起来感觉简单、易理解，另外一个角度看，削弱了表现力"。相比之下，我认为《夏夜雅歌》的结构与语句同样并不复杂，却展现了某种透明而连续的美，如在《那一片叶子》中的一段——

> 这意外获得的爱情
>
> 左右晃荡

俯瞰着遥远、低洼、阴暗的大地

释放着自己的热情、销魂、酩酊

而忘记了死亡的嘴唇

早晚要和它吻在一起

对于丁燕，最重要的是如何发现和保持语言的威胁感，有此警觉之心，世界大不相同。

俞昌雄的诗歌有很多可以细细玩味的地方，例如《明年夏天的这个时候》——

开始我们谈到去年夏天留在树上的那些

芒果，裸露着醉汉和偷窥者喜欢的那种颜色

后来我们讨论这个时代需要什么样的

听众，譬如在明年夏天的这个时候

我们是否还能找到模仿和被赞美的词

持着自然的运思，客观淡漠的述说，言语缝隙处，就如时光一样矜持而坦荡。可惜作品的完整性把握得不够好，削弱了作为一个整体的诗歌的组织力与表现力。

泉子贴上一组《木乃伊的舞曲》，仍是他一贯的风格，清新雅致，而且率真得可爱。而我更看中泉子少数作品时有外露的稚拙风格，得以使复杂人性自然流露，展现了世界的龃龉多义，而不仅仅是"美"的流畅然而单程（有时甚至是单义的）的呈现。如其中一首《厌倦》就预示了泉子走向更大空间和更具个性化的可能——

穿着制服，终日在西湖南线巡游的少女

她向我抱怨美带给她的伤害没有别的，哦，再也没有别的了

只有那无穷无

尽的厌倦堆砌出的

> 墓碑般坚硬的舌头
> 美终究比碑文说出的更少，她说

小荒的一首《广陵散》虽则闲适散漫，但暗藏了青年人凌厉的血气和勇气——

> 他入了党，去北京
> 不种植
> 不吹笙。
> 他洗心革面
> 打铁的心
> 打工的面。
> 都是我们的好邻居
> 都有一双好手
> 而现在，只剩下
> 你在西山种菊
> 我在东海捕鱼

　　且不说他这首副标题为"致柏桦"的诗在多大程度上会与柏桦（及柏桦的文本）发生关系，单是此诗取意之刁钻和文笔之轻巧就已令人刮目。缺憾处是对诗的结构及统一感的把握太过随意，有意无意造成的疏漏太多。觉得小荒更适合寻求某种即兴表现力，作为激发潜在想象世界的手段。

　　星孩把他的诗歌辑为《灵魂的帐册》，我觉得是极其恰切的，读着他长长的九十八首自选诗，突然觉得他像维庸。必须承认，一个真诚的星孩把我深深打动了。读他的《我突然想哭》我也突然想哭，读他的《我的房间里有一堆垃圾》也觉得我的房间里全是垃圾。

> 黑，真的有点黑
> 发霉的山冈和被单

没有，没有一束光
正在赶路
赶在通向我的路上

——《没有人在走路》

我在自己的床上躺着
一些零碎的仇恨
使我躺得很扎实

这阴暗的黄昏真好
在这个黄昏，我恨这一带的老头
少妇和盲目的处女、别人的孩子和菜园
……

我等着一截阴影来临我穷
我身上连半句话都没有了

——《阴暗》

可以说，星孩不是用诗在写生活，而是用生活在写诗。所有的一切都和灵魂直接发生关系，不停地享受，不停地折磨，不停地记录，不停地自问……而这一过程本身也成就了诗人和他的诗歌的亲和关系。雪丫给星孩的一首《腐烂》中是这样写他的——"一边腐烂一边生长着／一边萎缩一边竟开出沉静的花来"，说明了一切。

张作梗也是一个锐意在诗本文中实现生活意义的作者，他在《在京山：独自过中秋》中这样写道——

在京山，尽管偏僻，我依然拥有完整的中秋

> 有时，促狭是另一种宽敞
>
> 正如无是一种大有
>
> 两个月前，为了规避双向收费
>
> 在金鑫当铺，我用全球通
>
> 兑换了一部小灵通
>
> 但我的消息愈其闭塞
>
> 超过方圆两公里
>
> 我就成了失踪的京山人

伤水认为"有当下感，随机，吐纳自如"，当然，这一特点在其《快点》《钓》等作品中也有所体现。还有他的《胡思乱想系列》虽是瑕疵毕现，但正如伤水所说——"变化带来的粗糙多么可喜"。

星光对诗歌的热爱一直让人钦佩，他总是自觉地以灵魂的清醒对滑稽可笑又充满威胁的现实秩序作着顽强抵制，在《五点不到，我连续醒了》他这样写道：

> 是的，我有着貌似闲适安逸的生活
>
> ……
>
> 隐秘的忧伤你们无法看见
>
> 梦里都是她的影子
>
> 我可以忍受平淡
>
> 却无法阻止心的叛变

是啊，那是些和谐共处又相互抵牾的事物，包围着我们又让我们慢慢适应，而诗人恰恰欲以无力与绝望的美学"阻止"（无法阻止）生活意志的自我延续。

慕容小雪的诗让我看到了一位优秀诗人的雏形，他的诗句简约拙朴，关注瞬间知觉和无意识的美，杂以适可而止的隐喻和联想，在优雅而伤感的情调中渗透着淡淡的神秘气息。也有一些作品过于简单，味道不够，但大致写法形成且稳定，有了自己的风格。如能在坚持温和理性的同时维持一种严格和机巧，呈现出有活力的内在化质素，而尽量避免重复图解情感或使情感场景化和图像化，那么小雪的创作定会走入一个新的天地。

还有一个并不熟悉的老乡沉香木，他的一首《跑》让我感怀——

　　我们再也停不下来了。
　　没有风的秋天，阳光
　　偶尔也会被过路的云层遮住。
　　这个时候，有大片大片的
　　发了霉的黑色树影，向我们身后
　　极速倒去，像极了那一茬一茬的
　　被收割，而后被腌制的爱情。

　　我想我们是幸运的。

　　在这个秋天来临之前，我们就开始跑了，虽然
　　我们曾立在原地
　　……
　　可我们毕竟
　　开始跑了。

　　我们拼命地跑，拼命地跑，
　　不敢回头，跟风一样。兰，
　　你看，我们的头发都跑散了。
　　你看，我们都追不上自己了。

敦淳的语感，有着北方平原的平实和蕴涵力，读着亲切。

个人觉得值得一读的还有谢君的《夏天》和《回忆》，在平缓的语调中把握了力与势的结合，并有效地利用叙述的节奏传达了内在情感张力。"与众多看似相同的诗有大不同"（伤水评语）。津渡的诗语言老练，《石头说话》《皇历解读》等几首给我较深印象。东篱的《荻》写得"流畅而落寞"（禄马评语）。楼河的《栀子

旗》等几首不断尝试着体察角度的转换。沈河、游离的诗总是显得很"小",但往往能抓住纯然个人化的微妙感觉。绍兴蒋峰的一组自选诗,写得干净,有理性的洁美。吴波的诗不乏思辨,但线性思维痕迹明显,倒是其中一首《栀子花落》让人耳目一新。陆陈蔚的作品越来越有信心了,手法开始寻找新的变化。网罗的诗通常有口语化的特点,但《鱼》则展现了他自己的有效叙述。同样以运用口语见长的格式以一首《如何与一只虫蛹交流》与大家取乐,亦不失格调。云亮的作品则被伤水认为是"有孩子的语气,老人的心态,年轻人的角度"。墨人钢对跳跃的技巧运用得不错,如他的《火柴》和早些时候贴出的《夏天》等几首也都可圈可点。还有星孩所贴的爱情诗歌二十首《面容模糊的人》,其中有些文字虽然"面容模糊",仍可认为是接近和属于诗的。

另外,还有为数不少的一些朋友,文笔流畅,不乏才情,有的在语言功底和形式创造的熟练程度上或比上述部分作者略胜一筹,但却因对当下生活(生存)本质的理解和感受不够敏感细腻,"遭遇"不到无以名状和无以慰藉的时刻,其诗行则显得平素庸常而少有形成和突显一种无以替代的"独一个"的品性。我在《沉醉或者历险》一文里曾说——"一首诗写的什么并不重要,它的题材可以是宏大的、严肃的,也可以是细微的、平凡的,但它必须要体现出一种超越于事件与材料的诗意,一种能重新引起我们对日常的事物感到惊奇的力量。"我想朋友们倘使能常常体验到一份"优雅的不安",而不是虽不安亦优雅,就一定能对平面自信的自我有所超越,从而触及另一种早已围拢而来的现实。

如藏马是这样描述《这个秋天》的——

> 在持续的蝉声里 昨天
> 我光着身子游动
> 也有过喘息 在 40 度高温的炙烤下
> 看见爱情的小腰
> 在乡村干燥的大路上
> 那么一闪 又一闪
> 但更多地像是吃了谁的闷棍
> 晕头晕脑地 躺在树荫下

畜生一样不停地吐气 和吸气

现在好了 它来了 这个秋天

我将歌唱一条极端的蛇

当落叶 步下树枝

再没有什么值得留念的了

我知道 痛 是暂时的

而更多的会是孕育中的一阵阵安睡

我的感觉和伤水是差不多的——"感到无话可说……也想不出该说什么……主要是受众对作品没有敏锐的感觉，或者是作品没营造出给读者的敏锐阅读点。你这些作品总体上不错，但感觉'力量'不足，给阅读者的'敲打'力不足。"

飞廉在《婺江路 31 号》中写道：

三只小白猫，瘦小，皮毛暗淡

何时住进了隔壁的储藏室

听说，一旦居所被发现（人或者风）

野猫都要搬家到另一个地方

这些猫消失后的一个清晨，我注意到

昨晚离开时打开的窗关上了

卷起的席子铺展开了

以后再没有出现类似的情况

也许是我记忆出了

一次小小的错误，也许是谁

有意向我暗示着什么

但自此这房间开始发生变化

有一种东西降临，不再离开

飘来荡去，惊不起一点尘埃

虽可理解为被我称为"暗中寻找的叙述方式"，体现了飞廉不停朝向自觉的努力，但方式与效果仍有差距，从诗本身来看并没有生发让人期待的更多意义。恰如伤水所评："描述和叙述结合，感叹和抒发并齐，现实和回想交汇，节奏舒缓，通往纯粹。就是过于'中庸'，感染力欠足。"

还有商略的《新诗经》，视角开阔，但文本上细腻有余、质感不足，与《诗经》大气通透的话语格调及哲思空间相比，自然显得单薄。他的《秘密的情人（八月天涯同题诗）》写得可谓精致，诗语言上几无毛病，然而感觉作为一首诗的意义仍然不大。这似乎又是现今的一种通病。我想，如果用商略完好的语言素养来扫描现实人（虚无人）生存实境下内在焦虑，并寻找机会诉诸一种令人信服的可以依赖之物，那么，一种比"八月天涯同题"更具现实意义也更为真切丰富的情感就有可能被推至每个人的内心。

白地的《某地的爱情：食物与水》（组诗）比之前有了明显进步。伤水说，"我喜欢这样的诗歌。向内，说出真实的内心，有渴盼、诘问、反思、感叹，情绪不自在中的诗歌自在。'为存在本身而存在'"。这种变化令人可喜，虽然整体上这首诗还是有着一点虚飘的倾向。说到虚飘，想起了上个月我曾批评过另一位有着同类问题的女作者亦君。她们的"虚"其实也有不同。亦君曾贴了一组《追忆的花朵》，这些花朵当然还有不少可挑剔处，但其中勃发的生气总使人觉得诱惑。我曾对亦君回复过这样的话，节录如下——"你具有现代诗写的审美取向和探索意识，然而老毛病依然存在，就是遣词造句过于虚浮，缺少对语义的内在关联进行更为细致、精确的离析，显得下笔过于草率，使诗文本很容易徒具现代性的外壳。而对于目下的诗人而言，最重要的恐怕是如何切近于他的存在，切近于那个神秘的现代大秩序和有如浊血般腥浑的现实。若能真正身在其中，或幡醒或沉迷，而诗意思维又能敏感地抓住，抓住那些虽飘浮在空气中却和你的呼吸你的肺你的咳嗽你的神经你的失眠你的病与痛息息相关的元素，那么，现代诗则已完成一半了。……我的建议是，沉下来，沉下来，这是关键，'完成作品'尚在其次。"

另外，水稻、灰尘时代、余西、陈峥、山叶、伊有喜的诗不乏灵光，可惜也大都太轻。不过余西的《乡村的夜晚》已让人看见进步。陈人华的追问系列闪煜着现实主义之光，现代质感稍逊。付业兴发来《画家的倾诉》，从他在题目下所附"幻象写作试验：深度、虚幻、偶然、随意"上其实正看出了其对"幻象"的误解。杨杰的《歌者与马》取词过于艳柔，却又无足轻重。第一次来北回归线的子村有很多作品更像诗的开头，刚有感觉，又戛然而止。方文竹的长诗《暗斑》内容丰富，但只靠叙述来拉长篇幅的做法显然是对长诗体裁的误解。此外尚有舒蕙、金辉、张坚、江耶、门外木、盛敏、子溪、足各桥、雨来等等朋友在这段时间也光顾了论坛，期盼着他们在写作上更上层楼。

还有一些朋友一直努力在路上，他们的真诚执着难能可贵。希望这样坚持下去，他们的成器只是时间问题。淡舟经过删减的《关于秋》在我所看到的他的不多的作品中是最有成色的，语言变得持重犹疑，祛除了口语的轻巧花哨，给人以返璞归真的感觉。伤水这样跟帖道——"除节奏和语言非常适合你的个性外，沉下去的感觉（诗思）很令人欣喜。继续吧，这作品简直是个'飞跃'！"方石英也在《没有地址的村庄》这组诗里再一次展露了他的潜力。犹记得在《小夜曲》和《奔跑的紫云英》里还是一个纯情男孩的敏感心迹，而《秋天悼亡曲》则已显示更为大气的格调——"露水已经习惯于低处的凉意／几枚长出绿锈的铜钱在瓦罐里被人遗忘／我的刀还别在腰间，可血早已流尽"，诗句虽不尽完善，但有了气血，有了向成熟诗人转向的机宜。

这阶段产生了关于口语问题的一次相对深入的交流。起因是伤水向芦苇岸发问——"你的口语和他人的差异在哪里？"芦苇岸快速反应——"在我的'诗观'里有追寻'人世之重'的妄言。对于生活中的诸多无奈，'诗意'的表达往往又难以达到想要的效果，就采取这种方式，不知道这是不是黔驴技穷的表现？通过写作，我发现：口语（叙述）的藏拙能力差，容易使语言拖沓，感官上诗性不足。但它的好处是易懂，指向明确，质朴自然，就像那些文学广告语所说的，'贴近百姓，贴近生活'。我们的诗歌由于经历了80年代的浩荡进程之后，同志们腻味了那些高蹈的东西（其实高蹈本没有错，而且，适当在诗中运用会有出其不意的艺术效应），开始趋向于实用与直接，应该说是反思的必然。问题是，今天我们面对这种呈'燎原之势'的写作实践，该怎么看待，是把它当作一种写作姿态，凡提笔非口语不写，还是仅作为一种技巧，让汉诗的手法更加丰富和完善？我个人趋向于后者，因为我担心，如果把口语写作当作一种姿态的话，当会走向80年代的反面去，使得口语写作'全国山河一片红'。而任何艺术形式一旦单一，就会极端。所以，拒绝、排斥、对立都是不可思议的。只是我辈因能力、水平的有限，无法让理想中的诗歌'出彩'，但是，今天，有相当一部分诗人的努力呈现了亮色，相信他们的作品会给我们的阅读视野带来期望的曙光。在看到新诗的正常发展的态势下，我只希望能拥有一分读者的幸福。"伤水则进一步使问题得以延展——"因此我隐约感觉这（指口语化，笔者注）是回归，是顺应新文化运动规律的。但到现在，都很难分清口语和书面语界限。现在的书面语不就是新文化运动的果实吗？作为'姿态'至少不是'高'姿态，作为'技巧'也不会是'好'技巧。想想，应该是在众多口语作品中，如何把'语境'和'事境'、把语和意完整地统一起来；把自己的口语和他人的区割开来，有'差异化'特征起来。"可以肯定的是，这次小范围的讨论对大家的创作观念不无启发，产生了积极的意义。

2003 年 10 月 8 日夜、11 日夜于杭州

北回归线诗歌论坛作品简评 ①

    岁末琐务繁杂，难有时间静下心来写这期评论；现在总算可以借这几日假期读读诗歌，了却一桩羊年的大事。此前很多朋友们通过各种途径对诗歌论坛的《月评》提出了不少建议，这段时间我也在想，《月评》的形式和内容的确可以不断改革，以使它更有针对性、更集中高效、更具导向性而不乏个人风格。正好又赶上岁末，新春伊始，新年新气象，我想就先拿我的这期简评开刀，不求脱胎换骨，先来个改头换面吧。

    这个月的论坛人气兴旺、盛况空前，发表诗作的新老朋友计有86位之多，特此公布，以表谢意，以资鼓励——梁健、张玉明、伤水、向武华、章平、姚彬、安小渔、余西、佛手、李请、哦乖（吕小青）、张广福（巫嘎帖）、十品、林西、破多罗、余兮、玄子、商略、蓝蓝、梁晓明、威尔弟、三米深、颠、飞廉、巫嘎、蒋峰、津渡、哑子、湖畈、HUANZHI、水稻、沥青、金辉、八月江南、树枝、星光、雨来、慕容小雪、透透、江南骗男、社会主义诗歌分子肖旻、游离、子溪、一觉未醒、我在绍兴、鸣钟、姚彬、陈人华、方其军、水如烟、乞丐、丁燕、沈河、初清水、kiko、白地、山叶、俞昌雄、谷雨、草满楼、淡舟、水稻、秦风、付业兴、新张打油、苏省、铁蜗牛、沈河、远村、湖澄、李小洛、扎西、宋尾、2湖、张坚、蒋村、吴天德、荣光启、杨子、赵大海、木易羊、查连金、戴微、碧青、孙慧峰、张作梗（排名大致按发表顺序）。

    虽然论坛空前繁荣，但平心而论，上乘之作仍是少数，这当属正常，也说明了而今诗歌写作的艰苦性与写作个性化养成的长期性；认识到这一点，对诗歌在

---

① 此文系 2004 年初对北回归线诗歌论坛作品的总评。本世纪初我与梁晓明、伤水作为该论坛的版主，轮流就一定时期的论坛诗作加以指导性评论。

网络生态空间的健康发展大有好处。这几日将所有作品一一读过，从中挑出部分略评如下。需要说明的是，有个别朋友自己附上了评论，这让我省下了力气，可以不加多论。

首先是蓝蓝的一首《圣诞节》让我在刚刚过去的圣诞日对不自在之时序别有体悟。这首诗篇幅不长，诗意和语言一如既往地蓝蓝，明晰、具体而引人深思，给人以不断伸延的莫名痛感，让我们在有序"跳动"的"幸福"里重获沉重与荒诞——

　　孩子们期待了一年。屋里的彩灯闪烁
　　炉火跳动着。圣诞老人就要坐着雪橇来了。

　　顶着北风我去买蜡烛，是的
　　幸福的烛光提前照亮了我的脸庞。

　　而他蜷缩在水泥管道旁，颤抖
　　哆嗦着伸出手。——圣诞老人呢？

　　肮脏的碗里几个硬币闪着寒光。
　　破棉絮。一条狗卧在身旁。

　　没有雪橇。没有圣诞老人——主啊
　　你连这样一个温暖的夜晚也不肯给我！

已很少见到让人心痛不已、如坐针毡的诗了，我想这不能简单地归于诗人，更不能简单地归于知识和语言，而或是当下复杂的蒙昧性与生活的具体性使然。所以，蓝蓝这首献给朋友们的小诗绝非随意而为，而是有着她友善的用意的。梁晓明在见到蓝蓝的诗后即兴和了一首，有意调和了色调也调和了心情，友情的深切与信念的坚定跃然纸上，两首诗一暗一明，倒也般配，亦录如下——

圣诞节——和蓝蓝

像孩子一样等待休息日、等待天赋和度假
等待郑州、蓝蓝的野花开在异乡

不买蜡烛，我躺在床上
唱歌的电话告诉我朋友们散在天涯

散在今天，他们的脸庞像红酒晃荡在绯红的酒吧
说起圣诞、说起四国里的男人和残杀

那个白胡子老人扛着时间在东西方乱走
一天就是一生，就像我们

有时把一生献给一天
这是一首诗，这也是一缕光在你的书桌上

杨子的诗是异常警醒的，而且可以看出他所受到的俄罗斯诗歌传统的影响——诚挚坦白的抒情、隐忍孤绝的冥思。而且历史的重复性迫使得杨子直指当下。如果说蓝蓝在圣诞节所经受之痛是经验的、切肤式的，那么杨子之痛则是更为内在而延宕绵长的，在伤口上一点点涂上盐粒，渗透在自己（和我们）的血液里，扩充到整个民族的生存经验，历久弥新。且看这首——

缓缓地流淌着，我的生活

缓缓地流淌着，
我的生活，
笔直地向前，
像平坦的柏油大道，
没有一丝意外。

但在美丽的外表下边，

在纯洁的微笑、光滑的皮肤和宁静的睡眠下边，

是数不清的疤痕、痛楚和毁灭，

是放弃了责任后的冰凉的感情，

是远离了爱情后的可耻的骄傲，

是一粒种子在变成烟灰，

是一次漫长的瞭望在变成一声短促的呜咽。

缓缓地流淌着，

我的生活。

没有信仰，

也没有为信仰而准备的

热烈的嘴唇。

"但是我没有办法！"

在冷风中，

在十字路口，

我听见一个女人在对一个男子哭诉。

疾驰的车辆把灯光

打在他们身上，

加深了他们的绝望，

也加深了我的绝望……

　　江非的诗与杨子的诗有着某些相似性，但江非可能更关注"地面上的生活"，所以他的诗更为质朴而多了泥土的气息；运思直接而练达，就像简笔画，既有整体感也有条理性。我在江非的诗里看出了希尼的某些轮廓。但这样一种写法其实极有难度，须克服传统线性思维惯性，保证视域的广延和审视力的尖锐，还要在语言层面有所兑现，努力避免平俗化。所以，在远离梦想的今天，关注生活本身

也会暗藏了它的危险性。在这方面，希尼的诗本身可以告诉我们应该如何去做。

选江非一首《土拨鼠之歌》——

我用去了我一生的鞋子
走在一条回家的路上。
我准备了一些晚年的泪水
腿里却灌满了沙子和骨灰。
我爱上了那些青草
啊被风吹弯的人儿
变成了炊烟和炭灰。

我抱紧了一束光芒
整个大地却在傍晚后变黑。
我爬上了你的房顶
孤独的草种
却爬上了我的山顶、我的后背。
我追赶着一个白发苍苍的稻穗
那个可怜的老人
拄着一根拐杖，驮着一个空荡荡的胃。

我想起了那些在地里发芽的人
他们却变成了土豆和墓碑。
我看见了他早已变成了云朵的光棍
他两手空空却在天空上
献出了鼻涕和熏黑的肺。

我想在天黑之前早一点儿
走回母亲的那条旧棉被
啊腿里却灌满了

沙子和骨灰。

我走在这条回家的路上秋天的道路上
不想碰到谁
眼里却忍不住
流下了，这滴
晚年的泪水。

伤水极为难得地发来一组作品，让我倍觉亲切。在繁忙商务中坚持写作和在贫穷岁月中坚持生活，在我看来简直是异曲同工。径直将印象中的一首《和活着有关》复制下来，老实讲，是这首诗的标题首先抓住了我。必须承认，写下这五个字作为诗歌题目，是需要勇气的。温暖而有力，随和又坚韧，这题目就是一个人的脾性，就是诸如我等共通的生命态度。在此种感悟下去读全诗，一切都变得再无蒙蔽而通透释然了——

我必须学习猫。那懒惰非常柔软，着地无声
那皮毛拖而不决
仿佛独具的管理才华，那种假象
仿佛抓住了机遇

优质标签，一贴身就过期
内心的仓库开始走私。我是一个未注册的商标
一个饥饿的钟点工，虚无的搬运员
大拇指被突发事故压碎
不再表示敬佩和赞赏
不断换挡变速拐弯，却从不刹车
上厕之前不忘带上手纸
闭目之前电动地剃掉胡须
是的，和活着有关

一些被吸纳，另一些就是被剔除

比如妻子的忧惧，因非法出境
而更可感。就像双耳的转移，最多漂到头部两侧。
听取双方意见，最后莫衷一是
比如我的房门，仅因锁的突然失灵
海关就拒绝了货物的进出
是的，和活着有关，和活着的偶然有关
不能退守又无法进攻
我把嘴巴倒转过来，对自己大喊
结果可想而知。那么，活着当然可以
比如睡去。比如病中。比如大醉。

读宋尾诗作时耳边响起了一首叫作《到红天绒里》的旋律，我想这表明了一种纯粹精神的自动性，它变幻着，黑暗一样覆盖了一切。宋尾的诗里有一种令人不安的力量，偶然而滑稽，遥远又切近，就像某日清晨从窗外射进来的那束苍白冷寂的光线，会使屋里全部的摆设觉得不自在。而我们，在这亘古的或片断的时光里又充当了什么样的角色呢？以犹疑无力的眼神质疑存在（包括秩序与无序）的合理性，这是我从宋尾诗歌中发现的主题。其长诗《欢娱》写得不错，值得一读。为方便计，这里收其另外一首——

反复听一首喜欢的歌

将这样一支歌毫不厌倦地放回原地
就像曾经的佩泊军队之歌，晃荡在挪威的老式咖啡馆
每个复杂的男人的脸上。

他在褐色的桌面上写字；
他的白色鹅毛的钢笔在纸上散步；

鸽子们回到庭院

远处的海藏着忧悒；

一切如想象到的顺其自然，流向柔软的尘地。

一个男人要用多少情感

酝酿这支激荡的歌，就得回到

黑暗里待多久。

昨天下午我忘了告诉你们

我早已习惯了隐藏：因此有人把

隐晦送给我当成明日的礼物；你们说词与词

之间有秘密，有速度还有音律。

我只是习惯，在陌生人面前含蓄：

这不是我母亲给我的，但与她必定有某种联系

就像你们反复提到，词与词之间的秘密。

用整个凌晨将歌曲送入空中

晚上，那么多复杂的喧嚣的面孔。

你知道我为了一件合身的外衣

从沙坪坝走到三峡广场的尽头

仍是一无所获：我只是喝酒，干杯，吞咽……

因此，我对此刻

漏水的双腿满怀歉意；假如你能走进我的身体

那么你一定能找到细胞与细胞之间的秘密；

里面一定藏有一张平整的滑板：

假如你进去就会从我的上身掉下去

直到在我的两只腿，那是个岔口

你会选择朝左，还是往右？

唯有不停地写；唯有继续将歌输送，不顾它们最终
消失哪方。唯有抽烟，看吧，仍有这许多人在伴我
在深夜。
不是吗？

许多年后有谁会记得这里，沙坪坝的某间二楼
我的腿脱离我，如果你注意到了你能看到
它们拼命用黑色的铅推我——
水就从裤管里缓缓流出；
树木着火了，喔别以为火热的一定就是爱情。

　　前不久，在一次诗歌赛事中充当评委，把我的一票给了女诗人丁燕。我认为，在所有候选作品中，丁燕的诗是相对成熟又不乏锐气的。前后连贯统一的语言个性，朴素、实在，而不是轻佻和做作。最可贵处，是能够在密不透风却暗藏杀机的葡萄意象群中展现某种透明而连续的美，展现一种纯粹又懵懂的母性和女性意识，业已形成了她自己的风格。当然，并非无可挑剔，对于丁燕，最重要的是如何发现和保持语言的威胁感，如何保持来自生命内部的知觉的完整性和对语言的自觉的清醒维护，而不是满足于它们的圆润如葡萄的现实性的和平面化的快感中。我想，保持一种对平俗化生活的怀疑和警觉，对网络化生存背景下的部分当代诗歌写作者来说，是尤为必要的。这里从其组诗《黑葡萄》中选录一首——

黑葡萄的游戏

沉默的册子
关闭的晚霞
我站在它的外面
看到更黑更黑的雨点
在它的里面

它们长在深处
一串串圆形的黑
是一串串不能关闭的嘴
那种黑——
仿佛旅行者手中的箱子
收集了一生的仇
沉重而缓慢

它们被杂乱的大手带领着
限于自身的困境
救赎还是毁灭
经由那些枝叶交错传来
在美与丑之间迂回
一会儿粗暴
一会儿抒情

光可以照亮一下疼痛
窗可以吹进一缕暖风
船可以让锚自己航行
但黑
依然是黑
甚至比刚才更黑

谁能轻易结束
这残酷的游戏
谁能移开心中的黑
是葡萄
还是我自己

和丁燕一样，俞昌雄也是位有激情的多产作者。但他们只是在视域焦点和诗体结构上呈现出某种程度的类同，而不是如某些盛产作者将诗重复停留在语言句式和运思模式上（有时这种自我重复和自我圈囿甚至是人为和自愿的）。所以，与其认为前一种类同是缺点，倒不如宽容地把它看作是不同一般的高明之处。当然，如何使激情保持鲜活和自然，而不是刻意的物质化的复制，这是当下每个诗歌写作者需要思考的现实问题。在这方面，俞昌雄把握得恰到好处，录其诗一首如下——

把钉子钉到墙上

穿透另一堵墙。在另一个人的掌心
它还留存三分力量，把倒下去的重新扶起
让深陷的事物变得更为隐蔽

钉子到了手上也许要用一年的
时间，你才能感知它的速度
它在空气中跳舞，避开木头和纸屑

握住一枚钉子等同于握住一个人的呼吸
他暗暗使劲，在空白的日子里
钉入些许血色欲望

钉子离开手指仅仅是一秒钟
你不知道它曾经打开了风声还是罪恶
假如钉子拥有了七分幻想

它是不是能继续留在墙上
等待着你的左手或右手，使命摁住
直到它找不到尖锐的感觉

把钉子钉到墙上
他曾经就这么想过，但面对生活
再有力的双手很容易就被折断

津渡的一首诗让我印象深刻，就是《时光》，像一段弦乐，柔滑宛转，杂以阵痛和忧思。每个具体的事物和细节都值得怀疑，闲适而自足，思念又担心。一切都显得盲目，没有位置，而且相互排挤，内心却是惴惴不安。此时，合情合理的绝望既成了态度也成了方式。如同十年前的我们，总是想着要放弃生的光荣和羞耻——

我需要对它保持警惕，随时
随地。比如
檐头落下的雨
石阶上的洞，门前的流水
我的叹息。夹在书页间的，萎了的花
汁水的痕迹。
比如，遥远的北国，或是南方以南
电话
带来温暖的讯息，以及凶耗。
被纠缠着的，放弃了的，永远是
时针
咔嚓咔嚓走动的声音。
比如从书房边，母亲踱进暗黑的走廊
我的孩子，打开窗子。
在我合上书本的一刹，轻轻掉下
一根灰色的头发
如同我，时刻想着的，要放弃的
生的羞耻。

山叶的《小野猪》同样写得饱满，以物喻人，温情脉脉，又不乏灵性，让人徒发生的留恋。值得注意的是这首诗的副标题——"写在黛莱达的同名小说"，扩延了全诗的诗美时空，比照之下，循规蹈矩的一切都充满了意义，使人黯然神伤。此诗的叙事与抒情圆融合一，不温不火，可称得上是一首难得佳作。

小野猪
—— 写在黛莱达的同名小说

假使太阳刚刚升起时，
你找得到我，或许还有得挽回
我就可以像待在妈妈
怀里时那样，安静而顺利地躲过
律师家小少爷不安分的枪子儿，它们就像针一样
准确，恰当地穿过了
我的身子。

帕斯卡莱杜，现在
我也只能够躺在这里和你
说这些话了。而你是
我唯一一个兄弟仔，
而你也已经和我走散多时了。

当那鲜红的血渍印在我的眼前时，我想到你
说过的那个早晨，就是和你说过的那样。
我想，当时的天空
一定也出现了很多很多
太阳，而我现在已经不累了。
就在我拴过的后花园里，那片宽敞的草坪上
血迹就留在那儿，范围小

却显眼得很。

从那时候起，
我就成倍地怀念着妈妈
咬碎了的橡子果粒，想起她
用粗糙的大舌头舔着
我的额头时
自己的无礼逃脱。

沉香木的诗就像他的名字，试图揭示沉睡在心底的东西——它们不为我们所知，甚至不为我们所意识到，却在冥冥中关联着一切。这里选他的一首《罂粟》，说不清是朴实还是神秘，但依然诱人，就像这平实无常的日子，在不动声色中透露着它秘而不宣的本质。

咱河北地界不准种罂粟，
那就栽到她身体里吧。

红的白的都看不见。
大片的黑，黑压压的黑。

夜里，蚂蚁啃骨头。
她听见了声音，她一直在跑，
跑到一束光里去。栽倒。

这个故事，听听就算了，
不要告诉别人。不要告诉
熟人，也不要告诉陌生人。

与沉香木的诗有着暗合的目的性但写法却截然不同的是树枝的诗。树枝的诗极有个性，就像他的人。他的文字让人心动不安，在一种怪异的冲突中展示了时光的神奇力量。我曾戏言，诗可有几种写法，曰：以文字写诗，以身体写诗，以生命写诗，以虚无写诗……今日观树枝的写作，大约可归入这第三种。不信，请看——

"春申君又曰：善。"

早上很快就接近中午，你的影子

事情的影子

倒下的影子

一些影子没有消失

来不及消失

那些没有记忆的日子

奇怪的日子，影子在飞舞，啪啪落下

暗淡下来

四周缓缓移动

影子歌唱

你就是王

书籍被翻开

被抹去

那些血，那些衣袖

它们，在关闭的大厅里轻声细语

锣鼓，中国狮子

门框上，屋顶上，树梢上

吴天德写了首缅怀杜甫的诗，坚实细腻，铿锵拙朴，大有老杜遗风。其中性的描述力，把许多互不相容的事物放置在同一个空间，构成一卷后期印象派的画幅——

茅屋：仿杜甫

铺床叠被的女人 浑身散发麦秸的香味
喃喃向门神低语。
我在天空下面有一个自己的家。
栽种桑麻 菊花 和四季瓜果。
窗含西岭残雪 门前
一片落叶的影子里船斜斜傍泊。

篱笆分割着秋雨 这是十一月初三。
风开始把屋顶松动的茅草吹向江滨。
有的散落在郊野。
老妻连夜酿下了三大缸好酒。
橡实也已经打下 足够吃一个冬天。

早晨起来登堂入室 一直来到灶下。
神祇的蜡黄面像因火光更见威严。
柴薪印满霜的印记 鱼干则挂在廊前。
炊烟有王者气象。
刀俎的清脆声中 长者吟哦之声不断。

放弃对自己的苛求 生活就闲适。
蟋蟀争先恐后入我床下
唱它们的秋风之歌。
从我写作的窗口可以看到一群带花纹的小鱼
自由出没于风波。

在某些时刻 世界与个人是一致的。
通往京城长安的官道上

南村群童围绕邮递员的信袋起舞。

我与现实的唯一联系已被切断。

世俗的快乐与精神的孤寂——这正是

我在夜间时常思考的。

屋顶的漏处早已堵住 余下的事情

就是要趁天好时将布衾抱出去晾晒。

整理图书 收拾棋局 还须把花径打扫干净。

而在婚床中央 性爱再度濒临高潮。

带着一阵颤抖蝴蝶飞上枝头

在花心深处播种。

我飞翔着追逐自己的幻象。

仿佛蓬门在风中摇摆 最后"呼"的一声关上。

更鼓与钟鼎交替记载着时间。

小桥流水人家 这样的形式由来已久。

我荷锄地头漫不经心观看

落日的辉煌收成。

趁冬天还没到 快给小麦施上最后一道肥。

现在风收雨散 一切正在进入新的秩序。

我可以安闲地倚杖柴门 注视着

蜡烛怎样在房间里移动。

我希望有许多蜡烛 和更多的房间。

简单 永恒的东西

在黑暗中保持寂静。

我终于弃杖走进茅屋 柴门在我身后合上。

安小渔的诗还不太成熟，我钦佩于他的，是那些略显生硬的文字后的对现实加以纠正和改变的勇气。录其一首——

二分之一的黑暗

夜晚拖着坚硬的壳
它移动

而我站在相同的位置上五十年
并且还将倒在相同的位置多于五十年

在这种相似的黑之间

没有人能够辨别
哪棵树在暗中抖落鸟巢，哪种绝望有一部分更被需要
哪种黑暗受到了
摇撼以及
破碎

以及
过度地依赖于光，白昼如何容忍了我们
吝于赞美

吕小青的诗则是大有长进，许多让人耳目一新。在这么短的时间能使写作从外到内有所嬗变，着实不易。或许真的像她自己说的，她在"重新做人"了呢，当然，这比她的诗作本身更让人震惊和欣喜。这里选其一首《时间》——

磨掉我一张细致的皮
用棉袄包好我
用我装饰相框

隔着环肥燕瘦的

一天天

要用力翻动

才有一张光洁的背

我的小恋人

不知所措了吧

你从小黑洞里爬出

你拿剪刀对付

我依附的背景

铁刮着厚铁

可惜了那些水分

不是你也不是我

用掉了它们

我的毯子吸干了我

作为一个比喻

母亲要来到故事里

她不老

她还要指着风景

说：

远看山近跑死马

　　必须在此一提的还有游离的《罪犯》。在这首诗中，时间被有意凝固或慢放了，"我"的整个"犯罪"过程暴露无遗，精细逼真，故意放大了给生活看。这是一次自我设计出来的剖析和审判，也是对现存秩序的一次公然嘲讽。运思流畅，语言娴熟，是一首好诗。

罪犯

我坦白交代，凶器只有纸和笔，
还有真实地面对自己。

那些双音节词，像一对
合法的夫妻，
但他们不一定幸福。

我只是遵行词语内心的想法。
让他们分开，
独居，婚外恋，或者再次
陷入集体的泥沼。

这些孤独的人，我对他们的聆听，
来自一次无意的错误。
许多年前，我在作文课上
学习造句，我说："下雨了，
我家门前的水沟很难过。"

哄堂大笑和零分，使我和词语
联系在一起，互相打开——

这么多年来，我们在法则之外，
享受着快感，这一辈子
相当于两辈子……哦，对不起，
我不应该把这些欢乐表现出来。

那继续交代吧，其实我的作案过程

也很简单，我这一生，

就是不断地使一张白纸变黑。

此外，尚有其他朋友的作品各有特色，不一而足。如十品的组诗《纯粹的歌唱》，自由舒展，磅礴大气，这里录其一首——

大象

大象 不是动物的那一种

不是身体巨大而面临灭绝的威胁

有着神一样的鼻子和牙齿

在茂盛的原野上散步的那一种

大象在我们的身边 如同所有生命

平静而自由地活着

走来走去也不觉得奢侈

真实愉快地用语言交流

在我们的身边 一直充满着

自然的空气 大象常常出现在

可以目睹的河边 让我们

以自己的翅膀飞行

以自己对待一切的本能

去展示观点

如同大象的感觉

在一个空间里享受存在的意义

大象 在我们的身边

虽不是动物的那一种

却是有着很强生命力的那一种

白天接受阳光的温暖

夜晚就被爱情深深地融化

一样有灵性的也不仅仅是大象

还有许多是艺术的芬芳

浸入皮肤就可以乘上

血液的快马 在原野上奔驰

大象就会无所不在

我们是这样地歌颂着自由

从表层的叙述 到内心的倾听

影子覆盖了身子

大象无影

大象无形

商略的《旧忘书》及续，写得乖巧流畅，清丽迷人，来看其中一首——

乌玉岭

多么特别的地方，死去的刺猬蜷缩着刺

它打过一个寒噤了，背阴的地方，总能让人意想不到

走过二块菜花地，就是乌玉岭

途中能听见很多的人呻吟

谁也不知道，桃花是哪天开的，铺天盖地

请你注意脚下，避开破败的坟茔

在春天，总是有很多人在这里消失，带着他们的声音

他们在 2003 年以后，会是同一个人

我是 1993 年来的，不，或许是 1991 年

那时候，很多黄背肩的鸟，在嘀嘀咕咕地叫

嫩嫩的树叶摘下来，捏出了一身汗

你在山的另一边笑，骨头都开出了芽

后来，是我们都死了，而春天依旧在延续

黄背肩的鸟，飞来飞去，衔着草籽和鲜红的浆果

坟地一侧的桃花林，矮矮的，像汹涌中的海

八月江南的诗运笔娴熟、收放有度，选其《一个古居》录如下——

我发现这些蟑螂，隐秘的行踪

一个房间的静推向古代

我不会用清朝的眼光去责备

那些桌椅，睡着了很久

怕失去宠爱，与一些潮湿的虫

结成对话的侣伴

这样一个旧居，不知什么岁月

有过高雅的宴会

邀请了一个很有名望的人

在匾上题款的时候

故意将捺的部分，稍稍压低了一些

一觉未醒的《他》，写得诡秘可人，别具一格——

一个人的消失，被他看见

他说："瞧，我的一些秘密也在里面。"

旁边，一些纸屑和垃圾飞着

来回的影子嘶喊着，躲在背后

最后的姿势摆好，暮色已深到了底

冷冷的月光整块地砸下，夜来香开了

疼痛的味道顺着血管蔓延，错误的季节

根返回原地，开始他的重现

风事的诗至清至纯、稚拙有节，录一首《后园》——

我好久，没有去过后园

那潮湿小径，背对着我的

秘密生长，仿佛

时光之外

梧桐树，萧萧落下，满地的金黄

我抬头看见，树桠间的黄昏，以及黄昏里

往返盘旋的鸽群，院子上空，或内心

那些深深浅浅的划痕……

我的脚在碎瓦上，下沉，不由自主，跌进

身体的裂缝。我想起

多少个夜里我曾暗自抚摸，那么多

无法掩埋的

黑色蚂蚁，涌出了，后园

蓬松的洞穴

这期的《月评》是个小小的探索，也许还需迈出更大的步子，但有一点请大家相信，那就是伴随着《北回归线》的一路前行，我们的工作一定会不断完善。

2004 年 1 月 26 日夜、27 日下午于杭州

沉醉与历险："网络诗歌"文本艺术缺陷研究 ^①

——以"明月清风"诗歌论坛为例

　　自 20 世纪末以来，随着国际互联网在我国的深入普及，"网络诗歌"经历了一个由新生到兴盛再到目前渐趋平静的发展过程，其普及之广、影响之大，确实史所未有。有意思的是，诗歌原本并无所谓"网络诗歌"与非网络诗歌，正如我们亦无必要将诗人归类为"毛笔诗人""钢笔诗人""计算机诗人"，将诗歌写作亦分别命名为"毛笔写作""钢笔写作""键盘写作"一样。但由于网络环境的特别性和诗歌体裁的特殊性，新的网络平台对更多的写作者产生了某些一致性的影响，这在很大程度上使网络诗歌具有了大众消费文化意义，大部分网络作者的写作明显缺乏准备，作品往往轻浅虚浮，并在相当规模上形成了与严肃的个人写作相对立的群体性的写作风尚。"网络诗歌发表没有门槛限制，导致信息资源的爆炸与过载，大量幼稚低劣的作品充斥在网上"。^② 所以，如果说"网络诗歌"在事实上业已形成，那绝非由于其建立了鲜明的艺术特质、独立的创作原则和圆满的诗意时空，恰恰相反，大众文化的平俗性、消费性、娱乐性带给"网络诗歌"的文本艺术缺陷，以及网络环境下创作与接受心理、创作与接受机制的扭曲变成了"网络诗歌"的存在佐证。

　　为对"网络诗歌"文本进行具体有效的研究，在洋洋大观的各类诗歌网站、论坛间，我抛开了极少数相对"专业"而趋于小圈子化的诗歌网站（如诗生活、北回归线、界限等，当然即便是这些网站，受网络环境与网络习气的影响，其整

---

①　此文发表于《绍兴文理学院学报（哲学社会科学版）》2010 年第 1 期。

②　吴思敬，《新媒体与当代诗歌创作》，《河南社会科学》2004 年第 1 期。

体诗歌质量也较为可疑），而特意物色了一个有着更广泛意义网络环境代表性的"明月清风"诗歌论坛作为研究对象，对其中有参考价值的诗歌文本进行个案分析。我把"明月清风"论坛上的诗歌作品大致归为三类。第一类是少得可怜的成品，这些作品虽称不上完美，然而足可发表，可惜在"明月清风"论坛上基本上属于凤毛麟角，不能视为"网络诗歌"文本的主体。第二类是欠了火候的半成品，这些诗歌严格来讲仍属习作，不无毛病，但已显示出作者朝向语言、朝向体验的努力，具有一定艺术水准。经过大量调查后笔者发现，这类有着半成品特点的诗歌往往是"网络诗歌"文本的"中坚"，对网络环境下诗歌艺术准则的建立具有相当的迷惑力和误导性；我的研究亦主要基于此一类型的文本，旨在从中发现其艺术缺陷与网络环境、网络创作机制的必然关系。第三类则属于不成品的"作品"，数量众多，然而不是视域狭小、语言直白就是造词生硬、叙述混乱，尚停留在初学水平；因没有可比性，或者说与诗歌文本研究并无本质关联，显然也不适合作为本文的研究对象。

一、创作心理浮躁化：写作准备不足，"生产"急功近利

整体来讲，"明月清风"论坛里的作品大都出笔仓促，缺乏准备，写作毛病也常常"只是出现在结构和语言的基础层面，尚很难涉及情绪的内在化与速度控制、符号的分解与意义对称、对张力的把握及对悖谬的处理等技术性问题，更不要说经验与个性、历史感与超现实的话语空间、心境与物境的双重营构了"。[1] 这里，消费时代的网络心态起着一定的作用。作为自由、便捷、互动性极强的资源发布和资源共享平台，互联网给网络作者带来了前所未有的自由表达空间和个人认可感。但是，相对于文学创作，网络环境也有其从一开始就无法避免的弊病。譬如网络作者们在急于发表作品并获得认可的同时，却往往失去了进行写作准备和在写作本身过程中的耐心。而事实上，写作准备和写作耐心对于一个作者尤其是诗歌作者而言又是不可或缺的。如果说诸如对原始材料进行非个人化处理这样的能力在有限的时日内可以加以锻炼，对诗本体的贫乏认识也可以通过不断坚持

---

① 见拙文《南野：一个不合标准的写作者》，《诗探索·理论卷》2006年第1期。

的深入阅读、悉心体悟而得以改观，那么如何有效实现生命与文本、语言与世界的互文性对话则远非一个时间问题了。结果，网络诗写行为在很大程度上表现出了一种急功近利的心理，写作变得不负责任和随心所欲，艺术性创造演变为物质性制造，发表速度和炒作样式也似乎更为重要，每天必"贴"和一日数"贴"的所谓"网络诗人"比比皆是，诗歌"生产"空前繁荣。当然，受到最直接伤害的只能是诗歌本身。

案例一：圆月弯刀的《写给一条鱼》

这些天来森林里格外地安宁
那只青鸟，雪花似的，融化在整个手掌
此时我与一条鱼不期而遇
槲寄生上，她眨着眼睛，冲我微笑
臆测，像灌木丛里的窸窸窣窣，不断摩擦
孤独。我们之间隔着水
一堵透明的墙。

没有飞鸟停在我的肩膀
那只鱼，半开着玩笑，向我吐泡
皮毛粘上了水，月牙儿却在此刻努力爬出
它们都静静地观察，待我砍伐下所有的杉树
想象，在光秃秃的原野和她一起
飞翔。她尾巴一闪不见
银河淌满了山谷

现代诗歌史上关于鱼的经典之作已有很多，从叶芝那条顽固、可恼的鱼到布罗斯基那些催眠而永不睡去的鳕鱼，我想说的是，诗自浪漫主义以降就已不会再去单纯地咏物了，或者说现代诗人已意识到了咏物的难度，在物与人之间每每是一种令人畏惧的选择，物人关系难以确立，写作者的合法性受到质疑，这尴尬的局面令我们无所适从。这一情况常常导致两种结果：一种是强迫诗人进行多维思辨并在此过程中使得包括诗人在内的存在场景具有可生成性和可阐释性的意义与结构，并参与到文本建设中去；另一种是被自我制造的多重关系所拘囿，因叙述不能得到自我控制（这在有些情况下表现为叙述无能）而直接导致文本的无效，以至于或流于就事论事，或逻辑混乱，使文本所生发的意义在不断的逻辑冲突中自行消解。《写给一条鱼》在很大程度上误入了第二种后果的泥淖。

诗一开始就把所有的关涉物定格在安宁的"森林"，但整首诗的意图显然与这一模糊而虚弱的镜像没有发生太多联系，加之后面又连续出现"雪花""青鸟""手掌"这些可有可无的意象，对诗整体造成了极大的损害。把青鸟比作雪花而融化于手掌固然不妥，但这还不是问题的关键。当"我"和"鱼"出现以后，一切就变得复杂了，那只青鸟和"我"以及本诗的受用者——鱼，到底会在多大的可能性上发生关系？复杂不是来自关系本身，而是这种受到质疑的可能性，它使得全诗的语意变得含混。而自"我"与"鱼"相遇始，这一损害才逐渐得到少许扼制，连续较为流畅的几行让我吁了口气。第二段伊始，"飞鸟"又来了，虽然没有"停在我的肩膀"，却也避免不了它对整首诗造成的威胁。或许作者有意在"鸟"与"鱼"两个意象间构建冲突，但可惜因表意不明而太过牵强（作者的这一想法甚至可以因后面"飞翔"一词的出现而得到印证，而这简洁的理想主义想法却绝不等同于艾略特对燕子般"永恒飞升"主题的质询，所以比照一下全诗的语言策略，就显得执意为之、得不偿失了。换句话说，如果作者真的要表现"鱼"和"我"的想如"鸟"飞而不得的生命心境，则只消明快直达而有抒发力的浪漫主义就可毫无危险性地解决问题），而且这些内涵的设置与本诗的标题明显拉开了距离。后面几句，除"皮毛"显得突兀、"想象"一词可以删除外，行文都很洒脱。在这过程中作者忽略了"它们"和"她"两个指称代词的关系，行为主体指涉不明，指代物重叠交叉，犯下了此诗写作中最小的一个错误。但在内容上，还是有让人觉得莫名其妙的地方，比如，"砍伐下所有的杉树"和"飞翔"有必然的限定关系吗？这种含混的语意使"我"与"她"的关系变得莫衷一是，而这与渊明先生在南山的东篱下与菊花的莫衷一是显然不能相提并论。前者是为语义混乱所致，后者乃因哲学大境而生。最后一句"银河"取词过大，整句过于拗古，遮蔽了"尾巴一闪"所闪现的瞬间灵光。

纵观以上细读分析，我们发现此首作品中仓促下笔之处随处可见，作者没有耐心地寻找和遵从特有的诗意逻辑，结果在"制造"出一首诗的同时也杀死了这首诗，其背后潜在的凶手正是网络环境下功利化和浮躁化的写作心理。

二、言说方式矫情化：审美视角趋同，情感表达失真

让我觉得有意思的是，在"明月清风"论坛上我可以在一个星期内找到数篇同一题材甚至同一题目的作品。比如曾经在几天里，好几个作者都写到了夜。而在我看来，这是难度极大的一个题材。夜对于我们既是熟悉的，又是陌生的，最大的陌生就是常常误使我们目其为熟识之物，而不知乃是错觉。夜是具象的，也是抽象的，以这种复杂之物为题的诗在写作过程中是很容易产生矫情感的，也就是容易犯"为赋新诗强说愁"的毛病。因为对大多数人来说这样的事物是虚无缥缈的，暗中无一物，何以寄此心，那么遥远深沉不动声色而让我们难以捕捉和捉摸。如果只是像常人般嘘唏一番倒也无妨，而一旦写下一个标题，要写出一首诗来的时候，也就开始了寻找与别人或别的诗人所不同的独特情愫的艰苦历程。然而，网络环境和网络风气又往往是诗意得以独立发现的一大障碍。很多网络作者的审美视角和言说方式趋同化一，机械照搬互相模仿，审美视角的平面单一直接导致了诗意探寻及其表达过程的矫情化，有时甚至因为外在的人为强力因素，致使诗歌出现整体面貌发生扭曲变形的"惨状"。

案例二：兰叶春葳蕤的《夜歌》

莽撞的暮色踉跄地来了

到我的跟前来，无垠的遐思！
对着镜子，对着渐渐变灰的云彩，
将你的五官呈现出来。
边缘和轮廓要清晰得仿佛
鸟肚下的纤毛。而你的眼眸

要尤其地深邃，仿佛洞穴。

窗户上破裂的玻璃必须
在明天早上修补。因为
中午要开始刮风，而晚上
将会下一场很大的雨。
直到又一个早上才停止哭泣。
露出太阳。露出笑脸。

我的心是悬挂在上空的。
而你依然是那么地高不可攀。
危险的嬉皮笑脸，惹人咬牙切齿。
谁不怕被摔碎浑身的骨骼呢？
谁愿意做一堆血汪汪的肉泥呢？
放弃了吧！
放弃了吧！
无法阻挡啊！

黑夜的大衣覆盖了睡眠，
仿佛死亡覆盖了肉体！
你终究是无能为力的。

　　平心而论，这首诗从语言上几乎叫人挑不出毛病来，但整首诗读下来还是很难给人以圆满的感觉。本诗的作者显然已明确这首夜歌的对象（写什么）——巨大的孤独和这孤独面前的无力，但问题是在呈现这一主题的过程中（怎么写）他真的感到无力了，这样也就导致犯下了即便传统诗歌作法中也不能饶恕的一个大忌——文不扣题。这个写作事故发生在至关重要的第三节。因为前两节入诗行文都还自然，"莽撞的暮色"比拟贴切、想象大胆，"镜子""鸟肚下的纤毛""洞穴"等几个喻体的选择也还老到，字里行间透浸着对夜的些许的恐慌和莫可名状的亲近感。此时，这首诗的张力之弓已被作者成功拉开，但让我们失望的是还没等看到英雄搭箭射猎他就又收弓合弦了。接下来的第三节，诗句本身并无可挑剔之处，甚至还有些优美。但这一节的风格与内容指涉和前文（也包括后文）出现了很大的断裂，从而使整首诗在瞬间发生了严重的系统减缩和意义曲解，即由情感和观察角度的脱节导致了语言与内在意义的脱节，破坏了本诗的内涵张力与结构张力。这里需要指出的是，脱节本身也是生成张力的一个有效技巧，但它必须将张力的生成作为唯一目的，而且是以不破坏整个作品的平衡结构为前提的。应该说本诗第三节的确与前后节之间形成了跳跃，但这两处跳跃的后果并未使整首诗张力结构达到新的平衡，具体讲也就是第三节中的线性平铺叙述方式和对有可能生成并列效果意象的忽略，直接造成了几个诗节间差异性的过分突显。这里，造成脱节的原因值得探讨。在我看来，不自然的情绪流的过度嬗变严重影响了情感抒发的真诚性，或者反过来，正是人为的矫情化让诗思与诗情变得不自然了。当然，与第三节的略显平庸相比，诗的后半部分则显得精彩多了，尤其是结尾。但如果能避免所谓"网络民主机制"和网络风气所带来的不必要的低级写作事故，我想现存网络上的许多诗作无疑会更加成熟、精美。

三、技术处理随意化：意象不加选择，诗意模糊莫辨

网络的自由游戏精神也同样会对网络写作心理产生影响。"'网'诗作者在键盘上一字一字敲出句子，然后逐行阅读、修改，最后定型，这种运思过程和操作模式与纸媒上的诗歌创作并没有什么不同。他的态度可能是严肃认真的三思而行，以虔诚的投入方式完成一首诗；也可能是根本不存心写诗，而是调侃、戏拟、恶作剧式地在电脑上敲出几个分行句式，留在网上自行离去也就忘了。"[①] 以我的观察来看，对于大多数的网络写手而言，可能后一种情况更为多见——诗歌并不是他们的目的，关注诗歌以外的事物经常会远远超过诗本身。但即便是认认真真地写，也常常会由于屏幕与键盘对运思活动的干扰，而使原本需要深刻洞察、冥思和体悟的诗歌创作变得平面化和简单化。这样，网络诗歌写作的随意性

---

① 尹小松，《"网络"诗歌的前世今生》，《文艺理论与批评》2003 年第 3 期。

和自由化，常常使写作退化为了一种高级游戏。而这种游戏规则又与严肃诗歌创作活动所要遵循的诗意逻辑大相径庭。比如在很多网络诗歌文本中，对构成诗的基本质素的意象都不加选择、过滤（而构成诗歌基本元素的恰恰既不是词语也不是句子，而是意象），从而使诗体变得凌乱无序，诗意又模糊莫辨。我们知道，审美意象的表现特征是它的象征性，即黑格尔所区分的"意义"和"意义的表现"，前者即为"意"，后者即为"象"。如果意象选取得不准确，就失去了象征和隐喻的基础，这时候词语和语言就只能成为诗歌的装饰，或者使造出的喻镜和意象不能和谐相容，不能浑然成为一体，使有形和无形完全相隔而导致所搭构的意义转捩点极其脆弱而终至离弃于结构之外。多年来，许多学诗者（也包括读诗的）认为现代（主义）诗歌就是可以不顾语法、堆砌辞藻、拼凑意象、故弄玄虚，反正诗的意思是可以让读者随意生发去的，这实在是对现代诗歌艺术的误解。坦白地说，目前网络环境里许多作者还只是为修辞而修辞，尚不能兼顾文本语境，更谈不上对语言与事物的实质性超越以至于移情甚或物我相融了。在这种情况下，如何动用我们的直觉以达到对事物（世界）的直接认同，就实在成为一个颇为棘手的问题。"意义产生在人与世界相遇的时刻"（杜夫海纳），没有人的真诚，没有诗人的敏感，没有一双疑惑而灵动的眼睛，没有一颗坦率而隐忍的心灵，拿什么和世界相遇啊，拿我们的狂妄无知和自欺欺人的虚荣感吗？这样的诗写出来，不但没有了如热奈特所说能让读者"重复阅读"即"朝各个方向，从各个方面不停地阅读"之功效，也未必能使作者本人首先实现语境的个人化从而在重新发现和运用语言中获得快乐。所以，意象选取不够精当，取意模棱两可，这非但不是现代诗的特色，而确乎是现代诗歌创作的大忌。但这种情况在网络诗歌世界里则又司空见惯。

案例三：房子《还原花朵的姿势》

阳光停止在庄稼的泥土之上
你说只想做一个守着天空飘出云朵的人

你只想从过滤的往事中听到细瓷的声音

你只想伸展自由的身体给藤攀缘向上的触须

那些从裸露的月光上起飞的鸟保留下夜色的元音

那些挽留过河水的视野涂着荒碑与墓草的安详与静谧

在这首题名为《还原花朵的姿势》的诗里，有着"独特"含义的意象比比皆是。"停止"在"庄稼的泥土之上"的"阳光"，"守着天空飘出云朵"的"人"，能从"过滤的往事中"听到的"细瓷的声音"，想"伸展"开来"给藤攀缘向上的触须"的"自由的身体"，……且不说在语法逻辑和诗意逻辑上"阳光"能否"停止"，而"天空飘出云朵"这一动态过程又该如何被"守着"；也不管那花朵出于何种理由与功能可以"过滤往事"并进而从其中听到"细瓷的声音"，而它"自由的身体"一旦给了"攀缘向上的触须"后还是否会"自由"；更勿论"鸟"能否从"月光上"（是"上"而不是"里"和"下"）"起飞"，而它的"起飞"又是如何能"保留下夜色的元音"（注意：是"夜色的元音"而不是"夜的元音"）的……这些都不去管了，我真正担心的是在这首诗中，作者的意图或感受能否经由这些"独特"的意象而传递出来。当然，这个路径要远比我们的想象坎坷得多，因为所有这些意象都还要与题目中"花朵的姿势"发生关系。这样一来，问题就复杂了，本来就过于"独特"的意象，又被赋予了远远超出其承受力的强加性的意义指涉域。这一现象我曾在一篇文章中把它比喻为"能指的灾难"。为篇幅计，在此我就不再推导它所能生发的全部"壮观"图景了。简单说，意象选择手段的生硬，修饰内涵的不准确，外加意象链条的过多设置，这一切使本诗中几乎所有的意象都发生了意义变迁。或者说这些意象的意义的变迁不是由于意象链条的输导，而是由于意象链条的自生性断裂造成的，这样，意象尚不能成为意象，又如何或并置或叠加成有深度的意象复合呢？这些意象，因为在本质上并没有构成审美上的隐喻或象征，所以也就达不到突显事物意义的效果。所以，意象处理的随意或不准确导致的直接后果是，我们不但没有享受到意与象之间相异与相似的把握——理性与感性的复合之美，而且，把本该归于准确与清晰的意与象的原生态也遗失了，从而使我们在这首诗中再也不可能"回到事物中去"。这种糟糕的局面可能连作者本人也不会想到，但它带给读者的思辨力与感受力的伤害却是难以回避的。

四、情感控制虚脱化：想象没有节制，结构力点失衡

互联网作为开放和服务型的自由交互平台，打破了传统媒介主宰发表权的藩篱，它使诗歌的写作能量（或者说个人表达欲望）得以空前释放。这一点对网络诗歌的负面影响，体现在写作的具体过程缺少节制，没有诗歌文本的整体感和结构意识。因为毫无遮拦，"网络诗人"们往往随兴所致、难顾其余，情感流和想象力像脱缰的野马恣意驰骋而不加约束；这使网络诗歌文本的生成过程明显缺乏技术控制，结果是结构失衡、诗情浮泛，大大削弱了文本表现力。所以说，虽然写诗并非等同于技术活儿，不能奢望一学就会，更不能把诗歌当成商品一样批量生产，但绝不可小看技术相对于形成作品的意义；对于写作而言，技术或技巧实际上体现了一种约束力，可以说正是它们的被有意无意地运用才使一首诗得以成其为一首诗。诚然，没有丰富个性化的想象，就不能挖掘和图解出诗意，但只有泛泛无边的想象而忽略了对词语间各种意义的梳理，忽略了诗文本作为一个整体的空间感，那显然也是不行的。我们知道，每一首诗都是一个相对的独立体或自足体，每一首诗都是有其内在的结构的，而不是一盘意象的散沙或任凭情绪的四处流动（至于会流到哪里和如何流，则毫无把握，全凭感觉和运气）。实际上，越是到了现代，诗歌的语言和形式越是获得了某种解放，对诗语言锤炼和诗文本内在结构的要求就越高。判断一个诗人写作水平高下的参照系不仅包括其想象力的自由程度，而且也包括其对想象力的约束能力。兰波的诗歌炼金术依然有效，而诗也永不可能"到语言为止"。

案例四：贺超的《夜》

> 从此以后，在水面上漂浮着的树枝
> 就是我日夜正在生长着的相思骨头，然后
> 面对南方沉睡的鱼，把一朵葵花开在

太阳的内部，让你的眼睛我的身体

彼此相依为命，你可以来想象我

固执地一次又一次迷失在你的名字中央

不停地奔跑

不停地呼吸

谁又在这个深夜降临我的头顶

一言不发地在我心里来来去去

我只剩下询问，还有沦陷在阳光碎片中的声声召唤

把天空关闭，把我们的大海关闭，把从前的

耳朵关闭，留下我自己换来全世界的所有废墟

这些你必定早已熟悉

坐在自己的火焰之中

抱着自己唯一的身体

多少个黑夜住在天堂里高声歌唱

歌声温暖如昔

在"明月清风"论坛，这是一首颇受广大网友肯定的作品。纵观此诗，可以看出作者并不缺少超现实意识，也不难看出其对意象进行过滤的痕迹，但最后的结果却不能尽如人意。仍然是可有可无的意象、搭配生硬的词法句式以及狂肆随意的情绪流，这一切使整首诗显得松脱虚浮，难以达到自足之境。究其原因，实为过于放纵自由想象、不加适度调控所致。应该说，诗的前两行还是为本诗开了个好头的，轻缓而具智性的语调极易使作者和读者介入诗歌特有的思考方式。但随后的"鱼""葵花""太阳的内部""眼睛""身体""名字中央""奔跑""呼吸"这些较为随意的意象和字眼儿的出现，又迅速将入诗的从容消解为零。这一点在第二段中得到了持续的发展。"谁"竟降临到了"我的头顶"，继而又"在我心里来来去去"，可谓拗涩。几个"关闭"并"留下我自己"的动机又略显呆滞拘谨……行文至此，纵使最后一段又恢复了本诗起始时的风度，但为时已晚，全诗

的滞涩感已再难消除了。而且使本诗受到真正戕害的尚不能归止于此，而是抒情造义整体上的缺乏节制和由此对诗的整个结构（包括诗的形式结构、表层语言结构和深层意义结构）的重创。结构从来都不是单纯的形式，麦可·兰思说"结构并无固定内容，它是内容自身呈现在一个逻辑的组织里"。也就是说结构其实是受诗的意象逻辑支配的，这也是为什么一个词语就能对全诗的结构起着至关重要的影响力的原因。如前面所例举，令人可惜的是，《夜》这首诗的作者在沉浸于"写作"带给他的"快乐"的同时显然已全然忘记了还要考虑同样会对内容具有生发和威胁作用的结构。这样，这首由于想象的不节制而失衡的作品也就失去了最后的补救机会。

五、深度意义缺席化：审美空间狭窄，内涵难以拓展

在网络的虚拟世界里，人们能更加轻易地重建个人情感空间。现实世界的种种心灵创伤、人生缺憾，似乎都可以在网络上的温馨家园里得到抚慰和弥补。当今互联网上大量存在的以浪漫美学为特征的"网络诗歌"就扮演着生活安抚员的角色。然而，从现代诗学的角度，这样的作品因其审美想象空间的狭小、诗意内涵表现的平俗，又很难深入触及现代社会下的人生困惑和存在荒谬，从而只是为巨大的荒诞性平添了几分乖舛和伪饰。正如有人所指出的，"以互联网和电视为代表的现代传媒，虽然为诗歌提供了新的传播方式，却并不能因此强化诗歌的艺术凝聚力和先锋性，相反，它们的存在可能进一步瓦解传统的思想标准和艺术准则，让诗歌越来越向下滑行"。① 在"明月清风"论坛，相当一部分诗作都停留在浪漫主义时代，作品风格轻巧纤丽又缺少深意，诗美基本停驻在语言层面而难有更深的拓展。与真正的现实存在的广阔背景相比，这类诗作的意象大都单调孤立，没有时空结构力。我们知道，意象不是语象，它处于结构中，处于意义的关系网中，它从来不能够孤立地营造自身，而且意象和意象间的互为衍射也使得意象含义变得更加关系化。所以，意象必然是具有时空感的，与时间、空间发生着天然关联，意象的上述特点决定了在诗歌写作中单纯的线性表达几乎是不可能

---

① 张林杰，《互联网时代的诗歌生存》，《天津师范大学学报》2008 年第 4 期。

的。或者说那种图解式、直抒式、单线式的写作实际上是对诗歌、对诗意、对生命与存在的幻与真的简单化理解的产物。然而相当数量的"网络诗歌"却并非自愿，而是毫不知情地沉浸于这种简单的"快乐"，在自娱的满足感中远离了存在之真。

案例五：简然的《梦》

（一）

我闭上倦怠的眼睛

你就展开风一样轻柔的翅膀

悄悄地叩敲我的房门

在美妙的静谧中

我心爱的形影

在我的眼前闪现

（二）

梦啊，施展了迷人的幻术

把热爱在我心中倾注

天晓得我是怎样的恍惚

伴随着你把欲念之手紧握

你捧着迷魂酒盅沿着幸福小路

带领我来到了快乐的天堂

双唇贴双唇 脸颊飞霞红

我的眼里有了战栗的泪花

（三）

你怎么像无形箭

为何刹那即逝 把我哄骗

不理睬我的呻吟与悲泣

诱惑者已经销声匿迹

我心中只留下痛苦和孤寂

飞逝就不再回转

你在那里 我的梦幻

这首诗要表达的内容一目了然。当然，难能可贵的是作者运用了造境手法，前后三章，从现实的"房门"到虚幻的"天堂"，再到亦幻亦真的"梦"，在较短的篇幅里营造了三重迥异的物境与心境。由物生情，由情蓄意，让我们在不同性质的时空内体验着不同的诗意。然而，此诗仍然没有摆脱以"我"为中心进行线性抒情的单调模式。作者并没有把她的"以我观物"作为一个策略，即如艾略特一样对"物""我"进行双重改造，达到思想的知觉化及其对应物的客观化。我注意到，在这首诗中作者从未有意识地对心理意象和诗歌意象进行区分和建设，但是尤其像本首诗这种情况，在诗的审美时空发生了接连转换的情况下，对意象的进一步区别处理其实是极其必要的。而且，写作的过程亦不见对叙述者距离的把握。如能将叙述的一部分意指作用指向叙述本身，或使此诗由单纯的情感动力上升到文化动力，从而将较单调的情愫引向更为深远的哲性空间，那么，本诗中更多美学意味的实现仍然是大有可能的。我一向认为，"保持一种对平俗化生活的怀疑和警觉，对网络化生存背景下的部分当代诗歌写作者来说，是尤为必要的"。① 但在诸多诗意（语句）"优美"的网络诗歌文本中，除了诗"美"的流畅而单程（有时甚至是单义）的复述式的表达外，却很难再有更多的诗美呈现的向度选择——既不能真正使复杂人性自然流露，亦无法展现世界的龃龉多义。无疑，这种状况大大制约了"网络诗人"们走向更大诗美空间和更具个性写作的可能。

从以上的五个案例分析中，我们认识到，"网络诗歌"的存在已是不争的事实，但由于其有着明显的艺术缺陷，又兼社会参与优势、技术优势及传播优势，对本已式微的严肃诗歌写作形成了巨大的冲击。伊格尔顿说："美学是作为一个指称日常感性经验的术语开始具有生命力的，只是后来才专门用来指艺术；现在它已经转完了一整圈与其世俗的起源会合了，正如文化的两种意义——艺术和普

---

① 见拙文《北回归线诗歌简评》，《北回归线》总第六期。

通生活——如今在风格、样式、广告、媒体等方面已经混合了一样。"① 现在，这句话里还可以加上网络。只不过迄今为止的网络诗歌并未能完好地体现出艺术与生活的重新混合，平俗、矫情、功利、虚浮的特点只能使网络上的文字离我们的生活真在距离更远。对于诗歌写作者来说，在沉醉于网络的自由狂欢和文字盛宴的同时，是否也在经历着一场悄无声息的心灵历险？

---

① 　特瑞·伊格尔顿，《文化的观念》，方杰译，南京大学出版社 2003 年版，第 33 页。

黑洞中，孤独的执火者（访谈）①

（晏榕　刘翔②）

刘：哲学家蒙田说："在其他事情上你可以做傻瓜，但在诗歌方面你是不可能的"。那么在你看来，诗歌与其他方面的主要区别是什么呢？

晏：蒙田如果活在当代，我想他或者会对这句话进行修改或补充，因为当下文化语境的荒诞、芜杂和虚饰几乎已到了无以复加的地步，有意无意的误读会使这句话的本意彻底消解。然而诗歌仍然保持着它的独特性，而且相比过去更显高贵。我之所以这样说，是因为与20世纪以来各种五光十色的新鲜艺术门类相比，诗歌的物质性和可复制性一直保持在最低，真正的诗歌从来不会进入物质化的社会生产当中，它至今仍然纯粹而不可替代。与其他事情相比，真诚的诗歌最大限度地保有了艺术思想、艺术价值的完整性和艺术创造的原创性，按照本雅明的说法，就是一个"光晕"或者叫"韵味"的问题；我认为，和近代以来其他艺术门类逐渐丧失了自己的"光晕"的情况相反，现代诗歌大大扩充和丰富了它的"光晕"。当然，至于在过去和现在都颇为流行的、我称之为群体性写作风尚下的各类诗歌文本，我并不认为是真正意义上的诗歌，它们至少是不合格的。

刘：在物质生活极尽丰富的时代，诗人这个概念被人认为已经越来越边缘化，你如何理解诗人在现代社会中的角色？

晏：据我所知，除了我们国家在20世纪五六十年代出现过极不正常的全民性的写"诗"运动外，诗人在任何国家、任何时代都是少数者的群体。那场运动

---

① 此访谈发表于《中国先锋诗歌》（上海文艺出版社2010年版）。

② 刘翔，江苏无锡人，当代诗歌评论家、诗人，浙江大学国际文化系副教授。

的遗毒在以后各个年代直至今天都还依稀可见。比较而言，现在的中国诗人应该感到幸福，因为他们数量众多，"技术"先进，如果愿意，他们可以轻而易举地产生影响，制造出层出不穷的"代"与"后"，和让人眼花缭乱的"梨花（体）"与"垃圾（主义）"。这多少有些让人哭笑不得。但严肃地说，我从来不认为诗人可以被社会边缘化，倒是在某种情况下，社会可以被诗人边缘化。人是精神性的动物，人的身体是为了承载和服务于他的精神、他的心灵的，这是人为什么是人而不是石头的原因。那么你想，当人的精神降格到只是为了他的身体而存在的时候，或者说，当人在逐渐丧失其为人的资格的时候，仍有一小部分人在小心翼翼地坚持着对心灵的呵护、对美的发现和对人性的锻造，你说他们的社会角色是弥足珍贵还是无足轻重的呢？诗人，正是在物欲横流的时代还坚守着人类的精神高贵性和心灵净土的人。所以，等到我们开始拥抱诗人，而不是抛弃诗人的时候，我们的社会就有了更为实质的进步。

刘：人们把自 20 世纪 80 年代以来的非主流诗人称为先锋诗人，按照这样一个叫法，你自然也应归于此列，但是你和别人所走的道路似乎又有不同，比如你从不参与各种运动和流派，似乎永远是一个局外人。你本人对此有何感想？

晏：先锋是个相对的概念，长期以来，即便把几十年前甚至一百年前的国外的既定经典，拿到中国，也会成为先锋。这种情况让我对"先锋诗人"的叫法总有一种别样的感觉，诗人就是诗人，可以有实力诗人、蹩脚诗人、一流诗人、二流诗人，但先锋不先锋这些年来却变得非常含混。实际上，尤其是在一种特殊的文化语境之下，先锋就不能仅仅是一种前卫的姿态，或者时尚的历险。文化上的先锋，一定要具备清醒的反思意识和对既定秩序的重估、质询、变构的能力，而且必然要以对自由、高贵心灵的尊重与捍卫，对知识和传统的熟稔与超越和对美的复杂性的宽容与不懈探寻作为前提，这样才能深入人类和诗人自身的精神史，完整而深邃地呈现生命与美的真谛；从这个意义上讲，真正的先锋从来不会紧跟时尚潮流，相反他先天具有引领时代的责任，在他的内心，永远是孤独而高傲的。因此，先锋也要有渗透到骨子里的对孤独、苦难困境的认同力与承受力，苦难本身并不先锋，承受苦难并把它转化为生命资源才更有意义，所以一个先锋诗人，一定要有足够执着的意志与自我牺牲的品质，这样才能不受流行趣味和世俗功利的干扰，而不是反过来，使"先锋"成为花花世界的装饰品。至于是不是局外人，是不是一个时代的局外人，我想还是让诗说话吧，而恰恰不应该是诗之外的其他事物。

刘：你是如何看待当下生活场景的写作成为诗歌写作主流这一诗歌界的现象的？

晏：这一现象的出现恐怕与以下这两种情况相关，一种是 20 世纪 90 年代以来叙事文本成为一种颇有影响的文体范式；一种是对诗写难度的逃避，虽然当下生活场景完美融入现代诗意并非易事，但生活场景的表面性可能会让人误认为容易操作。写作可以朝向此在，朝向当下，但这并不等于说就是朝向场景和朝向日常事件本身。前者是一种内在化的生存境遇，而后者只是一个表象。如果是作为一种手法，如叙事，在表征生活或存在的同时使文本意义投射到更大空间，那当然很好。但目下的情况是，更多的场景性作品被自我制造的日常关系所拘囿，而且叙述也难以得到有效的自我控制，以至流于就事论事，造成对经验与超验世界、历史和现实、思维和语言的同构性的漠视。这是一种退步，无疑，这也是对当代诗写者的现实理解力的嘲笑。

刘：那么，诗歌写作是否还需要追求难度？

晏：我觉得这种提法可能会造成某些误解。对于"难度"而言，并不是需要不需要的问题，诗歌写作从来都是有难度的，而且这与反映在诗歌表达上的复杂还是简约、艰深还是通俗是两个不同的概念。当然如果去刻意"追求"难度就是另外一回事了，我想这并非提问的用意所在。现在的问题是有些人认为诗写不需要难度，形成了清浅自娱式的群体性写作风尚；而从作品来看，这些写作又明显缺乏准备，作品风格雷同化现象严重，诗体甚至语言成了具有普适性的工具，这些情况即使不是对创造行为的亵渎，也至少是误解之产物。对于有品质的诗歌写作而言，其前提是作为诗人有没有揭示生存的自觉意识和要求，这种自觉又有没有锋利而刻骨地深入诗人的精神历史；而对不同层次的美的识辨和表达、对旧有美学秩序的反诘和变构，又要求诗人在观察力、体验力、思辨力、领悟力、创造力乃至经验、知识、诗意的严格训练、过滤与累积；作为基本技能，要求其对诗体结构和语言表现力、情绪的内在化与速度控制、符号的分解与意义对称、经验与个性的互渗、历史感与超现实话语空间的同塑、心境与物境的双重营构等方面的较好把握。从更高的层面来看，世界的神秘、人性的多面、历史的虚无、现实的荒诞、文化的异错、逻辑的局限、存在和美的复杂，哪一条都不是轻而易举可以识认的，要用并不成熟的现代诗歌对上述种种加以表现和介入，不难也难。

刘：你对国外的翻译诗与中国当代汉诗写作的关系做何认识？

晏：毋庸置疑，翻译作品在过去的近百年里对中国诗歌的现代化进程是有着难以替代的推动作用的，它们扩大了我们的审美视野、提高了我们的诗美感受力和写作技艺，但这一过程也在我们的潜意识中衍生出一种对翻译作品的依赖。我一直认为当代中国是最应该出大师的，然而我们却没有大师——诗人们有探求永恒之美的勇气却没有关注当下生存实境的智慧。诗人是属于世界的，但如果他连自己脚下的土地都不感兴趣，那又怎么期望他来写出存在之大境呢。何况中国当下的复杂性是人类历史上千百年来少有见到的，连卡夫卡的时代恐怕也相形见绌，这是个大气象，是个绝佳的语境——当下无虚境，此在有终极——中国当代汉诗应该在这样的语境之下抒写大气象。

刘：作为多年来坚持幽居独处和甘于沉默的一个诗人，在这样一个文化消费主义的时代，你的思维方式或是行为方式是否会多少显得和别人不太一样，你认为生活与你背道而驰吗？

晏：沉默也是一种声音，也有它的力量。我只是坚持了一个人的正常的方式，所以并不感觉自己有多例外。而且和所有人一样，现实生活也同样给了我诸多困窘。但我们不能把生活狭隘化，我一直认为，作为一个写作者，应该始终保持对平面化生活的警觉和怀疑。所以，如果有什么差异，就是在我的个人现实中，时间往往有着对时间的反诘性，而这又和缓慢、拖沓、凝固而更加寒气逼人的更大的生存语境巧妙融合，因而有着特别的文化意义，这也成为我个人写作的一个资源。在此之下，心灵变得异常敏感、脆弱而隐忍，在理想与现实的对峙中充当着不自量力的角色……或者，这也可以理解为现代诗意之一种吧。因此，不是背道而驰，生活如果是个黑洞，只不过我发现的这个洞可能更大、更深也更黑一些。不过不必为我担心，我需要的只是一个火把。

刘：你在大学里一直积极地引导学生创作，那么你觉得现在学生的诗歌创作缺乏哪些东西？你对当代中国校园文学的发展前景作何评判？

晏：我在学校教的是写作。真正的写作从来不是空中楼阁式的，尤其在当前所谓的消费时代，当越来越多的人仅仅满足于文化快餐的时候，写作就更需要写作的立场。我们是人文学院，教授知识和引导做人不但不矛盾，而且只能是一体的。另一方面，现在的学生营养丰富、思维活跃，也不缺少书本和时间，但与其成年身份并不相符的是，他们在总体上却不具备健全的人格、独立的判断力和丰富而高贵的个性。其实这也是知识，一种生而为人必须要具备的更高级的知识。没有这些基本的质素，无论是做人还是做作家，都将是极大的缺陷。或者正是基于以上认识，我喜欢采用更灵活、针对性也更强的授课方式，就是把思考实践、审美实践和写作实践紧密联系起来；当然，事实上它们不但息息相关，而且全然不可分割。我见过很多这样的学生，他们的作品辞藻华丽、情感柔婉，却没有基本的写作立场，也谈不上什么真正属于自己的更具个性的审美取向。我想说的是，在今天，如果只是满足于泛泛的抒情，只停留在浪漫的温馨和古典的崇高上，那他的文字就只能永远停留在 19 世纪或者 1000 年前，不经意间成为人生的伪饰。这样的作品往往既无个人的真切，也无时代的质感，从而不具有任何时间意义。"校园文学"的提法我不太认同，在学生时代就不认同。写作就是写作，是一个人和他自己、和他者、和这个世界的关系。人为的身份限定会使写作变得不真诚。所以，我希望他们的写作是基于开阔的视野和直面心灵的写作，要尽力超越所谓"校园文学"层面。客观地说，现在大学文学社的功能与水平都还十分有限，基本上是正常的中学生的水准，我想，这和偏执于"校园文学"的理念或有一定关系。

刘：最后，如果从你自己的作品中来选，您愿意把哪首诗歌推荐给更为年轻一代的写作者呢？

晏：只能是我自己的吗？事实上，除了在写作当中，我对自己任何定型的作品都保持着距离，可能这也是不得不继续写下去的理由。但是你提醒了我，我很愿意推荐我在他们的年龄所写出的两首风格截然不同的诗歌，可能会有些参考价值吧。在我看来，那些作品理应离他们更近，虽然事实并不如此。一首是长诗《悬挂起来的风景》，写在 20 世纪 90 年代初，是对当时心境转变过程的完整追写。它本来是个 10 幕诗剧，后来改成了标着阿拉伯序号的 100 多个章节，主要是想以一种最为简单轻巧、机械重复的形式，来衬讽现实与存在的荒诞、呆板、毫无理性和令人窒息，表现一种让人无奈到只有悬挂起来的效果，同时也暗含着藏之背后的虚弱而顽强的隐忍力量。另一首是长诗《献诗》，写在 1993 年秋天的一个下午，可以说是一蹴而就吧。当时由于顾城的死，联系到自己的精神困境，就在这首诗中展开了对诗歌、爱情和生命理由的叩敲、怀疑与问寻。但它的方式却不是理性的，以一种清醒和癫狂相间、真实与迷幻互置的形态写就。当然，以我切身的体验，那种癫狂和迷幻完全可能是更高意义上的清醒与真实。现代主义以降的一百多年来，世界文坛诞生了灿若星河的现代经典，和社会上大多数人的印象完全不同，真正严肃的文学艺术直到今天仍然活力四射且值得信赖。所以，如果有可能，我很愿意在其他场合多为年轻朋友们推荐一些在内心远离尘嚣，然而于这个世界却更为接近也更为重要的作家和诗人。

2008 年 10 月 10 日于杭州湖畔居

接近与抵达：诗歌问答录（访谈）①

问：相对于小说、戏剧而言，诗歌总是显得被忽视，您如何看待诗歌在现今的地位？

答：诗歌从来没有谋求世界的中心，尤其是偏向物质意义世界的中心。虽然实际上它的本质与世界的中心是同源同质的。我们嘴上说它是艺术的皇冠也好，皇冠上的珍珠也好，但是给它的待遇并不公平，为什么呢？小说、戏剧电影是叙事的，同我们表层化的生活是同构的，而诗歌直接指向精神与灵魂，与想象同构，同想象力、美的本质、美的呈现方式直接相关，这使得它天然地与平面化的生活，与诉求于这种生活的大众产生了距离。实际上，诗歌从来不排斥大众和日常，但是它往往被大众和日常所排斥。当然，日常本也可以是有深度的和有诗意的，而不是必然地庸浅粗陋。

问：是不是因为诗歌的叙事性差，从传播的角度来说，它就比小说的受众会天然少一些？

答：叙事性本身不能独立作为一个客观标准和维度。诗歌缘于一种超越的方式，它更直接。而物质世界里的我们，有时候会慢慢丢掉一些与生俱来的能力，比方说想象力、直觉力、参悟力，消费时代又使这些能力发生急剧退化，以至对诗歌产生了陌生之感。

问：怎样的一首诗可以定义为一首好诗？

答：传统的诗讲究情真意切，感思抒怀。就现代诗而言，它的形式一定要诚挚，你运用意象，所有的手法，意象组合、句式转换、视角与力度等，更高级

① 本次访谈由绍兴河洲文学社完成，采访时间是 2014 年 6 月 11 日下午，主要提问人为俞若慧、吴宗辉、张娇鉴等，由绍兴文理学院人文学院报及《河洲》节选发表。

的意象与意象的关系、非意象成分的处理，一定要诚挚，使它们具有唯一的有效性。今天我们多出来一个任务，就是祛除那些已变得浮泛平庸的艺术形式，在写作中边生成边剥离，剥离对诗歌和写作构成伤害的那部分。生机勃勃的春天和红艳艳的花朵，也有可能成为一根最后的庸俗的稻草，伪写作的稻草。形式的构成极其重要，一定程度上的变革和革命极其重要，同时一种保护机制也极其重要，它保证了写作的诚挚和唯一性。用真挚、精确到不能替换的形式写出来的诗，肯定是一首好诗。

问：如何去读懂一首诗？

答：不要试图去读懂一首诗，如果你所谓的"懂"不是基于自己的内心感受、生命体验或者诗意逻辑的话。我问你什么是懂？一定要能够分析、验证和罗列出一二三条简明扼要的科学式论断吗？一定要有一个历史决定论或者社会反映论的中心思想吗？读懂一首诗歌与读懂一篇文章是完全不一样的。一朵花开了，你在眼光触碰到它的那一瞬间就会感到一丝震颤，这就是懂。当然，倘若你具备相对完好的知识结构和感受力，能有效实现对诗意的辨别和抽离、对意象和非意象的区分和互渗、对词语及表达的敏感和控制、对历史语境和生存悖论的参悟和超越，等等，那对进入一首诗，对读懂一首好诗显然有极大帮助的。事实上，并不是你去读懂一首诗的问题，它原本就在那里，在你的身体和周遭空气中，是它激活你的问题。

问：写诗应该偏重写个人还是现实社会？

答：两者并不矛盾。对个人负责的写作，与对时代负责是一致的，没有一个与生存语境全然隔离的个人。你对时代及现实问题的判断，是基于独立的个人的判断，是个性化的真挚表达和呈现，本身就是对时代的有效参与和对时间的负责。我们总喜欢把个人和社会对立起来，但社会不是一个架空的抽象概念，它是由每个鲜活的个人组成的，它们不但毫不矛盾，而且通过真实的个人来观照社会，这个路径在很多时候更为可靠。

问：我们知道您写了很多长诗，长诗和短诗是否存在哪种更优越的问题？

答：事实上我写了更多的短诗。我是说我比一般的同行可能写了更多的短诗。长诗和短诗在诗歌的类别上，表面上看就像是大象和蚂蚁，它们在生物物种意义上完全是平等的。但是在内涵容量、结构的复杂性以及技艺运用空间层次的丰富性等方面，二者的情形与要求有点不一样。当然，不能为长而长，长诗和短诗是由写作的对象决定的。就像你画一朵花和一个花园，画一片叶子和一棵树，它们没有谁好谁不好的问题，只有你要不要以及如何让它们进入视野、进入构图的问题。最好的情况是，你的选项是唯一的，也就是说，长诗和短诗是无法置换的，它们由你和你的写作对象的距离而决定。

问：好的诗歌是否应该指向精英或者引导一种高贵意识，而把平面化的生活排除在外？

答：诗歌指向生活的时候，本身就是朝向整体的。所有人都在用自己的方式感受和参与生活。诗人、教授、店员、农民、技工都在参与生活。哪怕是单调、重复和机械的生活，也是生活，甚至也是一种写作。好的诗歌在于能够在一切层面进行富有意味的开掘。在这个意义上，如果我们要让诗歌更有深度，更准确、更精美，更有丰富性、穿透力、映射力和延展空间，一定专业的技艺和保持清醒的高贵则是必要的。

问：现代生活面临许多压力，大家都非常忙碌，有时常常觉得自己变得庸俗了，离会思考的自我越来越远，那么怎样才能保持心灵的独立，避免庸庸碌碌和迷失自我？

答：传统年代里，我们最大的痛苦只跟肉身与精神的背离有关。而现代人处在更为压抑、异化、荒诞的生活秩序中，不但难以保持灵魂的纯净，连灵魂存在的合理性、合法性都会受到质疑。这是新的痛苦。但我现在倒认为，我们何不变被动为主动，就利用这样的形式，去拥抱和体尝荒诞，去它的内部反噬，互相反噬，把生命的异质和悖谬感反过来化成我们的生命资源？痛苦、孤独、绝望、荒诞，为什么不能是生命的一种常态或者说本质性的呈现呢？我觉得，荒谬的生活现实，同竭力去保持灵魂的纯洁性，并不矛盾。在一场战斗中遍体鳞伤和举手投降是两回事儿。

问：但是你可能会慢慢被那些东西所同化了……

答：同化当然是个悲剧，我想表达的是怎样面对荒诞，避免悲剧。在过程中保持清醒，去体验它，而不是要跳开它、拒绝它，不是要逃离我们的日常生活。就当是在看一出戏，或者干脆是演员，不管悲剧喜剧，把它看完，把它演好，完成你该做的事。我注意到你说到"思考的自我"这个事物，我倾向于那种存在于其中的思考，而不是抽身其外的思考。绝对的抽离，第一不可能，第二也并不美，但都比沉沦要好。不是天际线而是底线，有时只是保持一份身单力薄的独立，不是高高在上的，而是在艰难困境中混合了你生命的柔软与坚硬、韧性和刚性的事物。

问：您在什么情况下会去写诗，比方说是发生了一件个人的或者社会的事件，是一定要有所触动吗？是必然要以诗歌来表达吗？

答：不一定，那种情况写篇文章更有效吧。诗歌可以做它更应该做的事。宇宙之广袤，生命之神秘，美之复杂，情之深切，并非讲讲故事就完了，工具很重要。

问：如此说来，诗歌应该是理性地呈现，而不是感性地呈现？

答：诗歌很多时候是非理性的，而不是理性，当然我所说的非理性是在理性之上的超理性。为什么我总是强调精确，这个精确不是所谓理性的精确，并非用逻辑语言表达出来就是精确。还有，我刚才讲的清醒，在目下可能更重要。中国现在不缺少生活、资源、知识、技巧，甚至天分才华，有些东西假以时日都可以磨炼出来。当代的写作最缺乏的是清醒。当代诗坛最缺少的是清醒诗人。这包括几个层面，一个是价值坐标、知识结构等，你总要对人性、对美、对诗歌有个相对完整的理解。再一个层面是，从当代人的角度来讲，对于我们自己这块土地，对现代性，对于一个当代人在他的生活和更大世界中的位置的理解。在如今这样一个更为复杂的语境和更为尴尬的时刻，就尤其需要对坐标、位置与方向的判断，无论之于诗人还是诗歌。也就是说，今天我们写在纸上的每一个字都应该是有向度的，至少要有向度的诉求。如果理性不至虚妄，感性不至肤浅，这样就连沉默与矛盾也会有价值，矛盾本身也有了向度的意义。但我看到的实际情形正好相反，更多的诗写者对此毫无概念，满足于轻浅自娱或群体狂欢。我们应该给这个时代留下怎样的文本，是在推着它还是拽着它，要心中有数。

问：我觉得不给定方向，更自由的抒发不是更好么？而且现代社会不就是一个缺乏固定标准的社会吗？

答：我恰恰是在反对统一标准，追求自由和主张多元化共生应该是我们共同的立场。但这是另一个问题。至于美的坐标、价值指向，其实并非简单的萝卜白菜各有所爱；各有所好和所好如何是两回事。比如现在某位诗人当然有权力用浪漫主义信条来写作，但我们要知道现时已不是浪漫主义时代。你可以穿长袍马褂，但你肯定理应清楚这也不是长袍马褂的年代。艺术和任何事物一样，是要发展的。

况且，这个坐标必然是动态的，要知道，当下的"现代"既和传统相关，也和未来相关，所谓艺术责任即在于此。不能因为它是动态的，是可能千变万化的，你对你的写作就不需要负责，而还是要考虑一个艺术责任和艺术规律的问题。如何反思过去，如何指向当下，如何引领未来，如何不走弯路。现在我们的诗歌写作，某种程度上已走了很大的一段弯路，很多人还在以极落后极其腐朽的东西填充诗歌。他固然有怎么写的权力，但平等与自由生态的底线是，不能把末流当成主流，不能把破烂儿当作宝贝，要搞清楚什么是真先锋什么是伪包装。我们的现实之所以复杂，恰恰是因为很多东西颠倒了过来。

无论如何，需要认清的是：第一，有些写作不太高级，也不是太有效；第二，不应把不高级的东西作为大多数人学习和体认的对象；第三，更不应该把它视为绝对化的艺术标准，斥他者为异端。打个比方，本来你画你的晨读少女，我画我的软面钟表，虽则与前者用自信满满的主体性描摹手法再现出一个"完整""逼真"的青春形象相比，我认为后者更贴合主体性沦落的现代语境，否则也不会有现代主义的诞生了，但两者可以相安无事，可以各有用途。然而，我们长期固守的主流价值、主流审美甚至主流权力，却主导和干预着你所说的自由生态与秩序，他们有话语有审核，有协会有基金，有专家有奖项，有封杀有批判，他们不费吹灰之力就可以让殿后的万马奔腾，先锋官打入冷宫。这是一个错误，是自由的反面。所以，喘息、周旋、对峙、坚持的自由更为残酷和难得，向死而生、知难而进，就是向度。

问：您认为诗歌有顶点吗？

答：艺无止境。你说的顶点是指最终的一个制高点吗？我只能说它的存在方式有点怪，它很重要，但又不是绝对地重要。我觉得用"高度"来代替"顶点"会更合适些。最终的顶点可能一时看不到，但不能看不到高度，只有一个高度一个高度地抵达，才可能最终接近顶点。或者说，它是你能感觉得到引领你不断接近，却又触之不及的一个神秘物。永远只是一个接近的状态，无法抵达。我们也可以把"抵达"这个含义置换一下，什么叫抵达？永恒地持续，登高而望远，为什么不能是"抵达"的一种更加圆满的状态呢？而那个所谓的"顶点"为什么不能是过程本身呢？我认为诗歌写作就是这样，永远地去接近它，就是实现抵达的过程。

问：有一种说法，诗人如果没有其他职业的话99%得饿死。如何理解这句话？如何理解诗人的身份焦虑与生存状态？

答：诗歌艺术与其他艺术不太一样的地方，是它的物质性较差。小说依赖于可感的故事、人物、生活百态，绘画依赖于色彩、构图、线条和画笔、画板、画纸，音乐依赖于声音、旋律、嗓子或乐器，电影依赖于演员、台词、镜头、画面、摄影机、胶片和拷贝。而诗歌依赖什么？它依赖的事物看不见摸不着，听不到想不清。你能具体描述一下"三月的战栗"或者"拐弯的春天"这样的事物吗？把它们画出来？而它们却是构成诗歌最为基本的要素。所以，诗歌艺术的特质规定了它在现实生活中依赖和获得直接物质利益的局限，或者说，诗歌在更本质意义上是反物质性的，我们可以说它是一门更为纯粹的精神性的艺术。而"饿死"在我看来是一个生物学范畴的概念，它和写诗没有必然关联。任何人都要活着，内涵不一样，比如我可以反过来说，一份饿不死的职业并不见得更有诗意。

所以，我并不认同会有什么特定的"诗人的身份焦虑"，诗人只是天性更愿意追求纯粹和美好，更愿意穿梭于不断超越的理性和智慧，更愿意拥抱丰盈通透的生命和世界，他们与生活原本就不是必然相悖的。不过，我想提醒的是，一种相对平面化甚或平庸化的生活对诗人却并不包容。因此，诗人只有作为鲜活的"人"的身份焦虑，一个具体的、宿命的、现代的、悖谬的、真挚的人，就是诗人。

问：如果你的诗歌不被人读懂、理解，是否会有孤独感？

答：不会，不被理解很正常。再说，那种彻骨的孤独其实早已习惯，成了诗歌存在的一个部分，成了我自身很自然的一部分，我不知道还应不应该叫它孤独。有多少读者与我的写作也没有多大关系。而且读者也应该是有标准的，首先是合格，即所谓合格的读者，满足了这个前提，多多益善。有意思的是，读者与作者本来是双向选择的，但现在作者似乎沦落到了常常不自知地自我降格之地步。一个好作家的标准，不是能不能紧跟时代，紧紧趋从读者的审美趣味，而是能不能超越和引领一个时代和它的人群，把它们带入更进一步的审美领地和自由王国。

问：经过几十年的追赶，现在国内的诗歌水准处于什么样的层次与地位？怎样才能达到国外诗歌艺术上的成就？

答：就诗歌而言，少数中国诗人的写作已经达到甚至超越了国际水准。至于能否在主流层面被认可，则是另外一回事。而就我们当下语境的丰富性而言，国外的那部分几乎只能是一个基础，但我们遍地黄金又视而不见。从语境荒诞性与现代艺术之诞生的逻辑关系来看，我们是早该达到必然达到，而从现实情形观察和推断，我们又远未达到甚至不可能达到。这是我们的滑稽之处，我常常讲"荒诞上的荒诞"，就是在我们这里，荒诞超出了它自己的逻辑。荒原产生艾略特，异化产生卡夫卡，但荒诞的逻辑在这里却不适用了。1+1不再等于2。如果你领略了这"二重荒诞"，就站在了风景的最高处。

问：最后一个个人问题，您是什么时候开始接触诗歌的？您写诗也是从模仿开始的吗？

答：七八岁时读唐诗宋词，后来的确仿写了很多。但真正把写诗当成一件严肃的事是从十来岁开始的。那一年我从福建沿海跟随父母回到北方，现在看来，境遇变迁对一个敏感的孩子的影响还是蛮大的。不过真正的触动则是那一年读到并大量手抄了很多所谓"朦胧诗"，如获至宝，突然发现原来诗歌还可以这样写，完全与心灵同步，与思维同步。从一开始，想象力的解放就不是在对古典纱幔的迷恋，而是在对穿透现代词语肌肤的真切触感中完成的。那时起，写作对我来说就成了一个可堪信赖的朋友。

所以，模仿当然允许，但不是必然的，我模仿了大量古诗词，到后来我甚至产生了古诗词也大都是模仿生成的幻觉，但愿是幻觉吧。感谢现代诗歌，不光为我开启了一扇超现实的窗户，而且让我领略了真正现实意义上的完整世界。吊诡的是，这些年在风起云涌的群体性写作风尚中我们仍能看到那涂满油腻的现代幻觉，或者叫伪现代？显然这是对诚挚的个人写作的最大威胁。有一件事很可悲，其实我们生而具有一些高级的本领，和这个世界、和自己内心对话的本领，却往往在自以为是的成长过程中封存了它。

南野：一个不合标准的写作者^①

一

从 80 年代中期到今天的大多数诗作者，一个普遍的不足就是写得太过琐屑，满足于在一种无关痛痒的文字中获得清浅的自娱。我无力也没有必要反对只是作为爱好者写下来的这种"旁观的、古今皆宜的闲情诗歌"（周伦佑），但当这类文本成为这个"和平"年代一批又一批文学青年的群体性写作风尚甚至具有了某种程度的写作指向意义，从而对某些确有才情的作者本来可能养成的个性化写作构成威胁时，我就不得不厚颜而真诚地给朋友们提出一个也许同样无关痛痒的警告了——这些"闲情诗"在这个解构主义的时代除非作为具有反讽品质的材料与工具，否则它不但不会成就古代诗词的典雅和幽远，而只能成为由于取消了个性而毫无艺术质感的虚饰物。首先必须要搞清楚真正让你得到满足的是什么，是描红的快乐还是创作的快乐？而你真正缺失的又是什么？是对淡泊、空无、柔婉、自然泛化的传统美感的满足和沉醉呢？还是对凡此种种的传统之美及其生衍定势的反诘和变构的能力？是理想主义的幼稚自信、慷慨激怀还是一种拙朴怀疑的精神和重新发现的力量？在我看来，我们缺失的恰恰是对艺术的自觉，而这种自觉，主要就体现为对艺术本体的自足性和独立性的尊重，以及对现成的或已成为传统的既定美学观念的超越意识。正像超现实也可以涵盖和参与现实一样，超越传统当然也是以对传统的熟稔和驾驭为前提的，然后才有对传统的重新发现和生成新的传统；关键是作为诗人有没有揭示生存的自觉意识和要求，而这种自觉又有没

---

① 此文发表于《诗探索》2006 年第 1 辑。

有锋利而刻骨地深入诗人的精神历史。值得庆幸的是，在这方面，中国当代为数不多的优秀诗人们尚保持着清醒的头脑，南野则是其中既有代表性又独具个人品性的一位。

南野在他的一篇文章中把自己称为一个不合标准的写作者，究其理由，除却一个先锋诗人对诗写行为以外事物和因素的决然摒弃的立场，及对众所认同的标准和规则的怀疑态度外，更为主要的方面则是他对其书写对象的复杂性及写作行为本身的艰巨性的清醒认识。相比之下，多年来为数众多的诗写者却全然不具备这些身为诗人的最基本的素质，例如，他们或者只能领会历史的建构性而无法理解历史的消解性，或者只能意识到时间的连续性而无力触及时间的逆向性，或者只能体验生命的绵连而无法感悟生命的延宕，或者只能欣赏语言的"信达"而难以认同语言的阻拒感，这使得他们最终自信地生活在了一个单维平面的世界，而不是一个多维立体、丰富深刻的历史时空。实际上，这也是我分辨一位优秀诗人和一个平庸诗人的最为简单有效的标尺。

二

南野的作品大凡博大而精微，丰富又细腻——不像现在流行的所谓网络诗歌，大都出笔仓促，写作明显缺乏准备，问题也只是出现在结构和语言的基础层面，尚很难涉及情绪的内在化与速度控制、符号的分解与意义对称、对张力的把握及对佯谬的处理等技术性问题，更不要说经验与个性、历史感与超现实的话语空间、心境与物境的双重营构了——而且他既有着敏锐的感性又不乏深邃的体悟力，所以往往能在其作品中有效实现生命与文本、语言与世界的互文性对话。也正因如此，南野的诗往往并不能为读者正确对待。长期以来人们已误将"言志"和"缘情"视为了诗歌的本分，包括现代的语言乌托邦情结，以此作为诗歌（诗人）与世界发生关系的主要路由，这种状况直接影响到了现代诗意的找寻和文本生成方式的建设。因此在这里有必要指出，写诗不仅仅只是一种抒情方式，更是一种特殊的自为的思考、体悟、认知、生存方式和动态过程；把握诗的特点，也不光只是依照现实逻辑、情感逻辑，更重要的还要依照审美逻辑、诗意逻辑、超感逻辑甚至超逻辑。所以，也许是出于习惯，我更愿接触那些在本质上更具备诗的基本质素的作品。有时题目也许很小，但由于作者对诗本体（存在）所持有的与众不同的切入视角，那么在看似平易的文字后也有可能隐藏着一个让人惊异而炫目的沉甸甸的世界。这里仅以南野的一首《金枪鱼》为例概而论之。

现代诗歌史上关于鱼的经典之作已有很多，从叶芝那条顽固、可恼的鱼到布罗斯基那些催眠而永不睡去的鳕鱼，我想说的是，诗自浪漫主义以降就已不会再去单纯地咏物了，或者说现代诗人已意识到了咏物的难度，在物与人之间每每是一种令人畏惧的选择，物人关系难以确立，写作者的合法性受到质疑，这尴尬的局面令我们无所适从。这一情况常常导致两种结果：一种是强迫诗人进行多维思辨并在此过程中使得包括诗人在内的存在场景具有可生成性和可阐释性的意义与结构，并参与到文本建设中去；另一种是被自我制造的多重关系所拘囿，因叙述不能得到自我控制（这在有些情况下表现为叙述无能）而直接导致文本的无效，以至于或流于就事论事，或逻辑混乱，使文本所生发的意义在不断的逻辑冲突中自行消解。《金枪鱼》显然成功避免了第二种可怕情景发生的可能。从对此诗的语言、语势和节奏的把握上可以看出，作者已具备驾驭形式的相当功力。因而我在欣赏这首诗的流畅的诗思、舒缓的语调和美妙的修辞之余，把注意力放在了该诗更为潜在的组织肌理上（而非要表现的内容）。

诗一开始就体现了南野一贯的风格，貌似简洁的背景叙述，却充满了智性的悖论色彩——

> 它朝着漆黑中沉去，留下空洞的太阳。遍地萤火
> 但不能改变黑夜。这源于海洋退潮时的一个细节
> 蓝鲷被搁浅在礁石旁，它会在冰冻中缓慢逝去
> 于是捕获它们就意味着丧失。

"漆黑"与"太阳"、"萤火"与"黑夜"、"搁浅"与"逝去"、"捕获"与"丧失"，严肃与戏谑的两个世界，成为看上去轻描淡写的表述对象。而在接下来的一个小巧而抽象的场景描写中，"鱼"已经进入了诗人的沉思——"对此疲倦的鱼／时光剖开闪亮的肚腹：一个淡灰色的清晨／我以为熟知这样来自海洋的鱼。"写的是二者——主、客体——煞有介事的对视，但我更愿把它作为一个成功的隐

喻——人与鱼（外部世界）之间的所有的意义均来自于我们毫无意义的相遇时刻。这一切的发生需要理由吗？不需要。需要加以解析和证明吗？不需要。我们和诗人就在这偶然的瞬间陷入了偶然的荒诞中，表面上似是而非的句子却包含了对鱼的生存秩序、对"我"和"它"的关系大胆而直接的质询。一个"我以为"，把原本是理所当然的变得模棱两可，把原本实实在在的变得虚无缥缈了，一切都被这略带苦味的一个腔调虚化了。

由此，"即使是它们的死亡 / ——深水里隐秘的鱼日渐肥硕，它们被暴食者遗漏 / 却为我赤裸的手触及。正因为我离开了，有了距离 / 有了怀想"。这些表面上自忖式的语句，实际上已在暗地里将诗的意义实现了分层式的两相剥离。诗人在写作过程中有意识地拉开了与叙述者的距离，即将叙述的一部分意指作用指向了叙述本身，这样做的一个好处是能使作品的蕴涵具有更为深广的延展性——如何由单纯的情感动力上升到文化动力，或者将较单调的情愫引向哲性空间，这些都是使诗歌走向深入与内在的向度选择。体现出诗人这一隐含动机的字眼恰恰是看上去无关紧要的一个转述性连接词——"正因为"，正是它，联结了"触及"与"有了距离"的两个时空，"我"与"我"（作为情感主体的诗人与作为文本生成主体的客观化了的叙述者）貌合神离，诗的意义出现了重叠，又复加在文字上。由于诗人在文本中保持了作为叙述者的独立性，这里的文字以及这之后的文字都具有了如热奈特所说能让读者"重复阅读"即"朝各个方向，从各个方面不停地阅读"之功效。

在接下来的部分中诗人对意象的择取（取词有意朝向大和小两个方向，并构成了意义的平衡）与时空关系的对位上倾注了大量心思。让我们看看这一段——

> 正因为我离开了，有了距离
> 有了怀想。我曾学习朴实的那些手势，居住于
> 海洋身边的那些出海者，和他们一样不知如何结束
> 是否能够回还。海的拥抱有时很紧，我想那是往日的
> 故乡。在那个时间里，从窗户可以看到一片海水
> 那个时间的太阳升得有点高，那个过程我感到了
> 大海动作中的不安，海浪又一次把我带去
> 遥远森林的火光被水封闭。

我们知道，意象不是语象，它处于结构中，处于意义的关系网中，它从来不能够孤立地营造自身，而且意象和意象间的互为衍射也使得意象含义变得更加关系化。所以，意象必然是具有时空感的，与时间、空间发生着天然关联，意象的上述特点决定了在诗歌写作中单纯的线性表达几乎是不可能的。或者说那种图解式、直抒式、单线式的写作实际上是对诗歌、对诗意、对生命与存在的幻与真的简单化理解的产物。爱因斯坦说"时空不是本身存在着，而只是作为场的结构属性存在着"，诗的时空当然也不例外，也是作为场的结构属性存在着，只是这个场具体化为了意义场，即由意象的相互作用和主客体间的相互作用而形成的意义场，这种相互间的意义生发具有同构性，它们互相反射和衍射出新的意义，这一过程甚至可以是无限循环的。而且还有个时空转换的问题——"在'空间中的'现成事物的种种经验表象作为心理上出现的事物'在时间中'进行，于是'物理的东西'间接地出现'在时间中'"，"此在特有的空间性也就必定奠基于时间性"（海德格尔），这一点同样不可避免地发生在指向本真的诗歌写作中。很明显，诗人深谙此道，"距离"与"怀想"，经由"学习"而熟稔的"手势"，不知所终的航途，还有给"我"以实在感的"海的拥抱"以及变得日益虚幻化了的"往日的故乡"，由于介入了时空因素，这些词语的微妙关系变得更加复杂化了。另外，暗隐的时间主题，对营构偶然的荒诞本质也起到了不可忽视的烘托作用——"在那个时间里，从窗户可以看到一片海水／那个时间的太阳升得有点高，那个过程我感到了／大海动作中的不安。"反讽和抒情在此交合为一种含混的物质，一种带有悖论性质的旷古诗思。接下来的一句写得极为残酷、绝断，把此诗暗含的荒诞主题推向了极致——"海浪又一次把我带去／遥远森林的火光被水封闭。"是啊，这世界是荒诞的，我们自身的存在也是荒诞的，在这无边无际无处不在的巨大荒诞和永恒的偶然面前，一切都那么荒唐可笑、似是而非，这时，寻找并构成意义的伪饰就成了最愚蠢的行为。这时，无可奈何也成了美；这时，自嘲，也成了力量。

此诗还有一个颇为独特之处就是对矛盾语法的运用，集中体现在下面一段：

> 联想的纠缠，那般被剖析
> 的痛楚，责备海的声音来自静默事实的背后

我犹如在大海边捕捉说谎的鱼类，或者在水底学习
回忆（灵魂试图挥霍大海）。这是我的权力吗
我可能远离本质，也可能契合。我将怎样思索下去
对每一个动作的高贵性质坚信不疑，将创造看成是
纯粹的增加（同时听到它背后坍塌的响声）

　　诗人用了两个明白无误的词——"联想的纠缠"和"被剖析的痛楚"，其实全诗的这种反悖风格是一贯的，使这首诗在游刃有余的模糊述说中构筑了一个美感与智性交互作用的立体诗美时空。矛盾语法，在词与句的组合和构成层面，即我们平时所谓的佯谬，作为古已有之的技巧，在现代诗歌创作中运用得已是极为普遍。它把具有反差效果的矛盾物直接关联起来，或构成因果关系，或形成对比色彩，从而使文字（词语）意义超越至文本之上，通达至更为潜隐深邃的哲性空间。"联想"成了动名词，与"痛楚"和"声音"并置，而"纠缠""剖析""责备"几个动词又超越了一般的并联关系。"捕捉""鱼类""在水底学习""挥霍大海"……这犹如幸福吗？还是一场苦难？幻想与现实哪个更真实？鱼和我们谁更自由？谁更拥有那种"权力"？在环环相扣的智性之链中，世界的全部的意义就这样流淌在了这条虚无的海底和这个偶然的时刻。此时，"远离本质"和可能的"契合"都已变得不重要了，重要的是诗人仍旧保持着他的独立性，保持着他思索的权力，保持着他信仰的权力，并能够可贵地"将创造看成是纯粹的增加"。

　　在诗的最后六行，从虚幻的海底到现实的岸上，再到亦幻亦真的"乐园"，诗人营造了三重迥异的物境与心境，三种不同的死亡。"最终鱼的尸体被扑上岸来，少年的幻象与中年的／默然不语及苍老海洋的叹息，形成了一体。"虽然对以庄禅为艺术精神核心的中国（古典）诗人更倾向于"以物观物"的审照方式，而南野也在此方面有着深厚的知识积淀，但作为一个现代诗人，作者宁愿把"以我观物"作为一个聪明的策略，即如艾略特一样对"物""我"进行双重改造，达到思想的知觉化及其对应物的客观化。而且在这首诗中作者对心理意象和诗歌意象进行了有意识地区分和建设，"海浪捉紧不放，它嚼碎欲望的身体，直抵骨头／'烫啊烫啊'。沐浴的天使喊叫起来，翅羽在岩石上／溶化"。这就是死亡，这就是永生，无形无状，既是具象的又是抽象的，这就是大美，诞生在物我相融的

奇迹里。"永恒的运动开始，'一切将重新开始'。我自语／责备的眼泪溶解于海。崭新的恐怖的乐园出现了"——像一幕舞剧的终场，又像开场，总之这场景让我们既感熟悉，又觉陌生，而最大的陌生就是常常误使我们目其为熟识之物，而不知乃是错觉。毕竟，从古代到现代，我们错过了那么多次接近美的机会，我们被它的假象一再蒙蔽，我们从来都不曾问过这世界上会有什么比美更美，原因其实很简单，正如里尔克所说，"由于美不是别的／只是恐惧的开始，一种我们艰难忍受的开始"。

三

当然，我们不得不关注发生在南野诗写行为中的一个看起来颇为奇怪的现象，那就是他的许多作品的书写对象（至少表面上的书写对象）都是动物，这在其他诗人那里确不多见。看看这些诗歌题目——《大鲸》《犀牛走动》《灰色鲨鱼》《动物园》《鱼鹰的复杂性》《雪地里打鸟》《金枪鱼》《靠近了狮子》《马群到达》《狩猎者》……可谓形形色色，不胜枚举。然而这并非偶然，我以为，这一现象与南野对世俗人性的理解和对隐喻的纯粹性的追求有着直接的关系。

南野始终离群索居地生活和写作着，从内蒙古到湖北再到杭州，远离于应酬，厌倦于人际，他始终更愿相信人的意义乃至世界的意义来自于个人在其环境中的存在，来自于简洁然而纯粹的深度、来自于孤绝然而彻底的清醒，而不可能来自浮躁、琐杂和功利的人言世事。以其《狩猎者》为例，这首诗里并没有出现一只具体的动物，然而叙述主体却无时无刻不与作为"人"的对立物的动物性的生存语境发生着关系——"我是个失望的狩猎者／我在树梢上一个空间挖掘陷阱／在树根的位置布下精巧的丝网／我把猎枪遗忘在一本书里／我错误地充满着幻想／我唯一熟知的捕猎方法是守株待兔"——当然，一切都在全诗首句那个"假定"之后，都在隐喻之中，因此我们不难发现，真正的故事发生在故事以外，发生在诗人的自身。更有意味的是，诗人承认了自己的"错误"和"守株待兔"般的愚蠢，在这里，只有借助于原始、质朴的动物性生存秩序才能让我们意识到自身生存秩序的滑稽与无奈——"我所万分关注的是树木，每一棵树／犹如每一个似乎可靠的时刻"，然而在所有的幻觉消失殆尽之后，所有假定的可能都不会再发生了——"我的两手依然空着，空手而归，犹如去时／……／这证实我的徒劳，我的空洞无物／和题目的虚幻不实。"不管这首诗是在喻指诗人的存在，还是在喻指写作，这里都涉及了"狩猎者"与"猎物"的距离与关系；至于谁是猎者谁是猎物，聪明的读者自会一目了然，而且他们会相信，真正的故事其实每天都在发生，发生在所有"人"的自身。

在更多的诗作中，南野则把作为个体的人和作为个体的动物进行直接的类比，他发现动物的单纯、专注、野蛮甚至迂拙冷漠使它们具有了特有的隐喻性，它们往往能更完美地表达游离于群体之外的个体存在的焦痛、无助和孤寂——

> 年轻的蛇，环绕我周围
> 我可以安睡
> 这是有毒的花丛
> 美丽黑豹伏藏的堡垒
> 狼群在密林外围，传播铮亮嚎叫
> 月光扑落于林中
> 鸱枭打起翅膀
>
> ——《在密林》

> 宏大的鱼，巨大的白色
> 从太阳落下处，出现
> 吞去大海
> 一次随意的狂欢
>
> 白色忽而消失，鱼沉下去
> 大海在浮起，接近天空
> 它的底部，是那白色
>
> ——《大鲸》

> 一只乌鸦和它的聪慧跳跃在犀牛坚实
>
> 如大地的背上
>
> 犀牛无声地缓缓走动
>
> 犀牛满怀希望，像一只手掌
>
> 犀牛自信是自由自在的
>
> ——《犀牛走动》

从这些诗句中我们发现，那些在人际关系网中再难寻觅的原生的秩序、生动的孤独、简洁而辉煌的生存景象和个体存在的自信自由，尽已跃然纸上。

四

从南野多年来的作品中不难发现，他更多诗歌都在有意保留着一种复杂的"晦涩"美。对于时下在写作行为中出现的平庸和简单化趋向，南野有着自己独特的理解，他认为"科学的发展与信息社会的出现一方面固然导致人类生存的总体简单化趋向，大多数人越来越只需要简单的思索与行为即可生活，但同时，它意味着这样简单生活的基础依赖于必须有少数更趋复杂深邃的思想者与创造者的存在"。相比之下，南野的书写更加倾向于唯美和形而上，拿他自己的话说，就是他所在意的仍是诗意的自在性。而且，南野在写作中自觉地意识到了文本形式作为诗本体对内容的建构职能，即形式有着积极的和无以替代的生发意义的作用，而不是相反——成为一种诗思或情怀的附庸品。所以，"晦涩"的相当一部分原因直接来自于其诗歌的建构性，或者说诗歌的整体与部分、空间与时间多个层面上的结构方式。这种建构性使诗歌具有了一种包容的力量，它的意义不在于"把作品的文本语境和历史语境联系在一起，而是把诗歌和诗歌的产生过程联系在了一起"。我们几乎可以在南野所有的诗歌作品中注意到他对书写对象的完整性和书写本身的自在性的尊重和坚持，而且我有理由相信南野已经深刻地理解了这种"完整"与"自在"的一致性。我的理由是，大约从 20 世纪 90 年代中期开始，一向执着于纯粹的诗歌写作的南野开始了小说的创作，而在我看来，南野的与众不同之处在于，他是在诗歌的层面上理解和看待小说写作的，或者说他不过是以小说的形式来写着与其诗歌理念毫不违背的另一种"诗"。

这源于南野对叙事文体及写作方式的独特理解。比如即使在他的小说作品中，也时常充满了象征、隐喻、想象乃至幻想性，而且语言仍旧习惯地会加以诗化处理，这都使其叙事超离于日常层面，而带有了冥思的性质。看看他的《老虎，虎》《谋刺思者年代》等小说，都未可不能理解为对人之存在、对美之存在、对思之存在的另一种庞大有力的诗性想象。既是经验的又天然和诗人的超验意识相纠连，时间的逻辑结构被精心巧妙地轻轻打破，虚构成为想象与沉思的触须，在叙事文体中展现着非叙事的成分，或者说，展现着诗的成分，这就是我对合格的诗性叙事文体写作的理解，而南野恰恰实现了它。

因此，南野认为其远离了"正常"的书写的标准。他承认自己的小说（其实他的诗歌又何尝不是如此）既"脱离了传统写法，但与新生代似乎也挂不上边"。说也奇怪，我在二十年来的写作中也时常认定自己是个异端，年龄和诗龄极不相称，不属于任何一个"年代"和流派，一厢情愿地洞达不可书写之物，难有读者和评论者倏然相识，在深感孤寂的同时又转获隐忍之力……只有一点，南野或因其异于广众而感慨"不合标准"，而我却为在艺术认同上的诸多方面与他有着不谋而合的惊人相似而暗自庆幸着。

五

20 世纪 90 年代初，一位诗兄曾说过大意如此的话——我们时而面临的困境已不是想象的拘束和意义的单薄，恰恰相反，是怎样将炸群的野马笼于一片牧场，怎样通过一种独特、超凡又有着强大聚合力的内在结构，将这些指向各异的意象，奇特而又紧凑地组织到一个空间。南野的创作无疑为这段话做出了丰满实在的佐证。在南野的作品里，恣肆的想象与冷静的节制自始至终是并存的，而且完全自如地掌握在诗人自己手中。我想说的是，判断一个诗人写作水平高下的参照系不仅包括其想象力的自由程度，而且也包括其对想象力的约束能力。毋庸置疑，写作就是去虚构另外一个属于我们的或不属于我们的世界，但通过对南野诗歌作品的解析，我想告诉大家的是，虚构需要勇气，更需要智慧。

南野执着地认为，"既然在一个时代，仍能够像苏格拉底与但丁那样，陷于巨大的困惑、迷惘，从而思想与想象，言说与书写。那么，衰落的不是诗，而是尚无力承受现代诗意、仅因物质占有和欲望的暴发而跻身现代的'现代人'的精神"。在网络时代众多诗人作品风格的相似性和语言的普适性的大背景下，我也的确感到不去寻找和营建个人的话语结构和话语方式，而一味沉湎于集体复制和模仿出来的"后工业"（仅仅在十余年前还是"农耕"）时代的假象的同时，这种虚幻的闲适时光已经把我们引向了生存实境的背面，使我们背对了当代和我们的生存。显然，这种不自知地疏离于时代和存在与有意识地逃遁和自我放逐是有着本质的区别的，这难道不是舍本逐末吗？记得在南野较早的一篇评论中曾列举过这样一个例子——《荷马史诗》可能并不会被某些诗人认为是真正意义上的或杰出的诗，但连荷马也曾说过"要紧的不是用故事情节去震惊观众，而是怎样才能把一个故事处理得很完美"。在这里，实际上已体现出了诗人的自觉。退一步要求，一首诗写什么并不重要，它的题材可以是宏大的、严肃的，也可以是细微的、平凡的，但它必须要体现出一种超越于事件与材料的诗意，一种能重新引起我们对日常的事物感到惊奇的力量。只有这样的诗才能够使我们判断出美的诸多新的可能性，探寻和接近那或许是永不可触及的永恒的美，早日发现这个时代和每个个人自身的美。所以，在此我把业已成为我个人深信不疑的一个观念奉与大家——写作是关乎灵魂的历险，"它是自觉的、创造的、孤立的"，"写作就是永远的缺席，唯其如此，写作对世界的干预才显得无所不在"（欧阳江河）。

谁在说话：重新辨认现代诗歌中的"我" ①

首先感谢浙江图书馆（以下简称浙图）的文澜讲坛开办这个诗歌月的活动，非常有意义。我印象中之前来浙图做讲座的诗人还是比较少的。但是你们在文化普及方面，跟市里省里的广大爱书人的紧密互动，一直以来做得非常细致、用心。所以在这呢，除了感谢咱们在座的朋友们今天跑过来听这个报告，作为一位诗人，我要对我们浙图特别致以诗歌的敬礼。认真地谈论诗歌，这些年几乎已成为一种"非常"的行为，成了特例，诗歌其实早已被"边缘化"了。尤其对于真正属于我们这个时代的诗歌而言，恰恰被我们自己"边缘化"了。

今天讲座的题目是"谁在说话：重新辨认现代诗歌中的'我'"，这是个很大的话题。这个"我"，表面上理应是我们每个人最密切、最熟悉的。我们说跟别人再怎么熟，熟人、朋友、家人，都是"他者"，都不如跟自己熟。所以大家可能要问了，那这个"我"怎么还需要去辨认呢？

其实，不要说作为读者的你们，就连诗人们自己，在诗歌中的角色也好，跟自己的关系也好，都变得非常复杂。一百多年来这个问题越来越严重。甚至我们说现在"作者"都已经死了，尼采说上帝死了，现在"作者"也死了。文学文本变得难以辨认。你看现在的很多小说也开始读不懂了。不要说诗歌读不懂，小说也变得读不懂。我们说小说就是叙事，就是讲故事，但是小说也开始让人读不懂，没有结构、没有情节，人物也是那种支离破碎的，没有一个完整的印象。比如卡夫卡小说的主人公可以是 K，我们说一个人怎么能叫 K 呢？所以说，很多事物都变得面目全非了，我们一定会在某个时刻遇到生疏的自己，遇到"我"的问题。

---

① 本文是 2015 年 3 月 22 日浙江图书馆文澜讲坛专题讲座的录音整理稿。该专题讲座的主要思想全部来自晏榕《谁在说话：现代诗歌中的主体性和主体间性》（2014）的书稿中。

重新认识"我"或者"自我"，或者所谓"主体"这样一些概念，已经极为必要。

为什么说这是个大话题？因为我们整个时代发生了非常大的变化，基本上从英国工业革命开始，整个的人类社会、文明形态都发生了一个质的变化。可能在座的诸位，今天你在读唐诗宋词的时候，在读浪漫主义诗歌的时候，觉得无所谓，不会有什么异样的感觉，甚至跟几百年前诗人们写这些诗的心境能达到完全一致，没有距离，没有困难。但是实际上，这本来是非常难做到的。或者说你和他们达成完全的心灵共鸣，包括对文本本身的认可，其实并不容易。不是因为文本的形态、内涵有多复杂，有多艰深，不是因为你不理解它，而是两个语境没有那么大的关系，你和它没有关系，你共鸣什么呢？你的感动就有虚伪的成分。因为我们的时代、社会，我们人的本质发生了变化。我们已经进入了一个所谓的现代文明、现代社会的阶段，人变成了现代人，同样，诗也变成了现代诗。

什么是现代人？你们看我这个PPT上，我昨天在做这个PPT的时候，我整理出来的这些字眼儿的时候，我自己都觉得很悲观。没有一个光明的东西。你们看——"我"怎么了？主体的沦陷，体验的消亡，心灵空间被挤压，人性异化，个性降格，降格为那种类似于欲望和机器化的事物，主体膨胀和虚无，盲目的自豪感和绝望感，自我变小或者被遮蔽，主体性弱化或者主体取消、主体沦丧，等等。没一个褒义的词，没有一个积极向上的这种东西，表面上看来。

过去我们是有一个相对完整的主体的，就是一个简简单单的"我"。你把这个"我"写在纸上，不会有多少犹豫，它就是你，你想怎么样便怎样写。我们说诗言志也好，诗缘情也好，它是有一个相对完整、可靠的主体的。我可以抒情，我有资格抒情。但现在回过头来看这个问题，并不是表面上这样简单。就是说它是不是真正完整和可信，这是不是真相，这是另外一个问题了。但过去，我们的自我感觉还是良好的，自认为"我"可以以我手写我心，"我"可以征服大自然，"我"可以抒情也可以言志。

就像过去我们有工匠，木匠、铁匠、瓦匠。他为什么叫匠？就是不管是针对他的对象、物象，还是针对他的手艺本身，他都是有信心的，他敢于创造，而且在这个过程中可能体现出独特的个人性，我们叫匠心独运。从山上伐木到做成一只板凳，所有的环节都有他的参与和想象，他与他的对象是一种亲和的、密切的、饱含着情感投入的关系。我造出来这个东西我叫它凳子，我再造一个东西叫它茶几，我就敢于命名，我就有资格命名，这叫主体性。就像父母和孩子，主客体世界的关系是明确的、互相依赖的。这是过去的时代。过去我们和传统诗歌的关系也大致如此。

但是现在，你自己找找看，你们的身边，比如今天在座的诸位，有木匠吗？有铁匠吗？没有。你到外面找，小区里、大街上，整个杭州市找几个好木匠都很难，对不对？就是说从工业革命有了机器化大生产和更细化的流水作业分工以后，那种自信满满的主体性，逐渐开始沦丧了。因为我们的主体是由客体世界反映出来的，你之所以是你，是因为你有你的父母、你的家庭、你的小学、中学、大学，你的老师、同学，你的工作、你的事业。如果一个人从一出生就裹在摇篮里通过管子输送养料，隔绝所有和外界接触的途径，我想他即使能活一百岁，这个生命也不会有任何色彩和意义。因为他对外界一无所感、一无所知，他的客观世界所反映出来的主体性就极其微弱。同样道理，当机器越来越多地代替我们和客观世界发生关系，我们的主体性也越来越弱。就是这个意思。你失去了对具体对象加以完整体验和把握的能力，你们之间被代之以破碎的、残缺的、平面化的、没有真情实感的一种虚无关系。这种关系产生了新新人类，就是现代人。

也就是说，我们现在用手机，就成了手机人，用电脑就成了电脑人，或者综合叫起来叫信息人。过去没有手机、没电脑，你对它们没有依赖。现在呢，你没有信息就无以存在。我们很多学生，你让他们一天不看手机的话，他会浑身不自在。要有几天不让他们摸这个手机，不让上那个 QQ 的话，我估计他们得有点什么精神问题之类的，甚至比不吃饭不睡觉还要难受。什么意思呢？就是没有这个东西，人就不太正常了，不能称为人了。它们和吃饭、和睡觉一样，成为我们生活的一部分，不可缺少，成为生活和生命的一个内涵，没有这个东西就会觉得不自在、不自然。所以你们看，我们的本质就这样悄悄发生变化了，逐渐变成了现代的信息人。和过去的我们相比，最大的变化是什么？就是主体性，就是这个"我"的问题。什么现代绝境啊，物欲横流啊，欲望机器啊，都是这个问题。一下子把自己弄丢了，过去信心满满的那个我，变得不再那么自信了，开始怀疑，感到扭曲、痛苦、绝望、沦落、无助，像无头苍蝇一样到处乱撞。这就是现代主义诞生之初的情形。

随着这个主体沦落还可能出现一种特殊的反向的情况。就是主体膨胀，一种盲目膨胀的状态。简而言之，你本来是一个失去主体自信心的人或者说你的主体已经变得破碎扭曲了，可你自己不知道，以为还在唐朝活着呢，还觉得非常山水，非常田园，非常浪漫，非常抒情，非常戎马，非常壮阔，非常革命，非常呐喊，觉得我还是这样一种完整的主体人格，所以说相对来讲你就变得自我膨胀了。你本来已不是那样的人，可你非得充当那样一个主体，那实际上就是假象，就是伪主体的一种存在。这种盲目膨胀的主体性的特点往往是更加虚无、自大而不自知，这种主体性人格而今大有人在，他们是活在现代的非现代人。诗人们中间也有很多，和他们的自我感觉正好相反的是，他们是活在现代的非现代诗人。所以，有一种诗歌和情感，有一种抒情方式，其实离我们自己，离我们的现实相距遥遥，它们根本触及不到现代生存和现代性，也触及不到必由那特殊的形式才能匹配和生发出来的现代诗意，所以严格说来不是现代诗。

在我看来，现代诗歌和传统诗歌的区别就在于它的非主体性。也就是说，我们今天实际上是一个客体化的时代，客体诗学的时代。如果大致划分的话，从法国的波德莱尔 1857 年发表《恶之花》起，我们就已经开始触摸现代主义的门环了。一般来说，我们认为波德莱尔是一位现代主义的先驱，但我个人觉得他的文本当中还保留着很多浪漫主义的痕迹，甚至本质上，他仍然是一个浪漫主义诗人。他整体的美学特征，还保留着主体性比较强的这么一个特点。但是在一些具体手法的运用上，比方说象征、通感等这些手法，已经开始直接和频繁地与一个物化和客体化的转型时代相摩擦、相契合。

从 1857 年到现在，已经要 160 年了吧，已经很遥远了。但是我今天仍然在浙图的报告厅，为你们讲解这个本应是老话题的新话题，何况大家都是喜欢现代诗的朋友。大陆的新文化运动，包括这个现代主义，本来就晚了很多年，现在我们在补课。而且这个过程还一再受到干扰，以至于这个老话题不断地成为新话题，不断地成为视而不见、毫无感觉的事物。早些年我还参加了几次国内的诗会、研讨会，后来就很少去。因为 20 世纪 70 年代末、80 年代初的一些老话题，很多早该解决的老话题，一直在各种所谓的专业场合被不厌其烦地重复讨论着。还有一些是早已解决的问题，懂啊，不懂啊，什么是好诗啊，现实性啊，时代感啊，口语啊，也被无休止地重复讨论着。所以我们的诗歌的现代化进程是很尴尬的。

那么在国外呢，实际上这个线索非常明晰，就是"我是谁"这个问题。在波德莱尔之前，在浪漫主义时代就开始比较集中地触及这个问题。我们过去喜欢标举积极浪漫主义和相对应的所谓消极浪漫主义，还有革命浪漫主义，其实不能这么简单地来划分。这种社会历史范畴的划分标准本身是有问题的，让它来作为艺术行为甚至具体艺术信条的参照系，就更加不妥当、不科学、不合理。我认为，在浪漫主义时代，曾经发生过对"自我"的认识的严重分裂，由此影响到浪漫主义美学的内部嬗变，以及浪漫主义文学运动的非统一性，我称之为浪漫主义的分野。譬如过去我们一说到浪漫主义首先就会想到，拿英国来说，就是华兹华斯，就是拜伦、雪莱，美国呢就是惠特曼。我们会自然地联系到拜伦作为一个革命斗士的特征，然后雪莱，我们会想到《西风颂》，冬天来了，春天还会远吗？全都是昂扬的、自信的、积极的甚至革命的。当然有这份自信不是坏事。但是从美学的角度来讲，这只是一种形态，自信的形态。

大家知道浪漫主义兴起于 19 世纪，整个人类的文明、文化，处于一个向现代阶段靠近的转型期。在这个特殊时期，一部分最具心灵敏感力的浪漫主义诗人，还是能够体验到转型时代里我们内心的一些微妙变化。所以说有些极具才华的浪漫主义诗人，其实更应该被我们所熟知，因为他们更加逼真、深刻地呈现了时代的转型特质，也呈现了人的变化，人对存在于完全不同的更大世界的感受。比方说我们屏幕上的这几位，后面还有，我个人认为应该是更加重要的浪漫主义诗人，也是我小时候最膜拜的一些，一个个都是天才。正是他们，让我们进入现代，成为我们。

但是后来，到了大学里我发现，这些人成了反动的小文人，成为要被批判的对象。所以大学的教材，那个时候基本上成了我的反面教材。比方说左边第一位——济慈，他就提出一个概念叫作"消极能力"，你看这个词就够消极的。他说诗人要具备一种消极能力，因为他感觉到有很多事物不是凭你的这份自信心就能够把握的。世界何其复杂，宇宙何其神秘，人的内心，情感啊命运啊，他要给那些不可捉摸的、不确定的事物预留一个空间。大胆承认有些事情我们是做不到的，我们是有局限的，要有这样一个本领，就是认识到我们有局限的本领，要有以所谓"消极"来对峙生存悖论并自我保护的能力。还有这位柯勒律治，他对灵感，对神秘主义范畴的一些要素颇有见地。他提出一个"似真性"的概念。这个词也够消极的，似真，就是那种半真不假的状态。追求这种似真性，就是去把握事物的模糊地带，或者把握模糊地带的事物，而不是那种确定的、明白无误的东西。

还有一位叫诺瓦利斯。你看济慈二十五六岁就去世了，诺瓦利斯也是 30 来岁吧，都非常有才华，英年早逝。诺瓦利斯同时在哲学领域的影响力也很大，德国人有这个传统。但在诗歌方面，他主要的关注点就是黑暗、夜，关注黑暗的力量、爱的绝望、生命的超越和不可超越这样一类命题。当然，有的朋友可能知道，他爱人的去世对他的深刻影响。刚才的济慈也是这样，你到伦敦去参观济慈的故居，也有一个非常凄美的故事。只有当人的内心真正触及情感的绝对内核的时候，或者是我们想象力、感受力的边界的时候，他才可能发明出什么消极能力、似真性这样一些字眼。他才有可能知道，原来除了红艳艳的什么什么那种非常"积极""饱满"的情怀以外，还有一种真实的状态，可能会更让我们感动。像无奈，甚至痛苦这类情感，理应也都属于这个世界的本质的一部分。

再比如说法国也有奈瓦尔这样的诗人。奈瓦尔的贡献主要是对幻象的开掘，他对幻象有其独到的创造和发现，他有一本书就叫《幻象集》。还有意大利的莱奥帕尔迪，他主要涉及的是"无限"的命题，对"无限"的探索。俄国有丘特切夫，他主要是对"沉默"主题和"沉默"领域的开掘，用沉默性来体现诗性，来发出声音。他的美学思想对我影响很大，我本人这些年也在倡导和坚持一种沉默美学。但是这个沉默美学和莫言的不说话的态度或艺术不太一样。因为，如果上升到美学层面，沉默就不仅仅是一种生命态度和人格立场，它会在写作的内部具体化为一种技艺和技巧。除了视角和心态，还有对美和力量（包括无力）的传达手段，在这些方面都有所体现。这其实是对生命态度和人格立场的另一种升格，只有当沉默成为一种手法的时候，沉默本身才会成为艺术，读者也才有可能真正理解诗歌里的沉默。

俄国还有一个费特。费特诗歌的特点是音乐性处理得很好，那种飘忽不定又具化为意义关系的音乐性。这些人物都了不得。他们跟我们原来所熟知的那些浪漫主义——湖畔派啊、拜伦、雪莱、普希金啊，还有雨果、惠特曼啊等等，其实不一样了。不光是两种浪漫主义，而且是分野，是新的萌芽，是完全不同的艺术发展向度。但他们都在认识这个"我"，只不过方法、途径不同，"我"跟"我"的面目是完全不一样的。

在美国也是这样。我在这里特意把美国拎出来作为一个特别的例子，因为浪漫主义的分野在这里表现得非常突出，代表诗人的差异性也是最大的。我们都知道大诗人惠特曼，他开创了美国的浪漫主义诗风。他的诗开放自由、健康有力，确实与美国这个新兴的民族国家的现代进程非常合拍。但很多人把惠特曼评价为美国现代诗歌的开创者，这一点我不太认同。与一个国家的现代历史进程合拍，不一定与现代诗歌艺术的特性合拍。从诗风上讲，惠特曼仍然是比较纯粹的浪漫主义，不是说写得有力了、开合自由了、有进取精神了，就不是浪漫主义了。我们看他的诗里都是"我"，他诗行里的"我"非常多，也非常大，就是说这个"我"主体性非常强，甚至可以说在整个浪漫主义诗歌阶段，全世界范畴里他是最强最大的一个"我"。在他的诗歌里，他是大河，他是大陆，他是世界，他是整个美洲，他是所有人民。他是最典型的为激情所撑开撑大的胸怀时代的诗人，所以他的诗必须是膨胀的，必须是歌唱的，必须是浪漫的。

惠特曼这个人老是写"自我"，把"自我"作为主题。而且还自己歌颂自己，自己评价自己。有一首诗的题目就叫《自我之歌》——

> 我赞美我自己，
> 歌唱我自己，
> 我所讲的一切
> 将对你们一样也适合

他就这么直接，这样一个主观的独断的口吻。还有《大路之歌》，你说惠特曼什么时候写过小路之歌，大山大河，大众大我，都是大的。在《大路之歌》的开头他写道：

> 我轻松愉快地走上大路，
> 我健康、我自由，整个世界展开在我面前，
> 漫长的黄土道路引向我想去的地方。

他想去哪，这道路就引着他去哪，那他当然"轻松愉快"了，人在他那里就

简单纯粹、积极向上就行了，没有更多的问题，他不会遭遇到更多更根本性的"人"的问题，更没有机会出现什么"绝境"感或者"现代绝境"意识。他都是歌唱、歌颂，比如《我听见美洲在歌唱》《我歌颂我自己》。这个《我歌颂我自己》，就是《草叶集》里的第一首诗，最早的时候这首诗还有另外一个题目，在还没放到《草叶集》中的时候，叫作《我的歌的主题渺小吗？》，是这首诗的原名。你们看，这个主题当然不渺小，在我看来不但不渺小，而且是过于宏大了，乃至于宏大到了有些虚无。当然惠特曼我们都很尊敬，作为一代诗风的开拓者，他扭转了过去维多利亚诗体的陈腐积习，在美国寻找自己独立健康的美洲文化风格的过程中确实有不可替代的贡献。但是就诗歌艺术内部来讲，就是从整体的现代诗学的发展进程来讲，惠特曼代表的恰恰又是现代化的"我"的对立面，就是"我"作为一个现代诗人的对立面。

我很奇怪这些年不在少数的诗人朋友，他们作为当代"先锋"诗人，却始终热衷于惠特曼。这就是对大的现代语境和诗歌的现代坐标没有概念，我们的写作向度，我们的位置与方向都没搞清楚。当然，从个人喜欢的角度，那我也可以喜欢李白，对吧，这是另外一个问题。但要是从专业写作内部来讲，还是要有一个美学坐标和文字的向度的认知。如果现代社会的扭曲的、分裂的、虚无的"我"写出来的东西跟惠特曼毫无分别，那其实是有问题的，你这个"我"的真诚度是可疑的。一个成年人，无论出于打磨时光还是重温童年记忆，读读美丽童话无可厚非。但如果你非要把童话叫作成年文学，叫作先锋，甚至视为成年和先锋的标准，就太不合适了。所以说，惠特曼和他诗歌中的"我"，可以叫作大大的"我"。当然，到底有多大，到底大还是不大，到底是真相还是假象，这也是另一个问题。就是说，童话里的美好，童话里的英雄，毕竟还是童话，拿到现实中就是另外一回事儿了。

这里正好有另外一个例子可以和惠特曼相对应，就是同一时代的女诗人狄金森。一个女人，终身未嫁，从20多岁后一直把自己封存在家里，从事专业化写作。她关闭了世俗的大门，但打开了一个更加宏阔深邃的精神世界。不求发表和评价，只是真切地接近自己的内心。她写了一千多首诗，首首都是精品。跟惠特曼完全不一样，狄金森写的是一个"小小的我"。当然，是表面上的"小小的我"，实际上可以有另一个维度的评判。这里有一首《灵魂选择了自己的伴侣》，你们也可以认为这个伴侣就是她心目中的理想男士，或者世俗生活中不可能的伴侣，也可以认为是她的一个生命态度，我更愿意理解为后者，她的生命态度。在英语中，原词还可以有空间、世界、生活、社会、交际方式的综合意指。

> 灵魂选择了自己的伴侣
> 然后，把门紧闭，
> 她神圣的决定，
> 再不容干预。
>
> 发现车队停在她低矮的门前，
> 不为所动，
> 一位皇帝跪在她的席垫，
> 不为所动。
>
> 我知道她在这广阔的国度
> 作了一次选择，
> 从此封闭关心的阀门，
> 像一块石头。

　　这样一种毅然决然的态度，毅然决然的选择，我觉得除了可以是所谓爱情宣言，更可以是一种生命宣言，生活方式和人生价值认同的宣言，可以是更高级的一种人格立场，一种超然的生命态度。这有点像"我辈岂是蓬蒿人""天子呼来不上船"的架势，彰显了狄金森的自尊、独立与高贵。所以这样的一个"小小的我"，其实有她自己的格调和准则。在真正广阔的精神国度做一块石头，也比在平庸的世俗世界做一位皇帝要高贵。石头的冰冷、坚硬，就是对外面喧嚣、庸俗世态的对峙和拒绝。包括她所有的其他的文本也都是如此，以"小"见"大"，以"个人"见真知，这几乎从她这些作品的题目上也能反映出来。你们看这首——《我是小人物》，有的翻译成《我是无名之辈》，这简直就是一首专门和惠特曼作对的诗。还有这些，《我从来没有见过荒野草莱》《我的朋友肯定是只鸟》《天堂是个医生吗？》《希望是事物长了羽毛聚积在灵魂里》《信念是个微妙的发明》《许多疯狂是非凡的见识》《我的生命结束前已结束过两次》……大家看这些题目，全都是"小小的我"，但又非常真实真切，全都是具体的个人化的生命体验，但又不可替代。

在我看来，狄金森的诗歌实际上是在抵制过于外在化和平面化的激情、冲动和力量，是对不可捉摸的命运与现实的深切感受。她同样认识到了那种"消极能力"，恰到好处地运用了"消极能力"。你们看那不可捉摸的命运，就是没办法，再真实，再有毅力，但是她就跟心目中的爱人不能生活在一起，人家有家室了，你有办法吗？世俗的规约，伦理、道德的绑架，法律的强力，你有办法吗？而且这也并非狄金森的个例，我们每一个人，我相信都会遇到各种各样的无法逾越的困境和问题。关键你是否曾经正视过它们，你是否真诚正视了你的内心。狄金森的诗歌其实充满了主体的自否，充满了对更大的心灵世界或者精神世界的敬畏和对日常的警觉。她拒绝庸俗和自我降格，但同时又要生存于其间。在这种悖论性的生命语境里，你要坚持一个真实自我是非常困难的，但困境中的坚持又恰恰有了意义。所以说狄金森的诗歌就同样表现了现代主义发端意味的美学释放方式。和作为浪漫主义代表诗人的惠特曼不同，我们把和他同一时代的狄金森看作是现代主义的一位先驱。

这是美国的例子。你们看，这么多国家和不同的民族文学，英国、法国也好，德国、俄国也好，美国也好，在向现代转型的这个时期，其实都产生了两种截然不同的浪漫主义，当然，那时候还没有现代主义这个叫法。但是在具备了现代认知以后，我们再反观那些所谓的浪漫主义诗人，就应该发现，他们中的佼佼者其实已经触及了现代主义的一些问题，触及了今天的一些问题，无论是之于现代生存，还是生存的现代表达。

相比而言，对于现代化，我们还有很大的发展进步空间。我们的现代诗也是这样。这里有一首诗来自我的河北老乡、台湾诗人纪弦。纪弦是 1949 年以后到台湾，这首《你的名字》则写于 1952 年。台湾跟大陆在现代诗歌方面的差异，就是它的发展没有中断过。台湾的诗歌承接和延续了 1949 年以前全部的现代文学流脉滋养。比如 20 世纪初李金发的象征主义几乎就是从法国同步引进的，还有戴望舒的"现代派"，徐志摩的浪漫派，然后到 40 年代的成规模的现代主义写作群体，这个发展脉络与后来台湾诗坛的各个时期，它是一个连续的整体。或者说，从台湾地区的角度，它的现代诗歌诗学是一个正常生长的健康的连续体。而大陆从 1949 年以后则是从戛然而止到完全自我放飞再到带着"伤痕"回归的过程，用 30 年的时间回到了 60 年前。比如我们后来出现了朦胧诗，但诗歌本来就应该是朦胧的，你只是回到了写诗的正常状态。一个人说了半辈子假话，突然学会说真话了。所以纪弦他是在那样一个基础上，在《你的名字》这首诗里呈现了一个敏感真切的"我"，却被我们如获至宝地收录到了各种"朦胧诗"选本中，我们还反过来给人家命名为"台港朦胧诗"。当然，至于这是一首情诗，还是像刚才讲狄金森的时候，作为一种生命态度的审美释放也好，都未尝不可。大家看看这首诗，它里面的"我"是什么样的形态，是狄金森那样的"我"，还是惠特曼那样的"我"。

你的名字

用了世界上最轻最轻的声音
轻轻唤你的名字每夜每夜
写你的名字，画你的名字
而梦见的是你的发光的名字

如日，如星，你的名字
如灯，如钻石，你的名字
如缤纷的火花，如闪电，你的名字
如原始森林的燃烧，你的名字

刻你的名字，刻你的名字在树上
刻你的名字在不凋的生命树上
当这个植物长成了参天的古木时
呵呵，多好，多好，你的名字也大起来

> 大起来了，你的名字
> 亮起来了，你的名字
> 于是，轻轻轻轻轻轻轻地唤你的名字

原文应该是 6 个轻，后来传来传去成了 7 个轻了，7 个也挺好，读起来错落有致。《你的名字》这个"你"到底是谁是什么身份，他（她）和作者是什么关系，这首诗到底是不是一首情诗，等等，这些其实都无所谓。只要这情感是真切的，诗意的时空则任由我们想象和构筑。包括全诗的音乐性，对意象间和情感关系的距离感的把握，处理得都恰到好处。我相信朋友们对这首诗里的所谓朦胧美还是可以接受和喜欢的。

但当港台诗歌以朦胧诗的名义出现在 80 年代的大陆诗坛的时候，还是发生了一些比较有趣的事。比如我们大陆的著名诗人流沙河先生，就看到了纪弦这首诗。流沙河老先生我很尊敬，从过去走过来的这些人都不容易，但是从对现代诗歌的理解的角度，不得不说观念上还是有些距离。流沙河先生呢，我估计他看到这首《你的名字》很不以为然，这也太朦胧了，写的什么啊，太不明确太不具体了。这表达了一个什么中心思想呢？有什么现实意义呢？我们说要为人民服务，人民读不懂，那怎么服务？不行，得把它改改，改成好诗的模样。于是按照他自己的理解，改写出一个流沙河版本的《你的名字》。我们也来欣赏欣赏：

> 轻轻唤着你名字，
> 每夜轻唤每夜想。

流沙河先生非常严谨认真，他要完整表达原诗的内容，否则自己乱写现编的话，就没有可比性了。他一定要跟纪弦的内容完全一致，完全同步对位，然后用自己的语言形态表达出来。

> 轻轻唤着你名字，
> 每夜轻唤每夜想。
> 写你名字画你名，

梦你名字放光芒。

你的名字像星星，

又像天上红太阳。

你的名字如打雷，

一道闪电照四方。

你的名字如火花，

点燃森林烧得旺。

刻你名字在树上，

名字变大变辉煌，

永不凋落多么好，

古木参天真雄壮，

轻轻唤着你名字，……

到这儿呢，咱们刚才读的原版是"轻轻轻轻轻轻轻地唤着你的名字"，就结束了是不是？流沙河先生到这儿不行，轻轻唤着你名字，这个气势顶在这儿还停不下来，只好补了一句——

一直唤到东方亮。

这样他才觉得圆满，才有高度和内涵。当然，这两首诗孰优孰劣，咱们在座的诸位可以有自己的一个评判。我这里找了两张可以用来比较的图片，一张是抽象画，里面是一块蓝色的凝结了时间的石头，然后前面是一只简笔画的鸟，红蓝相配。另一张是我们革命年代的版画，火红色，你们看那个人物，经典的姿势，很有激情，很有力量和气势。这就是两种完全不同的美，和美的表现方式，就如同上面两首诗的对照效果一样。

这也是两种"我"。完全不同的存在方式和释放方式。你们看这两首诗的内容是完全相同的，对不对，流沙河先生追求的就是一定要遵从和保留你原诗的内容，但却是两种迥然有异的形式。就因为这不同的形式，事实上它们表达的真正的内容也已经发生变化了，只是在表面上内容一样。那内在的情感的真切度、饱满度已经有所变化了。纪弦的版本里你甚至还可以隐约感觉到一个敏感、忧郁又升华、坚定的灵魂，内心深处的各种丰富性。而流沙河版则是我们很熟悉的自信心满满的那种风格，很直接甚至轻狂，就像这张版画上的这个人，在强大有力的表象背后，可能是让人感到有些虚妄的程式化了的革命激情。

所以，你们看到了我们国家是这样的一个情景。80 年代，包括之前的几十年，其实距离我们并不遥远，那时候对现代诗歌的认识还停留在这样一个层次。而国外呢，则是在浪漫主义分野后，直接迈进了现代世界。而且，成熟的现代主义到现在也已经有一百年了，早已成了新的经典和新的传统。

譬如在庞德的年代，20 世纪初吧，基本上就正式告别了主体诗学，观照自我和世界的方式不再也不能依赖于那个传统的"我"，不再也不能以"我"为中心了。客体诗学的脚步越来越急促，相比 19 世纪后半叶现实主义、自然主义、唯美主义、象征主义的漫长客体进程，一个成熟的现代主义阶段来临了，它的标志就是庞德对意象主义的构建。庞德虽然参照了一些中国古代、包括印度尤其是日本的一些古典美学范畴的因子，但是贵有自己的独到理解和运用。他是借了这些因子去构筑一个与传统诗学相别的现代诗学体系，我造出一个词叫"反构"，我觉得他其实是在反构传统，通过反构传统来确立现代世界、现代写作的坐标系统和书写方式。比如他自己重新命名了意象，他说什么是意象呢——意象就是情感和思想的瞬间凝合体。这里面有一个时间概念和空间概念，瞬间凝合和凝合体。按照艾略特后来的说法，我们过去的体验力、感受力不是分化了吗？对极复杂的事物尤其是现代世界的复杂性的理解力不从心了。那么就要把这个分化的感受力重新统一起来。反映到意象主义的"意象"上，就是现在强行把分开的因子粘到一起，通过所谓"并置"或"超置"（超级构置）的手法，强行把它们理性和情感的因子、观念和物象粘到一起，产生一种既对位又统一的关系。但他的定义最重要的倒不是那些对位的事物，而是凝合的方式。我认为这是一种高级的"智性"的方式，这个问题今天时间有限就不展开了。现在我们就"意象主义"这个概念，来看庞德的这首《地铁车站》，最早的时候是几十行，后来删成十几行，最后只剩下两行，正好形成了这种对位关系的视觉效果——

人群中这些面孔幽灵一般闪现，

湿湿的黑枝上的朵朵花瓣。

这是一首最有代表性的意象主义诗歌。短短两行里面就出现了不少意象——人群、面孔、幽灵、黑枝、花瓣，而且互相间都有联系，两行诗包含了巨大的能量。这两行诗所构筑的诗意时空不仅仅是一个普通的地铁车站，它还可以延伸到整个时代，它其实是对整个社会的一个美学批判。"幽灵的闪现"，转瞬即逝的一个小片断，却隐晦莫测，不但直接对应了地铁车站上来去匆匆的行人的脸孔，而且也对应了现代社会里人在旅途不知所终的群体生存，对应了我们不可捉摸、不能把握的冥冥宿命。然后"湿湿的黑枝"，那种湿润的、忧郁的、飘摇的、黯淡的一个时代景象跃然纸上。"朵朵花瓣"，花瓣本来是很美好的东西，是所谓"正能量"的东西，但是它出现在飘摇阴郁的环境中就很突兀，它的命运可想而知。鲜明、亮丽的"花瓣"和黑黑枝条的背景产生了强烈的色调反差。所以这个花瓣的美好和"黑枝""湿湿""幽灵""面孔"就形成了全面的对应，它们的存在状貌和人群的命运就产生了联系，意象与意象之间多重凝合，生发了巨大的张力感。而且这里面体现了一种矛盾性的反悖的效果，体现了庞德对现代人的精神状况和现代世界秩序的诗意思考。这让我联想到杜甫的"朱门酒肉臭，路有冻死骨"，我们说这短短两句诗、区区十个字，却揭示了整个唐朝末期的社会状况、时代本质，这也体现了诗歌的凝炼性。现在看庞德的《地铁车站》，又何尝不是同样揭示了我们现代社会的状貌与时代本质呢？杜甫与庞德，他们的意象都非常经典，但运用的方式却大不一样，这是由现实的复杂程度的差异所决定的。

有些论者总喜欢说这首诗或那首诗反映了西方社会怎么怎么，美国社会怎么怎么，资本主义社会怎么怎么，对这些现代意象和现代的表达方式做出狭隘的功利化的理解。我觉得还是回到简单的人心与现实、诗歌与世界的关系上比较好。《地铁车站》对应的就是现代社会，而不是人为去规定它只对应了英国社会、西方社会。现代性的问题和现代生存的问题是整个人类的问题，没有东方西方的偏爱。作为现代诗人，也作为一位大诗人，庞德也绝不会拘泥于东方西方的视角比照。但正因如此，他对整个时代气息的把握又非常准确。他诗歌中的"我"被意象化，或者现代意象化，非常具体，其意义指涉又不拘囿于单纯个人层面，而能扩展到每个现代个体的共同经验里，扩展到历史的共生语境中。

后来，艾略特则直接提出了非个性化的客观诗学观点。简单来讲就是过去是我写什么，我去描绘什么，我画一座山要像一座山，画一棵树要像一棵树，把它们作为一个观照物。现在不是这样了，所谓非个人化就是去掉那个强大的主体性，让事物自己来说话，让诗歌自己去呈现，而不是用那个全知的虚像的"我"站在世界对面去描述它。而且要在非个性化的过程去恢复上面提到的已然分化的感受力，获得把思想和情感重新融合，把一个人的全部智力和知识重新融合的能力。包括后面智性诗歌的不断发展，我在一本书里总结为沉默诗学、散漫诗学、异质诗学、呈现诗学等等，经过这么一个发展过程，整个 20 世纪就堂堂正正地成为客体诗学的时代。在这个背景下，怎样表达就成了问题。写作也好，朗诵也好，其他任何艺术形式，怎么样处理好你和这个非主体性的关系，就成了一个根本性的问题。具体到我们中国自身的情形，每个人的主体性本来是更为不堪的，那这个根本性的问题本应尤为重要。但我们中的绝大部分似乎对此毫无感觉。

我们小的时候，老师问你长大了干什么，我们都会说长大了当这个当那个，当科学家，当宇航员，当文学家。那时候的"我"虽然很小，但是相对来讲是纯粹、完整的，好比一粒粒种子，本来要长成各种各样的树木。但随着小学、中学、大学，然后工作，融入社会，到最后我们发现，不知道在什么时候你的那粒小小的种子早已面目全非了，你离你本来的样子会很遥远。我倒不是说你一定要成为什么家，成为宇航员上天，不是这个意思，而是说你很难成为你自己。恐怕在中学的时候你就面目全非了，而你却不知道。你那个"自我"的种子不断地萎缩、分裂、变异，而你自己浑然不知。浑然不知的后果，就是你生长在一个假"我"当中，你成了一个不存在的你。那么，你还有资格代表你说话吗？去表达？去抒情？所以说我们很多诗人同行写的文字，跟现代诗距之遥遥，跟他自己也距之遥遥，他以为表达了他自己，但他的诗可能非常不真诚。

所以，庞德发明意象主义的目的就是要反对那种不真诚的抒情，剔除那种虚伪的装饰性的修辞，从悠久的由此及彼的打比方式的观照模式中，从平面化描述的思维积习中跳出来，以他的意象直接进入核心，美的核心，世界的核心。我在这里特意准备了两个比较极端化的例子，就是庞德加以现代化改写的《题扇诗》和它的原诗，我国汉朝班婕妤的原作。庞德接触了很多中国诗歌，他自己也改编了一些，用现代的方式，用意象主义的理念对一些中国古诗作了改写，除了这个《题扇诗》以外，还有《仿屈原》《刘彻》《蔡文姬》等等。这里要说明一下，他的改写不能简单地看成是现代译本，它们不是介绍和翻译，而是反构，是纯粹和独立意义上的现代诗歌写作。我们很多学者喜欢沉浸在一个假想中，认为20世纪最大的诗人庞德居然都对我们的古诗情有独钟。很多人陶醉于此，你看连庞德都在写我们的蔡文姬，都在写汉武帝，是不是？这里有个误区。我认为，作为一位现代大诗人，庞德绝不会满足于在英语系统中对中国古典美学及其抒情方式的纯粹语言范畴的转换，或者交流传播意义上的东西方文化比较，他的创作和思考实际上都指向了以意象主义作为起点的现代诗歌道路的探索。事实上，中国古诗原作的艺术内涵在英语语言系统中的转换和反映，在庞德所参照的英文译本中已经实现。因为庞德并不是直接看中文原文的，他恰恰是在英译本的基础上再去创作的。学者们应该以现代诗歌发展进程的宏观视野和现代诗学内部嬗变的精微视角，以专业态度考察为什么庞德要以20世纪的现代手段重写这些东方古诗，他真正的意图到底是什么？我想肯定不仅仅是个翻译或者文化学习的问题。学者们研究诗歌问题，首先要懂诗歌，懂现代语境、现代生存和现代性，要做基于文学而超越文本的文化研究，而不是无关文学性本身而游离于文本之外的文化研究。否则，不以现代诗歌的特有质素和路径进入诗人的内心和思考，那就只好剩下了语言关联和文化猜想。

现在我们来看看这两首诗，它们的本质区别是什么？首先是班婕妤的《怨歌行》：

新裂齐纨素，皎洁如霜雪。

裁成合欢扇，团团似明月。

出入君怀袖，动摇微风发。

常恐秋节至，凉飙夺炎热。

弃捐箧笥中，恩情中道绝。

这首诗我们都很熟，无非是怨女情怀，所以叫《怨歌行》。它另一个名字叫《团扇歌》，夏天酷热，扇子不离手，到了秋天不需要了，就束之高阁，用这个来比喻个人的命运。君王喜欢我的时候，和被打入冷宫的时候，这种命运的变化、情感的寄托。那么庞德把这首诗改成了下面这副模样，它叫《题扇诗，给他的帝王》：

> 噢，洁白的绸扇
> 像草叶上的霜一样清湛
> 你也被弃置在一旁。

总共三行，寥寥数语。这就很奇怪了，我们知道中国古体诗那是很精炼的，对不对，五言、七言、对偶、对仗，形式紧凑，意蕴丰瞻。团扇歌中这么大一个怨女，这么大的怨情，只用十行诗几十个字表达出来已经很了不起了。但是我们发现，庞德他居然用了更少的篇幅，无论是行数还是字数，他要的是更精炼，无以复加的精炼。一首现代主义诗歌，居然敢于以明显更少的篇幅来表征和挑战我们本来已经很精炼的古体格律诗，原因何在？他省略了什么？

所以我说，庞德其实有自己的意图，就是剔除那种虚伪的、平面化的、传统的修辞关系和装饰性文字，摒弃那个主体性很强的传统抒情方式，而直接使用几个意象建立内在的对应关系，产生意象主义以具体性直抵本在的效果。绸扇、霜、你，一行一个载体，我们把第三行这个"你"，也看作是一个客观物。它们一个意象叠加在另一个意象上，形成了一种剪接、重叠的效果，来达到意象主义那种情感和思想的瞬间的凝合。这样就超越了传统上那种固有的几千年如一日的比喻关系。把所有关涉物都客体化，强行置放到一起，在瞬间发生时间的和文化的张力。这才是庞德诗歌作为省略艺术的本质，就是反抒情，反对无效的装饰性。从意象主义开始，我们的抒情方式发生了根本的转变。在我的诗学图谱中，从此以后，我们就不太轻易去"抒情"了，抒情诗的概念被智性诗所代替。

所以我不太赞同诗坛上一直热衷于抒情性的话题。特别是在今天的语境，主体性和客观世界都已改变，那么主、客体关系也必然不同以往了，旧式的主—客关系下的抒情方式肯定也需要改变。即便我们仍然叫作抒情，但对它一定要做个注脚，反抒情的抒情，要和过去有个区别。最好换个叫法，因为本质不一样了。

你们看看后面这首艾略特的诗，他的《弗鲁普洛克的情歌》，题目叫情歌，但一看文本，跟我们想象中的情歌就完全不一样了。我们一说情歌，大致上就能想得出来会是哪些字眼，什么样的口吻、句式，甚至哪些比喻、用法，什么样的情感模式、话语模式等等。但是你看看这首所谓的"情歌"，开篇就是——

> 那么我们走吧！你我两个人，
> 正当朝天空慢慢铺展着黄昏，
> 好似病人麻醉在手术桌上。
> 我们走吧，穿过一些半冷清的街，
> 那休憩的场所正人声喋喋。

一开始这一行，好像还有点情歌的味道。但是后来就越来越不对劲儿了，这能叫一首情歌吗？其实艾略特在这里是故意的，它叫戏仿，为的是达到那种反悖的效果，故意模仿你，套用你的叫法，却是为了揶揄你。因为他对那种主体性的抒情，对陈腐不堪的诗歌表达样式已经很厌烦了，所以故意用这种特别的"情歌"，来反讽传统的抒情方式。另一个作用更为重要，就是以我们当下的无效性生存状态，投放于现代语境里，产生一种荒诞效果，也是对存在的另一种叩问吧。我们看到诗里的人物关系都很模糊，每个人物的面目、身份都是不确定的。一开始两个人走，然后朝着天空慢慢铺展，还有点小情调，这个还是表面舒缓的甚至是优雅的感觉。但"黄昏"这个词其实已经在给出时间和背景，显示这是人类历史的一个垂暮期、终结期。后面马上来了一句"好似病人麻醉在手术台上"，病人、麻醉、手术台这些意象一出现，完全打破了读者既定的审美预期，揭示了社会的危机感、现代人命运的不可或知。

后面不断地打破这种预期，不断地生成矛盾和困惑，让你重新思考人和人的关系，你和你自己的关系，无论是一种情感关系，还是你和你内心的关系，你和你的身份、你和你的"自我"的关系。

> 街连着街，好像一场讨厌的争议，
> 带着阴险的意图，
> 要把你引向一个重大的问题。
> 哎，不要问，"那是什么？"

让我们快点去做客。

这里涉及现代人对自我身份的一种痛苦认证，但面对这个"重大问题"，艾略特却又说"不要问"。本来，在那个转型期，在跨入现代主义时代门槛的特殊阶段，生活的连绵庞大、沉重而无意义所带来的悲观情调下，总会有些许不安吧，焦虑感。但艾略特的戏仿却刻意制造了另外一种效果，即所谓优雅的不安。最严肃最焦虑最不安的时刻，突然话锋一转，用轻巧的口语，用日常的平庸琐屑抵消了一切。把我们内心的不完整、灵魂的不可辨别合理化、常态化，让人和人之间关系的模糊性，印证现代爱情的无厘头和不伦不类。后面的段落堪称经典，如果我们的中小学生，能在校园的清晨朗读这样的段落，那我们的现代诗歌教育就太令人欣慰了，即使这"现代情歌"已有近一百年的历史：

> 黄色的雾在窗玻璃上擦着它的背，
> 黄色的烟在窗玻璃上擦着它的嘴，
> 把它的舌头舔进黄昏的角落，
> 徘徊在快要干涸的水坑上；
>
> 让跌下烟囱的烟灰落上他的背，
> 他留下台阶，忽地纵身跳跃，
> 看到的是一个温柔十月的夜，
> 于是便在房子附近蜷缩起来安睡。

你们说，在我们的现代生存和现代的特殊文化语境中，是用艾略特这种诗歌的表达方式更为真实更为饱满呢，还是用类似于徐志摩的那种浪漫主义抒情方式更为真切？这是两种情歌。这就是所谓现代写作的方向、有效性等等问题。所以我的现代诗歌课上，经常会有学生在我讲了几周后，就实在按捺不住了，上来问："老师什么时候讲徐志摩？"我说我不讲徐志摩，在本人的现代诗学坐标里，有很多我们所谓的现代诗人是没有进入我的批评视野的。最起码在我每学期十几周的现代诗歌课上，是根本没时间讲徐志摩的。徐志摩我非常尊敬，生活也好，情感也好，这些是个人问题，先放在一边，甚至也不单单针对才华禀赋；而是他作为知识分子的清醒，他对当时中国社会状况和出路的判断，尤其是知识分子中各种混乱思想的清晰判断，一直让我刮目相看。但徐作为一位与艾略特同时代的浪漫主义诗人，我的现代诗歌课上就不适合专门讲读了。这一点，学生们在期末甚至在期中时就会自己豁然而悟。

在向过去作了彻底告别以后，现代诗歌中的"我"按照它自己的逻辑继续发展演化。到了20世纪五六十年代，有一位女诗人叫毕肖普，她是一位非常杰出的具有现代诗学坐标符号标识意义的诗人。我们中国诗坛和学界首先是长期关注不到她，然后前些年被介绍进来时又有很多误读，认为她是一位描写日常的诗人。后来我写了一篇文章，讲明她根本不只是描绘日常的高手。要知道，毕肖普所处的年代，现代主义已经发展了近一百年了，即便从庞德开始算起，正式迈入客体诗学也有半个世纪了。这样一个现代派诗人，怎么可能仅仅是在描绘生活和描绘日常？当然你硬叫作描绘也行，但这个描绘的方式，以及她看到的事物，和现实主义范畴的概念是完全不一样的。所以我在文章里说到她是以隐匿的"我"，藏在事物背后，把面庞悄悄地藏隐起来，小心翼翼地去发现、去辨别现实。不要一提到现实就是现实主义，超现实也是现实。但现实主义却有它特定的历史背景和美学信条，如果一定要说现实主义，那我只能这样讲——今天的现代主义才是此时代真正的现实主义，而一直以来我们主流话语中的所谓现实主义某种程度上不幸地沦为了伪现实主义。

庞德、艾略特们发现了问题：这个世界变了，我找不着我了，我们变成无头苍蝇了。然后是痛苦、绝望啊，臆语啊、意识流啊，像卡夫卡、伍尔芙那一批人，心中都经历了强力的痛苦，因为他们首先触碰到了这个困境，人向现代人转变时的尴尬。到了毕肖普的时候，光痛苦也没用啊，她就发明了一种与痛苦、与庞大无边的新现实相处的方式。她用藏隐和沉默的艺术，与现实周旋，与生命的困境对峙，而且那种藏隐和沉默，不仅仅是一种生命态度，而是在诗歌文本中能够体现为一些具体的技巧，它们持续改变了现代诗歌。

比如这首《在鱼房》。这是毕肖普的代表作，比较长，这里我省略了很多。你们看这首诗的前面部分，就像散文一样，长篇累牍地对一些小的客观对象的细细描摹，看起来真的是描写日常的高手。诗行就像是散文一样，一句一句耐心地铺开，非常细致，散文家都写不到这么细。但这只是表象。等到随着诗行的推进，后面这首诗的本来面目才一点一点地凸现出来了，毕肖普不断地把她的真实意图伪装起来，越往后那种刻意的"写实"手法就越发让人怀疑，直到最后才发现整首诗已经嬗变为一片混合态的智性海洋。

你们看，一首现代主义诗歌还能这样写：

> 在屋后的小小斜坡上，
> 安置在播撒的稀疏光线的玻璃下的
> 是一具古老的木头绞盘

这是不是叙述？这就是叙述，而且是非常细致的描写。但毕肖普在这堂而皇之的叙述中不断悄悄地加进了其他成分：

> 裂开了缝，带着两个磨白的长把手，
> 而一些犹豫的斑点像风干的血，
> 那是铁制的部分都已生了锈。

这里就开始有变化了，你们发现没有，她是故意这样写的，在我们看到的所有这些细致表象的背后，藏着一个时间性的维度。无奈的时间感，我们在时间面前的无奈感。而且时间在这里具体表现为生活，我们在世俗生活里的无奈感。时间和生活都会"生了锈"，并且后面她说她不止一次地看到海，这个海我们也可以简单地认为是生活，就是那种世俗性，或者时光的无奈性、无感性。不管你怎样，它始终在那里，永远在澎湃不止。

> 我一次一次地看到它，那同样的海，同样地
> 轻轻地，在石头上漠然地拍打、晃动，
> 冷冰冰的自由自在于石头之上，
> 在石头之上，然后在世界之上。
> 如果你把手进入水中，

> 你的手腕就会立即疼痛起来，
>
> 你的骨头开始感到疼痛，而你的手会被灼伤，
>
> 就像那水是火之化身，
>
> 以石头为食，燃烧出暗灰色的火苗，
>
> 如果你尝尝它，它会一开始是苦味，
>
> 然后是咸，再之后肯定会灼伤你的舌头。

原来，当你一次次地遇见、面对生活之海的时候，它也可以超越于石头之上和世界之上，可以给你个人性的体验，给你痛感和苦感，给你五味杂陈，给你"舌尖的颤栗"。这首诗的后面写得还要好，逐渐更加抽象化，把我们生活的知识和生命的经验放进去了，因为时间原因，这里就不展示和解读了。即使在刚才这部分中，我们也会发现那些变化。原来前面的那些用心良苦的叙述，那些对日常的细致描绘，是为了表达对生活既无奈又坚忍的一种态度。这就是沉默美学，既无奈又坚忍。就是说它承载了海和石头的关系，海水和石头的关系，和你的舌头，和你的骨头的关系。你如果换一种方式去发现和感受它时，你就会被灼伤。这个世俗性也好，纯粹性也好，会给你一种单属诗意的生命时空的真切感受。而这一切是毕肖普以沉默的、隐匿的方式，让她的"自我"与生活的表面相周旋，也与存在于生活表面的幻象的"自我"相周旋而得来的。

然后我们现在看到的这个克里利，稍微往后一点点，就是到了大概六七十年代的一位优秀诗人。现代诗歌艺术发展到这个阶段已经非常成熟。这个"我"不是简单地与生活和自我周旋，藏隐啊、小心翼翼啊，不是这样了。"我"在诗里已经是一种碎片式的、随机的存在样式，叙述也常常成了随机的、散漫化的记录，同时又有一点对扭曲的、破碎的"我"的主体的一种想象，然后又达不到效果，只好是或者只剩下了一个过程，一个尽量保持原貌的记录过程。在特别微妙、极其复杂、敏感的空间去呈现脆弱灵魂的小小暗影。我称之为"过程诗学"。所以呢，他这个"我"就变得更加模糊、游离，常常是一种淡入淡出的效果。"我"可以和"你"去对峙、兑换，"我"在"你"身上发现了"我"，"我"在某个片断的时空映现了"我"的一部分，"我"在哪儿"我"不知道，然后忽然"我"又能表达出一句半句"我"的意识，然后可能发现又是虚伪的，无力的，成了无意识。

我特地找来一首《纯真》，他这个题目就很奇怪，联系到我刚才的描述，我们会觉得这个题目会非常奇怪。纯真离我们有多近？还是有多远？

> 看那大海，它是一排
> 连绵不断的山脉。
>
> 它是天空。
> 它是陆地。那儿
> 我们在生活，在它上面。
>
> 它是一片薄雾
> 正袭入另一片
> 宁静。这儿叶子
> 飘临，那儿
> 是明晰的岩石
>
> 或者明晰。
> 我所来做的
> 并不完全，只保留了一部分。

你们看，它叫《纯真》，它的诗行看起来也很简洁、纯粹，可是在这表象后面，我们会发现大量更为复杂的东西。这首诗里的视角不断游移，变化很丰富，天空、陆地，时间、空间，薄雾、叶片，宁静、明晰，具象、抽象，部分、整体。比如，叶子飘零的动态跟岩石的静态关系，而且是"或者"明晰，一种不确定的可能性。在最后他说，我来做的并不完全，只保留一部分，那么这是纯真吗？这里边实际揭示了一种纯和不纯的关系。但是它的标题非叫《纯真》，在克里利看来，包括他其他的一些作品都在确立这样的关系，纯和不纯的关系，或者，真正的纯恰恰是那种不纯。我自己也有一个观点，在《诗的复活》里面我专门有一章在写这个，叫异质的诗。就是我们过去讲"纯粹的诗"，讲求诗的"纯粹性"，那到底什么是纯粹？有一种脱离存在的纯粹吗？其实，真正的诗就是你跟这块荒诞无边的土地、跟这个语境、跟我们生命的复杂性、跟宇宙的不可知、精神性的艰难延展、意义的难以辨认完整地融合在一起的这样一种杂糅而真实的形态。它虽然是不纯的，但却是真挚的，那么在这个意义上，它实际上是另外一种纯粹，就是说，真正的纯粹理应是一种异质的状态，包括与异质性本身的平衡。

所以，在这样的"纯真"的诉求当中，这个"我"就很弱很弱了。如果说这样一首诗它的"我"太弱、太抽象化，让我们不明就里，那么我们还有另外一首，一首克里利的所谓情诗——《雨》。在好多文学史的版本中，都说这是一首情诗，这其实是不对的。我们知道克里利确实是一个写情感的高手，部分来自于他和他爱人的情感关系。他的大量诗歌都触及这样的情感范畴，以至于克里利作为一位现代诗人，尤其在我看来是操持着某种高级智性表达力的现代诗人，他在美国和许多国家，居然同时是一位在普通大众当中非常受欢迎的诗人，他的诗歌在广大群众中非常流行。就是因为他诗歌的题材，好多在表面上看都是写爱情的。但是实际上不是这么简单，克里利被误读的成分有很多。

我们先观摩一下这首《雨》——

　　整夜那声音
　　反复传来，
　　反复落下
　　这宁静的，持续不断的雨。

　　对于我我是什么
　　这必须要记住，
　　必须要如此经常地
　　强调？是否

　　雨点降落的
　　舒适
　　甚至难受

也永不会为我带来

某种别的东西，
某种不这么紧急的东西——
我是否将被锁在这
最后的不安里。

亲爱的，如果你爱我，
就挨着我躺下。
为我，像雨一样
克服那

疲倦，昏愚，那故意冷淡的
半隐半藏的性欲。
被一种满足的幸福
淋湿。

这诗写得真是好，同样精确地关涉了我们今天《谁在说话》这个标题。作为一种混合角色，加上淡入淡出的效果，主体和客体的关系不仅仅发生了倒置，或者"我"的缺失、虚无化，不是这么一个简单关系了，而是主体和客体成为一种混合物。或者说我们这样来理解主体，那个"我"，它成了一种混合物，实际上既是主体又是客体，或者说没有什么主体或者客体。过去我们曾经拥有过分清主体和客体的能力，在今天我们要拥有另外一种能力，就是不去分清主体和客体的能力。

那么克里利作为作者也好，作为诗歌中情感的抒发主体也好，在诗里的这个角色就是混合的。你要说这是一首情诗也可以，但是它的层级就被降低了。它不仅仅是一首情诗，而是在一个更大的更复杂的语境中，我们这些变态的"我"，以难以确定的、无奈和谨慎的方式，对转瞬即逝的事物，对情感和更真挚生命经验感受的诉求。所以它的标题叫《雨》，是一种淋湿的不痛不痒的状态和感觉。

所以到克里利这个时候，那个"我"变成了像雨一样慢慢游移、浸润的质素，它是散漫的，却渗透在我们的空气中，渗透在我们的日常和生命体验的碎片中。当然后来的克里利干脆更进一步，以大量的碎片，大量的片断性的文字，像笔记一样，像呓语这类东西来写诗，尤其到克里利晚年的时候，那个"我"就真的变成空气一样的事物，在在处处，貌似无有实处，却恰恰真实不虚。

再后来有位诗人叫贝里曼，属于美国自白派的一个人物。他有一首《向特雷斯特女士致敬》。这位女士就是美国文学史上的第一位诗人，显然她是以较原始的方式来写作的，最常触及情感、爱情一类的传统题材，所以这个贝里曼为什么要向她致敬呢？这就跟艾略特的《情歌》一样，贝里曼在这儿实际上也是在戏仿，他这个致敬行为其实表达了对传统抒情方式的特殊态度，揶揄和自白，对同根同源却又不得不摆脱和拒斥的陈旧写作样式的复杂心态。用你们的传统的致敬方式来和你呼应，来跟你对话，以"我"的残缺不全的灵魂跟你那个时代的貌似完整的、自以为是的那个主体对话。

于是就出现了这样的句子——

> 把我永远藏匿，我只能猛冲突击，我必须自由
> 现在我聚集了我所有的肌肉与骨头
> 而什么是以死为生的事物？
> 西蒙，我必须如此凌乱地离开你
> 怪物正在杀我，请相信
> 之后我会拥有你，女人们真能忍受
> 我绝对绝对不行了
> 而在经历了可恶困境的湮灭后我就是我了

他直接表达了这样一种"我"，经过湮灭以后的"我"，甚至只有经过了湮灭，他才能称为"我"。我在长诗《抽屉诗稿》中，曾写了"有两种活，死之下的和死之上的"，大致也是这个意思。当然这个贝里曼的命运，可能有些朋友知道，他最后是自杀去世的。实际上自白派诗人最后走上自杀这条路的不止这一位，还有塞克斯顿，还有普拉斯，都是自杀。为什么会出现这样的情况？对这个自杀，尤

其是对诗人的自杀，我在这儿多说几句。就是我们不要轻易地单纯从社会的角度，从伦理甚至道德、法律的范畴去简单化地理解，下一个草率的论断——不够坚强啦、不尊重生命啦、对不起家人和社会啦、病态啦等等。尤其是文人、诗人的自杀，从屈原到王国维，从萨福到伍尔芙，包括 90 年代初期顾城的死，包括更早时海子的死，也包括去年刚刚离开我们的、我的好兄长陈超的死。那么这种自杀行为，我们最起码作为要尊重和理解的一点就是，他（她）有权利选择以什么样的方式离开这个世界，这是最低的一个底线，就如同你有权利感到痛苦、焦虑和绝望一样。其次我建议大家能够根据他们的命运、身份，他们的生命本质、特定生活和个人特性来理解和估判每一次不同的死亡。诗人的世界和世俗意义的世界是不一样的，他的世界看不见摸不着，但是有诗性，往往真挚而特别。他的思维也是诗性思维，穿过现世的有用性直抵灵魂深处的体验世界，穿过物象直抵精神内核。

什么是诗性思维，比方说一片树叶掉下来了——理工科的学生一看，哦秋天来了，自然规律，最多研究一下这个原理，是什么原因导致它落下来而不是继续长在树上；那浪漫主义诗人可能就会感到一丝忧伤，哦时光易逝啊，生命凋落啊，这片孤零零的树叶和我们不知所终的命运的联想啊，这种悲戚感会油然而生，因为这个生命的体验力是我们生而俱来的功能，人的本质是来此感受和体验的，来悟来醒的。当然，一位现代主义诗人可能还会想到这叶片的嚎叫和哭泣，它的扭曲，它的挣脱，还可以穿透它望见时间的光华，穿透它也穿透自己，在叶片日渐萎黄的纹络中看见冬天或春天缓缓的步子，听见缓缓的钟声和自己的呼吸，与死神微笑擦肩，把自己的身体或者影子或者每一天，拉长，铺展到这张叶片旋转坠落的时间的小路上，生长出温馨的幻象的石头一样的花朵。这里就举这个例子，世界对每个人来说是不一样的。诗性世界里的死亡对于物性世界的人只能换来一声嘲笑，但这个人可能连一张完整的叶片也无法理解、无以触摸。

所以说，在诗人的特定世界里，出于特殊的情感和体验，对生命的感悟、认知与他人是不一样的，他对死亡方式的选择也不能用一个日常的逻辑、世俗生活层面的逻辑来理解。自白派这几位诗人的自杀，在我看来，恰恰是因为他们的内心世界极其丰富，情感极其真挚，反而在平面化的世俗生活中处于受阻和受压抑的状态，内、外两个世界的殊异落差将他们的生命意志驱赶至对峙、异化和坚守的高压空间。必须承认，在现代性绝境中，由于旧有主体性的丧失，在狭小、平面的世俗空间里，在令人窒息的不堪生存中，去坚持和扩展生命的真实感与诚挚性必然是可贵而艰难的。有时不得不撤退，有时不得不逃离，有时被打败，有时是决然抛弃，但他们都有过光荣的战斗。甚至，以某种的方式离开这个世界，本身是诗歌的一部分，生命成了诗歌的方式，我用我的死亡写一首诗，我用我的死亡结束一行句子。

贝里曼也是这样，他这个人的成长、爱情、家庭生活，包括一些纯然个人化的问题，比如他的一只眼睛后来视力受阻，一直麻烦不断且无以选择。那么他的诗歌，就有了这样一个特点，他这个"我"，就更加扑朔迷离了。因此，我在这儿提出了"反向的自我"和"自我的退出"。贝里曼说湮灭以后才能是"我"，这就是用"自我的退出"来完成的一种行为艺术，来完成"自我"的另类确认。贝里曼有一组诗《梦歌》，一共384首，是他的代表作。我前几年翻译了一部分，并写了专门的论文，应该说是国内第一次从专业角度归纳了他的诗歌艺术特质。因为这样一个大诗人我们居然不知道，或者说仅仅在介绍自白派这个流派时对他作个简单介绍。国外一大批非常好的诗人，在20世纪现代诗歌版图中有着重要地位，但国内的专业性批评非常少，要么干脆视而不见，要么停留在平面化的只言片语的述评式的介绍上，既涉及不到文本，更涉及不到现代诗学。这方面我们进步的空间还很大。我看了贝里曼的《梦歌》以后，发现它写的不仅仅是梦呓，它叫梦歌，实际则是对异质杂糅的"我"的各种形态的摸寻与呈现。

《梦歌》里面有一个主角，对这个主角的设置本身就是反讽和戏仿，因为之前我说了，现代世界和现代文本中，主角这个事物已变得非常尴尬，本来已没有主角了。但贝里曼为他虚幻的《梦歌》强行安排了一个主角，叫亨利。这个亨利啊，虽然贝里曼一再否认，说"亨利不是我"，但是据国外学者研究的结论，亨利就是他。虽然在文本中，贝里曼和作为主体角色的亨利频繁地互相置换、位移，把个人的生命情感、社会态度、艺术观念，几乎全部投射到了梦歌里。全身心地投入其中，在梦歌里分辨自己的面孔，拂拭自否性的灵魂。用世俗的角度来看，简直是走火入魔，但实际上对贝里曼来说则是至真至纯的境界，梦歌就像救命稻草一样迫切地不断地被他延续。自白派的自白，简单来说就是心灵和生命的特殊状态的一种外延，去向外投射情感、投射生命。当不可延续时，就只能通过更加特殊的手段和状态来延续和投射，自杀就可能成为诗歌和生命延续的一部分。

有些人说自白派的自白是主体性倾向的表现，是主体诗学的回归，或者证明了现代主义向内心世界或者主体性的回归，这个是不对的。这个错误出于对整体的现代世界和现代诗学的属性的不了解。包括有些人对意识流这类文学作品的评论，也说是什么主体性的回归，什么又重新开始关注内心了，其言外之意总是想宣示现代主义向现实主义的靠近或者回归。因为在他们的潜在意识里，现代主义总是超然于内心、脱离于现实的，只有现实主义原则更加脚踏实地，更加可信，更能够真实呈现我们的外在世界和心理世界。你看我们的现实主义，司汤达写《红与黑》有心理描写，然后福楼拜写包法利夫人也是心理描写、心理分析。那么这些评论家觉得，到了意识流更加完全地是在写心理，所以这就是主体性的回归，就证明了现代主义这些莫名其妙的东西最终还是脱离不了现实的，是要回归人的本真内心的。我说这种判断完全是在自我满足式地自说自话。这个问题本来是很高级的，你这样一个思维，就把它大大降格了，成了一个很低级的问题。为什么呢？我们前面说工业革命以来，尤其诗学内部从庞德的意象主义开始，我们就已整体性地进入了客体诗学的时代，过去的时代一去不复返了，我们过去向往的那种主客体存在关系，田园牧歌的生活，传统宗法社会，永远不会再来临了。而这个全新时代的一批诗人都是经历了现代主义熏陶的，不管是意识流小说也好，还是自白派诗歌也好，它都是用客体诗学的方式在呈现内心和所谓的内部世界。不能说你的对象是内心，你就是主体诗学了，不能说你的题材是"我"，你的方式就必须回到旧式的"自我之歌"上来。事实上，自白派只是用排除主体干预的客观呈现的方式，去参与和关照我们的主体性，它天然地剔除了作者的角色和主体性的操纵方式，让"不由自主的"残缺的扭曲的没有方向的那个异化了的主体性自我流泻自我呈现。这恰恰是自由的客体主义，这怎么是主体诗学的回归呢？所以说，艾略特的《荒原》写的是我们的现实，但不是现实主义，惠特曼的诗歌写了美国的现代意识，但不是现代主义。自白派让内心自白，不是"我"写内心，而是内心自我流露，不但不是主体诗学，恰恰反证明了客体诗学在题材和对象上的全面化和深化，连内心也客体化了，连"我"也客体化了。

我们 80 年代最早引进的现代派之一就是美国的自白派，很多人喜欢自白派，在我看来，这和很多人同时喜欢弗罗斯特是一样的。不是说弗罗斯特的诗不好，是有更好的诗理应被更多的读者喜欢，被更多的学者介绍研究，可是我们反了。这是学者和批评家失责的又一个表现。当学者和批评家的视野、好恶与普通读者总是趋于一致时，就值得我们警惕。我们学界的一个情况是，学者跟着读者跑，甚至学者总是不能实现对作为一个读者的自我超越。没有完整知识结构是一方面，没有质疑精神和理性建构意识是一方面；更重要的，恐怕是我们的学者群体和批评家群体，远远没有现代化，我的意思是说，离现代性、现代精神世界很遥远，未置身于现代绝境的悬崖之上，不是现代人也不是现代学者，他们群体性地栖居于一棵虚妄之树上，并成为一道同样虚妄的自我感觉良好的幻象。这个扯远了，马上回来。80年代，当时，翻译家和学者们看上了自白派，我想很大可能是对这种抒情方式的天然亲近感，自白嘛，内心流露嘛，真情实感嘛，容易接受这种东西。其实完全是误读。即便非要用"抒情"这个词，那这个抒情也是极其高级的，已经超越了旧式抒情的基本范式，这个自白本质上跟传统上所认为的自白行为其实完全不一样，因为自白的主体发生了本质变化。正是这个变化，导致自白派诗歌的题材是"我"，但方式恰恰是非"我"的。就是说，对主体性题材加以客体化处理，这反映了现代语境下客体诗学的新进展。

咱们看《梦歌》中的这首诗，和这个贝里曼的"我"——

> 亨利的毛皮挂在了各式各样的墙上，
> 在那儿他们极像亨利，那些人很开心，
> 尤其是他的长长的发亮的尾巴，
> 全都被他们所赞赏，还有参观者们。
> 他们一片哗然：那就是他！

你们看看，这个口吻，这个戏谑感，这种变化，这种准确性，这不是庞德、艾略特们所能触及的东西，庞德还有时代主题，艾略特还有文化并置，但是贝里曼这里，自现代主义发生时期我们就面临的这个"我"的问题，变得极其琐碎，变化多端，几乎的确是不可救药了。"我"不但"非我"化，而且还"他者"化，"我"成了亨利，而且还要被别人确认为亨利。当然，实际上是"我"的"毛皮"被确认，"我"的"尾巴"被确认，也就是"我"的物化和虚空化被确认，"我"的异化被确认。这个被参观的过程，以及被参观者们群体确认的过程，本身就是"我"的被戏剧化、戏仿化和被反讽化的过程，也是被自我反向化和退出"自我"的过程。

> 你冰冻的鸡尾酒在午夜飕飕作响
> 那毛皮上的金色照耀着你
> 又光又黑。
> 任务完成了，朋友。
> 我那正在消失的发黄而无光的皮囊已经
> 干竭，静止地挂在那儿。
>
> 那在又冷又深之地捕获的梭鱼，唉，
> 在西尔达车站那些一无所有的
> 孩子们快熬到死了。
> 中国人的社区嗡嗡忙碌。两杯鸡尾酒
> 被收回到华美厅堂的角落
> 一杯向另一杯说了一个谎。

这里边贝里曼对他自己，亨利对他自己，还有对"我"和亨利的关系的戏谑，就是这个揶揄、嘲讽的口吻很明显，充满了对身份持续不断地艰难确认的过程，当然，更多的是无法确认的痛苦、自嘲。我们发现，到了自白派，到了贝里曼这个阶段，"我"已经沦落到了不但无以确认"自我"，而且无以确认"确认"本身这种地步。

这就是我今天大致梳理的现代诗歌中的这个"我"的问题，这个角色认证的问题，也是现代诗学最核心的命题之一，它的逻辑基础、内在驱动和基本流变。后面还在持续，比如阿胥伯莱又往前推进了一大步，但在他那里"我"的问题机制产生了根本性的变化，诗歌的机制和创作机制都有非常大的变化，涉及一个我所谓的新诗学或者说 21 世纪新诗学的基础性问题，相对复杂一些，这里就不专门讲了。我要说的是，在今天这样一个文明和文化形态的转型期、转捩点，很多问题都要求我们从更为根本性的角度来考察，包括一些貌似盖棺论定的事物，一些最基本的因素甚至表面上早已解决了的命题，都要重新考察。因为你的坐标不一样了，你自己也不一样了。新的诗学不光要向前观照未来，它还需要向后重估过往。你要寻找新的方向，可能会牵涉到很多老的问题。"我"是谁？何为美？诗为何物？诗人何为？你会和所有的大诗人，过去的和未来的对话。

我也希望今天的讲座让我们每一位朋友，每一位热爱诗歌的作者、读者，能够以更合乎你的现代身份的方式，看待自己和你的生活。多一种方式，多一条路径，多预留一个空间，多一个语境，多一个世界，多一个自己。不是说越多越好，而是不断地找到和面对那个真实的你，不断地抵近和构筑那个诗性的世界。同时少一些伪问题、伪抒情、伪浪漫、伪语境、伪现实、伪世界、伪自己、伪语言、伪活动。有些活动、有些会议、有些研讨、有些写作、有些兴致勃勃、有些乐此不疲，其实都是无效的。包括去年我们在浙图二楼报告厅搞的那场诗歌朗诵会，不客气地说，有很多文本是很令人失望的。这就是现在的写作，这就是现场，一个伪现场。大量似是而非的东西展现在我们面前。

今天来了不少诗人同路，作为中国诗人，我们如何对待这个现场或者伪现场？今天的荒诞语境所支持的是"修辞的必然"还是"反修辞的必然"？我们应该写出的是"自我之歌"还是"准自我之歌"？原本，当传统修辞力的自信心逐步消亡后，旨在调整修辞力之精确性的要求就会出现，或者说调整修辞力之精确性已成为必然。这并不难理解。为什么一定要调整它，因为用传统的那套修辞关系已变得非常有限。在这个现场，我们甚至不是要去发现自我，而是要去发现准自我，就是那种不完整、不健全，趋于纠结、分裂，虚幻可疑、似是而非的状态，在多元复杂的"我"与"非我"之间不断地进行艰难的自我修复和自我认证，当然也可能承受随之而来的修复失败和认证的失望。要有做垂死的英雄这样一种准备，而不是做英雄，现在我们谁也做不了英雄，在如今这样一个年代，真英雄都是垂死的英雄。

今天早晨我过来的路上，大雾迷漫，要是在北方，可能就是沙尘满天。所以，春天有时候一点也不像春天，不一定是浪漫的、绿色的、有生命力的。即便在春意盎然之下，也可能会隐藏着一丝腐朽的气味，挣扎的力量，或者无动于衷的死亡。是的，春天还可以挣扎，可以呻吟，可以战栗，可以拐弯，可以伪装，可以自我覆盖、自我替换。当我们的诗歌以这些重叠的春天的方式生长的时候，那困顿的现实与现代，荒芜的土地，可疑的花朵，个人的和群体的面孔才会被逼真地映现。济慈在两百年前竟以短暂生命追求永恒，说美即是真，真即是美。而如今这个充满了不确定性的世界，很可能不因为绝对的美而真，也不因为绝对的真而美，但可能因为美与真的不断自否和自洽而促成连续衍生的真与美。这是许多个身体与自我，也是一个身体、一个自我。这持久的动荡与静止，我们该叫它什么呢？它又该如何称呼我们？

最后，我这里准备了1990年的一首诗，来自一个以诗论诗的组诗20首。今天我讲座中的很多命题和思考，在那组诗中或多或少有所涉及。这里和大家分享一首《两个近在咫尺的春天，却又相隔遥远》，祝朋友们以此诗意获得人生的真与美。谢谢！

两个近在咫尺的春天，却又相隔遥远

> 两个近在咫尺的春天，却又
> 相隔遥远。我在第二个春天里
> 写诗，与它们告别。不是
> 与第一个春天告别，而是两个
> 与两块石头两棵树告别，与坍裂的
> 土地告别，与两个身体告别
> 同时不能暴露身份，不能
> 退场，既不能呻吟也不能延续
> 沉默之梦，绝对不能制造新精神。
>
> 现在是一九九○年九月
> 早来的寒凉推远了两个春天
> 不仅使它们相隔，而是将它们

捆绑起来，一起推远。只留下
回声和遥相致意，作为面具
装扮时间之脸。它们互相模仿
打趣和封存，而成为一体。就像
早晨潜入子夜，一个凡夫一个俗子
春天们发育成熟，急着与我告别。

所以我歌颂这被动感，罢黜
那少年华茂，顺便罢黜日历
和嘴巴。不是让骨头藏起来而是
把它们丢到春天里，丢到无数春天里
并与假象重叠——那是你的吗？
那是一个吗？那是树木吗？
那是孤独吗？只有一个春天
喉咙干涸，涨红了脸，由于认出花朵
而在一连串的天空下迷了路。

荒野上的一抹星光 ①

——为《诗江南》"诗歌课堂"所写

　　在"诗歌课堂"这样的栏目里为下一代讲讲现代诗歌，这当然是件极有意义的事，尤其编辑特告最好在中学教材所选作品内作评，其本意自然是为了切合孩子们的诗歌教育实际，我亦觉得颇为中肯而欣然领命。然而，当遍寻了当下最为权威、使用也最为广泛的人教版"义务教育课程标准实验教科书"的全套教材后，我还是感到了些许无奈与为难。作为一个在中学和大学的课堂里讲了近二十年中文课程的教师，虽则对国内现代诗歌教育的种种偏颇与失误早已有切实体验和足够认识，但时至今日几经改革后的"实验"教科书在现代诗歌篇幅上的匮乏、内容上的肤浅与课堂研讨环节设计上的平庸，仍然让我深感震惊和不安。出于对孩子们和对诗歌的责任，我不得不把绝大多数作品直接略过，这里仅仅（艰难地）选出一首外国诗歌作为今天讲评的对象，这就是美国诗人兰斯顿·休斯的《黑人谈河流》。

　　《黑人谈河流》既是一首可以被归入爱国主义正统题材范畴的诗歌，同时也是这类题材中不多见的能够折射出现代诗歌某些特性的作品。事实上它的确被编入了"爱国思乡"那个单元里，诗歌中对美国的母亲河——密西西比河的由衷赞美（当然也延伸到了对所有孕育了黑人文明的其他几条大河如幼发拉底河、刚果河和尼罗河的亲切呼唤上），以及写到林肯去新奥尔良而隐含了对美国历史进程与社会进步的深沉慨叹，等等，都可以看出作者对美国、对黑人乃至对全人类的真切热爱。这一点，也就是此诗的所谓思想内容方面，但凡有着爱国情操或民族

---

① 此文发表于《诗江南》2012 年第 6 期。

情感的读者都应该容易理解，而且也大概是中学老师们的讲解重点，故此我就不再赘论了。我感兴趣的是此诗能够体现出的现代诗性的那些成分，它们虽然微小然而可贵，尤其是与同类作品进行对比的时候。要知道这首诗其实是休斯的处女作，是他十八岁时路经密西西比河时的偶感之作，正是这偶发之笔却成了后来的经典名篇，成为美国现代黑人诗歌的一个典范。客观地说，做到这一点，只靠澎湃如潮的爱国激情或民族豪迈感是远远不够的。我想说的是，一首诗首先必须是一首诗，然后才是它写了什么——实际上，也才能够真正写出什么；那些表面上看似一样的内容可以写成诗，也可以用日常语言说出来，但无论如何，无论后者的形式被修葺得多么像诗，也请不要冠以诗名，请不要告诉我们的孩子们——这就是诗，或者，这才是好诗。那么，这首《黑人谈河流》中的现代诗歌成分到底是什么呢？它们所产生、所寓托的精神性的纯度与深度，到底与用白话来说出或者用低级的"诗"的形式来表达的效果有什么不同呢？

当然，类如意象、比喻、拟人、排比和反复的用法在诗中是较为明显的，它们的共同作用就是大大增强了抒情力度和情感强度，大大扩展了诗意的时空坐标，把黑人的苦难历程与坚强步伐展现得淋漓尽致。这些修辞或表达手法无论在传统诗歌还是在现代诗歌当中都随处可见，虽然具体到本诗的情形，像灵魂变成河流、人类血管中流动的血液、河水催我入眠、我在河畔建造金字塔、密西西比河的浑浊胸膛等等抽象意象和混合诗意已经和标准的传统诗歌拉开了距离。而我真正想要强调的，则是此诗中自然而然流露出来的诗意上的互文性和诗感上的散漫气质。不知是因为少年休斯对黑人命运的透彻感悟，还是由于诗歌天才与生俱来的创造禀赋，《黑人谈河流》中的互文性既简洁清朗，又富有内倾性和延扩力——晨曦中的沐浴、茅舍里的入眠、建造金字塔的诸多影像和（听到）大河之吟、（瞧见）大河之肌成为完美的一体，几条河流成为一条河流，那就是黑人的生生不息的文明之河，那就是永恒流动的像河流一般深邃的黑人的灵魂。这样，通过几个看似孤立的抽象意象和隐喻成分，诗人把不同地区不同阶段的黑人历史汇入了一条河流，诗人自己也与他的民族融为一体，成就了诗中的那个"了解河流"的大大的"我"。这里，互文性成为一个潜藏在字里行间的隐性纽带，它既存在于单个的意象里，又存在于宏阔的情思中，它既是文化和历史的，又是政治和社会的。另外，全诗语调的平和、节奏的舒缓、意象的简洁大气和措辞的不温不火，都有意无意呈现了一种散漫而庄严的智性，这种智性效果把诗歌的内在肌质与外在语感合而为一了。休斯的这首诗初步具有了这种散漫气质，那其实是现代诗歌在发展了许多年之后才在个别作品中达到的一种境界。对此，如果我们去读一读休斯的原文，可能会更加实在地体会到。

但是，并不是说这首作品是足够精致和深刻的，事实上我个人认为这首诗写得并不完整，如果以一个较高的标准来衡量，它在许多地方本还可以加以改进。诗人始终基于抒情传统，未能在现代诗歌的智性表达上再进一步，这也是休斯在很大程度上被认为是一个民族诗人的原因。而不管怎样，在今天的中学教材里能够出现这样一首编者未必在意的初具现代气质的诗歌，终归可使我们收获聊胜于无的欣慰。

2012 年 8 月 30 日于杭州湖畔花园

延承或反构：当代汉语诗歌中的传统及其现代转型①

——晏榕《东风破》赏读研讨会实录

时间：2018 年 7 月 7 日

地点：浙江省图书馆报告厅

主办：浙江图书馆 上海人民出版社

杭州师范大学国际诗歌交流与研究中心

研讨人：晏榕、南野、刘翔、赵思运、沈健、王自亮、刘圣鹏等

出版方嘉宾：何元龙、任峻萍、赵蔚华

策划：谢贝妮、毕婳

主持：岳耀勇

演绎：浙江文澜朗诵团

主持人岳耀勇（浙江图书馆读书岛栏目发起人）：感谢今天有这么多的嘉宾和朋友来到现场。今天下午活动的主题是"东方抒情传统的当代回响——晏榕《东风破》赏读研讨会。"今天我们也非常荣幸，有很多诗人朋友前来参加活动，欢迎大家。在赏读会的筹备过程当中，还有很多来自国内外的诗人、评论家、翻译家共计近百位朋友以各种方式表示了祝贺，也感谢他们！

在今天活动开始之前，我也曾经跟记者讲到，早在《东风破》出版之前的去

---

① 本文根据 2018 年 "东方抒情传统的当代回响——晏榕《东风破》赏读研讨会" 的现场笔录整理而成。内容涉及传统抒情范式的现代转型，语言、语境与身份，"先锋" 诗歌的困境与出路等当代汉语诗歌的重要话题，全场讨论深入、具体，为近年较为重要的诗歌研讨与对话活动。

年，我在一次诗歌朗诵会上曾经朗诵过晏榕老师的一首《东风破》，当时诗集还没有出版。但我觉得《东风破》的形式非常好，用宋词的词牌，以现代诗的形式，展示现代人的文化理念。我觉得非常好。当我得知《东风破》今年4月份已由上海人民出版社出版，便萌发了这期赏读会，以此将这样一种把传统文化和现代文化结合起来、通过反构和交融的方式，向社会、向各界、向读者做一次系统的介绍，和朋友们分享。

本次赏读会第一个环节将采取朗诵和阐释交叉进行的方式，但是在这之前呢，我想首先请晏榕先生对自己的诗歌理念，尤其是创作《东风破》的具体心境做一个介绍，欢迎！

晏榕：朋友们好！非常感谢大家在这么热的天来参加这样一场关于现代诗歌也可以说是比较难懂的那种诗歌的赏读会。正像岳老师介绍的，《东风破》这本诗集的诗歌，创作的时间比较早了，集中的创作大概在2003、2004年，2005年基本上就收尾了。感谢上海人民出版社今年让它面世。这本书的主题很简单，就是作为一个现代诗人，对传统抒情方式的反思与现代重构。但我没想到现在它在微信群里，包括庞杂的写作圈子里，引起了很多各种各样的反响。其中有跟我的创作本意相契合的，而更多的则是一些误读。因为这些诗的题目，包括文本中很多古典符号，让它看上去跟我们的传统文化或者传统的抒情方式，包括一些典型的浪漫意象、传统美学范畴关联比较紧密。但实际上当年我创作《东风破》的心态，跟很多朋友们从中读到的那些所谓"美好""典雅"是全然没有任何关联的。所以我想有必要在此先做一番自我解释。

我写作比较早，从20世纪80年代初还是个少年的时候就开始了。对我们今天的现实来说，80年代那十年是最值得珍惜的一段历史。我也比较早熟。当时的朦胧诗写作也才刚刚开始不太长的时间。突然一种让我信得过的事物出现了，它可以弥补我好几年少年时期的迷茫。因为有很多你所学所听所看的东西和你的内心认知是完全不一样的。而有种东西是可以打开天窗的、让人可以看得更高更远、更可信赖。所以我几乎是一下子就热爱上了诗歌。但不幸的是，只有几年的时间，就出现了pass北岛，pass朦胧诗，pass这个，pass那个的现象。群起而上，各种山头林立，旗帜林立，各种主义满天飞，各种流派甚嚣尘上，以青春期的骚动而不是以生命和历史的大痛大爱写诗的人一下子成千上万，当时那种大面积的群体化风尚下的诗歌我感觉就不是很喜欢了。当然，后来时间和事实证明，比如我们现在回头再看那批诗人与诗歌，可以说真正留下来的经得起时间沉淀的很少很少。而且那种群体狂欢和功利性驱动的基因遗留在了整整一代诗人身上，甚至到今天还能看到它们的迹象与害处。20世纪80年代中期，这算是对我的第一次冲击。这是一个恃才傲物的少年转向沉寂和沉默的青春期的过程。我原本是很愿意说话，很愿意沟通，从小就喜欢讲故事的一种天性。但在那时我就很困惑，为什么好不容易发现和热爱的事物，怎么都被 pass 掉了呢？！当然，在诗歌史上，第三代诗人是有其一定现实积极意义的，作为一种现代向后现代的挺进探索，作为个人性的无遮拦的释放。不过我一直认为，我们的现代主义美学精神、现代性、现代化这些事物无论在诗歌层面，还是在社会或生活层面都还远远没有完成，那么当时在短短几年内刚一露头就要被各种 pass 掉，这是一个问题。以后现代的喧嚣与冲动来抵消现代性的无尽深痛，结果把自己晾晒在了前现代的沙滩上。

第二次影响是在20世纪80年代末、90年代初，这次的影响更大。我有一首长诗叫《抽屉诗稿》，其中有两章是专门记录这个过程的。它里面有两句是这样的："有两种活，一种是死之下的活，一种是死之上的活"。直到今天，我都认为无论作为生物意义上的"我"还是诗歌意义上的"我"，其实就是存在于"死之上的活"的状态。有些时候，跟一些人、跟人群的关系已不是很大了。在经过这两次递进的、加速度的沉默之后，我对诗歌艺术的认知，可能确实跟一些朋友、读者受众包括社会层面的这种传播环境不太契合了。包括没有太大的出诗集的冲动。所以今天有朋友问，为什么这些诗写出这么久才出版，也是因为偶然的原因。包括当年所谓20年诗选——《欢宴》也是这种情况。

在创作《东风破》时我有一个心境，我认为写作无外乎跟三个要素发生关系：一个是语言，一个是语境，一个是写作的主体，即作者。当然我们的作者角色现在已经是面目全非了。我们写作的身份是一个很大的问题，它现在和现代语境混合成了一个大问题。同时语言也是一个问题。当代中国诗人的写作，从白话文运动以后，跟我们的历史、传统，跟古代从先秦到明清的数百位诗人的关系，是一种割裂的关系。而且我认为白话文也有它的问题，你说它先进还是不先进呢，我觉得它的功能非常不完善，尤其对于诗歌创作更是如此。当然这不是说要回到古文。本来古人写诗都有诗家语的概念，现在可能需要我们去重新发掘另外一套现代意义上的诗家语。汉语原本是有它的纳构性和穿透力的，但现代汉语这方面很差。一直以来，如何在白话文的基础上重新寻回和构建出它的内向容纳力、结构搭建力、外向穿透力，是我在进行诗歌创作时不得不面对的一个棘手问题。就是说我们写诗，光是语言就远远不够，在今天重新寻找和建构一套全新的具有多维活性的现代诗性语言，是一个在创造活动中同时需要解决的大问题。语言的问题并不比内容的问题少，语言也成了内容本身。在某种意义上我们的现代写作是一种漂泊的状态，没有根的状态，这是当年我写《东风破》所思考的要素之一。就是想进入我们民族语言和传统审美思维内部，反思而今漂泊孤旅的来龙去脉，在语言的元世界维度寻找反构和改造传统的可能。传统，第一个字是"传"，什么事物才值得、才使得自身能够传下去？我认为它骨子里必然有一种特质，这种特质使它能够穿透它的当代性，超越它的时代性，而具有一种时间性。所以说我们现在对传统的态度，比方说保护啊，或者把它封存起来，不让它跟外界发生关系，封得越死越好，以为就能保存得长久。我觉得这是不对的，因为真正的传统，它其实是有一个内在的使它能够传下去的规律，存在一种可以传下去的活性物。我们得把它发掘出来，跟当下发生关系，跟未来发生关系，它才能够传下去。简单讲，《东风破》就是想解决现代诗歌如何去和几千年号称"诗的国度"的这块文化土壤保持可持续性关系的问题。

第二个，就是我们的语境。语境这个问题比较复杂，我尽量长话短说。比方说现代社会，进入工业化以来的现代阶段以后，现代人、现代文明、现代社会跟过去就完全不一样了。过去是浪漫的、有主体的，表面上很完整的一个主体。对于大自然或者社会生活，它有一个自信度很高的观照系统，主客体关系非常清晰。但工业革命后，原来的主—客体世界由于人的替代物的强行介入而发生了深刻变化，比如我们的体验力变得越来越孱弱，主体性越来越具有某种客体性。这样讲可能有些抽象，我举个例子。过去我们有木匠，你做一把椅子、凳子需要先到山上伐木。一棵树一棵树辨认，找到需要的材质，一刀刀砍下去，运回来。然后按照自己的想象，三条腿还是四条腿，是平坐还是斜躺，想把它做成什么样就做成什么样。全都是手工的，锯啊刨啊，什么榫啊铆啊，然后给它上漆，给它命名，叫它凳子、椅子。就像父母给自己孩子起名儿一样，你有这个权利，因为你跟它是一种天然的关系，一种亲和的、自然的、可信赖的关系，你为之投注了你的情感和生命。现在这些都没有了，现在全部都是机器化大生产，都是流水化作业，堆积在我们日常生活中的所有东西，从哪里来的，是什么构成，我们都不清楚。好像跟我们也不会有太多的关系，张同学面前的课桌和李同学面前的课桌没有区别，大家只是用一下，把书摆上去，用完了各自走掉。就是说那样一种亲和关系，已渐渐离我们而去；那种人和自然、人和客观世界表现出来的互为一体的自然关系（虽然有时候是一种假象）已离我们而去。连假象也离我们而去，突然之间我们长大了，不再满足于童话；就是说工业革命后人类进入了成年，童话世界变得不可信赖，连自己也不可信赖。所以，主客体关系扭曲变形，主体体验力越来越弱，主体性逐渐消失，直至那个"我"面目全非、不复存在。今天你找个正儿八经的木匠、铁匠、瓦匠会是件困难的事，一条大街上也找不到一个。写作上我们讲求匠心独运，现在匠没有了，写作就出现了危机。我们写诗，过去浪漫主义诗歌本来是"我"来抒情的，现在抒情的主体出现了问题，就是说抒情的资本和资格没有了，"我"不存在了。怎么办？这样就产生了现代主义，我们说现代主义就是浪漫主义行进到如此情态下产生的，这正是现代主义诞生的逻辑基础。这就是大的语境。所以要认识到我们是在现代世界当中，跟过去田园牧歌、李白杜甫的世界完全不一样了。我们是在一个破碎的、扭曲的、病态的、沦落的一种人格情态下，是在被机器或者说某种强制力所异化的一个世界里写作。当然，还可以联系到我们脚下的这块土地。我们中国，这个拥有数千年历史同时又苦难重重的国度，一直以来以各种改头换面的方式延续着苦难；作为中国诗人、当代诗人，如何跟这块土地，跟这个民族的命运，跟今天的新的荒诞现实发生关系，这个话题在今天这个大场合就不多说了，但是它对于我们的写作至关重要。

那么，还有一点跟我个人状况有点儿联系。我的祖籍在北方，但又在江西、福建长大，13岁回到北方，开始写诗，然后2000年又来到杭州。这里面有一个生命境遇的不断变化。比如我们的西湖太美、太浪漫了，我就发现我们的很多文字和情感，跟我们作为现代诗歌写作者的世界其实是矛盾的。我曾经讲笑话，我们说诗人自杀，如果有一天真的要自杀，我绝对不会选择西湖，因为那种浪漫会亵渎我的这种先锋的"现代主义的死亡"。这当然是玩笑。我是说，这种大小语境的变迁、错位，使我会有些创作上的构思。江南这种美啊，美则美矣，有很多朋友在写江南的雨水啊，湿润啊秀美啊温存啊，西湖啊少女啊，等等，文笔很好，情感也真挚。但总觉得于当下而言缺少了些什么。一方面太满，一方面又欠缺。但这种情形反过来和当下的这种现代生存之痛、语言割裂之痛，又产生了某种更有意思的关系，就是说那些异错的柔美和温馨反倒会强化我的生存和语言的紧迫感。浪漫可以是一种绝境，温馨可以是另类的杀手。

所以 2000 年我来杭州，就是这种感受。我就琢磨，是不是可以考虑以宋朝文化、以宋词为对象——在这个浪漫抒情的传统艺术形态的最高峰、诗词艺术达至巅峰状态甚至不得不寻求突破的转捩点，与如今我们这个新的现代转型的转捩加以关联、同构，穿越历史，互相激活。你们看，甚至我们古人开始意识到相同的问题了，宋词里面到后面也有先锋、也有现代性，这和当时的同样的窘迫与痛感有关。他们也在思考诗歌艺术的内在矛盾与进程，或者说他们的传统与他们的现代、与他们的未来的关系。事实上，在宋朝的末期，越来越多的人开始意识到这个问题，语言的紧迫感与生存的紧迫感合而为一，出现了我认为几乎是现代主义的雏形的某些因素。比如吴文英啊，后来的张炎啊、蒋捷啊等等，过一会儿可能有具体的文本还会提到他们。也就是说，我们的古人都认识到这个问题了，但今天大批的当代诗人仍然沉浸在旧式的浪漫抒情中不能自拔。有些诗人虽然使用的是新鲜的语汇、现代的意象，但抒情方式和审美世界仍然停留在过去。当时我在想，是不是可以找一个载体，专门针对这些问题，这种奇怪的景观、形态和事物，加以个人化的评判、重估、反构，这就是《东风破》300 首，相对应的就是东方美学传统经典《宋词》300 首。所以《东风破》从一开始，就带着一种非常明确的指向性，那就是对传统美学的一种反思，对旧有抒情方式的反思，对它在当下的有效性与无效性的反思。在今天，传统应该以怎样的形式传承下去？而新的抒情方式又有着怎样的可能与方向？传统如何实现它的现代转型？大致上《东风破》就是在这样的考量背景下着手的，所谓《东风破》，就是在破东风，是反思，是反构，是对话，是探寻。

岳耀勇：好，那么接下来就进入朗诵环节，首先请大家欣赏浙江图书馆文澜朗诵团的王卓燕女士为大家朗诵《六么令·长江千里》——

六么令·长江千里

这气魄，就像此一墨点之于白纸
微风之于田野，哈欠之于早晨
后半生之于陷没的城池

土地冻僵了，我们就播种
老房子坍塌了，我们就多写一张春联
要发抖时，就再看看月亮

对天空的嘲笑啊，压制到钟声里
声名节操呵，搅拌进决斗里
这游戏要蒙住双眼才有意思

于是发现，你的命运和我的命运
你的不自在和我的不自在
即是狂草，即是反叙事，即是翅膀下

困惑的温度：那一夜江雪犹在
姿势犹在，交谈犹在
痛恨与热爱铺在纸上，多像脚下的路

岳耀勇：我想是不是请晏榕老师为我们解读一下这首诗。

晏榕：这首《六么令·长江千里》题目的出处是李纲的一首词，就是主张抗金的大臣李纲。我们知道，他的主张未被采纳，然后被贬谪，我忘记是哪个地方了，是安徽还是广东，被贬之后呢，在家国破败、个人命运颠沛坎坷的背景下，写了这首词。但是我在跟他对话，《东风破》三百首呢，很多情况下是对话，尤其是那些有大情怀大宇宙比如像苏轼的词，还有一些在技艺上非常精湛像吴文英、李清照这种词，对话的成分会多一些。对其他作品我的策略更多的是反构，整体的戏谑和反构。因为宋词三百首，我大致想想，大体上可以认为也就三五首，其他基本上是重复，大量的春闺呀、幽怨呐、感时啊、伤别啊那种情调的重复，或者各种变体的重复。至于这首诗，就是对话——因为我们现代人这一百多年的情况，包括今天我们自身的情况，其实是另外一种流亡，另外一种沦陷。我就拿我们自身的个人命运也好，家国命运也好，不管是在现代语境的维度，还是在我们自己特殊的文化语境的维度，在跟他（李纲）对话。"这气魄"，千里长江的气魄，在这里变成了像墨点之于白纸的关系，这有后现代的戏谑。通过这重量，或者说轻量，我在把握这样一种关系，或者说墨点之于白纸的关系，那个"我"（李纲）写每一个字都无从下手，一笔一捺，都非常艰难。"微风""哈欠"都是非常小的事物，"田野""早晨"是比较宏观的事物，"微风之于田野，哈欠之于早晨"，给它们一个大大的背景和支撑，以夸张的比照，制造一种带有戏谑感、毫无价值的效果。"土地冻僵了，我们就播种"，"老房子坍塌了，我们就多写一张春联"，以刻意的对峙，和虚无的、滑稽的体验，营造出鸡蛋与石头的关系。那已经不是一种简单的毅然而然，而是刻进骨子里的持久的坚韧，几乎是一种异化的坚持，或者一种无力美学，以毫无效果的程式化的荒诞对峙荒诞。"发抖时"，我们不是去寻找太阳，而是"就再看看月亮"，在黑夜中看那种微弱的光亮，不仅是同病相怜，或者些许温暖的互嘲或者自嘲，而且是反讽，用旧式抒情传统的经典意象"月亮"来拯救现代绝境同样是南辕北辙、无效无力的，所以，它反倒成了一个装饰。对于"天空的嘲笑"，过去要用呐喊来抵制，浪漫主义常常用呐喊来表示它的激情和力量，现在我们把它"压制在钟声里"，"钟声"可以认为是"丧钟"，也可以认为是一种无奈的、机械的、呆板的那种滴答滴答而缓慢延续的无意义的时间性，全压制到这种效果当中。"声名节操呵，搅拌进决斗里"，声名和节操对于人来说是多么重要的事物啊，但是今天我们全然不知道它们的命运。决斗的结果如何也不知道，我们把它搅拌进一场决斗里，就是说我们的写作，或者包括我们的存在，都是没有确定性结论的游戏。"这游戏要蒙住双眼才有意思"，你不是要玩儿吗，你不是要"嬉戏"吗，那咱就玩儿得更彻底点儿，要蒙住眼，没有任何的方向，没有任何可以被你操纵的这样一种随机性。所以说"发现"，李纲啊，"你的命运和我的命运，你的不自在和我的不自在，即是狂草"，在一种大情怀，或者被比喻为"书写"的状态中，这种自逸或者自我流放的命运，"即是反叙事"，过去的主体性叙事现在变成不要意义了，不要中心了，不需要也无法明确方向和内涵。"即是翅膀下 / 困惑的温度"，这是在表达对飞翔的态度。寒冬长天里一只孤雁翅膀下的那一点点温度，那种既可怜又无畏，虽则对生命残酷的戏剧性充满困惑，但仍然具有一种伟大的诗性的温度，恰恰表征了我们的命运。既是李纲的命运也是我的命运，既是人的命运也是现代人的命运。当然，李纲的原诗是在跟贺铸相呼应，而我是在跟李纲呼应。所以说"江雪犹在"，这样一场漫漫江雪，可以说今天仍在其中，今天仍然是一个雪的世界。它苍白狂乱，永远没有边际，似乎也永远不会停下来。于我而言，这是从 20 世纪 80 年代末就开始的一场狂雪。"江雪犹在，姿势犹在"，飞翔的姿势也好，或者是书桌前坐着的姿势也好，与黑暗与命运对峙的姿势也好，尴尬而无奈坚持的姿势也好。"交谈犹在"，你跟贺铸的交谈，我跟你的交谈，我跟我自己的交谈，都犹在，都同在。最后一行，这种交织着绝望与坚持的痛恨，或者对这种无奈之下所坚持的那份隐忍事物的热爱，都铺在了我们的纸上。而这恰恰就是我们今天的不知道是向前还是向后的道路。好，我的解读大致如此。

岳耀勇：谢谢晏榕老师的解读。刚才听了晏榕老师的讲解，我们对《东风破》这本诗集有了更深的了解，对《六么令·长江千里》也有了进一步的了解。接下来，请欣赏浙江图书馆文澜朗诵团 4 位团员的朗读：

梅花引·白鸥问我泊孤舟
朗读者：段铁

> 为什么要问，都是岸，都是舟
> 都是鸟。我会留下我所有的器官
> 他们还想复制我十年的想法
> 这不太可能，我愿意但
> 他们不太可能。即使我皱眉
> 生病，他们也会犯下乐观之错
> 我捂着胸口，他们跳起幼儿园的舞

寒风最可爱，小窗口可爱
灯以及它发出的光也可爱
寂寞也可爱，寂寞的身体尤其可爱
我像纸一样被撕开，我看见
他们一张张被慢慢撕开——作为纸
这之前我往里面添了好多星期
好多中年的低沉之音，好多嘶哑

这桌面是旧游，它像田野
这杯子是旧游，它像扎向白天的根
而绝不再有黑夜。我把一个国家
都搬进来了，让他们尽管
开会并举手，让他们打开电视看新闻
讨论第二天要进的货，哦或者
就叫它未来，可以寄托绽放与衰朽

梦最可爱，梦不到最最可爱
在梦里我赞美寒水空流，我赞美白雪
我赞美一场大雨湿透我的衣服
我赞美无人愁似我，我赞美他们拿着碗
我赞美他们为我做着安检
我赞美雪有这么大，梅花这么小
我赞美我的晚餐，为能藏起一根肋骨

一丛花令·伤高怀远几时穷
朗读者：蔡黎明

坐在这里登高

坐在这里怀念远方之痛
在这屋宇的一角与万物打着招呼
看小路迷蒙，柳絮乱舞
而马越跑越远

这阁楼里装着拂晓与黄昏
装着池水与雷霆
装着被禁锢的月亮、羞涩嫩芽、嬉戏的鸟
装着囚徒的微笑、白纸上的风
波涛汹涌的海

装着几十条道路，通向春天
通向那层薄薄帷幕后人群的叫喊

坐在这里，成为一块石头
在桃花的婚期里游弋、翻滚
在转换不停的昏暗云影里
抗拒着失明

忆王孙·萋萋芳草

朗读者：瞿平

思念于我，终于成了清晰之物
透过芳草与亲人，甚至透过
那空旷的柳外高楼、杜鹃声声
透过暮色、孤独书房，墨水与纸
还有我亲爱的广袤庭院、万千气候
透过那场千真万确落在这片土地上的雨

和搅拌在空中的烧焦的味道
透过你软软的钟表，一群又一群
孩子的呼喊，还有这患上哮喘的胸膛——

我思念那个春天。我思念闪电里的呼吸
也是雨打梨花，也是疾风劲草
它真像我自己的呼吸

疏影·苔枝缀玉

朗读者：魏莹莹

紧紧封裹是最贴切的描述
像在皮肤上涂了一层苔藓，像这死寂的二月

相互偎依是一种方式
在异乡流浪是另一种，在黑房间
大口大口呼吸是最艰难的一种：获取自由

翠鸟以奢侈品的姿态出现
篱笆必须存在，黄昏和远远嫁人
必须存在，然后去怀念
以不需要嘴巴的语言复述往日东风
你说是十年也行，假象也行
说是另一种紧紧包裹也行，像骨头也像舌头

然而泥土沉睡是正常的，当梅花落去

弯下去再直起来，直起来
再弯下去，以弯的方式直和以直的方式弯

啊哈，啦啦啦，啊，滴答滴答

啊哈，嘀嗒嘀嗒，啊，嘀嗒嘀，嘀嗒嘀

就这样向最中心飞去：原来

它是白色的固体，那温度并不可怕

那一年，还教一切随波去

那一年，像狼一样踱着步

那一年，给女儿喂奶成了庄重的延续

岳耀勇：好的，在欣赏了诗朗诵之后，下面进行活动的第二环节，首先请《东风破》诗集的出版方——上海人民出版社党委副书记兼纪委书记何元龙先生致辞。

何元龙：各位嘉宾，各位朋友，大家下午好。刚才主持人说致辞，致辞太正规了，我就随便讲两个意思，表表心意。第一，首先我代表上海人民出版社表示感谢，欢迎大家冒着高温酷暑、放弃周末的休假，甚至有些朋友还带着昨晚看足球世界杯的疲惫来参加我们这场活动，所以我代表上海人民出版社向大家表示衷心的感谢！第二，表达我自己一个特别的心情。非常高兴参加今天这样一场赏读会。刚才晏榕先生说，宋词就三首，其实我就做了一个傻事，唐诗宋词我非常喜欢，我家里有一排书架，都是各种版本的集子。各种各样的都有，包括近现代人写的古体诗词，我都收了。为什么呢？比如说，有时候我疲惫了，工作累了，我就带着一种秦时明月汉时关的情怀，用心地去读。大部分时间是这样，但也有10%、20%的时间，纯粹做做文字游戏。填过宋词，即兴的，我觉得很美，就给它一个内容，不动它的形式，也很美。但是今天我很高兴，当我接触了晏榕老师的诗以后，我觉得打开了另外的一个天地。无论是他的诗意，他的表述，还是他的描写对象，跟我以前读的完全不一样，所以今天很高兴接触到了另外一个新的天地。我就简单讲这么多，谢谢大家！

岳耀勇：谢谢何书记。下面有请《东风破》的责任编辑赵蔚华女士介绍这本书的出版过程。

赵蔚华：谢谢大家！我跟晏榕相识还是蛮久了。应该是2007年的春天，当时我是编辑，他是作者。当时我们还为确定诗集的名称产生了分歧。他为诗集起名为"空荡荡的春天"，但是我说还是"欢宴"比较好。虽然他起的名字从贴合度来说跟诗集的内容更契合，但我觉得读起来总是充满了悲凉的气息。我觉得诗集应该给人一种温暖的感觉，最终我们商定了"欢宴"。我觉得人是一个奇妙的复合体，充满着创造力，也充满着破坏力，我们以一种远离诗歌的方式去热爱诗歌，但是晏榕却将诗歌从他的生活融入了他的生命里。我觉得他满含浪漫主义的悲情和多情，充斥在他的诗歌当中。带着对生命的探索和心灵的纯粹性，有着风一样的清澈和宽广的对于生命和自由的追求。研读晏榕的作品，他创作诗歌时那种全神贯注、没有任何约束和限制的自由姿态，他思想的光芒让他的文字充满了灵性，让人会一次次享受到发现的快乐。我跟生活中的晏榕不是很熟悉，除了稿子，我们很少谈及他的生活，他经历了什么我统统都不知道，但是我对他的文字非常地了解，随便捻来一首，片段或是全部，我都能从他的文字中读出他的名字。这是我对晏榕的一点简单的印象，谢谢大家！

岳耀勇：非常感谢。我谈点感想，我要特别对上海人民出版社表示敬意。按照出版界的分工原则，人民出版社按理说是出版政治读物的，她能出版这样一本属于是非常有艺术性的诗集，也是非常出乎意料的。所以说今天，出版社的三位领导来出席活动，刚刚听了两位的发言，我也是非常有感触。

那么接下来是第二环节的朗读部分，有请周秋敏朗读《贺新郎·梦冷黄金屋》。

贺新郎·梦冷黄金屋
朗读者：周秋敏

这大屋子里没有我的诗

丝弦的缝隙间，斜飞的鸟的
叫声里，厚厚的尘土里，也没有

刚刚下过的春雨里

饱满的樱桃和摔碎的水珠里
一排精美的书脊和印刷体的庄重感里
也没有也没有

你布着你的棋局
隐没，而不需要高高庙堂

所以，肯定没有
肯定只是一个装束一幅新图一次旅行
过去你用作歌舞，用作寄出
一封信，用作关上门掩面而泣

现在我和你一起来
承受这根竹子，它绝不会疼痛
但它崩溃的方式有些像诗歌

岳耀勇：谢谢！接下来，请晏榕老师为我们解读这首诗。

晏　榕：谢谢。这首诗是和蒋捷的原词互文或者对话。"黄金屋"我们都知道是金屋藏娇的意思。梦冷黄金屋，是蒋捷在南宋末年创作的一首词。在南宋灭亡以后，当时有几位诗人写得其实非常好。所以我建议我们的诗歌史要重写，20世纪80年代有些学者曾提出要重写中国当代文学史，现在呢我觉得有必要从另外一个角度来考量，可能需要我们对整个中国文学史进行重写。比如在相当一段历史时期，受特定思想和美学观念的影响，主流学界更认可那种力量美学、革命美学、斗争美学、激情主义。宋词里面呢可能就更褒扬苏东坡的大江东去，而对那些比较温婉的、个人抒情的，比如晏殊、晏几道的诗词，就会相对冷落和贬抑。那蒋捷这首词，包括他们当时一批南宋遗民的词，其实也为我们提供了另一个考察维度。我的认识是，南宋灭国前后的一批诗人写的诗是真好，它们已然触及了一种刻骨的现代性，却被我们的文学史忽视了。我觉得这一点值得学者们去重新考察发掘，就是宋词的现代性，包括它本身作为传统诗歌的实验样式的现代性也好，作为与宋朝特殊的政治版图、窘迫生态乃至国破家亡的现实绝境所关联的现代性也好，都反映到了宋词的创作里。我们的文学史不光要从历史的角度以古言古，更要从文学自身的角度能够以今言古。当然，这个以今言古不是扭曲史实、附会当下，而是用发展到今天的更为完备的文学认知，比如现代性，去扫描文学运动内部的恒量因子和它们的蛛丝马迹。然后我们就会理解屈原诗歌的现代性，理解多恩和狄金森诗歌的现代性。从这个角度，我们就能体会到宋词的现代性，尤其是南宋灭亡前后的那批诗人身上的现代性。我们作为现代人、现代诗人，就会有和他们对话的冲动。不光是和传统对话，而且和部分诗人身上先锋性、现代性对话，这种对话对处于当下另一种生存绝境的我们而言尤其有意义。

所以，蒋捷这首词的原词主要表达的是家国沦亡之后的那种悲凉心态，在这呢，我重新来跟他呼应。今天我也没有我的身份，是一种漂泊的状态。我在考虑，当下我们究竟是以西方的东方人的身份在写诗，还是以东方的西方人在写诗。或者说，我写《东风破》的时候会有一个问题，我是以活着的古人来写呢，还是以死了的现代人来写。现在我们谈所谓现代，其实里面包括两个部分一个是未完成的现代性，一个是过于早产的后现代。我是以浪漫主义的启蒙者来写作，还是以不浪漫的、不启蒙的甚至是拒绝启蒙的后现代主义来写作。所以，在我和蒋捷对话时，我说整个屋子里都没有我的诗。我在寻找。传统的美的事物和不传统的不美的事物——弦乐、鸟的叫声，还有厚厚的尘土——这些意象之间原来并没有我的诗。包括后面一系列意象，都无法确立一种新的诗歌坐标。实际上就是一种虚无感和漂泊感，所以诗中才说到"肯定没有"，"你布着你的棋局 / 隐没"。就是指蒋捷挟持着这种漂泊逃亡，以此来自我放逐，这是对那种高高在上的秩序的一种质疑，对庙堂的质疑。这样一种隐没，我感同身受，感觉到了默契。从这首诗来讲，我能肯定的事物就是"没有"，就是虚无，我能肯定的意义就是虚无。当意义和虚无这两个完全相反的事物能够同构起来的时候，这"虚无"本来是没有意义，但却成为"意义本身"，这就挺有意思。所以就"肯定没有"，这成为一种漂泊的状态，"装束""新图"都与这个有关。同时"新图"指向不可知，于是"旅行"就成了一种流浪的状态。"过去你用作歌舞，用作寄出一封信，用作关上门掩面而泣"这一句——过去都是等待啊，寻找情感的归属啊，怨妇啊，对春天逝去的哀伤啊，等等情绪。那么现在呢，"我和你（指蒋捷）"一起来感受没有疼痛感的竹子，竹子本来是很有骨气的，但在今天的情境下，竹子的身份也变得非常滑稽。它还能不能作为我们的依靠，不要说竹子，就算我们自己的骨头，自己的这份所谓的高贵，这份理想，还能不能作为我们的忠实依靠。蒋捷的原诗我记得不太清楚了，好像原诗也是以竹子，空竹，作为结尾的，但蒋捷是把它当成一种支撑，靠竹子的这份气节来支撑他。但是呢，在今天永远感觉不到疼痛的语境当中，我认为这种全然的崩溃的方式反倒成了一种现代意义的诗歌的方式。那么就形成了两种现代的对比和对话。这首诗的创作，大概是这么一个意思。谢谢大家！

岳耀勇：谢谢！好，接下来，让我们继续聆听朗读。

念奴娇·萧条庭院
朗读者：黄海敏　崔丽芬

这冷清一点儿也不小
这风雨一点儿也不大
关上这扇门再关上那扇门再关上这扇门
在地板上这样跳一下那样跳一下
再这样跳一下
我宠爱它们，于是那些天气
就裸体，就变成树变成花
和更远处的愁云较量
那些浸泡在雨水中的文字
就壮了胆子叫起来，让这高一声低一声
去陪伴孤寂
这异样的孤寂啊，这醒后的酒杯
那煤烧到了天上那些书信变成了手帕

你看看，万千心事总关这病春啊
好比翅膀折断而几片羽毛剩在空气里

不需要骨头不需要惊讶的报纸

不需要镜子不需要椅子

不需要放下帘幕也不需要跑到后院

我宠爱它们我知道

你也宠爱它们，你像梳妆一样宠爱它们

我像逃离一样

我像超现实一样

像晶莹之事高高悬挂起来，告之危险

蒙住脸，下坠，下坠

摔碎在地上，每一小片血都

缓慢地占领了周遭的喘：这天算是晴了

瑞龙吟·章台路

朗读者：颜斌

这些繁华的街区多像臃肿的贪食者

边挪动边喘息，挡着自己的路

竟没有一丝缝隙，可以穿过一个时辰：

红花也是花，白花也是花

就像燕子们围着屋檐，佳人打开团扇

霓虹泼在墙上，轿车开进地库

木桩一根根楔进思想，构成看不见的栅栏：

新巢也是巢，旧巢也是巢

而我戒掉了颜色，也戒掉了居所

既困又要筛查梦幻，既活着又要验证腐朽

把佳句狠心遗忘：往事飘远就飘远吧

马儿不归就不归吧

如今，谁会想到那前度刘郎
居然渴望着背叛春天，居然掌握了
饥饿的艺术：如池塘飞雨，如院落空空
如东风卷帘，柳絮像雪一样覆盖了我的河山

木兰花·秋千院落重帘暮
朗读者：刘晓兰

是的，帘幕重重，却不仅仅是
一个暮色，一个秋天
一个没有鸟翅划过的院落

其实我有意冷落了它们
好比冷落了这空气里的恐怖
那彩笔与墙头，红杏与大雨

是的，那些闪烁的光点，就像
一头扎进十月的残絮，不住地
撩拨啊，撩拨啊，然后变成霜，变成雪

而我厌倦如门，如驼背之海
也完全知道这沉默的本质
它就像秋千，重复着倾斜的早晨

它精确得让人惊讶——
朝云信断，枣红马刚刚出现在
原野，枝桠笔直，道路发白

第三环节　晏榕与上海人民出版社党委副书记兼纪委书记何元龙先生一起向浙江图书馆赠送诗集《东风破》及其他诗学专著。

朗读环节继续——

齐天乐·一襟余恨宫魂断
朗读者：明娟

此乃栖居。越古怪越是常态
且布满从书房到小区停车场的地面
绝不止于一条树枝上，或一声
腻腻的猫叫。我踮着脚，收集着
破碎之脆响，非玉非镜子，亦非容颜

此乃我三十年之身体，一具不甚精密之
仪器，常忽略骨头僵冷和牙之松动
而有无尽白纸，和掐指算出的月份
有心脏的迟疑，和冷面之屏幕上的美女
或有微笑，在雨打芭蕉之后

我贪心地存贮着，那电流和眼泪
年老的萧瑟秋风和年轻的阅世枯骸
我花了十年把它们合成半瓶墨水
我准备再花些时间，将抽屉里的云朵
移至窗外，去陪衬屋顶之无线电天线

摸鱼儿·对西风

朗读者：王畅

黉发蓬乱，这意味着
我可以将十年
像烟云一样，由风儿摇起

可以凝滞不动
像这死亡，却被比作
流水，比作咬住心脏的呼吸

像把鸳鸯结系在剩下的骨头上
山盟和海誓，从铁上脱落
成为尖叫和煅烧

对，肠断就是杰作
把落花安回朽木，成为戏剧
成为它最昂贵的几页

雨覆云翻，不就是从一个口号
到另一个口号么
它们叫一声我就剥一层衣服

情深缘浅则验证了真正的奇迹
春天出窍秋天入定
我露出身子让它们涂抹

如今那越长越高的红楼
开始喜欢上婚姻

它的浪笑能砸进舞台底座

它绑了我，也绑了月亮
绑了我的失眠捎带还绑了地下室
它绑了我的手艺

死亡是手艺
听天由命是手艺
还有在土里像虫子一样蠕动

在并不发黄的纸上
褪色，并把脑袋埋在海面以下
全是，全都可以陪我过夜

如今我们中必须有一个
要装着憔悴
要借酒浇愁完成那个意外事故

要独守长门，把手摊开
要对着春风发笑
学会后悔，让它们围观

是我糊涂，是我看错了这
暮色，还有很多十年
很多弯弯的竹子要延续后代

贺新郎·乳燕飞华屋
朗读者：马嘉文

春天如此危险
乌鸦群起而入，栖于倒置的拱顶

与之重叠的是人声鼎沸
瓦砾反射着刺目的光

这镜像要靠波普艺术来解释
树枝是失望，池塘是绝望

它们的脚趾是失望，大地是绝望：
空心人呀，闭着嘴叫喊，睁着眼死去

你看这里是骨头，这里是
篱笆和思想，这里是西风，和衰歇的早晨

如果有报幕者，就连续
上场、鞠躬，称此乡为仙境

如果有丑角儿，就在岩石上
架起一支笔，然后踮着脚逃走

倘若有石榴花的幻影绽放
就让它来引诱暴雪——

你看这里是白色的，那里是白色的
垂落是白色的，飞翔是白色的

失去记忆是白色的

被冻僵是白色的

束手就擒是白色的

山谷上滚不动的雷声是白色的

生查子·关山魂梦长

朗读者：张丽文

它关乎跋涉，却无关山水

它关乎孑然的身影，却无关鸿雁

它关乎冻僵的手指，却无关家书

它关乎紧紧咬住的嘴唇，却无关鬓角的霜雾

它关乎道路，却无关抵达

它关乎窗口，却无关绿色

它关乎风中的摇摆，却无关晕眩

它关乎魂梦，却无关两个人的厮守

也许，它会关乎遗忘，但我的意思

显然倾向于那密密匝匝的沙子的流泻

它们挑拨了伤口，却安抚了眼泪

并把尖厉的嘶鸣一缕缕地流放到四月

有时我猜想，它很可能来自

那张模糊的脸，一片拼贴的时光之湖

但这瞬间总是被下一秒击溃——

好比俯身微笑的完整和鸟儿啁啾的残缺

> 好吧，它既关乎坚硬，又关乎空荡荡
>
> 既关乎骨头又关乎春天的自嘲
>
> 而这恰如翻飞的海鸥靠近了风暴，词语坚持着
>
> 它们的内心：白纸是白纸，黑字是黑字

岳耀勇：谢谢我们的朗读家为大家朗读了《东风破》中的经典篇目。接下来，是我们赏读会的最后一个环节，专家对话环节。有请晏榕老师、浙江传媒学院教授南野老师、浙江大学国际文化学院副教授刘翔老师、浙江传媒学院文学院副院长赵思运老师、湖州职业技术学院教授沈健老师上台，来进行我们的专家对话环节。下面我把主持的话筒交给主持人浙江传媒学院教授南野老师——

南　野：各位朋友好，我们刚才听到晏榕这么多诗歌，下面我们谈不上是评论什么，主要还是来交流一下。在座的各位刚才都已经介绍过了，这里我们有个特点可以看得出来，那就是我们都是来自于大学的，也可以这样说，也就是说我们是学院派的这样子的一个评述。正好晏榕他也是大学的教授，那么我们是不是也可以这样说，他的诗歌也是一种学院派的诗歌，这是一个比较明显的特征。在座的几位当中，和晏榕认识、交往时间比较长的是我们的刘翔先生，所以我想下面我们先听刘翔来谈一下晏榕以及他的《东风破》，有请。

刘　翔：我稍微说两句。因为刚才南野说我们是学院的，那我总感觉，我们还是来自于民间。我觉得对我来说，我在浙大工作很长时间，但是始终觉得，是在一个比较底层的部门，因为浙大这样的一个学校里面，它有它的学院派。而像我们这样的人，包括我觉得晏榕，虽然他现在是一个"学院派"，但是他的诗歌的语言和风格更为丰富。包括南野老师，因为他是知青，他真正的根来自于民间，来自于大地，来自于他的时代。所以我想说，晏榕的一个方面就是草根的这个方面，就是他来自于他的生活，来自于他的时代对他的反照。但另一个方面，晏榕又跟一般的草根的诗人不一样，因为他有非常好的学术的训练，他是一个从本科然后一直到博士，前两年又到美国去进修，我记得他回来以后很兴奋，带了很多很多的英文书。但是我后来听到一个不幸的消息，他的书架倒塌了，"轰"一声，因为书架承受不了他带来的那么多书。所以我想他的诗歌里面，大家也看到，既有他的民间性、草根性、先锋性，也有学术性和他的思考。纯粹从他的作

品本身来说，我觉得他最大的特色就是他的先锋性。我觉得不管是民间的还是学术的，他的创作道路那么漫长，它是一个曲折的、环绕的、螺旋上升的一个过程。但是他始终的一种品质，就是一种纯粹性、先锋性，这是一直以来我对晏榕最大的一个印象。因为从我们第一次见面，一直到他现在，他始终是一个非常纯粹、非常先锋的诗人，一直在探索，不愿意屈服，不愿意被时代，不愿意被很多条条框框所羁绊。我觉得在他的诗歌里面也体现了这种纯粹。但是，因为晏榕的作品有很多，其实他的作品有一个巨大的丰富性，他又有一些长诗，非常庞大的长诗，一些《抽屉诗稿》。前面也有《欢宴》，一本诗集里面收录了很多长诗。我现在重点想说一下，非常简单，三分钟时间讲一下，就是这本书（《东风破》）给我的一个感觉，它非常大的一个突破，就是把传统的东西跟现代的东西结合起来。因为我过去也学过词，学得不是很好，我跟吴熊和（浙江大学中文系老教授）老师学过诗词。吴老师是词学泰斗夏承焘的学生，吴老师后来也变成词学泰斗，当时我是想研究宋词的，后来我们搞先锋诗歌就背叛了宋词。所以我看到这本《东风破》非常亲切，因为它的词牌。我过去也填过词，最长的印象中总共有350字，那个是什么词牌我现在都忘了。但是我觉得那种词它有很大的局限，受到很大的束缚。但是晏榕在形式上面，他把这个非常传统的作品，非常传统的词牌，跟非常现代的一种先锋的诗歌，波德莱尔以后的象征主义的诗歌，超现实主义的，他都把它们结合进去了。所以我们觉得这是一个"破"。这个"破"是什么呢，把传统跟现代，把它打破了，晏榕把这些门窗，都打开了，我觉得这个是给我的一个很大的感受。而且我觉得这是对中国当代诗歌的一个贡献，因为以前从来没有人干过这样的事情。

第二个方面我觉得就是，晏榕这个作品选择的都是一种"迷乱"，包括蒋捷也好，张炎也好等等，这些诗人都是亡国以后的一些词人。包括王禹偁。他们的作品就是重、拙、大，如果说用三个字来体现，就是重、拙、大。我觉得重、拙、大这三个东西也在晏榕的作品里面体现了出来。但是晏榕用了更加先锋的这样一种语言，跟当代的一些最重大的主题，和他个人的命运，他能把它们结合起来。所以我觉得，应该说晏榕完成了他个人的一个蜕变，我觉得是一种蝶化。谢谢大家。

南　野：谢谢刘翔老师的发言。他对我们提出了几个关键词。除了我所说的

"学院"这个词以外，还有"先锋"，还有"民间"。实际上，在我们国家目前对中国当代诗歌的评价，它并不仅仅只有一个系统，大家较为熟悉的，比如它有一个作家协会的系统，另外的就是我们民间和学院的系统。从某种意义上来说，现在好在我们文学史的话语表达权是在学院的系统里面，这也许是我们值得欣慰的。我们在座的同位当中，因为沈健老师是从外地赶来，我们就先让他来发言。沈健老师曾经专门写了一本书，就是论述我们浙江的先锋诗人多少家。那么我想沈健老师对于我们浙江的先锋诗歌的理解是非常有学术造诣的。今天我就想听听他从这个角度对晏榕的创作谈一谈看法。

沈　健：晏榕的《东风破》给我的感觉是这样的。它的每一首诗都用宋词的一个词牌作为背景，在此背景上晏榕选择了大量以南宋为背景而北宋比较少的一些词人的诗，包括刚才刘翔所说的包括蒋捷、朱嗣发等移民诗人，在南宋灭亡之后向元朝过渡时期的移民诗人、流亡诗人的一些词，来抒发他在我国 20 世纪八九十年代那个极具转型时期的作为抒情主体的那种内心流亡的感受，那种无家的感受或者漂泊的感受。总体上来看，我非常同意刘翔刚才的说法，晏榕的这种创作手法，真的是对我们新诗的一个贡献。梳理一下我国新诗一百年的发展，从最初的 20 世纪 30 年代北京的卞之琳、朱湘、穆旦等人将回归传统移植到新诗的一些写法，包括何其芳、包括台湾的洛夫、郑愁予、余光中等他们的一些写法，那是将传统诗词的意境、意象和表现手法，移植到现代新诗中，成为一种新的寄籍，传达现代人在现代这个特别时空下的感受，丰富了现代新诗的表现方法。进入新时期，有不少人也在这方面的实践，包括柏桦、张枣、肖开愚都有这样的探索，最近于坚在创作当中，会将某一句古诗直接移到他自己口语化的诗句中去。甚至梁晓明直接将唐诗翻译成了新诗的形式。那么晏榕的《东风破》在百年新诗重新再出发的现代语境下，是一个重要的尝试，就像刚刚刘翔评价的是对新诗作了一个重大的贡献，是一个"破"，是一个种子性的破。

在晏榕的诗歌当中，我也注意到，他把宋词里面一些非常优雅的、伤感的、古典的、明晰的感情，用非常后现代的手法如反讽的、颠覆的、消解的、重组的把它咆哮式地表述出来（有些诗歌是这样的），表达出现代人，在现代时空下，借用古代人的那种文化，来表现出现代人移民身份的这种痛、这种悲、那种无家可居的情感和境地。我也发现，他很多诗里面采用了原来诗词中的一些意象或句子，而另外一些诗歌却很少，比如《贺新郎·乳燕飞华屋》这首甚至只用到了一个词"石榴花"，但它整首诗的意象非常集中和统一，主题非常鲜明，我非常喜欢这首。这首诗上来就说"春天如此危险"，把原来宋词的词义都抛弃了，完全是后现代的一种写法和语境，"乌鸦群起而入，栖于倒置的拱顶"，所谓"倒置的拱顶"就是颠覆，今天的时间把古代的空间和时间全部颠覆了。接下来"与之重叠的是人声鼎沸／瓦砾反射着刺目的光"，"这镜像要靠波普艺术来解释／树枝是失望，池塘是绝望"，整首诗一开始就把古代的那种和谐的、优美的、伤感的"华屋"，我们知道"华屋飞乳燕"原词中抒发的是一种小伤小感的情感，那是一种非常优美，在中国传统文化里面，是最让人羡慕、最让人憧憬的那种意境，一下子颠覆了。最后，"它引来了暴雪"，引来了一片白色，留下了一个白茫茫、虚无的境界——"束手就擒是白色的／山谷上滚不动的雷声是白色的"。这样就引出了我的一个问题，到底是把传统诗词中的意象、要素、形态移植得多了好，还是少了好？谢谢！

南　野：刚才沈健教授给我们提到许多先锋诗人的名字，这好像成为一种现象，为什么我们的先锋诗人现在不约而同地把目光向传统、历史这个方向盯过去，不管是直接解读也好，还是直接运用也好。当然，在这里我也特别要说明一下，晏榕反复强调，自己《东风破》的创作恰恰是颠覆式的、解构性的，是对传统诗歌的一种变构式处理。这些情况是不尽相同的，也揭示出中国的当代诗歌面临着一种创新式的探索，可以看出诗人们在经历这样一个过程或者临界点时所做的努力。这种努力的效果如何，有待于时间的验证。

另外，我个人在这里有一个感触，晏榕《东风破》的诗歌运用了宋词的词牌，我数了一下，词牌数量之多是令人惊异的。我们知道，宋朝对于中国历史来说是一个非常特殊的时期，它的诗歌也体现了这样一个地位，当然唐朝诗歌的格律和形式已经被固定下来了。由于中国历史上是一个传统的、结构比较简单的农耕社会，我们看到唐诗的格律也只有比较简约的几种，但是到了宋朝，出现了这么多的词牌，这么多形式的规范，我是这么想的，当你有10种规则的时候，它可能是在寻求一种更严格的规则；但是当你有100种甚至于数百种新的规则的时候，它就是一种没有规则，也就是说它达到了某种自由的诗歌的写作状态。历史学家公认的宋朝是中国传统社会面临着彻底变化、由传统农耕时代向资本社会转化的时期，这是我们值得注意的一点。当然，后来由于游牧民族的进入，把整个中国社会打回到原形，这又是另外一个问题了。这个问题，在晏榕这里，他又重新把宋朝的词牌给挖掘出来了，这里面是不是有历史上的某种回应点，接下来我们请赵思运先生，他对我们当代的先锋诗歌、口语诗歌都有非常深入的研究，请大家听一听他的理解。

赵思运：首先我要表达的是，这本书的出版，是让我非常期待的一个著作。早在去年9月份，在浙江传媒学院召开了一次国际美学学术会议，在那次会议上我再次遇见了前来参会的晏榕先生。当时谈到他的出版计划有两部书要出，一部是这本《东风破》，另一部是他的《汉字》，也就是以每一个汉字为对象进行现代书写，一个字写一首诗。因为汉字诗是一个非常庞大的工程，有3000个字，要一个系列30本书，我就非常期待，期间多次联系询问是否出版。因为我觉得汉字这个作品不光是专业的批评家期待，对于普通的读者对它的期待或许会更高。为什么我对这个作品如此期待，因为近三四年来，我一直关注中国新诗往何处去的问题，我提出一个概念，就是本土性。但现在提出本土性的就太多了。而我在2013年申请教育部课题的时候，那时候还很早，大家只是提出本土化的问题，不太提本土性。我们一直讲，中国新诗是在五四时期诞生的，其实那时候来讲，新诗是从西方移植过来的，那么西方移植过来后怎样转化为中国的东西，涉及西方文化东进的过程。我一直认为，中国用现代汉字写的诗，体现了它的汉语性，它本身就是本土的、根性的东西，本身就具有了本土性。我考察了很多人，想找到怎样用现代汉诗来体现本土的、根性的东西，想在现有的诗学资源中找到一种再生性的元素，不是一种反哺的东西。比如说台湾的洛夫先生写了一本《唐诗解构》，加拿大的孟冲之写过一本《杜诗重构》，还有某大学出过一本《唐诗与元曲》，杭州的诗人梁晓明有一本《忆长安》。很有特色。同时，像西安的口语诗人伊沙几年前写过一本长诗《唐》，也是对唐诗的一个现代解析。不同流派、不同写作都朝向传统诗学回溯，这就产生了一个问题，就是如何与传统诗学进行有效的对话，很多人把传统诗词中的那些意象、词语重新运用一遍，却发现它们本身跟我们当下的生活、跟自己内心流露的悸动是没有关系的。它只是更多地在玩弄，在单纯地欣赏，当然欣赏也有它的合理性，但从诗的发展角度来说，仅仅只是作为欣赏是不行的。所以我们今天经常在说眺望唐朝的星空，眺望远方，那只是一种装饰性的意象，它不具有本质意义与核心存在性。所以更多的抒情方式是一种远方抒情，不是适用于当下的生存状态、反映社会现状、内心精神状态的一种抒情。

这就涉及一个问题，我们进行现代诗写过程中，在与传统资源进行对接时，怎样才能是有效的，是相互激活的，双向激活的。实现这一点有三个标志：第一个标志，传统的汉语与当下现代的汉语有怎样变异的关系。因为语言是活的，它不能想象是古代汉语还是现代汉语，从古典时期到反叛传统……其实语言是流通的，没关系怎么可能啊？它有个延续性的，这是一个思考的维度。像宋词也好唐诗也好，像他们变异的时候怎么建构我们的现代汉语、现代诗学。第二个维度是古代的诗学与今天写作者个人的精神状态、生活状态和灵魂状态、灵魂体验有效地触碰。这边晏榕有首诗写得特别好，与苏轼推杯换盏，在184页，大家可以去看一下。第三个维度就是古代诗学对当下社会语境、文化语境大的一个深度的解读。这是比较重要的一个方面。我在考虑我这三个标准的时候恰好也听到晏榕刚才提到了诗歌与时间的关系，宋词与语言的关系、与作者的关系，与现实语境的关系，跟我讲的这个维度很像。这三个方面做到了，它就是有效的。古典的诗学资源对当下语言学来说就是一个新参照物。我非常欣赏晏榕在这三个方面，我觉得都是符合我心目中理想的要求、理想的状态。

我还想说一点，关于"抒情"。因为这个腰封上有一个标签，就是"传统抒情"的，用先锋的手法来推覆中国抒情传统这么一个诗学的野心。表面上看，我们会觉得这两个词"先锋"和"抒情"放在一起有点不搭，因为现在有些人玩（诗歌）把诗都玩坏了，把语言玩坏了，觉得就是要把语法把意象逐个逐个都颠覆，有一种革命的突破性……但我觉得讲抒情，并不意味着是讲这种传统，先锋并不意味着一定要告别抒情。晏榕呢他是抒情，但他的抒情是先锋的，现代和后现代的抒情有时候是反抒情，晏榕的抒情有一种颠覆的东西，但他没有走向后现代的那种嬉戏的模式，他还是坚持一种深度的营造，还是有深度的抒情，在这里我觉得他做得非常好。我再郑重推荐一首诗，215页的《江城子·老夫聊发少年狂》，原诗大家是非常非常熟悉的，这首诗他使用了一个"反构"，我很欣赏晏榕"反构"这种说法。写诗我觉得需要很多的元素，智商要正常，情商要丰富，另外还提出来一个就是逆商，就是叛逆性，逆反的一种思维方式，他其实是把"老夫聊发少年狂"那种老当益壮的东西完全给他反过来了。就是青春状态反转到了暮年状态，暮年状态在回望的时候，这种生命的悲凉，生命行进的过程，非常非常的艰难。尤其这个现代的天狼星的意象，在嘲笑你的衰老啊，还有数着地上的蚂蚁，那么高大恢弘的天空，盯着地面上匍匐的蚂蚁。然后回到各自的家中，"汽车"一个现代的物象，突然出现，突然看到你的眼睛，你的眼睛会嘲笑历史和时间，还有你的世俗无奈，我觉得这个效果，这个张力是非常有意思和引人深思的。这里面的精品太多太多了，因为时间关系我不能啰嗦太多，谢谢大家。

我再从南野老师讲的话题讲几句。因为我发现很多人都对唐诗重构得多，而晏榕是对宋词。宋词整个风格和调式跟唐诗完全不一样的，可见晏榕有晏榕的选择。他开掘的资源是想象于宋代的，再往前就是东汉文人十九首那个感觉，这个选择是他个人的原因，一个更具现代思考深度的原因。我们现在的写作对应的是唐诗，还是对应的是宋词，还是对应的文人十九首，你可以不回答，我只是在这里提出来。

晏　榕：我先回答这个问题。我是特意找的宋词，因为刚才讲了宋词是在我们中国传统意义上的中华文化文学样式的最高峰，当然在这个最高的地方就摔下来了。这样一种最具有历史性和时间性和悲怆意义的文本。而且宋朝的内外环境，尤其南宋，因为它的家国命运生态导致的这种词的形式到后面，甚至亡国后的遗老们写出的词，让人非常震撼。即使在历史上没有什么太大名声的人，比如周密这种，文本也非常震撼。跟他的对话，当然不仅是抒情意义上的对话，而是站在今天的现代语境当中，现代性乃至于后现代性，乃至于现在谈不上什么"后"，就是说21世纪我们不可能是一个永远"后"下去的状态，这是不对的，这是个极复杂的混合状态，在这样一个具体境况和时间点去和他对话，刻意找同样一个具体复杂的时间点和文本来做呼应，目的非常明显，就是对中国的最高意义上的传统抒情方式进行一个反诘。这种方式在今天会以怎样的面目为我们所领略，或者是为我们所延续、转化，是这样一个思考意图。

那刚才南野还有说我是学院派，我觉得更多的成分应该算是学院里的民间，或者学院里的反学院派吧。知识或学术专业性是没有问题的，但是立场，在今天的语境下，肯定是非主流化或者是反学院体制的，尤其在当下中国的学院主流话语并不一定是代表了纯粹学术或者思想的客观进程与方向的情形下。但是我理解南野所说的学院的含义，它其实是指与社会大环境相比，一个相对学术和独立的小空间。但我们的学院或学院派，能否承担学术自由和独立精神下的思想文化与文明进程之开拓的责任，真的要打一个大大的问号。今天我们都是来自高校系统的诗人和批评家，或许大家一起努力吧。

南　野：我想对这个传统和现代的问题谈谈我的看法，它是个太复杂的问题，也是一个人云亦云的问题，我们在这里就不必要把它完全理清了。如果晏榕他自己要继续在这方面的写作，那就表明需要认真研究。当然，有一点需要说明的是，晏榕一再强调，他的写作并不是简单地对古代诗词的解读，而从某种意义上恰恰是一种反思的，是颠覆的。从这个意义上来讲，我认为晏榕是在语言上非常自觉的一位诗人，他引用了这么多大量的词牌进入他的写作，是这些词牌作为一些具体的词语对他的写作具有极大的引导性、提示性，甚至有时候是一种相反的提示作用。这就印证了国外有诗评家所说的，认为诗歌是从语言到语言，而并不是从现实到语言。那么有人就会质疑，你竟然否定现实生活这样一个根源性的问题，但是我是站在一个结构主义的立场上，我认为生活、人就是语言，所以"从语言到语言"，可能这才是一个真正有效的途径。

晏　榕：我非常赞同南野的说法。我确实是在刻意寻找，这是因为现在的写作，包括现代主义写作（刚才思运也提到了），更多的是基于一种语言上的快感，但我说我们是一种庸俗意义上的、甚至是低级意义上的快感。包括有些人玩语言、嬉戏化，虽然他们自己不这么认为。但是我认为我们更应该寻找一种超越的、属于自己内心的，属于当下、内在的一种快感，或者是罗兰·巴特语言所讲的一种极致的、内心的狂喜。它的原词翻译过来叫作"狂喜"。或者就是在静默之下的美学判断，极致的沉默。在今天这样一个时代，我们缺少的不是远方、快感和安宁，而是一种窘迫感。语言的窘迫感，自身存在的窘迫感，时间和空间维度上的窘迫感。我是以这样一种态度，找寻着一种狂喜或者是沉默性的存在。

南　野：好的，那我们几位的谈话是不是可以先告一段落。

岳耀勇：好的，那下面我们请现场的观众提出问题。

著名学者、浙江工业大学教授刘圣鹏：我是浙工大人文学院的，不过不是现代文学专业的，也不是诗歌评论的，我是搞西方文论的。现在有一个话题，就是古代的理论资源，或者说古代的文化资源，如何在现在的语境下发挥功能，也就是实现所谓文化的现代性。实际上晏榕教授的这部《东风破》就揭出了这样一个重大课题，而且还跟南宋这个特殊的历史阶段相关，不仅是语言技巧上的，而且还跟中国的历史人文传统相关。当然了，如果从思想上来说，一定要体现在哲学上啊，著作上啊，可能在思想史上来说，我们中国人在这样一个现代化转化的时期，没有提供足够的理论资源，这可能是中国历史上或者学术史上一个重大的损失。中国作为这么大体量的一个民族，无论是搞创作的还是搞理论的，如果能够挖掘出好的资源，去其糟粕，取其精华，是必须要去做的。我觉得在这一点上，晏榕老师做得是非常好的。

我今天带来了一位学生，她以前是我们浙工大广电专业毕业的，后来去美国学习了电影媒介，现在是影视剧导演，又在写小说，她有一个问题要问晏榕老师。

浙江工业大学研究生：谢谢刘老师。晏榕老师你好，我想问一个关于您作品中意象的问题。因为我在美国也接触到了美国现当代的一些诗歌，比如说斯奈德，在他们的诗歌里面，我感觉美国现当代诗歌中意象的解读和中国的诗歌是完全不一样的。比如说，它们在诗歌里表达情感的时候，更多的是表现一个情绪的起伏和把这个情绪创造出来，也就是说它可能只是在对当下情绪的一个表达。但是我刚才在读晏榕老师诗歌的时候，发现每一首诗里的意象和想象力都是非常丰富的，而且每一个意象都可能有很多种指向，而不完全是在表达情绪，表达当下的情感。我想问一下晏榕老师在创作的时候是怎样一个逻辑，是怎样的思维过程？

晏　榕：谢谢你的提问。意象其实是一个大问题，也是一个根本性的问题。因为时间关系，我就简单地说几句。因为现代意象和古典意象不同，包括你刚才你提到的诗人对意象的理解，包括庞德的意象主义，都不一样。庞德不满意一位叫艾米的女诗人创作，艾米就误解了庞德的意象主义，把一种小印象小情调物化在了意象主义上，所以庞德自己抛弃了这种被误解并泛滥的"意象"，转而又走向了他的漩涡主义。庞德最早的意象主义是基于一种纯自然、直接性、非常准确的、明晰有效的意象，他要去除的恰恰是浪漫主义的抒情性和伪饰性，以及在象征主义时期被大大繁复化了的伪意象，就是装饰性和互构性很强，很多的意思一层一层地包裹起来，反而成为他想直接表达的现代镜像的一种障碍。所以我们读他的两行诗《地铁车站》，"人群中那些面孔幽灵一般显现，湿漉漉的黑色枝条上的朵朵花瓣"，简洁到了不能再减少一个字，每一个意象都非常具有穿透性，直指现代人类的精神绝境。我们今天讲的现代意象，可能会具有多个文化维度上的穿透力，我在《东风破》里选择的这些意象，它们可以是对话的，可以是沉默的、戏仿的，可以是互文的，甚至是反讽的。我想让这些意象打造出一个智性的传统或者智性的历史，一个智性的诗意时空。我们站在今天看历史，和站在宋朝、唐朝看历史的角度和深度是不一样的。我想用我的意象世界，来重新穿透和连缀一个更大的诗意时空，反构出一个更加具有内在性和广袤性的智性历史。

岳耀勇：好的，今天活动的大部分环节都完成了，下面请浙江工商大学教授王自亮老师作最后的点评。

王自亮：非常感谢。我觉得今天下午是一个非常好的精神盛宴。好在哪里呢，它使一位诗人站起来了，使一本诗集"活"起来了，使每一首诗歌通过对话、通过朗诵而灵动起来了。所以说上海人民出版社推出晏榕这本诗集，表面上是出版社和作者之间的一次互动，但在我看来，其实这是一种文化活动，是一种对当今诗歌精神追求的一个推动。刚才五位教授在台上做了一次对话，对我个人来讲也是非常有启发。为什么这么说，他们既是教授，理论工作者，诗歌批评家。另外一个身份，他们都是诗人。他们既是诗歌的理论者，又是诗歌的实践者，这就很了不起。今天下午，他们从中国的传统化讲到西方，从现代、后现代讲到当下，从我们生活本身的原貌、样态讲到语言，都给我们提供了各种写作的范式和各种各样的路径。通过对晏榕《东风破》的解剖和解读，我们发现了原来在我们的写作过程当中，有这么多人关注，这么多人跟我们一起写作，这是我作为诗人，作为半个诗歌批评家，感到非常荣幸的。下面我从几个方面对晏榕的诗歌进行解读：

第一是现代性。晏榕的写作几十年以来始终贯穿了现代性。我觉得晏榕最大的优点，就是在中国诗歌写作群体里面，他是一以贯之地追求现代性。而且对现代性的追求，我个人认为，不仅包括了对客体对象、现象的解释、解构、整合和重建，我觉得没有重建的解构是没有意义的，没有解构的重建是自说自话，是一种维护旧秩序。所以我觉得晏榕的现代性确实是在付诸行动。另外，他的现代性充满了对自我和他者的反讽，那种对峙，那种互相质疑，互相到达和互相发现。

而且，他诗歌的写作主体是多重性的。

第二点，我觉得晏榕的《东风破》和他以前的《欢宴》，他的抒情方式既是东方式，也是现代的西方式。或者说他像铁匠一样，把两者重铸了。他既有对古典的尊重，也有对现代的抒情方式的吸收。所以，在晏榕身上，这种抒情方式是一致的，是统一的，是完整的，是一个场。

第三点，晏榕诗歌的语言，我觉得既是从语言到语言，也是从语言到存在。所以给晏榕的语言上我还加上一个词叫"存在"，当然，语言是存在之家，我们都很熟悉这句话，但反过来讲，不完全是一回事。我们发现存在，寻找存在的虚无，这是诗人最本真的、最终的目标。在晏榕身上，有美国诗人的影响，像庞德、艾略特、默温、布莱，更有斯蒂文斯、沃伦、毕肖普的影响，这个就不细说了。

第四点，我觉得晏榕的诗歌既有偏离，也有回归。他的《东风破》实际上是偏离了古代的抒情传统和古代意象的原来固定的含义，但也有回归，回归到古典诗歌的现代性，又寻求当下的现代性，用这种宋词诗歌的词牌名，很好地加以演示，实际上他做了一项建设性的工作。

最后一点，我觉得晏榕身上有一种强大的人文精神。这种人文精神是当今社会、当今的思想界、当今的诗歌写作过程中所欠缺的。尽管有些人表面上天天嘴上在说"人文"，其实最没"人文"。从 20 世纪 80 年代，最时髦的词是什么，叫"反抒情、反……"。但我认为这种为了"反"而"反"，是毫无意义的。为了重建、为了建构的"反"才是有意义的。当然我说的不一定准确。而且，刚才我读了晏榕的诗，我感觉到他的人文精神，不仅在寻找过去当中的体现，而且更重要的是，他是在自己的个人经验里面加入了人文精神。当然，我们期待着晏榕有更大的发展，因为在他的诗歌当中，那种给人更具象的、真切的、那种活生生的经验，还是有一些不是很充分。当然，晏榕是一位非常有经验的中国先锋诗人，我觉得他身上学院派的气息还是比较浓厚，希望他在草根、在民间，在自己的生命体验当中寻找到更大的突破。谢谢大家！

岳耀勇：好的，今天的活动已经将近三个小时了。下面，请晏榕老师朗读他的一首诗歌作为结束。

莺啼序·残寒正欺病酒

我把它看作最伟大的月份
与狡猾的温度作战，与虚伪的召唤周旋
喝酒肯定是受了诱惑，闭门不出
正好中了圈套，燕子也会笑话你
因为它每天流血，它是纪念碑
它还拒绝自己，不轻易翻过那几页
它被迫像一个孩子，乘船出游
与柳树游戏，夸着东风
它还要像孕妇，由无关的人搀扶
期待坛子和水果，准备好硅胶奶瓶
最讨厌的是柳絮，它们曾经
戏弄我的马，现在看来这是多么精确的
隐喻：我们以整个一生渴望那
回旋之舞，或者呆立原地仿若我们
隔世的居所。我们拆信
我们手持橙子汁，我们隔着屏风去理解
无边的春色，有限的现实
最不讨厌的是那把扇子，是的它显得
多余，也没有什么歌子，没有彩衣
连泪珠也没有。但我的坚强
正好来自它的暗示，我对着夕阳
闭上眼，但我失眠，我写长诗
我把沙鸥白鹭全赶到湖里
是的请露出你们的白肚皮，是的
在人群之外我一定陪着这一天
因此，花儿在这月份变老我不会
感到诧异，事实上整个世界经由这一瞬间

变得年轻，犹如我客居水乡

离坚硬的故地更近，所有消息都来自

这柔软的桥、娇滴滴的雨，来自

水波不惊的湖面、没脾气的风暴

呵那风暴其实已无处不在

比如它们直接和美人们相关

和如花似玉的脸，和绿得不能再绿的山

和下一个灯影或者渡口

和我要写出的下一个词语都相关

因此我一定要设法辨认并记住它们

和她们，是的要记住墨迹和尘土

我要记住这春天，把它题在

由空气构成的墙上，任它模糊清晰

任它阻碍眺望（实际上这正帮上了忙

让我们看到天涯），任它自己修改

我的句子和语法。只管在这月份

长着白头发，顺便捡点旧物

门缝塞着报纸，裤兜里装着手帕

有时自在得像垂下了翅膀，像迷了路

像和它合成了一体，互相照着镜

是啊，这是最让人振奋的事

它举着左手，我举着右手

我们一起投降，举着我们的纸

举着大雁飞过，孤独长恨然后发自内心地笑

举着那片花瓣，举着琴声

千里江南正缩成一个黑点，矫正了视力

"文化酵素"、陷阱与炼金术 [1]

——从审美资本、智力消费到文化生态的重塑

一、审美与资本的媾和

如今，无论多么一厢情愿地想把"纯"文化与此消费社会拉开距离，坚持论证二者在本质属性上的截然对立，我们不得不面对的事实却是，一个旨在将二者融为一体的文化创意时代已然来临。一方面，作为文化内涵之基础的审美体验开始全面融入经济活动，乃至出现了这样一个貌似奇怪的名词——体验经济。另一方面，今天的企业意识到了转换其旧有生产结构的必要性，从销售导引转向供给导引，从制造形态转向创意形态，从而步调一致地走上了后福特主义的路子，出现了全新的后福特式企事业结构形态。对于前者，托夫勒做出了直接描述："大部分文化工业致力于创造和上演特殊的心理体验。今天，几乎在所有的工业社会里以艺术为基础的'体验工业'都方兴未艾。娱乐活动也如此，大批娱乐场所、教育机构，还有某些精神病治疗机构，都参与可称为生产体验的活动"。[2] 对于后者，阿苏利一语中的："后福特时期的企业不再将其生产财富的精力集中在工厂劳动上，工厂被弃置到世界的边缘，而是将精力集中在商品的构思以及公众的接受上，客户群被视为整个企业唯一的财富。"[3] 这样，让坚守纯粹人文信念的知识

---

① 本文以《文化创意时代的审美资本》为题发表于《华侨大学学报》（哲学社会科学版）2019年第5期。
② 阿尔文·托夫勒，《未来的冲击》，孟广均等译，新华出版社1996年版，第192页。
③ 奥利维耶·阿苏利，《审美资本主义》，黄琰译，华东师范大学出版社2013年版，第165—166页。

分子和奉行绝对利润至上的商界精英们大跌眼镜的是，艺术与经济，审美与资本手挽手地走到了一起。"审美资本"成为一个富有"辩证统一"意味的专用术语，它使资本主义（至少在某一特定时刻）有机会意识到其发展的审美动因，并在文化进入经济中心的时代开始反思其在整个工业文明中的角色，或者一种未卜的命运。

这一状况多少有些令人难堪。相对国外对此问题与现象的正视，可以说，国内文、商两大领域的学者目前尚未完成相应的前沿知识储备、交叉研究思维和跨界视野架构。王杰教授在《审美资本主义》中译版的推荐序中提出了他认为值得当代学者面对的问题："西方哲学家和经济学家们从一开始就十分关注审美（品味）与资本主义生产方式的复杂关系，努力寻找解决现代性困境的出路，从亚当·斯密到卢梭、马克思、本雅明，到丹尼尔·贝尔，更多的是到写《审美资本主义》的奥利维耶·阿苏利都是如此。相比较而言，中国现代美学家王国维和蔡元培一直到现在的许多美学研究者，对资本、经济、生产、消费、品牌、时尚这些概念一直进行顽强的抵抗和批判。现在看来，这种抵抗在学术策略上是存在着某种欠缺的！"① 然而，这次感慨本身也突显出了问题的扑朔迷离：我们该像阿苏利一样，站在"后现代"的末梢对审美资本主义的极限冒险泰然沉思，还是该站在现代的镜子前为某种魔幻的物质性摩拳擦掌。为此，我不得不对审美之于资本——实际上正好相反，应该是资本之于审美——的有趣关系加以厘清。

原本，资本对价值增值的天性欲望决定了它对曲高和寡的少数者美学的排斥，但它又不得不重视恰好能够对普众产生适度引领、具有审美向度的社会吸引力的某些事物，事实上这导致了资本常常在品位与市场间的摇摆不定，物美价廉是它的追求目标。然而"资本主义的标志就是对自身的再发明。它总是以这种无情而不可预测的方式行事。随着资本主义供应的令人迷恋的事物不再那么有吸引力，巨大漫长的经济浪潮开始向下滑落。人们的欲望和注意力如潮水般退去"。② 可以说，正是它的回眸一望或者对目标的犹疑不定，促成了对审美资本的发现，而审美资本主义本身的综合性和多维度性也是其诞生于困境之客观反映。

---

① 王杰，《品味意味着未来吗？（推荐序）》，奥利维耶·阿苏利，《审美资本主义：品味的工业化》，黄琰译，华东师范大学出版社 2013 年版。

② 彼得·墨菲、爱德华多·德·拉·福特，《审美资本主义是什么》，徐欢译，《上海艺术评论》2016 年第 2 期。

在审美与资本刚刚发生冲突的年代，本雅明曾对艺术品"独一无二"的"原真性"的消失大为慨叹，因为"即使在最完美的艺术复制品中也会缺少一种成分：艺术品的即时即地性，即它在问世地点的独一无二性。但唯有借助于这种独一无二性才构成了历史，艺术品的存在过程就受制于历史"。[①] 然而工业化在机器欲望之下既把批量生产的技术发挥到登峰造极，也压制和扭曲了人的主体性，工业化的历史就是人的个性与机器性、艺术与商业、审美与资本强烈对峙的历史，并最终造成了"独一无二"品质的流失殆尽。"复制技术把所复制的东西从传统领域中解脱了出来。由于它制作了许许多多的复制品，因而它就用众多的复制物取代了独一无二的存在；由于它使复制品能为接受者在其自身的环境中去加以欣赏，因而它就赋予了所复制的对象以现实的活力。这两方面的进程导致了传统的大动荡——作为人性的现代危机和革新对立面的传统大动荡，它们都与现代社会的群众运动密切相联……"。[②] 当时，本雅明认为那种工业化"群众运动"的典型是电影产业，但正如我们今天所看到的，这一产业实际上发生了巨大的变化，一种更为微小而灵活的个人想象力空间正在形成，各类新媒体平台的短视频和新型"电影"正重新释放出审美与资本的媾和力，并将其渗透至公共、多元、碎片式的历史角落。

这个过程非常微妙而有趣，一开始文化由非商品属性事物变成了资本，它的公共服务价值也开始向市场渗透并逐渐成为市场交换的主体成分。于是文化和商业在相当程度上开始混同为一体，而这既是后工业社会发展演变的自然路径，也是后现代困境内在矛盾的必然体现。我在论述现代诗意构成方式时认为，导致后现代困局的最大因素便是经典主客体关系，或说传统的二元对立观的逐渐消解，审美观照和意义阐释都趋向无中心和无意义，世界成了既无缘由也无目的嬉戏式存在，历史和未来皆成悖论，后现代之后更是无以为继。[③] 但主客体边界的消解同时也带来了新的观照方式和想象力（其实已不能再叫作想象力，因为主体性已然缺失，称之为一种现代诗意思维似乎更为妥当）的解放。于是，审美成了双向性的，资本也成了双向性的，现在看来——当想象力得到解放——这两种双向性

---

① 本雅明，《机械复制时代的艺术作品》，王才勇译，中国城市出版社 2002 年版，第 84 页。

② 本雅明，《机械复制时代的艺术作品》，王才勇译，中国城市出版社 2002 年版，第 87 页。

③ 晏榕，《诗的复活：诗意现实的现代构成和新诗学》，浙江大学出版社 2013 年版。该书辨析了从现代到后现代乃至后现代之后的诗意发生方式和构成方式，并探究了其内在动因。

的事物能够关联到一起是多么自然的事。所谓后现代困境正是在这个意义上成了出路，审美资本主义如果不是后工业和后现代社会的救命稻草，就很可能是一个全新的想象力经济时代来临的标志——如果我们能够超越之前的封闭式管理、对资本的过度道德批判和以消费为导向的供求关系的话。

由此，既然时至今日艺术与大众的传统关系已经改变，我们能做的，就是在文化产品的生产和文化品牌的塑造过程中，重新赋予创造行为的高贵与价值，重新发掘文化产品与品牌的艺术"原真性"，并在机械复制艺术几近疯狂的时代冷静地使这些"复制"性商品尽量接近和体现那种原真的独一无二性，而这就是文化创意的挑战和使命。在理解了文化与产业化的关系之后，在艺术审美终于可以敞开它的独立王国的大门后，今天的文化创意恰恰可以最大可能地做到"即时即地"构成"历史"，或者最大可能地构成"即时即地"的"历史"。我们的经验证明，艺术审美的自主性与其开放性从来都不是必然矛盾的，艺术自为的目的性与我们鲜活具体的生活、历史在更大的时空里也可以交汇和统一。艺术性与社会性纵有偶然的对立，也有必然的交叠，维度不同而已，更毋论"对立"本身也是关系。所谓纯粹的艺术及其纯粹的形式，其实只是现实的逼迫物，阿多诺所言艺术的"这种自律性本身除了存留着商品的拜物特性之外别无它物"[1]，即是此意。

借用海德格尔论述艺术作品本源的一句话——"语言本身就是根本意义上的诗"[2]，我们也可以说，文化本身就是根本意义上的创意。这样，在认识上打通了审美与资本、产业与艺术的先验式藩篱后，今天的文化则完全可以包纳灌注了审美资本的创意及其产业化。另一方面，正如海德格尔又曾说"诗乃是存在者之无蔽状态的道说"[3]，当我们放弃非此即彼的二元对立思维，把文化的内涵提升到一种通透而无蔽的状态时，其实才恰恰可能实现文化的本原意义，即此世界所有信息与精神导向性的融会与渗透。我们的文明所依赖的物质性，以及对物质性的超越，包括生产、消费、传播、审美等等一切环节其实无一不在其中，需要做的，仅仅是在所有环节中体现出至关重要的超越与导向性，或者说一种"去蔽性"即可。

---

[1] 阿多诺，《美学理论》，王柯平译，四川人民出版社1999年版，第30页。
[2] 海德格尔，《艺术作品的本源》，见《林中路》，孙周兴译，上海译文出版社2004年版，第62页。
[3] 海德格尔，《艺术作品的本源》，见《林中路》，孙周兴译，上海译文出版社2004年版，第61页。

　　那么，如今文化创意的目标便昭然显明了——让好的品位不再是封闭起来的小圈子贡品和私人事务，而是全媒体时代里人人可以分享并全面普及的新生活的美好成分。审美和品位重新成为一种特殊的政治力量，但这种政治力不再是致力于与大众的分离和对峙，而是致力于一种朝向完全市场化的新消费主义，致力于社会整体以充满审美想象力和审美需求的形态来推动新的物质和精神的消费。最终，审美的个性与共性、消费的个性与共性、社会的个人与群体之间会因为普适化的品位性生活而达到新的平衡。当然，必须说明，这些平衡并不是要取消（实际上也无法取消）审美与文化创造的独特性或差异性，相反，新的平衡只会印证和促进审美及文化行为的本质属性，即它将把充满自由精神的审美独特性和差异性投诸社会生活的角角落落，投诸每个个体的日常体验和精神诉求中。

二、文化创意时代审美资本的新内涵

　　当"创造力"成为一个时代的核心，当所有文化驱动与经济驱动都聚焦于此，文化创意及其产业化繁荣期的来临就顺理成章了。这种创造力的标志是可以体现出对具体事物、现实生活和宏观世界的新认知，可以捕捉到事物的真正本质或者超越自身的潜质，可以产生出具有独创意味和审美价值的新事物、新内涵。而审美创造活动也可以充分发挥它的反正统和超现实的能力，即超越事物本身或者超越对客观对象的平庸化理解，充分体现处于当下（现代）生存困境的生活之位置，从而达成充满矛盾的后现代诗意本身。我们要做的，就是真正让审美体验和想象力成为文化进步和经济增长的驱动力，只有驱动了想象力这匹野马，才算是真正开启了文化产业的引擎，进而开启了 21 世纪的新的经济形态和生活形态——让审美品位不是去屈就消费习惯，而是开发和引导更高的消费品位和生活品位，不是让更倾向物质性的奢侈品成为生活的必需品，而是让审美体验和精神愉悦日常化，让灌注了想象力的产品成为生活的必需。让高贵普及，让休闲升级，让审美和品位的基本价值从经济意义上的"非生产力"转向"生产力"。所以，如果说资本主义发现了审美的经济价值，那么今天的文化创意则身负着使审美普及于生产生活，使审美资本成为经济文化发展新驱动的使命。

　　那么，文化创意时代的一个关键命题就成了如何将审美和品位运用于工业生产和消费行为中，换言之，就成了审美如何嵌入资本并作用于资本逻辑，并最终使后者在合乎时代审美与未来审美的向度上有所嬗变。政府的倡导与具体政策的制订实施是显而易见的重要影响因子。如何减少审美强迫和审美限制，避免对想象力的束缚和麻醉，提供充分环境使个体与群体保持自由与勇敢天分，并能创造条件让这些事物资本化，使之顺利、高效地进入创意、生产、推广及消费环节，是政府应该意识到的主要功能。到最后，审美这种原本不可生产的财富就变成了可以生产的财富，不但可以体现出商业价值，更突显了超越平庸趣味、激发自我更新的巨大潜质和意义。于是审美不仅参与了经济创造，也参与了社会改造和历史改造。

或许我们对马尔库塞之于科技异化力量的怅然叹喟仍然记忆犹新："现代化的工业设备及其高度的生产率……在满足各人的各种需要的过程中，剥夺了人的独立思想、自主性以及反对派存在的权利。"[1] 而今文化创意时代的来临则可以通过对生产力的审美介入，甚至通过跨界融合对生产组织与结构的重组，实现构成文化公共空间的新可能，这至少在一定程度上保护了文化的民主性和审美思想的相对独立与成长。过去我们认为，"艺术越是把与其水火不容的生活严肃地表达出来，就越会发展成它的反题，即生活的严肃性"。[2] 然而，我们所经受的时代与美之嬗变，正如后现代性之于现代性，今天，生活的戏谑性并非大大削弱了生活的严肃性，反而是增强了它。

当然，这一观点是建立在后现代性作为现代性之超越而不是消解之意义基础上的，那种毫无艺术责任而违反艺术内在发展规律的为嬉戏而嬉戏之类的所谓"后现代"不在此列。将此观念投射到文化产业上，这些年一度流行的为娱乐而娱乐、娱乐至死的理念与产物，即便不一定完全走向文化之反面，也是极其低级之事物。所以，娱乐与创意的结合可以产生娱乐的方向性前提，这个方向性保证了后现代的现代性，保证了艺术的自我否定与文化工业的绝对性模仿并不以个性的完全丧失为代价。如果今天的文化创意产业仍然延续着对小偷和骗子的容忍甚至褒扬，延续着对正直和个性的戕害，那我们的文化生产和市场就不是健康的，我们的审美资本就没有获得内在平衡，仍然停留在资本逻辑的初级的和不成熟的

---

① 马尔库塞，《单向度的人》，刘继译，上海译文出版社 2006 年版，第 17 页。
② 阿多诺、霍克海默，《启蒙辩证法》，渠敬东、曹卫东译，上海世纪出版集团 2006 年版，第 128 页。

运行阶段。

实际上，审美资本包括它的基础——审美想象力，而今被要求直接参与到对拉长产业链条、降低制作成本、降低产品和服务的边际成本上来。在产业跨界融合的过程中实现组织创新，既能够对最终消费者明确定位，形成文化产业服务的综合而精确的指向性，又能够在各产业的业务边界和市场边界间灵活出入，探索各产业间及其内部关系的新属性、新结构，从而大大优化增长机制，实现文化产业整体的跨越式发展。唯有如此，审美才能通过充分发挥其融合力，把看上去互相矛盾的属性巧妙混搭，把传统资本形态的冷酷无情与现代想象力强力黏合，使审美资本全程融入对产业价值创新的消费认同和资本认同，最终形成对文化创意的产业化的多维度拓展。不夸张地说，这种前所未有的融合性将以艺术审美贯通技术革新，并充分发挥技术的构型作用和技术对传播形式的拓展作用，从而在产业化层面实现艺术与技术的统一，实现产品的物质实用性与文化消费需要的统一。

文化创意时代审美资本的具体效用，不光体现在创意本身对社会投资的吸引上，还体现在创意对营利模式的构型上，由此资本还进入创意的市场化、产业化全过程。可以说创意与资本的融合同时激发了二者互相的活力。这就要求把创意、市场营销、分销系统和符号价值充分灌注到文化生产的过程中，把"文化加工"真正视为重要的制造环节。进一步，审美资本直接作用于文化中的生长点和新增增量部分，不光渗透到精神文化的重塑过程，而且具体参与到语言和知识层面的建设上，并能由此对创意主体、创意动机和创意思维加以反向推动和提升。这样，审美资本就能够充分地发挥它在资本逻辑中的积极作用，在并不违背审美文化成长规律的同时，对文化创意和生产施以能动影响。

通过审美资本的运作，文化创意和生产既在一定程度上保护了艺术的自主性，也在一定程度上提高了审美主体（消费者）的鉴赏力。把超验的事物经验化，把经验的事物感官化，这与经由感官抵达超验之美完全可以是一致的，然而唯不能取消一切深度，为感官而感官。这就要求审美资本不能只聚焦于感官愉悦的产生，而要通过文化创意所灌注和激发的审美想象力，使感官愉悦能够与超验观念和经验心理的层面关联起来，从而避免单纯的审美享乐主义。文化创意时代审美资本的价值，恰在于将消费社会的想象力释放于理念、经验、感官等各个维度的相对独立性之间，在它们的缝隙中充当润滑剂和催化剂。在后现代困境之下，这是带来艺术解放的一线生机；同时我们会发现，当突破了"审美经验论"与"艺术自主性"的二元对立，艺术的内部与世界的内部就被一个有意味的同心圆关联了起来。当文化创意时代的审美资本让艺术之圆越画越大而不是越缩越小，当文化产品的价值在满足个人需求的同时也提升了社会的集体感受性，而不仅以狭隘的艺术品拜物教作为标高时，我们就会重新理解贝尔的喟叹："那种对于稀有物品的占有欲，不是什么别的东西，而是当文明变得衰老而且快要进入坟墓的时刻发展起来的弊端，它是腐朽的。"[①]

从创意的角度而言，好的创意应该可以有效开发无形而丰富的文化资源并将其创造性地加以利用，在这一过程中提炼出独特的审美符号和审美体验，从而达成对社会整体文化生态的重塑和对社会整体审美感受力的提升。不但要使创意真正全方位地融入产业，还要真正把握好创意在文化生产、传播与消费环节中的核心地位，把它放在从文化内容到产业化的中枢位置。应充分认识到审美资本不但可以和技术手段、品牌设计、结构重组发生关系，也必然和创意行为的价值发现过程直接相关，和文化智力、创作生产、形式设计、审美体验息息相关。就这一点来说，智力投资和知识产权保障几乎是创意产业的根本，它们关系着我们这个时代能否以健康的心态接纳那些极具创造力而富有可贵精神内涵的事物。以鲜明的观念内容而得文化创意之深邃的赖声川先生将其称之为"最高等的创意作品"——"就是指能够转化观者的作品，将观者与他人联结，与更高深的思维联结，与生命本身连结。……体验伟大的艺术几乎是一种宗教性的经验，让我们联结到完整性，连结到有机性、连结到意义，连结到人类的提升，连结到神秘性，连结到比我们更大的力量。"[②]

于是，在此我大致可以做出如下推论：文化创意是实体资本、人力资本和天然资本之外的第四类资本——实际上由于在产业活动中最早形成并重要于其他三类资本，我们几乎可以将之奉为第一类资本，即智力资本或审美资本。今天，我们发现，作为审美资本的文化创意既可以产生经济增值，又是最根本的对增值效果和效率起着决定性作用的资本形态。当然，文化创意的资本化完全可以在融资

---

① 克莱夫·贝尔，《艺术》，周金环、马钟元译，中国文联出版公司1984年版，第111—112页。
② 赖声川，《赖声川的创意学》，广西师范大学出版社2011年版，第259—262页。

市场和资金流通市场以更明确和具体的形式加以规范和确立，而其市场认同与回馈，包括其对实体与虚拟经济的巨大驱动效应，尤其是文化创意作为产业升级的关键性生产投入要素所产生的附加价值，则成了此类资本形态之于今天产业化发展极端重要性的凿凿明证。

三、审美资本对文化生态的重塑

对于今日中国而言，基于大时代、大变革、大发展的文化认知，基于回归真诚人性的人文认知，基于唤醒现代审美观照、诗意观照的审美认知的文化创新和创意，才是真正实现高层次跨界融合的根本前提。只有跳出对文化产业的狭隘化理解，真正使精神消费与审美生产紧密关联，使需求与市场机制紧密关联，使文化与科技引领紧密关联，才能使得文化产业步入健康发展的高级阶段。今天我国文化产业发展的最大挑战与契机正是树立中国在全球化资本网络中的角色，在为世界贡献新增经济体量的同时，还能够充分介入全球文化生态的重塑，以有着原创性和美学开拓价值的文化创新、生产与消费，向现代世界的文化生长提供富有中国色彩和现代色彩的新鲜符号与审美方式。这是审美资本运行于当代中国的大语境，没有这个逻辑前提，就不可能对其"美好"一面进行充分讨论，也不可能对审美资本可能呈现出来的"另一幅景观"始终保持一份清醒，并在必要时对之加以及时的批判性分析。

国内当前的文化创作、文化创意最大的发展瓶颈恰恰是创造力的匮乏，复制和抄仿往往代替了真正的创新和想象，创作者想象力的平庸直接培育了受众审美力的平庸，从某种程度上可以说是培育、强化和佐证了这个全民狂欢、娱乐至上的读脸时代。文化失去了介入现实乃至塑造现实的根本功能，这一状况反过来又导致我们生产出的文化产品、塑造出的文化品牌既缺少了时代审美内涵，更没有经受时间洗礼之品性与耐心，往往停留在了快餐式的使用价值和肤浅的表层审美上。韦尔施称其为"新的文化基体的享乐主义"。[①] 事实证明，没有品位、深度和格局的审美的资本化，只能在极为低端的文化市场和资本逻辑中展开，并无助于

---

① 沃尔夫冈·韦尔施，《重构美学》，陆扬、张岩冰译，上海世纪出版集团 2006 年版，第 6 页。

文化产业和文化生态的良性生长。拜金的《小时代》也好，泛滥的"戏说"也好，虚无的"玄幻"也好，乏味的"穿越"也好，对文化经典的无节制"IP"也好，思想无深度化、感觉平面化、视觉读脸化，这只是对资本逻辑的利用，是对文化品牌的降格理解和误读。这里如果有什么对商业模式的"精准把握"和所谓最大化营销的话，也是刻意或者恰好迎合了受众群体的肤浅与无知，这是对"粉丝经济"赤裸裸的功利化和庸俗化，也是对"粉丝"的赤裸裸的不尊重和亵渎，客观上不是促进而是破坏了审美文化生态的健康发展。可以说，这种有着原始性和自发性的审美资本运行方式在更大程度上只是营造了假象，和对假象的盲目膜拜。

成功的文化创意的一个功效恰恰是克服产品设计和品牌塑造的标准化，克服审美消费的简单化，在社会整体性的意义上重拾审美消费的个别性和差异性。这样，就在社会集体感受的培养和提升过程中"不断涌现差异的重复"①，最终在消费属性和审美属性间，在资本驱动和精神愉悦间达致新的平衡。一言概之，文化创意不是为了把人的感受力和个性压成一块扁平的钢板，而是通过文化消费最大化地解放人的感受力和个性。阿苏利认为风格就是"使个人生活的活动的内容融入一种大多数人都能够达到并分享的形式中"。② 所以，如果把时间和历史稍稍拉长，我们就会发现，时尚与风格其实是在培养人们的不满足的能力，而这与消费的动机几乎完全一致，差异性审美与个性感受在其中发挥了关键作用。文化创意时代的审美资本不是要实现消费大众的同质化和平庸化，而是要改造这一状况，在消费行为中拯救消费个体的个性。

当然，审美资本也要求文化创意人才或人才团队必须具备敏锐的艺术感知力、技术传达的认知力和营销管理的执行力。只有这样的复合型知识人才或者协同创新团队本身成为产业链条的重要支撑，成为资本本身，才能达到人文品位与市场传播的高度融合。同样，文化创意也需要高度的文化自觉和清晰的文化定位，并能以与之相应的产业发展之，而这也体现了内容与产业活动的融合。最关键的是，这种贯注了高度文化自觉和清晰文化定位的产业化之路正是走向品牌化的最佳方式。实际上，当文化创意被放置在产业化的大背景之时，它就已然资本化了；而文化创意既是创意产业真正的原始资本，也是其提升市场价值的有着巨

---

① 塔尔德，《模仿律》，何道宽译，中国人民大学出版社 2008 年版，第 253 页。
② 奥利维耶·阿苏利，《审美资本主义》，黄琰译，华东师范大学出版社 2013 年版，第 102 页。

大开掘空间的再投入性资本，品牌往往就是在这一过程中诞生的。先有审美品位发现、开掘和以产业化的形式塑造出品牌，然后品牌又以市场的途径把（有时是超越其原有的）审美品位回赠给消费者。

有意思的是，我们今天某种程度上既不缺少资金也不缺少技术，也不缺少"人才"的数量和消费群的规模，在看上去庞大、丰富、枝蔓丛生的产业链景观中，最为薄弱的恰恰是表面风光炫目的创意及与之相关的内容产业。在经历了现代性沉思以及后现代绝境的审美体验后，在 21 世纪朝向"后现代之后"求索的历史坐标上，我们目下的狂欢式创意将为此土地和此时代贡献出怎样的不可替代之作品？我只能试着概括我们的创意想象在今天的历史境地：存在于后现代形式感中的前现代审美力？或者前现代激情中的后现代幻觉？那种流于群体性感官愉悦的创意"想象"及其产业化在多大程度上会与那个巨大的"他者"（本质意义上的消费者）相关？我们需要解放的东西实在是太多了。搞不清这一点，真正的文化品牌便无从产生。相比之下，以世界整体范围以及全球化进程作为考量，则又是另一番景象，这一点因为有目共睹恕不赘述。在我看来，近几十年的工业国家的后工业化过程尤其是进入新世纪后的变革历程中，极具原创性和美学开拓价值的文化创新对内容产业的支撑，和作为审美资本的文化创意对于现代美学新形态的塑成，业已达成了挽歌与降临的叠合意味，即达成了审美原始冲动与现代消解形式的混沌性存在。

在这方面，我有一个探索。我用了 5 年时间完成的《汉字》诗意书写工程，以及更早时完成的对传统审美内涵与抒情方式加以现代化转型、反构的大型组诗《东风破》，作为文化创新的实验品，均旨在对中国传统的文化审美精神加以现代化重塑，在近年来不断得到朋友们要将之市场化和品牌化的建议。不言而喻，《汉字》和《东风破》承载和蕴含了一定人文内涵和价值指向性，体现了中华民族特定的生存境界和审美精神。同时汉字和诗意性本身也是我们观照自身及世界的最基本、最重要的思维方式和有效载体，如果做到在保护、发掘和弘扬民族文化形态的基础上对其加以高科技和高附加值的产业开发，实现审美价值生产与传播的诗意化、创意化，形成对当代文化精神和文化创意的双向补充，那它们或可成为审美资本与文化创意相结合的有趣实例。事实上，这一过程也是在探索审美独创性与共享性的融合路径，不但要把诗意审美体验价值化，即把具有创新性和特色性内涵的文化创意转变为市场价值与交换价值，更有意通过跨界融合实现其丰富内涵的核心竞争力，通过提升其品牌效应来实现一种高级和全面的效果消费。它或许将印证文化内涵、审美体验、价值升值这三者的直接互生关系。

《汉字》和《东风破》的文化诗意虽然不能直接创造出感官或身体的审美体验，但其中大量的日常、生活乃至生存体验，以及对时代语境、历史语境、民族生存境界的人文观照体验，都往往会超越具体的时间与空间，既具有现在性又具有唯一性。而且其诗意性属性决定了构成中华文化精神性之根本的汉字文化，将以合乎创意思维和文化创意形态的方式来实现一种创造性传播、体验传播、符号传播和智性传播，即由诗人的个体体验的唯一性和不可复制性传递到受众个体的唯一性和不可复制性。它将尽力体现出一种非费用价值的效用价值。我有意使之成为马尔库塞所说的"文化酵素"的具体物，把今日时代所匮乏的诗意文化和诗性活动，而且是来自对世界古老认知系统的诗意文化和诗性活动，通过多元的创意化和产业化，在日常和精神性两个层面反刍给社会整体的审美感受力。卡西尔说，"作为一个整体的人类文化，可以被称作人不断解放自身的历程。"① 我想，实现了审美与资本完美结合的文化创意时代和人类过往所有值得骄傲的记忆片断一样，必将由于其朝向自由精神的文化创造活动，而终被证明为煜煜闪亮而不朽。

总之，今天这个时代需要我们提供具有美学价值的产品。不是让消费者的趣味和欲望引导生产，而是以更具艺术美感力且能够被理解的趣味和欲望引导消费者。文化创意的主体应该把重点放在如何避免工业化以来审美资本的诸多恶习（比如生产了过剩的肤浅、空虚和不雅），如何避免单纯和平庸化的消费主义，如何以艺术美感扩充产品的文化内涵，以及如何提高消费者的理解力上来。文化创意的使命显然不是要把这个鲜活而具体的精神世界物质化，而是尝试着让我们日益不堪的世俗生活以合乎情理的方式重新靠近那个与我们若即若离、超验而美丽的自由王国。

---

① 恩斯特·卡西尔，《人论》，甘阳译，上海译文出版社 1985 年版，第 288 页。

最高虚构：现实或想象

此后即进入富有弹性的存在

新生活，新表情，新诗学

以冬眠的假象教谕缓慢的牺牲

像这黑纸白字，小修辞们

以躺倒的姿势装饰洞见

像计算残酷一样计算这无力

像告别晚春一样告别这初秋

它们才刚刚开始，不必冷抒情

亦不必赋予秉笔直书的纯洁

后诗学（组诗 20 首）

这感受力和它的秋天抱成了一团

这感受力和它的秋天抱成了
一团，比着迂腐和羸弱，比着
需要抚摸、呵哄。比着通顺地
登高望远，观无害景致，闻悦耳
风声，一片白花花的绵羊。给
每个过分的修辞打上墨刑，让黑炭
在阳光下刺眼，你不会比秋天
更长久。和尸骨抱成一团，何必
再去分辨谁是老者与啼婴。

整个秋天都成白色，乳白色
有奶香味儿的那种，且无风雨
没有秋夜耿耿，再无秋窗
秋不尽。只需要一朵花的枯影
凉在石阶，作为得意闲笔
然后说这是统一，无论雪莱
与但丁，西风或炼狱。于是绵羊
与黑炭都算是胜利者，胜王

败寇，像颂歌稀释了我的调侃。

于是放弃拯救，它本身成了
感受力，不是缴械，是无械无
胃口。所以白色、乳白色和秋天
相互写照、扩展，白即秋色
这就像以卵击石，形式
以残酷解放词语。而卵哲学就是
葬礼的哲学，就是在后半生
新生的哲学，正如当下切要之事
以没有胃口的胃口，消化饥饿。

凭着歌声，把那奔放凌厉安置一隅

凭着歌声，把那奔放凌厉
安置一隅。这是场"反趣味"的
革命，或者趣味的反革命。但不是
二次革命，不是漩涡。这是
自我决裂，是离开诊所和木兰花
学会在纸上爬行。学会笨手
笨脚、喃喃自语，让酥脆裹住
我的核儿。顺便打湿乌鸦的念头
放弃狮子，去发现驴的优雅。

当年告别月亮，而今缄默成为
滑稽。我的嘴半张半合，让美学
十年翻新一次。让这些花儿
一边生长一边沉没。并在它们中间

发现日记和婚纱，发现拐杖发现
膏药。绷带。起搏器。一定要
发现歌声。欢歌如蜜，如大雨滂沱
暗夜温良。那小小闷雷安抚着
骨骼里的风，美妙如合唱。

还可以一起映衬那个粗暴时刻
四月的典礼。让整个春天
都来批评一根斜枝，取消它
取消与花团锦簇的抗衡，取消鸟的
驻足和幽灵闪现。取消晃动
也取消白旗，取消复仇。让所有
暗讽都成为歌声。我的大海荒凉
蝴蝶欲飞，我的伤口长出荆棘
这些小哑剧，他们都以为是美丽音符。

让模仿变成反向的，并富有野心

让模仿变成反向的，并富有野心
这本如日常如每天的穿戴
但叠影太多——它们不知风险
徐徐走动如安娜相信着她的二月
所以至少要有两份野心，代表
两个逆反的方向，分别砸破
那只老云雀的天和这群乌鸦的晕眩
让它们穿过两个世纪，相向而鸣
保持神圣与荒诞，并陷入贫瘠之苦。

就像庞德和斯蒂文斯的屋檐下
树会向下长，雪会变成时间
它们一定是个有机体，一个
包含着另一个，追念着另一个
有湖水有街道的忧郁有自谴的暗室
有芳香有罪名有崩溃的早晨
或稍加膨胀，借以口吻与风格
让这崩溃漫延，漫延成一部杰作
从春天到兄弟，从情欲到简化的躯体。

但绝非幻象，绝非虚妄之思
我宁愿将之命名为酵母，新的
时日与眼泪，新云游也是新子弹
新的匮乏。让它只具物性，因为独有
而成为全部：像每朵花和每个时辰
都溢满牺牲的气息，然后你就会
理解春天，理解一次死去以及
所有月份的纪念。然后以模仿之名
复活，张开一鸟之翅羽，面对百鸟之寒冷。

类似白痴的自由，类似微暗的火

类似白痴的自由，类似
微暗的火，可能更暗些，接近
熄灭。不是打开也不是关闭
不是对抗也不可能是逃走
像接近地面的雷，一条泥路
快要转弯，两个学说正尝试

不可能的融合。它们不被
决定，却比词语比境遇
比相互间的映射更引人入胜。

还要像秋天一样膨胀，不仅是
终止了温暖也终止了寒冷
终止混合，终止局外人
终止与自身的抗争，像摇摆
不定的花儿，像一个晚上
找到又放弃了主人公，回归
看客。回归窗户和紧锁眉头
退到对面，在晚春的内部
听金属的声音刺伤一个拂晓。

在最满意的时令漫游，从一个
伤口到另一个，一次比一次
包扎得温柔。一次是因
另一次是果，像曲笛悠扬
笔端吐出黑字。坐着和躺着
漫游，在我们的身体里漫游
在漫游里漫游，不需要
逆转。于是我发现这就像时间
它的自由比一场牺牲更凝滞。

这次重写不是矫揉造作也不是颓废

这次重写不是矫揉造作也不是
颓废，像从衰败进入花朵，设法

躲避感伤与抽象，并重新确立
篱笆与道路的关系。不抚摸也不
侵犯它们，不描述夜的冰凉和
血的虚妄，无定无哀，亦无微词
让那汁液自然流淌，如叶片
静止，靴子走动，或者楼梯与泥土
陌生人和老街区，俨然放弃了各自辩护。

抑或反过来，让叶片摇曳，靴子
收于壁橱角落，我在书房与水仙花
通宵辩论。我不以你为意外
你也无须以我的反应（毫无反应）
为意外。这样，我与世界都避免
归于滑稽：机会对等，可以容纳
任何阴谋与引力，不只是把诗写成
另一首诗，而是写成书信，写成
二者之间，搅拌着倨傲与惊骇。

也不是什么再生，不要总想拉扯上
大地，或者泉水叮咚，以钥匙
开启暖屋。也不是什么智力的连续
跳跃如历史如绵延的一小排树影
（有时候一个章节可以换成另一个）
也不是什么"秘密"，在天才
和愚昧的界限观察乌鸦与老虎
倒像一次啃噬，消化一些假道德
在这洞穴夸张地长出浮云和翅膀。

两个近在咫尺的春天，却又相隔遥远

两个近在咫尺的春天，却又
相隔遥远。我在第二个春天里
写诗，与它们告别。不是
与第一个春天告别，而是两个
与两块石头两棵树告别，与坍裂的
土地告别，与两个身体告别
同时不能暴露身份，不能
退场，既不能呻吟也不能延续
沉默之梦，绝对不能制造新精神。

现在是一九九〇年九月
早来的寒凉推远了两个春天
不仅使它们相隔，而是将它们
捆绑起来，一起推远。只留下
回声和遥相致意，作为面具
装扮时间之脸。它们互相模仿
打趣和封存，而成为一体。就像
早晨潜入子夜，一个凡夫一个俗子
春天们发育成熟，急着与我告别。

所以我歌颂这被动感，罢黜
那少年华茂，顺便罢黜日历
和嘴巴。不是让骨头藏起来而是
把它们丢到春天里，丢到无数春天里
并与假象重叠——那是你的吗？
那是一个吗？那是树木吗？
那是孤独吗？只有一个春天

喉咙干涸，涨红了脸，由于认出花朵
而在一连串的天空下迷了路。

就像在暗室放置一些新器皿

就像在暗室放置一些新器皿
让这动作和它延续的沉默
成为新的革命，并彻底
改变暖春与严冬。这也是
另一种焚烧，关乎书籍与知识
疾病和背叛。这也是艺术
让你所见与你想要说出的互为
妥协——瞳孔和喉咙先对峙
然后拉锯战，然后握手言和。

以此方式，不动声色地
抛弃那"放之皆准的尺度"
保持侧身而行，或者你们说的
"中立"。把假的温室和花朵
代入这排房子和那排房子
代入街道之间和各种委员会
我们都是热的，我们都是冷的
我们是一个国家，一场风景
互相拒绝各自定义的"腐烂"。

在荒野，孩子们正搜寻新的
足迹、星空与漆黑。这些
小小幻影，蠕动如历史

如遗世者，极像加了前缀的
"现实主义"——以嘴巴
困扰舌头，牙关干预日历
他们和器皿互相逃离，因此一致
白纸和文字一致，书信亦无须
地址，没有地址即是地址。

如果不理会这无力的时刻

如果不理会这无力的时刻
这糟糕的平衡，拙劣的欺骗
还有什么算是不幸？这无关
命运与秋天，牙齿和子弹
仅与一只巨大扭曲的钟表对峙：
我称之为历史，或那压扁的
早晨，数不清的夸张脸孔
当然，必须加上胡言的世纪之诗
血的贫乏，和相对主义的腐蚀。

像计算残酷一样计算这无力
像告别晚春一样告别这初秋
它们才刚刚开始，不必冷抒情
亦不必赋予秉笔直书的纯洁
它们倒着穿过这一整年（几乎
等同于半生）的昏沉，欢呼
一笔勾销的快感：舌尖沉默
如石，如宫中被囚的王，如刺耳
的笛声下顺理成章的缓慢仆倒。

于是再无黑鸟与辩护，就如同
早年拒绝无能为力，拒绝格言
也拒绝牡丹花。而今倒悬在屋檐
像睡着的蝙蝠，远离魔法
和长发，远离叠加的两种死亡
它们互相指责、谩骂，分别
沉溺于两个十年。只剩下天空
星子和云朵，它们野蛮、无聊并且
显得夹生，成了我们新的白昼。

就像迟疑之于行走，比喻之于白纸

就像迟疑之于行走，比喻
之于白纸。我们身在其外，那机关
暗藏着另一世界，被看成了花饰
我不得不回到少年，由稀释者
变为发现者，想象多恩刚刚
风尘仆仆讲道而归，一头扎进
他的诗篇。回到 1983 年的
泥淖，回到春风不知如何裁剪
回到识别与曲解一条尾巴。

甚至回到拉长的直线，不要
曲折，回到格律而不要坚韧
让白纸满意让大雨满意让大理石
和霉味儿满意，让长长台阶满意
让高高在上满意。然后铭记

荒谬，那么多的上帝，三月的
和四月的，六月的，烂醉的仆倒的
冻僵的，那么多燃烧的罪名
歌声与花，我和它们毫不相似。

我从未视它们为神秘之物
嘶喊或赘语，这有如远处沉寂的
灯火，一整夜的阅读。有如
劳作、爱情和粮食。或者也如
仇恨，如欧福良从天空坠下
看上去愚笨若逃亡。它们就是
左手和右手，隐没的后半生
但正名了诗歌：如果只为一只手杖
辩护，那场旅行岂不荒唐？！

黑的白的，哪种时间更陌生

黑的白的，哪种时间更陌生
我们需要重新开掘这些
温情之夜，理性之白昼
让它们谈情说爱，互换身份后
融为一体。像把无聊的玩笑
写进诗歌，认真地假想
不是让那只鸟旋舞，而是
锁进笼子，喂它讹误和词语
把洪水给它，把天空给它。

让这个问题软弱无力，一开始

黑的更白，然后是白的更黑
像我们的呼吸、行走和安睡
像死去，在泥土里完成
微观的漂泊。既不是变构
也不是反向的，而是从无春天
无论哪一种。于是也可以
从无六月和一万个具体的早晨
又何须风声与笼子的严肃？

此后即进入富有弹性的存在
新生活，新表情，新诗学
以冬眠的假象教谕缓慢的牺牲
像这黑纸白字，小修辞们
以躺倒的姿势装饰洞见
飞翔不以翅膀，花瓣也不再
仰仗颜色，门扉是佐证，所以
既不打开也不关闭。每一秒
都成为混合物，划出流浪的轨迹。

我想把秋天放置于雨声的内部

我想把秋天放置于雨声的内部
而不是相反，让这滂沱之雨
和寒窗，披挂于秋天之外
我想把白纸（它多像历史）
放置于诗歌内部，不再使孤灯
（也可加上明镜）成为唯美主义的
衣裳。让诗歌寻找它的位置

不在愁中，不在我中，不在
词语中，不在曲解与谬误中。

也让它们抵制自身，抛弃表情
与肤色，把饶舌和沉默重叠起来
并以耐心看护谬种。然后说
这里面有帝王和尘土，有早晨
和牺牲，有变节和卷了刃的
匕首，春的溃败，拉长的昏睡
它们随雨落入泥土，奔跑着
汇入同一个比喻。异口同声
互相指认被包裹而熄灭的头颅。

而须声明，此种方式非黑夜
非叹息非纤细酥手，它甄别它们
也不是火把和纵身一跃的幻影
它勾勒并过滤它们。这是
秋天的新批评，以反自然主义
成为观察家，同时也被观察
被雨和纸观察，被其中暗藏的
六月及它的新死亡观察，像穿过
一片刀丛：亮闪闪的白昼。

我的诗拒绝抽象出一只光润的瓷器

我的诗拒绝抽象出一只
光润的瓷器，拒绝勾勒出
你头脑以外的风暴。当你衰老

并死去，你不在它们的外部
或内部，如同脸孔们折叠于
面对面的凹陷之镜。这非难
不只限定于"时间"：它有时
变得弯曲，为弯曲而弯曲
而伟大的修辞正垂手观望。

这便是隐没的方式，如同
历史，和你自身。是艾略特
的方式也是但丁的方式
我还可以说，是汨罗江的方式
那纵身一跃，并非天宇神示
而是拉长（或残存）至今的
一道幻影，在我们的午后
傍晚，在纸上，在词语间
浮出脑壳，讥讽那消解的拂晓。

这便是仆倒的方式，有如拒绝
浑圆的腹和亭亭玉立，以此
不严肃的严肃和不浪漫的浪漫
对待工业革命和裂开的身体
我的诗只想映衬并描述一次
不可能的站立，不是瓷的
不是瓦的、陶的，甚至不是
知识的或想象的，但它一定是
对骨头的透视，并反抗时光与抚摸。

你说它是消极的，它绝对就是消极的

你说它是消极的，它绝对就是
消极的。它以"在"的方式逃跑
它以"说"来保持沉默，它呼吸着
死去，像暗处的蝴蝶收紧翅羽
而与之对称的，不是光，不是
宁静，也不是急急奔流的气息——
春天以秒来计，良辰掩藏了
一个轮回——那潮湿的气息
挺适合化装，挺适合凝成霜露。

但起码这是明确的艺术，像一把
洁白的绸扇。这是能够检验出
屋檐和风声的艺术，它们喜欢
在骨头里流动，它们喜欢嘲讽血液
你肯定知道一个事物如何能
扩大到它的内部，或者背后？
你肯定知道如何去大写。你知道
影子是用来辨认的，我们对着镜子
笑一笑，就算是摸到了自己。

所以，今天，艺术就是保持这段
假设的距离。要让画眉和蝙蝠
一同出现，而且还要让人吃惊
但不要把天平打翻，至少，你要
巧妙到不让风刮破屋顶，不要让感冒
模仿日历。然后在温暖的床铺上
繁殖你的不安、词的烦躁，或者

相互的关心，在这点上，消极等同于
实用，像柯尔律治所梦到的一样。

这是生活在挖掘它的本能

这是生活在挖掘它的本能
当一秒钟用来对付一天，它在用身体
压缩时光，好比一场雪把自己
想象成最后一场雪，一首诗准备
过滤掉其他的诗。这理论无须
解释，也不用归于伟大的发明
一切来源仅关乎你睁开双眼
不在于"双眼"，在于"睁开"
在于驱动大海降临的灵感。

对，把世界压缩成一个人，一个
时令，一个事件。再压缩成
孩子的玩耍，孤零零的花瓣的
坠落，或者我此时此刻思想的
静止不动。那是一个"静点"，来自
倾盆大雨，一个小小的被减缩了
意义的核。大海的心脏。如果
你不想让它负担太重，就干脆划掉
而不是冒着循规蹈矩的危险。

就干脆一遍遍地死去，把每个词
都贴上真理的标签，在它们腹中
上演戏剧。不过每一次都截然

不同，气候诡异，版本混乱
这是另一种逃跑的方式，假想敌
在吹着号角，婴儿在咯咯笑
显然里面混合着勇气的味道，而绝非
无耻。这就像现在变得突兀的月光
照出了昏睡的常态，又温暖又寒冷。

以前我把它叫作镜子，充满谬误

以前我把它叫作镜子，充满
谬误，和那些不断消退的钟点
我和那么多的我，互相打量、嘲笑
钟点们也如此，我们一起向后
各自代表一个春天，拉开距离
对，互相辱骂、歪曲而且渗透
像两片海，两个清晨，两种不同音色的
叫喊，无以辨认谁脱胎于谁
我不得不把它们写进同一首诗。

现在成了挥之不去的熹微，游离于
四周，菲薄又暧昧，簇拥着你
跟着你跑到庭院，要暖则暖要凉则凉
无须任何激烈。无须做注脚
也无须异议：我扩充了我的身体
或者主体，像春天裹进这团雾气
事实上它吞噬了所有春天，所有面孔
和词语，甚至那些同气相求的
缝隙，它们互相排斥着最近的比喻。

我将之视为新的批评，一场
温柔大雨（并非灾难），既不用扮演雷声
也不用生长花朵，像在一个抽屉里
精简编制，虚张声势而不显笨重
你筛选你的，我甄别我的
好比同处一片阴影，一个压缩的
小小国度，如果用感受力的理想
来修饰纸的残缺，回击临近的风暴
那不正合了艾布拉姆斯那盏灯的阴谋？

是为尽头，还是为一条河的流动辩护

是为尽头，还是为一条河的流动
辩护，为一棵树，和它的静默辩护？
这充满欺骗性的探险，混合着
两种理性，两种语言，两种诗
如果陶醉于宿命，或者腐朽的不可
抗拒，那大海和黑土就是杰作
而我要问：词语在哪里？那摇曳和不安
身躯的躺倒，那折叠的部分，那融化
与坚持，那忧心忡忡的根芽会在哪里？

哪个更具物性哪个更抽象？哪个
更独有哪个更完整？我们的诗
有时成了生活的帮凶，总喜欢
异化一些事物，而那些更近的却长在
我们的身体里。没有任何恐慌

有如夏天遗忘春天，我们的历史
光芒四射地从天空划过。在我看来
这游戏无聊透顶，即便精心化装
披上圣衣，也免不了被讽喻的命运。

水变成天，这几乎是消亡的迹象
就像一个猩红的拂晓被拉长，稀释到
整个季节，到一生里，或者用不了
多长时间就全无踪影。一则气候的
绯闻，就可以换了头脑重整河山
所谓极端事件——闪电或闷雷？那只
黑鸟（她是位好演员，堪当人民艺术家）
难以置信的角色蜕变？这袖珍灵魂们
无瑕的惬意微笑？——绝不会有牺牲品。

黄叶翻飞，这只是这个秋天的附带现象

黄叶翻飞，这只是这个秋天的
附带现象。一个极其无聊的
趣味，而且与我的梦背道而驰
我在纸上写着粗犷的"大地回春"
还动着心眼儿，想把最后一个字
做些改动，看，它多像命运
它多像十七世纪的那位诗人
把那么多个性揉搓到一起，它们
静静蜷缩着，像屋角阴暗的火。

这几乎是有关灵魂的问题，由怀疑

到解脱，由腾空而起到纷纷掉落
它们得意洋洋燃烧着的肯定
不是开端，不是黑夜之类的摆设
你认为哪儿有偏离，哪儿就出现了
俏皮话，哪儿就上演了戏剧，哪儿
就把视觉当作可堪信赖的事物
就像所希望的那样，公开宣布
秋天是不朽的，火焰是不朽的。

于是鸟鸣掩藏起异端，以此
抵制清晨的穿戴。那些弯腰的树木
扎根于经验之外，正为混淆了
时针与分针而震惊——它们打破了
菲薄的雾气，让某个星期天
露出了马脚。但这不足十分之一
不足千分之一，我想，如果讨回了公正
那片衰老的暗绿的信仰就不会
在六点钟打盹，并且摔到地毯上了。

正午引用了前天的月亮

正午引用了前天的月亮
是那个浓缩到窗棂
到玻璃，到叶片的月亮
这言之成理，而且成了我的
教训。它肯定面临不断变化
也不断被拆开的语法，那只镜子
最善于用典，以间接的身段

主宰了我的感受。人们说
心智大于感受，这是妄谈。

如果多加比较，就可以从桌面
溜到多恩的床上，这也是
纸与纸的距离，上一个页码
总是连着下一个页码。但这对
那些教士不利，有几人会陶醉其中？
有几人会毛骨悚然？呵呵这是
最纵情的一个时辰，有月亮的
一个时辰。对于像我这样的
神秘主义者来说，从无裂缝。

我们可以重温那个比喻，它
早有声誉，而今仍可再造
或化为经验，等待完全溢美的
叹号。我没有修正它的弧度
它自己在发愣，想从误读中
提高自己的调门。在这时候
比喻就华丽转身了，开始明白
无误地告诉我，这是肉体
这是光，这是那具干枯的身影。

这黑黑的头脑装下了多少动机

这黑黑的头脑装下了多少
动机？那是一个场景，也可以说
是许多个场景。好比我看到了

唯一的叶片，而你看到秋天
我看到了翻飞，而你看到时序埋下
它阴郁的脸。这也是唯一的
比喻，你视为壮举，我可爱的
小小意志。它正左右为难
类似一张卧榻，或灯的熄灭。

这全都一致。为什么"不"呢？
你看，我们互相支撑着形象
与躯干，互相装点着昏睡与鼾声
互为琉璃，并以剔透之身预防复制
那美几乎完工，无花无木，却能
与自己无限重叠，在密闭的
瓶子里旋舞。好的故事，好的
结尾。像烛芯穿过了看不见的
火焰，以煅烧的热情使二者分离。

这也可以看成是一个结果
就和许多个一样，亲密无间的
兄弟们，姐妹们，每人手里
写有不同的词。这场疾病
被解释成弯弯曲调，一个滑音
去掩饰口舌焦渴，纸张上的暴动
却不能认定一切源于矛盾修辞
这是判决书，这是酷刑，这是
它们异口同声的招呼，早就失灵了。

不是现实的幻影，而是幻影的现实

不是现实的幻影，而是幻影的现实
甚至这不是谁模仿谁的问题
涉及不到颂扬或者臆想，就像
我使这个秋天关联到春天，还有它们的
面具，口红与口罩，手枪与手铐
这一整套知识，不是在讨论中生成
并非出于虚假的两难境地，不是诡辩
或骂娘，而是最简洁的儿童画
外部世界，内部世界，重叠起来。

但可称为"奇迹"的部分，恰恰是
界限，或假象，我们歪头犹豫的瞬间
这最轻盈的叶片，正消隐于幻影
与现实间。恰如它的春与秋，成人
与孩童，一个总成为另一个的凸透镜
或者石碑。我为此仇视它，遗忘它
以咄咄逼人之态栽下新树木，把最鲜艳的
花朵摆放于词语之间，并看它们如何
枯萎——沉默乃因异化，解释则是伤害。

这过程异常冷漠，我称之为天空
把缓慢和巨大连缀起来。即使风雨交加
也不会使它倒退一秒，狂雪漫天
也不会遮蔽半方戏谑感。真是技术性的
精确：一只精美花瓶儿，或者原罪
这让我想到我们的灵魂与一条排水沟或
一条彩虹的关系，或我们与我们的

超现实的关系：这天空有如现象学
我们充满才智，以炫目的形式腐烂和绽放。

1990 年 9 月 5 日至 24 日初稿

2021 年 9 月 9 日至 10 日修订

悬挂起来的风景 ①

1

也许已经迟了一步

或者 也许它们还未出现

总之 就像一只抛锚在遥远之地的航船

小心翼翼 停顿在那儿

四周是挥之不去的泛白的泡沫

---

① 我在《欢宴》一书（上海人民出版社，2007）中的"后记"中曾谈到诗歌的篇幅问题，其中涉及了本诗的结构设计，这里将相关内容引如下，以帮助对此诗的理解——"虽然写了不少长诗，但我从来不去刻意追求诗的长度。一般情况下，一首诗的对象以及我与它的距离便会决定一切（在某种特殊的情况下，诗歌本身的要求会超出我的预想，而不得已将其写成长诗）。我对动辄下笔千言、为长而长的写法不以为然，相反，我在诗的结构和整体平衡性上总是要花费相当的气力。这里以看上去毫无结构可言的《悬挂起来的风景》为例说明之。这首诗写写停停，用了一年才完成，是对20世纪90年代初心境转变过程的完整追写。它原由10幕大的场景组成，后在前些年改写时去掉了大段落的划分，而代之以一种最为简单轻巧、机械重复的形式，以此来衬讽现实与存在的荒诞、呆板、毫无理性和令人窒息，表现一种让人无奈到只有悬挂起来的效果，以及藏之背后的虚弱又顽强的隐忍力量；二稿减弱了过于强烈的暴力抒情色彩，加进了90年代部分生活场景及对'口语写作'的态度等内容。诗中的主人公可以一分为三，即'我'（可能是虚像的和分裂的）、'我'的灵魂（不一定真实）和灵魂出窍后的身体（不一定不真实，但第三人称则同时表明为精神分裂主体的记述）。其基本结构如下：（一）第1—26节，初写现实的无奈及反思。又可细分为几个小部分：1—7，小序幕及苟安的时光；8—14，我的自省；15—18，'灵魂出窍'的人所看到的现实；19—24，我的思考与评判；25—26，灵魂的无奈呐喊与我的共鸣反诘。26节同时为过渡段。（二）第27—35节，写自杀行为的因由、结果，重投现实后的警觉之心，并暗写浪漫美学的虚无。（三）第36—50节，以身体革命、语言革命来映射社会革命，在诗学和社会学范畴内同时进行思考，对无关痛痒却盲目自大的口语写作的嘲讽。（四）第51—58节，灵魂的失重与价值天秤的倾斜，理性之光的破灭。（五）第59—64节，追写历史的片断，青春的脆弱与世俗的强势。第64节为过渡段。（六）第65—83节，新的含混、对峙美学下的生存策略及其自欺性，在诗人的死和诗歌的存活之间寻找平衡点。第83节为过渡段。（七）第84—98节，仍是同时对诗学和社会进行双关性的思考，春天的腐烂，对流亡与留守的评判，最后的房子，狂欢与焦虑。（八）第99—112节，对庞大现实的多重性及个我存在的多重性的感悟。（九）第113—127节，自我弃绝意志和空心社会的强烈反差。（十）第128—134节，结尾部分，对生存荒诞的戏谑，欣赏式的反讽，以'无力'之美对抗或包容存在之黑幕。当然，以上结构仅是为帮助理解而采用的大致的划分（因为现在的稿子已有所删减，所以和最初的10幕并不十分吻合了），但对诗文本而言，其实很多处都有前后和跳跃的互指，所以还是不分的好。在这里我之所以不嫌冗赘地啰嗦这多，只是想借此一例尽可能减少读者对每个完整意义上的诗文本的不必要的误读和漏解。毕竟，在这个'唯物'至上的年代，与心灵最近的诗歌早已成了最容易被漠视、曲解和戕害的事物了。"

和没有边沿的黑色帷幕

剩下的只是周旋 周旋

小心翼翼地躲避死期

而广场上 那些紧裹着银灰色熹微

让人感到逼仄的事物

正做出蝴蝶的姿态气派地翩翔

2

它们正为短暂的春天道别

危险的讯息已流离在空气中

让所有的叶片都认为

那些动听的喧嚣

就是它们自己的声音

而那亮晶晶闪烁在白昼的水果们

也开始为夜晚中的忿恨后悔起来

3

于是 有些阳光

也开始潜藏

并嫉妒起那些相互追逐的遗世者

它们跳跃在枝头 影子般摇曳

像欢快的鸟雀在风中旋舞

无须飞升 也不会在低垂的空气中

感到窒息

4

这些都已习以为常

所以　独居的人应该为此隐忧

感到羞愧　它们竖起翅膀

不再时髦　与梦无关

与道路无关　像这懒洋洋的春天

永无了结　像这躺倒的危机

永无了结　矫情成游戏

一场又一场　你心满意足

和它们毫无两样

5

这来自白昼的黑色气息

不再纯粹如初

我和它是初次见面

我本以为可以与之握手　寒暄

然后一同沐浴黑暗之光

但它陌生得让人无所适从

它是个巨大的漩涡

等发现时　也许就将被其吞噬

6

它弥漫开来　和四周的空气相互

擦拭着　我不知道其间是否

衍生出了什么新的事物

像是雨中的笛音拉得太长

鸟儿还在鸣叫　但衬托不出安静

这世界　一时显得过于纷乱了

7

这真是一个狰狞的瞬间

一下子将我裹紧

我像空气一样动弹不得

体温骤降　呼吸艰辛

其实能否逃得出来

真的无所谓

而这梦魇正露出腼腆笑容

像要把这尽人皆知的喜讯重新发布

8

现在　白天的睡眠越来越少

我忽然觉得

藏匿了一年的那个清晨

像要被它自己挤碎了

是什么改变了呢

阳光依旧温暖　它们从百叶窗上

泻下来　一缕又一缕

喊着整齐划一的号子

似乎并不单调

9

那么　是什么改变了

使得那些影子们一一离去

它们是要撇下我

在此之前　我一直把它们

看成是固体的塑像

并为能感受到它们的体温

而洋洋得意

10

它们聚集在一面旗帜周围

这是完全不同的另外一面旗帜

除了生存与死亡两种底色

还留有从两个国度逃亡的痕迹

11

从那些缝隙里

传来街道上的嘈杂之音

是的　我们不能消失

我们还身处钢筋水泥的城市

我们还要抵御来年的风寒

而那些病菌依旧会按时前来

将我们的身体镂刻成虚无之物

置于时光的前厅　作为风蚀的佐证

12

这真是一种缓慢的生活

我想　也许是体内的某种物质

使它欲罢不能　它们在另一种时间里

暗自疯长　自我蹂躏

全只是想堵上那个裂开的黑洞

13

那些合格公民

有的像火　有的像水

但是有时候　它们必须违背那些天性

扑打火苗　被蒸馏　烘干

甚至　在装饰一新的地面滑倒

这样　它们变得难以辨认

一边历险　一边被遗弃

14

只有在逃遁之旅

而不是归家途中

那轮落日才会被人追念

作为老者　或者婴孩儿

15

马路再次出现

通向记忆的暗室

灵魂出窍的人摇摇晃晃

由酒店走向荒野

他看到风暴就在前方　那么浩瀚

那么混浊　时间也被阻塞住了

只有那间暗室

能装得下所有幽深的叹息

16

而疯狂的影子们随处可见
它们舞动躯干　想方设法把自己
扭摆成风的模样　摘下或者是
戴上面具　以梦的温度抗拒寒冷
或者干脆就没有寒冷
它们满含泪水地狂欢着　大声喊叫
丝毫感觉不到空气的稀薄
那声音响彻整个城市
并使越来越多的影子聚拢而来

17

这是飞扬的尘土
这是退去的盐
T恤　牛仔　高帮运动鞋
以各自的方式狂欢着
拍打　触摸着自己的堤岸

18

在镀红的天空下
他脸色灰暗　孤零零地站着
显得不合群儿　因此
显得比所有的人都更悠闲
他呆呆地看着
这季节那么宽广　没有边际
可以使所有事物枝繁叶茂

把孤独遮蔽起来

19

虽有经年之隔　但我好像

闻到了他的满嘴酒气

他凑过脸来诡秘一笑

要提防阳光

20

我摆弄着这些文字

以同样温暖的嘴亲吻着这些

冰凉　不安的事物

房间里安静无声　但我时常

能触摸到维瓦尔第[①]最幽秘的部分

一个小小的闪电　弯弯曲曲地

连及两个大脑　然后在瞬间

陷入一片漆黑

21

我深信　这些黑暗的光线

会照穿一个时代　不厌其烦地

挑逗我们的神经

就像那些黑夜里的植物

被梦想的光芒抚摩

也许　我们该站出来

---

① 我感兴趣的是维瓦尔第（Antonio Vivaldi）在音乐中传达出的那种具有不朽气质的宿命感。

让这些文字晒成化石
也许 我们该在人群中消失
让化石成为文字

22

但这只是些节制的隐喻
它们并不能将那顽疾彻底治愈
那一言不发的富人
和张着嘴的穷人 以及
衣饰招摇的同龄人
是顾不上让灵魂挂号就诊的

23

为加入这盛大的歌剧场景
人们一一收到通知
从旅途归来 手里拎着蛇
疲惫的梦 乌云 和生锈的月亮
都是些从婴儿到亡灵的礼物
至于那莫名其妙失落了的
他们很难发现 也不会在意
所以这并不是他们发出尖叫的原因

24

我从窗台上偷窥到这一切
那些谋杀犯
装聋作哑的人

享乐主义者

大腹便便的病人

和那些被墨水弄脏心脏的人

都排着队——上场

去赞美纯洁

25

只有那个游荡的灵魂

满嘴酒气 在街上高喊

这需要理由吗 透明或者污浊

需要理由吗

26

狂欢需要理由吗

27

整整一年 那封警告信

经由漫漫黄沙的天气 从北方寄来

而在此之前 我早已无法

支撑自己的身体 那些流动的风

已将它改变 淹没

我一下子就成了荡漾在海中的

泡沫 而且破灭了一次

我远远看见的景象

离去的人一定也见过

那是藏在时间背后的另一个大陆

另一个海　让人觉得亲切
所以我把它看作是行洗礼
就当是出了趟远门

28

那时这些文字还没有赶来
它们像雷声一样在远天萌动
生活被帆布包住　钟表停滞不前
乞丐们　呵　其实他们
在物质上是多么富有
却得了健忘症　冒领了一大堆
遗失在上一世界的宣传品
它们看上去那么花哨

29

我干脆把它视为终点
宁愿与之同眠
却被咨啬地抛到这摇荡不定的黑海洋上

30

这是一场虚无之雨
摸索着大地白皙的胸脯
在高耸的山峰
和辽阔的河床上
撒下了安眠的种籽
树木呵气连连

风筝儿都被打落

蝴蝶们 据说 它们是

美丽的新人类

都藏在各自的蛹里

只有时间缝隙里的这些

婴孩一样的文字

才刚刚睁开眼

互相祝福 互道着早安

31

而我漂得越来越远

雨点在四周发出狞笑

或者 已经不是雨

而是一只只黑鸟

有时 它们身上会折射出

一丝丝光亮 看上去很美

却是被淹死的痕迹

32

还有些剪断了的影子

来自大理石 路口 和日历

来自每一块骨头

那么自信

33

是啊 我必须有所警觉

那微风中让人感到愉快的成分

那花朵的姿态　蕙的风 ①

浴室的香味儿　温柔的嘴

还有一打儿理想

它们常常会使时光变得弯曲

34

多么奇怪

一棵树　和同样一棵树

相距这么远

一条道路　和同一条道路

却没有重叠

一声呐喊和另一声

也不一样

这是我的新发现

35

由此　那表面上看来

毫无二致的生活

令我深表怀疑

我漂得越来越远

还是在乌云和阳光里打转

36

但它们却迫不及待地

---

① 中国 20 世纪 20 年代湖畔诗人汪静之有首代表作《蕙的风》，我在这里既是用典也是反讽，一是对当代中国新浪漫诗派无视生存现实的揶揄，二是对浪漫美学远离现代诗学本质要求、伪饰现实残酷性的质询。

提早起义了　首先是杀死

抒情　以免它继续充当生活的

袒护之母　然后

把戴面具的美打入牢房

将修辞灌醉

使幻想休眠

我曾待若上宾的玄思

也遭到流放

至于沉默　勒令反省

要与呐喊划清界线①

37

这场革命

在我体内发生

令我措手不及

38

只在一个清晨　世界就从一个季节

进入另一个季节　冷气

凝固了花朵的绽放

遍及大地的血管　细胞和神经

连语言也变成了暴君

胡碴儿从他的脸上长出

衬托着得意——

从此以后　你的工作就是

慢性自杀

---

① "划清界线"是苏联和中国特有的政治性术语，尤其在中国"文革"时期曾经被高度普遍化地使用。

39

那曾在暗夜行路的人
死抱着影子不放
就像我把液体的文字
搋入火中
他个子不高 ① 但能看得更远
总有一天 这家伙
会向我伸出两个指头 要烟抽

40

接下来 将是石头一样的沉默
连嘲笑也不会有

41

那是个古朴的灯罩
静静挂在墙上
却没有光
墙是灰泥色的 好像
刚被雨水冲打过
灯罩就挂在墙上
却没有光
也没有任何消息
来自墙的那一面

---

① 这里可以联想到邓小平先生。

42

不论是罪恶　还是

美德　以及站在中间的

仁慈的刽子手

面包　酒　孤独的荷尔蒙

石头和诗

海　供流放的岛屿

隐喻的棋子

想象中的天空

飞的弧线

没有什么是牢靠的

43

没有什么是牢靠的

超现实也一样

梦境和药物也一样

闪电也一样

那曾是语言子宫中

最革命的部分

44

看　黑匣子打开了　它们

全都飞了出来

去舔那团血渍

笑容出现

那么甜美

45

这是另一场风暴
温柔的风暴
在梳妆台前缓缓地打扮着自己
它露露牙齿
镜子就碎了

46

于是　词语们离开道路
走向村舍　在那儿
野猪不分昼夜地出动
把邋遢的礼物赐给大地
停止流动的河
需要一泡尿来拯救
月亮开始耽于性事
做得出　就能说得出
那语言的小小阴沟
几个月大的肚子就可以填平

47

左面是假惺惺的艺术
右面是赤裸裸的生活
这骗局　出于两相情愿
没有半点儿疼痛
这是墙壁的答案

48

我知道　它们是潮水
第二次潮水
这些破坏者注定回不到大海
就会不计后果地
汹涌　制造漩涡　撒欢儿
自以为是地认定身后将
别无它物

49

实在忍不住　只好摇头
窗帘一下拉开　墙消失了
才发现这完全不同的黎明
有那么远

50

这些舞蹈还没流行　就已过时
和我那些烧毁的文字一样
再不会将我纠缠　即便是
涂满羽毛　以山鸡的姿态
冒充大鸟　或者掀动短裙
露出妓女的微笑

51

灵魂们出现在街上

盛气凌人　指手画脚

它们假装吹口哨　做深呼吸

学女人们踮起脚尖走路

它们更喜欢把脸贴在沿街的

玻璃窗上　偶尔

也拍拍围墙　幸灾乐祸地说

我们不如做捉迷藏的游戏

52

我背过脸儿　乌云轻巧地滑过

多么合拍　最隐秘的片刻

心有灵犀　就像浴室里的

水蒸气

53

脸孔和地板是默契的

天空和窗帘是默契的

影子和那声猫叫是默契的

房子的晃动和心安理得是默契的

皮肤和骨头是默契的

瘸子和地平线是默契的

左脚和右脚是默契的 ①

---

① 按我的意图，"左脚""右脚"在这里除了用来表达个体人格的表面上的平衡性或者反平衡性，也暗示了中国政治舞台上的"左"派和右派之间的表面上的平衡性或者反平衡性。

54

因此　火焰和海水

也可以媾和　从完全不同的两个季节

出发　会合于羞涩的屋檐下

阴云密布时　那只有着坏名声的

蜘蛛　就会爬出墙缝

把虚无的网像天空一样收紧

55

呵呵　阴云密布时

满墙的墨水也会被遮蔽

坑洼之处　是我犹疑闪烁的眼神

这些白色伤口　曾在起伏的海上

将我围困　让我周身化脓

晕眩　呕吐　高烧

现在　它们被固定在这巨大的

液体的墙上　更加优美地绽放

名字也很动听　叫作

理性的泡沫

56

在这混沌的一盘散沙里

哪怕只有一个小时的生存

也要耗尽所有夜晚的嘴巴

57

不管它们是张开　还是闭合

都无法掩饰被沙砾留下的

道道爪痕 那些最微小的时刻

从各地赶来　为春天守灵

让被践踏的心坚如磐石

58

我们起先是拥抱　然后

杀死了它 并将此举看成

本能反应 如果有哪一部分

还在活动 柔软如须

或者发出悦耳之声

那是它不甘的灵魂在说话

59

在飞扬的尘土中

我们可以找到三月的遗嘱 ①

上面有对铁 纸张 嘶喊

和流泪的柏油地面的回忆

对一种缓慢的节奏满怀仇恨

而对灰色的裙子充满暧昧

对呼吸的依恋 对冬眠的鄙视

对于春暖花开 ② 只字未提

---

① 中国当代诗人海子于 1989 年 3 月 26 日在北京附近的铁路上卧轨自杀。

② 海子有一首诗即《面朝大海，春暖花开》，近年来"面朝大海，春暖花开"在中国已成为一句流行语，但往往与诗歌原意毫无关联。

60

而更多的还来不及发生
就在暗地里悄悄运走
一群傻瓜 烂泥巴们
汽车累得骂娘
嘟嘟 起劲地放出尾气

61

这些没有胡子的石头
你们以为可以像满世界的
塑料树叶一样
在风里摇摆 搔首弄姿
在布满血丝的太阳下发出金光吗
看 满世界都是 呵呵

62

到处都是
塑料的 玻璃的
能射出吓人目光的
发出嗡嗡声的 长着伪足的
在空气中交配 繁殖 飞旋着
在暗幕之下变着戏法儿
穿着夜礼服

63

甚至可以说
它像诗

64

那是只静止的苍蝇
被笼子里的雨水打湿了翅膀
在墙壁上高高翘起情欲的屁股

65

一个又一个　这是
连续上场的薄暮时分
在我的视觉下
黑色和白色有时会手拉着手
就像各种各样的人　三五成群
从瓦格纳的大陆上款步而来
不需填表格　不需出示证件
不需打暗号　把部门的表情
挂在脸孔　但大家心照不宣
各自代表各自的心灵
这是另外一种决裂

66

在可以识别的前提下
把手和手长到一起

裙子和短裤长到一起

词语们和地下室的灯光长到一起

把思想和心脏病长到一起

把一个人和他的战争长到一起

把墙上的菌类和水果们长到一起

牙齿和蝴蝶蛹长到一起

星期日和星期一长到一起

把一片片树叶和上帝长到一起

67

海水摇荡 每一天都不例外

将陈词滥调扫地出门 漱漱口

打个喷嚏 将时时飘落的小罪行

以光的形式融化

我很清楚 这座摇晃的大房子

早就患上了幽闭症

白居易和瓦雷里 ①

两种明晰都救不了我

68

由于等不及了

天气真的开始变暖了

小虫子们——醒来

---

① 白居易的诗风平易、淡泊，讲求内在意蕴，瓦雷里（Paul Valery）的诗风凝练、含蓄，注重形式质感。我把二者的诗学观念理解为一种同属阐释事物与世界的行为但却存在于迥异层面的关系。

69

阳春 而那些猩红的冰块儿
拒绝融化 影子们一天天衰老
但不忘在内心总结一生 依然要
在碰面时问寒问暖 把瑟瑟发抖
和高烧不退的时光拽进墙角
更年轻的影子们 用扮鬼脸儿
解决一切纷争 它们坐在
凉冰冰的凳子上 石头剪刀布
包袱剪子锤 恩怨一笔勾销
也许 这是最值得赞美的事物
如果必须要赞美的话

70

我身居其中 但这座房子
却离我越来越远 那束光线
从外面射进来 朦胧得不再刺目
微微作喘的三月越来越远
云朵和故乡越来越远
泥土越来越远

71

必须要寻求交换的方式
变卖词语
把怪物们领回家

72

那飞翔在更大空间的
五光十色的鸟雀们
全都跟着钻进来
各种各样的脑袋
各种各样的嘴
从今以后
只停留在口头上的对话
一去不复返了

73

真让人头疼
是因为意识到我是
自己的敌人
我把自己给
镇压了
还是 正好相反
我镇压了自己
成了自己的敌人

74

这残酷的折磨
不分等级 就像肉欲
那包裹在身体外面的
外套 毛衣 汗衫 内裤
都要统统去掉 省略姿势

但不能省略叫声　试试
让影子们走出黑漆漆的洞穴
思想变成物质　而伤疤
也可以成为装饰

75

于是　报纸上的字消失
鞋子离开脚趾　有轨电车
开至现实以外的某地
木头们闭上双眼
咸水从皮肤上浸出来
诗人死了　铁轨铺向远方
势单力薄的金属词汇
寒光闪闪　蘑菇自胸前长出
这肉体的颤悠悠的房子像
春天深处脱缰的野马
失去了控制

76

因为是敌人的关系
这些流动的物质可以在身体中
再生　反之　它们又将身体重塑
我们接吻　饮酒　尖叫
摸索其中坚贞不渝的部位　等等
就会找到原因　而不是
活着的原因
这样　诗就活了

77

这疾病也会找到原因
因为生活和一个国家也有它的敌人
而时间也会是个敌人
万物的敌人

78

这是一个巨大的埋伏
蜘蛛也会不知所措
一只水果同时也是另一只水果
一条道路同时也属于另一条
房子也是　轮回也是
当黑暗一层层将它们剥开
每寸光阴都会成为深深的海洋

79

反过来　它也是捷径
它教会我们如何
从阳光抵达阳光
以黑暗触摸黑暗

80

那人曾告诉我说
共有三重世界　要一一悬挂起来
但每次都要重新洗牌

你须退回原处 忘却光的缠绕

遁入庙宇 把层次分明的幕布逐个儿拉下

然后 像蜷缩起来的飞蛾一样

在模糊莫辨的光明之下

默数心脏的恐惧

81

有时 联想会赶来

它既是一名救援队员

也是个杀手

82

而最后的问题不是死去的问题

而是活着的问题

当它手上的秒表开始倒计时

那工工整整的墓志铭

和七拼八凑的羞耻感

就会像干枯枝桠里的鸟巢一样

不堪一击

83

这个春天

是用塑料做的

以一种模棱两可的硬度存在

84

在它内部

那缕可疑的阳光

一边轻巧地滑过黑暗

一边捋着长发

看　这是我的影子

长出了白醭儿

正在腐烂

85

那些出逃的形容词　动词

甚至不及物动词

潜伏于某个屋檐下的

小小的时间漩涡里

在浮光掠影的巨大的乌有里

自我繁衍

86

可它们再回来时　就不一样了

好像被剥夺的都被赎回

汉语换成英语　就像长发

换成光头一样方便

它们挺起身子　在这一角落

或那一角落踱步　一定要

是四方步　俨然戏台上的君主

力可拔山　富可敌国

可以自己把自己吃掉

87

我的舌头　选择留守在它的口腔
与密闭的风周旋　发出含混其词的
哼哼声　这是它自己的声音
描述着词语们在喉咙里流亡的味道

88

那是欲望吗　是恐惧吗
可怜巴巴的爱　光明正大的恨
一个玩笑后黑黑的轻松
它们一字排开　站在白如棉花糖的
并不牢靠的墙根儿
等待被强行灌进的那口牛奶的评判

89

但这是我最后的房子了
必须牙关紧咬　才能稳住那些
苍白的立柱　装点鲜花
把可爱的女人娶进来
可能的话　要一群孩子
让屋里全都是舌尖与舌根
这样　两种颜色的游戏就能
持续下去　让更多的词语降生

90

但白天和黑夜都已学会撒谎
它们都说　啊啊　力不从心
啊啊　爱莫能助

91

显然是撒谎　它们是想
让花园曲径通幽　让我不能按时
找到那个变成石头的人
我猜想　它其实就是我的前世来生
一个完整的我　一个比我癫狂十倍
因而更加正常的我

92

它们简直是两个巫师
也许是一个巫师
我搞不清楚它们是单数还是复数
就和搞不清楚我自己一样

93

所以　当时间也被拉了进来
戴上了面具　置身于第三幕或者
第四幕　那些角色就明白
它们上了身体的当
无论衣冠楚楚　还是披头散发

都被像垃圾一样丢在血液里

94

而这正是狂欢的理由
以另一种形式
和世界决裂
这是另一种焦虑　一种
逾越的技巧

95

这是突围的一幕　把自己打碎
成为头破血流的黑陶片
而且　有两种方式可供选择
一种是蘸上词语的灰烬
画一堵不透风水的围墙
一种是按摩淫荡的小腹
在赤裸裸的阳光下尖叫不已

96

两种肤色　两种不同的羞辱
记忆染上白斑　梦魇得了性病
这就是让我们不忍一瞥的时间的表面

97

在昏沉沉的睡眠中

土生土长的诗篇开始漫游

纸屑飞舞　却只有一个谎言

人来人往　梦境大同小异

刀子擦身而过　锣鼓响彻天宇

那群留长发的人闭着眼睛

终于领悟了省略的艺术

你听　幽静的管弦也成了卡拉 OK

OK　OK　一切 OK

98①

99

但如果仔细听　它仍然

是复调的　暗藏着许多古怪门厅

穿梭其中的风仍然是复调的

---

① 我的诗作尤其是长诗，在极少数情况下会出现整章整节不留一字而只有大片空白的"写法"，意至极处，可以无言。这里留出 10 行空白以彰示此意。

一个令人着迷的小小的多声部
大地的睡眠只是个休止符

100

一切必将如旧
用抗生素管不了用
休克疗法 ① 也不行
难道　只能喂奶吗

101

难道就不能试试那个词儿
像一位欧洲诗人一样
把它们搁置起来　不带任何奢望地
思考未来　就好比往书柜里
放进一枚信笺　把时光的鞋子
洗刷干净　晾在阳台上

102

是的　让生活高高在上
收起双眼　风干野心的灯
劝说四肢弯下　让刀子去旅行
咽下唾液　忘掉呼吸
把喇叭的音量旋至最大
在人声鼎沸的会场享受监禁

---

① 美国哈佛大学经济学教授杰佛瑞·萨克斯（Jeffrey Sachs）将医学临床治疗方法应用于经济学领域的一种激进式的反经济危机措施，20 世纪 90 年代苏联放弃社会主义的过程中曾采用过。

这是条新道路

103

因此　不是

灵魂必须从身体里跑出

而是它迟早会发现

有一个更庞大的躯体包围在外

104

我明白了那人的话

并且奇怪地感觉我们是

同住一室的人　有着

同样的窗子　阳台　和大门

甚至　同一个单位

所以有同样的制服

看同样的报纸

同样发言　同样举手

但内心也许是同样的沉默

同样快乐地回家　然后

同样写字　脱衣　上床

如果力求完美　那就进入

同一个梦　沐浴同样的雨水和火焰

但往往是被同样地驱赶出来

为同样的结果扼腕叹息

105

那么　肯定也要经受
同样的腐烂　一想到这
我就为那完美的拯救心满意足

106

那么就让我们交替现身
我走出他的影子之时
他也走出了我的皮肤
我现在知道　为什么他喜欢
用口头语言来描述黑夜

107

一种被剥了皮的生活
更像生活　写作也一样
既不典雅　也不平庸
不管多么令人厌恶　也要
让它发情和做爱　去梦游　去格斗
让它自己说话

108

千万不要让这些旋转的场景
和性感害羞的文字们
全体起立　充当
大街上的劳动者

劳动者光荣　而这些角色

只是患了呓语症的小什物

一旦跑到街上　就会被劳动者

及时发现　扫进垃圾箱

109

为什么要以风暴的本来面目出现

以秒计算的生活　和以绝望担保的

写作　它有本来面目吗

在我看来　这恰恰

是它的优点　一个杂糅的月份

一个孤立无援的春天

一个放逐在自我边缘的影子

110

在这张三维地图面前

向飘在空中的尸体致敬

把时光的铰链想象成水草飘摇

把口信带回家中

111

没有界限　看不到尽头

那么　你能复制它吗

你的尺度何在

实际上　每一个字都在将其改变

这路口的每一阵风　每一群

摇摇晃晃走来的孩子
还有隐匿在他们体内的排排浪头

112

而我们曾为之不安的
最终的缴械　并不重要

113

会是谁呢　会是什么呢
不是因为它的遥不可及
而是那些药片　会打仗的
词语　行色匆匆的小木偶
和有着双重身份的诡异灵感
已在我们腹部发育　长出了嫩芽

114

这是旗鼓相当的对手
一位老谋深算　一位锐气十足
但都要绕开那个巨大的意志
绕开废墟　那里有张牙舞爪的群妖
绕开分界线　绕开黑洞的幕布
绕开永远长不出百岁的乌托邦
绕开命运和它的罪过
绕开那片海

115

这些羽毛收得太紧

我不得不把它们剪掉

这样来充当一个畸人　免遭忌妒

116

在站牌之下充当乞丐

也许　在它活动着的瞳仁里

我俩才是真正的乞丐

面目全非　永无着落

一个吹笙　一个击拍

117

看　那布施者也在嚎叫 [①]

118

骨头终于裂开

烟蒂们搞清了自己的身份

手指头被判了死刑　纸屑在呕吐

海水一排排陷落　风在吼

救护车在罢工

收音机失去信心　吃了砒霜

酒鬼全都跑到街上

太阳出走　小便失禁

① 由于双关手法的缘故，在此可以联想到艾伦·金斯堡（Allen Ginsberg）的《嚎叫》（"Howl"）。

皇冠破了　工作服发了霉

旅馆放了长假　梦活过来

舌头伸长　书页翻动

老伤口又在流血

道路在分娩

诗行断裂

手艺就这样失传了

119

那貌似凸凹不平的镜片儿

最为可信

这不是个迷宫

它的入口处就在春天的尸体旁

120

但那一群一群的人　步履匆匆的

过客　迟早会嫌弃这风景

他们饥肠辘辘　会抱怨

果实生长得太慢　以至

丧失指手画脚的耐心

最终　这房子只会剩下两个

人　作为身体的灵魂

和作为外衣的身体

守着墨水的遗迹　面面相觑

121

是啊
到处都是快餐
到处是排队等候的人
吮吮自己的手指 省时省力
快餐文化 多快好省 ①
其实后面两个字
也可以省掉

122

而时间这个老头儿 总是拖着
缓缓的步子 躲在远处
眯眼微笑 那得意的山羊胡子
一翘一翘 时间就是
一翘一翘 要考验
一翘一翘 你们
一翘 的
一翘 耐心

123

而我所看到的
远比我能想象得到的
更拖沓 诡秘 变化多端
像把三尖两刃刀

---

① "多快好省"的意思是"数量多，速度快，质量好，成本省"，最早出处见于1958年中国"大跃进"时期毛泽东《在扩大的中央工作会议上的讲话》。在这里我用来讽刺没有耐心的消费时代和功利、浅薄的大众文化心理。

它的对象不是我　不是影子
不是这群人
是它自己
它要把自己刺死　在身上
划出一道道口子
遍体鳞伤　然后
失血过多　然后
訇然倒地

124

空心人　空心人
看来　果真如此

125

这几乎是无法穿越的忧伤
还在耍着小聪明　一点一滴地
扩大着它的地盘　让这些巧妙辞令
结上冰　让剪刀锈迹斑斑　变得迟钝

126

在一开始时　它们成正比
那种情景　曾让我气喘吁吁
而到后来　就成了反比
那变化的一瞬有如
魔术师的手　易如反掌
这是我发现的一个小秘密

并知道这是由腐烂的严霜所至

127

现在能做的　就是将它们
——收藏
一切皆成寓言

128

春天　春天
可爱的春天一去不返
而那只钟表仍在摇摆
多少有些厚颜无耻
那些麻雀仍在广场上
悠然踱步　啄食　拉屎
然后飞翔到不高的天上

129

我怀念起风信子的浓香
那麻醉剂　能助使这残篇接骨成功
可现在只有自我摧毁　这就像
一个小小王朝　最后跳跃的篝火
终将在一声叹息里感到倦怠

130

一出小戏剧

星期一要赶路

早出晚归　公共运输工具

星期二整理记忆

大海汹涌　泡沫一一破灭

星期六先要打扫房间

然后　带上水果去看望动物

星期日主要是睡觉

但要抽空想想

这世界上有没有上帝

131

晚安　晚安

流离失所的微风　晚安灰尘们

晚安　纯洁的花

祝你不被夜晚盗走　晚安　势利的街灯

晚安　昏昏欲睡的鼓楼　晚安晚安

这个由苗条长到肥胖的时令　晚安

走在十字路口的少妇　晚安

呵呵　您的巴儿狗也晚安

晚安　垮掉的罗曼蒂克　晚安

孤独的排屋　穿花裙的文字们

晚安房东　晚安我漏墨的笔

晚安　晚安心脏病们

晚安

132

周而复始的小戏剧

一出又一出
不该将它们打上礼包
这实在是愚蠢之举

133

在它巨大的玻璃幕墙上
倒影们有的蜷缩着 有的
自由活动 以它们自己的语言和肢体
它们相互打着招呼 看不到破裂的危险

1990 年 3 月、4 月

残简之一：一个人的灰色生活

是啊，思想比柠檬这个词分量要轻
这就是为什么在我的词语中我不碰水果。

————切·米沃什《在米兰》

1

他觉得这是最可信赖的事儿。儿童与游戏。
最薄的书。最寒凉的天气，叶片和谶语。
这些最需要的和最不需要的什物，互相装点着经久的睡眠。

2

谁知道呢？谁比谁更熟悉一个谎言、这沉甸甸
贵如金属的道德感、严峻的爱情及其结局。
他感到了这时节的快乐，像黏糊糊的幸福
浸润了一言不发的夜晚的皮肤。这么多醉者
游荡在外，觉出了各自的可爱之处。
是的，以灰蒙蒙的口吻，他谈到了幸福
他熟悉此物一如熟悉自己虚弱的身躯。

3

这不协调的对称。
女人厌弃了纯洁，时间淡忘了鲜血。
他脸儿憔悴，目光呆滞，不停计算着
虚构在故事里的乳白色的临界日。

洗啊，洗啊，再洗一遍。用皂角树液。
另一种泥。疯子的想法。天真的词。
用无辜的肉体和祷告的方式表达。

4

狂欢啊。狂欢啊。星期天的影子让自己吃惊。
这模糊的黑光弥漫而来，我再也无法
从缝隙中看见它们，风景或者闪电。

狂欢啊，狂欢啊，消瘦的快感，丰腴的欲望
不能忆起的悲伤，麻木的放纵。
狂欢啊。上升或下降，颤动或静止，我们走在
同一条路上，不需要目的地。不需要讲道理。

5

如何来分辨，尘埃或者烟雾
互相排斥的钟点，事物们的缄默。
斗争。在斗争中衍生美。悲哀的光线
和有害的海水。最不安静的梦。

这次遭遇使他叫出声来，那存在于
期望与想象之外的灰色情节混合着
霉味儿，已经在一种小心翼翼的气息里萌芽。

6

如此安静。
已经终结的和正在发生的，我无法
看清它们的面孔。它们正蹚过
两条不同性别的河，云蒸霞蔚。
我在黑暗里的眺望软弱而无力。
他说这与我们无关，一只家鼠的忧郁
书房里的座椅，摇晃而渐弱的灯光。
童年记忆。纷乱的纸牌。

7

我们因何而恐惧，常常
构思着使我们心灵受到惊吓的景象
并把它们留存于我们的体内？
这无休无止的争吵，不深不浅的讲述，模糊着
一种痛苦和另一种痛苦的界限。

8

这么多黑色种籽。一不小心就会
在没有边限的土壤上撒落，让死亡也变得忧心忡忡。

他说本不该再相信这次邂逅，本不该再有

秘密可言，因为一切早已被觉察。
我们将其改变就是在销毁罪证。

9

片刻的胆怯以及要充当缔造者的一个小小念头。

闪电的微笑永远不再完整。

保持耐心。还有一分钟的工夫
让命运心安理得，让叶片的纹络变得简洁而弯曲。

10

这是万劫不复的腐烂。从土壤到空气。
连我也是他的一部分？痴人说梦。
我们抛弃的已经够多了。但我
已不是小孩，不再惧怕春天的流逝。
我从未有过施舍，从未有过奢望。
因此无所怜爱。无所畏惧。无所忧虑。

11

孤独的人。敏锐而忧伤地活在另一个时代。
另一个身体。但绝不是个悲观主义者。一如沉静并非
没有意义。而且这与康德或维特根斯坦无关。

孤独是一种病，可以让人未老先衰，可以成为
一个帝国值得炫耀的部分，浸染着半睡半醒的钟点。

12

很小的一群，很陌生的一群。
整日沉思默想，安静宛如处子。
不知疲倦。永远不会不知所措。
不会感到震惊、恐惧和受伤害。
但都极其脆弱，那么容易被引诱。

13

所以我向你道歉，向人们道歉。
以惊人的智慧来解释一切。重新创造法则。
重新编造词语。形式和态度。

他说这只是时间问题。肯定要经受一场恋爱。
必有一个结果，荒芜的高峰或繁茂的山谷。
而且肯定会有一样更为重要的东西被我们忽略。

14

一如那天我们谈到远征，在词语的内部
复仇。我们谈到镜子，一个国度的尸体。
路标的不幸。"告诉我，你从中得到了什么？
请点燃火炬，以艺术家的诚心来坦白此事。"

多迷人的分歧。胜过那持之以恒的信念。
真正的分歧是如何面对分歧。让我们花点儿时间
对它进行梳理，边调整边适应，编造出行动的意义 。

15

"你不愉快吗？你已感到不愉快了吗？
我应该早一点把你带到我的床上。带进黑夜。
我们应该躲在哪儿，偷欢或者窥视生活。"

嘈杂的天体之音。丑陋的复仇者。
他从一开始就想说出这番话。以此折磨隐居的人。

16

从一分钟到另一分钟，从早到晚。
从一个名字到另一个名字，从男人到女人。
不同的性状和颜色，不同的存在态度。
都调和在一种腥腥的气味儿里。

并且作为舞台背景，强行加入观众的视野。

17

我以这样的方式活着。
我以这样的方式写作，或者独白。
而它们每时每刻都经受着侮辱与亵渎。

窗儿已打开。那些人干预着我的
每条神经，每一秒钟，每一件私事。

18

自由就这样堕落了。
以恶消除恶。让孤独成为孤独的理由。
这个伟大课题，像钟摆一样
在我和你的距离里均匀摇晃着。
两个世界，哪个更糟糕、更危险？

19

他疯狂地嘶叫着。以绛紫色和暗蓝色的构图。
那更强大的力量潜伏于词语们迫不得已的
自我辩护，一次促膝长谈，和着星子的滑落。
我已感到荣幸，聆听着寂静深处不朽的秘密。
这是必需的。他说这多如影子里所藏。

20

尚未到达极致。经验如此。
触觉的痛。最长久的错误。
"你在吗？"他问。"你在吗？你在吗？"
他一遍遍地问自己。

祈祷刚刚开始。

21

祸水。祸水。
一个场景又一个场景，被我们津津乐道，不厌其烦。

从一场阴谋出发，狭路相逢，殊途同归。
那一夜的风呜呜不止，隐秘地解决着我的难题。

22

"这是无法更改的"，他一再申明。
这是唯一的锻造方式。
写作或者生活。两种经验的
互为反动，像子夜与黎明，一个幻象
与另一个幻象，没有商量的余地。

悲剧和喜剧。心悸如潮或坚如磐石。
让两个季节去谈情说爱，我们没有这个权力。

23

谁比谁更执拗，谁比谁更懂得煽情？
这么多人，谈着美学就像吃着快餐。
这些异质的食物，象征的寒性，古典的
温性，毫不相干地满足了胃。
这就是不道德。
它们的纠缠不清已使我倍受伤害。

24

一样和不一样。像和不像。
一种美妙但却可有可无的关联。
它永远站在文字后面，发出诱人的讪笑。
荒芜的花园，奢侈的风。

没有温度的火焰。伪善的盐。
不知疲倦的阴谋家。时间的僵尸。
一切都是为了构成这错误。

25

焦灼啊！这微小的幸福感
藏在最不安全的静寂里，一动不动。
可我已发誓，以拂晓时分昆虫的虔诚
我发誓，以我手掌上密麻的纹路
以一次亘古的睡眠，短暂的晕眩
我的怀疑将被扼杀在这场透明的雨里。

这阵痛，既在我身上发生
就没有必要由别人来承担。

26

一代人。还是一个人。
这是公共场合的时代。因此
时尚自角落里诞生。顺其自然。
一个平面，永不会破碎，每个影子都
完整无损，每个细节都合乎逻辑。
没有暴力没有压制没有扭曲。只有

一张白纸。让心中的字觉得亲近又疏远。

27

这是个暗道。从不曾有人打此穿行。

他带着礼物，满脸堆笑，他已准备多时。

但他不想了解很多，这只是个小小符号，一个开始。

这只是开始，通向四月多梦的忧伤。

不需要行为，不需要找出借口。

不需要模仿一种蹲立的姿势，已有四个幽灵站于身后。

从不需要谁来开口说话。

28

是的，肯定有人在我们身后，

在这幅风景图片的外面，有人

手执画笔，屏住了呼吸。

是的，这些迅速消失的斑点，可疑的神情

使阴暗处的缄默如此沉重。

29

观赏重要吗？阅读重要吗？声音重要吗？

他从不把这些看成分内之事。

那个秘密依然悬挂在那儿。暗夜依旧。幽梦依然。

这些有形无形的事物到底意义何在？

幸福重要吗？悲哀重要吗？

30

边界已经出现。
草叶与露滴。词语与现实。
这部伟大作品的主人公和它沾湿的命运。

森林尽头。我们的边界不谋而合。
它还没有降生，可我已听到了它的啼哭。

31

如兄长所说，这是最冰冷的知识。
虚无的风暴。缄默时刻。
没有谁前来造访，没有谁
胆敢破茧而出，污辱它的芳名。

无限重复的诱惑，永恒的饥饿。

但他不同意，他坚持认为
我们在耍小聪明，把什么给隐藏了起来。

32

那只大鸟已落到智慧树上。
这虚拟的景致。一切都裸露如梦。
一切都成为装饰，以隐喻作为借口。
它离得那么远，所以可以漠然视之。
智者如星。愚者如尘。大智若愚。

又一颗果子腐烂了。行将坠地。

33

必选其一。两种不同的拼图。
两个方向。两个村庄。两个地平线。
小心翼翼，不可忽略任何因素。
认定你是勇者，蒙上眼睛，徒步而行。

必有一处遗漏。这让人费解害怕，当你
感到某种幸福或苦难，满足或者厌倦。
一旦做出抉择，就已踏上相反的路途。

34

一切归因于命名。归因于人力不及的区分。
是时候了，他的冥思一如夜游的灯火
幽灵般羞涩、多情，忐忑不安
而我早学会了不信任和恼怒，这灰色调的
爱和恨，如火如荼，无声无息。
是时候了，我们早该如此，把孤独
像烟蒂一般掐灭，面对一夜漆黑，投身而入。

这是自娱自乐，一场游戏，没有规则。

35

陷落。他为此击节赞叹。
他称此物为怀旧。

什么都是，没有不是。

36

我在同谁说话？我要遗忘什么？
是谁始终呆立原地，打破了这潮闷的秩序。

聆听**聆听**。表达**表达**。
消解**消解**。遗忘**遗忘**。

这四月病因不明，无药可救。

37

人都不在。
这月份气候宜人，容易让万物媾和。
因此，我们妥协而放弃。

梦中做梦，遗此一物。
向后看看，或许离波涛更近。
像米沃什，或洛威尔。

38

他说出来。他没有说出来。这重要吗？
黑夜与白天，犯了同一个错误。
这个世界需要同情之心，构成荒谬。

饥馑的时间。一切都显得迟疑。

连绝望也需要装饰。

连悲哀也需要比照。

连沉默也需要解释。

风儿吹动我的长发。我心如焚。

1997 年 4 月草稿

2002 年 11 月底修定

断言集：1989

1

从身体里的一个黑洞开始
一片片连续的漆黑　穿梭

2

我和另一个我
互相穿梭
就像镜子和黎明的枝桠　像这
被点燃的春天　和它烧黑的尸骨

3

那最坚硬的金属　现在
空虚成了一张嘴
装饰了肺
装饰了十年匍匐和它的小小尾巴

4

像冰河上的小马
忽然返回刚刚掠过的星辰
在没有嘶鸣的秘径折身而入

5

这是另一条缝隙
以墙的形式 或者没有一丝颤动的
天气 雷声漫长若躺倒的半生

6

我只能倒着退回去
回到蠢蠢欲动的土层
唢呐集结 装束刺目

7

从春天回到春天 拒绝
跳跃和啃噬

8

从词的犹疑出发
从窗棂回到田野的风
从尖叫回到牙关
回到休止符的毅然行进

9

呵 看 这么多裂缝（它们就是春天）
摇摆得像逍遥的火

10

像睡眠 和动弹不得的
舌头 月份
扉页 江山

11

那是一摊血迹 延续成生铁
它的锈抹了一层绿

12

把它们作为起点吧
从那声警哨开始
从木棒和皮带 从我的口哨开始
美以痛的方式 以痒 生死一问

13

这在以前 是两条永不交合的
平行线 你们是胜利者
是王冠和铁的拥有者

14

但更多的人
只剩下肋骨
更多的拂晓只剩下
漏风的比喻

15

我只有花朵和它们的
疼痛　缝隙非常重要

16

就像在此刻想起杜甫非常重要
有如庆典之外
钟点悄悄凝固　草舍盛满了秋风

17

以后便是多余的
生存　像斜长出的一条枝桠
像灰烬之于诗稿
白色之于黑色

18

每天看他们踱步
听他们谈论早餐　身体
或美学

19

但另一个我还在流血
目不转睛地注视着
洞的扩大　绿成散漫风格

20

以道路丈量鞋子
以大雾弥漫检测呼吸

21

可以想象　轮子们飞驰而过
男女交杯　花朵绽放
家谱会填得满满　灯笼会高高在上

22

笑脸是随身携带的零币

23

至于六月的疤痕　只是
一处闲笔　可以划掉

24

所以　将盐粒撒入春天　佐证

十年的无关痛痒
而诗句不再是药引

25

就像鸟儿重归树林　农民们
望着自家地界
花上个把月的闲余时光
就能修好被砸烂的牌坊

26

完全不需要逃亡者

27

我选择了贝里曼　让玻璃杯
互相说谎
如那桃花如期而至

28

完全不需要鞋子　它们停靠在
个人的宫殿

29

鸭子孤独
春江水暖

30

这煎熬有如烽火
有如在后宫　醒着

31

这是把谢幕剪进一团荒草
先快进　再回放
然后终止在一把椅子　匕首
或那条摇摆的问号上

32

是啊　用时太久
去刺杀月亮
嘲笑蒸汽机

33

而大片的雾擦拭了小片的血
词语的墓碑就立于纸背
你不觉得太戏剧化吗　戏成为诗

34

用时太久
去辨认节日
就像去辨认罗盘　一张脸

35

叙事就是事件

36

酒如利刃
面包如坦克
美德乃享用美餐
罪恶如鱼骨

37

每个拂晓都是喊不出话的喉咙

38

每个拂晓都通向两条道路
它们交叉于此
并成为一个国家的暗影
或身份之争

39

大街上的人
你中有我 我中有你
身体的一部分
成为另一部分的敌人

40

犹如词语抗拒另一个词语
意义抗拒意义
碗抗拒另一只碗　一天背叛另一天

41

这成了全部的谈话
关于硬度和食物
有如子弹和它击穿的时节

42

所以　季节也抗拒着另一个季节
反季节　反春天　反诗
一个是残酷的绿
一个是假面的红

43

一个是倒春寒　一个是秋老虎
像醉着醒和醒着醉

44

流亡不在他乡
失眠乃因安乐

45

白纸是现实 而墨水
却是回忆
谁比谁更真切

46

那更尖锐的藏匿在
纸片翻飞之际
满地条幅 是撕下的纪念日

47

于是发现
春天藏在夏末
不是啼哭 而是衰老的
唠叨

48

如今它们排列成行
延续成永不排印的诗集
在我倒置的光阴里
每一天就有一位呐喊者站起

49

我称之为山脉

和大海

还有脱线高飞的风筝　去摆脱它的尾巴

50

这是卸下铠甲的方式

也是断翅和天空的方式

风暴的方式

51

而我把它掖进了最俏皮的

小动作里　就像

以疾病打比方

以空格作战

52

另一场哗变　温柔地走进良夜

53

它夺走的

不仅有失眠和石头

长发和嘶喊

还有那个黎明慢慢倒下的姿势

54

大地成了软体

55

长了伪足的世界
可以随处改道

56

次日凌晨可以方便地
批发甲虫
六条腿 预备了流亡与幸存

57

还能听见孩童们咯咯笑着
凝固在雕版宣传画里

58

十年的疼痛只不过
是这一声 是那一声
是这一声

59

它们一一长大

像不断退去的熹微时刻
像沉默重获方法
思想学会转身

60

真假难辨
那就让我们　和我们
互相映照　把剧情延续下去

61

水银之外即是悬崖

62

日白夜黑　一切正常
只有子弹柔软

63

那伤口终于回到四月
没有红肿与苍白
软绵绵如近代史　如左胸发闷
戏剧性超过了诗性

64

钟声如箭簇

波涛汹涌处是我们的家

1999 年 6 月 1—4 日

花边集（组诗 20 首）

一场旅行

毫无办法。忧伤穿过花丛。我把它看作是一场
旅行，一场幽梦，在黯淡的时光中闪烁着。
现在只剩下这悲伤，像弯月，从一个窗格移向
另一个窗格。我知道最终都要消逝，像过去的十年
犬牙交错，雾一样散开，慢慢变得模糊了。

胡同

小胡同。这些想法一下子钻了进去。叶片
敏捷地飞着，但其他事物有的在上升，有的
在下降，丝毫没被感染。它们看起来真像是
熟人，抛着同样的眼神儿，意义难以确定。
只有片刻喧哗，没有足音，也没有消失什么。
我被挤到一旁，靠着墙根儿，不敢声张。

颤抖

它那么庞大，像是万物，或是一封信

它居于天空与白纸间，而这就是问题
它让观察成为问题，"不由自主"成为问题
微笑也成为问题。颤抖成为问题。大家
不堪忍受，互相练习榨干，互相阅读、恋爱
并尝试长出羽毛。然后说纸里有火，天上有
花裙旋舞，而中间是战车隆隆，大雾弥漫。

最近的对峙

我一个废墟一个废墟地宽恕，它们生长时
我也在生长。它们后来在我的身体里生长
在思想里，包围我的骨头，想成为我的穿戴
成为锦衣。成为最近的对峙，穿插战，巷战
我必须在最低处匍匐，如瓦砾中的蛇，骨头里的
血。或者成为那轮残月的反向抒情，它正
挂于倾斜的早晨，像是囤积了所有春天的锈刃。

途中小憩

这是有些悲壮的一幕，并不成功的睡眠，与触手可及的现实
浑然一体。像被渐渐拉长的镜头，左摇右摆，像一个人的内心，
居然盛满了鸟的温暖。那些身影多么熟悉，飞升啊飞升，火一般
不可触摸，冰一样融化在空虚延宕的时光里。但我们的形象
若有若无，不会再归还，也没有人再去追问。这是一大包行李，
通过了安检。这是似曾相识的一个片断，危机四伏，我们还能忽略什么？
而抛弃的小树林已经够多了，它们藏在黑暗中，何须再铭记？

逃遁

风声如此尖锐刺耳，穿透了整个黄昏。
在每个大理石阶上，惊魂未定的梧桐树叶
疲倦如老女人，和衣而卧，等待虚无的时光将它们
一一覆盖。而雪还在更遥远处，与时节对峙着。那么多
"一生"陈列在那儿，更为静谧的事物躲藏其后。我奔向
一个个街区，捂着脸，躲避着它们一刻不停的引诱。

午后的思考

长途跋涉。不想再动身，转向更遥远的事情。
这里已空空荡荡，往日景象已悄然褪色。这午后的
思考也必然不复存在，只剩下虫子们的议论。我确信
瘟疫已经爆发，更多的时光于此相遇，重叠在一起。
而今，就连太阳也会觉得晕眩，常常想起回廊后面的
阴影，它们还在慢慢扩大，从过去一滴滴渗透到了现在。
那些器物也没了光泽，小心翼翼地堆在那儿，似乎
有些缺氧。"呵呵，大家各有一份儿……"我自言
自语着，感觉身体出了差错，像要被镂空了。

十二月二十九日

零下五度。报上说，西湖也结冰了。我想这不过如同
一位少女患上了感冒。而我的房间，飞蛾的遗体
已在窗帘上挂了多日，一个不大不小的事件，让我觉得
苟活者的命运也许更为糟糕。而冬日时钟的脚步愈显
犹豫，似乎开始厌倦下一天的到来。这简直是个无可挽救的

时刻。零下五度。我的鼻炎时好时坏。那些昔日的游戏、
可爱的幽灵、理想国度以及近在咫尺的现实，如今
都裹上了一层薄薄的哈气，好像马上就会融化。

遗弃的瞬间

不可能再完整，海仍在荡漾，符号们一次又一次
被淹没，又露出头来。我们自诩聪明，把它们看作是
无名者，看作是过去曾被遗弃的某个瞬间。老话题
仍在一遍遍地重复。紫蝴蝶飞自花园，死于海面。
我们真的能得到其中一秒钟，或者一个优美的姿态吗？
那么多春天于此陈列，锈迹斑斑，沉溺在海的最深处。
而虫子们仍在爬行，缓缓地活着，这是最为糟糕的事。

低温之下

雪又一次落下。低温之下日子更显短促。
只有汽车的鸣叫搅拌在空中，听起来多么和谐。
有些事物自以为这是个机会，可以躲藏起来，
暂时忘却那些谶语，无边的现实。是的，现在
连最细小的裂缝也没有了，顺着大街，可以把
去年、前年的爱情张望，废墟也有了轮廓。
而行人那么少，雪光微弱。电线也成了风景。

无比饥饿

众声喧哗。整个秋天都在演讲，但不涉及秋天
舞台和布景也不涉及。不涉及迷路和故乡

主角们头戴红色贝雷帽，在广场歌唱在大理石上跳舞
在后宫沐浴在病床上抽烟打牌。那位最漂亮的女士
正大声宣布喜欢月光，喜欢如水，如长发如香气
如醉如痴。我感到无比饥饿，要想办法撒谎离开。

重逢

既不孤独也不寂寞，我跳舞，把周边看成旷野
我发芽，让春天死去。我奔跑，向自己告别
我向他们讲解花朵和臭味，讲笼中雪豹和
软体动物，讲乌云，稻草人的不幸。讲我们在
爬梯子，星星滑落，而这便是重逢。他们听得入迷
我双脚离地——来，东篱西山们，让火烧得更旺些。

叠加的黄昏

咽喉发痒。我知道黄昏再次降临了。每声咳嗽
都会使它震惊。我们的虚弱都不是秘密
你是叠加的黄昏。我是叠加的诗句，叠加
不同的我：从屈原到东坡，从但丁到庞德
那就让我们一起操练，职业化，互为痼疾沉疴
我心知肚明，你就是我的病因。但我是你的炎症。

隐居者

就算是漫不经心吧，这时日正没入惊异
和疲惫间。以停歇的方式逃离，滑向最窄的
甬道。它曾盛满春天，盛满广场的欢呼

而今绿色全都褪去，树向下长，鸽子们盘旋于
雪落之处，成为隐居者。在六月，皮囊们从墙上
纷纷跑出，呼唤狂雪，它们大同小异，全无恐怖。

奇异的事物

这奇异的光景，我很难描述它微妙的变化，它何以
改变了我们？很难再像石块一样静止，它让人忐忑又
伤感。而且也变得潮湿不堪，霉菌在悄悄地生长。
流亡的春天一去不回。乌鸦鸣叫，果实们拒绝成熟。
而梦境越来越甜美，像是被另一个讲述者
重新说出。真的，改变了那么多！这只是具体的一个
瞬间，诸神一遍遍地活着，有的漫长，有的短暂。

无题

寒风乍起，这些罪恶感微不足道，现在
变得如此乖戾，一个接一个擦身而过，像风一样跑远。
"刚刚开始，"我嘟哝着，"它依旧是黑洞洞的……"
这让人警惕，黯淡下来的影子们被卷到半空，拼命
挣扎着，像受了伤的蝴蝶。我的思考也停下来。
我想竖起衣领，可手指变得迟疑，没有动弹。

鞠躬

这些微笑等同于反季节的绽放，等同于熄灭
或者荒芜。所以咳嗽更为匹配，而不是
朗朗的磁性，用那种声音赞美花朵无异于摧残

所以握手即是告辞，举起酒杯是在暗示坠落
成泥成尘。他们向季节鞠躬，我夺门而出。

边界

小气泡。这就是而今时节，以春为秋，有着
它的边界。不是尖锐长鸣也不是訇然巨响
像长出六只脚，作为爬行的装饰。也像这诗句
正学着以辅音模仿打击乐，学着发出摩擦的呻吟
像影子们散步和旅行，互相打招呼，看看谁比谁
更红润更奄奄一息，并消隐于白色炸裂之前。

结局

已近中午，可天色更加灰暗，无法挽救。整条大街
都显得沮丧，幽灵们像尘埃一样纷纷坠落，有如完成了
一次飞翔。另一些则驻足而立，嘴巴一张一合，发觉
空气变得稀薄多了。呵，肯定有什么地方出了差错。
那熟悉的一幕远未来临，幸福的结局。也许还有机会。

白色上的白色①

我是把时间倒了过来，就像这白色上的白色
然后才有飞行，才有混杂和静止，叶片和冰露
才有一笔画去和言外之意。樱桃和核桃。现实装扮的
现实。那嫩芽如伤口，吐在大雨之后，那审判
如亲戚的探望，要赶在生病之前。而这才有资格

---

① 题目取自葡萄牙当代诗人埃·德·安德拉德的同名长诗。

叫作春天，或者流亡。它们的血无论汩汩淌出，还是
凝固，都会成为活的方式，死也是活的方式。

2002 年 3 月至 2004 年 10 月

东风破（选 30 首）^①

望海潮·梅英疏淡

我如果无视这梅花的疏落，流水的
消融，放弃东风与暖暖天气
厌倦了耐着性子转换不停的年华
是不是就意味着此身不在园中
不在街道和雨中也不在血染的青春里？

是不是意味着我搭错了车，对柳絮与蝴蝶
太过失礼？对这春天太过高傲？
那女孩热情，会像火一样旋转在暗室
那宴会热闹，像燕子们落在孤枝上
那大屏幕五光十色，像上帝烦乱的心

我静守着墨黑的月亮、铁的夜晚
不着一字的白纸一样的深渊
华灯齐上是最好的证据，车马飞驰更如同
生活滑行在玻璃上：多确凿啊

① 《东风破》（上海人民出版社，2018）共包含组诗 300 首，完成于 2000—2005 年，它以与古人心灵
对话和对传统抒情方式加以反构的形式，对现代生存和复杂现实进行了诗意批判，诠释了中国美学精神现
代化这一深刻命题。

乌鸦待在它的巢里，红旗翻卷在天涯

六州歌头·长淮望断

漫漫是重要的修辞，它是命运
野草和尘土也重要，它是空气
秋风、号角、呐喊，是正在沦陷的
小片土地，是崎岖道路和小石子
诗歌是房屋，堵上窗户又凿开
墙壁上的裂缝。而词语是里面微微
喘息的黑，是重复降临的黄昏
是牛羊和山川，是吃惊的火
那箭与剑，是最多余的装饰，敌人
在讥笑你，你的身体和你的头脑
在讥笑你，不可能的写作在讥笑你
于是来创造一种倒装吧，让中原
恢复你的口吻，让壮志生出
你的白发，然后宝贵的一生完结
宝贵的历史大概也会这样完结
天地茫茫而遍地都是京城
烽烟滚滚而所有重叠起来的现实
都和平相处：你的眼，你的嘴
你不太规律的心跳和化为火焰的
骨头，难为情地解散了春宵
就像大地倾泻进一场雨里，完成了
从描述到呈现，从流亡到漂泊的正传

满庭芳·南苑吹花

它长出了翅膀：桃花与柳叶成了
秋天的技巧，所以这一段飞舞完成了秋天

正如黎明升起一连串的疑问
书房经历着火刑，故园享受着狂喜

而这正是差异所在，陶醉之光影是它的
经验，一潭潭黑暗是它的形式

所以，我们隔窗谈论是重要的
河水分流各奔西东是重要的

在锦字与征鸿间寻找静默的成分
寻找亚文本，是重要的

从日常的苦酒中品尝永恒的星星
以月亮和寒风刺激广场上的柴垛

它长出了翅膀：残菊逃离栏杆
人群纵声大笑，秋天同时也是秋天的断裂

现实是现实的断裂，犹如绿酒
可以根治遗忘，纸包住了火

犹如佳期尚在，一天打扮着另一天
这些灰烬不过是它们的胭脂

447

清平乐·采芳人杳

这春天如此庞大
而那一瞬间的绽放则像是赐福：
异乡客游兴正浓

这又像如今我们写诗
不是用来抒发而是用来收拾房间

像漂泊着居住
坐着流亡
像燕子们在天上敬礼、鞠躬

如果有雨，且下在子夜
那就是在催促：那些黑的白的，使劲长吧
看看谁开在了另一个的背面

看看谁能走出骨骼和皮肤
到那果园里，证明三月不是三月

花团锦簇之地，一缕光线溜了出来

鹧鸪天·小令尊前见玉箫

显然这不是尽头。筵席
才刚刚开始，我知道，那春的妖娆
是在考验大地的耐心。

它拉长了黑暗，增厚了墙，

使声母和韵母沾上灰尘，互相猜忌——
腊冬是动人的，三月是枯萎的
而盛夏是否会抵制旧的蝉声？

这也是美德与恶行的耐心，好比那只黑鸟
在凌晨四点钟嘲弄熹微之假面——
从宫殿到白纸，到身体以外思想以外的
荒凉感：一场触手可及的瘟疫。

我称之为新的漫游，无关夜色，
无关杨花谢桥，无关口罩与病菌，只关乎
一秒钟的呼吸，它躲开了擦身而过的温顺世纪。

浣溪沙·簌簌衣巾落枣花

就剩下这点儿关联了：一片喧哗
那黑袍正在两个街区间自由穿梭
他叫卖着他的黄瓜，我喝着我的闷酒

不是后浪漫，不是新古典，不是
跳着脚的对骂，不是长发也不是红袖章

我采用了平等主义的做法，抛弃了
语气助词，即使紧临着窗，即使失眠
即使站在教堂里，即使口干舌燥

村南村北，酒困路长，我一直敲门敲到
今天，敲到高楼遍地，敲到鸡鸣狗欢

醉江月·乾坤能大

是啊，黑暗也如此广阔
还暗藏一门，将在我身后打开
而这小小的池塘装了太多
那些年份挤压着我，要我回到
一场风雨里，回到树上

说白了，就是逼着我
回到词儿的道路上
以小小的叫声稀释那些石头
可我还得赞美，横着桨登着楼
视往事如烟如空中的雪
视时间如一块手帕

视那片黄叶如平凡的脸
秋风是苦笑，河流是裹着亚麻布的一生
于是容颜比丹心更能称得上是
奇迹，就像沙漠之于江山
黑黑的地平线之于一缕青发

而谁会想念我呢
杜鹃丢了它的弯月，马儿
没了主人，咽喉里的血
沉默成了晶体：它们缓慢地
发出低沉之响，每挪动一步都会
产生风暴，将头脑分为两半

减字木兰花·画桥流水

我在努力将它们看成是告别
画桥是一种告别，潺潺流水是告别
升起的月亮是决然的告别，它完全
可以推走黄昏，让绿油油的车辆
代替马，引入不规矩的形式
使春天的沙袋堆积在丁字路口

一个人也是告别，沉默有如大雨
让花瓣蜷起身子，让笔墨害羞
我猜测这条道路也是，它的另一端
可能通向君主堂前，可能垂挂成
充溢香气的人造帘幕，也可能
拐了同样的弯：飞絮遗失了它的枝桠

高阳台·接叶巢莺

它从一个世纪跳到另一个世纪
从一生跳到另一生

现在它停驻在我脚前不远处
抬头看我，像座断桥

那静止的盘旋，含着折断、喘息
和黑血，预演了两个梦境

一朵花是旧日，一朵花是明年
一朵是烟，另一朵是看得见的身体

我当然知道它的飞离
而且知道剩下了我：草是暗的川是斜的

生活是拐着弯的
至于新愁，绝不止于将门紧闭

好吧，我要说声谢谢——
像花把自己驱散，而鸟聚集了所有叫声

我要保持被掷出去
正是紧要关头，我要保持飞的样子

西江月·问讯湖边春色

当我叩问这美景，我不仅是在
怀疑这时序，不仅是厌倦了
绿，和那猛烈催动的
血管里的信仰

但我并不痛恨这些别离与重逢
也不厌弃这静悄悄藏匿的
十年，和那更为混乱的
刮了前半生的东风

它们从脸庞滑下，轻轻贴在
两腮的胡茬上，与咽喉
保持着良好关系

这道路我始终走不惯，也装不出

悠然的样子，像沙鸥扑棱着
在一色海天里找寻着翅膀

御街行·霜风渐紧寒侵被

问题很简单，寒气逼人的理由
就在两种修辞的对峙里——
被窝与大雁，泥土与诗
但不是并列的排比，或递进的夸张

别看它们一声比一声心碎
一浪比一浪高，一个时辰比一个时辰
更嘈杂更绝望更接近黑暗
都不会让人披衣而起

都不会让雁儿停一停，让词语
穿透这个屋顶。这是场
充满童趣的拉锯战，塔儿南
桥儿外，你说奇怪不奇怪

如果出现了红楼的隐喻，肯定不能是
孤零零的，而且要配上梧桐叶子的
熊熊燃烧。所以千万轻轻轻轻轻轻轻地
低声飞过吧，切勿打扰了完美如顶针的鼾声

鹧鸪天·醉拍春衫惜旧香

其实整个春天都是外套
却装不下我疏狂的心

景致在更外部，或者更内部
不断标下不确切的日期、身份和脸

而荒野上的路显得没有缘由
秋草是年年的爱情，夕阳是流亡的孩子

黑云聚集成铁，密封了雨声潇潇
大河拉长身影，守卫着抒情与酒的威仪

于是不用张嘴说话，不用化妆
不用在下雨天打伞，也不用向花园奔跑

偏偏只向白纸表达，这悖谬不着一字
历史哪有离愁，哪有落泪的时候

双双燕·过春社了

谁会知道，它是因为饥饿才飞入
重重帘幕，才会与旧巢发生关系

天花板上全是命运，它需要下定
决心，辨认出最适合清除的叫声

于是构成了叠加的隐喻，我是从
黑色泥土中倒着长进草的味道里

倒着长进滂沱大雨里，长进天空
长进某个姿势：飞的轻盈与沉重

这便是新巢，天涯荒草和远眺的
游戏全锁进柜子，像还原了屋顶

玉楼春·春风只在园西畔

是的，只剩下这一小片天空
那是心脏的最深处，是它
迟疑的一瞬间：反思二十年的绽放

是谁吸引谁？白花和蝴蝶
失去了身份，有时会偷偷从一个
潜入另一个，像阳光照进池塘

而枝头是最尴尬的，那锁链
正把小路与残红隔离开来
正把我的消瘦与错误的春天隔离开来

镜子正如那月亮，学会了骗人
要在明日，另一个年代
重新照照它，看它有没有理解憔悴

南歌子·凤髻金泥带

现在，生活的心思
集中到了一头假发上
既不在木梳上也不在胭脂上

那只凤凰困在窗棂间
点缀在更小的格子里

所以，就有了更奇诡的修辞
黑暗的黑暗，装饰的装饰
就像白白流去的时间
沉思着池塘的意义
你会以为有一对鸟儿在里面戏水

如果在一瞬间返回到镜子
你会觉出屏风上的花儿
并没有摆动，就像体验了心脏骤停

真正陌生的就成了这个隐喻
它回避着自己：我们的脸

庆宫春·双桨莼波

我必须把它们分开
船是船的事实，桨是桨的事实
波浪是波浪的事实
这样，我穿着蓑衣远望
和呼唤亲爱的鸟儿
就可以分置于两个不同年代
大雪与树梢的比例则正是当下写照

春寒是春寒，歌声是歌声
但酒与醒着成了可以交谈的朋友
谈谈十年的渺小
谈谈一顶帐篷的伟大，还有
那些逃遁的影子坐在办公室里
抽烟打牌，失忆并赞美

因此，一定要多问几声
如今安在，如今安在
倚着栏杆的一瞬
和这串世纪的匍匐
有着一样的伤心，不一样的叙述

今天那份高傲在桥上晾成了
一张脸，那皲裂的钟表
长满弹孔的早晨：这就是
我们的编年史，像雨水渗进了石头

汉宫春·春已归来

其实，我看到的是春天的离去
或者它的另一副面孔

风和雨都长了爪子，燕子伤痕累累
与它的后园有十万之遥

而东风还在暗笑：我们
对它的伪装丝毫未察，还贴近了脸

黑脸是温柔乡，白脸是火焰
所有的技巧都是为构成新的连环

就像那花开花落，今天正好
印证了存在与虚无的方式

我的意思是说，印证了以凋零

为绽放的方式，呵，飞离着回家

六么令·绿荫春尽

或许这是它最后的喘息
灯火迷乱恰如这间大房子的静默
恰如柳絮之于春色，文字之于它们的时代

但这个黄昏并非必然，远山不是必然的
演出与梳妆，翠眉与灵魂
包括这懒洋洋的所指，善变的修辞，皆非必然

一寸狂心，这犹如我之没有变化
既如星辰也如在春天屏息
双目紧闭竟等同于一眨不眨

而所有人都在，这出乎我的意料
绿色装饰了所有的隐语
窗帘遮挡着窗帘，宴会巧扮着宴会

这就像现实始终没有完成，而笙歌散尽
显然，关于折磨的价值，关于明月
与暗影，我们的看法完全不同

水龙吟·闹花深处层楼

我偏要从中寻找最无恨意的事物
对，是那鲜血，是春天遮掩的道路

日子缩成黑点，大雨变成了晴空
百花急迫地开着，比赛着贫困

那冷暖现在分配给了两只鸟
一只向另一只献着殷勤

黄莺说，那是固执的节日
那是长鸣，是嬉戏，或者葬仪

子规一脸不屑：这是生锈的月亮
是假发被梳成了一朵云

为了测出什么更远，我把汽车
开进胡同，打开了尾灯

鹧鸪天·壮岁旌旗拥万夫

那壮举在今天不是扩大到了
荒野上，就是扩大到了身体里
而它们是一致的，是孤独
和残酷，不亚于当年战役

其实是另一场战役，与牡丹花
作战，与台阶上的石头作战
与红彤彤的早晨作战
与播音员的音色和假惺惺作战

还有时针的乐观，秒针的虚无感
白色的嘴巴，粉色的脑壳

哑巴的诗和孩子们肩膀上的恶犬
还有春天似的空气，阳光似的冷箭

你的万字平戎策换了种树之书
我的小小抽屉囚禁了所有的旗

生查子·元夕

而今，节日就是花儿想象着
盛开，就是灯光被挤到大街上
就是白昼铺天盖地
把燃烧的危险隐藏起来

节日就是与黄昏告别
就是能摸一摸近处的黑暗
就是看着窗外柳梢晃动——
是什么填充了月亮的位置？

节日就是在高山看海
在绝境挥动衫袖：想念心爱的人
就是把发黏的春天远远抛去
让火苗在书页间闪耀

去年今年，就像是那些翻开的纸：
土壤和沙石，穿行在言不由衷的贺词里

满江红·遥望中原

有时我也觉得距离遥远，那片土地

看也看不到，不是被寒烟挡住，就是
被光芒挡住，被巨大的雕像挡住

白昼变幻着颜色，树木掂量着
生长的方向，从钢筋水泥到彩虹
从高高宫殿到广场，全是花儿似的信仰

好比在超级市场挑选合意的礼物
在一片笙歌里找寻敌人的脸
找寻当年的一场战斗，逃遁的方式

有时那会是自己的脸，风尘改为了
面霜，既无黑暗也无血色
既无灰烬也无沟壑。那饥寒呢？

谁会想到，这恰是今天的战斗
江山如故而历史不想再延续
在另一场熊熊大火中我们呼吸自如

临江仙·梦后楼台高锁

那梦中梦，依然遵循着骨感的形象
犹如这现实中的现实，阁楼里的阁楼
都是酒与醒的关系，像魔术把黑夜
变成白天，让星星和微尘们抱在一起

所以，帘幕也有方向，让失去知觉的河
垂下头，在虚幻的城墙上镶上金边
不是人群，是花瓣站立着，与枝头的

高傲对峙，嘲笑着超市里的坚果

而那双燕子正穿透好几层雨：一个时代
覆盖着一个时代，脸丑化着脸
不是孤独，不是卡夫卡，是那简单的
算法，掺和了食物的俏皮，火的绝望

这时你若提起琵琶与衷肠，就会成为
遗憾的事，在春天的台阶上犯下
低级错误——看这天气，那些稻草人
擎着明月在走，大地主动囚禁了彩霞

八六子·倚危亭

它其实就是这个春天，左摇右晃
危机四伏，芳草也救不了它
黄鹂的欢歌也救不了它
执着地想念一个人也无济于事
在纸上种下比泥土还黑的种籽也不行

猛烈拍打脑袋，拉上窗帘
多挂上几轮皓月，想想贫穷，想想风声
都不起作用。但最离谱的类比是
像落花，像流水，那要把这幅美景
倒置，革命讥笑黄昏，生活诅咒彩虹

相见欢·金陵城上西楼

我不是站在书房

不是站在披着夕光的城楼上
也不是站在清冷的秋天

但原野还在，江河还在
那片混乱还在
该逃的逃，该亡的亡
绝不再依靠寒风与眼泪

绝不再依靠战场、摇旗呐喊
和由喘息构成的生活
不会朝上看也不会朝下看

我是站在泥土里，站在大海上
血管打满了补丁，骨头上扎着绷带
在黑暗的摇晃着的方向感中
向蚂蚁和浪尖致敬

祝英台近·宝钗分

我想，这正是那个意象可以
重叠的原因：你把金属
分了一半给我，让我们的晚春
充满忧伤而有硬度

而无须眺望方向
事实上，我们同构了这条道路
以花瓣来抵制风雨
以鸟鸣来代替哭泣

归期便不再隐藏于
那个比喻：春天在哪里啊
耳朵不好的都在歌唱
眼睛不好的都在欣赏浓绿

我们深埋在这热闹又持久的
时节：历史正打了对折出售

清平乐·留春不住

那就让我再从它的角度，感受一下
时序，匆匆归去的便不是那可怕的喜悦
不是童贞，不再是蠢蠢欲动的青翠
这的确让黄莺费尽口舌，恰如广场上
突然袭来的狂风骤雨，摔碎的欢呼
就像繁花遍地，而君王保持着他的英姿

尤其是春宵，我可不敢触碰它的
珍贵，就像琵琶无法驱逐那些
黎明的哈欠：战车轰鸣，天涯遥远
只有一朵是白色的，是自由的
这是个巧妙的发明，在漫天飞舞的
假面、残肢与沉梦间，自己为自己喝彩

卜算子·水是眼波横

现在，眉头与眼波
即是山水，用不着修辞
亦无必要——辨认那些迷人的能指

而春天的确已经远离
我是说，那包裹严实的希望和绝望
也都走了，连逃亡也称不上

反讽和暗喻像是丢弃在战场上的
生锈的兵器，或戏台下的
空座位——大屠杀无比成功

至于道路与家，孤零零的词
我曾想象它们潜伏在原野
潜伏在火里，在灰烬的余温里

现在我知道，它们要急着
找一块石头，纪念我
就像今天纪念着明天，迫切而狡猾

摸鱼儿·怎知他春归何处

这明媚春光里有一片火海
久别重逢也无奈，借酒浇愁也无奈
我一个个地救，就像一次次
沦落天涯

看看烟柳的尸身，摸摸东风的
火苗儿，我们一起憔悴一起
手挽手去找桃花，然后比比
谁溜得更快更像那拒载的轮子

看看谁更像最后的居民

剪下韭菜一样的焰火，哼出
不怀好意的小调儿
看看我的暴力，让春衫湿透

救了白发再救眉毛，再救那
缓缓跳跃的裤脚儿
这路我们都要走，要握手要告别
要在熊熊燃烧里多看一眼那礼物

长亭怨慢·泛孤艇

到如今，孤身一人和许多人
竟没有区别，我没有失去什么
他们也没有获得什么
那大门紧密，我们眼睛疼并且
腹部饱胀，这就算是延续

现在可以一起赏花，一起看
云头变幻，遗忘等同于记住
聋子等同于天生的理解力
我调整姿势，低山高水
早上还要漂泊，天涯在最近处

但现在是夕阳送我，老乔木
扶我，所以晚宴上的烛灯
也是距离，餐桌也是距离
犹如到处都是红花，我们
同居一室，看谁的误读更廉价

抽屉诗稿(选5首)

之一 谶语与狂欢

从一开始,这道光线就挂在那儿。

死亡。比文字间的缝隙还要狭窄,比白纸还要菲薄。

所以人们往往视而不见。作为生者,他们像石头一样径直奔跑过去,一天一天地纷纷落进去。可永远走不出光线的另一侧。

而鸟鸣就在另一侧,甚至连一声鸟鸣也走不出。那是挽歌。

我忽然想到,上帝会感到悲痛吗?他制造出了这面镜子,哦,双面镜。

一天一天,一路言笑。扭曲的身影犹如纸上舞蹈的文字。时间永远是遥远的,不论它指向前还是后,左还是右。

它像窗外叶片一般招摇。幻象复制着幻象。谎言连缀着谎言。谁能穿透它?

看,连枷锁也是遥远的,连喘息也是遥远的。所以,只剩下了喜剧。

世界乐在其中,一步步,朝向那水银的终点。光明的黑暗。意义。无意义。但在这里却被分开了。

那些躯壳儿匆匆而过,表征身份的服饰、衣帽、高贵的什物、奴婢的骨头、王者的口气……当世界全都落入那道光中,大地会在什么地方?

它们自己否定了自己，并以此构成了莫大的喜悦。

这真是些贵重物品。而我只有将躯壳打碎，才能成为观看者。

灾难。更大的灾难。欢声雷动的灾难。却无法让我与受难者和解。

打开房门，向外走出十步，再退回来。这样来拒绝，以灵魂的名义。而不是充当一个鼓掌的人。

听听，每个角落，每个片断，都在鼓掌，都在唱和。时间，唯一的绳索，被拉成了盟友。

所以必须彻底拒绝，用肉体。呼吸。用每一根竖起的汗毛和抽搐的神经。让所有的事实成为一个事实。

当血淋淋的夜幕降临，它就会把一切命名为黑色，万物似乎由此言归于好。

暖如春宵。一刻千金。

这由经验带来的无知，隐藏在我们光润的皮肤下，但我们却赖以生存。

没有心悸，不需要沉重话题。没有邪恶，不需要连连惊叫。

而春天里的末日就像染上了性病。脸蛋儿白里透红，香味儿四外弥漫，舌头幽居独处，牙齿密不透风。

因此所有的拒绝也只能是一种拒绝。水银之外，文字的呼吸，几乎成为一种怜悯。

而当咖啡里加入了菊苣，界线终于消失。

有名无实的生存，恰如一只圆圆挺腹的水果。没有核儿。也没有刀子。只能靠粗暴的想象来维持其枝头的摇曳。

一样的阳光和雨露，一样的疾病和不安。新道德。这成了秘而不宣的法则。一个时代的奇迹。

瞧，我们的世界都是机动的，马达隆隆，什么也不缺。

界线处处消失。

被粉碎的可以改头换面。被珍藏的可以丧失殆尽。独立可以妥协。利刃可以磨钝。姿态可以扭曲。少年可以老朽。

可言说的和不可言说的。可理喻的和不可理喻的。可证伪的和不可证伪的。可憧憬的和无可留恋的。

流亡的和定居的。裸露的和掩盖的。疯狂的和正常的。腐烂的和勃发的。

浪漫与伪饰。假意与真情。生者和死者。石头和灵魂。

思想。另一个思想。形式。另一种形式。

于是"大众"再次出现。涛声。更多的大众。像鱼群一样沉浸在光明深处的丑陋里。

连夜里的呻吟也毫无二致。生活，呵呵，既等同于欲望，也等同于思想。

四月的馨香漫延成了白色的海，淹没了春天的尸骨。

孩子们。稿纸。雪中道路。银铃的笑声。在心中生长的少女的树。甚至谜。存在之物和不存在之物。也溺死了。

接下来是午睡的谎言。所以月儿高挂。仿像。

但仿像抛弃仿像。恰如一座城市的地图，挂在大小街口的地摊儿上，没有摹本。这才是真正的作品。

只需一个眼神儿，就瞥见每日来临的风暴。

这颓废的白纸，堕落的词，发麻的手脚，体内的小小王朝，绝不再是我一个人的危机。

呵呵，彼此都是一天，彼此都是观众和演员，彼此都是现实。超现实。

用谎言来谴责也能让它哭出声来！

果实开始无限膨胀，模糊了所有时节的轮廓。毁灭。在仪式的宫殿中。毁灭即宫殿。

黑白交配的时刻，鱼的影子们也燃烧起来，炫耀着各自的姿势。

陷落。大地之所。这是词语唯一的方式。在冷酷游戏中享受面具下的幸福。

花朵终于绽开，那是词语和它的服饰。它的家族。它真正的魅力在于挑逗了阳光，也撩拨了黑夜。

之后枯萎，弃绝整个花园，和充满淫意的春天。而时钟必须是静止的。

海必须是静止的才能迎接一个婴儿的诞生。

那道光线依然隐秘，露出一丝得意。一个寂灭的终点，映照着躯壳儿们弯曲的倒影。

他们幸福奔跑的姿势就像花瓣儿的颤抖。另一种死亡。

那是只双面镜，两种时间。崩溃的和悄然发育的。两种生者。死亡之下的，和死亡之上的。

而狂欢持续进行着，场面盛大，大家真的都在笑。

酷似初夜的节庆，以无目的为目的。

只有词语被击溃在墙角，保持诙谐口吻，互相插科打诨，既不是启发，也不是拯救。

只有它们，眼睛沾湿，看见了一切。

之二　伪装之域

黑暗。小巧的容器。却能容下所有的人，所有麦粒儿般的名字和它们的叫喊。

所有的风，坚硬岩石，摇摆的姿势。时间缓缓倒下的样子。

那些经历过冬天的树桠，已学会装点死亡，怀念或者遗忘。把美诞生在恐惧里。

所有的液体也在其中，酒，幽秘的梦，没有归属的鲜血。所有的大海。渗入日渐萎缩的边界（那只是个小小的括弧），僵硬的地缝儿。

只有灰烬在发笑。从未安息的兄弟们，你们可曾忆起你们来自四面八方的风？

来自燃烧的阳光和跳跃的波涛。巨大的手。花蕾。肉色的水果。

而今你们加入了阴影的队列，阴影重叠着阴影，像凝固的旗帜。笑容也凝固了，带着被俘者的幻灭。

而我像个隐居的人，安顿于危险和救赎之间。在这细细管道的两端往返不停。从耳朵到嘴巴，从眼睛到内心。

从高耸的纪念碑到被掘出的骨骸。

两种颜色，都在昏沉沉地睡眠，它们认为这是值得信赖的补偿方式。

所以，美仍在繁衍它的后代。恐惧感被互相复制，如此琐碎，夹杂着雨水和火焰，思考和斗争。

敌人，不光制造了锁链，而且走入了我们体内。敌人以我们的面目出现。

新技巧。包围和填充我们。隔绝和分解我们。最后，我们就成了敌人。

但它看起来就像是在挣扎，恰如时间是在一滴一滴地淌血，反射着没落帝国倏忽而逝的微光。

看，主人公们怀揣纸笔纷纷造反。改编。原创。不分昼夜。现实被压扁。超现实被拉长。

牙齿不再愤怒。金属穿上了睡袍。时钟们被告知：保持沉默。忍受。忍受。不光对死亡，也对沉默自身。

我发现，"我们"是有限的。连"我"也是有限的。

这是严酷时节的礼物。花朵不再居高临下，欣然与橱窗里的烟味儿契合，啜饮黑夜。

人声鼎沸，但街道消失了。涛声依旧，但大海倍加荒凉。

实际上，花蕾刚过子夜就开始嫉妒起黎明。昏睡的人对所有的呵欠表示愤怒。而这是我们尚未发黄的扉页。

软绵绵的近代史。

羞辱。不存在智者与愚者间的较量，只存在如何抵挡（转化）羞辱。小小的唇。咸腥的发泄口。

从夜至晨，书页被倒着翻了过去，回到一把冰凉的青铜刀子。

退化。我们称之为生活。当大海退去，还有什么是无边的呢？

呵呵，只是一间卧室，装饰一新（遥远的风暴挂在墙上），盛满了遍体鳞伤的裸睡者。

这是用来布置清晨的物品。石头。生锈的铁器。未干的衣服。发霉的长出绿苔的词语，和心脏。

最新的诗歌。浸着毒汁的报纸。扔进垃圾袋的避孕套。

用它们充当四时的祭物，避开厄运。

讨好视力低下的酋长，向他禀告寒冷已远，疾病痊愈。玩具已被抛弃。嘴巴全都张开。

那只泣血的飞鸟仍囚在它的笼里。长触须的虫子们在匍匐前行。

容器里充满了甜味儿。漂流的词语会一一返还。

只剩下一堆语言的尸体。赞美。一切都是贡物。这竟然成了辨认我们自身的依据。

全知。先知。一无所知。

我们是可恶的，还是可怜的？是合法的还是不合法的？是受害者还是迫害者？

那在风中写作的人，只是为了把自己从身体里推开。

一片叶子。谄媚的舞女。像鸡肋一样的修辞。不是被自己推开，就是被自己占有。

一千个梦只有一个结局。一千个结局都在一个梦里。

花瓣碾入泥土，大雨倾盆而下，你还想还击吗？

于是，时间的伤口被舔得发痒，万物萌生。像呼吸一样可信。

退化也有它的秩序，宛若病毒，长着美丽的枝条。可以统治一个春天。

一场崩溃。批判的孑然挺立。反批判的落叶归根。

真正可怕的是（这可以看作是美的极致），它决定了所有骨头的命运，灵枢的方向。

一天，一年，一个时代。不会有奇异的话题。

有选择的必要吗？苏醒。逃避。向上。向下。小秘密。

其实，连这一时刻也是被指定的。

伪装之域。"一"的世界。

只有。一块土地，一座石碑，一张笑脸。一条道路，一家旅店，一套制服。一份报纸，一台电视，一个声音。一种天气，一个旋涡，一个时令。

只有。一部小说，一场戏剧，一个作者。一份宣言，一扇天窗，一束光芒。一个高度，一类思想，一款罪名。一种诞生。一种死亡。一张白纸。

但有一种伪装是不同的，以伪装对付伪装，带着诡秘的笑容和空寂的心。

狂喜。以沉默的方式。或者相反。在黑暗中寻找黑暗，聆听钟表内心的私语。

我始终相信，在暴露之前，它在悄悄记录着什么？

饥饿感。连它也是虚无的。

苍白蒙蔽苍白，边界消失。它只是个小小的括弧，却要来终止一切。

喘息。一只空空的碗。只有一小部分人可以生还。

之三　缓慢的时针

它变得越来越薄了，一个日渐瘦削的季节。小心翼翼的绽放和仪态安然的萎落。谋杀。

它正悄悄把暗红的印痕拖长，那些迷人的信仰，风干的血，和正在变得性感的阳光。

它把镜子收起时，也把每一件事物密封起来。石棺。弯弯的一秒钟。轻巧的一个 pose。

一滴滴地蒸发，一寸寸地腐烂，别无他虑。

而影子纠缠着影子，披着光彩照人、霓裙罗裳的诸世纪。

是的，冗长的日落。正常智力。

墨绿色的文明，隐伏着野蛮的长矛、苗条的旌旗和相互调情的篝火。

尖锐的风划过两个身体，一个巨大，一个渺小。两个宇宙。海水和岛屿，遮蔽着漫无边际的冥想和孤苦伶仃的日子。

却都潜藏着呼号（有人喜欢说是呐喊，他们太容易相信并依赖嘴巴），高亢如日，微弱如星，沉寂如尘。

哪一个是我们的模样？可以让那把乐器弹奏出这阳春的本来面目，可以区分花朵的神气和我们从中领略到的哀伤？

哪一个正将绝望拖长，再拖长，等候着我们的辨认？

而熄灭的分明是四个世界：一个是感受的，一个是描述的，一个是本在的，一个是猜想的。

这可以看成是一场乱伦。洞穴与灯盏的博弈。

哦，还有一个伟大的书写者，圆睁双眼，目不转睛，直到它们全都被封入容器。

冷漠的陶土，热情的梦想，单纯的水晶，神秘的铜。

透明的幸福。不透明的痛苦。

当这些钟点全都深陷入时间的污泥里，他的笔端正好吐出月亮，鸟儿正穿越黑色。

但事实上恰恰有一个世界溜了。物质。反物质。永远的错误。而眼神就是那层迷雾。

只有带腥味儿的身影在相互拍打，以石块和浪花作为应答。

它像个老者，佝偻着身子，似乎还患了肺炎。昼与夜，潮闷如一声冷笑，咳嗽。折皱的纸。

我猜想，是我们的任性使它放缓了脚步。

大地之上（我可以说"尽头"吗），白色的思想波涛一样堆起，雾霭一样喜形于色。

而那里已没有了暗语。诗歌的把戏。和那流动着的被称为知识的岩浆。

花朵也熄灭了，昆虫们收起了触角和蜇针，没有什么会溶化眼睛，也没有什么能刺疼皮肤。

只是延续，从延续到延续，那些"主义"滚动得像砂粒一样好看。

真的，鬼鬼祟祟是个漂亮的词儿，既可以描摹心理，也可以计算脚步。

这使我想到海德格尔，呵呵，三种烦。但只能活着，不得不活，全都是活。

你可以说这是剩下的王国。遗迹。就像我们遭受掠夺的身体。

就像熵。缩小到黄昏七八点钟。小小的胃。消化了荆棘的混乱和刺猬的雄心。

集体无尖锐。

所以蝙蝠出动，让小新闻们在空中爆炸，超声波的世界里，不需要哨音和交谈。连渐渐褪色的拍翅、翻滚和重叠也是多余的。

暗灰色的斑点，娱乐天地。飞翔。

其实，只要它停在那儿就行了，只要它是冻着的就行了。对，那小小的海，那时针指向的——寒冷。

只要屏住呼吸就行了。假象的艺术。以现实的形式。

奴仆们偷偷藏起石头，堆砌在通往星期天的路口。它们坚硬得多像我抛弃的诗句。

而心如磐石——这似乎还远远不够，那就再加上——火如枯血风如铅。每一个想法都成为我冻伤的脚趾。

少了点儿疼，多了些痒。这是合情合理的赔偿方案。

谋杀。不动声色。以丧失的方式赢得自身，真高明。

那就消耗吧，并使生活合法化，一遍遍地消耗，一遍遍地生活。

让这群孩子像虫卵一样蜷缩在静止的一秒钟里（过于寂静的时间还是否属于时间），并且，害怕一个想法远甚于一个事实。

真正的监狱。关于毒汁的一则小广告。不光是季节生病了。

我隐约觉得，帷幕刚刚被拉开，而不是落下。

当白天背叛白天，黑夜侵犯黑夜，那动弹不得的究竟是什么？牙齿，舌头，还是整个时代？

一出好戏。关于一丝光线，关于那声不和谐的鸟鸣，关于沉没。

白日梦，闪电的国度，颓废的手指，生活笔记，装聋作哑的智慧，还有死亡的日期，都只能作为装点。

真正的核心只是一个谜：人。

醉醺醺的房子。窗前有窗，门后有门。这只是一场风暴的内部。一个蕊和它害羞的梦。小岛屿。

可它会来吗？它在吗？它正和“时间”这个词儿挤眉弄眼。噢，戈多！戈多！

花香弥漫。蛹在嗥叫。两幕风格迥异的独白，居然能同时上演，美的分娩。

词语在筑巢，黄蜂在挑衅春天，新绿在焚烧，煤在撒谎，高高竖起的头骨在寻求敬意，而花岗岩已经溶化。

被串起的宝石。这些是还没被分光的财产，可以寄存在地平线上的那抹黯黑里。

兀鹰守卫着夜。笔依偎着白纸。缓慢搏动，微弱到像茕茕孑立的纪念碑。

关于它们睡眠或者醒来的传说，我只能略述如上。新世界。

而且据称全都装了进去，自然的和历史的，貌似从眼睛到心灵的距离。

之四　暗如星子的人

人啊，暗如星子的人，沉睡在黑白交汇的微光里。两个世界的嗤笑，恰如催眠的新式牧歌，排泄着花朵的污秽。

那么情意绵绵又危险的交锋，划出了涟漪般的伤口，曲折诱人。淌血的闪电向远处不断推开，成为硕大空洞的眼。

一个刚刚发芽的暧昧景致。

这就是界限，大大小小的城池，圈定了那么多五光十色的轮回。

在地垄上，斐德若又在问："你从未出过城门吗？"我不知如何作答。干脆，把它理解成身体的问题。不是伤疤而是柔软光滑的问题。

正如这些文字和它们的阴影，谁是谁的符号？谁在驱赶谁？皮肤隐瞒了一切。

但那陈列其中的似是而非的微笑，像闪耀的残缺的月亮——盛着我们的归宿。

乱草丛生。经验的人，聪明如蝙蝠的人，吐着白色呼喊的人。

吟诗的人，口袋里装着自己的轻佻身影和孩子般被宠坏的黎明的人，在腥腥的三月闭目打鼾的人。

骄傲如一道弯弯的睫毛。时间的新装扮。

而饥饿的幽灵们纷纷出动，拖着压扁的名声、遗言、床垫儿。小坟茔。

他们都在说，那节奏、那震颤就是他自己的呼吸，那大地的波动，就是他们在和自己舌战。

这是第一个条件，可以凭此摸寻到那些瘦削、扭曲的脸。

这是铜镜。反向的黑暗。照得见那石头的怀念、花蕊的哭泣、大树内心的摇摆，还有掩埋时间尸骨的傲慢。

照得见被剥开的春天里，那些黄铜飞翔的姿势。

弹痕累累。

十年就此倒下，蜷缩成一天，一个黎明，一次逃亡。二十年就此沉睡，蜕化为粮食，村庄和空空宫殿。

而野兽成群，出没于模糊不明的路灯下，进行着羊皮的交易。

既说"不"，又说"是"。

连最细小的想法也被瓜分了。完全的对称。一丝不安紧跟着一份得意，一阵隐痛紧跟着一片欢呼。这是第一个宗教。

但我不是悲观论者，也不是怀疑论者。就像一只圆圆鼓腹的水果，或者它静谧的核儿。

沉睡也好，做梦也好，还有那些花枝招展的形式，屈指计算的运气，甜和苦，热情和冷酷，有什么不妥吗？

至少看起来，它们都还像是可供欣赏的对象。坠落可以流转起舞，腐朽可以挂着笑脸。

有什么不妥吗？它们早已不是那个春天的副本，它们是自己的副本。

于是，在某个寒冷时刻，这些被移植的躯干不得不以想象为食，靠着词语取暖。拥抱。亲吻。身体的扭动。意志的喘息。

爱在打圈圈。

搭配上文化衫的汗渍，符号里的脸，星星睡意惺忪的眼神，原野上孤狼的声声嚎叫。

呵，那荒芜之夜，我们竟不能将之扩展到一个年代，一个洞穴，或但丁在黑森森前的一次眩晕，蒙田在冰冻的葡萄架下的一次战栗？

这算不算患上了失语症？

于是活着或死去的问题不再严肃。这似乎不是件多好的事儿，可也坏不到哪儿去。

你看，那么多人活动着四肢，粗壮的，纤弱的，就以为触摸到了时间。

（实际上，那只是一张打着粉底的脸，和永恒无关）

而同时，那么多时间的肢体被我们冷冻了。当血液不再流动，还会有思想吗？

其实，应当这样问，当思想成为一堆固态物，活着抑或死去还有意义吗？

手和脚，嘴巴，身体。姓和名，口吻，家世。爱和情，背叛，遗忘。你和我，日子，生活。不幸之大幸，毫发无伤。

而那个最初的用来辨认自己的念头，显然可以归于命运之误会，我们甚至可以讨巧地说一声——那是场灾难！

就当我们被切开了。支离破碎。血迹斑斑。

一半瞒哄着另一半。而且绝不会一劳永逸，对，一半的一半，一半的一半的一半。

而它们曾经盛满诗歌，盛满空无一人的大街，或作为一枚奇异的水果拼贴在街口的招牌上。

现在它们各自互不相认，互相嘲笑，激愤地用自己的名字称呼对方。直到心甘情愿地用对方的名字称呼自己。

呵呵，切开的人，须用尘土变回他自身。

魔术。一次冒险，许多次冒险，集体的冒险。变幻莫测。

大地用黎明和黑暗来冒险，我们用肉体和灵魂来冒险。一切都是合情合理的，共同完成那镶着金边儿的荒诞，而用不着半句辩护。

那穿透和扭曲的神力，并非来自天宇，而是隐藏起来的"另一半"。

我们都有罪，连那些空空的摇椅也是有罪的，连门把手也是有罪的。

新道德。光彩夺目。哦，奇妙的磁石！哦，哈哈镜！

我们是这世界的任性的孩子，和这世界是我们的任性的孩子，是一样的。这是荒诞内核里最美丽的成分。

这时描述西绪弗斯的故事是难为情的。最好收拢触角。最好一动不动。

走出城门，意味着灵魂出窍。

在壁橱的硝烟里，依稀可见精装书们疲惫的神态，它们鼻青脸肿，阵脚大乱，刚刚经历了肉搏。

有些在胸前炫耀着战利品——遥不可及的"高尚"、快如闪电的"爱情"、包裹严实的"伦理"、笑容诡异的"运气"……

还有几个踮着脚，怯怯叫着——"这和我们无关！我们是复制品！"

结局如蜷缩的草。

噢，不。结局如夹在书里的三叶草，发霉了。

孩子们在花园奔跑。矛在地下。梦。血河。迟疑的大雾。这不是我们的身躯。

之五：生活回执单

幡然而悟。这并非我们不朽的身躯。也不是不朽的理由。

呵呵巴斯噶，呵呵卡西尔。老问题。叶子旋转而下，晦涩而忧伤。是认识你自己还是听从你自己？！

是狂叫还是沉默？！是保持傲慢还是躬身而行？！而大地无动于衷，它认为一切都是可靠的，同时也容忍了它们的不可靠。

就像今天早上的那缕光线，来自孤独尽头，却统治了信心满满的墙角和屋檐。

呵呵那么多小圈子。我是在两条街道的交叉口遇到它们的。走路或做梦，或二者兼而有之。

它们有的叫生活，有的叫死亡，有的叫沉思，有的叫无为，有的衣冠楚楚，有的蓬头垢面。

有的哺乳，以集体的仪式幻想穿越门楣和屋顶；有的吸血，跟着一串儿珠光宝气的王朝。

都很崇高，都很卑微。亦真亦幻，宜种宜收。

蚕吐茧丝，蜜蜂筑巢，在同一个程序下生产了面包和诗歌；我是说，连一只昆虫也在它的圈子里，即便我们视而不见。

但没有一个喜欢待在中心，让时光的水声将它团团围拢。

无论你用严密的数学，还是准确的想象，都会发现——那些理性的窗户，非理性的玻璃，幸福的冰花，罪恶的温度，原来都是既静止不动，又心机重重的。

还有乌云缝隙里剥落的油漆。请配合超现实主义的口吻，至少，先把挂在脸上的"微笑"摘下来。这是最大的现实。

还有马路与床单上固执的墨迹。那由鲜艳到凝结的过程，多像一场爱情。

每个星期天在小旅馆失眠的三个小时。哦，想一下尤利西斯的大海。

还有时常陷入神经质表情的墙上的斑点。我喜欢伍尔芙的忧郁。它不代表混乱。

没有一个喜欢充当那枚坚硬的核儿。荒诞。

荒诞可以置换现实。而荒诞之上的荒诞是一场风暴。

那真正的中心就是驱除一切存在，风暴之眼何其平静，它宛若处子，却怪癖多多。

我们的问题是认为它是反常的，就像活着，就像死去，就像运气，就像做爱，就像我们吃着面包谈论道德。

就像我们把这一切称之为生活，迷恋或痛恨着一个没有姓名的人。

一个不明不白的罪过。一场没有缘由的战争。

禁闭。绝境。大屠杀。大逃亡。大苦大难。大圆满。

于是歌唱。个人的或群体的。悲凉的或狂喜的。充满仪式感，或仅仅作为一次自慰。

歌唱啊，歌唱这困顿的时刻。歌唱每一片投射到我们肌肤上的光亮和暗影。

歌唱落日的坚持，歌唱它牙关紧咬的呻吟，它的喘息，它的幻梦，它眼里黯淡的血丝。

歌唱这有毒的大气，这群张大嘴巴呼吸着的人，这优美绝伦的睡姿。

歌唱今天的报纸，歌唱它模糊的日期，还有这捆抵制白纸黑字的出版物。它们也正与肉身作战。

歌唱它们的角色，正面的抑或反面的（没必要去区分了），歌唱它们。

又蹦又跳的抑或步履蹒跚的，歌唱它们。

头头是道也好，语无伦次也好，歌唱它们。

大海气象万千。

我迷恋超现实的原因，是觉得它能用风暴的方式映照出时间的模样。不动声色的风暴。扭曲的脸。生活的身段。

但是必须歌唱。以泰戈尔的胡须。黄宗羲的纶巾。以我窗下的一池静水，夜半蛙鸣。

心如止水和声嘶力竭是一致的。

用眯起眼睛的智慧，和鸢蚁的笑对峙。用刀子的狂妄刺杀空气。

所以他说，世界以痛吻我，要我回报以歌。所以他说，长歌当哭。 所以，歌唱可以是一个圆形人物。在天上飞，在地下睡，在脚步的间隙里思考。

无间道。在最苦的那一层歌唱。一团烈焰，咬断了舌头。一片冰心，拒绝融化。

歌唱啊，那些厮杀的球队，迎风招展的旗帜，枯萎的呐喊。

歌唱啊，步行街上的鸽子，招徕情欲的广告箱，漏水的大脑。

歌唱啊，疯长的股市，逼真的假币，短命的烟鬼。

歌唱啊，迷失的晨风，霉菌超标的牛奶，被罚站的孩子。

歌唱早高峰，歌唱晚高峰。歌唱信用卡，歌唱公积金。歌唱身份证，歌唱化验单。歌唱计程车，歌唱钟点房。

歌唱它们和生活寒暄，握手，闹别扭。

歌唱它们扮演黑黑的瞳仁，要吞噬星星。

歌唱啊歌唱。商场在促销，宠物们想着越狱，骚扰电话妄想占领法庭笔记，而流感早就盯上了蠢蠢欲动的暖冬。

歌唱啊歌唱。星期一的离婚就好比星期天的车祸，二手房像微醉的花朵遍地生长，在轮回窃窃私语的危机时刻，会议谋划着隆重开幕。

歌唱啊歌唱。听说很多消炎药都失效了。

歌唱啊歌唱。通往某个时节的车票总是售完。

歌唱啊歌唱。留守处的纸飞机成功迫降。

歌唱啊歌唱。一天早上副镇长离奇出走了。

歌唱啊歌唱。这光景像一辆混凝土搅拌车轰鸣而过。

歌唱啊歌唱。堂·吉诃德的长矛为之击节喝彩。

歌唱啊歌唱。天鹅湖上的冰鞋害羞地自燃了。

歌唱啊歌唱。魔法早已失灵。

歌唱啊歌唱。歌唱耶稣受难，歌唱人群逃离，歌唱牙齿里的秘密。

歌唱天气预报，歌唱拼图游戏，歌唱公共场所的智商。

歌唱光辉岁月，也歌唱怀疑的钟点。

歌唱春寒料峭。也歌唱漫延的地火。

歌唱拉娜·托纳的精神崩溃，也歌唱奥哈拉的热望。

歌唱童话，也歌唱荒诞派。

歌唱绷带和纱布，也歌唱休克疗法。

歌唱日晕，也歌唱龙卷风。

歌唱日子，也歌唱月子。

歌唱那条狭窄、垂直的小路，也歌唱田野。

歌唱。歌唱。歌唱。

歌唱歌唱歌唱。

歌唱歌唱。

歌唱。

2000 年 4 月至 2005 年 10 月初稿

2008 年 12 月、2009 年 4—6 月修订前 20 章

2013 年 12 月至 2014 年 2 月修订后 30 章

残简之二：双子塔

AA

我们并不遥远，这是起初，像兄弟。

不一定是孪生，不一定，是或不是没那么分明。

像这个黄昏，我们并排站立，遥望另一个黄昏。

像鸟群，或者航班。两个景象连缀了时间。

从一端到另一端，它们同时存在，可以是我们的生与死。

我们混合它们，以幻象，以可触摸的面孔。

这朵花或那朵花，不同时刻的绽放。

你戴着头巾，我把头发剃光，你歌唱，我默祷。

你晨起沐浴时，我正和衣而睡。你敞开门厅，我拉上窗帷。

我们一起走向朝圣之城，它不一定有庙宇。

我们风餐露宿，日夜兼程，带着信物。

有种籽，粮食，青铜和铁。有大刀长矛，坚船利炮。

我们奔跑向田野，在虚无世界做爱的游戏。

我们开玩笑，发脾气，互相追逐，互相遗忘。

我们是两张镜子，不知道哪一个更真实。

像这天空，与春天。也像分别，像拥挤在小屋里。

那么多兄弟姐妹唱起不同的挽歌。

而所有的房间不过是一个房间。同一首歌，连同歧义。

我们静止在这儿，日出日落，互为背景。

我们变幻无穷，至暗时刻，我们是倏然划出的道道弧线。

B

你矗立，我也矗立。你是镜子，我也是。

但你看不到我的脸庞。你也看不到我的长袍。

即使我能准确地勾勒出我的形象，我的孤独。

即使那是迷雾，我也能看到那尽头的火，以虔诚和征服。

这两种方式便是一种方式。沉思与革命。让它们联姻。

以此逃避贫苦，让它们纠缠的身躯填充这些沟壑。

这是两个城市，两个国度，互为罪恶。

我们相距十个世纪，你放纵，我苦行。

我们模糊的相似性戕害了这土地，这道路。

你是另一种花，它遮蔽了我的黑暗，引诱了我的贪心。

而我向往清白，无声无息，我深深厌恶那得救的欢呼。

它们是幻象。狂喜是幻象，它过滤了那一小片宁静。

所以我写下自己的名字，画出我的脸，裹住我的体温。

我以不原谅为原谅，我自山崖迈出这一步，向你们告别。

我以良心复仇，以慈悲消灭形态各异的叛逆。
我自成王，使泥土成为天空，这有如婴孩诞生于鲜血。

至于新的残暴，那是悖论，那是唯一性本身。
只管让大军行进，去和他们区别开来，以我们自己的美德。
这是重要的，高于罪恶，就像以香料引导五味杂陈。

至于新的欲望，那是我们热情的天气，我们的血的纯洁。
我们的妻子们，母亲们，她们是净化器，是誓约本身。
所以合法，她们在解救我们的苦难，我是这样看的。
而这几乎是天意，等同于法典，用不着装饰以世俗的喊叫。

A

我看到的只是颠倒。一块石头又加在我们的背上。
苦难加倍，夜色更浓。而你想让星星陨落。

你使我们的路又绕到了原点。那旷野消失了。
漫长不可怕，荆棘不可怕。你黑色的面纱多么陌生。
鹰在天空盘旋，狮群退回河岸，真正的深渊是忘掉终点。

但我还在称我们，就像我们都有罪过，都曾为奴。
像那些兄弟们在夜色下出逃，更早的暴动，得意的唇。
像一百年的城池，一千年的流浪，都是一个命运。

都是同一场苦难。我和你之间，本是一个拱顶。
让我们的不同衍生出它，就如同让泥土衍生出复活。

所以，不要仇视这些楼群和钱币，它们都从那大水而来。

不要害羞于不同的身体，它们都有苹果的味道。

一开始，弯路是没有律条。后来的弯路是这些律条。

所以，把爱锁进一本书和从一本书走向爱，是不同的。

我在尝试走出这林子，从野果到咖啡，从木杖到飞机。

我们曾被旷野诱惑，而今正是我们在填充天宇：驱离撒旦。

道成肉身。把爱锁进身体和让身体回归它，这完全不同。

就让汽笛尖啸，霓虹闪烁。就让人潮涌动，不知所终。

就让花朵长在黑枝，丁香开在荒原。人们扛着铁锹走在大路。

把它们重新写在十字架上，浸着血，而不以恶之名。

b

我内心的鸟群正在盘旋，航班已起飞。

战士已拔出刀鞘。他们来自我的城堡。

他们来自另一个国度——你们正将它摧毁和遗忘。

这分崩离析的仇恨正重新聚拢，如浓烟裹住那高高塔尖。

如我在中亚的山间，在两个小国的交界处攀爬。

而在荒漠边缘，夜鹰睁大了眼。我是它的使者。

我的建筑、石油和马，是它流动的沙砾。

如这烟雾弥漫开来，遮挡了你们。洗净石头。

但它只是历史，是小灌木，也可以是海水，是淹没。

是的，这几乎等同于信仰，像谜，隐现于这片低矮的坯房。

也像这死无葬身之地的荒凉，那是我们共有的礼物。

在我的梦中，那座宫殿更为宏伟，比搅拌出来的更坚实。
在我的梦中，跋山涉水的兄弟们，仍在与恶魔作战。
在我的梦中，那烟雾正穿过天园和火狱，号角已然吹响。

而这是复活的仪式。三只小鸟，飞向它们的巢。
划破天宇，填充我们的形象。我们的脚步，我们的勇士。
我们闪亮的翅膀和降落的意志。抵达那訇然的炸响。
击碎它，那映着幻象的玻璃幕墙，一动不动的冷漠。

浓烟滚滚。那些躯体像花瓣，纷纷飘落。
橘红色的火和橘红色的鸟。橘红色的塔。钢筋残骸。
所有数字都由无开始。文明也是如此。

a

透过玻璃，我能看见你冲我摆手微笑。你的飞吻。
早上你把盘子刷得当当作响，像回到了艾略特的窗前。
现在八点半，一整天的活儿。离周末还远。
"记得收晚报，家里的邮筒快要塞满了。"

光线如约泻在工作台。放下窗帘，宝贝再见。
我看到了那只秃鹫。它迎面而来，裹挟着恐怖的沙尘。

巨响！整个楼都在晃动！叫喊。我被摔向墙角。
巨响！肯定是灾难！火与烟。这楼板在塌陷。
巨响！我要托起同事。逃出去。

炙热。咳嗽阵阵。我要靠近玻璃。靠近你。
世界在倾斜。我必须爬起来。

我看到了天空！但大火在脚下驱赶我们。
我听到警报。但黑烟堵住了我的口鼻。
我看到你的脸。你正在傍晚等着拐进街区的车身。

爱着你多么美好。呼吸是多么美好。和人们在一起多美好。
他们在街道上纷纷跑远，正汇入我最后的祝福。

这嫉妒的火正迫使我停下。亲爱的，我不会。
现在所有畏惧都已褪去，我纵身一跃。我会像鸟一样飞回。
我们在延续。一片羽毛，两片，三片。我们在延续……
我握着你的手旋转。回到我们的早晨。

∀ ∀

一串长长的名单，仿佛精致的石子散落在荒野。
泡沫在水面不断冒出。每个泡沫都映出两个高高的倒影。
它们破碎的瞬间，整条街道，城市和世界，也倒了过来。

只有一棵梨树，紧紧攥着泥土，在春天开出白花。
并让它们漂在汩汩流淌的水上。与喧嚣对峙。
与火红和黄昏对峙。在更长的一串叫喊声里保持完肢。

让我们返回楼层，在赛博格的每个单元，为灾难重新编程。
正在下降。塔台犹在。铃声紧迫。通话仍在继续。
再退十分钟，驾驶舱一切如常。而从第一幕我们就在流血。

保持完整。保持洁白。保持文明的样子，像一棵梨树。
像一棵搏斗的树，流血的花，让我们保持茕茕孑立。

在每一个回家的六点，为坍塌的世界打开房门。

清理废墟。在每一个残损的秋天返回救援，和搏斗。
灭火指挥部刚刚转移。通信中断。消防员在奔跑。
鸟以十三种方式在观察我们。动员升级。

现在，救护车再次集结完毕。从不完整返回到不完整。
紧急疏散。——核实信息。"我不喜欢来这里。"
北塔的最高处，世界之窗餐厅里乐声悠扬。

三万英尺之上。玻璃在反射强光。水帘之后是我们的名字。
在倒置的天空下，千万颗石子们铺成了另一条路。
似乎世界并未结束，而是刚刚开始。

ω / α[1]

Gordon McCannel Aamoth Jr., Edelmiro (Ed) Abad,

Maria Rose Abad,...

我们的下午，我们的锚，我们的箭，……

Arlene T. Babakitis, Eustace (Rudy) Bacchus,

John James Badagliacca,...

我们的身体，我们的蝴蝶，我们的风笛，……

Daniel Martin Caballero, Jesus Cabezas, Lillian Caceres,...

我们的钙，我们的日历，我们的手杖，……

John D'Allara, Vincent D'Amadeo, Jack L. D'Ambrosi Jr.,...

---

[1] ω/α，分别为最后一个和第一个希腊字母，代表终结和起初。本节中的英文部分是"9·11"事件死亡名单从 A 至 Z 排序的代表，中文部分是该英文字母开头的词汇代表，以此形式将生命的易逝和不朽，与人类实在世界的物象性与精神性相映照。

我们的女儿，我们的蒲公英，我们的僵持，……

Joseph Anthony Eacobacci, John Bruce Eagleson,

Edward Thomas Earhart,...

我们的鹰，我们的泥瓦匠，我们的折衷主义，……

Catherine K. Fagan, Patricia M. Fagan, Keith G. Fairben,...

我们的寓言，我们的脸，我们的幻想曲，……

Fredric Gabler, 1st Lt. (Ret.) Richard P. Gabriel Sr.,

Richard S. Gabrielle,...

我们的花园，我们的守门人，我们的杜松子酒，……

Gary Robert Haag, Andrea Lyn Haberman, Barbara M. Habib,...

我们的手艺，我们的避难所，我们的篱笆，……

Joseph Anthony Ianelli, Zuhtu Ibis, Jonathan Lee Ielpi,...

我们的不朽，我们的同一性，我们的咒语，……

Virginia Jablonski, Bryan C. Jack, Brooke Alexandra Jackman,...

我们的一月、六月和七月，我们的坛子，我们的旅行，……

Shashi Kiran L. Kadaba, Gavkharoy Mukhometovna Kamardinova,

Shari Kandell,...

我们的煤油，我们的显像管，我们的风筝，……

Kathryn L. LaBorie, Amarnauth Lachhman, Andrew LaCorte,...

我们的迷宫，我们的肥皂泡，我们的遗产，……

Robert Francis Mace, Marianne MacFarlane, Jan Maciejewski,...

我们的魔法，我们的邮箱，我们的曼德拉草，……

Louis J. Nacke, Lt. Robert B. Nagel, Mildred Naiman,...

我们的航海家，我们的星云，我们的北方，……

Dennis O'Berg, James P. O'Brien Jr., Michael O'Brien,...

我们的双簧管，我们的瞭望台，我们的黑曜石，……

Angel M. Pabon, Israel Pabon, Roland Pacheco,...

我们的包裹，我们的调停人，我们的契约，……

Christopher Quackenbush, Lars P. Qualben, Lincoln Quappe,...

我们的象限，我们的寂静，我们的唱诗班，……

Carol Rabalais, Christopher Peter A. Racaniello,

Leonard Ragaglia,...

我们的雨，我们的收音机，我们的剃刀，……

Thierry Saada, Jason E. Sabbag, Thomas E. Sabella,...

我们的沙子，我们的舞台布景，我们的时间表，……

Harry Taback, Joann Tabeek, Norma C. Taddei,...

我们的出租车，我们的帐篷，我们的长焦镜头，……

John G. Ueltzhoeffer, Tyler Ugolyn, Michael A. Uliano,...

我们的乳房，我们的裁判员，我们的伞，……

John Damien Vaccacio, Bradley H. Vadas, William Valcarcel,...

我们的葡萄树，我们的疫苗，我们的天鹅绒，……

Gregory Wachtler, Lt. Col. Karen Wagner, Mary Alice Wahlstrom,...

我们的大篷车，我们的小马甲，我们的婚礼，……

Jupiter Yambem, John D. Yamnicky Sr., Suresh Yanamadala,...

我们的年复一年，我们的年轻，我们的呵欠，……

Joseph Zaccoli, Adel Agayby Zakhary, Arkady Zaltsman,...

我们的零点，我们的天国，我们的邮政编码，……

2011 年 9 月 10—12 日

汉字（选10首）^①

碧

草的颜色

玉石的颜色

琉璃瓦的颜色

一排排跳跃的

波浪的颜色

刚刚清洗过的

天空的颜色

它们都绿得耀眼

干干净净

清清爽爽

透着激发欲望的

味道和气息

那些别出心裁

用它打扮宫殿的人

你们可否知道

它其实还是一种

---

① 《汉字》共3000首，系对常用3000个汉字加以诗化演绎和诗性铸炼的大型组诗，尝试对民族精神性、汉语言和思维的最小构成单元加以诗意灌注，在消费社会和日常生活重置诗歌话语的位置，呼唤诗歌精神在诗的国度的当代回归。

特殊的

凝固的血

只有那些

一尘不染

一片丹心

一身正气的人

才流淌着它的成分

玻

它只能和"璃"

放到一起

构成一种现代物质

简约而时尚

质感又朴实

据说它来自

沙子

和石灰

却比那些混合物

更纯粹

更坚硬

更刚烈

它多像让人心仪

让人怜惜的少女们

小花苞、羞涩火苗

雨后发甜的空气

单纯得透明

菲薄得

容易受伤——

在这镀了光的
一尘不染的世界
万物看上去毫无距离
触手可及
可一旦破碎
就会让她们的心
滴出血来

采

多希望人们
永远生活在
那样一个轻巧
而优雅的
动作里
去采摘枝头的
一朵花
一片叶子
一枚果实
去采茶、采莲
采采汗水
采采幸福
有些人热衷
用征服世界的雄心
去采石、采矿
采采油
采采煤
采采这星球最坚硬的
核

我喜欢

在这荡漾无边的

黑色浪尖上

采一线孤独

采一丝光明

采采内心的不安

和突围的勇气

垂

直着向下

这个恭恭敬敬的

小动作

可以支配手

支配头

支配一声问询

一丝牵念

还有一世功名

还有向往着万世不朽

刻在花岗岩

大理石

甚至寒光逼人的

水晶上的名字

而我最欣赏的

是那一根

细细的

直入水中

静默无声的

渔线

我知道
垂钓的从来不是
鱼
而是一江冬雪
和浮生里的高贵

除

我欣赏这个字的
是它的坚决
是它的
毅然而然
斩钉截铁的意志
用铁的温度
钢的坚硬
来除害
除暴安良
除旧布新
还有它的
数学的头脑
美学的心
你看，它不光
能化作一段
小小线条
以螺旋的思维
站于数字之间
让严谨整齐的序列王国
天翻地覆
而且

它还会背起一个
年迈的钟点——
那一年中最后一天的
不眠夜晚
纵身跃入春天

凳

一个板板
四条腿儿
就诱惑了你的屁股
安抚了你的脚掌
你的腰
让你心甘情愿
躬身屈膝
甚至于
偶尔坐坐
冷板凳
还会觉得怀才不遇
满肚子委屈
所以，我提议
即使有了
方便的凳子
我们最好能抽空儿
怀念一下
没凳子的年代
怀念怀念
挺直腰板
傲然站立

怀念怀念

席地而坐

盘腿清心

凋

岁寒

而知松柏后凋

草木零落

总使伤心

但走向死亡

或者说

走向

对存在的超越

仍然很美

罗丹说比美更美的

是美的衰败

所以，落花是美的

残叶是美的

败荷是美的

连它们沉默的倒影

也是美的

连它们化入泥土的

气息

也是美的

正如我坐在这里

孤独地流亡

像渐渐隐没在天际的

那抹光线

缓慢地抗拒

缓慢地凋零

朵

它就是花

花开了就叫花朵

花没开就叫花骨朵

有时天上的云

美丽如花

我们便叫它云朵

还有

我们身上最像花的

一个部位

是耳朵

有时想想

既然祖先天才地

把它用作量词

我们为什么

不再进一步——

让这世界充满

一朵朵笑脸

一朵朵心情

一朵朵爱

一朵朵吻

一朵朵温暖

一朵朵词语

一朵朵像花一样的

纯洁的生活

返

一条回归的路

处于灵魂的边界

让你反复确认

什么是真正的

天然物

什么可以

把时光折弯

让这些苍老的花瓣

像孩童般

嬉戏、奔跑

在冷淡的后半夜

冒充真理

让在 150 年的微风中行进的

小小光点

或者

一声鸣叫

一次拼杀

一场逃亡

全都返回到

那场漫天大雪

返回到突然袭来的

混乱足音

俏皮的暗影

以及石头般沉睡着的

春天的心脏

梵

我宁愿相信

它是绝对的运动

而不是

绝对的静止

就像月亮

从一个枝桠

漂向另一个枝桠

就像睡在我们头脑中的

那匹小马

在它自己的梦里

正和它的家族

走出冰床

而不是

凡尘所编造的故事

不是屋檐上

遮挡夏日笑脸的

那只巨手

以及在深秋

款步袭来的妩媚黑影

但实际上

正如我所担忧的

这个世界

也许是透明的

那样，这些

孤零零的事物

就不再是漂泊在纸上
而是可能——穿透它
去把那么多冻僵的"一生"
——捡回来

颂歌与挽歌（选1首）

马里乌波尔（节选）

第5周

包围圈已越缩越小。
哈尔科夫是墙。基辅是墙。
马里乌波尔是骨头。现在他们流着口水
要啃住它。猪獾们正把长喙拱入初春的泥土。

Bahva Chikobava 是焰火，在天空微笑
透过坚硬岩石，他望见家人们正穿梭于地道。
各种颜色的鸟儿，绿色的，蓝色的
折断的翅羽，受伤的脚趾。
有一只正嘴对嘴喂着它的小女儿，这地下的
春天，在延续它的意志

Kalyna 说每十分钟就会掉下一颗
来自坦克和大炮，来自海上
（我上次认识这些家伙是在33年前的
广场，另一个春天。我爬了上去

然后负伤，我的血溅到了街道的瓦砾上）
它们划破寂静，让黎明迸裂。

春天在燃烧。
而钢铁延续着它的意志
任凭密密麻麻的利刃从天而落，任凭
它们把春天的身体分为两半

积雪融化，而春天正死去。（这让我想起
哥白尼和伽利略，想起天圆地方和大航海
而今，谁还会在意一只罗盘？
谁还会在大清早沏一杯茶然后去估摸
软禁的花朵和黑黑土层的重量？）

羽毛落地。在第四周，医院里死了三百人
孕妇奄奄一息，她未出世的女儿
不会看到这被碾平的废墟。

北斯拉夫人的嬉笑向上帝之母教堂
围拢而来，就像一大片红红的火焰包围着
一滴蓝色眼泪。正是此刻，数百英里外
两个波兰女孩打出横幅。

大海在消失。

在另一个广场，
乔尔丹诺·布鲁诺也打出横幅——
马里乌波尔，你不会枯竭。

第 6 周

瓦砾堆。巨大的海。干涸的海。

是的，羽毛是财富。坠落的羽毛

也是财富。正如这日渐缩小的蓝色和绿色

（当年，我就是这样离开的

北京的春天风沙大，但街道上看不到

几只口罩。当年我们身陷淤泥

用书包和钢铁对峙。后来用诗句

和漫长的晕眩对峙。和虚无。）

快断粮了。小鸟张着嘴。但成为一颗石头

是必要的，成为落日是必要的

拒绝撤离的命令是必要的，坚持过

下一天是必要的。这座城市

有它积雪里的温度，有断壁残垣的脸庞

现在这位母亲已然倒下，但她钢铁的

心脏仍在跳动，Olena Bilozerska 仍在

咬紧牙关，守护着母亲三月的余温

两只低旋的大鸟仍在救出更多

流血的孩子，而魔鬼已向它们瞄准

没有拉锯战，装甲车们小心翼翼

吉他手正在空地上旁若无人地演奏

断翅之鸟，与死神同栖三十天

筑巢于钢铁，坚持着它地下的飞行

2022 年 6 月 3 日端午节

后记

出版这本书的想法来自于去年新未来主义团体一次沙龙上的闲聊。沙龙成员全是近些年所培养的青年艺术家们，他们思想活跃，精力旺盛，正如团体的名称一样，拥有无限的未来，这真是让人欣慰。但愿不要出现类如我的"躺平"与无话可说的"个人"时代变故，让他们一路高歌地行走在大地上吧。

当然，我也在行走。行走与行走不一样。有时候在泥土里匍匐，有时候坐着登高，有时候像块石头，滚动与驻停，对峙、坚守、一败涂地、春风吹又生。新未来其实即是想召唤一个新的世界，世界后的世界，新未来之"新"，即是劫后、死后的余生。

那次沙龙上，在朗诵了早期组诗《后诗学》的片断后，我不得不对该标题做出一番解释。作为一向厌弃"后"这个字眼儿的人，作为把后现代主义的无效枝蔓剔除干净，然后将其主体纳入现代主义发展新阶段，即把"后现代""现代"化的倡导者，"后诗学"的提法似乎与我现代诗学课堂的主张自相抵牾。多年来，我对研究生们不断讲到艾略特的客体诗学思想与其创作实践的矛盾，讲到奥尔森的投射诗理念和他的诗歌文本的表里不一，我可不想让这个标题成全对那20首以诗论诗的诗意（艺术还是现实？）挽歌的后现代式误读和解构。

所以，此"后"非彼"后"，这一点，必须要向我的读者说明白。它不同于"后印象""后浪漫"和"后现代主义"中的内涵与用法。它支配的对象既是过往整体的诗学，即全部的精神性知识，也包括它自己，即否定与矛盾的过程本身，更可向前和向后延及原初之地与未来之所的神秘关联。确切地说，这不是一种简单的支配关系，而是一种自在关系，一种自生自存自为的关系。"后"也包括它自己，无论作为对象还是作为行为与无为。在这个意义上，它不是也不可能是单一的否定或者延续。它否定的恰恰是此种单一思想与模式。

如果用数学语言，"后诗学"10% 关联（这里不用否定这个词）的是后现代主义，30% 关联的是过往的整体诗学，50% 关联的是它自身，另 10% 是未来及不可估之可能。用诗歌的语言，则是——花非花，也无人惜从教坠，或者，后非后，从来新景零落出。

然而，此书却是一本诗文对话录，更精确地说，是零落的诗学思想文本与零落的诗歌文本的映照互文集。从组诗《后诗学》到著作《后诗学》，32 年弹指一挥，历史或有重复回旋，而今正是驻足凝思的时刻。所以，"后"也成了一种类似流动的空气的事物，成了气息，成了呼吸，成了飘或者坠落的过程，成了漫延、动荡与静止，当然，也成了黑暗中悄悄的萌发和生长，成了所有样式的大地上的行走。

感谢我的朋友浙江大学出版社的宋旭华先生，感谢他多年来对我的文字的倾心支持。感谢新认识的编辑牟琳琳女士，几个月来，她对如此"无用"的诗学与诗歌文本的认真、细致，让我感到了如来自诗歌内部世界的澄明与温馨。本来，无意再写"序"或者"后记"。正是她的坚持，让我在这个气候异常的"后人类"时代的炎热午后，提笔写下了如上虽则无关痛痒而又因此有所佐证的话。但或许，这便是希望。

晏榕

2022 年 8 月 6 日于杭州

东风破（选 30 首）①

望海潮·梅英疏淡

我如果无视这梅花的疏落，流水的
消融，放弃东风与暖暖天气
厌倦了耐着性子转换不停的年华
是不是就意味着此身不在园中
不在街道和雨中也不在血染的青春里？

是不是意味着我搭错了车，对柳絮与蝴蝶
太过失礼？对这春天太过高傲？
那女孩热情，会像火一样旋转在暗室
那宴会热闹，像燕子们落在孤枝上
那大屏幕五光十色，像上帝烦乱的心

我静守着墨黑的月亮、铁的夜晚
不着一字的白纸一样的深渊
华灯齐上是最好的证据，车马飞驰更如同
生活滑行在玻璃上：多确凿啊

---

① 《东风破》（上海人民出版社，2018）共包含组诗 300 首，完成于 2000—2005 年，它以与古人心灵对话和对传统抒情方式加以反构的形式，对现代生存和复杂现实进行了诗意批判，诠释了中国美学精神现代化这一深刻命题。

乌鸦待在它的巢里，红旗翻卷在天涯

六州歌头·长淮望断

漫漫是重要的修辞，它是命运
野草和尘土也重要，它是空气
秋风、号角、呐喊，是正在沦陷的
小片土地，是崎岖道路和小石子
诗歌是房屋，堵上窗户又凿开
墙壁上的裂缝。而词语是里面微微
喘息的黑，是重复降临的黄昏
是牛羊和山川，是吃惊的火
那箭与剑，是最多余的装饰，敌人
在讥笑你，你的身体和你的头脑
在讥笑你，不可能的写作在讥笑你
于是来创造一种倒装吧，让中原
恢复你的口吻，让壮志生出
你的白发，然后宝贵的一生完结
宝贵的历史大概也会这样完结
天地茫茫而遍地都是京城
烽烟滚滚而所有重叠起来的现实
都和平相处：你的眼，你的嘴
你不太规律的心跳和化为火焰的
骨头，难为情地解散了春宵
就像大地倾泻进一场雨里，完成了
从描述到呈现，从流亡到漂泊的正传

使声母和韵母沾上灰尘，互相猜忌——
腊冬是动人的，三月是枯萎的
而盛夏是否会抵制旧的蝉声？

这也是美德与恶行的耐心，好比那只黑鸟
在凌晨四点钟嘲弄熹微之假面——
从宫殿到白纸，到身体以外思想以外的
荒凉感：一场触手可及的瘟疫。

我称之为新的漫游，无关夜色，
无关杨花谢桥，无关口罩与病菌，只关乎
一秒钟的呼吸，它躲开了擦身而过的温顺世纪。

浣溪沙·簌簌衣巾落枣花

就剩下这点儿关联了：一片喧哗
那黑袍正在两个街区间自由穿梭
他叫卖着他的黄瓜，我喝着我的闷酒

不是后浪漫，不是新古典，不是
跳着脚的对骂，不是长发也不是红袖章

我采用了平等主义的做法，抛弃了
语气助词，即使紧临着窗，即使失眠
即使站在教堂里，即使口干舌燥

村南村北，酒困路长，我一直敲门敲到
今天，敲到高楼遍地，敲到鸡鸣狗欢

酹江月·乾坤能大

是啊，黑暗也如此广阔
还暗藏一门，将在我身后打开
而这小小的池塘装了太多
那些年份挤压着我，要我回到
一场风雨里，回到树上

说白了，就是逼着我
回到词儿的道路上
以小小的叫声稀释那些石头
可我还得赞美，横着槊登着楼
视往事如烟如空中的雪
视时间如一块手帕

视那片黄叶如平凡的脸
秋风是苦笑，河流是裹着亚麻布的一生
于是容颜比丹心更能称得上是
奇迹，就像沙漠之于江山
黑黑的地平线之于一缕青发

而谁会想念我呢
杜鹃丢了它的弯月，马儿
没了主人，咽喉里的血
沉默成了晶体：它们缓慢地
发出低沉之响，每挪动一步都会
产生风暴，将头脑分为两半